El silencio de la noche

CHARLOTTE LINK

El silencio de la noche

Traducción de
Susana Andrés Font

Grijalbo

Papel certificado por el Forest Stewardship Council®

Penguin
Random House
Grupo Editorial

Título original: *Einsame Nacht*

Primera edición: noviembre de 2023

Printed in Spain – Impreso en España

ISBN: 978-84-253-6430-3
Depósito legal: B-15.713-2023

Compuesto en La Nueva Edimac, S. L.
Impreso en Rodesa
Villatuerta (Navarra)

GR 6 4 3 0 3

Prólogo

Lunes, 26 de julio de 2010

Estaba tendido en el sofá mirando al jardín y preguntándose cuándo acabaría de una vez por todas ese asqueroso día.

Los de verano eran los peores porque se sentía mucho más al margen del mundo de lo habitual. Un cielo azul y despejado, la fragancia de las flores y de la hierba recién cortada, el aire cálido. La vida.

Pese al calor exterior, ahí dentro lo que realmente reinaba era el frío. Y la soledad.

Alvin Malory miró a su alrededor: la sala era pequeña y oscura. Demasiado amueblada, demasiado usada, demasiado abarrotada. No era un lugar en el que sentirse a gusto. Prefería su dormitorio, en el primer piso, pero para llegar hasta allí habría tenido que levantarse y subir con esfuerzo las escaleras. Se estremecía solo de pensarlo. El dolor en las articulaciones. La respiración jadeante. Además, la escalera era estrecha y describía una curva cerrada. Odiaba subir por ella. Odiaba bajar por ella. Odiaba estar tendido en la sala de estar.

Odiaba su vida.

A su alrededor había bandejas vacías de aluminio y cajas de poliestireno, y junto a ellas vasos grandes de cartón, la mayoría también vacíos. Ese día había pedido comida india. Varias porciones de arroz y cordero al curri, pollo vindaloo con samosas rellenas de verdura, pakoras fritas, pitas. Y Coca-Cola. Litros de Coca-Cola. Un postre empalagoso de miel, coco y almendra. Para ser sincero, varios postres. Una familia numerosa habría quedado satisfecha sin el menor problema con lo que él había pedido.

Tenía que recoger los envases antes de que llegaran sus padres. Su madre lo sabía, su padre no tenía ni idea. Más tarde, ella ya se desharía de los recipientes, en algún lugar, pues el padre podría llegar a descubrirlos en los contenedores de la basura que estaban justo delante de la casa. Alvin lo amontonaba todo en una bolsa y la ponía en el fondo de la despensa, escondida tras una estantería. Después, su madre la sacaba de allí.

Se levantó quejumbroso. Como siempre que comía de forma desenfrenada le invadió un fuerte sentimiento de culpabilidad: había fracasado de nuevo. Había mostrado de nuevo que no tenía autocontrol. Que había vuelto a perder el dominio de sí mismo. Al día siguiente…, al día siguiente pondría punto final. No pediría nada. Nada de nada. Al día siguiente lo conseguiría.

Pero en el fondo sabía que no lo lograría.

Alvin Malory tenía dieciséis años, medía metro setenta y cinco y pesaba ciento sesenta y ocho kilos.

Se dirigió a la cocina arrastrando los pies, sacó una bolsa de la basura del armario, volvió a la sala de estar, recogió los restos de la comida, los metió dentro y lo dejó todo en la despensa. Cualquier otro muchacho habría necesitado como mucho cinco minutos para hacerlo, Alvin empleó casi veinte en terminar. Agacharse y recoger los envases, ir de acá para allá…, la sala de estar, la cocina, la sala de estar, la cocina… Solo por esto ya le dolían todos los huesos y estaba empapado de sudor.

Sentía sobre todo una opresión en la zona del corazón y volvía a tener la sensación de que, pese al calor, en lo más profundo de su ser se moría de frío. Como si se le helara el alma. Una tristeza casi insoportable mezclada con una rabia desesperada. Contemplaba la nítida imagen de sí mismo, arrastrándose y sudando en casa en lugar de estar en la playa, jugando al fútbol o comiendo un helado con amigos, como hacían los otros chicos de su edad. Era verano y estaba de vacaciones. Se veía con su enorme vientre y sus pantalones de chándal XXL. Se veía los pies hinchados. Se veía a sí mismo con toda su soledad. Una soledad que solo podía aliviar comiendo. Mientras comía, no sentía frío. Mientras comía, no se sentía solo.

Echó un vistazo a la cocina. Todavía quedaban unas bandejas con pastel y bocadillos, cerveza y limonada en la nevera. El día anterior habían celebrado el cumpleaños de su madre. Habían tenido invitados. Alvin ya estaba pensando en si su padre notaría que había cogido dos trozos de tarta cuando llamaron a la puerta.

Se sobresaltó. Casi nunca llamaban cuando estaba solo. Menos cuando aparecía el repartidor con la comida, claro. Pero ese día ya se había presentado.

Desde la ventana de la cocina no podía ver quién estaba delante de la puerta y le pasó por la cabeza simular que no había nadie en la casa. A lo mejor era un vendedor de aspiradoras. O algún testigo de Jehová.

Dudó. Volvieron a llamar.

Si abría, a lo mejor se olvidaba de la tarta. Mejor para su cuerpo. Mejor por si su padre se había dado cuenta de cuánto había sobrado.

Se dirigió a la puerta de la casa cojeando con sus doloridos pies.

Abrió.

Apenas quince minutos después, deseó con toda su alma no haberlo hecho jamás.

Desde que Isaac Fagan se había jubilado, cada día pasaba muchas horas en el jardín. Había plantado rosas que trepaban por la pared de su casita, y a lo largo de la valla que rodeaba su parcela se erguían las espuelas de caballero y los girasoles. Un paraíso de flores para él. Siendo viudo, llevaba ya años viviendo solo, pero gracias a su jardín nunca se sentía realmente desdichado. Disfrutaba mucho manteniendo y cuidando sus plantas; le hubiesen desgarrado el corazón si lo hubiesen expulsado de su paraíso.

Ese día había cortado el césped. En comparación con el mes de abril, cuando literalmente se podía ver crecer la hierba y con el cortacésped casi no se avanzaba, ahora en julio había que hacerlo de vez en cuando. Pero a Isaac le encantaba cortar el césped porque le encantaba el olor de la hierba recién cortada. Aunque tal vez no fuera del todo necesario, hoy se había vuelto a dar ese gusto.

Anduvo junto a la valla, recogiendo con el rastrillo los restos de hierba que habían escapado de la bolsa del cortacésped. Pasó así junto al lugar donde la casa del vecino quedaba muy cerca del límite de su propiedad. Le gustaba la familia Malory, que vivía allí. El día anterior había acudido a la fiesta de cumpleaños de la señora y se había sentido muy bien entre todos los invitados. Lástima que no hubiesen arreglado el jardín ni siquiera para la celebración. El césped ya hacía mucho que debería haberse segado de nuevo y recortado los arbustos. Y en los arriates crecían las malas hierbas. Por otra parte, el matrimonio trabajaba mucho, ¿cuándo iban a disponer de tiempo para ocuparse de todo eso? Pero el hijo, Alvin, podría encargarse de vez en cuando. Eso quizá sería beneficioso para su figura. Isaac lo encontraba amable y educado, pero era cierto que estaba deforme de tan gordo y parecía muy infeliz. Algo raro en un chico de dieciséis años. Isaac tenía claro que era a causa de su aspecto. Pobrecillo.

Echó un vistazo a la casa vecina. Alvin estaba ahora de vacaciones. Realmente podría... Pero casi siempre estaba tendido en el sofá de la sala de estar y manipulaba ese smartphone o como se llamase esa cosa que ahora todo el mundo sostenía en la mano con la vista clavada en él, como si la vida transcurriera ahí dentro. Desde ese lugar junto a la valla, Isaac podía verlo a través de la puerta de cristal cuando miraba hacia la sala de estar de la familia Malory. También ese día dirigió la vista hacia allí, esperando ver a Alvin tendido en el sofá.

En lugar de eso dio un paso atrás asustado.

¿Qué estaba pasando?

Justo al otro lado de la puerta de cristal, en la sala, había algo agazapado..., una figura enorme, oscura y encogida... Isaac entrecerró los ojos. ¿Qué era eso? ¿Una persona? ¿Un animal? ¿O un objeto? No podía distinguirlo bien. Por regla general allí no había nada. Pero ahora había «algo».

Se aproximó más a la valla y se inclinó por encima. Solo unos pocos metros lo separaban de la puerta.

Ese «algo» se movió.

Se enderezó y miró a Isaac Fagan.

—Oh, Dios —musitó Isaac. Reconoció a Alvin, pero solo porque el ser que estaba al otro lado de la puerta tenía la silueta del chico. Por lo demás, el rostro de Alvin no era el rostro que uno estaba acostumbrado a ver. Los ojos estaban abiertos de una forma no natural y con la mirada fija, los rasgos faciales contraídos en una mueca grotesca y en la espuma que le salía de la boca no dejaban de aparecer nuevas burbujas. Alvin levantó una mano, la apoyó sobre el cristal en un gesto suplicante. A continuación, la mano resbaló sin fuerzas por el cristal hacia abajo. La cabeza de Alvin se inclinó hacia delante, vomitó, parecía escupir sangre.

—Dios mío —repitió Isaac—, ¡oh, Dios mío!

¿Qué había sucedido? La espuma..., ¿un ataque de epilepsia? Los ojos abiertos de par en par... Isaac intentó pasar por encima de la valla. Tenía que llegar a la casa. Sabía que el señor y la señora Malory estaban ausentes, como era habitual, el chico estaba solo y le había sucedido algo malo.

La valla se balanceó bajo su peso. Por unos instantes Isaac temió caer al otro lado, sobre el parterre lleno de malas hierbas. Para un hombre de su edad esa valla representaba un obstáculo considerable. Sin embargo, consiguió de algún modo superarlo, incluso si un sonido fuerte y seco le indicó que se había rasgado los pantalones. Estaba de pie al otro lado, entre flores, malas hierbas y césped sin recortar, y se secó el sudor de la frente. Ante él, la puerta del jardín y detrás Alvin, una masa grande, informe e inmóvil. Se había desplomado.

Con un par de zancadas se plantó en la pequeña terraza en la que se apelotonaban un par de sillas y una mesita. Intentó empujar la puerta para abrirla, pero estaba cerrada. Aplastó el rostro contra el vidrio para ver el interior de la casa, distinguió los muebles de la sala de estar, podía ver el pasillo que conducía a la puerta de la casa. Todo parecía estar igual que siempre.

Pero lo que no era igual que siempre era que Alvin yaciera en el suelo y no se moviera. Isaac dio la vuelta alrededor del edificio e intentó entrar por la puerta de un verde brillante de la casa, pero tampoco logró abrirla. Siendo vecino, disponía de una segunda llave por si algún miembro de la familia se quedaba fuera sin poder entrar. Tendría que haber pensado en ella enseguida, estaba totalmente confuso. Corrió por la acera de vuelta a su casa. Tenía el teléfono en el vestíbulo mismo. Llamó a urgencias.

—Una ambulancia —dijo—. ¡Deprisa, por favor!

Dio la dirección. Al otro lado del cable, una voz femenina le comunicó que el vehículo ya estaba en camino. Quería saber detalles sobre el herido y qué le había ocurrido, pero Isaac no pudo informarle. Al final colgó el auricular, cogió la llave de los Malory de un cajón y se precipitó de nuevo hacia la casa de los vecinos.

Jadeaba y sudaba. No solo a causa del calor, sino también por la excitación y el temor ante lo que iba a encontrarse.

En cuanto entró, percibió una amenaza. Al principio había pensado que Alvin estaba enfermo, un ataque, algún tipo de colapso físico; pero ahora, como un animal que ventea un peligro, supo que se trataba de algo más. Percibió la maldad, la violencia…, algo malo había ocurrido allí, algo tan malo que superaba ampliamente todo lo que él había podido sospechar hasta el momento.

—¿Alvin? —llamó en voz baja—. ¿Señora Malory? ¿Señor Malory?

No obtuvo respuesta, pero eso ya era lo esperado. Alvin no se hallaba en estado de contestar. Y sus padres estaban en el trabajo.

De pronto cayó en la cuenta de que toda la casa olía a alcohol y cigarrillos. Era muy raro, aun cuando el día anterior se hubiera celebrado la fiesta de cumpleaños. Echó un breve vistazo a la cocina. Por todas partes había botellas de cerveza, la mayoría abiertas, pero muchas solo medio vacías. Sobre la mesa y esparcidas por el suelo había colillas. Las tazas de té que Alvin había hecho y pintado de pequeño en la escuela y que la señora Malory mostraba con orgullo a todas las visitas no estaban en la estantería sino hechas añicos en el fregadero.

—Oh, Dios mío, oh, Dios —murmuró Isaac sobrecogido.

Tenía miedo. Auténtico miedo. Pensó unos instantes si no debería volver a salir y esperar fuera a que llegara la ambulancia, pero suponía que tardaría demasiado. Para Alvin, tal vez era cuestión de minutos o segundos.

La sala de estar ofrecía el mismo mal aspecto que la cocina, él no había podido distinguirlo a través de la puerta de cristal. Unas manchas indefinibles en la alfombra y la tapicería, colillas, agujeros producidos por quemaduras. Un escenario que Isaac jamás había contemplado en el seno de esa familia y que seguro que no era consecuencia de la fiesta del día anterior. El servicio de catering lo había recogido todo y la señora Malory nunca habría dejado su vivienda en ese estado.

Alvin estaba tendido justo delante de la puerta de la terraza y parecía no haberse movido durante el tiempo que Isaac había invertido en llamar a la ambulancia y recoger la llave. Isaac se arrodilló con dificultad a su lado. Sacudió a Alvin por el hombro.

—¿Alvin? ¡Muchacho! ¿Todavía estás aquí? ¿Qué ha pasado?

Alvin no emitió ningún sonido. Isaac abrigaba la espantosa sospecha de que ya no respiraba, al menos no podía ver que el pecho ascendiera y descendiera, pero tal vez fuese a causa de su corpulencia. Debía tomarle el pulso. Alvin tenía un brazo enterrado debajo de sí mismo e Isaac no podía llegar a la mano que había resbalado por el vidrio. Además, tenía miedo de mover a Alvin. El joven parecía tan gravemente herido que temía que pudiera morir en cuanto lo alcanzara un solo soplo de aire. Si es que todavía vivía.

Por todos los cielos, ¿cuándo llegaría de una vez la ambulancia?

Entretanto, Isaac percibió también el fuerte olor del vómito y con él algo…, algo inclasificable…, algo químico… Vio una botella verde de plástico junto a la cabeza del chico y la cogió. Estaba vacía. Miró asombrado la etiqueta en la que una calavera indicaba, junto a una advertencia, que el producto no debía estar al alcance de los niños. Un desatascador sumamente potente. Isaac utilizaba el mismo.

¿Por qué yacía vacía junto a la cabeza de Alvin?

Recordó la espuma que salía de la boca del chico y la sangre y una terrible sospecha germinó en su interior. Pero no podía ser. Nunca jamás. ¡Nunca jamás bebería Alvin un desatascador!

¿Y si no lo había hecho de forma voluntaria?

14

Isaac volvió a mirar a su alrededor. O bien Alvin se había vuelto loco por alguna razón, había fumado, bebido hasta perder los sentidos, derramado alcohol, quemado la funda del sofá y al final se había quitado la vida con el desatascador…

… o bien habían entrado unos desconocidos. Ladrones.

Habían atacado al chico y lo habían torturado del modo más espantoso posible. No era evidente que fuera a sobrevivir. O que todavía estuviera vivo.

Fuera se detuvo un coche. Debían de ser los sanitarios. Isaac se levantó con un gemido y se dirigió cojeando hacia la puerta. Todavía sostenía la botella con la calavera en la mano.

—¡Deprisa! —gritó—. ¡Deprisa, por favor! Ha ocurrido algo horrible.

Rompió a llorar. De excitación, de estrés, de emoción.

Ni siquiera se dio cuenta.

PRIMERA PARTE

Lunes, 16 de diciembre de 2019

No había nada que Anna Carter lamentara más esa noche que haber elegido esos zapatos. Llevaba un vestido de punto de color turquesa que a Sam le gustaba especialmente. No era que se arreglase según el gusto de Sam, pero era de su misma opinión con respecto a ese vestido. El sábado había visto en una zapatería del centro de la ciudad unos delicados botines de una piel blanda con unos tacones de aguja de diez centímetros de alto que eran exactamente del mismo color que el vestido. ¿Cuándo se encontraban unos botines azul turquesa? Se había precipitado en la tienda, donde había resultado que ya no quedaban los botines de su talla y ella se los había comprado un número más pequeño, lo que, por supuesto, había sido un error. Al final de la tarde, los pies le dolían tanto que se preguntaba cómo iba a apañárselas para bajar la escalera después y llegar al aparcamiento del otro lado de la calle.

Suspiró.

Junto a la larga y engalanada mesa todavía estaban sentados cuatro hombres y cuatro mujeres. Todos ellos participantes de un curso de cocina para solteros que había empezado en noviembre y que terminaría con un banquete especial en la semana de Navidad. Era la séptima semana en que se reunían los lunes para cocinar en las salas de Trouvemoi, la agencia matrimonial que la amiga de Anna había abierto pocos años antes y que había alcanzado un éxito enorme. Anna se había mostrado escéptica ante el modelo de empresa, pero Dalina había disipado todas sus dudas.

—Es el modelo del futuro. Y del presente. Nunca ha habido en las sociedades de Occidente tantos solteros. Nunca tantos solteros involuntarios. Ya verás, esto funcionará estupendamente.

Y había tenido razón. Trouvemoi ofrecía excursiones para solteros, fines de semana para solteros, salidas para solteros, citas rápidas, cenas a la luz de la luna, etcétera, etcétera, etcétera. Y cursos de cocina para solteros.

De estos últimos se encargaba la mayoría de las veces Anna. Porque cocinaba muy bien. Consideraba una ironía del destino haber tenido que acabar trabajando precisamente para Dalina, cuyas ideas nunca le habían gustado. Después de la estancia en la clínica. Después de perder el trabajo. Después de haberse perdido, en realidad, a sí misma.

Pero no había tenido otra elección. Debía estar agradecida.

—¡Eh, Anna! ¿Todavía sigue aquí? —preguntó alguien. Se percató de que estaba tan inmersa en sus pensamientos que no se había enterado de qué trataba la conversación. Tenía que controlarse. A fin de cuentas se le pagaba para que estuviera allí sosteniendo la conversación. Las personas que habían pagado ese curso tan caro tenían que sentirse a gusto. Relajadas. En el mejor de los casos, incluso listas para enamorarse.

—Por supuesto —respondió esbozando una sonrisa.

El hombre que se había dirigido a ella se llamaba Burt. Anna lo encontraba sumamente antipático. Chillón, insensible. Como se jactaba con frecuencia, estaba orgulloso de dar siempre su opinión, lo que tan solo era un eufemismo de que era irrespetuoso con los demás, decía lo que pensaba de ellos sin que se lo preguntaran y no tenían la menor sensibilidad para saber dónde estaban los límites, de modo que ofendía hasta tal punto a los demás que incluso los hacía llorar.

—Acabamos de decidir entre todos que el sábado que viene nos volveremos a reunir. En un pub. Genial, ¿verdad?

«Oh, Dios —pensó Anna—, ¡otro encuentro más!».

En principio, nadie podría forzarla a acudir a un encuentro excepcional, no formaba parte de su trabajo. Pero sabía con toda certeza lo que diría Dalina, su jefa: «Claro que irás con ellos. Es estupendo que se sientan a gusto como grupo. Pero a partir de ahora no tienen que seguir reuniéndose solos, sino aquí, en las siguientes clases de cocina. Y ahí es donde tú intervienes. Vas con ellos y te cuidas de que se inscriban para el próximo curso de enero».

Discretamente, sacó un poco el pie derecho del botín y consiguió sentir cierto alivio. Si al menos no le doliera tanto. Si al menos se sintiera mejor. Psíquicamente. Si no la esperase un nuevo año tan desolador, tan impredecible. Sabía que había personas que saludaban con alegría todos los cambios de año, que inauguraban enero con las expectativas de que todo sería mejor, de que las esperaba algo bueno. Anna nunca había experimentado tal sentimiento. En el año todavía sin empezar, solo veía el vacío y la nada de un campo sin cultivar. Otros ya tenían ante sus ojos espigas ondulándose en el suave viento estival. Ella, aridez y cardos. Los años de terapia no habían operado ninguna transformación.

Dibujó una sonrisa que esperó no pareciera demasiado forzada.

—Buena idea —dijo animosa—, tengo que confirmar... Espero que vaya bien. Tan cerca de la Navidad...

—No tiene usted ni marido ni hijos, en realidad no debería sufrir el estrés de las Navidades —señaló Burt con su acostumbrado énfasis—. Así que ¿por qué no ir a un pub con amigos? Mejor eso que quedarse sola en casa.

—Tengo un novio —repuso Anna— con el que paso las Navidades.

—Ah, es cierto, su novio —replicó Burt con un tonillo mordaz. Puesto que Sam iba a recogerla a veces después de la clase de cocina, los participantes del curso ya lo conocían—. ¿Por qué no se casan entonces?

—Burt, eso es asunto de Anna —señaló Diane, una joven rubia que era tan atractiva que a Anna siempre le extrañaba que necesitara acudir a actividades para solteros. A lo mejor su problema consistía en que era extremadamente tímida e introvertida.

Anna consultó su reloj y fingió sorprenderse, sin embargo llevaba una hora observando el minutero y rezando para que se moviera más deprisa.

—¡Las diez! —exclamó—. ¡Qué deprisa pasa siempre aquí el tiempo! —Volvió a embutir el pie en el botín y reprimió un gemido de dolor. Se levantó—. Bien, ¿quién me ayuda?

Todos se levantaron de mala gana, habían comido demasiado, algunos habían bebido alcohol, a todos les habría apetecido permanecer sentados en la calidez y apatía nocturna. Pero sabían que la clase duraba hasta las diez y también que Anna era muy precisa al respecto.

Burt se quedó sentado, disfrutando de su vino tinto mientras los demás ayudaban a recoger. Como siempre, todos habían llevado táperes para guardar los restos de comida. El enorme lavaplatos se llenó enseguida y se puso en marcha, se organizó la nevera, se limpiaron las superficies de trabajo y se apagaron las velas. Entre las tareas de Anna se incluía que volviera a la mañana siguiente, vaciara el lavaplatos, se llevara a lavar los manteles y colocara las sillas en su sitio. Pero ahora solo quería irse a casa.

Al final, hasta Burt se dio cuenta de que había concluido la velada y se levantó a regañadientes. Recorrieron el pasillo y a Anna le pareció como si el grupo fuera a desembocar en la noche, en la paz, la oscuridad y el frío de la noche de finales de diciembre, inundándola por unos instantes con sus voces y sus risas, quitándole su magia, rompiendo su silencio. Pues el mundo era en realidad oscuro, brumoso y silencioso. El mar bramaba en la lejanía.

Anna ansiaba tanto estar sola que casi sentía dolor. Recorrió la calle cojeando. Debía de tener unas ampollas enormes en los pies.

Un par de taxis esperaban a los que habían bebido alcohol. Los otros subieron a vehículos de su propiedad. Anna abrió la puerta de su Fiat azul.

«Por fin —pensó—. Por fin tranquila».

Recorrió Scarborough casi de noche. Las luces navideñas de las casas, de los comercios y de las calles brillaban a través de la niebla que subía del mar. Aunque la humedad las difuminaba en gran parte. La noche parecía fría y desoladora, pero Anna sabía que muchas personas habían salido a divertirse. En restaurantes, pubs, bares, clubes. Por todos sitios se celebraban fiestas navideñas, música y risas, cantidades ingentes de alcohol y una exaltación de la alegría. La gente llevaba bolsas de papel y se volvía más desinhibida a medida que pasaban las horas. Anna no simpatizaba en absoluto con tales actividades, en realidad nunca había sido capaz de estar alegre de verdad. Recordaba las fiestas de la escuela en su temprana juventud, esas a las que era obligatorio asistir. Pocas veces había encontrado algo tan espantoso como eso.

—¡Cuidado! —exclamó de repente en voz alta y pisando el freno, arrancada de golpe de sus sombríos recuerdos. Justo delante de ella había surgido de la niebla un pequeño Renault rojo al que se había acercado peligrosamente.

¿Por qué no lo había visto? La niebla tampoco era tan espesa. Quizá había estado demasiado inmersa en sus pensamientos.

«Tengo que concentrarme más», pensó.

Circuló más despacio, manteniéndose a una distancia razonable del vehículo rojo. Observó que el conductor tenía el cabello rubio y largo. Era posible que se tratara de una mujer.

Pasó junto a la Lindhead School, dejó atrás las últimas casas de la ciudad y siguió por Lindhead Road. A derecha e izquierda se extendían prados y pastizales rodeados de cercas y muros de piedra que, por supuesto, solo se llegaban a intuir en la oscuridad. De vez en cuando aparecía una casa, una granja, un Bed and Breakfast. Salvo eso, solo vastedad y silencio. El North Yorkshire National Park empezaba ahí. Con sus valles, sus colinas, sus bosques y campos. Sus numerosos, famosos y apreciados senderos. Donde también se extraviaban algunas personas. Y no pocas veces.

En el cruce de Lindhead Road con Harwood Dale Road el coche rojo frenó tan bruscamente que Anna, que de nuevo se había acercado demasiado a él, tuvo que apretar a fondo el freno para evitar una colisión. Su vehículo prácticamente se detuvo de golpe y el motor se apagó emitiendo un leve sonido.

«¿Y esta qué hace?», se preguntó.

Se percató entonces de por qué la conductora había actuado de ese modo. En el cruce del que partía la carretera en dirección a Scalby había un hombre. O al menos eso parecía ser por su tamaño y estatura el sujeto en cuestión: una figura de una altura poco común y de hombros anchos. Con botas y parca. La capucha cubriéndole el rostro. Estaba situado de tal modo que la conductora que precedía a Anna había tenido que frenar para evitar atropellarlo. El individuo se aproximó a la puerta del acompañante y la abrió.

Anna contempló la escena atónita. ¿Qué hacía un hombre, qué hacía alguien ahí, a esas horas, en ese cruce dejado de la mano de Dios? Se encontraban en medio de la nada. Ya hacía un buen rato que habían dejado atrás Scarborough. Por una dirección, todavía faltaba un buen trecho para llegar a Scalby y lo mismo por la otra, para llegar a Harwood Dale. ¿Quién deambulaba en una noche brumosa y fría de diciembre por ese cruce?

El hombre se subió al coche.

Anna tomó aire.

¡A esas horas de la noche, esa mujer no podía dejar subir en su coche a un desconocido! Al menos, no parecía que lo hubiese dejado subir por propia voluntad. Todo había ido muy deprisa. Había dado un frenazo para evitar un accidente y un segundo después el hombre estaba dentro del coche, a su lado. Incluso si ella hubiera intentado accionar el cierre centralizado es probable que no lo hubiese conseguido al ocurrir todo tan deprisa y tan inesperadamente.

Anna miró con atención el interior del vehículo. La melena rubia y larga de la conductora… Podría tratarse de Diane. Diane, del curso de cocina para solteros. Como Anna, vivía en Harwood Dale. Era lógico que también estuviera camino de casa. ¿Llevaba un coche rojo? Anna no estaba segura.

Hizo señales con las luces para que la conductora supiera que no estaba sola.

—Bájate y ven aquí —murmuró—. Venga, ¡hazlo ya!

La mujer, Diane tal vez, tenía que haber visto la señal, pero no hizo ningún intento de dejar el coche. ¿Porque no podía? ¿Porque la estaban amenazando? ¿Iría ese hombre armado?

Anna trató de recordar si le había visto algo en las manos, pero no lo consiguió. Todo había pasado de una forma tan inesperada, tan repentina.

¿O estaba el hombre ahí aguardando porque había quedado con la mujer?

Pero en ese lugar… ¿Quién iba a quedar justo ahí?

Mientras Anna todavía pensaba qué hacer, el vehículo rojo se puso en movimiento.

«Tengo que seguirlos», pensó.

El coche rojo desapareció en la curva en dirección a Harwood Dale. Anna accionó la llave de contacto. El motor traqueteó un instante y luego volvió a enmudecer.

—¡Joder! —gritó.

La humedad. Con la humedad su viejo cacharro era impredecible.

—Venga —musitó—. ¡Venga!

Sabía que lo mejor era esperar entre cada uno de los intentos de encenderlo, eso aumentaba las probabilidades de que en algún momento funcionara. Pero en ese tiempo podían pasar las peores cosas. Inquieta, lo intentó un par de veces seguidas. El motor se limitó a resollar suavemente.

Esperó. Temblaba. No dejaba de mirar por el retrovisor para encender las luces intermitentes si aparecían unos faros en la lejanía. Se sentía muy incómoda, ahí en medio de la carretera. Un choque frontal sería el colmo. Pero la noche permanecía oscura y silenciosa.

Al cabo de cinco minutos volvió a intentarlo y esta vez el motor se puso en marcha.

Por fin.

Siguió adelante. A una velocidad excesiva. Sabía que el coche con la mujer y el desconocido ya debía de estar muy lejos. Ni siquiera había apuntado la matrícula.

«Todo lo que hago lo hago mal».

Pasó de largo Woodpeckers Cottage, un Bed and Breakfast en el que no había ninguna luz encendida. El edificio parecía abandonado. A lo mejor los propietarios se ausentaban durante el invierno.

Un poco más lejos había un estacionamiento justo delante de

una dehesa para ovejas. La primera vez que Sam la acompañó a casa, al comienzo mismo de su relación, se habían parado ahí y besuqueado durante horas. Había sido una clara noche de verano, con el cielo iluminado hasta el amanecer. Anna recordó el hechizo que había sentido entonces. Como si algo fuese a mejor. Definitivamente.

Ahora vio el vehículo rojo detenido en el aparcamiento. Muy cerca de la valla del prado, es decir, algo alejado de la carretera. Las luces estaban apagadas. Anna solo se había percatado porque por la fracción de un segundo había aparecido en el cono de luz de sus propias luces largas. Luego había pasado de largo. Redujo la velocidad. ¿Cómo era que estaban ahí?

¿Así que una pareja de tortolitos? ¿Que se estaban besuqueando en ese lugar como habían hecho ella misma y Sam?

«Debería dar la vuelta —pensó—, asegurarme».

Conducía ahora lenta como un caracol. Dudando. ¿Ir a comprobarlo y hacer el ridículo? ¿Correr ella misma peligro?

¿Acaso tenía algún interés en esa gente?

Había hecho señales con las luces a la mujer, pero no había recibido respuesta. La conductora no debería haber arrancado, ¿no?

¿Y si le habían puesto un cuchillo en el cuello?

Pero entonces podría haber saltado a toda prisa del coche.

Si es que conseguía desabrocharse el cinturón antes de que el sujeto se lo clavara.

«¿Por qué me suceden a mí estas cosas?», pensó.

Estaba cansada. Le ardían los pies. Quería meterse en la cama.

Se detuvo y volvió a mirar por el retrovisor. Muy a lo lejos vio unos faros. O bien alguien pasaba por ahí o el coche rojo había vuelto a ponerse en marcha. Si esto último era el caso, había perdido la ocasión de comprobar si todo estaba en orden.

Era probable que todo estuviera en orden. No estaba en *Crime Watch*, el programa donde se reconstruían crímenes.

No podía quedarse el resto de la noche en medio de la carretera.

Anna se marchó a casa.

Martes, 17 de diciembre

1

Kate Linville no solía preocuparse por su forma de vestir, lo que estaba relacionado con el hecho de que no sabía lo que le sentaba bien y lo que no le sentaba bien, incluso se equivocaba cuando pasaba horas pensando y probándose. O justo en esas ocasiones, a lo mejor. Nunca estaba al tanto de las tendencias de la moda y cuando lo estaba era señal de que ya habían caducado. Pero, incluso si hubiese conseguido vestir según los dictámenes de la moda, dudaba de que eso hubiese cambiado en algo su total invisibilidad. Prendas que a otras personas les quedaban estupendamente bien no surtían el menor efecto en ella. Tenía buen tipo, aunque algunos tal vez opinarían que estaba demasiado delgada. Pero eso era todo. Por lo demás, pasaba completamente desapercibida. A las personas como ella se las calificaba de grises. Ni feas. Ni hermosas.

Simplemente, nada.

Con el paso del tiempo, Kate se había acostumbrado a ir a lo seguro y ponerse cada día más o menos lo mismo. Un pantalón negro, zapatos de cordón o botas negras, una camiseta limpia blanca y una americana negra o gris. Así no se equivocaba. Podía caminar una eternidad con los zapatos y cuando tenía calor se quitaba la americana. En invierno llevaba un abrigo encima.

Por las mañanas, como no se maquillaba y solo se pasaba el cepillo por el cabello castaño liso, solía estar enseguida lista.

Ese día, sin embargo, se detuvo delante del armario del dormitorio y pensó. Era un día frío y gris. Llovía, pero era posible que la lluvia acabara siendo nieve.

La semana siguiente era Navidad. Kate no quería ni pensarlo.

—¿Crees que hoy debería ponerme algo especial? —preguntó en dirección a la cama. Messy, su gata negra, estaba ahí tendida entre los cojines desordenados y mirándola con atención. Por desgracia, no pudo contestar a la pregunta. En lugar de ello empezó a lamerse las patas con esmero.

Ese día se presentaría la nueva jefa del departamento de investigación criminal de Scarborough y Kate estaba horrorizada. Y sin embargo no sabía nada de esa mujer que a partir de entonces sería su compañera directa. La inspectora Pamela Graybourne. Por algún acuerdo del comisario jefe se trasladaba ahí desde Manchester. Posiblemente no había sido tan fácil de conseguir, de lo contrario no se habría tardado tanto y no se haría justo antes de que terminara el año. Por supuesto, que el jefe recurriera a alguien de fuera y no a una persona de su propio ámbito los había sorprendido a todos, pero eso a él le importaba un rábano, como siempre. Kate, sobre todo, se sintió molesta, aunque había supuesto que no tendría ninguna posibilidad. Solo llevaba en la policía de Yorkshire del Norte desde el verano, pero ya era más tiempo del que podía decir que llevaba la nueva. Por otra parte, si era sincera, a ojos del comisario jefe y de los suyos mismos, ya la había pifiado en su primer caso. Para ser más exactos: había salido casi traumatizada de él.

Como era habitual, apretó los dientes y siguió adelante.

Seguir adelante era su lema vital. No mirar demasiado ni a

izquierda ni a derecha, ni tampoco atrás, solo hacia delante y no detenerse.

Pero tal vez sus superiores sabían que no estaba bien psíquicamente. O lo sospechaban.

Además, había infringido las normas. Ella pensaba que por pura necesidad, pero el jefe no era del mismo parecer.

Aparte de todo esto, solo ostentaba el rango de sargento. Ya entrada la cuarentena, debería ocupar uno más alto. Nadie la había propuesto nunca para el examen que permitía un ascenso, algo que solía hacer un superior. A partir de ese día, Pamela Graybourne.

Al final, Kate se vistió como siempre, pero se había entretenido tanto que no pudo desayunar. Solo contaba con tiempo suficiente para poner comida en el cuenco de Messy, llenarle un recipiente de agua y tomarse de pie y a toda prisa media taza de café. Luego salió de la casita que había heredado de su padre en las afueras de Scarborough.

Su padre..., otro trauma más.

«Mejor no pensar», se dijo.

Corrió a través de la lluvia, las gotas se clavaban en su piel como agujas. Ya estaban ligeramente cristalizadas. Se lo había temido, por la noche a más tardar nevaría. La noche. Ya la añoraba. Deseaba haber superado el día que tenía ante sí.

La inspectora Pamela Graybourne ya estaba allí cuando Kate llegó. Esta sabía que no se había retrasado demasiado, aunque habría causado una mejor impresión si no hubiese entrado después de su nueva jefa. Era evidente que Pamela ya se había instalado en su nuevo despacho —que antes había sido de Caleb Hale—, pues se había sentado detrás del escritorio, había colocado las dos butacas que antes se encontraban en un rincón en medio de la habitación y había puesto una planta sorprendentemente grande en el rincón. Además, en la pared colgaba un nuevo cuadro, un póster sin ningún gran valor probablemente, pero muy bonito. Sin lugar a dudas, la habitación había ganado. La inspectora Graybourne tenía buen gusto.

Salió de detrás del escritorio cuando Kate entró vacilante tras haber llamado a la puerta.

—Ah…, sargento Linville, ¿cierto? —Le tendió la mano y estrechó con fuerza la de Kate—. Me han hablado mucho de usted.

Kate supuso que no le habrían dicho nada francamente bueno. No supo qué contestar.

—Oh —dijo y pensó justo después: ¿se puede ser más mema? Pamela insinuó una sonrisa.

—Sé que ha sido un mal verano. Un mal caso. Un feo final.

—Fue muy duro —confirmó Kate, aunque duro no era ni mucho menos el concepto adecuado para definir lo ocurrido en agosto.

—Lo más duro se lo llevó sin duda Sophia Lewis —observó Pamela. Kate sabía que ni siquiera había tenido que informarse para saberlo todo, pues el caso había ocupado los titulares de prensa durante semanas. Todo el país había estado buscando a la mujer raptada. Una mujer paralítica a la que su secuestrador se jactaba de haber enterrado viva en una caja. Tras una pelea con Kate, durante la cual ella le había disparado, el criminal había muerto. Hasta la fecha, no se había encontrado el cuerpo de Sophia Lewis.

—Por supuesto —respondió Kate al comentario de Pamela. La observó con discreción. Pamela casi la superaba una cabeza en altura, una mujer con un aspecto de una sencillez radical. Llevaba un traje pantalón gris y unos zapatos casi tan prácticos como los de Kate, tenía el cabello de un rubio oscuro, muy corto y con una buena cantidad de hebras de color blanco. Nada de maquillaje. Su apariencia podría haber sido gris, pero no lo era.

Era una mujer con presencia. Que causaba una gran impresión. Una mujer que atraía la atención y despertaba interés.

«Totalmente distinta a mí —pensó Kate—. No es extraño que ella haya obtenido el puesto. Es probable que sea una persona fabulosa para ocupar este puesto».

—Sé que llegó aquí procedente de Scotland Yard para trabajar con el comisario Caleb Hale —dijo Pamela—. Pero él presentó su dimisión. Tras lo ocurrido este verano.

—Sí.

—Y a su sucesor, el inspector Robert Stewart, lo mató un psicópata de un tiro —prosiguió Pamela—. Después de que usted y él entrasen sin ninguna protección en una casa en la que se había atrincherado el asesino con unos rehenes.

Kate se reprimió la observación de que ignoraban la presencia de rehenes. Podría haber indicado además que ella ya lo había advertido, pero que Robert Stewart, como su superior, había impuesto su criterio sin reflexionar. Y eso le había costado la vida. Kate no quería hablar mal de los muertos, así que calló.

Quizá algún día surgiría la oportunidad de poder explicar lo que en realidad había sucedido.

Pamela la observó fríamente.

—Sargento, no quiero ocultarle que ocupo mi puesto con una opinión preconcebida de usted, incluso si sé que debería evitarlo. Y, por descontado, estoy muy dispuesta a cambiar de parecer, pero que eso sea posible depende sobre todo de usted.

Kate volvió a callar.

—Tengo la impresión de que no acaba de adaptarse a las normas y que le gusta tomar sus propias decisiones —prosiguió Pamela—. Y, como seguro que usted misma habrá comprobado, eso no siempre conduce a buenos resultados… Si le soy sincera, estoy un poco extrañada de que después de todo lo sucedido este verano no la hayan suspendido del servicio y no haya tenido que enfrentarse a un procedimiento disciplinario. Solo me lo puedo explicar por la sobrecarga general de la policía. Y por la situación especial que atraviesa aquí el departamento de investigación criminal, en el que primero se suspendió de sus funciones al comisario, quien dimitió después, y mataron de un tiro a su sucesor. Se aferran a usted, sargento, porque de lo contrario este departamento ya no existiría.

«Claro —pensó Kate—, aunque en el fondo soy un auténtico desastre».

La invadió la rabia mezclada con la tristeza y se esforzó por ocultar detrás de un rostro impasible ambos sentimientos. Ya llevaba medio año en Scarborough. Tras una larga lucha interior, había dejado Londres y su puesto en Scotland Yard, había regresado a su ciudad natal con cuanto tenía, movida por la sensación de necesitar empezar de nuevo y de poder conseguirlo. Sin embargo, ya con su primer caso se había ganado justo el mismo trato que recibía en Scotland Yard: sus superiores desconfiaban de ella y no obtenía ningún reconocimiento por las tareas realizadas. No la aceptaban de verdad, pero la aguantaban. En lugar de emprender un nuevo comienzo, en un abrir y cerrar de ojos había conseguido volver a su antigua situación. En realidad odiaba esa perogrullada que tanto les gustaba citar a quienes intentaban desanimar a los que se atrevían a realizar un cambio: «¡Hagas lo que hagas, siempre cargas con tus problemas!».

Al final, algo de cierto había en ello.

—No voy a perderla de vista, sargento —advirtió Pamela—. Quiero que lo tenga en cuenta. No voy a permitir ni incursiones en solitario ni la más mínima vulneración de las normas o una laxa interpretación de estas. Si se atiene a ello, usted y yo nos entenderemos.

Flotaba en la habitación la frase no pronunciada: si no, tendrá usted un problema enorme.

—Espero que haya quedado claro, sargento.

—En efecto, inspectora.

Pamela asintió.

—Está bien. Repasemos ahora lo que está pendiente. Naturalmente, me he informado antes con todo detalle, pero me gustaría conocer su opinión.

Al menos, pensó Kate, es honesta. Me incluye. Aunque de hecho hay muy poco personal. Excluirme sería difícil.

En la media hora que siguió, revisaron los casos actuales. Había mucho trabajo, pero nada impenetrable o que plantease una incógnita. El más espectacular era el de una anciana, Patricia Walters, que había muerto después de que la persona que se ocupaba de ella hubiese desaparecido sin haber llegado a un acuerdo previo. Le había dejado comida y bebida para varios días, pero la anciana se había caído por la escalera de su casa y había muerto como consecuencia de ese accidente. La hija, asombrada porque nadie atendía sus llamadas telefónicas, había llegado del sur de Inglaterra y se había encontrado a su madre sin vida. Había acusado a la cuidadora de homicidio imprudente y la policía había emitido una orden de búsqueda y captura porque la joven se había esfumado sin dejar huella.

—Lo mejor es que vuelva a visitar a la hija —dijo Pamela—. Necesitamos más datos sobre la cuidadora desaparecida: Mila Henderson. Si he entendido bien, la hija vive ahora en la casa de su madre, aquí, en Scarborough.

—Es la misma información de que dispongo —respondió Kate—. De acuerdo. Ahora mismo me pongo en camino.

Estaba contenta de poder evitar a la resoluta Pamela. Aunque seguro que había cosas más agradables que hacer que sentarse frente a la hija, probablemente traumatizada, de una mujer que había sufrido una muerte espantosa.

2

Hora y media después, Kate salía de la casa de la fallecida, situada en la bahía norte de Scarborough y desde la cual se tenían unas maravillosas vistas del mar. Estaba un poco decepcionada: la hija, Eleonore Walters, no parecía traumatizada, sino sobre todo sedienta de venganza, pese a que Kate entendía que ambos sentimientos podían estar enlazados. No obstante, Eleonore había repetido con demasiada frecuencia que había tenido que viajar desde Southampton para llegar allí y verse obligada a solucionarlo todo. ¿Eran esos los pensamientos predominantes cuando se acababa de perder a una madre? Solo se refería a la cuidadora como la «golfa».

—Era relativamente joven. Treinta años. Con formación en el cuidado de ancianos. Buenas referencias. Me pareció que se podía confiar en ella. Era fácil equivocarse. ¡Se lo debe de estar pasando en grande con el novio en algún lugar y se ha olvidado de todo!

—¿Novio? ¿Lo conocía usted?

—No.

—Entonces ¿sabe usted si Mila Henderson tiene o no novio?

Eleonore Walters reconoció a regañadientes que, de hecho, lo ignoraba.

—Pero ¿qué otra cosa puede haber sido? ¿Por qué se olvidan las jóvenes de sus obligaciones si no es porque se juntan con un muchacho cualquiera?

—Bueno, hay más posibilidades.

—Yo supongo que se fue alegremente de fin de semana a algún sitio. Regresó el domingo por la tarde y descubrió a mi madre muerta al pie de la escalera. Sabía que se le venía encima un montón de problemas. Y se largó. Llevándoselo todo. Su habitación está vacía. Ni trastos, ni ropa, nada en el baño. Esta ha puesto pies en polvorosa.

—Es una suposición.

—Le he pagado mucho dinero a esa golfa, ¿sabe? Mi madre no era una enferma dependiente. Nunca hubiésemos conseguido que la compañía de seguros pagase a una cuidadora para las veinticuatro horas del día. Pero mi madre no se tenía segura de pie y a veces se desorientaba. No se la podía dejar sola, el peligro de que tuviera un accidente era demasiado grande. Tal como ha quedado en evidencia. Seguro que esa desgraciada se ha embolsado tan contenta el dinero. Que, por supuesto, yo no volveré a ver.

Pero al menos heredaría, era de suponer, esa preciosa casa. Kate encontró extraño que esa mujer se aferrase tanto a la cuestión del dinero. Tal vez escondía su dolor detrás de ello.

Cuando acompañó a Kate a la puerta le dijo:

—Espero que encuentre a esa persona. No puede salirse con la suya tan fácilmente.

—Creo que la encontraremos —contestó Kate—. Es sumamente difícil permanecer para siempre oculto.

Al regresar al coche, la lluvia ya se había convertido en nieve. Las farolas y barandillas ya estaban cubiertas por una capa de azúcar en polvo y el día, hasta el momento inhóspito, adquiría un aire navideño. Todavía faltaba una semana para la fiesta. Kate se hundió en el asiento del conductor y contempló los copos remolineando. La Navidad era una fecha horrible que había que superar cada año. No para todos. Pero sí para una mujer sola de cuarenta y cuatro años que compartía su vida exclusivamente con una gata. Cada año volvía a plantearse cómo pasar esos días festivos. Aguantar la música sentimental en la radio, los adornos luminosos del centro de la ciudad, las películas de televisión que hablaban de amor y comunión.

—¿Hay alguien que se cuestione lo que esta celebración significa para los solteros permanentes? —preguntó en voz alta, aunque nadie la oía. O porque nadie la oía. Porque prefería morirse antes de que se supiera lo mal que se sentía a veces.

Encendió el motor y se puso en marcha.

Diez minutos más tarde se detuvo delante de un poco llamativo edificio situado en South Cliff, aunque en tercera línea y, por ello, sin vistas a la bahía y el mar. Calles silenciosas y pequeños parques a lo largo de cuyos caminos se había colocado carteles que facilitaban información y aclaraciones sobre las aves marinas locales. Por todas partes había bancos que ahora estaban cubiertos de nieve. El edificio en sí tampoco desvelaba que allí se encontrara una agencia matrimonial, era de suponer que la discreción formaba parte del negocio. Solo en la placa de los timbres vio la indicación: Trouvemoi.

Había encontrado la agencia en internet y había estado dándole vueltas a si se registraba en ella o no. Lo más sencillo habría sido hacerlo online, pero no se había decidido, había dudado y vacilado y había ido postergando tomar una decisión. Ese día había resuelto presentarse directamente en el lugar.

O ahora o nunca, pensó.

Vivir sola la hacía sufrir y a veces tenía la sensación de que nada cambiaría si no tomaba ella misma las riendas de su destino.

A esas alturas, encontraba mortales los fines de semana, sobre todo los domingos. Eran mucho peores que los sábados, cuya mañana ella empleaba en comprar la comida para la semana, abastecerse de pienso para gatos o adquirir cualquier otra cosa que necesitara para la casa y el jardín. Los sábados la gente todavía deambulaba apresurada por la ciudad y el día estaba lleno de una intensa actividad que, sin embargo, disminuía por la tarde. El sábado por la tarde Kate siempre notaba que la melancolía empezaba a adueñarse de ella y se preguntaba por qué no se sentaba nadie en el sofá a su lado y veía la quinta temporada de una serie de Netflix mientras ambos comían una pizza en una caja de cartón. Alguien que fuera con ella a pasear al borde del mar cuando hubiese oscurecido. O que intentara preparar algo sabroso y convirtiera la cocina en un campo de batalla.

Esas eran las cosas que Kate sabía sobre todo por libros y películas, por lo que otros contaban y por su propia y breve relación sentimental, y las que anhelaba dolorosamente. Anhelaba que hubiera alguien con quien poder hacer algo no espectacular, así de simple. Alguien que la protegiera de citas urgentes con personas con quienes al cabo de cinco minutos ya sabía que esa noche sería tan dura como un chicle demasiado mascado. Kate conocía muy bien cómo eran las citas a las que se acudía únicamente para huir de la soledad y seguir los consejos que se daban en todos los manuales: ¡Haz algo por tu felicidad! ¡Sal y aprovecha el día! ¡No te quedes sin hacer nada! ¡Socializa! ¡Toma la iniciativa!

La realidad era más complicada de como la describían todos esos manuales. Relacionarse con la gente podía agudizar el problema. A veces era menos deprimente sentarse sola frente al televisor con una copa de vino para consolarse que encontrarse en un restaurante con una persona desagradablemente alegre que no hacía más que jactarse toda la noche de lo estupenda que era su vida. Nadie que no estuviera desesperado se reuniría voluntariamente con ella. A Kate, al menos, nunca le parecía más miserable su soledad que en esos momentos.

Pese a ello, había dudado a la hora de matricularse en Trouvemoi. En Londres había acudido a la agencia Parship y había asistido a algunas citas, pero nunca se había preocupado por tropezar allí con algún conocido. Londres era una ciudad enorme, la probabilidad de que alguien de su entorno profesional se enterase de lo que hacía en su tiempo libre era muy reducida. En

Scarborough era distinto. La ciudad no era especialmente grande, uno se cruzaba una y otra vez con conocidos. Kate sabía que no era nada vergonzoso buscar pareja de forma activa, pero tenía miedo de que eso se convirtiera en tema de conversación en su trabajo. Se le revolvía el estómago solo de pensar en la mirada burlona que le dirigiría Pamela Graybourne si se enteraba de que acudía a citas rápidas.

Sin embargo…, si no seguía buscando, cada vez se vería más como una persona apática, que esperaba en casa algo que nunca llegaba. Y puesto que Parship no había dado resultado, esta vez lo intentaría de otro modo. Trouvemoi brindaba a sus clientes la oportunidad de conocerse en la vida real compartiendo intereses comunes. Tal vez eso representaría para ella una mejor oportunidad de salir airosa.

Si ahora no entraba y se registraba no lo haría nunca. No es que creyera que iba a encontrar al hombre de su vida en la semana que quedaba para Navidad. Pero, incluso si se matriculaba para un curso que se realizaría en enero, tendría la sensación de haber puesto algo en marcha, de haber iniciado un proceso. Y que tal vez en la próxima Navidad… Pulsó el timbre.

A lo mejor no había nadie. Un martes por la mañana… Entonces ya se terminaba el problema.

El portero automático emitió un zumbido y Kate abrió la puerta. Ante ella se extendía un pasillo en cuyo extremo se abrió otra puerta. Una joven asomó la cabeza.

—Hola —dijo.

—Hola —respondió Kate—. ¿Es usted de Trouvemoi?

—Dalina Jennings. La empresa es mía. —Tendió la mano a Kate—. Pase, por favor.

Kate entró en el apartamento. A primera vista distinguió un pasillo estrecho y tres habitaciones grandes. También una cocina muy grande. En el pasillo había un cesto de la ropa en el que se amontonaban unos paños sucios. Dalina le siguió la mirada.

—Ayer por la tarde hubo curso de cocina. Con la subsiguiente cena. La profesora debería haber venido esta mañana para recogerlo todo, pero ha llamado diciendo que no se encuentra bien. Es muy raro, ayer estaba estupenda. —Dalina parecía disgustada, incluso si se esforzaba por ocultarlo—. Tengo que contratar a alguien urgentemente. Hoy por la tarde vienen a tomar café los solteros de más edad y ahora yo tendré que limpiarlo todo. Poner la mesa, vaciar el lavaplatos y... —Se interrumpió—. Pero no ha venido usted aquí para escuchar mis problemas con una empleada, señora...

—Linville. Kate Linville.

—Venga. —Dalina la condujo a una sala más pequeña que se hallaba justo al lado de la cocina. Ahí se elevaban unas estanterías llenas de archivadores, un gran escritorio con un monitor, dos butacas y en la pared un famoso cartel de cine: Leonardo DiCaprio y Kate Winslet en la proa del Titanic impregnados por la luz rojiza de la puesta de sol. Con él se sugería la idea de una pareja de enamorados a la que esperaba un brillante futuro... Kate encontró la imagen más bien inapropiada, pues todo el mundo sabía que poco después el barco se hundía y Leonardo iba a morir.

Por otra parte, pensó, tal vez fuera simplemente realista: si es posible una felicidad compartida, dura poco.

—Tome asiento —indicó Dalina. Ella se sentó detrás del escritorio e inició el ordenador. Kate tuvo la sensación de que ya no saldría de ahí sin haber reservado al menos una propuesta. La mujer le parecía de una habilidad extrema para los negocios.

—Son salas muy amplias, la verdad —comentó por decir algo.

—Sí, simplemente perfectas —dijo Dalina—. Antes había aquí un restaurante. De ahí esa cocina tan estupenda. Se ajusta de maravilla al curso de cocina para solteros. Sabe, muchos lo intentan ahora a través de Tinder… Deslizas a derecha, deslizas a izquierda… Como si se pudiera juzgar tan deprisa y solo a partir de una foto quién encaja contigo y quién no. En comparación, yo he apostado por una fórmula anticuada. Mis clientes realizan proyectos comunes. Y solo puedo decirle que funciona a la perfección.

«¿Por qué la gente no se encuentra más en el día a día?», se preguntó Kate. Al menos sabía por qué no en su caso: ¿dónde iba a conocer a alguien? De hecho, solo el trabajo y los compañeros le ofrecían esa oportunidad, pero de ahí no había sacado ningún provecho. Y era probable que ella también fuera demasiado tímida, eso era todo. No se atrevía a dirigirse con determinación a otras personas, a los hombres.

—Así que Kate Linville —anunció Dalina introduciendo el nombre en el ordenador—. ¿Me dice su dirección y la fecha de nacimiento?

Kate le informó de ambos datos y pensó que esa mujer, relativamente joven, sabía cómo dirigir su negocio. En los dos minutos que llevaba en el local de la agencia, ya estaba registrada en el ordenador y se había convertido en clienta. En un suspiro. Se sentía atropellada, pero se obligó a guardar la calma.

«Alégrate. Si no te atropellaran, es probable que no te decidieras».

—¿Cuál es su profesión? —preguntó Dalina.

Kate se estremeció. No quería decirle en qué trabajaba. De ese modo se acercaban demasiado a su intimidad, sabían demasiado de ella.

Dalina la miró inquisitiva.

¿Por qué no se le había ocurrido nada a tiempo? Nadie pasaba unos minutos pensando cuál era su profesión. Recordó el caso de la asistente de ancianos que acababa de investigar.

—Cuido de personas mayores —respondió, a lo que añadió rápidamente—: Me refiero a que organizo su asistencia.

¿Se podía ser más tonto? No tenía ni la más remota idea de ese oficio. Además, en una ciudad tan pequeña sería fácil descubrir que había mentido. ¿Por qué no había respondido simplemente que no quería dar a conocer su profesión? ¿Qué más le daba a Dalina Jennings? Si no la hubiesen admitido sin proporcionar los datos de su trabajo, ella se habría marchado. A fin de cuentas, su vida no dependía de Trouvemoi.

«Alguien con más seguridad que yo —pensó— habría sabido instintivamente qué hacer».

—Ah, qué estupendo —dijo Dalina—, qué tarea tan importante, ¿verdad?

Kate supuso que diría lo mismo de cada profesión. Formaba parte de su trabajo crear una atmósfera positiva y optimista y aprobar todo lo que hacían sus clientes.

—Pero seguramente le absorbe mucho tiempo, ¿no? No es extraño que las oportunidades de encontrar pareja se queden por el camino.

—Hum…, sí…

—Bien, en cualquier caso, está usted donde tiene que estar. ¿Cuántas personas se imagina que han encontrado pareja en estas salas?

A Kate le habría parecido muy interesante conocer la cifra exacta, pero Dalina se detuvo para no entrar prudentemente en detalles.

—¿Qué es lo que tiene en mente? Lo cierto es que lo ofrecemos todo. Y además para todo tipo de tendencias. Si me permite: ¿está usted interesada en una relación heterosexual?

—Sí. Heterosexual. Es decir…, un hombre.

«Estoy tartamudeando como una escolar».

—Tenemos citas rápidas, cenas a la luz de las velas, paseos para solteros, fines de semana para solteros, viajes a ciudades… ¿Ha pensado ya en algo determinado?

Kate había evaluado muchas cosas, pero no había llegado a ninguna conclusión. En ningún caso le interesaba un fin de semana o un viaje tan pronto... En ese momento recordó la ropa en el cesto y que Dalina tenía que poner orden en la cocina utilizada la noche anterior y pensó: «¿Por qué no? Lo mismo da y además es lo primero prácticamente con lo que me he topado».

—Un curso de cocina —dijo.

Dalina parecía encantada. Quizá porque los cursos de cocina eran especialmente caros.

—Justo eso le habría aconsejado yo. Nuestros cursos de cocina duran ocho semanas, cada lunes por la tarde a partir de las siete. Participan de seis a ocho personas y el mismo número de hombres que de mujeres. Lo bueno es que no se ven solo una vez, sino varias. Se crea un grupo, un sentimiento de pertenencia. Y así es fácil que surja algo más.

—Sí, suena bien.

—El curso actual termina el lunes que viene. El siguiente empieza el 13 de enero.

Eso al menos le daba algo de tiempo.

—Sí. Me apunto a ese.

—Bien. La apunto. La profesora, Anna Carter, le gustará. Es muy competente y simpática, además cocina de fábula. ¿Sabe usted cocinar?

—No. Prácticamente nada.

—Mejor, así mata dos pájaros de un tiro. Aprenderá a preparar un par de platos magníficos y encontrará de paso a su príncipe.

«En este entorno, habrá que acostumbrarse a este vocabulario», pensó Kate.

En un abrir y cerrar de ojos, Dalina imprimió el contrato y Kate lo firmó pese a la elevadísima suma que tendría que pagar para aprender a cocinar y hallar a un príncipe. Todo había ido tan deprisa que casi se mareó.

Salió de nuevo a la calle, en medio del remolino de copos. Bien. Al menos había entrado en acción. Nadie le echaría en cara que se quedara gimoteando en casa. Se enfrentaría al problema. En enero.

De ese modo, no solo tenía una buena intención para el nuevo año, sino que casi la había llevado a la práctica.

3

Carmen Rodríguez empujó el carrito de la limpieza por los estrechos pasillos del Crown Spa Hotel. Como siempre, la gruesa moqueta roja ahogaba todos los ruidos. No había muchas habitaciones ocupadas, no era la temporada en que la gente acudía en masa a la costa. Aun así, la semana próxima, por Navidades, el establecimiento casi estaría completo. Naturalmente, eso significaba más trabajo. Pero también más propinas.

Carmen había terminado su jornada. Había empezado a trabajar a primera hora de la mañana y a cambio tenía la tarde libre. Había pasado la aspiradora por las habitaciones, hecho las camas, limpiado los baños y cambiado las toallas. Le gustaba el trabajo. Procedente de España, se había instalado en Inglaterra por su novio y había encontrado trabajo en el mismo hotel en que él estaba empleado. Por las mañanas, él se ocupaba de la recepción, pero ahora también tenía un par de horas libres y por la tarde volvería a su puesto de trabajo.

Ese día Carmen estaba inquieta porque su compañera y amiga, Diane, no había aparecido. A Diane no le gustaba especialmente su trabajo en Crown Spa, pero era muy cumplidora. Si hubiese estado enferma lo habría comunicado, tanto al ama de llaves, que era su jefa directa, como a ella, su amiga. Pero el ama de llaves había ido a ver a Carmen y le había preguntado si tenía noticias de Diane y por eso se había enterado de que su amiga no se había puesto en contacto con su jefa. Era algo muy extraño.

Durante la mañana, Carmen le había enviado varios mensajes por WhatsApp, pero Diane no le había contestado. Había estado en línea por última vez a las seis de la tarde del día anterior, luego se había desconectado.

Eso también era muy extraño.

Guardó el carrito y los artículos de limpieza en el armario, se cambió de ropa, se cepilló con esmero el cabello e hizo un nuevo intento de contactar con Diane a través del teléfono fijo. Ya lo había probado varias veces. Nadie contestaba.

Soltó un leve grito cuando alguien la abrazó por detrás y se estrechó contra ella.

—¡Hola, mujer ideal! —susurró Liam en su oído.

Por regla general le gustaba que él le demostrara siempre que podía lo estupenda que la encontraba, pero ese día estaba desasosegada. Se liberó del abrazo, irritada.

—¡Me has asustado!

—Bah, qué dices. Tú no te asustas tan fácilmente.

—Diane ha desaparecido.

—¿Cómo que desaparecido?

—Hoy no ha venido a trabajar.

—A lo mejor se ha resfriado o algo por el estilo.

—Me lo habría dicho. No contesta a mis mensajes. No coge el teléfono. Es muy raro.

A Liam no le gustaba especialmente Diane, aunque tenía que admitir que era muy atractiva. Pero era tan reservada y con esa tímida vocecita... Siempre se preguntaba qué veía Carmen en ella.

—¿Tampoco ha llamado al hotel?

—No.

—A lo mejor está durmiendo la mona —dijo Liam y no pudo evitar echarse a reír de sus propias palabras. Diane, pillando un pedal... Qué idea tan disparatada.

—Me gustaría ir a su casa —anunció Carmen.

Liam resopló.

—Oh, no... Pensaba que haríamos algo bonito juntos...

—Es mi amiga, Liam. Ahora no puedo concentrarme en nada más.

—De acuerdo —respondió él —, ¡de acuerdo! —Sabía cómo iba a acabar eso: no sería Carmen quien fuera a ver a Diane, sino los dos. Porque Carmen no tenía ni coche ni carnet de conducir.

Media hora más tarde, los dos estaban camino de Harwood Dale. Caían unos gruesos copos y a su alrededor todo estaba cubierto de una espesa capa de nieve. Los árboles desnudos se veían cada vez más borrosos en el horizonte, todo era silencio, blancura, niebla. La nieve lo tapaba todo.

—Hacía mucho que no nevaba tanto por aquí —señaló Liam. El coche había resbalado un par de veces y las ruedas parecían haber derrapado, pero Liam había sabido controlar la situación. Era un buen conductor. Ese día, Carmen le estaba especialmente agradecida por eso.

Harwood Dale era un pueblo que casi no se podía definir como tal. Estaba compuesto por unas granjas totalmente dispersas y por unas casitas situadas al borde de angostos caminos de tierra o calles sin asfaltar que partían de la calle principal. El lugar tenía algo más de cien habitantes. Pertenecía al North Yorkshire National Park con su grandioso, salvaje y muy solitario paisaje.

Diane vivía en una casa sencilla de piedra marrón y con una terraza acristalada; la construcción parecía, como todas las demás, haber sido lanzada al azar en esa localidad. En la planta baja vivía un matrimonio mayor que, después de que sus hijos se hubiesen mudado, había rehabilitado el primer piso como vivienda separada y la alquilaban. Diane vivía ahí, en unas diminutas habitaciones abuhardilladas. No tenía balcón ni salida al jardín, pero sí una hermosa vista panorámica. No obstante, esta podía ser bastante desoladora algunos días fríos y grises de invierno. Hoy no era el caso. La nieve embellecía la monotonía.

Pero lo que enseguida sorprendió a Carmen fue que el coche de Diane no estuviera en el camino de entrada.

—¡Siempre lo deja ahí cuando está en casa! —exclamó.

—A lo mejor lo ha metido en el garaje —opinó Liam.

—Ahí está el del propietario. No parece que Diane esté en casa.

Aun así, los dos bajaron y pulsaron el timbre de la joven. Nadie contestó. Carmen llamó al de los propietarios y poco después abrió la señora.

—Ah, señorita Rodríguez. ¡Buenos días! —Conocía a Carmen por sus visitas a Diane.

—Buenos días. Quería preguntarle por Diane. Hoy no ha ido a trabajar.

La señora la miró desconcertada.

—Oh, es extraño. Ayer no vino a casa. Nos enteramos siempre de cuándo llega por los crujidos del suelo, y también oímos la ducha y cuándo cierra y abre los postigos. Además, su coche no está aquí. Por eso había pensado que a lo mejor se había quedado en casa de usted. Pero al parecer...

—La vi por última vez ayer al mediodía. Cuando nos despedimos en el hotel.

—Ayer estuvo aquí después de mediodía. Pero por la tarde volvió a marcharse.

—Oh..., ¿sabe usted a dónde fue?

—Sale todos los lunes por la tarde.

—Ajá... —Carmen no sabía nada al respecto, pero luego se

48

acordó de que en las últimas semanas Diane no respondía durante varias horas a los mensajes. No le había dado importancia, pero era probable que eso ocurriera los lunes.

«No me lo cuenta todo», pensó disgustada.

—¿Sabe a dónde va? —insistió.

—Bueno, a nosotros no nos cuenta nada... Es muy cerrada, ¿verdad?

Liam musitó una afirmación.

—Pensaba que tenía algo que ver con su novio.

Carmen se quedó atónita.

—¿Su novio? ¿Diane tiene novio?

—Bueno, en cualquier caso aquí se ha quedado algunas veces un hombre. Por la noche, incluso. Yo me he alegrado por ella.

—No puede ser. ¡Me lo habría contado!

La mujer parecía desconcertada.

—Espero no haber dicho nada que no debiera...

Carmen no salía de su asombro.

—No puede ser, simplemente —susurró.

Ya de vuelta en el coche, Carmen no conseguía dominar su desconcierto. Eran amigas. Diane y ella.

¿Y ahora se suponía que Diane se había echado novio y a ella no le había dicho nada al respecto?

—¡Aquí hay algo que no cuadra! —exclamó.

A Liam nada de eso le parecía tan sorprendente.

—Ha conocido a un hombre. ¿Por qué no? Esperaba a ver si realmente funcionaba y por eso no ha contado nada al principio.

—¿A su mejor amiga?

—Ella es así. Cerrada.

Carmen contempló la nieve.

—Sí, ¿pero que a mí no me haya dicho nada? ¿Y qué es eso de los lunes por la tarde?

—Se encontraba ese día con el novio.

—¿Por qué precisamente los lunes?

—Ni idea.

—¿Y dónde está ahora?

—En la cama. Folla y es feliz. Se lo merece.

—No es propio de ella. No es propio de ella que no vaya a trabajar.

—Está mostrando su faceta humana. Bueno, yo lo encuentro muy bien.

Carmen volvió a mirar al exterior. Meneó la cabeza. Que Liam dijera lo que quisiera, eso no era propio de Diane.

—¡Espera! —gritó de repente—. ¡Ve despacio!

—¿Qué pasa?

—Despacio. Allí hay un coche.

—¿Dónde?

—En el camino. Atrás. Un poco más allá del área de estacionamiento.

Liam frenó y el coche resbaló sobre la nieve. Por fortuna no había nadie delante ni detrás de ellos.

—Sí, ¿y? —preguntó disgustado.

Carmen apretó el rostro contra el cristal, donde los limpiaparabrisas se deslizaban acompasadamente de un lado a otro.

—Es un Renault rojo, ¿verdad? No lo distingo bien por la cantidad de nieve que tiene encima, pero podría serlo, ¿no?

—No lo sé. ¿Y si lo es? Debe de ser de algún campesino. Seguro que está vigilando las vallas de los prados o algo por el estilo.

—Diane tiene un Renault rojo. ¡Acércate!

Liam farfulló algo que no parecía muy amable, pero dirigió el coche hacia el estacionamiento. No obstante, se detuvo en su borde más exterior.

—No quiero meterme más. Y menos aún por el camino. Ya hay demasiada nieve aquí y el fondo seguro que está fangoso. Luego, no podría salir.

Carmen ya había abierto la puerta y se había bajado del coche. No llevaba el calzado apropiado para ese tiempo, pero eso carecía de importancia. Confirmó que el coche bajo la capa de nieve era rojo. ¿Por qué no se había dado cuenta en el viaje de ida? Los copos revoloteaban y ella tampoco había estado mirando hacia el exterior con la misma tensión que ahora.

De repente la invadió una desagradable sensación.

El estacionamiento limitaba justo con una dehesa para ovejas, rodeada de un muro de piedras, a la que se accedía por una puerta de madera. A un lado se extendía un camino estrecho junto al cual se hallaba el siguiente pasto. El coche estaba un poco más allá de ese camino.

Por alguna razón indefinida y aunque había un número incontable de Renaults rojos en el mundo, Carmen estaba segura de que ese era el coche de Diane. De golpe, se sintió mal.

No había ninguna razón para que Diane aparcara allí. No había ninguna razón para que no hubiese ocurrido algo espantoso en ese lugar.

Se giró hacia atrás. Liam se había quedado sentado en el vehículo. Típico. No quería mojarse los pies, pasar frío, y, de todos modos, consideraba que lo que hacían era absurdo.

Se acercó al coche. No se veían las huellas de los neumáticos, pues la nieve lo cubría todo.

—¿Diane? —llamó en voz baja.

Por supuesto, no obtuvo respuesta.

La nieve era pesada y se pegaba al cristal del parabrisas, la ventana trasera y las ventanillas laterales. Carmen se aproximó a tientas. El camino era angosto, pero las puertas del coche podrían abrirse, aunque no del todo.

Limpió la ventanilla del lado del conductor y miró hacia dentro conteniendo la respiración.

Vio a Diane. Estaba sentada tras el volante y a primera vista parecía estar recostada hacia atrás, relajada, lo que no era posible, pues ¿por qué iba a estar ahí durante horas, por la cantidad de nieve que cubría el techo del coche, sin calefacción, en un camino que se perdía en la lejanía de un horizonte nevado?

Y entonces vio las manchas. Manchas rojas y salpicaduras. Por todas partes. En el parabrisas, en el salpicadero, en los asientos, en el techo… Abrió la puerta. La golpeó el olor a sangre que salió del interior del coche. Miró los ojos de Diane, abiertos de par en par, con la mirada fija.

—¡Oh, Dios! —dijo con un jadeo—. ¡Oh, Dios!

Se dio media vuelta y gritó a Liam, pidiendo ayuda, gritó tan alto que una bandada de pájaros alzó el vuelo, asustada. Liam reconoció la urgencia de la llamada y llegó dando tropezones. Empujó a Carmen a un lado y se asomó al coche.

—¡Joder! —musitó—. ¡Joder!

—Liam —gimió Carmen. Lo sabía. Simplemente sabía que algo espantoso había ocurrido. ¿Quién era capaz de hacer algo así? ¿Quién hacía algo así?

Liam sacó el móvil. Estaba muy pálido.

—Ahora mismo llamo a la policía —dijo.

4

Anna sabía que Dalina se pondría de un humor de perros cuando tuviera que ordenarlo todo, pero por la mañana no había conseguido levantarse, vestirse e ir en coche a Scarborough. Hacía frío y estaba oscuro, y hasta había empezado a nevar. Estaba deprimida —siempre lo estaba en esa época del año—, y tenía mala conciencia. La imagen no la había dejado conciliar el sueño la noche anterior: la figura que había aparecido de repente en la carretera, el frenazo brusco del coche. Anna estaba segura de dos cosas: la persona que había obligado a frenar el coche era un hombre. Y la que estaba al volante del vehículo era una mujer. Posiblemente Diane Bristow, del curso de cocina.

Pero ¿cómo se le permite a un perfecto desconocido entrar en el vehículo? ¿Y cuando ya está oscuro? ¿En un lugar donde no hay ni un alma?

¿Cómo era que poco después el coche se hallaba estacionado junto a una dehesa?

«Debería haber bajado y comprobado qué ocurría —pensó Anna—. O bien la conductora conocía a ese individuo y todo estaba en orden y yo no tenía por qué preocuparme, o bien esa mujer, fuera quien fuese, estaba tan loca como para dejar subir a un desconocido y se encontraba en graves dificultades y yo podría haberla ayudado.

Aunque... ¿contra alguien que probablemente iba armado?

Había tenido miedo, así de simple. Miedo de dejar la protectora seguridad de su coche en esa carretera dejada de la mano de Dios y de comprobar si, no lejos de allí, le estaban haciendo algo malo a otra mujer. Pero con las prisas tampoco se le había ocurrido ninguna idea inteligente. Podría haber ido al estacionamiento, accionado el cierre de las puertas y haber abierto una rendija de la ventanilla. Podría haber gritado. Haberse acercado. Eso habría provocado en el posible criminal cierta inseguridad y habría huido. O habría asustado a una parejita que le habría gritado que la dejara en paz.

Ojalá hubiese sido así.

En lugar de eso, había pasado de largo, se había atrincherado en su casita y se había metido en la cama. Intentando convencerse de que todo estaba bien y de que no tenía ninguna razón para preocuparse. Sin embargo, no había conseguido acallar la voz interior que la acusaba sin piedad de ser una cobarde.

A primeras horas de la mañana había logrado por fin dormirse y hasta las ocho y media no se había despertado. A esa hora ya debería haber estado en la agencia. Llamó a Dalina y se esforzó por imprimir un tono de enferma a su voz.

—Me encuentro muy mal. Creo que he cogido algo. Hoy mejor me quedo en la cama.

—Pues ayer estabas como una rosa —señaló Dalina, que la había visto unos segundos antes de la clase de cocina—. ¿Cómo puedes haberte puesto fatal de repente?

—Quizá es un virus. Sea lo que sea, tengo un dolor de cabeza horrible y también me duelen los huesos.

Dalina soltó un fuerte y teatral suspiro.

—Entonces tendré que ponerlo todo yo en su sitio. Dios mío, y encima tengo un montón de cuentas que repasar... ¿Crees que mañana estarás en forma para las citas rápidas?

—Seguro. Si puedo descansar ahora.

Dalina había colgado sin despedirse.

«Serás boba —pensó Anna—, ya podrías permitirte tener una señora de la limpieza para estas cosas. ¿Cómo se puede ser tan agarrado?».

Llamó a Sam, su novio, pero no contestó. Seguro que ya estaba ocupado con el primer cliente. Le dejó un mensaje.

—Estoy en casa. Llámame, por favor.

Luego se preparó un café y se llevó la taza a la cama. Contempló los copos revoloteando en el exterior. Continuaba teniendo ante sus ojos la visión del coche en el estacionamiento. Y el hombre que había aparecido de repente en la carretera. Cualquier persona habría frenado con brusquedad en ese momento. Naturalmente, Diane (?) no había podido accionar el cierre general tan deprisa, por lo que el sujeto había logrado abrir la puerta del acompañante y meter todo el torso en el interior. Anna recordó lo que había pensado: ¿por qué lo deja entrar?

Pero, cuanto más reproducía la escena en su mente, más claro tenía que la mujer que la precedía no había dejado entrar voluntariamente a ese hombre. Él se había introducido a la velocidad de un rayo. Luego el coche había vuelto a ponerse en marcha. ¿Había podido ella negarse a seguir conduciendo?

A lo mejor ese hombre tenía un arma. Un cuchillo, una pistola. Anna no lo había visto, pero estaba oscuro y todo había sucedido muy deprisa.

Se estremeció, aunque debajo del edredón la temperatura era acogedoramente cálida.

A última hora de la mañana, Sam llamó.

—¿Estás bien? —preguntó—. ¿No deberías estar en Trouvemoi?

—Le he dicho a Dalina que estaba enferma. Sam, me encuentro fatal. Creo que hecho algo espantoso.

—¿Qué es lo que has hecho? —preguntó Sam con su calmada voz de coach. También podía hablar con toda normalidad, pero, cuando alguien insinuaba que tenía un problema, le cambiaba el registro. Sam dirigía un consultorio de coaching laboral en Scarborough. Se convertía en psicólogo de forma refleja cuando alguien de su entorno parecía preocupado o perturbado.

—Más bien he dejado de hacer una cosa —respondió Anna, rompiendo a llorar.

Al final consiguió contarle lo sucedido el día anterior. Por suerte, Sam permaneció bastante relajado.

—Hay tantas explicaciones intrascendentes para esa situación —opinó—. Lo más probable es que ambos se conocieran y hubiesen quedado en ese lugar.

—¡En plena noche!

—Según tu descripción, sucedió en los alrededores de Scarborough. Él ya había salido del pueblo y ella lo recogió. O algo por el estilo.

—Creo que era Diane. De mi curso de cocina para solteros.

—Bueno, ¿y qué? ¡También puede recoger a un conocido!

—Diane no conoce a casi nadie.

—Pero supongo que sí conocerá a alguien.

—¡Es que me siento fatal!

—Mira —dijo Sam—, te metes en el coche y pasas por el lugar en el que viste por última vez el vehículo y compruebas si todavía está allí.

—¿Y si lo está?

—Entonces te acercas al estacionamiento y miras qué pasa. No tienes que bajar del coche, solo echar un vistazo. Pero yo creo que ya no estará.

—Lo que no significa que no haya sucedido nada. Ese tipo puede haberla asesinado y haberse largado después con el coche.

Dicho de ese modo sonaba muy rebuscado. Como sacado de una película o de un libro. O de ese programa de televisión, *Crime Watch*, en el que se buscaban criminales. Y se trataba de historias auténticas. Naturalmente se producían siempre y por todas partes. Los crímenes.

—Piensas que podía ser esa muchacha que asiste a tu curso. Llámala, es bien sencillo.

¿Cómo no se le había ocurrido?

—Sí —dijo—, ahora mismo lo hago.

—Tengo que atender a un cliente —anunció Sam—. Pero tenme al corriente, ¿vale?

Anna se lo prometió. Se despidieron, luego buscó en su smartphone los registros con las direcciones y números de teléfono de los participantes en el curso. Sabía que los consejos de Sam no iban a proporcionarle un alivio definitivo, a no ser que hablase con Diane y esta le dijera que el día anterior había recogido a alguien y que no se había dado ninguna situación crítica. En caso contrario, podía ser que se tratase no de Diane, sino de otra mujer y entonces carecería de puntos de referencia.

Marcó el número de móvil que Diane le había dado. El contestador saltó enseguida y Anna dejó un mensaje de voz. «Hola, Diane, soy Anna. Solo quería saber si va todo bien. Estoy preocupada… Llámame, por favor, ¿de acuerdo?».

Que en ese momento Diane no hubiese atendido a la llamada no significaba nada.

A lo mejor tenía que volver en el coche al lugar. Pensándolo bien, eso tampoco aportaría gran información, pero al menos tendría la sensación de no quedarse ahí en casa dándole vueltas a la cabeza.

Tomó una buena y larga ducha, se vistió y salió de casa. Seguía nevando, el mundo se hundía bajo la capa blanca, el horizonte se desvanecía entre los copos que revoloteaban. Anna esperó que se le pusiera el coche en marcha y, excepcionalmente, lo hizo a la primera y sin el menor problema. El camino hasta la calle principal no era fácil de recorrer, las ruedas patinaban y en una ocasión pareció que iban a hundirse y quedarse atascadas. Soltó un improperio por lo bajo, pero consiguió llegar a la carretera. También ahí había nieve, pero al menos habían pasado un par de coches y habían dejado huellas tras de sí.

A Anna le sentó bien la salida. Tal vez habría sido mejor ir por la mañana a Scarborough y ordenarlo todo en Trouvemoi. No habría estado horas cavilando e imaginándose cosas cada vez más horrorosas. Qué tonta era. Exagerada. Un poco histérica.

Lo vio desde lejos. Justo ahí donde se encontraba el estacionamiento, los pastos, el camino. Por todas partes coches de policía. Era un hervidero de gente. Acababa de llegar una grúa. La carretera estaba cerrada.

Anna notó que se le secaba la boca. Como si tuviera dentro bolas de algodón.

Por todos los cielos, ¿qué estaba sucediendo allí? ¿Por qué en ese lugar? Policía, una ambulancia, una grúa. ¿Un accidente? En el mismo lugar, qué casualidad...

Seguro que no era una casualidad...

Le habría gustado dar media vuelta y marcharse a toda pastilla de ahí, pero no había ninguna posibilidad de girar y la estrecha carretera y las condiciones del tiempo no permitían realizar ninguna maniobra complicada. Así que siguió avanzando y frenó al llegar justo delante del cordón policial. El ambiente se le antojó inquietante y extrañamente irreal. Entre la nieve que caía cada vez más densa, todas esas personas parecían sombras y se movían como espectros. Los sonidos ahogados. La luz difusa en la que se proyectaban las primeras sombras del temprano crepúsculo.

«Una pesadilla —pensó—. Moverse a través de una pesadilla debe de ser así».

Un agente se acercó a su coche y ella necesitó un momento para entender que le indicaba que bajara el cristal de la ventanilla. Entonces accionó el mecanismo. El interior del coche se inundó de un frío húmedo. El hombre se inclinó hacia ella.

—La carretera está cerrada por el momento —dijo—. Lo siento, pero tiene que dar media vuelta.

Ella tragó saliva.

—¿Qué ha ocurrido? ¿Un accidente?

—Todavía no puedo informar al respecto —respondió con amabilidad el hombre.

Miró hacia el lado. Reconoció vagamente el coche rojo. Pero no se encontraba en el estacionamiento donde lo había visto por última vez la noche anterior, sino en un camino de tierra, bastante lejos.

¿Cómo era que estaba allí? ¿Quién lo había aparcado en ese lugar? ¿Quién había llevado el coche a última hora de la tarde a ese sitio?

Todo eso carecía de sentido.

—Tanta policía —se oyó decir—. Aquí ha pasado algo horrible, ¿verdad?

—Tengo que pedirle que dé media vuelta, por favor —insistió el policía—. Puede utilizar la esquina exterior del estacionamiento para girar, debería ser suficiente.

Anna comprendió que ya no obtendría más información. A no ser que mencionase en ese instante que el día anterior había observado algo. Entonces seguro que irían a buscar a un agente para que la interrogase y averiguase de ese modo lo que había sucedido. Por la fracción de un segundo sintió la necesidad de sincerarse ante el amable joven, pero el momento pasó.

«¿Y usted siguió conduciendo y se fue a la cama como si nada hubiese ocurrido? —preguntaría el inspector—. ¿Observó usted que un hombre secuestraba literalmente un coche en una carretera por la noche y se cruzó de brazos? ¿Ni siquiera se lo comunicó a la policía?».

Tenía que esperar y reflexionar. De todos modos, ahora ya no podía cambiar nada.

Realizó una complicada y resbaladiza maniobra y luego regresó a casa por donde había llegado. Sam había creído que estaría más tranquila después de salir, pero era justo lo contrario. Estaba totalmente aturdida y desesperada.

Se detuvo dos veces e intentó contactar con Diane por el móvil.

La joven no contestaba.

5

—Diane Bristow —dijo Pamela—, veinticinco años de edad. Residente en Harwood Dale.

Pamela y Kate estaban en el despacho de la primera, las dos

congeladas y con los zapatos mojados porque durante más de una hora habían deambulado de un lado a otro por un camino de tierra cubierto de nieve entre Scarborough y Harwood Dale. Kate estaba deseando cambiarse los calcetines empapados, pero hasta la tarde no podría hacerlo. Se había producido un asesinato y por el momento no tenían ni una sola pista. Un coche en un camino y dentro el cadáver de una mujer. Muerta con dieciocho cuchilladas que se habían repartido por su tórax sin orden ni concierto. Una incisión había ido a parar al cuello y había acertado la arteria y, según el primer diagnóstico del médico forense, esa había sido la herida que había causado la muerte. Las demás no habían sido demasiado profundas, pero cabía la posibilidad de que otros órganos sufrieran lesiones. Eso se vería en la autopsia.

Una joven pareja, Carmen Rodríguez y su novio Liam, habían informado a la policía del hallazgo de la difunta. Carmen Rodríguez trabajaba con Diane como camarera de habitaciones en el Crown Spa Hotel y se había sorprendido esa mañana de la ausencia de su compañera, que no había dado ningún aviso.

«No era propio de ella —había dicho—, era tan poco normal que de algún modo se me han encendido todas las alarmas».

De modo provisional, el médico forense había situado la muerte en la noche anterior, entre las ocho y las once. Según Carmen Rodríguez, Diane había concluido su jornada laboral en el hotel a las doce del mediodía el día anterior. Por lo que había contado el arrendador de Diane, esta salía todos los lunes por la tarde. Y últimamente había aparecido un hombre en su vida.

—Pero no tenía novio. Me lo habría contado.

—¿Un hermano? ¿Un primo? ¿Un conocido?

—A ver, hermanos no tiene —había dicho Carmen. La joven, blanca como la cal, parecía estar bajo los efectos del shock. Pamela había renunciado por eso a proseguir el interrogatorio y la había enviado a su casa. Se diría que iba a desmayarse de un momento a otro.

—Nunca había visto algo tan horrible —no dejaba de repetir—. ¡Tan horrible!

—Tenemos que hablar con los trabajadores del Crown Spa —dijo Pamela—. Y con los propietarios de la casa. Es importante averiguar dónde se encontraba Diane Bristow ayer por la tarde.

En el coche no habían encontrado nada que les permitiera sacar conclusiones. Ni bolsas de la compra, ni billetes, ni entradas de cine, nada.

—Al parecer tenía contacto regular con un hombre —señaló Kate—. Es posible que lo fuera a ver. Los lunes.

—¿Y su amiga no está al corriente?

Kate se encogió de hombros.

—A veces no se cuenta todo a la amiga más íntima. Incluso si esta cree lo contrario. También hay relaciones de confianza unilaterales.

—Hummm —murmuró Pamela—. Tenemos que encontrar a ese hombre. Creo que es clave.

—Lo que realmente me sorprende —dijo Kate— es el lugar en el que estaba aparcado el coche. Ayer por la noche todavía no nevaba, pero en los últimos días ha llovido mucho. El camino es todo un cenagal. Nadie se mete voluntariamente allí. Además de que no lleva a ningún sitio.

—¿Se refiere a que tampoco se sale con facilidad del mismo?

—Estos caminos son imprevisibles en esta estación del año, a no ser que se disponga de un jeep o de un todoterreno. O de un tractor. Y Diane Bristow vivía aquí. Seguro que lo sabía.

—Si tan solo hubiese querido detenerse, por ejemplo para telefonear, se habría parado en el área de estacionamiento.

—Exacto. No había razón para entrar en el lodo y arriesgarse a que el coche quedara atascado. A propósito del teléfono: ni en el vehículo ni en las cercanías se ha encontrado el móvil. Hoy en día nadie sale sin él. Es probable que el asesino se lo haya llevado y se haya desprendido después de él en algún lugar. ¿Porque se podrían encontrar en él indicios? ¿Porque Diane lo (o la) conocía?

—Ya es de noche, hace horas que ha oscurecido y ahí fuera no hay nada —dijo Pamela—. ¿Cómo pudo tropezar con su asesino?

—¿Ya estaba en el coche?

—¿La víctima ya conocía a su asesino?

—A eso me refería al mencionar que el teléfono móvil había desaparecido.

Pamela cogió el abrigo. La nieve lo había mojado y olía a lana húmeda.

—Yo voy al hotel y usted a la casa. Necesitamos información sobre Diane Bristow y tenemos que saber dónde estuvo ayer por la tarde.

Media hora más tarde, Kate estaba sentada en la sala de estar del matrimonio Fowler e intentaba extraer de los conmocionados ancianos alguna información útil. En esa habitación el calor era excesivo y sobraban muebles. Al poco tiempo, Kate ya tenía la sensación de estar, lenta e inevitablemente, ahogándose ahí dentro. Enseguida se dio cuenta de que los Fowler no sabían demasiado de la mujer con quien compartían el edificio y a la que ambos describían como introvertida, reservada y solitaria.

—Alguna vez vino esa amiga suya —dijo la señora Fowler—. La española.

—¿Carmen Rodríguez?

—Sí.

—La señorita Rodríguez explicó que ustedes habían mencionado que había un hombre que visitaba a menudo a Diane.

—En efecto, lo había. Pero desde hacía poco.

—¿Qué significa esto? ¿Desde cuándo?

La señora Fowler reflexionó.

—Creo que desde mediados de noviembre.

—¿Sabe su nombre?

—No. Por desgracia nunca nos lo presentó.

—Su amiga Carmen desconocía su existencia.

—No me extraña —dijo la señora Fowler—. Diane es así. —Se corrigió—: Era así. Nunca explicaba nada sobre sí misma. Una mujer muy extraña. Pero me gustaba. Muy tranquila y sencilla.

—¿Qué aspecto tenía ese hombre? ¿Edad, estatura, color del cabello?

—Llamaba la atención por su estatura —dijo el señor Fowler. Era la segunda vez que intervenía en la conversación—. Metro noventa, seguro. Si no más.

—Delgado —añadió su esposa—. Pero fuerte. Un cabello oscuro y espeso.

—¿Edad? —los animó Kate.

—¿En la mitad de la treintena? Podría estar por ahí.

—¿Así que tenía unos diez años más que Diane?

—Sí. Más o menos.

—¿Y tienen ustedes la impresión de que mantenían una relación sentimental? ¿O más bien que podría tratarse de un pariente lejano o de un conocido?

—No, tenían una relación sentimental. Según mi opinión. Los estuve observando un par de veces cuando salían de la casa. Él la rodeaba con el brazo e intentaba besarla…

—¿Lo intentaba?

—Bueno, sí… En cualquier caso, parecía que las muestras de cariño salieran de él. Y como si a ella eso… no la complaciera. Siempre retiraba la cabeza hacia el otro lado…

—Pues sí que te fijaste —señaló sorprendido el señor Fowler.

Su esposa se ruborizó un poco.

—No es que los espiara, de verdad que no. Pero cuando estoy en la cocina veo el camino que lleva de la puerta al lugar donde dejaba el coche y es por ahí donde la veía a menudo.

—¿Tenía usted la impresión de que algo no funcionaba entre los dos? —preguntó Kate—. ¿Que tal vez estuvieran presionando a Diane?

—No sé… Pensé que ella era así. Tímida. Pensé que le daba vergüenza que la besaran ahí fuera, a la vista de otras personas. De mí o de mi marido, por ejemplo.

—Entiendo. Pero ¿no recuerda alguna otra cosa que le pareciera extraña? ¿O sospechosa? ¿Como discusiones a gritos?

—No. Nunca gritaban. Solo…

—¿Sí?

—Ahora que me pregunta si noté algo extraño: un par de veces pensé que era raro que ella no pareciera… feliz. Radiante. Menos encerrada en sí misma. Sabe, hacía cuatro años que vivía con nosotros y nunca había habido nadie en su vida. Y de repente aparece un novio apuesto y que parece realmente enamorado, pero ella no cambia. Casi me pareció más…

—¿Sí?

—Más tensa que antes. Más introvertida. Pensativa… Vaya, no como están las personas cuando acaban de enamorarse.

—¿Diane no parecía feliz con ese hombre?

—No sé. Quizá había algo en su vida que le pesaba.

—Pero ¿ese estado en que le parecía menos alegre que antes se inició con la aparición de ese hombre en su vida?

—Sí. Yo lo diría así. Al menos por lo que conocemos del momento en que surgió en su vida.

—Este es un dato importante —dijo Kate. De hecho, la circunstancia de que Diane hubiese estado con un hombre que le hubiese causado cierto malestar o al que incluso hubiese tenido miedo podía estar relacionada con su asesinato, pero mientras no obtuviesen ningún dato sobre la identidad del sujeto no avanzarían. ¿Por qué Diane nunca había mencionado a ese hombre, ni siquiera a su amiga y compañera de trabajo?

¿Porque nunca hablaba de sí misma?

¿O porque algo no iba bien con ese hombre?

—¿Tienen ustedes alguna idea de a dónde fue Diane Bristow ayer por la tarde? —preguntó—. Su jornada de trabajo en el hotel había acabado al mediodía.

—Sí, al mediodía también vino a casa —contestó la señora Fowler—. La vi llegar a su apartamento.

—¿Sabe cuándo volvió a marcharse?

—Sí. A las seis y media aproximadamente. Yo estaba en la sala de estar, no la vi. Solo la oí bajar por las escaleras y el ruido del motor del coche. Pero eso pasaba todos los lunes.

—Es algo que también mencionó delante de la señorita Rodríguez. ¿Desde cuándo se marchaba Diane Bristow todos los lunes por la tarde?

—Desde principios de noviembre. Creo.

—Y a mediados de ese mes apareció el novio. Al menos por lo que usted sabe.

—Sí.

—Pero ¿no tiene ni idea de a dónde iba?

—No, por desgracia. No nos lo contó.

Kate sabía que a ella misma se la consideraba muy reservada y que era una razón por la que siempre se sentía excluida, pero comparada con Diane se sintió en ese momento como una parlanchina.

—¿Siempre se marchaba sola? —confirmó.

—Bueno, ayer no la vi. Pero creo que por la tarde estaba sola. Y, si no, siempre se marchaba sola, sí.

—¿Cuándo solía regresar?

—A eso de las diez y media, once menos cuarto.

—¿Le llamó la atención que ayer no regresara?

—Sí, así fue. Normalmente la oímos. Porque el suelo cruje y oímos correr el agua. Todo permaneció en silencio y esta mañana también me fijé en que no estaba el coche.

—¿Esto le preocupó? ¿O había noches en las cuales no volvía a su casa?

La señora Fowler reflexionó.

—Fueron muy pocas las veces que no vino. Tres o cuatro en todos estos años. Cuando le preguntaba, me decía que había dormido en casa de su amiga Carmen. Por eso pensé que ese había sido el caso ayer. O que había dormido en casa de su novio.

—Está bien. —Kate se levantó—. Ahora me gustaría ver el apartamento de Diane. ¿Tiene usted una llave?

—¡Por supuesto! —La señora Fowler se puso en pie de un brinco. Toda esa situación le causaba tensión. Era evidente que los Fowler estaban consternados, además el acontecimiento rompía con toda su intrascendente cotidianeidad. Kate supuso que la señora Fowler explicaría a todos sus conocidos y con todo detalle esa entrevista.

Llegaron al primer piso por una escalera estrecha y empinada. A primera vista, la vivienda parecía revelar tan poco como su inquilina. En su origen debía de haber allí dos habitaciones y un baño, realmente pequeños y comprimidos por la fuerte inclinación del techo. En una de las habitaciones, los Fowler habían construido una cocina diminuta, donde ahora parecía estar el comedor-sala de estar. En la otra habitación se hallaban la cama y el escritorio de Diane. Su ropa colgaba detrás de una cortina con la que había separado como si fuera un armario una parte de la buhardilla. No podía colocarse en ningún sitio un auténtico armario.

«Hay que tener cara para ofrecer una vivienda como esta», pensó Kate.

Pero, aun así, habían encontrado quien la aceptara.

—¿A que es bonita? —preguntó la señora Fowler con orgullo.

Era un lugar deprimente, opinó Kate, pero no dijo nada. Se puso los guantes, miró a su alrededor, levantó un par de periódicos, abrió los cajones. Ni un indicio que le pareciera aprovechable. Registrarían el apartamento con más precisión. Pero en un principio no surgieron nuevas pistas. Por el momento, tampoco ahí se encontraba el teléfono móvil.

—¿Y ahora qué pasa con el contrato de alquiler? —inquirió la señora Fowler.

—No puedo decírselo —respondió Kate—. Es posible que un sucesor legal quiera aprovechar el contrato, pero no debería confiar en que esto suceda.

Nadie que contara con otra posibilidad se instalaría ahí dentro, pensó.

—De todos modos, el apartamento todavía debe ser estudiado por la policía científica. Antes no tiene que entrar ni cambiar nada.

La expresión de la señora Fowler desvelaba que ella encontraba que eso era una exageración, pero no se atrevió a replicar.

—¿Sabe usted si Diane todavía tiene parientes vivos? —preguntó Kate—. ¿Padres o hermanos?

—Hermanos no tenía —respondió la señora Fowler—. Pero creo que mencionó a su madre. Fue a visitarla algunas veces. A Whitby.

Kate dio un suspiro inaudible. Una madre. A la que habría que comunicar la noticia de la muerte de su hija. Y no solo de la muerte, sino de su cruel asesinato. Muerta a cuchilladas por la noche en un camino y en su propio coche. La semana antes de Navidad.

Kate esperaba que Pamela se encargara de ese trámite. En cualquier caso, debía hacerse pronto, antes de que se publicaran las primeras noticias en la prensa. Una mujer que acababa de perder a su única hija no debía enterarse de eso por los periódicos.

Se despidió de los Fowler y llamó al despacho desde el coche para pedir que no tardaran en enviar a la policía científica a casa de Diane. No confiaba en el anciano matrimonio. La esposa, al menos, seguro que rebuscaba curiosa a ver qué encontraba.

Además, alguien tenía que hacer el retrato robot. Necesitaban urgentemente una imagen de ese misterioso novio que había existido en la vida de Diane y que, pese a ello, parecía ser un espectro.

En cuanto Kate hubo terminado la conversación, la llamó Pamela. No había obtenido datos relevantes en el Crown Spa Hotel, pero algunos empleados le habían contado que Diane era muy infeliz en su trabajo. Odiaba las tareas de camarera de habitaciones y a menudo había comentado que quería encontrar un nuevo empleo. La consideraban digna de confianza y sencilla.

—Estoy camino de la casa de su madre en Whitby —dijo Pamela—. Me acompaña la sargento Bennett.

La sargento Helen Bennett tenía una formación adicional como psicóloga. Tendría que amortiguar el shock y los primeros y dolorosos instantes de consternación de la señora Bristow.

—Si se ve con ánimos de prestar declaración —indicó Kate—, pregúntele por el peculiar novio que tenía Diane desde mediados de noviembre. Y por los lunes por la tarde.

Pamela suspiró.

—A lo mejor la madre lo sabe. ¿Debió de confiarse Diane a alguien? La llamaré, sargento.

Kate puso su coche en marcha y se dirigió hacia su casa a través del incipiente, lento y temprano crepúsculo invernal. Pensaba en Diane Bristow. Esa joven fallecida emanaba una enorme soledad. Había habido personas en su vida, pero por lo visto no había podido intimar realmente con ellas. Su apartamento, su vida, todo lo que los demás contaban sobre ella estaba impregnado de soledad, como si fuera un hedor pesado y desagradable que se extendía por todos sitios y todo lo empapaba.

«No debo involucrarme en esto», pensó Kate, pero percibió que empezaba a identificarse. La tristeza que se desprendía de la pasada vida de Diane era la suya misma. No era buena, tiraba hacia abajo de ella, y podía perjudicar la objetividad con que debía estudiar cada caso.

Pero el hecho era que esa tarde previa a la Navidad había ido a su casa, donde nadie la esperaba excepto un gato, y que esa horrible celebración, y el aún más horroroso cambio de año, estaban a la vuelta de la esquina. La depresión de Año Nuevo superaba cada año la de Navidad.

Y luego llegaba enero.

«Ya es hora —pensó—, ya es hora de que algo cambie en mi vida».

La nieve seguía cayendo imperturbable, sin parar.

¿Por qué mis padres han permitido que engordara tanto? Ya de pequeño. Era hijo único y seguro que querían hacerlo todo bien, pero por desgracia a mi madre le costaba mucho negarme lo que fuera y siempre cedía cuando yo le pedía golosinas o esos platos grasientos típicos de comidas rápidas.

Cuando entré en la escuela ya tenía cara de luna y una sotabarba considerable, y mis piernas gordas se doblaban hacia fuera en las rodillas porque cargaban con demasiado peso. No llevaba vaqueros o pantalones cortos y esas sudaderas que tanto molan, como los otros chicos de la clase, sino unos pantalones elásticos de chándal y los jerséis que tejía mi abuela y que tenían unos colores y unos estampados horribles a más no poder —mi abuela carecía totalmente de buen gusto— y cuya única ventaja consistía en que eran enormes y yo podía entrar en ellos sin problemas. Los jerséis eran tan feos y picaban tanto que me pasaba todo el invierno rezando para que llegara enseguida el verano y no tener que seguir llevándolos. En verano me ponía camisetas del tamaño de una bolsa de basura, pero no tenía un aspecto tan absurdo como en invierno. Suplicaba a mi madre que me comprase sudaderas, por mí de la talla XXL, cualquier cosa mejor que esos jerséis monstruosos, pero siempre respondía que la abuela estaba enferma, que estaba triste desde que había muerto el abuelo y que además sufría un asma espantoso, y por eso no debíamos herir sus sentimientos. Y que tenía que estar contento de contar con algo tan especial y original que ponerme.

¡Original!

Un niño que de todos modos siempre llama la atención por lo gordo que está y al que encima visten con unos jerséis de punto de poliacrílico de colores chillones… Parecía un payaso, un auténtico payaso. Y estaba desesperado.

¿Debo mencionar que ya en el primer curso sufrí *bullying*?

Los niños pueden ser muy despiadados, todos lo sabemos. Cuando alguien es diferente, cuando no encaja en la imagen general y cuando además es débil y vulnerable, entonces se estimulan todos los reflejos crueles que habitan en los pequeños cerebros. Quieren a alguien a quien machacar, alguien que los haga sentirse fuertes, y en casi cada clase hay una persona así. Alguien cuyos padres son más pobres y por eso lleva ropa menos guay. Alguien que tartamudea o cecea o se ruboriza siempre. Alguien que vive en una situación de abandono, que no tiene desayuno, que huele mal porque nadie se preocupa de que se lave. Todo esto no despierta en los niños ni una pizca de compasión, sino odio y desprecio y un placer primitivo en torturar.

Y no hay mejor estereotipo que un chico gordo y seboso, que tose y suda con solo cruzar el patio de la escuela.

Por supuesto me llamaban Fatty.* Me encasquetaron el nombre en la escuela elemental y se me quedó para siempre. También en las otras escuelas me llamaban así. Por lo visto, es el nombre universal de niños como yo. En un momento dado, entendí que ya no me iba a liberar de él. Ni de él ni de la malevolencia de los demás.

Acudí a una psicóloga de la escuela porque no podía dormir y lloraba por las mañanas cuando era la hora de ir a la escuela. Era una

* «Gordito», en inglés. *(N. de la T.).*

71

mujer amable, pero en cierta medida torpe. Intentó fortalecer mi seguridad en mí mismo, pero en realidad no había nada con que contrarrestar mi sentimiento de ser un fracasado total. No tenía nada de lo que hacer gala salvo mi montón de kilos. En cierta medida sacaba buenas notas, pero eso no contaba.

Al final mi psicóloga señaló —muy astutamente— que el único remedio para que yo fuera feliz consistía en adelgazar.

«¿Cómo?», pregunté desconcertado.

Elaboró conmigo un régimen de comidas que sin duda era razonable, porque preveía mucha verdura y fruta, y casi eliminaba los hidratos de carbono y los dulces. Pero, naturalmente, no aguanté ni una semana. Sin comer, sin comer mucho, sin chocolate, no conseguía resistir todo el día. A mi madre, que estaba dispuesta a cocinar exactamente según esa dieta, siempre podía sacarle algo. Le daba pena, no soportaba verme llorar.

No logré defenderme de mis compañeros de clase, y la rabia que sentía en mi interior fue haciéndose cada vez más grande y pesada, hasta el punto de que a veces pensaba que era tan gordo y torpe por culpa de ella.

Ese oneroso pedazo de rabia. La indefensión con que tenía que tolerar las humillaciones. Estaba metido en ese cuerpo seboso y en esos jerséis sintéticos espantosos y el odio iba creciendo cada día en mí.

Tenía once años cuando maté a mi abuela.

Miércoles, 18 de diciembre

1

A la mañana siguiente, el *Yorkshire Post* publicó la noticia del asesinato y citó el nombre de la víctima, al menos de un modo incompleto, Diane B., de veinticinco años, víctima de un crimen espantoso.

El número de las puñaladas pasó de dieciocho a treinta y ocho, además el *Post* especulaba acerca de la existencia de un misterioso desconocido con el que Diane había estado viéndose en las últimas semanas.

«¿Se encontraba la joven en la cama con su asesino?», planteaba un titular para atribuir a Diane en el siguiente párrafo una temeraria doble vida.

Pamela arrojó iracunda el periódico en el rincón.

—¡Estas especulaciones absurdas! ¿Y de dónde, maldita sea, sacan la información? ¿Los nombres? ¿Las circunstancias? ¿El amigo a quien nadie conoce?

Estaban sentadas en el despacho de Pamela. Esa mañana, Kate había llegado un cuarto de hora antes al trabajo y, pese a ello, no había conseguido entrar antes que su jefa.

¿Acaso dormía ahí?, se preguntó inquieta.

La sargento Helen Bennett, la psicóloga de la policía, también estaba presente. Tenía aspecto de haber dormido poco o mal. Kate supuso que no había sido demasiado agradable comunicar el día anterior a la señora Bristow la noticia de la muerte de su hija. Helen siempre debía realizar esa tarea, pero, tal como había confiado en una ocasión a Kate, nunca se acostumbraría realmente a hacerlo.

—Sospecho —dijo ahora— que los compañeros del hotel habrán filtrado información. Es posible que Carmen Rodríguez no hiciera ayer otra cosa que llamar a todos sus conocidos para contarles los terribles sucesos recién acontecidos. Alguno lo debe de haber comunicado a la prensa porque tiene un amigo allí. Y, como ya sabemos, los periodistas hinchan inmisericordes las noticias.

—Ni se imaginan cómo se sienten los familiares —comentó Pamela—. El número de cuchilladas, que además es falso. La peligrosa doble vida. A ellos todo les da completamente igual.

—Menos la tirada —señaló Kate. Ella también estaba indignada con la prensa, pero intentó recuperar un nivel objetivo de conversación—. ¿Qué tenemos? ¿Qué es lo que ha aportado la entrevista con la madre?

—Por desgracia, no mucho —contestó Pamela—. No sabía nada del novio ni tampoco pudo comunicarnos a dónde iba su hija todos los lunes por la tarde. Diane se reunía a menudo con ella los domingos por la tarde para tomar un café, pero no contaba demasiado sobre sí misma. Solo cosas sin importancia acerca de su trabajo.

—¿El padre ya no vive?

—Murió hace muchos años. No tiene parientes.

Kate pensó que lo mismo se diría de ella si aparecía su cadáver en un coche abandonado en un camino, víctima de un asesinato. Sin padres. Sin hermanos. Sin marido ni hijos. Sin familiares.

En su caso, la prensa ni siquiera podría atribuirle una doble vida. Como muerta, daría todavía menos de sí que Diane B.

Se podría calificar de aburrida, pensó.

—No nos va a quedar otro remedio —prosiguió Pamela— que volver a interrogar a todos los empleados del Crown Spa. Supongo que el novio no debe de proceder de ese ámbito, de ser así ya estaríamos al corriente. Pero a lo mejor alguien sabe algo. La ha visto con ese sujeto en algún lugar... Scarborough tampoco es tan grande como para pasar del todo desapercibido.

—A no ser que alguien no salga prácticamente nunca —apuntó Kate.

—Los lunes por la tarde —señaló Helen—. Ese día al menos sí salía.

—Al parecer los arrendadores son los únicos que han visto a ese hombre —dijo Pamela—. ¿Tendremos el retrato robot?

—Ya lo hemos encargado —respondió Kate—. Y ayer la policía científica estuvo en el apartamento. Hasta ahora, no hay nada que nos permita avanzar. Se encontró un ordenador portátil pero todavía no se ha analizado del todo.

—Esta tarde cuento con los resultados de la autopsia —concluyó Pamela—. Aunque no me imagino ningún hallazgo espectacular, no debemos perder la esperanza.

Se miraron.

—¿Alguna noticia sobre la cuidadora de ancianos fugada? —preguntó Pamela.

Kate negó con la cabeza.

—La hija de la fallecida está rabiando. Podría ponerse desagradable si no detenemos pronto a alguien.

—Mila Henderson podría estar en cualquier lugar. Por supuesto ella tiene una responsabilidad, pero hay grandes posibilidades de que nos encontremos, de hecho, ante una negligencia. El caso de Diane Bristow, por el contrario...

—Yo apuesto por una relación entre víctima y victimario —se pronunció Helen—. La sargento Linville ha dicho que, según la declaración de los propietarios de la vivienda, Diane no estaba tan satisfecha con su novio. A lo mejor lo dejó. Y él no pudo aceptarlo.

—Así pues —dijo Pamela—, habrá que insistir, tenemos que encontrar a ese novio. Al menos descubrir su identidad. Él es la clave.

2

Anna se despertó cuando el móvil sonó obstinado. Levantó la cabeza soñolienta. Al otro lado de la ventana había empezado el día y ya no nevaba.

Tanteó en busca del móvil que estaba junto a la cama. Eran casi las ocho y media y su jefa, Dalina, la estaba llamando. Anna tenía que ocuparse por la tarde de una cita rápida y debía estar a las dos en la «empresa», como llamaba siempre Dalina a la agencia. No había ninguna razón para insistir tanto. Seguro que quería confirmar que ya no estaba enferma.

—¿Hola? —contestó. Tenía la voz afónica y somnolienta.

Dalina, por el contrario, estaba totalmente despierta.

—¿Todavía estás en la cama? Entonces ¿aún no has leído los periódicos?

—No. ¿Por qué?

—Ha ocurrido algo horrible. Diane Bristow, de tu curso de cocina...

—¿Sí? —Anna se sentó rígida. Empezó a temblar—. ¿Qué le ha pasado?

—Ha muerto. Asesinada.

—¿Qué?

—En el periódico se habla de Diane B., de veinticinco años. Residente en Harwood Dale. Tiene que ser ella.

—Sí..., sí, tiene que ser ella. —Anna se sintió mal. Ya no había nada que aclarar—. ¿Cuándo ocurrió? —preguntó, aunque lo sabía perfectamente.

—Ayer ya de noche. En un camino al borde de la carretera de Harwood Dale. Estaba el coche allí y ella dentro. ¡Con treinta y ocho cuchilladas!

A Anna le pareció que su voz sonaba muy extraña.

—Se sabe... ¿se sabe algo sobre el asesino?

—Según el periódico, la policía está dando palos de ciego.

—¿Cómo es que estaba en un camino? —Eso le había parecido muy extraño. A lo mejor había una explicación.

—Es de lo más raro. Un camino lleno de barro. ¿Por qué iba a meterse por ahí? ¿A lo mejor tenía que ir al baño? Pero en cinco minutos habría llegado a su casa. ¿Y cómo fue que deambulaba alguien por ahí justo en ese momento dispuesto a atacar a mujeres y matarlas brutalmente?

A Anna le habría gustado decir que el sujeto estaba en el coche y que seguramente la había obligado a detenerse.

Calló. Tampoco quería sincerarse con Dalina. Era una mujer muy fuerte. No entendería que Anna hubiese sido tan cobarde.

—Según los periódicos hay una zona de estacionamiento —explicó Dalina—. Pero ella no estaba allí, sino en el camino.

¿Un intento de fuga? Había conseguido sacar al hombre del coche, pero luego, invadida por el pánico, había cogido la dirección equivocada. No había avanzado. Él enseguida la había alcanzado. Iracundo y lleno de cólera.

«Oh, Dios mío —se dijo Anna—. ¡Oh, Dios!».

—He estado pensando —dijo Dalina— que tuvo que suceder después de la clase de cocina. Estuvo allí, ¿no?

—Sí —respondió Anna. Veía nítidamente a Diane delante de

ella. Estaba callada, como siempre. Muy servicial. Era la que más había ayudado a ordenar y recoger los manteles. Hablaba poco. Concentrada en cocinar.

Y ahora estaba muerta.

Era inconcebible.

—Hacíais casi el mismo camino para ir a casa —prosiguió Dalina—, ¿no viste nada?

—No. Nada en absoluto.

«Vi que un hombre la obligaba a pararse. Que subía en su coche. Vi el coche detenido en un estacionamiento. Tuve una extraña sensación. Pero pasé de largo, me metí en la cama y ya no me preocupé más».

—¿Sabes? —dijo Dalina—, había pensado si no deberíamos ir a la policía y decir que Diane había participado en el curso de cocina para solteros de la tarde, pero a fin de cuentas..., ¿qué aporta eso? No podemos contar nada que haga avanzar la investigación, pero en cambio deberíamos responder a muchas preguntas y nos mencionarían en la prensa. Los periodistas nos acosarían y la empresa aparecería en los medios de comunicación en un contexto negativo. ¿Tú qué opinas?

Nada más lejos de Anna que presentarse ante la policía.

—Yo lo veo igual —le dio la razón.

—Sé de qué van los periodistas —continuó Dalina—. Les gusta hincharlo todo. Seguro que uno u otro especularía sobre si habría conocido al asesino en una cita. O sea, en mi empresa. Una publicidad totalmente desafortunada.

—A ver, del curso de cocina seguro que no era ninguno —dijo Anna. Lo podía afirmar con toda seguridad. Por un lado, no había nadie que encajase; aunque, por otra parte, ¿quién encajaba con la figura de un asesino que sediento de sangre asesta treinta y ocho cuchilladas a su víctima? Y sobre todo: ¿cómo reconocer a alguien capaz de eso?

Pero además había visto a ese criminal. Y le había llamado la atención que era más alto de lo normal y ancho de espaldas. Ninguno de los alumnos del curso de cocina encajaba con esa fisionomía.

En ese sentido, se tranquilizó, no aportaría nada que fuera a la policía a contarles lo que vio.

—¿Te encuentras mejor? —preguntó Dalina—. ¿Te encargas esta tarde de la cita rápida?

En realidad, Anna no se sentía bien y habría preferido quedarse en cama, pero sabía que Dalina la decapitaría si volvía a decir que estaba enferma.

Emitió un leve suspiro.

—Sí. Voy. Pero todo esto me deja hecha polvo.

—No sirve de nada. Hay que seguir adelante. Quedarse en casa todavía lo empeora todo más —dijo Dalina.

Colgaron. Justo después sonó el móvil. Esta vez era Sam.

—¿Has leído hoy el periódico?

—No. Pero Dalina acaba de informarme...

—Yo enseguida me he acordado del nombre que mencionaste ayer. Diane no sé qué.

—Bristow. Se llamaba Diane Bristow.

—Sí, el periódico habla de Diane B. La carretera a Harwood Dale. Tiene que ser donde viste el coche por última vez. —Sam calló un momento—. Ayer no me lo tomé tan en serio —añadió—, pero ahora creo que deberías ir a la policía.

—¿Y de qué sirve eso? Yo...

—Viste al asesino. Al presunto asesino.

—Estaba oscuro. Llevaba capucha. No le vi la cara.

—No importa. La policía tiene que saberlo.

—Eso ya no aporta nada —respondió Anna y rompió a llorar un segundo después.

—Escucha —dijo Sam—, ¿qué te parece si comemos juntos?

Esta tarde tienes trabajo, así que de todos modos has de ir a la ciudad. Ven antes, simplemente, y a la una nos encontramos en Gianni's.

—De acuerdo —respondió Anna. No conseguiría probar bocado, pero a lo mejor se sentía un poco mejor en compañía de Sam. Tenía un carácter tranquilo. La mayoría de las veces conseguía tranquilizarla cuando estaba alterada.

En Gianni's, el elegante restaurante italiano de Victoria Road, había ese mediodía mucha actividad, lo que esa semana estaba vinculado a las muchas comidas de Navidad que celebraban empresas y también particulares. Sam había reservado en la planta baja una mesita en un rincón. Mantenía una buena relación con el propietario, pues él mismo vivía en Victoria Road e iba a menudo a tomar un bocado rápido al mediodía.

Ya estaba allí cuando Anna llegó, tarde por no haber encontrado un aparcamiento enseguida. Se levantó y salió a su encuentro, la ayudó a desprenderse del abrigo y le sirvió una copa de vino cuando se hubo sentado. Anna no solía beber alcohol al mediodía, pero en ese momento lo agradeció. El alcohol extendería una suave capa sobre esa realidad que a ella le parecía demasiado intensa, chillona y enervante. El tintineo de las copas a su alrededor era demasiado fuerte; el vocerío demasiado estridente; la decoración navideña demasiado colorida y abundante; la nieve, fuera, al otro lado de la ventana, tan blanca que era cegadora. Y todos los que los rodeaban estaban de un buen humor espantoso. Tantas risas… ¿Es que no hablaban los unos con los otros? ¿O es que no podían parar de reír? Y, además, ¿de qué se reían? ¿No habían leído los periódicos esa mañana? ¿No sabían que una mujer joven había sido asesinada de una forma espantosa?

Sam, por su parte, llevaba el *Yorkshire Post*.

—No hay que creerse todo lo que ponen en la prensa —dijo—. Pero, si es cierto lo que escriben, había un hombre en la vida de Diane. Lo que me sorprende, ya que asistía a un curso para solteros.

—¿Un hombre? —Anna cogió el periódico—. En efecto. Pero uno a quien no conocía nadie de su entorno, pone.

—A lo mejor tampoco era un amigo. Sino solo un conocido.

—Qué raro. Nunca mencionó nada acerca de un amigo o conocido. A mí me parecía que estaba muy sola.

—Ese individuo al que viste subir en su coche… tal vez era ese conocido. Por eso lo recogió. Conocía a ese hombre.

—Yo también lo he pensado. Solo que el modo en que la detuvo… Era…, bueno, era en cierto modo agresivo. No estaba en el arcén haciendo señas. Estaba en medio de la carretera. Ella tuvo que frenar. Él abrió la puerta del acompañante. No sé si ella le pidió que subiera o si él lo hizo por su cuenta. Sucedió muy deprisa. Podría haber sido un asalto. Pero a lo mejor no.

—Fuera como fuese, ella siguió conduciendo —señaló Sam—. Tú estabas detrás. Podría haber saltado y pedir ayuda.

—Es cierto.

Sam se inclinó hacia delante.

—Realmente, tendrías que ir a la policía, Anna. Tu testimonio puede ser importante.

—No puedo, Sam, me tomarán por la cobarde más grande del mundo.

—Chorradas. ¿Qué tendrías que haber hecho? ¿Bajarte cuando viste el coche en el estacionamiento? ¿De noche y en un camino solitario? Nadie espera que hicieras algo así.

—Podría haberla salvado.

—O quizá también estarías muerta.

Anna se estremeció. El camarero dejó la carta sobre la mesa. Anna la apartó a un lado. Era como si se le hubiera hecho un nudo en el estómago.

81

—No voy a decir nada que ayude a la policía en la investigación. No vi el rostro del hombre. Lo único que me llamó la atención...

—¿Sí?

—Es que era muy alto.

—¿Más alto que yo? Yo lo soy bastante.

Ella asintió.

—Pues te sacaba más o menos una cabeza.

—Entonces era más alto que la media —dijo Sam—. Y eso sería un dato por el que la policía te estaría agradecida.

—No puedo. Sam...

Él colocó una mano encima de la de Anna.

—De acuerdo. Dejemos este tema, ¿vale?

—Sí. —Pero sabía que no habían acabado. El tema seguía allí, sentado a la mesa con ellos, incluso si intentaban ignorarlo. Sam habló de su padre, con quien se había comunicado por teléfono por la mañana, y de lo deprimente que era que no hubiese entendido hasta el final quién lo llamaba. El padre de Sam vivía en Londres en una residencia y su único hijo siempre tenía mala conciencia por no ocuparse lo suficiente de él. Sam intentaba visitarlo al menos una vez al mes y le había pedido con frecuencia a Anna que lo acompañase. Pero ella siempre había encontrado pretextos para no hacerlo. Tenía miedo de las residencias. Allí se deprimiría, todavía más de lo que ya lo estaba de por sí.

—¿Te parecería bien que el día 26 vaya a ver a mi padre? —preguntó Sam—. Supongo que tú no querrás venir.

Anna lo escuchaba a medias. No dejaba de pensar en Diane. Después de todo lo que había hecho mal, ahora al menos podría contribuir a que se atrapara al asesino. Pero eso le parecería raro a Dalina porque le había dicho explícitamente que no había visto nada al regresar a casa.

Pensó que lo había hecho todo mal y de nuevo descendió sobre ella la gran nube negra que siempre la envolvía cuando reflexionaba intensamente sobre sí misma y su forma de comportarse. Cuando lo hacía siempre acababa mal.

—Hola —dijo Sam—, ¿me oyes?

Ella se estremeció.

—Perdona. ¿Qué has dicho?

—Da igual. ¿Celebramos la Navidad en tu casa o en la mía? —Sonreía.

Sabía que sería bonito. Que cocinarían juntos. Encenderían la chimenea. Sam compraría champán. Estaba contenta de no tener que soportar sola la Navidad.

En su vida había cosas buenas. ¿Por qué tenía que concentrarse siempre en lo malo?

Él se inclinó y le cogió las manos.

—Tú no tienes la culpa, Anna —susurró—. De lo que le ha pasado a Diane. No es culpa tuya. Es culpa de quien lo ha hecho. No tuya.

Anna empezó a llorar de nuevo. En medio de toda esa gente vociferante, alegre, risueña. En medio del tintineo de los vasos, del golpeteo de los cubiertos, de la música navideña, del griterío, ahí estaba ella llorando en silencio, mientras Sam le cogía las manos y la dejaba llorar. Por suerte no se sentía incómodo. Por suerte no le decía que tenía que controlarse.

No era su culpa.

Sam no sospechaba toda la culpa con que cargaba.

3

Habían hablado con todo el equipo, ocho funcionarias y funcionarios que ahora contaban con todos los datos esenciales sobre el caso Bristow. Kate debía admitir que Pamela había dirigido la reunión con habilidad y eficacia. Había presentado un resumen perfecto de los sucesos y los primeros hallazgos y contestado con precisión y claridad a las preguntas. Kate había esperado para sus adentros que Pamela tal vez se sintiera un poco desbordada o nerviosa, pero ni hablar de ello. Su antecesor en el cargo, el desdichado inspector Robert Stewart, a quien habían matado a tiros durante el horroroso caso del verano, no había estado en absoluto a la altura de un puesto directivo, lo que para Kate había resultado agotador y enervante; pero no cabía duda de que eso había fortalecido su seguridad en sí misma. Frente a Robert siempre se había sentido superior. No le sucedía así con Pamela y sabía que era algo positivo y beneficioso para su trabajo en colaboración, pero, como consecuencia, ahora ella se sentía inferior.

Lo que resultaba, simplemente, lamentable.

Ella y la sargento Helen Bennett se habían retirado con Pamela en el despacho de esta última, cuando sonó el teléfono. No reconoció el número. Se alejó unos pasos de las dos y contestó con voz velada.

—Kate Linville al habla.

—Hola, Kate, soy Dalina —respondieron alegremente en el otro extremo de la línea.

Kate no logró situar el nombre en ese momento.

—¿Dalina?

—Sí, ¡de Trouvemoi!

Al instante Kate se alejó un paso más. Las otras no tenían por qué enterarse de nada.

—Ah, sí, ya recuerdo. ¿Qué sucede?

—Se ha matriculado usted en el curso de cocina para solteros de enero. Pero en el curso actual ha quedado una plaza libre y quería ofrecerle que el lunes que viene la ocupe usted. El curso está pagado, así que no le costará nada. Pero con la vacante hemos perdido la proporción entre concursantes femeninos y masculinos y así tendría usted una clase de prueba gratis poco antes de las fiestas. ¿No le parece una oferta estupenda? —En la voz de Dalina resonaba tanta euforia como si estuviera invitándola, como mínimo, a cenar con la reina.

—¿El lunes? —preguntó Kate de nuevo, mientras reflexionaba. Tan rápido...

—A las siete. —Dalina bajó la voz y de repente ya no parecía tan contenta—. Seguro que ha oído hablar de ese espantoso asesinato, ¿verdad? ¡El de Diane Bristow!

Kate se puso alerta al instante. El asesinato estaba en todos los periódicos de la región, pero no el apellido de la víctima. ¿Cómo era que Dalina lo conocía?

—Sí, he leído al respecto —dijo—. Horroroso.

—Era una de las participantes del curso —explicó Dalina—. Es la mujer cuyo puesto ha quedado libre.

—Ah —contestó perpleja Kate.

—Espero que eso no la moleste. No es usted supersticiosa, ¿verdad?

—No. No, claro que no —confirmó Kate. Reflexionó. Estaba claro que el lunes tenía que acudir a esa clase pues se le brindaba la gran oportunidad de saber algo más sobre Diane. Por desgracia, no le quedaría otro remedio que tener que contar la verdad a Pamela y Helen en lo tocante a su inscripción en Trouvemoi. De lo contrario no podría explicar el porqué de la llamada de Dalina.

—Allí estaré —prometió, dando por terminada la conversación.

Pamela la miró inquisitiva.

—¿Y? ¿Alguna novedad? —No cabía duda de que tenía buen olfato.

Kate suspiró.

—En efecto. Ahora sé a dónde iba Diane los lunes por la tarde...

—¿Y se ha matriculado usted en un curso de cocina para solteros? —preguntó Pamela con las cejas arqueadas después de que Kate hubiese explicado el contexto. El tono de su voz no era despectivo, pero sí en cierto modo aturdido, como si su subordinada acabase de revelarse como una mujer con unas tendencias sumamente peculiares y unas costumbres extrañas. Teniendo en cuenta que casi medio mundo se movía por plataformas de citas, a Kate le pareció curiosa su actitud.

—Sí —respondió.

—Qué idea tan guay —dijo Helen, quien siempre era cordial y se esforzaba por disolver cualquier atmósfera desagradable.

Helen también vivía sola, pero, por lo que Kate sabía, estaba satisfecha con su vida. Aunque nunca habían hablado de ese tema. A lo mejor estaba registrada en Parship. A lo mejor se sentía a veces sola. Kate sabía que las personas cubrían con un tupido velo sobre todo la soledad. Era más fácil reconocer que se tenía hongos en los pies que la propia soledad. Únicamente los perdedores estaban solos. Era una idiotez, pero por lo visto no había forma de cambiarlo.

—En este caso nos viene como anillo al dedo, por supuesto —dijo Pamela—. Tiene que ir allí el lunes pase lo que pase, sargento. Preferiblemente ocultando su profesión. ¿O ya saben cuál es?

—No.

—Bien. Pues que siga así. El trato seguro que es más franco, pero tenga en cuenta que las conclusiones relevantes deben tener validez ante el tribunal. Es como caminar por la cuerda floja.

—Por supuesto —dijo Kate.

—De todos modos, antes hablaré con los participantes en el curso —dijo Pamela—. No podemos esperar hasta el lunes para seguir esta pista. Diane participa en un curso de cocina para solteros y es asesinada, con toda probabilidad cuando salía de allí camino de su casa. El asesino podría estar entre los alumnos.

—¿Qué respondemos si nos preguntan cómo es que sabemos de la existencia del curso?

Pamela hizo un gesto de impaciencia con la mano.

—Decimos que hemos encontrado algo entre los papeles de la víctima. Incluso puede que sea cierto cuando hayamos acabado con el registro del apartamento y sobre todo con el estudio del ordenador. Habrá efectuado alguna transferencia. Habrá un contrato.

Kate tenía una sensación desagradable al pensar en que debía actuar escondiendo su profesión, pero Pamela tenía razón, de ese modo podía sacar a la luz del día hallazgos insospechados. De todos modos, en el transcurso de la investigación posiblemente se descubriría quién era en realidad y luego ya podría olvidarse de participar en el curso de cocina de enero.

O no: al fin y al cabo, podría jugar entonces con las cartas al descubierto.

El teléfono de Pamela sonó y ella se colocó detrás del escritorio para atender la llamada.

—¡Es incomprensible! —exclamó tras haber permanecido un rato escuchando a su interlocutor.

Kate y Helen la miraron con curiosidad.

—Era el médico forense —explicó Pamela después de concluir la conversación—. La autopsia en sí no ha aportado ninguna novedad. La hora de la muerte fue, como habíamos calculado, entre las diez y las once de la noche del lunes. Murió a causa de la cuchillada en el cuello. Las otras heridas eran en parte superficiales, lo que tiene que ver con la posición del atacante en un coche pequeño. Actuaba con mucha violencia, pero no tenía suficiente espacio. Diane se defendió mucho, hay innumerables huellas de que se protegió de la agresión. Al final, no tuvo ninguna posibilidad de salir airosa contra un atacante armado.

A sus palabras siguió un silencio apesadumbrado. Todas se imaginaron los horribles últimos minutos de vida de la joven.

—Pero ahora llega la novedad —continuó Pamela—. Además de las huellas dactilares de la víctima se ha encontrado un gran número de huellas en el vehículo, probablemente masculinas, es posible que del autor del crimen. Y esas huellas ya están, según el estudio comparativo, en nuestro sistema.

—¿Tenemos un nombre? —preguntó Helen con los ojos abiertos de par en par.

Pamela negó con la cabeza.

—Lamentablemente, no. Habría sido demasiado bonito. Pero disponemos de otro escenario. El caso Alvin Malory. ¿Lo recuerda alguna de ustedes?

—Sí. ¡Oh, Dios mío! —exclamó Helen.

Kate rebuscó en su memoria. El nombre de Alvin Malory le decía algo, pero no lo situó enseguida.

—Yo acababa de empezar en el departamento de investigación criminal de Scarborough —dijo Helen—. Pero todavía no con el comisario Hale. Él era el responsable del caso.

Nerviosa, Pamela consultó Google en su smartphone.

—Fue en 2010 —dijo—. Salió en todos los medios de información.

—Un caso de una brutalidad inconcebible —evocó Helen—. Ese chico de dieciséis años… Todavía en el instituto… Lo torturaron hasta casi matarlo. En casa de sus padres. Lo aplastaron literalmente. Y al final le administraron un líquido desatascador.

Kate se acordó al fin.

—Sí. Lo conozco. Lo recuerdo porque fue un caso de una bestialidad inimaginable, por lo que yo sé… ¿No encontraron nunca al autor o autora del crimen?

—En efecto —dijo Pamela—. Se formó una comisión especial dirigida por Caleb Hale. Se investigó en todas direcciones. Incluso el padre estuvo bajo sospecha durante algún tiempo, pero no se confirmó su culpabilidad. Por desgracia no se confirmó nada. —Leyó por encima las entradas online que encontró sobre el caso—. La víctima sobrevivió, aunque en un estado muy grave; desde entonces se encuentra en coma.

—¿Y aún iba a la escuela por esa época? —preguntó Kate.

Helen asintió.

—Hay informes que señalan que le hacían *bullying*. Alvin Malory estaba extremadamente obeso y se burlaban mucho de él. Pero tampoco se encontró entre sus compañeros de escuela ninguna pista a través de la cual seguir la investigación. Todavía recuerdo lo deprimidos que estaban todos en la comisión especial. En concreto Caleb Hale. No se perdonaba ser incapaz de resolver el caso.

Caleb Hale y sus depresiones. Caleb Hale y el alcohol. Kate sabía lo mucho que todo estaba vinculado con su profesión. Con el sufrimiento que veía y con el desamparo con que a menudo todo terminaba. También por eso había abandonado la policía. A finales de verano había dejado sin ceremonias su tarea en la policía para siempre. Había considerado que era la única posibilidad de redimirse.

—La investigación se topó entonces con muchas dificultades —dijo Pamela, quien seguía estudiando las entradas de internet—. El día antes del crimen, la madre de Alvin había celebrado que cumplía cuarenta y cinco años. Hubo invitados además de una empresa de catering. La casa y el jardín estaban a rebosar de gente. Con sus respectivas huellas dactilares, ADN e indicios. Eso lo complicó todo.

—Pero ahora... —intervino Helen.

Pamela asintió.

—Ahora tenemos unas huellas dactilares idénticas en dos escenarios distintos. Con un intervalo temporal de casi nueve años y medio. Y sin saber absolutamente nada sobre una relación entre las dos víctimas. Si es que la hay.

—¿Partimos de la base de que los dos casos están relacionados? —preguntó Helen.

Pamela frunció el ceño.

—Yo siempre intento no partir de ninguna base. Eso puede alterar la visión. Hay varias opciones y debemos permanecer abiertas a todas. —Cogió el bolso—. Me voy a esa agencia matrimonial. Quiero saber el nombre de los participantes del curso y he de hablar con todos los que tengan algo que ver con él. Sargento Linville, usted...

Kate ya sabía qué iba a encargarle su jefa.

—Visitaré a la familia de Alvin Malory. Creo que tenemos que indagar de nuevo en el caso.

Pamela asintió.

—Pero no permita que los padres se hagan demasiadas ilusiones. Supongo que los sostiene la idea de que un día arresten al asesino. Pero no lo sabemos. Todavía no tenemos ninguna auténtica pista y estamos a años luz de cualquier hallazgo.

Kate asintió. Revisaría de inmediato los documentos del caso Malory y luego se dirigiría a la casa de la familia. Se guardó lo que estaba pensando: tenemos el comienzo del comienzo de una pista. Es poco, pero ya es algo.

En ella había saltado una primera y pequeña chispa.

4

Kate reconoció la tragedia que había devastado a la familia Malory cuando ante ella se abrió la puerta de la casa: en el rostro de la mujer que tenía enfrente se plasmaba el horror que determinaba su vida desde hacía nueve años. Parecía envejecida prematuramente, apesadumbrada. Unos profundos surcos se extendían alrededor de la boca y la nariz. Tenía los ojos hinchados y se veía que lloraba mucho y a menudo. Su aspecto era desaliñado, como si no tuviese ni tiempo ni energía para ocuparse de sí misma. Llevaba unos pantalones de chándal deformados, una sudadera descolorida que en algún momento había sido azul oscuro y calzaba pantuflas de piel con un dibujo atigrado. Se había recogido el cabello hacia atrás con una goma.

—¿Sí? —preguntó inquieta.

Kate enseñó su placa.

—Sargento Kate Linville. Policía de Yorkshire del Norte.

La actitud y la expresión del rostro de la mujer cambiaron al instante.

—Oh..., ¿lo tienen? ¿Tienen ya a la persona que le hizo eso a mi hijo?

La eterna esperanza de los familiares de la víctima de un crimen. Que al menos al final se hiciera justicia.

Kate negó apenada con la cabeza.

—No. Por desgracia, no. Pero han aparecido nuevos indicios. ¿Puedo entrar?

—Sí, claro. —Louise Malory se apartó. Kate se internó en el estrecho pasillo de la casita. Olía a comida demasiado cocida. En algunos lugares, el papel pintado se abombaba, debía de haber humedad en las paredes. Era una vivienda de cuyo mantenimiento ya nadie se ocupaba.

—Acompáñeme, por favor —dijo Louise, precediéndola. El pasillo desembocaba directo en una sala de estar. O eso había sido en algún momento. Ahora había en ella un joven que llevaba nueve años en estado vegetativo.

La mayor parte de la habitación estaba ocupada por una cama, una enorme cama hospitalaria mecanizada y equipada con todos los mandos más modernos posibles. Debía de haber costado una fortuna. Como si Kate lo hubiese pensado en voz alta, Louise dijo:

—He hipotecado la casa. Por la cama. La compañía de seguros también puso una a nuestra disposición, pero no era tan buena. Esta es la mejor.

Era lo que todavía podía hacer por su hijo: darle lo mejor. Entre todos los sacrificios posibles.

Alvin Malory yacía en la cama. Sobre la colcha, vestido con un chándal color burdeos. Estaba gordo y abotargado, pero muy cuidado. Limpio. El cabello lavado y peinado, la ropa sin machas. Tenía la piel del rostro muy clara, limpia y tersa; le ponían crema regularmente.

Tenía los ojos muy abiertos, fijos en un punto más allá de la ventana. La mirada vacía. Como si no vieran nada.

Kate tragó saliva.

—¿Está siempre así?

—Sí. Desde hace casi nueve años y medio. Desde el día… —Louise no siguió hablando. El día que lo cambió todo.

—¿Qué dicen los médicos? ¿Cabe la esperanza de que vuelva a despertar?

Louise asintió.

—Existe la posibilidad en pacientes en estado vegetativo, sí. Pero no es seguro. Ni nadie puede decir nada sobre cuándo sucederá.

—¿Se entera de algo?

—No se sabe exactamente. Yo creo que sí, que se comunica conmigo.

—¿Cómo lo sabe?

—Por sus ojos. No siempre están tan fijos como ahora. A veces…, con frecuencia…, hay vida en ellos. No como en nuestros ojos. Pero experimentan un cambio. Un movimiento. Al menos eso me parece a mí. —Se encogió de hombros—. Creo que piensa.

Que cuenta historias. Que por su mente circulan ideas, sentimientos y recuerdos. Pero… tal vez los médicos lo encontrarían raro, simplemente.

—Creo que esa impresión que tiene usted es correcta —dijo Kate con dulzura. No solo quería tranquilizar a esa apesadumbrada y triste mujer. Lo pensaba de verdad. Pensaba que Louise experimentaba algo que transmitía su hijo y que nadie más podía percibir. Y que sin embargo era real. Había muchas cosas en la tierra que no se podían justificar.

—Se alimenta a través de una sonda gástrica —explicó Louise—. Cada día viene un fisioterapeuta y lo mueve. Y un cuidador que me ayuda a lavarlo y vestirlo. Yo sola no lo conseguiría. Pero siempre que puedo le hago masaje en los brazos y en las piernas. Le pongo crema. Hablo con él y le leo libros y artículos del periódico. Todo el día estoy muy estrechamente unida a él.

Hallaba consuelo en este hecho. Incluso si era probable que no le quedara nada que recordara, ni de lejos, a una vida propia.

—¿Su esposo…? —preguntó con cautela Kate.

Louise puso los ojos en blanco.

—¿Aguantan los hombres algo así? —Movió la mano abarcando el lugar: la pequeña habitación con la cama enorme en el medio, los antiguos muebles de la sala de estar contra las paredes, por todos lados cajas con cremas y ungüentos, guantes desechables, desinfectantes y medicamentos.

En medio, ese muchacho incapaz de vivir o morir.

—Mi marido nos abandonó hace ahora cinco años. Dijo que ya no lo soportaba más.

Kate asintió. No juzgaba al padre de Alvin. No todo el mundo tenía tanto aguante como Louise Malory.

—Nos envía dinero —prosiguió Louise. Quería ser justa—. Yo ya no trabajo.

Claro que no. Ya no había espacio para eso en su existencia. Apenas había espacio para respirar.

Kate contempló al muerto viviente en la enorme cama y pensó que era lo peor que había podido hacer el agresor con su víctima, peor que matarlo: dejarlo prisionero de su propio cuerpo durante toda su vida. Como en el caso que la había ocupado en verano, que casi la había hecho enloquecer y del que todavía no se liberaba: Sophia Lewis, la joven profesora, a quien un alambre tendido en el camino había provocado un accidente de bicicleta fatídico que le había causado una paraplejia... A esa mujer deportista y que no podía quedarse quieta era lo peor que podía haberle ocurrido. Aunque, en realidad, más tarde todavía le hicieron algo más perverso, pero Kate no quería ni pensar en ello ahora.

—¿Podría contarme brevemente qué ocurrió el día en que su hijo fue víctima del ataque? —preguntó.

Louise señaló un sofá y las dos tomaron asiento en él, una al lado de la otra. En la habitación ya no había un grupo de asientos en los que sentarse frente a frente.

—Recibimos una llamada. De nuestro vecino. Fue él quien encontró a Alvin.

—¿Isaac Fagan? —Kate había estudiado la documentación en el poco tiempo con que había contado.

—Sí. Vivía justo al lado. Por desgracia ya murió. Vio algo raro detrás de la puerta de la sala de estar que lleva al exterior y supuso que se trataba de Alvin. Tenía espuma en la boca. Se había desplomado detrás de la puerta. Fue su último movimiento antes de entrar en coma.

Calló. Kate esperó. Sabía lo difícil que era para Louise recordar ese día.

—Isaac podía entrar en casa. Tenía una llave. Se encontró a Alvin inmóvil en el suelo y llamó a una ambulancia. Luego nos telefoneó al taller.

—¿Tenían su propio taller?

—Sí. Mi marido y yo. Lo habíamos construido nosotros mismos y teníamos a tres mecánicos empleados. No nos estábamos haciendo ricos, ¿sabe?, pero pudimos permitirnos comprar esta casita y nos íbamos de vacaciones de vez en cuando.

—¿Se había ganado su esposo enemistades? ¿Alguna persona? ¿Un cliente? ¿Un empleado?

Louise negó con un gesto.

—No. Es lo mismo que nos preguntó entonces varias veces el agente de policía y mi marido y yo reflexionamos mucho acerca de eso. Pero no conocemos a nadie que pudiese tener algo contra nosotros. De verdad que no.

—Ese día... Eran las vacaciones. Así que su hijo estaba en casa. ¿No lo habían visto desde la mañana?

—No. Yo a veces venía al mediodía para cocinarle algo. En las vacaciones, al menos, cuando no iba a la escuela. Así lo quería mi marido, para que no cometiera ninguna insensatez.

—¿Ninguna insensatez?

Louise vaciló.

—Nuestro hijo tenía..., tenía un gran exceso de peso. Todavía lo tiene, pero no tanto como antes. Entonces... —Cogió una imagen enmarcada que había en la estantería de al lado—. Este es él. Alvin. Con dieciséis años. En verano, cuando... ocurrió.

Kate contempló la foto. El chico al que contemplaba estaba espantosamente obeso. El rostro hinchado, los ojos pequeños. Un cuerpo enorme, piernas como troncos de árbol. Uno hasta podía percibir en su propia carne el dolor que debía de sentir en las rodillas. Llevaba pantalones de chándal de una talla especial y una camiseta que se tensaba en su imponente vientre.

—Debió de tener muchos problemas —dijo Kate.

Louise asintió.

—Sí. Desde que era muy pequeño. Siempre tuvo sobrepeso. Cualquier momento era bueno para comer.

—¿Hizo terapia?

—Más de una vez. También estuvo dos veces y por un largo tiempo en clínicas de adelgazamiento, perdió un par de kilos, pero volvió a recuperarlos el doble de rápido. Era para volverse loco, una batalla perdida.

—Y a su marido le parecía mejor que usted le cocinara algo y no que él mismo se atiborrase por su cuenta —supuso Kate.

—Sí. Pero ese día... Dos de nuestros empleados estaban de vacaciones. Había muchísimo que hacer. Yo no tenía tiempo de pasar por casa al mediodía. Yo... nunca más volví a ver a Alvin consciente.

—Fue el día después de que cumpliera usted cuarenta y cinco años, ¿verdad?

—Sí. Tuvimos a muchos invitados. Ofrecimos un bufet con todo tipo de bebidas. Vinieron muchos vecinos, además de clientes del taller, amigos personales. Contratamos un catering. Fue un día precioso. El último día precioso de mi vida.

Kate se lo podía imaginar muy bien. Al igual que se imaginaba la desesperación de Caleb Hale, que había dirigido la investigación entonces: el estado de las huellas debía de haber sido un caos.

—Señora Malory, según la documentación con que cuento, en la planta baja todo estaba patas arriba. Y entonces declaró que la fiesta del día anterior no era la causa.

—Sí, no habían sido los invitados. Además, por la mañana, cuando mi esposo y yo nos marchamos, todo estaba en su sitio. Después había colillas por el suelo, agujeros de quemaduras en las tapicerías del sofá y de las sillas. Charcos de cerveza en el pasillo, botellas de vidrio rotas, jarrones de flores hechos añicos. Pedazos de vidrio por todas partes. Olía a alcohol. Era evidente que todo eso era producto de un acto de vandalismo.

Kate recordó el informe médico.

—Alvin estaba muy maltrecho. Varias costillas rotas, una grave conmoción cerebral, fractura de la base del cráneo, la mandíbula destruida. Fractura nasal. El bazo reventado. Un hombro dislocado. Producto todo ello de un acto de violencia extrema.

—Sí. Dijeron que lo había maltratado mucho. Sobre todo, propinándole unas patadas brutales.

—Entonces todavía...

—No habían utilizado el desatascador. Isaac Fagan encontró la botella al lado de Alvin, en el suelo. Al principio no comprendí... Quiero decir que no podía imaginar... —Se le quebró la voz.

¿Quién podía imaginarse algo así? Kate sabía que habían administrado a la fuerza el desatascador al joven. Consecuencias de ello fueron graves abrasiones en el esófago y en el estómago. Aunque despertara y pudiera volver a comer con autonomía, siempre tendría problemas al tragar y en el estómago.

Odio. Muchísimo odio.

Y los Malory no tenían enemigos.

¿Los tenía Alvin?

—Supongo que les preguntaron si Alvin tenía enemigos.

Louise asintió.

—Una vez detrás de otra. Pero no pudimos facilitar los nombres de enemigos..., bueno, de enemigos a los que creyésemos capaces de hacer algo así. El problema era el *bullying*. Toda su vida. En el parvulario, en la escuela. De los niños con quienes quería jugar en la calle. En ese sentido podríamos haber nombrado a todos los compañeros de la escuela, desde los compañeros de los cursos más altos a los más bajos. Clara y sencillamente a todos. Pero... tal magnitud de violencia...

—¿De qué tipo de acoso escolar se trataba?

—Se burlaban de él y lo dejaban de lado. Por lo que nosotros sabemos, nunca lo agredieron. Claro que es posible que no nos dijera nada, pero tampoco vimos ninguna señal. Tampoco los profesores de la escuela informaron de algo por el estilo.

—¿Asistía a la Graham School?

—Sí. Quería cambiar después de las vacaciones al Sixth Form College y hacer allí el A-Level. Ya no lo consiguió.

—Marginación, burlas. ¿Hay alguna persona que destacara? ¿Que al menos verbalmente fuera más agresiva que los demás?

Louise se encogió impotente de hombros.

—Él contaba muy poco. Siempre quería protegerme. Y a su padre no se atrevía a contarle nada porque siempre acababa enfadándose. Con Alvin, no con los demás. Decía que Alvin tenía que parar de una vez de atiborrarse y que entonces lo dejarían tranquilo. Que era solo una cuestión de voluntad y que no podía comprender por qué Alvin no lo lograba. Cosas así. Mi marido siempre lo empeoraba todo. Alvin cada vez se volvía más callado y estaba más deprimido. No tenía ni un solo amigo. No había nadie que viniera a nuestra casa. En todos esos años. No querían tener nada que ver con él. Se reían a sus espaldas porque andaba como un pato. Por supuesto, no tenía la menor oportunidad de conocer a chicas. Estaba triste. Continuamente triste... —Se puso a llorar.

Kate la miró con pena. Qué vida tan difícil... para toda la familia.

—¿Vive todavía su marido en Scarborough?

Louise se secó los ojos.

—No. Vendió el taller y se marchó a Gales. Construye barcos en Cardigan Bay. Hace años que no lo veo. Pero, tal como le he dicho, nos envía regularmente dinero.

—¿Le suena de algo el nombre de Diane Bristow?

—¿Diane Bristow? No, creo que nunca lo he oído. ¿Quién es?

—Una mujer joven. De la edad de Alvin. Anteayer por la noche la asesinaron. En su coche, en el tramo entre Scarborough y Harwood Dale.

Louise la miró horrorizada.

—Ah, ¿ese caso? Sí, algo he leído en el periódico. Claro, Diane B. ¿Tiene algo que ver con el ataque a Alvin?

—Todavía no lo sabemos. Disponemos de un indicio del que prefiero no hablar aún. ¿Es posible que Diane fuera compañera de clase de Alvin? ¿O que la conociera de algún lugar fuera de la escuela? ¿O tenía Alvin algún hobby?

Louise sonrió entristecida.

—¿Un hobby? ¿Se refiere a un hobby que le hubiera hecho conocer a otra gente? No, Alvin evitaba a la gente, no esperaba nada bueno de ella. Su hobby eran los juegos de ordenador.

—Supongo que analizaron su ordenador entonces, ¿verdad?

—Sí. No se obtuvo ningún resultado.

Kate se levantó.

—A raíz del caso de Diane Bristow voy a ir a la escuela a la que asistió su hijo. Muchas gracias, señora Malory. Y disculpe las molestias.

Louise también se levantó.

—No ha sido ninguna molestia, sargento. ¿Sabe?, no pierdo la esperanza de que encuentren y hagan rendir cuentas a la persona que hizo esto a mi hijo. Lo que ha sucedido con esa muchacha es horroroso, pero ¿aparecerá quizá una nueva pista?

—Lo espero de corazón —respondió Kate.

—Tiene que hablar con el agente que era responsable entonces —dijo Louise—. Se entregó totalmente. Es cierto que buscó en todas direcciones y que reunió un montón de información. Lo encontré estupendo y seguro que puede responder a todos los interrogantes mucho mejor que yo. Se llamaba..., espere, se llamaba Caleb Hale. Comisario Caleb Hale.

—Lo sé —dijo Kate—. Lo conozco. Iré a verlo.

Como ya he mencionado, tenía once años cuando maté a mi abuela. No se trató de un asesinato activo, es probable que a esa edad no estuviera en condiciones de realizarlo. Fue un homicidio por omisión. Aunque… también fue un poco activo. Y fue muy fácil. Tremendamente fácil.

Solía visitarla los fines de semana. No era algo que hiciera voluntariamente. Pero mis padres insistían porque la abuela se había quedado muy sola tras la muerte de su marido. Vivía en una casa pequeña, cerca del puerto de Grimsby, en Lincolnshire. Una muy buena ubicación, pero la casa era vieja y estaba muy dejada. Con una cocina de los años cincuenta y un mantel de hule cubriendo la mesa. Mis padres y unos pocos familiares y amigos le habían regalado para su setenta cumpleaños un invernadero. Una pieza blanca, horrible y con arabescos, con altas paredes y techo de cristal, tipo victoriano. Estaba pegado a la sala de estar y empequeñecía aún más el ya de por sí diminuto jardín. Cuando hacía sol, el calor en el interior era insoportable. En invierno hacía un frío desagradable. La abuela había colocado allí sus muebles de jardín y una palmera en un tiesto de cerámica. Cada día pasaba unas horas en el invernadero, resoplando a causa de su asma, en una especie de furiosa obstinación porque había deseado ardientemente un espacio así y había estado años dando la lata a todo el mundo.

Fue un sábado a principios de junio y, cuando mi padre me dejó delante de la casa de la abuela y ella llegó a la puerta del jardín para abrirla, ya vi que no estaba bien. El polen revoloteaba en el aire tibio y siempre agravaba su asma. Jadeaba y tenía los ojos hinchados. Como siempre, no pareció alegrarse de verme. Como siempre, me pregunté por qué tenía que seguir yo yendo a su casa. Mis padres sostenían que la abuela se alegraba, pero que no sabía demostrarlo. Yo creo que intentaban compensar conmigo su sentimiento de culpabilidad. No les apetecía lo más mínimo quedarse con la vieja y soportar sus quejas, pero al mismo tiempo les remordía la conciencia. Así que me enviaban a mí.

—No me gusta —dije a mi padre mientras salía con esfuerzo del coche. Mi madre siempre me ayudaba a bajar, pero mi padre se limitaba a observar cómo intentaba yo mover mi cuerpo, que ya entonces pesaba más de cien kilos. Yo percibía su mirada despreciativa, su rechazo. Le habría gustado tener un hijo del que poder sentirse orgulloso, practicar con él deporte, que tuviera muchos amigos, que a lo mejor sacara en la escuela alguna mala nota, pero que en conjunto fuese un tipo cojonudo. Que alguna vez se pasara de rosca porque era salvaje, joven y rebosaba energía. Sí, así hubiese querido que yo fuera. No uno que solo conseguía bajarse con gran dificultad de un coche y que al hacerlo resoplaba como una locomotora. Yo sabía que tenía la cara roja y brillante a causa del sudor.

—¡Hasta mañana por la noche! —se despidió mi padre, dio gas y arrancó a toda velocidad. Tampoco se quedaba más tiempo con su madre. Nadie que no tuviera que hacerlo lo hacía.

La abuela me miró entrecerrando los ojos.

—¿Ya has vuelto a engordar?

Debido a mis problemas con las articulaciones, había ido al médico el día anterior y me habían pesado. En efecto, desde la última vez pesaba cinco kilos más, pero no iba a confesárselo a mi abuela.

—No, hasta he adelgazado un poco —afirmé con toda frescura.

Ella resopló incrédula.

—Pues no se nota. Entra. Hoy haremos día de dieta.

Bien sabe Dios que ella misma lo necesitaba, no estaba tan foca como yo, pero sí muy gorda. Yo odiaba los días de régimen en su casa y ella lo sabía. Aunque todavía era un niño, sin experiencia en la vida o conocimientos de psicología, estaba convencido de que no se interesaba por mi salud o por mejorar mi aspecto y que tuviera amigos. Quería torturarme con sus días de régimen —que consistía en unas sopas asquerosas ardiendo—, con sus horribles jerséis, con sus observaciones mordaces y ofensivas sobre mi figura. Se divertía, era así. Dos años antes oí que mi madre le decía a mi padre que la abuela era sádica. Entonces no conocía esa palabra, le pregunté el significado a un profesor de la escuela que me la explicó de forma que un niño pudiera entenderla. Enseguida supe que mi madre tenía razón. La abuela era una mala persona a la que le gustaba hacer daño a los demás. Disfrutaba con ello.

¿Por qué era así? Ni idea.

Al cabo de unos años, cuando empecé a reflexionar más sobre mí mismo, me pregunté si habría heredado de ella ese rasgo. ¿Se encontraba la maldad en los genes? ¿O acaso yo no era malo? ¿Era tan solo una persona a la que habían atormentado mucho y muy frecuentemente?

—El fin de semana me gustaría invitar alguna vez a una amiga —decía la abuela—, pero me resultaría muy lamentable que te viera. ¿Por qué no puedes ser normal? —Me miraba, una mirada llena de rencor, luego se marchaba con torpeza hacia su invernadero. Resoplaba. El asma se lo ponía difícil.

Parpadeé para apartar las lágrimas. Resistiría los dos días, por suerte llevaba con lo que consolarme. Un montón de tabletas de chocolate, tres hamburguesas con queso y varias bolsas de leche de vainilla en la mochila. Entre los libros de la escuela. Los fines de semana que pasaba con la abuela siempre me llevaba algo que estudiar. Y realmente estudiaba. Ya que era un gordo, que no dijeran también que era tonto.

—Esta época del año me vuelve loca —dijo la abuela mientras se iba—. Hay miles de cosas floreciendo y el asma empeora. Hoy no puedo salir de ninguna de las maneras. Me quedaré en el invernadero.

Era de suponer que no daría ni un paso más durante el resto del día. Me moría de aburrimiento estando con ella. Antes, cuando mi abuelo aún vivía, salíamos de vez en cuando en su velero, el Camelot, que estaba en el puerto de Grimsby. Pero la abuela no sabía navegar. Mi padre todavía utilizaba el velero en alguna ocasión, aunque no me llevaba con él. Decía que se hundiría conmigo a bordo…

Yo me retiré al jardín, a la sombra de un manzano que no tenía más que cuatro manzanas, pero que era la niña de los ojos de la abuela. Me senté en el suelo, saqué los libros y las provisiones. Una abeja me pasó zumbando muy cerca de la nariz. Hacía algo de calor, pero a pesar de todo era un día magnífico.

Pensé en mi abuela. En el modo en que jadeaba.

Me costó mucho levantarme. Lo conseguí apoyándome en el tronco del manzano. Eso me dejó sin aliento.

Fui a la casa y pasé junto al invernadero. La abuela estaba sentada en una silla de jardín. No hacía punto, señal de que, en efecto, no se sentía bien. Por lo general solía pasarse todo el día tejiendo sus enormes y horrendos ovillos de lana.

Tampoco estaba leyendo una de sus revistas femeninas. En lugar de eso estaba allí sentada y respiraba con dificultad.

Yo llevaba unas chanclas que podía quitarme con facilidad. Así entré sin hacer ruido en la casa.

La abuela siempre dejaba el inhalador en distintos lugares, lo que mi padre le había reprochado duramente, pues en caso de urgencia debería tenerlo a mano lo antes posible.

«Deberías llevarlo continuamente encima —le repetía mi padre—. O al menos tienes que dejarlo siempre en el mismo sitio».

La abuela no lograba hacerlo, pero la mayoría de las veces el inhalador se encontraba en la cocina. Así que fue ahí donde lo busqué primero. No lo vi en ningún sitio. En el hornillo hervía a fuego lento una sopa de ortigas. El olor era asqueroso. Abrí un par de armarios, pero tampoco estaba ahí.

Era una casa de una sola planta. Justo al lado de la cocina se encontraba el baño. Tampoco ahí: nada. El dormitorio. La cama ancha de la abuela. Sobre la mesilla de noche había una foto enmarcada de mi abuelo.

En la otra mesilla, el inhalador.

Lo cogí y lo metí en el abollado bolsillo de los pantalones de chándal. En realidad, no había planificado nada. Volviendo la vista atrás, pienso que en ese momento lo que más deseaba era que la abuela se olvidase de la sopa de ortigas mientras buscaba el inhalador y así yo evitaba la comida del mediodía.

Regresé con torpeza al jardín y volví a sentarme en mi sitio. Antes me comí una hamburguesa de queso. El breve paseo me había consumido mucha energía. También mental.

Al mediodía esperaba que la abuela me llamase para comer juntos la repugnante sopa. Estaba muy cansado y somnoliento de tanto comer y a causa del calor. Es posible que hubiera dormido un rato. En cualquier caso, eran casi las dos y ninguna llamada para la comida. Y eso que la abuela daba mucha importancia a la puntualidad.

Me levanté de nuevo con mucho esfuerzo y me dirigí lentamente al invernadero. Miré hacia el interior. Estaba vacío.

Entré en la casa, esta vez con las chanclas puestas.

—¿Abuela?

—Aquí... —respondió con voz débil.

Estaba en la cocina y miraba a su alrededor buscando algo. Parecía encontrarse muy mal. Los ojos hinchados y la piel roja y brillante. No podía respirar.

—Hijo —dijo—. Hijo, necesito el inhalador…

—¿Dónde lo tenías la última vez? —pregunté.

Se le habían puesto los labios azules.

—Creía que… aquí… —Volvió a mirar inquieta alrededor. Descubrí un primer asomo de pánico en sus ojos.

—Voy a ver en el baño —me ofrecí. Fui a la habitación de al lado arrastrando los pies y fingí buscar a fondo abriendo armarios y cajones—. ¡Aquí no está!

Me llegó solo un jadeo.

Fui al dormitorio.

—¡Creo que aquí tampoco! —grité.

Que sufriera un poco. Ya que siempre me había torturado.

Entonces volví a la cocina. Entretanto, la abuela se había sentado en una silla. Ya no tenía la cara tan roja, sino que iba empalideciendo. Intentaba respirar.

—Yo…, un ataque… —consiguió decir.

—A lo mejor el inhalador está en el invernadero —dije. Ella protestó sin fuerzas, pero yo hice como si no la oyera. Lento como un caracol (sí, abuela, estoy gordo, como no dejas de insistir), avancé cojeando camino del invernadero, lo registré a fondo y despacio. Desde la cocina se oyó un sonido indefinible.

Cuando regresé, la abuela estaba medio tendida sobre la mesa. Luchaba por obtener aire, se oía un ruido fuerte, quejumbroso y metálico. En las sienes se le marcaban las venas.

—Teléfono —dijo—. Urgencias…

En ese momento lo supe: no iba a ayudarla. Ya había llegado demasiado lejos interiormente. No iba a dar marcha atrás. No podía.

—Voy a llamar al médico de urgencias —dije y arrastré los pies hacia la sala de estar. Ver la parsimonia con que yo me movía debía de volverla loca.

En la sala de estar no había ningún teléfono. Como yo bien sabía, estaba en el dormitorio, pero con la supuesta búsqueda todavía perdí más tiempo.

—¿Dónde está el teléfono? —pregunté.

Ninguna respuesta.

Volví a la cocina. La abuela estaba tendida junto a la mesa, boca arriba. La falda se le había corrido hacia arriba y vi sus piernas blancas y gruesas con varices. Estaban en una posición poco natural. Me acerqué con cuidado.

—¿Abuela?

Tenía los ojos abiertos de par en par y la mirada fija. Los labios habían adquirido un color violeta. Y alrededor de la boca brillaba la saliva.

Ya no respiraba.

Pese a ello lo comprobé tal como había visto en las películas. Cogí un cuenco plateado del armario y lo coloqué delante de su boca. El metal permaneció intacto, no se empañó. No respiraba.

La abuela había muerto.

Tenía que desprenderme del inhalador. Me precipité a la puerta del jardín, valoré si podría llegar hasta el puerto. Lo mejor sería que el mar se tragara el dispositivo, pero para mí estaba muy lejos, no lo conseguiría. Y además corría el riesgo de encontrarme con alguien que luego me recordara. Miré inquieto alrededor, pero luego decidí que lo que menos llamaría la atención sería que el inhalador permaneciera en casa, en un lugar en el que quedase claro que yo no habría podido sospechar que estuviera.

Volví al dormitorio y dejé el dispositivo en el cajón de la ropa blanca de la abuela. Alguien lo encontraría allí. Yo aseguraría haberlo buscado por toda la casa. Nadie podría reprocharme nada. Y mi padre diría que siempre le había advertido a su madre que tenía que buscarse un lugar seguro para el inhalador, y no dejarlo un día aquí y otro allí…

Cogí el auricular y marqué el teléfono de urgencias. Conseguí dar un tono espantado y desesperado a mi voz, creo que porque en cierto modo me sentía así. Yo no era un monstruo. Estaba conmocionado por lo que acababa de hacer.

Pero también me causaba un profundo alivio.

—Mi abuela…, por favor… Dense prisa… Asma… No respira. ¡Creo que está muerta!

Jueves, 19 de diciembre

1

Anna había vuelto a llamar diciendo que estaba enferma y Dalina empezaba a estar harta. Solo tenía a Anna y le pagaba bien, o al menos eso creía ella. Pero no para que estuviera continuamente de baja por enfermedad ni para sufrir una crisis nerviosa tras otra. Esa mañana, después de haber recibido por WhatsApp el mensaje confuso y tremebundo —«Me encuentro fatal, con fiebre, palpitaciones, no tengo ni idea de qué es, hoy no puedo ir»—, decidió ir a visitar a su empleada. Ahí, en esa cabaña tan rara de Harwood Dale. ¿Cómo se podía vivir así? En realidad, eso lo decía todo sobre el carácter de Anna. Ninguna chica normal se instalaría en ese desierto. Y al fin y al cabo tenía novio, Samuel Harris. Dalina se preguntaba por qué no se iba de una vez a vivir con él. En la ciudad, entre la gente. En la vida. Pero a lo mejor Sam prefería que viviesen separados. Porque no soportaba a Anna todo el día, lo que Dalina comprendería muy bien. No había nadie capaz de aguantar a Anna por mucho tiempo. Con sus depresiones, sus ataques de pánico y su eterno catastrofismo. Dalina se preguntaba por qué había incorporado a Anna en la empresa. Por ser una vieja amiga. Porque Anna se había quedado sin trabajo. Pero Anna encajaba tanto en una agencia matrimonial como un pequinés, que con tantas arrugas en la cara siempre tenía una expresión triste y no estimulaba a nadie. Para empujar a que un soltero cayera en los brazos de otro, había que emanar esperanza, buen humor, una saludable confianza en el destino. Anna era lo contrario de todo eso. Todavía no tenía arrugas, pero siempre parecía afligida. Deprimida y pensativa.

Y ahora encima faltaba continuamente.

No podían seguir así.

Ya no nevaba, pero la nieve permanecía lisa y blanca sobre el vasto paisaje. No se había quedado en las ramas de los árboles y estas volvían a tener un aspecto esquelético, resecas, negras y desoladoras contra el cielo encapotado. Amenazaba otra nevada procedente del este.

Dalina pasó junto al lugar en que había ocurrido el asesinato. Lanzó hacia allí una breve mirada: se habían llevado el coche y los restos de la cinta policial para acordonar el área colgaban cansinos de los postes de la valla de una dehesa.

En ese día brumoso, nevado y sin viento, la cabaña donde vivía Anna todavía se veía más desolada que de costumbre. Dalina dejó el coche al comienzo del camino sin asfaltar que conducía a la casa, pues no sabía si podría circular por él. Anduvo con dificultad por la nieve, envolviéndose el rostro con la bufanda. Hacía un frío espantoso. Una gaviota gritó estridente en lo alto.

Hasta ella parecía desalentada.

Anna abrió después de que Dalina llamase repetidas veces y cada vez más fuerte. Dalina tuvo que admitir que tenía un aspecto digno de lástima. Todavía iba en camisón y levantaba los pies desnudos alternadamente porque el suelo estaba frío. Tenía los labios agrietados y el cabello revuelto, aunque no parecía tener fiebre. Más bien se diría que estaba mental y no físicamente enferma; pero en el caso de Anna los dos aspectos siempre estaban muy unidos.

—¿Puedo entrar? —preguntó Dalina, colándose ya en el interior. No hacía ahí mucho más calor que en el exterior—. Por todos los santos, Anna, ¡deberías poner la calefacción!

—Sí. Es que estaba… Todavía estaba en la cama —balbuceó Anna. Caminó vacilante delante de su amiga (y jefa) hacia la sala de estar, donde había una estufa fría, sin encender. Al lado había un par de leños, pero por lo visto Anna no había reunido fuerzas suficientes para encender fuego con ellos.

Dalina se dejó caer en el sofá. Prudentemente, no se desprendió de su grueso abrigo de plumón.

—Anna, esto no puede seguir así —dijo—. No puedes faltar hoy. Esta tarde tenemos el paseo por la ciudad con los clientes mayores. Tú te ibas a encargar.

Anna parecía a punto de echarse a llorar solo ante la idea de tener que deambular por la ciudad y beberse un vino caliente con especias con una docena de sexagenarios o septuagenarios dispuestos a encontrar pareja.

—Estoy enferma, Dalina. De verdad.

—¿Qué es lo que tienes? ¡Se te ve la mar de bien! —No era cierto. Anna tenía un aspecto horrible. Por otra parte, eso era usual en ella.

—Creo que tengo fiebre.

Dalina se inclinó y le puso la mano sobre la frente.

—No. No tienes.

Anna se sentó en el suelo. Se rodeó las piernas con los brazos.

—Tengo los nervios destrozados. Con lo de Diane.

—No ha dejado a nadie impasible. Sin embargo, no todos podemos quedarnos en la cama los días siguientes —dijo Dalina—. Quiero decir que…, que a mí todo esto también me pone nerviosa. Muy nerviosa. Ahora la policía sabe (según dicen, por los documentos de Diane) que formaba parte de nuestro grupo de cocina para solteros. Si los medios de comunicación se llegan a enterar… No podemos permitirnos mala propaganda.

Suspiró.

—La inspectora encargada del caso estuvo ayer hablando conmigo —prosiguió—. Fue a ver a todos los del curso de cocina.

—También vino aquí.

—¿Y? ¿Qué le has contado?

—¿Qué iba a contarle? Apenas conocía a Diane. Se apuntó mi dirección. Le dije que a veces me quedo en casa de Sam. También se apuntó su nombre y su dirección. —Anna se encogió de hombros—. No tenía nada más que comunicarle.

—¿Te ha enseñado también el retrato robot de ese horrible novio de Diane? Lo han dibujado según la descripción de los arrendadores de Diane.

—Sí. Me lo enseñó.

—¿Y no has advertido nada?

Anna volvió la cara hacia un lado. Dalina lo tenía claro: ella sí había advertido algo.

—Se parecía a Logan —dijo.

Anna enseguida lo rechazó.

—No. No, en serio. ¿A ti te lo ha parecido? —Era evidente que ella había pensado en lo mismo.

—Sí. Totalmente. Y además decía que era más alto de lo normal. Logan mide casi dos metros, como tú bien sabes. Y además…, los ojos. El cabello espeso.

—Pero Logan vive desde hace siglos en el sur de Inglaterra, muy lejos. En Bath.

—A lo mejor ha vuelto.

—Lo sigo en Facebook —dijo Anna—. No ponía nada de que fuera a volver.

—A lo mejor se lo guardó para él.

—¿Y se hace amigo de Diane Bristow?

—¿Por qué no?

—Está en mi curso. Qué coincidencia tan rara.

Dalina se encogió de hombros.

—Las coincidencias existen.

—Si está en Scarborough…, ¿por qué no viene a vernos?

—¿No tendrá ganas?

—No creo que sea él —dijo Anna, aunque no sonaba muy convencida.

—La policía cree que su novio fue quien mató a Diane. Así que es posible que sea Logan.

—¿Por qué iba Logan a matar a su novia?

—¿Celos? A lo mejor Diane quería separarse de él. A fin de cuentas, iba al curso de cocina para solteros. Estaba buscando pareja, aunque ya la tenía.

—Aun así, no lo entiendo del todo —señaló apenada Anna.

—En cualquier caso —dijo Dalina—, el novio de Diane se ha esfumado. De lo contrario se habría presentado ante la policía. Sabe que han matado a cuchilladas a su novia. En un caso así se colabora en la investigación, se declara, se intenta contribuir a aclarar las cosas. A no ser…

—… que sea el asesino —concluyó la frase Anna.

Se miraron.

—Es Logan —dijo Dalina—. Y ha asesinado a una mujer.

A Anna le temblaban los labios.

—Pero ¿por qué? —susurró—. ¿Por qué?

2

Cuando Kate iba camino de la casa de Caleb Hale, le sonó el móvil. Atendió la llamada por el manos libres.

—¿Colin? —preguntó.

—Hola, Kate. ¿Qué tal? —Como siempre, Colin parecía estupendo, una persona sin preocupaciones y desenfadada, pero Kate sabía que era solo una fachada tras la que se escondía un hombre atormentado por las dudas y que no conseguía ajustarse a la imagen que intentaba dar de sí mismo. Se habían conocido años atrás en una cita de Parship, pero no había surgido entre ellos una relación sentimental. Aunque sí una amistad algo estrambótica entre dos seres que se sentían algo perdidos en la vida.

—Muy bien, gracias. Tenemos un caso complicado. Justo antes de Navidad. Muy desconcertante.

—Algo he leído —dijo Colin. Continuaba viviendo en Londres, pero seguía los casos criminales de Yorkshire del Norte con mucho interés. Una de las cosas por las que envidiaba profundamente a Kate era por su profesión. Él trabajaba de asesor tecnológico en una empresa y cada día se aburría más en ella—. La mujer acuchillada en el coche…

—Sí. Una historia muy fea.

—Te llamo por la Navidad —anunció Colin. En los dos últimos años había pasado las fiestas en casa de Kate. Él no tenía a nadie y ella tampoco. A Kate a veces le ponía de los nervios, pero en algunas ocasiones Colin la había ayudado con eficacia a superar sus peores momentos. Le gustaba—. Es por Xenia —dijo Colin. Había conocido a la joven rusa durante el último caso de Kate y entre ambos había nacido una relación sentimental. Xenia todavía estaba a la espera de un proceso por un delito cometido mucho tiempo atrás, cuando había ayudado a encubrir el asesinato de un niño. Pero se hallaba en la posición de una persona dependiente y podía contar con una sentencia benigna. Se había mudado a Londres con Colin y se había registrado allí, de modo que no podía abandonar la ciudad sin una autorización.

Kate sospechó lo que iba a seguir.

—¿No vendrás esta Navidad?

—Es muy complicado. Xenia no puede salir. Pero podrías venir tú a nuestra casa. En serio.

Kate sabía que era sincero, pero pensó que no quería ir de sujetavelas junto a una pareja de enamorados que iban a celebrar su primera Navidad unidos.

—No, quedaos vosotros allí. Yo ya me las apañaré.

—No quiero que estés sola —dijo entristecido Colin.

—Ya encontraré a alguien —afirmó Kate.

—¿Qué tal está Caleb Hale?

—Ahora voy a su casa.

—Si no funciona, ¿vendrás?

—Ya veremos —respondió Kate.

El edificio en que vivía Caleb se hallaba en la Wheatcroft Avenue, en lo alto de South Cliff, y tenía vistas al mar desde las ventanas superiores. Un barrio pudiente que, en realidad, estaba por encima de las posibilidades incluso de un funcionario de alto rango de la policía criminal, como había sido Caleb Hale antes de retirarse del servicio. Después de dimitir sus ingresos no habían mejorado. Kate sabía que la casa pertenecía a su exesposa, que procedía de una familia rica. Desde el divorcio, Caleb pagaba el alquiler, pero a esas alturas seguro que le resultaba muy difícil. Kate llevaba semanas sin verlo, él no había respondido a sus SMS y ella había asumido que era evidente que necesitaba un tiempo para dedicarse a sí mismo. No sabía de qué vivía. Cabía la posibilidad de que no pudiese conservar esa gran casa.

Bajo el manto de nieve, toda la calle recordaba un paisaje de azúcar en un cuento de hadas. Cuando Kate se detuvo delante de la casa de Caleb, vio el humo ascender por la chimenea. Eso no significaba en absoluto que él ya estuviera allí, pero al menos sí se suponía que no se había ido por un largo tiempo. Aunque Kate también lo hubiese considerado factible. Después de todos los fracasos del verano, había caído en un estado psíquico espantoso. No obstante, no solía compensar su estrés anímico huyendo, sino mucho más con el curalotodo que durante años había demostrado serle muy eficaz: el alcohol. Desafortunadamente, este era responsable también de la espiral de decadencia en que se hallaba Caleb Hale. Intentaba hacer soportable su vida con ayuda del alcohol, pero, por supuesto, la iba destruyendo al mismo tiempo con él. Estaba cautivo en la falta de perspectivas de los adictos y a Kate le daba miedo notar que empezaba a darse por vencido. Al quedarse sin trabajo, su día a día había perdido su estructura y la estructura había constituido su única posibilidad de salvación.

El acceso a la puerta de entrada mostraba una capa de nieve intocada, así que, por lo visto, Caleb no había salido de casa desde el día anterior. Kate pulsó el timbre. Se preparó para todo, también para que apareciera borracho como una cuba.

Sin embargo, cuando abrió la puerta, presentaba un aspecto la mar de normal. Al menos, ella lo había visto en peores condiciones. No lo veía desaseado y dejado. Llevaba unos vaqueros y una sudadera vieja y tenía algo de pelusilla en el pelo, pero eso más bien hacía sospechar que estaba trabajando en algún rincón no demasiado limpio de la casa, en el sótano o en la buhardilla.

—Oh, Kate —dijo. El tono de su voz era neutro. Ni alegre ni molesto.

—Hola, Caleb. Hace mucho que no nos vemos.

—Cierto. ¿Quiere pasar? —Retrocedió un poco y Kate entró. Enseguida vio el montón de cajas apiladas a lo largo de las paredes.

—¿Se muda?

—Sí. No puedo permitirme pagar este alquiler. De todos modos, la casa es demasiado grande para mí. —Sonaba lapidario, pero Kate percibía que la despedida le afectaba. Él había querido mucho a esa casa.

Lo siguió a la sala de estar, que ofrecía un aspecto caótico: cajas por todas partes, las tristes marcas amarillentas en las paredes dejadas por los cuadros descolgados, una alfombra enrollada.

—¿Un café? —preguntó.

Ella asintió y lo observó mientras encendía la cafetera en el mostrador de la cocina abierta. Tomó asiento por propia iniciativa junto a la bonita y amplia mesa.

—¿Ya ha encontrado casa?

Caleb asintió.

—Sí, en la bahía norte. En uno de esos altos edificios de Queen's Parade. Al menos tiene vistas al mar.

Kate conocía la calle. Pese a la nobleza del nombre, era un rincón más bien abandonado. Un par de edificios nuevos, pero la mayoría eran viejos y con humedades. No obstante, las vistas eran magníficas.

—¿Y por qué no una casita con jardín en otro lugar?

—No tengo nada de jardinero. —Llevó dos tazas de café a la mesa y se sentó—. ¿Qué es lo que la trae hasta aquí, Kate?

Estaba claro que no había bebido. O al menos no tanto como para que se notara. Tenía la mirada limpia.

—Nuestro último caso…

—¿El asesinato de la joven en Harwood Dale?

—Exacto.

—Lo he seguido en la prensa. No he podido evitar pensar en usted. ¿Alguna pista?

—Depende. La evolución es curiosa… —Le habló de las huellas dactilares en el coche, las mismas que se habían encontrado en el escenario del crimen de Alvin Malory. Caleb la escuchó con atención y creciente interés.

—Es... —Se levantó, se pasó las manos por los cabellos y volvió a sentarse. Era evidente que ese asunto lo afectaba.

—Fue algo horrible —dijo—, muy horrible.

—El informe médico es, en efecto, tremendo.

—Ese chico... Lo torturaron sin piedad. Se desfogaron realmente con él. Del modo más brutal. Ya sabe usted que en nuestra profesión vemos muchas cosas, pero eso fue especialmente espantoso.

—¿Apareció en el transcurso de la investigación alguna sospecha concreta?

—No. Investigamos en todas direcciones. El problema fue que el día anterior se celebró en la casa un cumpleaños y hubo muchos invitados. El estado de las huellas era caótico.

—La madre de Alvin me ha contado que su hijo sufrió acoso escolar toda su vida.

Caleb asintió.

—Debido a su obesidad. Lo tuvo muy difícil, pero no encontramos ninguna indicación de que alguna vez lo agredieran. Hablamos con todos los profesores de la escuela elemental y la secundaria. En la Graham School hay un profesor responsable de detectar los casos de *bullying* y actuar. Dijo que se marginaba a Alvin, que se reían de él, que a veces lo imitaban. Los alumnos se encontraban en la playa, pero no lo invitaban. Las clases de baile eran una tortura para él, porque, por supuesto, no encontraba pareja. Se le hicieron también bromas de mal gusto, las chicas quedaban con él y luego llegaban a la cita con un grupo de amigas y se reían de Alvin. Esas cosas definían su cotidianeidad y seguro que sufrió mucho. Pero no tenemos indicios de violencia. Ni desde luego de esa violencia desmedida. El desatascador...

—Inconcebible...

—Hace mucho que no he visto a la familia.

Kate le informó sobre su visita a los Malory. Caleb movió entristecido la cabeza.

—Una auténtica tragedia. Ya entonces supuse que el padre no lo soportaría mucho tiempo. De todos modos, nunca había tenido una buena relación con su hijo, era una decepción para él. Y tampoco asumía el modo en que la señora Malory convirtió al chico en el punto central de su vida.

—Es comprensible —dijo Kate—. No tiene vida propia.

Sacó del bolso un impreso y se lo pasó a Caleb por encima de la mesa.

—Este es el retrato robot según los datos facilitados por los propietarios del apartamento de Diane Bristow. Por lo visto, este hombre era su novio. Suponemos que son suyas las huellas dactilares que hemos encontrado en el coche y que se hallaron también en la escena del crimen de Alvin Malory.

—¿Considera que es el autor?

—Resulta como mínimo curioso que después del asesinato haya desaparecido. Matan a su novia y él, que podría ayudarnos con sus observaciones, desaparece de la tierra.

—De hecho, eso habla en su contra. —Caleb observó pensativo la imagen—. Lo siento, pero el retrato no me dice nada. No creo haber visto nunca a este hombre.

—Llama la atención lo alto que es. Más de un metro noventa.

—No. —Caleb dejó a un lado el papel—. Creo que recordaría a un hombre más alto de lo normal y con un cabello tan espeso si hubiera aparecido en mi investigación.

—Sí, es posible —convino desilusionada Kate—. He estado leyendo la documentación de entonces. Realmente revisó todo el entorno del chico.

—Todo. En especial la escuela, como he dicho. Todos los cursos, superiores e inferiores. El entorno de los padres, clientes del taller, socios. El vecindario. Analizamos todos los chats del ordenador de Alvin. Hablamos con todos los asistentes a la fiesta de cumpleaños de la madre. No nos olvidamos ni de nada ni de nadie. Pero no se confirmó nada. Nada en absoluto. Era para desesperarse.

—Lo extraño es que, al revisar los documentos, tuve la sensación de que algo no funcionaba. Que se pasó por alto alguna cosa.

—¿Que se pasó por alto alguna cosa?

—He echado algo de menos. Pero ha sido solo la sombra de una idea y ahora ya no la percibo. —Kate movió la cabeza—. Ya volverá a aparecer.

Caleb asintió. Sabía que ahora de nada serviría insistir.

—¿Cuáles fueron sus sospechas ante ese caso? —preguntó objetiva Kate.

Caleb se encogió impotente de hombros.

—Venganza. Fue lo primero en lo que pensé. ¿Quién hace esto con otra persona si no es por odio?

—¿Pensó usted en un asesino? ¿O en varios?

—Es difícil de decir. Alvin Malory no era un adversario fácil, al menos en lo que se refiere a su masa. Tampoco es tan sencillo derribar casi ciento setenta kilos. Por otra parte, es posible que dada su estructura no se defendiera. Es decir, también aquí son concebibles las dos posibilidades: un asesino o varios.

—¿Apareció por algún sitio el nombre de Diane Bristow?

—No. Aunque por su edad no debería excluirse que acudiera a la misma escuela en la misma época. En este sentido, puede haber estado en una de esas interminables listas de nombres que recorrí en aquel entonces, pero me acordaría si me hubiese ayudado en algo.

—Entiendo. La inspectora Graybourne aclarará hoy a qué escuela fue Diane y si con ello se puede establecer un vínculo entre Alvin y ella.

Él la miró con atención.

—Sí, he oído hablar de la inspectora Graybourne. De que se ha hecho cargo del departamento.

—¿La conoce?

—Hace años estuvimos juntos en un curso de perfeccionamiento de una semana. En Brighton. Graybourne destacaba porque era muy buena. Seguro que no es una mala elección. Pero me habría gustado más verla a usted en su puesto, Kate.

Kate se acabó el café y se levantó.

—No era de esperar —dijo—. Después del último verano.

También Caleb se puso en pie.

—No, desde luego —convino, y luego ambos se quedaron callados un rato, pensando en el verano, en el horror, en lo que lograron, pero también en lo que no consiguieron y en que nunca sabrían si habría habido otro modo mejor de actuar. En su profesión, las decisiones equivocadas podían tener resultados catastróficos. Esta era una de las razones por las que Caleb había dimitido.

Kate fue la primera en romper el silencio.

—¿Se mudará antes de Navidad?

—El lunes —respondió Caleb. A ella le habría gustado preguntarle cómo pasaría las fiestas, pero no se atrevió porque le habría dolido una respuesta negativa. Naturalmente, estaría ocupado empaquetando sus cosas y llevando de un lado a otro los muebles. Tendría muchas cosas que hacer.

Pero sí planteó otra cuestión. Hacía un buen rato que estaba dándole vueltas en la cabeza.

—Ha..., ¿ha encontrado otro trabajo? —A fin de cuentas, de algo tenía que vivir. Puesto que había presentado su dimisión, no le habían indemnizado.

—Trabajo en Sailor's Inn —contestó Caleb y se notaba en su voz que intentaba adquirir un tono lapidario.

Kate frunció el ceño.

—¿En el Sailor's Inn? Es un pub.

—Lo sé.

—Es lo... ¿adecuado? —Se mordió la lengua. Tenía la sensación de haberse pasado de la raya.

Caleb rio, aunque la suya no era una risa alegre.

—Al menos, algo entiendo de eso —dijo.

Y Kate comprendió por qué hacía tanto tiempo que no había tenido noticas de él: no estaba ansioso por contarle el giro que estaba dando su vida.

Caleb Hale de barman.

Si no fuera tan trágico hasta sería cómico.

3

Cuando Kate ya se encaminaba hacia el despacho, recibió una llamada de Pamela.

—Por favor, ¿podría venir directamente a Runswick Bay? A Runswick Bay Cottages. Está pasando algo. —Dicho esto colgó, por lo que cualquier pregunta de Kate murió en sus labios.

«Todavía tengo que acostumbrarme a esta forma de actuar», pensó cambiando de rumbo.

Cuando se acercaba a los Bay Cottages, enseguida supo de qué casa se trataba, pues se veían allí dos coches patrulla además de otro vehículo, y algunos agentes deambulaban por la zona. Hacía mucho que Kate no había estado en Runswick Bay, pero recordó que de niña había pasado allí algunos domingos por la tarde, en verano, con sus padres. La playa era especialmente bonita, una arena deliciosamente blanda y muy clara. Ahora todo estaba blanco por la nieve que lo cubría y que, sin embargo, empezaba a fundirse en la carretera, dejando entrever el asfalto mojado, brillante y negro. En los bordes, la nieve adquiría un color gris sucio.

Pamela salió a su encuentro. Llevaba botas de nieve y un abrigo holgado y suelto. Guantes desechables en las manos.

—¡Por fin ha llegado! —Como si Kate siempre se presentara tarde a todas partes—. Se ha producido un robo en uno de estos bungalows. El propietario ha avisado a la policía hace una hora.

Algo más debía de haber, de lo contrario la brigada de Homicidios no estaría ahí.

—Estaba con el comisario Hale —informó Kate utilizando inconscientemente el último rango que ocupaba Caleb en la policía y que ahora ya no poseía—. Le he preguntado por sus averiguaciones en el caso de Alvin Malory.

Se percató de que parecía estar justificándose. Solo porque había creído oír un tonillo crítico en Pamela. Tenía que ser más fuerte. A lo mejor, su jefa no la estaba amonestando.

—Nos han avisado los compañeros de la patrulla —dijo Pamela sin atender a la explicación de Kate—. A primera vista parece un robo normal. El propietario del bungalow ha venido hoy porque necesitaba algunos utensilios de cocina y pensaba encontrarlos aquí. Al abrir y entrar, sorprendió a un hombre dentro. Era evidente que se había instalado ahí. El intruso salió corriendo por una ventana que, según han confirmado los agentes, había sido forzada anteriormente con una palanca. Así es como había entrado. Al escapar, se olvidó de su mochila.

Mientras Pamela hablaba, volvió al bungalow seguida por Kate. Entraron en una diminuta vivienda con las paredes encaladas y la puerta pintada de rojo. El interior estaba limpio, con un aspecto funcional y acogedor. La casita clásica donde se instalan las parejas o las familias pequeñas en verano.

Los de la policía científica ya estaban ahí. En medio de la habitación había un hombre; seguro que se trataba del propietario porque no hacía más que decir: «¡Cuidado!» y «¿Tiene que ponerlo todo patas arriba?». Parecía nervioso e inquieto.

—El señor Balton —dijo Pamela en voz baja a Kate—. El dueño del bungalow.

Levantó una mochila que estaba sobre una silla.

—Nuestros colegas la han encontrado y la han examinado. Y al hacerlo han descubierto esto... —Sacó una fotografía, una foto de verdad, como esas que escasean tanto desde que se inició la época de los teléfonos inteligentes. Kate reconoció al instante a la mujer: era Diane Bristow.

—¡Oh! —exclamó sorprendida.

Pamela dio media vuelta a la foto. Aparecía escrito: «Para Logan», y detrás tres aspas simbolizando tres besos.

—¿El novio huido? —preguntó Kate.

—Podría ser. Por lo visto se ha llevado su documentación y el móvil. Pero hemos encontrado la carta de despido de una gasolinera al señor Logan Awbrey, residente en Bath.

—¿En Bath?

—Sí. No es aquí al lado. Pediremos ayuda a la policía local.

—Sería lo razonable, sí.

—Estoy impaciente por saber los resultados que obtendrán los agentes de la científica. Si se encuentran aquí las mismas huellas dactilares que en el coche de Diane y en su casa, este ha de ser su misterioso novio.

—Quien por lo visto se ha fugado.

—Sí, de lo contrario no se escondería en una casita para veraneantes. Y además habría dado señales de vida hace mucho tiempo.

—También puede ser inocente —apuntó Kate—, pero que tema convertirse en un sospechoso.

—Es posible. Pero poco probable.

Salieron del bungalow.

—¿Ha descrito el propietario de la casa a Awbrey? —preguntó Kate.

—No con precisión —respondió Pamela—. Estaba oscuro y todo sucedió muy deprisa. Solo le llamó la atención que se trataba de un hombre más alto de lo normal. Dos de nuestros agentes están interrogando al vecindario. Hay un par de viviendas habitadas todo el año. A lo mejor han visto algo.

—Más alto de lo normal —repitió Kate—, esto coincide con la información de los arrendadores de Diane Bristow.

—Venga —dijo Pamela—, sentémonos un momento en mi coche.

El coche estaba muy limpio. En el asiento trasero había un par de zapatos de tacón de aguja rojos.

Guau, pensó Kate.

Pamela se recostó en el respaldo del conductor.

—Esto no acaba de tirar. He comprobado si Diane Bristow y Alvin Malory se conocían de la escuela, pero Diane iba a la de Whitby y llegó más tarde a Scarborough. Además, he hablado con todos los alumnos del curso de cocina. Así como con Anna Carter, la profesora, y con la propietaria de Trouvemoi, Dalina Jennings. Anna Carter vive en Harwood Dale, donde también vivía Diane, justo en la primera casa cuando se llega a Harwood Dale Road desde Scalby. Así que esa noche estaba circulando a la misma hora que Diane, pero no hubo nada que le llamara la atención. También he hablado con los arrendadores de Diane Bristow. Con la madre de Diane una vez más. Con el personal del Crown Spa Hotel, sobre todo con su amiga Carmen.

Kate debía reconocer que Pamela era muy eficiente. Tantas entrevistas en tan poco tiempo… Podría haberse permitido algún descanso. Por eso se la veía tan agotada.

—Nada —dijo—, ningún resultado aprovechable. Esa Diane debe de haber sido sumamente introvertida. Tampoco le confió nada a su amiga Carmen, la única amiga que tenía según su madre. Y nadie, absolutamente nadie salvo la pareja que le alquilaba el piso sabía nada de un novio.

—A lo mejor no era su novio en el sentido de amante. ¿Quizá en el de compañero?

—Los arrendadores contaron que dormía a menudo en el apartamento de ella.

—Eso tampoco significa nada.

—Pero ¿y la foto? Para Logan. Los besos en el dorso. ¿Para un compañero?

—También eso es posible —dijo Kate—. Pero señala que significaba algo más para ella. Por alguna razón, sin embargo, constituye su secreto mejor guardado.

Pamela cambió de repente de tema.

—¿Así que fue a ver a Caleb Hale?

—Sí.

—¿Estaba sobrio?

Kate se estremeció. Sabía que todos estaban al tanto, pero que Pamela fuera tan franca la sobresaltó.

—Lo estaba —contestó fríamente.

—Vaya. Ha tenido suerte. —Pamela sonrió—. ¿Y? ¿Le enseñó el retrato robot? ¿Sacó alguna conclusión?

—No. Cuando investigaba el caso de Alvin Malory no se cruzó con él nadie que tuviera ese aspecto. Ahora le daré también el nombre de Logan Awbrey. A lo mejor se tropezó con él en algún lugar. Lo malo es que entonces no consiguieron obtener huellas. Nada.

Pamela tamborileó el volante con los dedos.

—Sí. Para volverse loco.

—Y hasta el momento solo sabemos que las huellas dactilares del presunto asesino de Diane Bristow se encontraron en la casa de los Malory —señaló Kate—. Eso no significa forzosamente que en ambos casos se trate del mismo asesino. El de Diane puede haber sido uno de los invitados a la fiesta en el jardín, pero no tener nada que ver con el agresor de Alvin Malory.

Pamela parecía un poco inquieta.

—Sí, está claro. Todo es posible. Pero tampoco es que vayamos a ahogarnos literalmente en tantos indicios. Por el momento, yo parto de la base de que tendremos al asesino de Diane cuando demos con el autor del caso Alvin y viceversa. He de centrarme en algo y a falta de más puntos de referencia me oriento según las circunstancias.

En su vida laboral, Kate había experimentado con frecuencia que centrarse intensamente en una teoría establecida podía impedirte ver otras posibilidades, pero se reprimió el comentario. Su jefa tenía razón en un aspecto: estaban dando palos de ciego y tenían que atenerse a las pocas piezas que el caso les arrojaba, de lo contrario no avanzarían ningún paso.

—¿Y asistirá usted el lunes por la tarde al curso de cocina para solteros? —inquirió Pamela—. Yo no espero gran cosa, pues ya he hablado con los participantes, pero a lo mejor se entera usted de algo más. La gente es a veces más abierta cuando no se relaciona con la policía y usted será provisionalmente una infiltrada.

—Lo que no me gusta especialmente —dijo Kate, pero en su interior debía admitir que ella se había matriculado ya antes con una profesión inventada. Lo que al menos ahora demostraba ser una buena condición previa.

—No consigo entender por qué va usted a un sitio así —comentó Pamela—. Citas online, cursos de cocina para solteros..., cualquier cosa por el estilo. Creo que es perder el tiempo.

Kate odiaba tener que hablar con su jefa sobre ese aspecto de su vida. Era privado, no le atañía a nadie.

—Es la primera vez que lo hago —contestó. Era mentira,

pero establecía un límite a aquello que podía confiar a Pamela, a quien acababa de conocer—. Me interesa socializar. A lo mejor se entabla una amistad con alguien. No tienes por qué encontrar al gran amor de tu vida.

—El gran amor de tu vida no siempre te hace feliz —dijo Pamela—. A veces es lo contrario. A veces es mejor no conocerlo.

Sonaba a que había tenido una gran decepción, pero Kate no preguntó más. A lo mejor a Pamela le había sucedido algo similar a lo que le ocurrió a ella, Kate, dos años atrás, cuando había conocido al hombre del que se había enamorado apasionadamente y sin reservas. Había visto ante sí un futuro feliz, una vida compartida, se había sentido como si por fin hubiese llegado a la meta tras un largo y solitario recorrido. Poco después se desveló que la habían utilizado y que él solo había fingido sus sentimientos. Los meses que siguieron resultaron ser los más oscuros de su vida.

Ambas permanecieron calladas un rato, con la sensación de estar un paso más cerca la una de la otra, pero sin saber realmente si de verdad ansiaban esa proximidad.

El móvil de Pamela sonó y rompió esa atmósfera incómoda que había surgido de repente.

Escuchó concentrada, solo decía de vez en cuando «sí» y «entiendo». Arrancó una hoja de un bloc sujeto al salpicadero y garabateó en ella. Cuando hubo terminado la conversación, le tendió la hoja a Kate.

—Eran los compañeros de Bath. Tropas rápidas. Acaban de estar en la casa de Logan Awbrey. Tal como se esperaba no había nadie allí, pero han podido hablar con una vecina. Esta les ha contado que Awbrey tenía grandes problemas con el arrendador porque iba retrasado con el pago del alquiler. A finales de octubre desapareció de un día para otro. Dejó sus muebles y la mayoría de sus cosas. He escrito aquí el número de teléfono del arrendador. El otro es el de una gasolinera en la que Logan Awbrey trabajó en la caja. El aviso de despido que nosotros tenemos era de ahí. Lo mejor es que llame a ambos números y a lo mejor descubrimos nuevas pistas. La policía de Bath está al corriente de los dos casos. —Hizo una señal a Kate, que ella tomó como pretexto para salir del coche. Se sentó en su vehículo y sacó el móvil. Podía cumplir con el encargo ahí mismo. Mientras esperaba a que el arrendador contestara, observó a los agentes que deambulaban delante del bungalow, la playa cubierta de restos de nieve, las olas oscuras del mar. Había marea alta, más tarde la playa sería más extensa y grande y estaría llena de algas y de maderas vomitadas por el agua. Hacía mucho que no iba por ahí. Decidió que uno de los próximos fines de semana volvería para dar un paseo.

El arrendador, el señor Howell, atendió a la llamada y se quejó porque no había cobrado el alquiler de varios meses, que la fianza solo cubría parcialmente, y porque además tendría que pagar los costes para que sacaran los trastos, pues el inquilino había dejado «toda su chatarra», como él la llamaba, y tal como estaba no podía seguir alquilándola.

—Se quedó sin trabajo en mayo. Al principio no dijo nada al respecto. Luego no pagó el alquiler. Lo llamé por teléfono. Me aseguró que ya tenía empleo nuevo. Pero no era cierto. Ya no ingresaba más dinero. Me pasé de bueno, dejé que me diera largas demasiado tiempo. Rescindí después el contrato y él no respondió. Lo amenacé con presentar una demanda. Entonces se largó. De la noche a la mañana. Se esfumó sin dejar rastro.

Hizo una pausa para coger aire. Kate intervino rápidamente.

—Es realmente lamentable. Pero nosotros también lo estamos buscando, a lo mejor puede ayudarnos con algunas indicaciones.

El señor Howell enseguida volvió a sulfurarse.

—Ya es hora. Ya es realmente hora de que la policía se ocupe de gente así.

—¿Sabe usted algo sobre el entorno de su inquilino, señor Howell? ¿Amigos? ¿Conocidos? ¿Tenía novia? ¿Sabe a dónde puede haber ido? ¿A casa de quién?

El señor Howell resopló.

—No sé nada. Tampoco quiero tener nada que ver con los asuntos de mis inquilinos. No me interesan. Él me confirmó que contaba con un empleo fijo y eso fue suficiente.

—¿Sabe por qué perdió su trabajo?

—Ni idea. Yo lo único que quiero es mi dinero. ¿Cuándo cree que lo arrestarán?

Eso mismo le habría gustado saber a Kate.

—No puedo decírselo, señor Howell. Le pido que se ponga en contacto conmigo cuando se le ocurra alguna idea que pueda ser de importancia. ¿Quiere apuntarse mi número?

El señor Howell escribió de mala gana el número y dijo:

—Haga usted sola su trabajo. ¿O es que se cree usted que a mí me ayuda alguien?

Luego colgó.

Qué sujeto tan amable, pensó Kate. Llamó a la gasolinera en donde había trabajado Logan Awbrey. Ahí se encontró con una mujer de voz juvenil y alegre, y que era mucho más amable que el frustrado e iracundo señor Howell. Los compañeros de la policía de Somerset habían ido a verla hacía apenas tres cuartos de hora.

—Sí, trabajó aquí —respondió a la pregunta de Kate—. Tenemos la gasolinera con un bar al lado. Logan trabajaba en la caja, pero también en el local. Trabajamos por turnos.

—He oído decir que lo despidieron.

—Sí... —dijo la joven vacilante.

—¿Por qué?

Un suspiro.

—No se lo he dicho a sus compañeros, pero tarde o temprano

se enterarán. Cogió varias veces dinero de la caja. Las cuentas no acababan de cuadrar y en un momento dado lo pillaron in fraganti. Lo despidieron de inmediato.

—¿Pero nadie lo denunció?

—No. En realidad, al jefe le caía bien Logan, no quería causarle problemas. Pero, claro, tampoco quería seguir dándole trabajo.

—¿Era Logan Awbrey una persona querida?

—Sí, siempre era amable. No era caprichoso, antipático o algo así. Pero…

—¿Sí?

—Siempre guardaba las distancias. O, mejor dicho, era superficial. Sí, eso es. Amable y superficial. Te podías divertir con él, pero en realidad no sabías nada de su vida.

Semejante a Diane de otro modo, pensó Kate. Tampoco ella revelaba mucho de sí misma. ¿Qué era lo que unía a esas dos personas? ¿Habían sido una pareja de enamorados? ¿O más bien cómplices?

¿Por qué Diane yacía en su coche muerta a cuchilladas?

¿Era Logan Awbrey su asesino?

—¿Mencionó Logan alguna vez el nombre de Diane Bristow? —preguntó Kate.

La joven al otro extremo de la línea reflexionó un rato.

—No —respondió—. Nunca he oído ese nombre.

—¿Habló alguna vez de personas, cosas, sucesos de su pasado?

—En realidad no. Bien pensado, no sé nada de él. Y es probable que nadie de aquí sepa algo, pues yo pasaba la mayor parte del tiempo con él. Compartíamos a menudo el mismo turno.

—Pero de algo hablarían, ¿no?

—Sí. Pero siempre de temas de actualidad. Me contaba lo que se cocinaba. Que había descubierto un vino estupendo y muy caro. A veces ponía verde a la casa real. O al gobierno. Ese tipo de cosas. Ya he dicho que no se le conocía a fondo.

—¿Desde cuándo trabajaba en la gasolinera? ¿Y sabe usted a qué se dedicaba antes?

—Estaba aquí desde principios de 2018. Le pregunté qué había hecho antes y dijo que faenas distintas. Creo que se mantenía a flote con trabajos eventuales; en cualquier caso, esa fue siempre mi impresión.

—¿Significa esto que no sabe nada de su pasado?

—No. Nada. Una vez mencionó que no tenía hermanos. Esto es todo.

—¿Le habló de Yorkshire? ¿De Scarborough? ¿Que conocía a gente de esa zona?

—No. Nunca. La verdad es que era como si hubiese surgido de la nada.

«Tampoco es que hayas insistido demasiado», pensó Kate. Esa joven era como su voz: amable, alegre, superficial e ingenua.

—Ha dicho usted que Logan Awbrey cogió varias veces dinero de la caja. Sin embargo, debía muchos meses de alquiler a su arrendador. Por lo visto, tenía un problema económico. ¿Sabe algo al respecto?

—Tampoco hablaba de eso. Pero creo que vivía a lo grande. Ya he mencionado los vinos caros que compraba. De vez en cuando iba a restaurantes con los que yo solo podía soñar. En el verano de 2018 se marchó a Cuba de viaje. Yo no habría podido permitírmelo. Y los dos ganábamos lo mismo.

A lo mejor se trataba solo de eso. De que era un fanfarrón. Aunque a lo mejor había algo más peligroso. ¿Alguien lo estaba presionando? ¿Estaría metido en algún lío delictivo? ¿Tenía la muerte de Diane Bristow algo que ver con eso?

Pidió a la joven que se pusiera en contacto con ella si se acordaba de algo y dio por terminada la conversación. Se quedó un momento pensativa, mirando a los agentes que rondaban por la zona y a los de la policía científica. Ya hacía tiempo que Pamela se había ido.

Kate sacó con esfuerzo el coche de donde estaba aparcado. Volvería a ponerse en contacto con Caleb Hale y con Louise Malory, la madre de Alvin, y los confrontaría con el indicio más reciente: el nombre de Logan Awbrey. A lo mejor se encendía una lucecita en la mente de uno de ellos.

Aunque, por alguna extraña razón, Kate no lo esperaba.

Tal como yo había esperado, nadie me relacionó con la angustiosa muerte de mi abuela. En algún momento, mi madre encontró el inhalador en el cajón de la ropa blanca y se alteró mucho. «¡Se lo dijimos cientos de veces! Que tenía que llevar esta cosa encima. Siempre. ¡Continuamente la dejaba en un sitio distinto y tenía que ponerse a buscarla después! ¿Quién iba a pensar que estaría en este cajón?».

Yo repetí con lágrimas en los ojos que había buscado por todas partes y que ese había sido el peor momento de mi vida.

—Me equivoqué buscando el inhalador tanto rato —dije llorando—. Tendría que haber llamado de inmediato al médico de urgencias.

Mi madre enseguida se ocupó de erradicar cualquier asomo de culpabilidad.

—¡No, por el amor de Dios, no te hagas ningún reproche! Ya es bastante malo que hayas tenido esta experiencia tan espantosa. Por desgracia fue la misma abuela, que descuidaba tanto sus propios problemas.

Esta vez, hasta mi padre me consoló.

—Hijo, tú no tienes la culpa. Ya se lo advertimos muchas veces a la abuela. No había manera de que esa mujer fuese ordenada. Y eso fue su perdición.

Me gustó el papel de víctima de la tragedia. Tenía once años, había sido testigo visual de la lucha con la muerte de mi abuela y daba a todo el mundo una pena tremenda. Me puse ciego de cuanto dulce pude encontrar y sin esconderme porque mi madre no se atrevía a decirme nada. Justo esa era la manera que yo tenía de asimilar el trauma. Cuando mi padre me regañó un día por haber aumentado el consumo de chocolate y gominolas, mi madre de inmediato le quitó la palabra.

—Déjalo. Ahora lo necesita. ¡Es su capa protectora!

—A ver, tiene capas protectoras más que suficientes —respondió mi padre, mirando mi cuerpo con una expresión claramente de repugnancia.

—No quiero que hables así de él —se impuso mi madre.

A partir de entonces, mi padre ya no dijo nada, pero pasaba cada vez menos tiempo con nosotros, su familia. Había heredado el velero de la abuela y una caravana que estaba en un camping de los bosques de Lincolnshire. Nos llevó allí con él un par de veces, pero era muy aburrido. Mi padre se interesaba por la flora y la fauna del lugar, recogía plantas y fotografiaba animales, pero yo no sabía qué hacer conmigo mismo y me pasaba todo el rato dando la lata. Desde ese momento, mi padre empezó a marcharse por su cuenta.

Y yo me alegraba.

Al mismo tiempo, cada vez me sentía más solo y abandonado. Lo que se expresaba en un frío interno. Ya podía hacer todo el calor que quisiera en el exterior, en mi interior yo siempre estaba congelándome. No tardé en percatarme de que la soledad es un sentimiento profundamente frío.

Ansiaba tan intensamente pertenecer a algo. A mi clase. A una asociación. Ser la parte reconocida y apreciada de una comunidad. Y que no se burlaran siempre de mí y me excluyeran. No ser un cero a la izquierda.

Y sobre todo ansiaba tener un amigo. O una amiga. Una persona con la que sincerarme, con la que poder compartirlo todo. Tenía a mi madre, que me apoyaba, pero era distinto. Era de otra generación, a veces parecía como si hablásemos idiomas diferentes. Y ¿no era una cutrez tener a la propia madre como amiga? Odiaba acompañarla cuando salía de compras o a hacer otros recados, pero a veces era para no quedarme eternamente mirando las paredes de mi habitación. Aun así, permanecía sentado en el coche mientras ella hacía sus compras. Me daba mucho miedo que me vieran los compañeros de la escuela.

Tenía catorce años cuando Mila llegó a nuestra clase.

Pocas semanas antes de Pascua apareció con su madre en nuestra ciudad, procedente de Sheffield. Su padre había muerto de una grave enfermedad y la madre había encontrado empleo en el ayuntamiento. Mila era una persona gris. Pequeña y tímida. Tenía unos ojos grandes en un rostro delgado y eso le daba la apariencia de un ratoncito miedoso. Los chicos la encontraron insignificante, para las chicas era demasiado tímida, aunque entabló cierta amistad con una de ellas, la ingenua Sue Haggan. Pero a menudo se quedaba al margen.

Por fin vi la oportunidad de hacerme amigo de alguien.

Yo siempre regresaba de la escuela solo, no en grupo como los demás, y Mila lo mismo. No vivía cerca de nuestra casa, pero recorríamos un rato el mismo trayecto. Así que reuní valor y me dirigí a ella.

—¿Te apetece que vayamos juntos?

Otro seguro que lo habría hecho con más determinación y soltura. Se habría acercado a ella y habría iniciado una conversación sobre un profesor o sobre el tonto del entrenador de balonmano. Yo actué de nuevo con torpeza, sin recursos y tenso. ¿Te apetece que vayamos juntos? Sonó como en primer curso: ¿quieres ser mi amigo?

Antes siempre había obtenido un «no» como respuesta y esta vez casi contaba con que sería lo mismo. Pero, como yo había supuesto, Mila era demasiado tímida y bien educada para limitarse a rechazar mi invitación. No estaba nada entusiasmada, se notaba fácilmente, pero era amable y no quería herir a otras personas. Así que dijo que sí.

A partir de entonces cada día la acompañaba.

Los otros alumnos, sorprendidos, nos miraban burlones y ya solo por eso a Mila le habría gustado librarse de mí, pero no sabía cómo conseguirlo sin ofenderme. Así que yo emprendía el camino de vuelta a casa con ella e incluso le salía al paso por las mañanas en una esquina de la calle para recorrer juntos los dos trayectos. Como yo tenía que moverme despacio, se veía forzada a seguir mi ritmo. Pero al menos yo caminaba. De no ser así, mi madre me habría llevado en coche. Ahora me movía. Y con ello perdí, de hecho, algo de peso, aunque no tanto como para que se notara.

Mi madre le contaba a todo el mundo que tenía una amiga, lo que provocaba un incrédulo asombro en los demás. La misma Mila seguro que nunca se hubiera calificado de amiga mía. Más bien de víctima. Su creciente rechazo casi era palpable. Un par de veces consiguió evitarme e irse sola. Por la mañana daba un rodeo y yo la esperaba en vano en la esquina de la calle. Sentía que me invadía la cólera. Pensaba que, a fin de cuentas, tampoco era yo tan malo. Y salvo por la condenada Sue, ella no tenía más amigos. Mila debería haber estado contenta de que yo quisiera pasar el tiempo con ella.

Le conté muchas cosas mías. Le hablé de la horrorosa muerte de mi abuela, por ejemplo, y de que lo había intentado todo para salvarla. En vano.

—Qué mal —dijo Mila compasiva.

También le hablé de mi soledad. De que me sentía siempre marginado. Ridiculizado. De lo que se sentía cuando solo te llamaban Fatty.

Mila señaló con cautela:

—Pero ahí podrías hacer algo en contra. Bueno, contra Fatty.

Odio que la gente diga algo así. Creen que yo soy el responsable de esta desgracia y que si adelgazara todo iría estupendamente. Y, además, que adelgazar es tan fácil. Una persona flaca como Mila seguramente no entiende cómo se puede comer tanto.

No conoce el hambre. Ni tampoco el vacío.

—No puedo hacer absolutamente nada —repliqué secamente.

Algo debió de asustarla en la forma en que la miré, porque enseguida se amilanó.

—Lo que tú digas —se limitó a contestar, y en su voz y en sus ojos se reflejaba lo que pensaba: haz lo que quieras. Es asunto tuyo. Es tu vida.

Eso me causó un dolor inesperadamente intenso. ¿Cómo podía ser tan indiferente? Claro que cuando ella había dicho que podía poner remedio por mí mismo tampoco me había sentado bien. Pero esto último no había sido nada delicado, nada en absoluto.

Me enfadó. Había considerado a Mila una persona muy empática, pero ¿sería de hecho mucho más del montón de lo que yo había pensado?

A la mañana siguiente no la esperé en la esquina, pero cuando me crucé con ella en la escuela tuve la impresión de que se había sentido aliviada. Cuando volví a buscarla para regresar a casa, pareció sorprendida. Había esperado que estuviese enfadado de verdad y con ello que hubiese dado por concluida nuestra incipiente amistad.

Disimulé la rabia que me atenazaba con sus afiladas garras.

Me habría gustado decirle que era fea e insignificante, pero me tragué los comentarios. Mila representaba la única y diminuta oportunidad que yo tenía para no andar continuamente solo. No quería ofenderla.

Seguí acompañándola y reuniéndome con ella en el patio de la escuela, ignoraba sus excusas y sus intentos por evitarme. Algún día se daría cuenta de que encajábamos muy bien, era evidente que simplemente necesitaba algo de tiempo.

Llegó el verano y hacía mucho calor y caminar a diario me afectaba cada vez más. A eso se añadía que, pese a mi perseverancia, la conducta de Mila me frustraba, claro. Lo compensaba de la única manera que tenía para apañármelas con la pena, el dolor y el rechazo: comía más que nunca.

Mila cumplía años en junio. Lamentablemente no celebró ninguna fiesta, aunque no estaba seguro de si me habría invitado en caso de organizarla. Ella y su madre irían a visitar a su tío abuelo James en Sheffield, según me contó, y comerían con él una tarta. Ya había mencionado con frecuencia a ese tío abuelo. Le tenía mucho aprecio.

Le di vueltas a qué podría regalarle. En Pascua me habían dado dinero y había conseguido no gastármelo todo en chuches, sino ahorrar un poco. Me fui con él a una joyería y compré una cadena fina de oro con un corazoncito dorado. Era una joya muy fina, tan fina como la misma Mila. Envolví la bolsa en un papel rojo. Por la mañana, la felicité por su cumpleaños, a lo que ella respondió con una sonrisa forzada. Después de la escuela la acompañé hasta su casa, cosa que no solía hacer porque era un trayecto muy largo para mí. Hacía mucho calor, pero por suerte estaba nublado. Yo no lo habría conseguido bajo un sol abrasador.

—Entonces, hasta la vista —dijo educadamente, cuando llegamos delante del feo edificio de apartamentos en el que vivía.

Sonreí.

—Tengo una cosa para ti. —Saqué el paquetito y se lo tendí—. Por tu cumpleaños.

Cogió el paquete y lo desenvolvió, pero parecía estresada y en absoluto gratamente sorprendida.

—¡Oh! —exclamó cuando vio el corazón dorado. Fue un sonido neutro.

Me arriesgué. La miré resplandeciente, di un paso hacia ella, la abracé. Y la besé en la boca.

Por un segundo se quedó paralizada, luego se desprendió de mí y retrocedió. Por primera vez vi en sus ojos que estaba enfurecida.

—¿Estás mal de la cabeza? —gritó—. ¡Te has vuelto completamente loco!

—Bueno, hoy es tu cumpleaños y nosotros…

—No hay un «nosotros» y no lo habrá nunca —dijo. Hablaba

en voz baja, pero se notaba que estaba rabiosa. Y decidida—. No quiero esta…, esta amistad. No quiero ir cada día a la escuela contigo. Ni tampoco volver. No quiero que te juntes conmigo en el patio de la escuela. Lo único que quiero es que me dejes en paz.

Yo la miré atónito.

—Pero… no tienes a nadie. Solo me tienes a mí.

—No es cierto, estaría más a menudo con Sue si no estuvieras siempre tú. Y aparte de eso: ¡prefiero no tener amigos que tenerte a ti! —me dijo. Nunca hubiese pensado que Mila fuera capaz de ser tan dura. De algún modo mi torpe beso había desencadenado un ataque de cólera en ella. Más tarde lo sentiría, estaba seguro, pero en ese momento fui testigo de que sufría un arrebato—. Te das perfectamente cuenta de que me siento acosada por ti. Y te limitas a ignorarlo. No haces caso de las señales que te envío. Es enfermizo. Simplemente, ¡esto no es normal!

Estaba tan horrorizado que me mareé y cerré un momento los ojos. Me habría gustado sentarme en algún sitio, pero no se dio la posibilidad. Busqué la valla del jardín junto al que estábamos y me agarré a un barrote de hierro.

—Para —susurré.

—No quiero tener nada más que ver contigo —dijo Mila con firmeza. Me tendió el paquete con la cadena de oro—. Toma. La intención era buena, pero no la quiero.

—Pero si es para ti. Solo para ti. No hay nadie más a quien pueda regalársela.

—No la quiero —insistió Mila.

Cogí el paquete. Pensé en todo el amor con que había escogido el corazón dorado. Mis ojos se anegaron de lágrimas.

—¿Es…, es…? —Apenas podía expresarme—. ¿Es porque… tengo esta figura?

—No —respondió Mila, pero no estaba seguro de que fuera sincera.

—¿Por qué, entonces? —pregunté.

Ella dudó.

—No me siento a gusto en tu presencia. Tal vez porque constantemente te saltas los límites.

—¿Cuándo me he saltado los límites?

—Te das cuenta de que alguien no quiere estar contigo y lo obligas a hacerlo. Durante meses. Es desagradable. Me da miedo.

—¿Miedo?

—Sí —dijo con vehemencia—. Miedo. Tengo miedo de ti.

—Qué ridiculez —repuse.

—Me da igual. Puedo parecerte ridícula. Pero, por favor, déjame tranquila. —Inspiró hondo—. Por favor —repitió otra vez con énfasis.

Yo estaba tan horrorizado que no se me ocurrió nada más que decir. Entendí que hablaba en serio y que nuestra amistad era, a partir de ese momento, nada. Tenía la sensación de no poder respirar a causa de la pena.

—Por favor… —dije, percibiendo ahora el tono suplicante de mi propia voz.

Ella se dio media vuelta y recorrió el camino de entrada a su casa sin volver la vista hacia mí. Abrió la puerta y la cerró tras ella. Con un golpe fuerte. Como si confirmase lo que acababa de decir.

Guardé el paquete con la cadena de oro en mi cartera y emprendí a duras penas el camino a casa. Sudaba y luchaba para no echarme a llorar. Pero mientras caminaba pesadamente en ese horrible, caluroso y nublado día de junio, sentía que poco a poco mi dolor se transformaba con cada paso que daba. Esa ardiente desesperación, el dolor, la vergüenza, la impotencia, todos esos sentimientos que me eran familiares desde que había llegado a este mundo y que Mila había desplegado de golpe en una auténtica cascada de horror, fueron adoptando otra forma.

Era la forma del miedo. De la rabia. De la sed de venganza.

Era la forma de una furia asesina.

Domingo, 22 de diciembre

1

El domingo por la noche, Sam acompañó a Anna a su casa y, como siempre, se produjo un momento desdichado y tenso cuando llegaron delante de la cabaña y se despidieron. Sam había recogido a Anna el viernes por la noche y ella había pasado el fin de semana en su casa. Había sido bonito. Habían comprado un par de regalitos en la ciudad, sobre todo Anna, para los participantes del curso de cocina y para Dalina, habían estado en la playa y habían dado un paseo por el camino del acantilado, por encima del mar. Habían cocinado juntos, bebido un vino tinto francés, se habían sentado delante de la chimenea y charlado. Habían visto la televisión. Había sido bonito. Cálido, familiar. Fácil. Si es que había algo fácil para Anna.

Se detuvieron delante de la casita. Por supuesto no había ninguna luz encendida tras las ventanas. Nadie estaba esperando. Haría frío y la estufa de la sala de estar tardaría horas en calentar a medias toda la vivienda. Unas nubes recorrían el sombrío cielo y de vez en cuando la luz de la luna se proyectaba entre ellas, haciendo que la nieve brillara. Un viento gélido soplaba en lo alto.

Noches de invierno. Toda la desolación del universo se potenciaba en ellas hasta ser insoportables.

Sam apagó el motor.

—¿Entro contigo? —preguntó.

Ella negó con la cabeza.

—No. Ya lo conseguiré yo sola.

Él le colocó suavemente la mano sobre el brazo.

—No tienes que conseguir nada, Anna. Noto que pasar la noche aquí fuera, sola, te entristece. ¿Por qué...?

—Sam...

—Entiendo perfectamente que no quieras venir a vivir conmigo. Con la consulta allí en medio. —Sam vivía en una casa muy grande, una parte de la cual había rehabilitado como consulta. Ahí tenía su despacho, una habitación en la que se realizaban las sesiones y una pequeña sala de espera. Los clientes llegaban a la puerta del piso y tenían que recorrer el pasillo, pasar junto a la cocina y la sala de estar, para llegar a las dependencias posteriores. Como Sam vivía solo, eso no le causaba ningún problema, pero, si Anna se mudaba allí, tropezaría continuamente con desconocidos. No era un lugar en el que ella pudiera cruzar el pasillo envuelta en una toalla de baño o andar vestida con un chándal.

—Pero podría alquilar algo en otro lugar. Ya hace tiempo que debería haber separado la consulta de la vivienda. Para ser sincero, lo he dejado así porque me daba pereza cambiarlo. Pero en el fondo no tiene por qué ser así.

Anna suspiró. Sam hablaba a veces de eso. De vivir juntos. No era que la atosigara. Pero, en cierta manera, Anna se sentía extrañamente presionada y había llegado a la conclusión de que el estrés lo llevaba dentro de sí misma. Porque en el fondo odiaba vivir sola. Estaba muy a menudo triste, melancólica y deprimida porque no se sentía bien en esa casita en un extremo del mundo. Al instalarse allí le había parecido un refugio, un lugar donde cobijarse lejos de todo. Solo estaban ella y la vastedad y el silencio de ese bello paisaje por encima del mar. Había creído que su alma encontraría ahí la paz y el consuelo. A esas alturas veía que eso no había funcionado. No se sentía tranquila y a salvo, sino abandonada y sola. Si no tuviese el trabajo con Dalina, que en el fondo odiaba, probablemente habría caído hacía tiempo en una depresión profunda. No obstante, a veces se sentía abatida. Vacía. Sin esperanzas.

Irse a vivir con Sam sería una solución.

«No sé qué más quieres —había dicho una vez Dalina—. ¿Por qué no os casáis, tenéis hijos y formáis una familia feliz?».

Porque la felicidad no es tan sencilla, le habría gustado contestar a Anna, pero no dijo nada porque sabía que su jefa habría puesto los ojos en blanco y habría musitado algo así como: «Hay gente que realmente se lo pone difícil». Dalina pensaba que tenía que convencer a Anna de que aceptara a Sam, pero no era así. Más bien habría tenido que convencerla de que podía soportar una relación estrecha. Anna era el problema, no Sam. Lo que era mucho peor. Anna habría podido cambiar de hombre. A sí misma, no.

—Necesito tiempo —dijo. Era una frase que repetía desde que Sam y ella eran pareja.

—¿Crees que cambiará algo en ti mientras esperas a que llegue el momento? —preguntó Sam.

En efecto, era una buena pregunta. Si al menos supiera de dónde provenía su bloqueo. ¿Cómo se podía ser una persona que se sentía mal estando sola, pero que al mismo tiempo no conseguía compartir la misma casa con una persona amada? Una cosa no encajaba con la otra, así de simple.

—No lo sé —respondió a la pregunta de Sam. Contempló la noche ventosa. A lo mejor estaba hecha polvo por dentro, eso era todo. Sam no podía hacer nada para evitarlo. Lo que la había destrozado había ocurrido mucho antes de que se conocieran.

—A veces pienso —dijo él— que quizá hay cosas en tu vida que no puedes asimilar. Casi nunca hablas de tu pasado, Anna. Sé muy poco. Sé dónde viviste de niña, a qué escuela fuiste. Que tus padres ya han fallecido. Que interrumpiste tus estudios cuando ellos murieron. Que te despidieron de tu último trabajo y que estás contenta de haber encontrado otro con Dalina, incluso si no te gusta lo que haces. Pero algo más tiene que haber. Más acontecimientos, más emociones, más amigos, más hombres, más felicidad, más tristeza… No hablas nunca de todo eso.

Ella volvió la cara hacia otro lado, intentando contener las lágrimas.

—Lo sé. No puedo.

—De acuerdo —repuso él—. De acuerdo.

Anna abrió la puerta del coche, cogió la bolsa del asiento trasero y salió.

—No te levantes —dijo, cuando Sam hizo un gesto para bajar él también. No era una simple fórmula de cortesía. No quería que la acompañara hasta la puerta. Eso lo hacía todo más difícil.

—¿Nos vemos mañana? —preguntó él—. ¿Antes o después de tu curso?

—Ya te diré. —Lo saludó con la mano, anduvo por la nieve dura hasta la puerta de la casa. Bajo sus pies se oía un crujido. El viento soplaba tan fuerte que le ardían las mejillas. En la puerta se dio media vuelta y saludó. Naturalmente, él esperó hasta que hubo entrado. Anna cerró tras de sí y encendió la luz. A través de la ventanita de la puerta vio que Sam giraba el coche y se marchaba. Las luces traseras quedaron a la vista un rato y luego la oscuridad se las tragó.

Tal como había esperado, la casa estaba fría. O incluso más fría de lo que había pensado. Desconcertada, miró a su alrededor, a lo largo del pasillo. Las baldosas. La pesada alfombra amarilla encima. Un par de zapatos alineados junto a la pared. El armario con los abrigos y las bufandas. La escalera de madera pintada de blanco que llevaba al piso superior y que era tan estrecha que no cabían dos personas una al lado de la otra. La puerta que conducía al sótano. Al final del pasillo, la puerta de la sala de estar. Como siempre, estaba abierta. Detrás la oscuridad. El frío provenía de ahí. No el frío reposado de una casa sin calentar durante casi tres días. Sino un frío reciente. Una corriente de aire.

Anna frunció el ceño. ¿Se había dejado abierta la ventana de la sala de estar?

Era muy raro porque supervisaba minuciosamente todas las ventanas y la puerta de la casa antes de marcharse un fin de semana completo. A veces de una forma un poco obsesiva, a su parecer. Era consciente de que la casa estaba totalmente aislada y también tenía claro que en su entorno todo el mundo sabía que ahí vivía sola una mujer relativamente joven. Al principio, cuando se instaló en la cabaña, cuando tras su despido se sentía como un animal herido que tiene que ponerse a buen resguardo, fue el aislamiento lo que la atrajo. Realmente mágico e irresistible, una huida, un escondite, un lugar que la mantenía a distancia del mundo y de la gente. No había pensado que eso encerraría otro temor, que un lugar lejos del mundo también podía significar peligro. No se podía estar seguro ante la gente. En ningún sitio.

Se acercó con prudencia a la puerta de la sala de estar, encendió la luz. Enseguida vio que una de las dos ventanas estaba abierta. La hoja se movía de un lado a otro, empujada por el viento. Hacía muchísimo frío en la habitación.

Corrió a la ventana para cerrarla y descubrió el agujero en el cristal. Comprendió lo que había sucedido y al mismo tiempo no quiso admitirlo: alguien había roto el cristal, luego había pasado la mano por el agujero y abierto la ventana.

Alguien había estado en la casa.

Cerró la ventana, lo que no impidió que siguiera entrando un frío cortante. Ni que siguiera teniendo miedo. Todavía podía entrar cualquier persona.

¿Qué habría querido el intruso? Viendo desde fuera la casa, uno se daba cuenta de que ahí no vivía ningún rico. En una cabaña tan destartalada no viviría nadie que tuviese dinero. Por otra parte, a la gente se la robaba o se la mataba por diez libras. Un yonqui necesitado de dinero sería capaz de entrar en una pobre cabaña precisamente porque era más sencillo hacerlo allí que en una villa vigilada con vídeo.

Oyó por encima un crujido y se quedó inmóvil. Había pensado que el robo se había producido la noche del viernes o el sábado, y de repente se percató de que no tenía por qué ser así en absoluto: podía haber sucedido hacía unas pocas horas.

Y podía ser que el delincuente todavía estuviera en la casa.

El móvil estaba en el bolso que acababa de dejar junto a la puerta de la casa. Debía llamar a Sam enseguida. No estaría muy lejos, que diera media vuelta. O ¿tenía que avisar directamente a la policía?

Necesitó un par de minutos antes de atreverse a dejar el lugar donde se encontraba, que al menos le proporcionaba cierta visión general, para salir al pasillo, donde era posible que el peligro fuese mayor. Pero se puso en movimiento. Cogió el bolso y rebuscó nerviosa en el interior. ¿Dónde estaba el móvil? Tenía que desprenderse de ese bolso enorme, nunca encontraba nada dentro, ni el monedero ni la llave, nada. Ni tampoco el móvil.

A sus espaldas se oyó de nuevo un crujido. Y luego una voz.

—¿Anna?

Dio un respingo y se volvió, todavía sin el teléfono en la mano.

En la escalera había un hombre. Había estado en el piso superior. ¿Desde hacía cuánto tiempo? ¿Cuánto tiempo llevaba agazapado en la oscuridad y esperándola?

De forma refleja abrió la puerta; quería salir corriendo en la noche, en busca de un lugar seguro.

—Quédate —dijo el hombre—. Por favor. No te haré nada. No sabía a dónde ir. No quería asustarte.

Ahora reconoció la voz. Y también al hombre. Pese a la penumbra de la escalera y pese a todos los años transcurridos.

—¿Logan? —preguntó desconcertada.

2

Se acomodaron en la sala de estar, pegados a la estufa de hierro fundido en la que Logan había encendido un fuego que iba caldeando muy lentamente la fría estancia. Habían tapado el agujero de la ventana con papel de periódico arrugado y habían colgado un grueso chal de lana. Sin embargo, solo se podía resistir la baja temperatura al lado de la estufa. Anna había preparado un té caliente con un generoso chorro de ron. Ambos sostenían la gruesa taza y disfrutaban de la bebida caliente.

—La policía te está buscando —dijo Anna. Ya no tenía miedo, pero se sentía tensa y alerta. Era Logan, el bueno y viejo Logan, al que conocía de adolescente. Pero lo estaban buscando como sospechoso de asesinato.

Se encontraba en una casa apartada junto a un presunto homicida. No era una situación agradable.

—Necesito ayuda, Anna —dijo Logan. Tenía mal aspecto, estaba más delgado y llevaba la ropa sucia. Aun así, había admitido que se había duchado en el baño de Anna. Estaba ahí desde la mañana del sábado. Estaba agotado y había dormido doce horas seguidas, luego había calentado el contenido de varias latas de conservas y había comido. Se había duchado. Había empezado a sentirse un poco como un ser humano. Y luego había esperado en el dormitorio a que Anna volviera a casa.

—Siento mucho haber roto el cristal —dijo—. Lo pagaré, claro. Si es que vuelvo a tener dinero algún día.

«Es decir, es probable que nunca porque irás a la cárcel por un largo tiempo», casi le respondió Anna, pero reprimió tal observación. Era perversa. Y Logan parecía estar hecho polvo.

En su lugar, dijo:

—Venir aquí y esperar también era arriesgado. Mi novio habría podido entrar.

—No tenía otra solución. Anna, estoy en las últimas. Soy un fugitivo, ya no tengo dinero ni un lugar donde refugiarme. Me escondí en un bungalow de Runswick, pero el propietario me descubrió y no me pilló por los pelos. Mi mochila se quedó allí. Poco después tuve que dejar el coche porque el depósito estaba vacío. Ya no podía pagar la gasolina, además habría corrido un gran riesgo si me veían en una gasolinera. Mi retrato está por todas partes. Gracias al contenido de la mochila, la policía sabe quién soy, ahora tiene una auténtica foto mía, no solo un retrato robot. Ya no tenía nada más que comer y estaba a punto de congelarme fuera. Tú eras… Tú eres mi último recurso.

—¿Cómo sabías que vivo aquí?

—Llevo tiempo en esta zona. Había alquilado una habitación en Scarborough. Os localicé a ti y a Dalina y averigüé dónde vivís. Dalina revolotea por todas partes con su agencia matrimonial. Pasé por allí y vi que estabas trabajando. Te seguí, así supe dónde vives.

—¿Y por qué no nos llamaste a Dalina y a mí, simplemente?

Apartó la mirada de ella.

—No tuve valor. No tuve valor para hablar con vosotras de lo que quería.

—¿De qué querías hablarnos?

Él hizo un gesto de rechazo.

—Ahora no. No estamos en... condiciones.

—Te vi —dijo Anna—. Esa noche. Cuando detuviste el coche de Diane y te subiste en él.

La miró sorprendido.

—¿Eras tú? ¿El coche que estaba detrás?

—Sí. Pero no te reconocí. Solo que la escena me pareció en cierto modo extraña y amenazadora.

—No le has dicho nada a la policía, ¿verdad? O al menos no ha salido nada en la prensa.

Ella negó con la cabeza.

—No. Luego vi el coche en el estacionamiento, pero no me paré. Me remordía mucho la conciencia porque había tenido un mal presagio y no había actuado. Luego me enteré de que habían asesinado a Diane. Me sentí como una vulgar cobarde. Yo..., yo no me atrevía a ir a la policía.

—Tampoco cambiaría nada. De cualquier modo, me consideran el asesino.

—Logan, ¿por qué...?

Él la miró. Tenía los ojos enrojecidos, parecían arder.

—Yo no fui, Anna. Lo juro. ¡Yo no maté a Diane!

—Pero ¿qué..., qué sucedió esa noche?

Logan levantó los brazos, indefenso.

—Quería hablar con ella. No había contestado a mis mensajes. No cogía el teléfono. Quería romper conmigo.

—¿Estabais saliendo juntos?

—Sí. Desde hacía unas semanas.

—¿De qué la conocías?

—La conocí delante de la agencia, cuando estaba rondando por ahí... En realidad, quería hablar con Dalina, pero no me atrevía. Fuera como fuese, tropecé una noche con Diane. Fue después del curso de cocina. Ya se habían dispersado todos, pero ella todavía seguía allí porque no le arrancaba el coche. Estaba oscuro y hacía frío y ella estaba desesperada. Así que la ayudé haciendo un puente con un cable. Se sentía muy agradecida y dos noches después me invitó a cenar. Y, bueno…, ella estaba sola. Yo estaba solo. La encontré simpática y atractiva…, formamos una pareja.

«Y también necesitabas a alguien para salir adelante —pensó Anna—. Con los bolsillos vacíos, habías aterrizado en Scarborough sin ningún plan, como siempre. Y aparece una chica amable y de fiar como Diane. Tal vez fuera un gran amor».

Pero quizá no era lo suficientemente objetiva para juzgarlo. Había estado muy enamorada de Logan, perdidamente enamorada. Antes, cuando los dos eran jóvenes. Lo había conocido a través de Dalina, lo había idolatrado, se había consumido por él y, en sus ensoñaciones, se había imaginado un futuro maravilloso. Logan ni se había dado cuenta de sus sentimientos, como ella se percató un día. Y aún menos sentía algo por ella. La gran pasión de Logan era Dalina. Anna ya podría haberse lanzado desnuda a sus pies que él no habría reaccionado.

Luego todos se marcharon de Scarborough, por muchos años, y ella había perdido el contacto con Logan.

Hasta ahora.

—¿Por qué has vuelto? —preguntó.

Él se encogió de hombros.

—En Bath no iban bien las cosas. Perdí el trabajo. Me echaron del piso. Quería intentarlo aquí. En mi tierra natal.

Era tan típico de Logan… Todo le salía mal. Era un hombre apuesto y agradable, por eso la mayoría de las personas eran francas con él, enseguida le tenían confianza. Hasta que descubrían que lo de trabajar no era lo suyo, por decirlo suavemente. Sin embargo, tenía una fuerte inclinación hacia la vida lujosa y cara. Quería vivir a lo grande, pero no esforzarse para conseguirlo. Tarde o temprano eso acababa dándole problemas.

—Quería buscarme un trabajo aquí. He vivido con el dinero que tenía. Ahora lo he gastado todo. No tengo nada. Nada de nada. Excepto la ropa que llevo puesta.

Y por eso también era una catástrofe que Diane quisiera cortar, pensó Anna.

—¿Y esa noche...? —dijo.

—Quería hablar urgentemente con ella. Hacía un par de días que me había dicho que quería terminar con la relación. Desde entonces estaba inaccesible. El lunes pasado por la noche estuve esperándola delante de la agencia de Dalina. Sabía que estaba en el curso de cocina. Pero salió con todo el grupo y no tuve ninguna oportunidad de hablarle. Así que me marché a toda velocidad. Sabía el camino que iba a coger. Pasé por Scalby y estaba seguro de que llegaría antes que ella al cruce. Cuando era de noche siempre conducía sumamente despacio porque tenía miedo de atropellar a algún animal. Así que la esperé.

—Irrumpiste prácticamente en su coche —señaló Anna—. No tuvo otro remedio que frenar.

—¿Qué otra cosa podría haber hecho? Había ido dos veces a su casa y no me había abierto la puerta.

—Podrías haberlo respetado.

—Bueno..., yo... —respondió él vagamente.

Tal como ella había sospechado. Sin blanca y sin ningún plan. Se había aprovechado de Diane.

Logan siguió.

—Se paró enseguida en ese estacionamiento y me pidió que bajara. Intenté hacerle cambiar de opinión. Que nos diéramos una oportunidad. Traté de persuadirla, pero siempre respondía con un no. Repetía que por favor me bajase del coche. Y en un momento dado lo hice. Bajé.

—¿Y luego?

—Volví a mi coche. No estaba lejos del cruce. Estuve circulando un cuarto de hora apenas. Luego volví a mi pequeña habitación y me acosté.

—Y, cuando bajaste del coche…, ¿Diane aún vivía?

—Sí, por supuesto. Sana y salva. Anna, tienes que creerme, por favor. Yo no le hice nada. Solo quería hablar con ella. Quería que no se limitara a tirar por la borda nuestra relación. Pero cuando me di cuenta de que no tenía ningún sentido, me rendí.

—Al día siguiente la encontraron con un gran número de cuchilladas en el cuerpo.

—Lo sé. Y, cuando lo oí, enseguida tuve claro que yo sería el primero entre todos los sospechosos. Al menos sus arrendadores nos habían visto juntos, pero no podía excluir que ella hubiese hablado con su madre o con otra persona. Y yo había estado en su coche. También me había dado cuenta de que había alguien justo detrás de nosotros, pero no sabía que eras tú. Suponía que alguien me habría visto. Mis huellas dactilares estaban por supuesto en el tirador de la puerta, además de en el interior del coche. Cogí mis cosas de inmediato y me escondí en Runswick Bay.

—¿Por qué, si eres inocente?

—Demasiado arriesgado —dijo—. En esta situación.

—Lo que me sorprende —señaló Anna— es que digas que estabais en el estacionamiento. Es también donde os vi. Pero el coche de Diane se encontró un poco más lejos, en ese camino sin asfaltar. Atascado. ¿Por qué se metería allí? ¿En ese lodazal? ¿Qué buscaría?

—Me resulta totalmente inexplicable —confesó Logan—. Yo también lo leí. Y sé a ciencia cierta que estaba en el estacionamiento cuando bajé. En lugar de girar a la derecha hacia la carretera, lo hizo a la izquierda hacia el camino. No tiene ningún sentido.

—Qué confusa es esta historia —afirmó Anna. Lo miró pensativa—. ¿Por qué quería cortar Diane? A fin de cuentas, buscaba pareja, de lo contrario no se habría registrado en la agencia de Dalina.

—No lo sé —respondió Logan—. Decía que sus sentimientos no bastaban.

No miró a Anna. Instintivamente ella supo que no le decía toda la verdad.

Se estaba callando la parte fundamental.

Lunes, 23 de diciembre

1

Kate estaba a punto de salir de casa para asistir al curso de cocina cuando sonó el móvil. Soltó un improperio, no porque tuviera prisa, sino porque sus nervios le estaban jugando una mala pasada. No había nada de lo que se arrepintiera más a esas alturas que de haberse matriculado en Trouvemoi. Al día siguiente debería informar a sus compañeros y toda la comisaría se reiría a costa de ella. También podría haberse colgado un cartel delante en el que estuviera escrito que buscaba pareja.

—¿Sí? —respondió impaciente.

—¿Sargento Linville? Soy Eleonore Walters. La hija de Patricia Walters.

Y ahora encima esto.

—Sí, señora Walters. ¿Qué sucede?

—¡Que qué sucede! ¡Eso es lo que iba a preguntarle yo! ¿Se está moviendo algo en el caso del asesinato de mi madre?

—Señora Walters, no se trata de un asesinato, sino posiblemente de un homicidio involuntario y, como ya le dije, estamos buscando a Mila Henderson. Nos estamos esforzando todos...

Eleonore la interrumpió.

—¿Qué significa que se esfuerzan? Si se esforzaran de verdad ya haría tiempo que habrían cogido a esa golfa. No puede estar escondida tanto tiempo, no tiene dinero, no tiene amigos, ¿dónde puede haberse metido?

—¿Cómo sabe que no tiene amigos?

Por unos segundos, Eleonore se detuvo desconcertada.

—Al menos sé que no tiene familia. Y mi madre mencionó una vez que nunca quedaba con nadie.

—A pesar de eso podría tener amigos o conocidos que la acogieran en su casa. Pero no puede estar eternamente oculta. La atraparemos. Confíe en ello.

—Creo que el caso de mi madre ha sido relegado a un segundo plano desde que apareció esa joven muerta a cuchilladas en un camino. Solo se interesan por encontrar al autor de ese crimen. Es posible que piensen que, de todos modos, mi madre habría muerto un día de estos y que no es tan grave.

—Señora Walters, le estaría muy agradecida si se abstuviera usted de expresar falsas afirmaciones sobre mi opinión y evaluación del estado de las cosas —dijo Kate con frialdad—. Estamos tan concentrados en el caso de su madre como en cualquier otro que sea de nuestra competencia. Pero la verdad es que no podemos hacer juegos de magia.

Eleonor inspiró sonoramente y colgó sin decir palabra.

«Idiota», pensó Kate.

Acarició a Messy, la gata, que ya se había ovillado en el sofá a la espera de una agradable noche delante del televisor y que la miraba ahora indignada porque se había puesto el abrigo y las botas. Messy no estaba acostumbrada a que Kate saliera tan tarde.

—Ya sé —dijo Kate—, lo siento.

Messy maulló.

Camino de la ciudad, Kate pensó en los resultados de los últimos días. Se habían confirmado algunos aspectos, pero no había nada que supusiera un avance. Entre Alvin Malory y Diane Bristow no se había hallado ningún vínculo. Las deducciones de la policía científica señalaban que el hombre que había ocupado de forma ilegal el bungalow de Runswick Bay era el mismo cuyas huellas dactilares se habían encontrado en el coche y en el piso de Diane Bristow y, nueve años atrás, en la casa de la familia Malory. En la tarde del viernes, había llamado un hombre que había reconocido en la foto de búsqueda a Logan Awbrey y que dijo haberle alquilado una habitación en su apartamento de la zona peatonal de Scarborough. No obstante, Awbrey había desaparecido hacía unos días sin pagar el alquiler. Los agentes se habían presentado allí el sábado, pero no habían encontrado nada que diera información sobre el paradero actual de Logan Awbrey. Aun así, las huellas dactilares volvían a ser idénticas. Estaba claro que el hombre al que estaban buscando era Logan Awbrey y que era el principal sospechoso de haber matado a su novia Diane Bristow.

Kate había estado una vez más con Louise Malory y le había mencionado el nombre de Logan Awbrey. Louise había reflexionado con tal intensidad que hasta se percibía su deseo desesperado de encontrar un indicio enseguida, pero después de un buen rato meneó la cabeza resignada.

—Nunca he oído ese nombre. Lo siento mucho. Desearía… —Se mordió el labio, estaba claro lo que deseaba. Detrás de ella, Kate vio a Alvin yaciendo inmóvil en la cama. En la habitación el aire era pesado, sofocante. La vida de toda una familia hecha pedazos.

—Le preguntaré también a mi exmarido —anunció Louise, pero ya por el tono de su voz se deducía que se hacía pocas ilusiones. Los Malory no conocían a ningún Logan Awbrey.

Y sin embargo estuvo en su casa, pensó Kate, no cabía duda de que había estado allí.

También había telefoneado a Caleb y le había comunicado el dato, pero él tampoco sabía nada al respecto. Estaba seguro de que en el transcurso de la antigua investigación no había aparecido nadie con ese nombre.

—¿Sabe? —dijo él—, en un momento dado me hice a la idea de que el asesino o la asesina no pertenecía al ámbito familiar. Que se trataba de un crimen aleatorio. Asesino al azar, víctima al azar. Y ya sabe...

Ella sabía. No había nada peor que una constelación aleatoria. Se daban palos de ciego. No había ninguna relación entre asesinos y víctimas. No había puntos de referencia.

Entonces solía ayudar, si había algo que ayudase, solo el azar. Como ahora. Muchos años después se encontraban en otro caso las huellas dactilares de un crimen perpetrado en el pasado.

Que eso condujera a algún resultado era dudoso. Pero al menos era un punto de referencia. Un nombre. Un rostro.

¿Un asesino?

Pensó en Logan Awbrey. El novio de Diane Bristow de cuya existencia casi nadie sabía nada. Si los arrendadores de Diane, que vivían en la misma casa que ella, no lo hubiesen mencionado, nadie se habría enterado de nada. Ni siquiera la madre de Diane sabía algo. Tampoco su mejor amiga, Carmen.

—¿Por qué lo ocultaste, Diane? —preguntó Kate en voz alta—. ¿Te sentías insegura? ¿Acaso no querías presentar a todo el mundo al hombre que tenías al lado porque sospechabas que iba a salir mal? Tus sentimientos hacia él no eran los que debían ser. Pero te entregaste. ¿Por qué?

En el fondo lo entendía. Uno se entregaba cuando ya llevaba suficiente tiempo solo. Se entregaba cuando se decía que, joder, algún día había que superarse a sí mismo. Porque un círculo de amigos bienintencionados había contribuido con el tiempo a crearte una inseguridad total. O bien eras demasiado exigente o bien buscabas al marido ideal, o eras demasiado tímida, o... ¿en realidad no querías nada? Había que lanzarse. Así que lo mejor era coger el toro por los cuernos y entregarse a un hombre atractivo, amable y que te gustaba en general. Pero los sentimientos no aparecían. Y te preguntabas, por todos los cielos, qué era lo que no funcionaba. En realidad, no encajabas con ese hombre, así de simple, pero entretanto te habías especializado tanto en buscar errores en ti misma que no podías aceptar los hechos.

¿Era eso lo que le había sucedido a Diane? ¿Un malestar que la había hecho reservada? ¿Todavía más reservada que de costumbre?

¿O había algo más? ¿Se había convertido Logan realmente en un horrible asesino? Años antes. ¿Lo había presentido Diane? ¿Había pagado por ello con su vida?

Había llegado delante del edificio en que se encontraba la agencia. Una luz clara salía de todas las ventanas de la planta baja. Debido a la llamada inesperada, y porque había conducido despacio, Kate llegaba un par de minutos tarde. Seguro que ya estaban todos allí.

Se miró la cara un momento en el espejo retrovisor. Se veía tensa. ¿Por qué apretaba tanto los labios cuando estaba estresada? Intentó sonreír, pero todavía tenía peor aspecto. Una sonrisa totalmente falsa.

«Estoy aquí como profesional —se dijo—, voy a hacer mi trabajo, eso es todo».

Salió del coche y tomó una profunda bocanada de aire.

2

Ya era la hora de cenar cuando Mila regresó a la casa de su tío abuelo. Había estado mucho tiempo en la ciudad, se sentía algo más segura entre la muchedumbre. Había comprado un jersey para James porque le debía un regalo de Navidad por haber sido tan amable de acogerla en su casa. Pero gastar dinero le había causado casi un dolor físico. Tenía la cuenta casi vacía, no sabía cuánto podría resistir. Mientras viviera con James, no necesitaba nada, pero esa no podía ser la solución para el resto de sus días. Tenía que volver a ser autónoma, trabajar. Ganar dinero. Vivir.

¿Acudir a la policía? No tenía ni idea de lo que la esperaba después de que Patricia Walters hubiese muerto por su culpa. Se había enterado del fallecimiento de la anciana por la prensa y también de que la estaban buscando. Seguro que la habían denunciado. ¿Homicidio por negligencia, tal vez? Ni idea, pero quizá fuera mejor eso que seguir huyendo en vano. Posiblemente para siempre.

James le había dado dinero para que comprase la cena.

—Tráete también un buen vino —le había dicho. No cabía duda de que disfrutaba de su compañía. La asistencia social le llevaba cada día una comida caliente; salvo por ello, su nevera estaba bastante vacía. Un par de tarros de mermelada empezados, uno hasta tenía ya moho. Desde que Mila estaba allí, tenía más apetito y volvía a tener ganas de comer bien. Cobraba una pensión reducida, pero, como vivía modestamente, había reunido unos ahorrillos. Le había dado a Mila su tarjeta bancaria y le había dicho que sacara lo que necesitara. Mila había visto que tenía tres mil libras. Una fortuna para ella. Cuando sacó el dinero para la comida, se vio brevemente tentada de sacar quinientas libras para ella, pero luego no había conseguido hacerlo. James confiaba en ella. Mila no iba a aprovecharse de él.

Había comprado vino, un par de ensaladas preparadas, una barra de pan, quesos de distintos tipos, uva y aceitunas. Ella no tenía hambre, pero James estaría feliz. Se alegraría de recibir el jersey. Y sobre todo de no tener que pasar la Navidad solo.

Mila cogió el autobús y se bajó junto a la solitaria urbanización de edificios altos en que vivía James. Nunca había encontrado Sheffield especialmente bonito, pero eso era espantoso. Había visitado a veces al tío James, primero con sus padres y luego solo con su madre, y esta siempre había criticado esa zona, esos horribles edificios.

«Espantoso. Estos bloques enormes. Los balcones minúsculos. ¿Cómo se puede vivir así?».

Mila no pensaba que su casa fuese mucho más bonita. Un edificio con pisos de alquiler venidos a menos que no se habían renovado en décadas. Los grifos goteaban, las baldosas estaban sueltas, las ventanas no cerraban bien. Humedades en las paredes. Pero al menos su casa estaba rodeada por un jardín asilvestrado. A principios de verano el olor a lilas era casi embriagador.

Para llegar al bloque de edificios en el que vivía James tenía que pasar por un parque y en ese tramo del recorrido se sentía incómoda. En las claras noches de verano seguro que estaba lleno de gente, niños jugando y adolescentes haraganeando por ahí, fumando y dando patadas a las latas de cerveza encima de la hierba. Pero en esas noches de invierno, con la nieve derretida en los bordes del camino y agua por todas partes, nadie salía. Dos de las tres farolas que tenían que iluminar el camino estaban rotas. Casi no había luz, todo estaba oscuro y sombrío. Mila vio la fina llovizna que empezaba a caer en el foco de luz proyectado por la farola que quedaba. Ya no nevaba, pero la lluvia era gélida. Le dolía en la cara. No era de extrañar que, en una noche así, quien pudiese se quedara en su sala de estar.

Al menos había muchas ventanas iluminadas, la mayoría adornadas con velas, luces de Navidad y guirnaldas luminosas. Por debajo de un balcón colgaba un papá Noel hinchable que trepaba hacia lo alto. Otro balcón estaba adornado con luces de colores que se encendían y apagaban sin parar cambiando cada vez de color. Mila se aferró a esa visión.

«Todo está bien —se dijo—, no pasa nada».

No había nadie allí. Nadie la seguía. Nadie delante de ella, nadie detrás. Ni tampoco acechaba nadie en los arbustos laterales. Por un momento pensó que nadie se enteraría si ahora la atacaban... Pero inmediatamente apartó ese pensamiento de su mente.

No servía de nada. Solo servía para desasosegarla.

Llegó a la puerta de la casa, la abrió, entró, se apoyó en la puerta suspirando aliviada. Todo había ido bien. ¿Pero sería así su vida en adelante? Plagada de miedo, siempre huyendo, sobresaltada por un ruido cualquiera...

«Esto no puede seguir así —pensó—, yo no puedo vivir así».

Si pudiera entrever una solución.

Subió al ascensor. James vivía en el quinto piso, pero no dejaba el apartamento prácticamente nunca.

—¿A dónde voy a ir con esta cosa? —había dicho la noche anterior, señalando el andador con cuya ayuda se movía por casa—. Y, de todos modos, solo tampoco me lo paso bien. —Luego había sonreído—. ¿Podemos a lo mejor hacer una excursión juntos en verano? Sería bonito.

Mila había ocultado con esfuerzo su sobresalto. ¿Pensaba su tío que en primavera todavía estaría allí? Para entonces ya haría tiempo que ella habría encontrado otra solución, para entonces todo tenía que estar en orden. Pero ahora, en el ascensor, pensaba: ¿qué cambiará para entonces? Estoy irremediablemente atrapada en esta situación. Tengo la suerte de que por lo visto James está dispuesto a hospedarme largo tiempo y que lo hace de buena gana. Sin él estaría totalmente perdida.

Se secó las lágrimas que de repente resbalaban de sus ojos. James no tenía que verla llorar. Una vez, la primera noche, se

había puesto a sollozar y recordaba lo consternado y desorientado que se había mostrado él. Era de ese tipo de hombres que se
sienten totalmente superados al ver llorar a una mujer.

Cuando entró en el piso vio que él ya la estaba esperando.
Había puesto la mesa de la sala de estar y encendido unas
velas.

—¿Te has acordado del vino? —preguntó, y ella asintió e
incluso consiguió sonreírle.

—Sí. Claro. Un vino tinto francés. Me lo ha recomendado el
vendedor.

Colocó la ensalada y el queso en unos platitos y bandejas,
puso las aceitunas y la uva en dos cuencos y cortó la barra de pan
en rebanadas. No había comido nada desde el desayuno. Notó
que, de hecho, se le había abierto el apetito. Por primera vez en
días. Un asomo de relajación.

«A lo mejor, si me quedo aquí un tiempo, me olvido de todo».

—En realidad a mí nunca me llama nadie —dijo James y se
cortó con placer un grueso trozo de queso—. Pero hoy lo han
hecho dos veces.

—¿Y eso? —preguntó Mila sin mucho interés. El vino le estaba sentando bien. Se estaba achispando un poco. El mundo
parecía más amable—. ¿Quién era?

—Una vez me llamó el párroco —dijo James—. Cuando cumplí ochenta años.

—Pero hoy no es tu cumpleaños —señaló Mila—. Es en marzo.
James sonrió.

—Sí, en primavera.

—Pero entonces ¿quién ha llamado hoy?

—Eso es lo extraño. No me ha dicho quién era.

Mila bajó el tenedor que ya se había llevado casi a la boca.

—¿Cómo?

—Sí, no ha dicho nada. Lo he oído respirar, pero no ha

dicho nada. He preguntado que quién era, pero no me ha respondido.

Mila tenía la sensación de que la silla en que estaba sentada oscilaba.

—¿Había alguien y no ha dicho nada?

—Eso mismo. Qué raro, ¿verdad?

—¿Qué has contestado? ¿Has dado tu nombre? —Mila sintió que su propia voz le resultaba ajena, pero James no parecía percatarse de nada.

—La primera vez solo he dicho «hola». Pero la segunda, cuando el otro no respondía, he dicho: James Henderson al aparato. ¿Quién es y qué desea? —James parecía orgulloso. Se había mostrado seguro ante alguien que se había permitido hacerle una estúpida broma por teléfono.

Mila se sintió muy mal.

—¿Has dado tu nombre? —repitió, aunque estaba claro que así había sido.

—Sí. ¿Por qué no?

Dos llamadas. Alguien había encontrado el número de James Henderson. Pero lo había confirmado telefoneándolo.

¿Conocería también la dirección? Era muy probable.

—¿Cuándo ha sido eso? —preguntó. Su voz era un susurro.

—No hace mucho, antes de que llegaras a casa. —James se percató entonces de que algo no andaba bien—. Estás muy pálida. ¿Pasa algo?

Ella se levantó. Le temblaban las piernas.

—No puedo quedarme aquí, James.

—¿Qué?

—No puedo quedarme aquí. Es muy peligroso.

—¿Porque un colegial me ha hecho una broma por teléfono? —James la miraba atónito.

—No era un colegial, tío James.

—¿Cómo lo sabes?

Miró a su alrededor invadida por el pánico, como si esperase que apareciera de golpe alguien por un rincón.

—No lo sé. Pero es demasiado peligroso.

James también se levantó ahora y se quedó apoyado en la mesa.

—¡Mila! ¿De quién o de qué estás huyendo?

—Más vale que no lo sepas, James. Es…, es una situación horrible y yo todavía la he empeorado más. Tengo…, tengo que irme. Hoy mismo. Por la noche.

—¿Esta noche? ¿A dónde vas a ir?

—No lo sé. ¿Puedes prestarme algo de dinero? Te lo devolveré.

—Claro que te lo prestaré, Mila, pero no entiendo qué pasa. A ver… —Meneó la cabeza, consternado—. Queríamos celebrar juntos la Navidad —dijo al final. Parecía tristísimo.

Ella rodeó la mesa y lo abrazó.

—Volveré, tío James. Y, cuando todo esto haya pasado, miraré a ver si puedo mudarme aquí cerca.

«¿Cuando todo haya pasado? Es decir, nunca, ¿verdad?».

—No entiendo nada —dijo James—. ¿Quién ha llamado hoy? —Se notaba que no había nada de lo que se arrepintiera más que de haber mencionado esas dos extrañas llamadas.

—Es mejor que no lo sepas —insistió Mila. Se separó de él—. Voy a recoger mis cosas. —No tardaría. Casi no llevaba nada consigo—. ¿Me das algo de dinero?

—Tengo unas cien libras en casa. Puedes cogerlas.

—Estupendo. Gracias. —No llegaría muy lejos con eso, pero sabía lo mucho que era para su tío abuelo. En ese momento, le entraron ganas de llorar y esta vez no reprimió las lágrimas—. Gracias, James. Por todo.

—Gracias por estar aquí. Por favor, tenme al corriente, ¿de acuerdo? ¡Vuelve a llamar! —Parecía tan desdichado que a ella casi se le rompió el corazón. Pero no tenía tiempo para consolarlo, para ocuparse de él. Para animarlo. Tenía que marcharse. Todo en ella la alertaba de un peligro.

Con tres o cuatro gestos, la pequeña bolsa de viaje estuvo lista. Ya tenía en el monedero el dinero de James. Dejó sobre la cama el jersey que le había comprado como regalo de Navidad.

James hizo un último intento.

—¿Por qué ahora? Es de noche y hace frío. ¿A dónde vas a ir a dormir?

—Algo encontraré. En un motel. O en un Bed and Breakfast. —Lo importante era irse de ahí.

Ya casi estaba fuera, pero se volvió de nuevo hacia el anciano, que la miraba confuso y desorientado.

—Algo más, tío James. No le abras a nadie la puerta.

—¿Y a los cuidadores? ¿A los que me traen la comida?

—Ya conoces los horarios. De lo contrario, por favor no abras. Te lo pido. Prométemelo.

—Sí, está bien —musitó James.

Mila esperaba que comprendiera la gravedad de la situación. Luego cerró la puerta tras de sí.

Martes, 24 de diciembre

1

Normalmente, son las personas con un perro las que realizan un horrible hallazgo: un cadáver o al menos los restos de él. O un trozo de una prenda de vestir, una bicicleta, un bolso... Algo que pertenece a alguien que se echa en falta, cuyo terrible destino se vuelve más probable gracias a los objetos hallados y poco después se ve confirmado.

La mañana de ese 24 de diciembre, Lucy Regan, de Sleaford en Lincolnshire, hizo un horroroso hallazgo, aunque, de hecho, no había sacado a pasear a su perro. Había animado a que la acompañase a Hera, la perra que se había traído de Atenas en los huesos y a la que había puesto el rimbombante nombre de la reina de los dioses, pero el viejo animal, que a esas alturas ya tenía los bigotes grises y los ojos turbios, no había querido moverse. No le gustaba salir de casa con ese mal tiempo, como mucho toleraba dar una vuelta por el jardín y volver a su cestito junto a la chimenea.

Fred, el marido de Lucy, tampoco quiso acompañarla, así que se marchó sola. El 24 de diciembre. Disfrutaba del silencio de esa mañana de invierno. La nieve formaba grumos sucios en el borde de la calle, pero cuando Lucy tomó el camino sin asfaltar que al final de la urbanización llevaba al campo, el paisaje se hizo más bonito, la nieve todavía era blanca y la escarcha había cubierto de plata el prado y la maleza silvestre que se extendía a lo largo del río Slea. No obstante, esa nieve no bastaría para poder jugar con el trineo o hacer una batalla de bolas ni tampoco un muñeco. Ese día, en el transcurso de la tarde, aparecerían los cuatro hijos de Lucy y Fred con sus parejas y sus hijos y la gran y vieja casa que Lucy había estado decorando para la fiesta se llenaría de vida, de voces y risas. En medio habría también lágrimas y peleas, pero Lucy no hacía una tragedia de ello. Formaba parte de la celebración, eso era todo. Como el árbol de Navidad, el reparto de regalos a primera hora, la abundante comida y el discurso de Navidad de la reina la tarde del 25 de diciembre.

Puesto que los siguientes días iban a ser movidos, Lucy gozaba ahora del tranquilo paseo matinal. En el cielo se acumulaban las nubes, la hierba congelada crujía bajo sus pies. En algún lugar chillaron un par de faisanes. Por lo demás, estaba tranquilo. Y lleno de paz.

Se quedó parada, decidiendo si coger o no el pequeño sendero que iba junto al río. Había un camino más ancho por encima del Slea que solía elegir la mayoría de los paseantes. El sendero que bordeaba la orilla era muy estrecho, en algunos tramos peligrosamente escarpado y cubierto de sauces. Era francamente difícil internarse por él. Pero, al mismo tiempo, era increíblemente idílico porque estaba justo al lado del agua y se veían las largas ramas de los sauces sumergiéndose profundamente en la corriente. Lucy opinaba que era un lugar encantado.

Cogió el sendero.

Al poco tiempo ya se había dado cuenta de que había cometido un error. Y más en esa época del año. En algunos lugares, el sendero estaba cortado por el agua e inundado, estaba resbaladizo y liso, y el exceso de zarzas cerraba constantemente el paso apenas existente. Como casi nadie pasaba por allí, el bosque había reconquistado su terreno. Lucy luchaba por abrirse camino entre la vegetación, buscaba en las ramas un agarradero porque varias veces había estado a punto de resbalar y caer al agua. ¿Cómo había podido ser tan imprudente? Si le pasaba algo ahí tardarían en encontrarla. Y, si ahora se rompía un tobillo o una muñeca, adiós a la Navidad.

«Idiota», se dijo Lucy.

Se detuvo y miró hacia atrás. Consideró dar media vuelta, pero el tramo que tenía a sus espaldas presentaba tan mal aspecto como el que quedaba por delante. Sabía que, unos metros más adelante, había una vereda en el bosque que llevaba a una cuesta que daba a un camino uniforme. Si llegaba allí, podría abandonar el sendero. No sería fácil subir por la cuesta, pero tal vez fuese mejor eso que emprender el peligroso camino de vuelta.

¿Cómo se podía ser tan tonta?

Entretanto el sosegado paseo no tenía nada de sosegado. El corazón de Lucy latía a toda prisa, estaba sudando y las rodillas le temblaban. Le habría gustado soltar en voz alta y con todas sus fuerzas unos cuantos improperios, pero reprimió ese impulso. No en Navidad. Tenía que guardar la calma, controlar los nervios y buscar salida al peligro constante de caerse en el río; al fin y al cabo, el lugar era idílico de verdad. Ese día el Slea se veía profundo y oscuro. Se perdía en el horizonte entre nubes cargadas de nieve. Los numerosos sauces al borde de la orilla parecían de plata mate. Era un magnífico día de invierno. Lucy se sintió transportada por un sentimiento de agradecimiento hacia su tierra natal. Qué bonito era vivir en Sleaford, en esa pequeña población en el centro de Lincolnshire, en la que, en cierto modo, el tiempo parecía haberse detenido. Tenía a veces la sensación de que la maldad del mundo no podía entrar ahí. Hacía decenios que Fred y ella habían encontrado un paraíso, que se había conservado durante todo ese tiempo.

Avanzó tanteando con cautela, apartando las ramas a un lado, haciendo equilibrios sobre las raíces, evitando los agujeros del suelo. Ahora iba algo mejor, pero se cuidaba de ser imprudente. En una ocasión, el barro que pisaba se deslizó hacia abajo y ella se agarró a tiempo al tronco de un árbol. Rezaría una oración de acción de gracias cuando superara esa aventura.

Divisó el lugar en el que la vereda del bosque desembocaba en el sendero. Tiempo atrás, sus hijos bajaban por allí hasta el río. Ahora habían colocado una señal de peligro. La orilla no estaba protegida y era insegura, había que permanecer arriba, en el camino. Era probable que la mayoría de la gente se detuviera ahí.

¿O no?

Lucy distinguió el suelo removido debajo de la nieve cuando ya estaba justo al lado. De lejos había tenido la impresión de que unas raíces aéreas se entrelazaban artísticamente, pero ahora veía que no eran raíces, sino tierra revuelta y amontonada. Al principio pensó que sería alguien que había bajado por la cuesta y había empujado el terreno, pero de hecho no parecía ser el resultado de un desprendimiento. Alguien había removido la tierra y excavado. Posiblemente un animal o varios. ¿Jabalíes? ¿Zorros?

Tenía que rodear el lugar excavado para acceder al camino que conducía arriba y eso no parecía nada fácil. Empezó a sudar de nuevo.

¿Cómo puede uno meterse en una situación así de absurda?

Vio una pierna y pensó: «¡Qué tontería!».

Lucy rio. Una risa estridente en esa tranquila mañana.

Hasta ahí había llegado. Confundía raíces con piernas.

¿Por qué habrían removido la tierra los zorros, los jabalíes o quien fuera con tanta tenacidad?

Con el rabillo del ojo descubrió un objeto que colgaba entre las ramas de unas zarzas, junto al agua. Era un zapato.

No cabía duda.

Lucy se agarró obstinada a la rama de un sauce e intentó no ponerse histérica. Un zapato no lejos de lo que ella había considerado una pierna no era una buena señal. Indicaba que la pierna era, en efecto, una pierna y no una raíz. Además, si había un zapato, se trataba de una pierna, no de la pata de un animal, de un corzo, por ejemplo. Los corzos no llevaban zapatos. Los demás animales del bosque, tampoco.

De hecho, solo las personas llevaban zapatos.

Lucy se acercó lentamente. Habría preferido dar media vuelta y salir corriendo, pero correr era imposible en ese lugar. Y, en realidad, también lo era dar media vuelta. Tenía que subir al camino pavimentado. Y para ello tenía que acercarse más a... ese lugar.

Miró fijamente por encima de la pierna. No la quería ver. Por todos los cielos, no quería ver nada, así de sencillo.

Pero lo vio. Lo vio cuando estaba justo delante y tuvo que pararse simplemente porque no podía seguir, porque tenía que pensar cómo iba a lograr franquear todo eso que tenía delante, todo ese montón de tierra. Vio la pierna. Era una pierna humana. Vio un brazo cuya mano se había podrido o estaba roída. Vio una tela. Un vestido... ¿Algo?

Los animales del bosque habían desenterrado a una persona muerta.

Lucy gritó. Su grito fue respondido por un sinnúmero de aves acuáticas que parecieron transportarlo a las nubes.

Era como si todas chillaran de espanto. Porque algo horroroso había ocurrido allí, en el paraíso de Lucy.

Por la mañana, Kate había llamado a Eleonore Walters y le había preguntado si podía pasar un momento, y Eleonore había contestado con su habitual tono desagradable.

—Pues vaya. Tengo que estar contenta de que la policía haga algo, ¿no?

Kate se lo tomó como una afirmación y colgó en silencio.

En la clase de cocina para solteros de la noche anterior no había obtenido ninguna nueva información, pero había sido una velada sorprendentemente agradable. Kate había comprobado con asombro que era muy divertido cocinar junto con otra gente.

Anna Carter, la profesora del curso, tenía aspecto de estar muy cansada, pero había sido amable y había explicado con paciencia todos los pasos que había que seguir para preparar el menú navideño de esa noche. Un hombre ruidoso y muy seguro de sí mismo, que se había presentado como Burt Gilligan, había cortado con ella las zanahorias mientras ponía verde a Anna.

—Una neurótica total. Siempre deprimida, enseguida se echa a llorar. Me pregunto cómo la aguanta su novio. Un hombre atractivo. Podría estar con otra.

Kate se había esforzado por dirigir la conversación hacia Diane Bristow y Burt la informó diligente. Diane, al igual que Anna, le había parecido una joven abatida y encerrada en sí misma.

—La conocí a principios de noviembre. En este sentido, no sé, por supuesto, si siempre fue una persona… melancólica. Pero, para mí, su introversión tenía que ver con un peso que llevaba encima.

—¿Había algún indicio concreto de ello?

Burt negó con la cabeza.

—Era solo una sensación.

—¿Podría tener que ver con ese hombre? ¿El novio cuya existencia guardaba en secreto y que ahora se anda buscando?

—Ni idea. Yo no sabía nada de él. Pensándolo bien…, podría ser, claro. Todo es posible. Yo diría que llevaba una carga dentro. Pero cuál era… no lo sé.

Esa mañana, Kate pensó que se iban a estancar en ese caso, a quedarse atascadas en el barro como el coche con el cual Diane Bristow había maniobrado, incomprensiblemente, en un camino enfangado.

Era improbable que en los días de Navidad fuera a surgir algo realmente nuevo, así que Kate decidió volver a estudiar el caso de Mila Henderson y luego lanzarse a su fiesta de Navidad de la que, después de tantos años, al menos sabía una cosa: a pesar de todo, pasaba bastante deprisa.

Eleonore Walters la hizo entrar en la sala de estar, pero no le ofreció ni café ni un vaso de agua. Había colocado un árbol de Navidad adornado delante de la ventana. Dijo que, a pesar de que su madre había sufrido una muerte horrible, quería celebrar la festividad.

—Por supuesto en circunstancias totalmente distintas a las esperadas. ¡Nunca hubiera imaginado que al mismo tiempo tendría que preparar un funeral!

Como era usual, en las palabras de Eleonore y en su voz había más disgusto por lo que exigía la situación que auténtico dolor a causa de la pérdida de su madre, pero Kate sabía que eso podía engañar. Cuando las personas intentaban esconder sus sentimientos, a veces incluso de sí mismas, se refugiaban en extrañas formas de comportamiento.

—¿Cuándo se celebrará el funeral por su madre?

—Todavía no lo sé. Quería que la incinerasen. Aún estoy esperando que me avisen del crematorio. —Eleonore puso los ojos en blanco—. La Navidad no lo pone fácil. Lo retrasa todo.

—Siento mucho lo que ha sucedido con su madre, señora Walters.

Eleonore resopló.

—Entonces, encuentre a esa Mila. Me ayudará más así que dándome sus condolencias.

—Señora Walters, no estamos buscando a una asesina que se ha escapado. Es posible que Mila Henderson haya actuado de forma irreflexiva e irresponsable, pero la acción está lejos de ser deliberada. Tendrá que responsabilizarse por lo que ha hecho, pero no se pondrán en movimiento centenares de agentes por ella.

—¡Ah! —exclamó decepcionada Eleonore.

Antes de que empezara un largo discurso, Kate se apresuró a decir:

—Señora Walters, en nuestra última conversación nos dijo que Mila Henderson no tenía amigos, nadie con quien estuviera en contacto, por lo que sabía su madre. Esto significa que no tenemos ningún indicio de que hubiese quedado con alguien.

—Así es.

—De modo que, en el fondo, no sabemos por qué se ha marchado. El hecho es solo que una mujer de treinta años desaparece de la noche a la mañana sin dejar rastro.

Ya no se podía preguntar a la fallecida señora Walters qué había ocurrido antes de la desaparición de Mila. ¿Una pelea? A lo mejor Mila había llegado a decirle a dónde iba.

—Si Mila se hubiera despedido formalmente —dijo Kate—, una posibilidad que no podemos excluir del todo, ¿se habría puesto su madre en contacto con usted? ¿O no habría dicho nada a nadie y habría pensado que se las arreglaría sola por un par de días?

—No la habría dejado marcharse como si nada. Mi madre realmente necesitaba muchos cuidados. No le habría dicho que podía ausentarse todo el fin de semana tan tranquila. Si Mila hubiera tenido que irse por una urgencia, mi madre me habría llamado y me habría pedido que viniera a estar con ella.

—¿Sabía Mila Henderson que no se podía dejar sola a su madre ni un solo día?

—Claro que lo sabía. Mi madre apenas podía moverse de forma autónoma por la casa. No estaba en situación de cuidar de sí misma, y estaba claro que era peligroso que lo intentase.

—¿Ha pensado en algún momento —preguntó Kate— que también a Mila podría haberle pasado algo malo?

Eleonore frunció el ceño.

—Se refiere... ¿a que le haya pasado algo como a esa mujer que han encontrado en el coche?

—Solo planteo que existe esa posibilidad. Puede haberse marchado sin reflexionar. Pero también puede haberle pasado algo. Debemos buscarla teniendo esto en cuenta.

—No sé... —murmuró Eleonore, pero se la veía algo insegura. Era evidente que no le resultaba fácil abandonar el prejuicio hostil que llevaba alimentando desde hacía días.

—Yo misma encontraré la salida —dijo Kate, volviéndose hacia la puerta—. Feliz Navidad.

Inspiró hondo cuando salió a la calle. Su instinto le advertía que era posible que Mila Henderson no se hubiese esfumado porque sí, sino que algo más grave se escondía y que era urgente encontrarla. Iba a tratar de averiguar algo sobre el entorno de la joven. Algo tenía que haber. En los últimos días —en eso Eleonore estaba en lo cierto— se había ocupado poco de ese caso porque el horroroso asesinato de Diane Bristow había acaparado toda su atención.

—Dos mujeres. Una de veinticinco años y la otra de treinta.

Sin embargo, rechazó la idea de que ambos casos estuvieran vinculados. Era una posibilidad, pero ninguna realmente lógica. Al menos no había por el momento ninguna pista para tomarlo en consideración.

Kate encogió los hombros tiritando. Temblaba a causa del frío, pero también interiormente.

Tenía que ocuparse de sí misma.

Decidió ir a comprar un árbol de Navidad.

3

La noche anterior, después de la clase de cocina, Anna se marchó directamente a casa de Sam, quien se alegró cuando ella le comunicó que desde ese lunes por la noche y en los días festivos se instalaría en su apartamento. Sam quería ir a ver a su padre a Londres, pero hasta entonces podían estar juntos. Anna sabía que él esperaba que ella por fin lo acompañara, pero no se veía en absoluto en condiciones de hacerlo. Se sentía horriblemente tensa. Logan seguía en su casa y no tenía ni idea de a dónde podía ir y Anna se instalaba en el piso de Sam sobre todo por eso, para que este último no irrumpiera de pronto en su casa y se topara con Logan. ¿Qué explicación podría darle? Sam enseguida lo reconocería como el hombre al que la policía buscaba por doquier, relacionado con el asesinato de Diane Bristow y cuyo retrato y nombre estaban en todos los periódicos. Sam se quedaría sumamente desconcertado al enterarse de que Anna daba asilo a un peligroso criminal buscado por la policía.

¿Debería contárselo todo? ¿Esperar que la entendiera?

Somos viejos amigos. Me enamoré perdidamente de él. Por desgracia, él solo amaba a Dalina. Vivimos muchas, muchas experiencias juntos. Le había jurado que no había asesinado a Diane. Y en cierto modo… lo creía.

Ella misma se percataba de la impresión que causaba. No iba a convencer a Sam. Seguramente se quedaría horrorizado. Y era más que cuestionable que fuera a permitir que le impidiera avisar al instante a la policía.

Sam no debía saber nada de Logan y Logan tenía que marcharse.

«Yo no soy responsable de él», pensaba esa mañana, después de que ella y Sam hubieran desayunado y él se hubiese marchado para realizar las últimas compras. Había insistido en que fuera con él, pero ella tenía un dolor de cabeza que la estaba torturando, su reacción habitual a los fuertes estados de tensión.

—Pondré orden en la cocina —dijo—, vete tú sin mí.

Él la miró preocupado.

—No tienes buen aspecto.

Ella dibujó una sonrisa forzada.

—La clase de ayer fue muy agotadora. La Navidad es agotadora. Pronto estaré mejor.

—Bueno, pues de la Navidad no tienes que preocuparte. Yo lo haré todo. Ahora mismo voy a comprar un árbol. Acuéstate en el sofá e intenta dormir un poco.

Ella le había prometido que lo intentaría. Sin embargo, ahora que se había ido, tenía claro que ni pensar en dormir, aunque estaba agotada. Pero era un agotamiento en el que en su interior bullían las emociones y en el que no iba a encontrar la calma. Fue ese cansancio, la sensación de estar consumiéndose sin parar, lo que la llevó a esa idea: yo no soy responsable. Joder, yo no soy responsable de Logan.

Esa idea tenía algo tan liberador que incluso el dolor de cabeza disminuyó un momento.

Había estado tan perdidamente enamorada de él. Siempre lista para hacer algo por él, solo para que le regalase una sonrisa, un momento de atención total, una mirada de reconocimiento. Algo. Y siempre había tropezado con esa amabilidad indiferente, sí, él la encontraba simpática, era Anna, la colega. Anna, que satisfacía cualquier deseo suyo. Anna, que estaba allí cuando necesitaba a alguien. Para hablar, para lamentarse. Porque él suspiraba por Dalina, quien por su parte disfrutaba de que él la adorase y le hacía las concesiones suficientes para evitar que él se rindiera.

Pero ni un paso más. Periódicamente lo ignoraba para hacerlo volver con un simple chasquido de dedos, cuando él por fin se había decidido a liberarse de ese amor no correspondido tras sostener interminables conversaciones con Anna. Él dependía de Dalina. Y ella se divertía con él, sin amarlo de verdad.

Mientras, Anna se sentía como la auténtica perdedora en ese juego.

Y, en el fondo, la situación se repetía ahora. Logan estaba metido hasta las cejas en un lío. ¿Y a quién iba a buscar? A Anna. La ponía en peligro. Se aprovechaba de ella. Con su comportamiento no la respetaba y daba por supuesto que ella colaboraría con él.

Como siempre había hecho.

Pero ella ya no era Anna, el ratoncito. Era una mujer adulta. Tenía un trabajo y un novio atractivo. Hacía años que había arrancado a Logan de su corazón.

Que no contara más con ella.

Que se marchara a casa de Dalina. Quien, por supuesto, no perdería ni un segundo para hacer la tontería de arriesgarse por él.

La noche anterior, justo después de la clase, había intentado dos veces contactar con Logan. Aunque en fuga, había conseguido salvar el móvil y ella se había guardado el número. En realidad, solo había querido saber si todo iba bien. A Anna le daba pena, pero ella se protegía contra ese sentimiento. Logan siempre se había metido él solo en esas incómodas situaciones.

Él no la había llamado la víspera, tampoco había cogido el teléfono muy tarde, cuando Sam ya dormía y Anna se había encerrado en el baño con el móvil y había hecho otro intento. Ella dejó que sonara hasta el final, pero nadie respondió. ¿Podía ser que ya durmiera? ¿Que durmiera tan profundamente?

¿O estaba tan cansado, tan deprimido, tan apático que miraba el móvil que sonaba y no era capaz de levantarse para contestar?

Esa mañana, lo probó de nuevo. Esa mañana no tenía la intención de preguntarle solo si todo iba bien. Quería decirle que debía haberse marchado cuando ella regresara a casa después de Navidad. Fijaba ese plazo, hasta que pasaran los días festivos, pero él tenía que idear un plan para después y ella no quería volver a encontrárselo.

Marcó el número de Logan. Nadie contestó.

Le iba pareciendo cada vez más inaudito. Podía estar desesperado y profundamente deprimido, pero nadie se comportaba de ese modo. Había irrumpido en su casa y a pesar de todo ella lo había alojado. Podía vaciarle la nevera y calentarse junto a la estufa de su sala de estar. Ella se había ido un día antes de lo planeado a casa de su novio para que este no apareciera repentinamente y que Logan pudiera seguir escondido. Hacía un montón de cosas por él y por las que podía incurrir en delito. Lo menos que él podía hacer era contestar cuando ella lo estaba llamando, incluso si no le apetecía. Se habían guardado los números de ambos, Logan tenía que ver el suyo y reconocerlo.

Volvió a probar un par de veces más, incluso llamó al teléfono fijo, aunque había advertido a Logan que no utilizara ese aparato de ninguna de las maneras. Tal como era de esperar, él no contestó.

Poco a poco iba encontrando raro lo que estaba pasando. Que la noche anterior no hubiese contestado podía tener su explicación, a lo mejor se había ido a dormir muy pronto e incluso había desconectado el móvil. Pero ahora, a la mañana siguiente, en pleno día... Algo ahí no funcionaba.

Le envió un mensaje por WhatsApp: «Logan, llámame, por favor. ¡De lo contrario voy ahora mismo y compruebo qué está pasando!».

Él ni siquiera abrió el mensaje.

Anna se puso decidida las botas y el abrigo. Sacó del bolso

las llaves del coche y de la casa. Ahora mismo iría a ver qué sucedía. Y, si Logan no tenía una buena explicación que dar por su comportamiento, que se marchara al instante.

Su casa se hallaba tranquila y silenciosa a la pálida luz de ese día de invierno. No salía humo de la chimenea, lo que significaba que en la estufa de hierro fundido de la sala de estar no ardía ningún leño. Qué raro. ¿Cómo aguantaba Logan el frío que hacía?

¿O estaría todavía en la cama? Ya eran más de las once.

En el camino de acceso a la casa y en la explanada sin pavimentar no había nieve. Se habían formado unos grandes y feos charcos marrones con los bordes congelados. Los campos de alrededor todavía estaban cubiertos de una fina capa de nieve. Anna bajó del coche y metió el pie directo en un charco, sintió que el agua helada penetraba en su bota de ante. El calzado equivocado, pero también la explanada equivocada. Si tuviera dinero, lo pavimentaría todo. Pondría una valla alrededor y haría un jardín. Pero con el mísero sueldo que Dalina le pagaba iba siempre mal de dinero. Le alcanzaba para el alquiler y para vivir.

Sin hacer caso de la desagradable sensación de tener el pie mojado, se dirigió a la puerta de la casa y ya iba a abrir cuando comprobó que no estaba bien cerrada. Solo entornada.

Anna frunció el ceño. Eso era realmente rarísimo. Logan estaba huido y tenía miedo. No se instalaría en una casa sin cerrar bien la puerta. ¿O es que ya hacía tiempo que se había marchado? ¿Se había ido a otro lugar porque no quería ser una carga para Anna y por eso no respondía a sus llamadas? ¿Se había olvidado de cerrar la puerta al salir?

Sintió un dolor que ya le era familiar, una decepción que le resultaba familiar desde mucho tiempo atrás. Ella lo quería echar, pero, ante la idea de que podía haberse marchado de verdad, sintió una intensa y repentina tristeza. Logan, su Logan.

«No pienses así —se dijo—, no debes sentirte de este modo».

No solo por Sam. Sino por todos, porque con Logan no tenía ninguna posibilidad. Nunca la había tenido ni nunca la tendría.

Empujó la puerta con cuidado. El ambiente frío y reposado la impactó. Y algo más…, otro olor distinto…

Vio a Logan tendido en el suelo. Era tan alto que casi ocupaba todo el pasillo, cubría totalmente la alfombra amarilla y también parte de las baldosas de piedra. Estaba tendido cuan largo era, boca abajo. Las piernas algo torcidas, el jersey se había deslizado hacia arriba y dejaba ver un poco de la piel de la espalda. Tenía extendido un brazo hacia delante, como si intentara alcanzar algo o desplazarse hacia el frente.

Estaba totalmente agarrotado e inmóvil.

Anna se agachó junto a él.

—¡Logan! —Le tocó la cabeza, le acarició la espalda—. ¡Logan!

Nada, ni la más mínima reacción.

Intentó ponerlo boca arriba con cuidado. El cuerpo estaba helado, como congelado y rígido. La razón de Anna se negó por un momento a comprender lo que ya hacía tiempo que era evidente: el hombre que tenía ante sí ya no vivía. ¿Desde cuándo? Su cuerpo se hallaba en estado de rigidez cadavérica. Anna recordó que esta se iniciaba unas dos horas después de la muerte y se mantenía al menos veinticuatro horas y a veces más tiempo. Esto significaba que Logan podía estar muerto desde la noche anterior. Desde que ella había intentado en vano contactar con él.

No consiguió poner boca arriba el pesado cuerpo. Pero, cuando sacó la mano del pecho del hombre, estaba roja y pegajosa; se percató de que había tocado la sangre de Logan. Le habían… ¿disparado? ¿Apuñalado?

¿O simplemente se había caído?

Tal como estaba, era imposible que se hubiese caído por la escalera, como mucho podría haber tropezado con sus propios pies. Pero ¿se sangraba tanto? ¿No era más lógico que se desnucase? Era evidente que no se había desnucado.

Se puso en pie de un salto. Sacó el móvil de los vaqueros, se miró los dedos que intentaban encontrar la lista de números pero que no dejaban de temblar. Además, estaban llenos de sangre.

No lo lograba. La sangre resbalaba por el teclado y el sistema táctil no respondía. Anna se dirigió vacilante a la cocina. En el fregadero se apilaban los cubiertos usados, sobre la mesa había una lata vacía de sopa de tomate. Su mente elaboró la imagen y extrajo una conclusión: Logan se había preparado algo de comida. El día anterior por la noche, después de que ella se fuera. Había comido. Había colocado los cubiertos en el fregadero. Antes de que fuera a lavarlos, algo..., algo horrible había sucedido.

Dejó correr el agua por su mano. El color rojo que se deslizaba hacia abajo se mezclaba en el fregadero con el rojo de la sopa de tomate. Contempló casi con indiferencia el reguero. La sangre de Logan.

Se secó las manos. Ahora estaban más tranquilas, ya no temblaban. También Anna se sentía más calmada, pero percibía que no era una calma auténtica. Era como si estuviera recubierta por una campana que la aislase del mundo, del hombre muerto en el pasillo, de todo su propio espanto.

Limpió también el móvil sucio de sangre y luego marcó el número de Sam. Ahora tenía los dedos limpios y secos.

Sam atendió al teléfono al cuarto timbrazo. Al fondo se oían voces y el ruido de los coches, debía de estar por el centro de la ciudad. Un contraste total con el silencio de su casa, con esa cocina desordenada a través de cuya puerta veía la pierna de Logan muerto en el pasillo.

—¿Sam? —Su propia voz se le antojó ajena. Muy alta y estridente. El shock resonaba en ella.

—¿Anna? Acabo de comprar el árbol de Navidad. Es enorme. Me temo que no cabrá en la habitación, pero es precioso. Luego tendrás que ayudarme a meterlo...

—Sam, tienes que venir ahora mismo. Por favor. Ahora mismo.

—¿A dónde? ¿A casa?

—A mi casa. A Harwood Dale. Por favor, ¡de inmediato!

—De acuerdo. ¿Qué estás haciendo allí? Anna, todavía tengo que meter el árbol en el coche, luego...

Lo vio como si lo tuviese delante de ella. Allí, entre un montón de árboles de Navidad y de gente. Cogiendo con una mano un abeto inmenso y con la otra el móvil. Abrumado, en cierta medida.

—¡Deja el árbol! ¡Ven enseguida!

—Anna, no puedo dejarlo aquí tirado y ya está. Escucha, voy a darme prisa, ¿vale? ¿Qué ha pasado?

—Tú ven —respondió ella y colgó.

Anna pasó en la cocina el tiempo que tardó Sam en llegar porque era incapaz de hacer el esfuerzo de salir al pasillo, donde yacía el cadáver de Logan. Aunque no era en absoluto prioritario, limpió la cocina minuciosamente, lavó los platos, restregó todas las superficies de trabajo, colocó en orden los vasos y los cubiertos en los armarios y barrió las baldosas de piedra. Entretanto se le ocurrió que estaba haciendo justo lo que no había que hacer en el escenario de un crimen, es decir, dejar todo inmaculado, pero, de todos modos, no tenía la intención de avisar a la policía. Había llegado a esa conclusión mientras dejaba correr abundante agua caliente y mucho detergente sobre sus manos, como si todavía quedase adherida a la más fina arruga de su piel una pizca de la sangre de Logan. La policía no tenía que saber nada. Había dado asilo a un hombre al que la policía buscaba por asesinato. Tal vez podía alegar que eran amigos de juventud. Pero, si lo hacía…, una cosa iría tras otra… No era posible y basta.

De policía, nada.

Pero ¿qué hacer con el muerto?

«Es una situación totalmente surrealista», pensó.

Tras lo que pareció una eternidad, oyó que el coche de Sam se aproximaba por la carretera y tomaba el camino de acceso que conducía a su casa. Del maletero sobresalía un abeto, en el extremo del cual estaba atada una banderola roja. Había cargado con el árbol, por eso había tardado tanto. Por un instante, Anna montó en cólera —¿tan difícil era entender «por favor, ven inmediatamente»?—, pero luego pensó que ya había comprado el árbol y que era cierto que no podía dejarlo en medio de la ciudad. Y él no podía saber qué era tan urgente. A lo mejor pensaba que se había roto una tubería de agua o algo similar.

El coche se detuvo y Sam bajó. Anna no quería que entrara sin estar preparado y abrió la ventana de la cocina.

—¿Sam?

—¡Anna! ¿Qué sucede?

—Sam, estoy en la cocina —explicó absurdamente pues él ya conocía la casa—. Por favor, no te asustes. En el pasillo hay un hombre muerto.

—¿Qué?

—Sí. Creo que lo han asesinado.

Sam se la quedó mirando, como si dudase de su estado mental.

—¿En tu pasillo hay un hombre al que han asesinado?

—Sí.

—Pero… ¿cómo es eso?

—No sé. Alguien debe de haberlo matado.

Por un momento pareció que Sam estaba indeciso sobre si entrar o no en la casa.

—¿Estás segura? —quiso confirmar.

—Por supuesto.

Parecía sumamente desconcertado y perplejo, lo que Anna no podía reprocharle.

—¿Quién es ese hombre? —preguntó.

Mientras lavaba y fregaba, Anna también había reflexionado sobre su estrategia. Primero había planeado hacerse la inocente. Había ido a casa para coger otras botas más apropiadas para el tiempo que hacía, había encontrado la puerta de la casa entornada, había entrado con cautela y se había topado con el cadáver. No tenía ni idea de quién era ni de cómo había entrado en la casa. Ni qué decir de quién podría haberlo matado.

Pero entonces tuvo claro que, en tal caso, Sam avisaría enseguida a la policía y ella carecería de argumentos para disuadirle. Ya así sería difícil retenerlo. Tenía que decirle toda la verdad por desagradable que fuese.

—Es Logan —dijo. Ella seguía asomada a la ventana de la cocina y Sam permanecía delante de la casa. Entre ellos, en cierto modo, estaba Logan.

—¿Quién es Logan?

—Logan Awbrey.

—¿Quién es...? —empezó a decir de nuevo, pero entonces se acordó—. ¿Logan Awbrey? He leído el nombre en el periódico. ¿Es el hombre que ha... matado a esa chica de tu curso?

—Diane. Sí.

—¿Y está muerto en el pasillo de tu casa?

Anna estalló en llanto. Era una situación grotesca y terrible y sentía que en su vida algo iba a cambiar y que no iba a ser un cambio positivo.

—Ahora mismo entro —dijo Sam decidido.

4

Ya no había demasiados árboles a la venta arriba, en St. Nicholas Cliff. La mayoría de la gente hacía semanas que había decorado su casa y formaba parte de la decoración que un árbol de Navidad centelleara y resplandeciera en el salón desde hacía tiempo. Pero todavía quedaban un par de ejemplares y algunas personas aún se reunían ese 24 de diciembre para dar, en el último momento, un ambiente navideño a sus hogares.

Kate se había decidido por un árbol más bien pequeño que tendría que colocar sobre una mesa para que se lo pudiera ver en la sala, pero creía que no necesitaba para ella sola uno enorme del que, de todos modos, tendría que desprenderse al cabo de pocos días. Comprobó que, aun así, no era tan fácil de meter en el maletero de su coche. Mientras todavía estaba luchando para conseguirlo, resonó una voz a sus espaldas.

—¿Kate? ¿Es usted?

Se dio media vuelta. Le ardían las manos de los continuos pinchazos con las agujas del árbol.

Detrás de ella había un hombre al que no reconoció en un primer momento, pero enseguida supo quién era: Burt Gilligan. De la clase del día anterior.

Él se había dado cuenta de su breve desconcierto.

—Zanahorias —dijo—. Ayer estuvimos cortando zanahorias juntos.

—Sí. Claro. Perdón. Estaba concentrada en el árbol. Es muy enclenque pero no hay forma de meterlo en el coche.

Burt señaló detrás un coche al que estaba apoyado un árbol más grande.

—Tengo el mismo problema. ¿Intentamos juntos cargar el suyo y luego el mío?

—Seguro que juntos nos saldrá mejor —dijo Kate y pensó

que esa era una frase emblemática para los participantes de un curso de cocina para solteros en busca de pareja. Toda la situación era un tópico. Dalina se habría alegrado y seguro que habría pedido que imprimieran la frase en un cartel.

De hecho, sí consiguieron introducir juntos en el coche el árbol de Kate. La punta sobresalía un poquito, pero no lo suficiente como para que tuviera que señalizarlo. A continuación, fueron al coche de Burt. Su árbol era mucho más grande y más difícil de manejar.

—Tampoco sé por qué he comprado un árbol tan grande —dijo Burt—. De todos modos, estoy solo en Navidad. ¿Por qué pensé que necesitaba algo tan gigantesco en el salón?

Uniendo fuerzas consiguieron colocar el árbol. El extremo inferior se encontraba en el asiento del acompañante, el tronco yacía sobre el respaldo abatido y la punta sobresalía lejos del maletero. Burt llevaba consigo un pañuelo rojo que ató en el extremo.

—Así llegaré a casa —dijo.

Los dos se quedaron mirando algo indecisos.

—Entonces —añadió Burt—. Feliz Navidad.

—Feliz Navidad —contestó Kate.

—¿La celebrará con su familia?

Kate negó con la cabeza.

—En realidad ya no tengo familia. La celebraré sola. Con mi gata. —Sonrió—. Las mujeres solas siempre tienen gatos.

—Los gatos son fabulosos —opinó Burt—. Aunque a mí me gustaría más tener un perro. Pero estaría demasiado tiempo solo.

—¿En qué trabaja usted?

—Soy agente inmobiliario.

Por alguna razón, eso sorprendió a Kate.

—¿Agente inmobiliario? ¿Un agente inmobiliario en un curso de cocina?

—¿Por qué no?

—Bueno…, pienso que por su profesión debe conocer a muchísima gente. También a mujeres.

Se encogió de hombros.

—Claro. Y, para ser sincero, también hay muchas que se interesan por mí.

Sonó algo fanfarrón. Burt Gilligan seguro que no sufría de falta de seguridad en sí mismo.

—Pero desde que me divorcié hace ocho años no ha habido nadie que también me haya interesado a mí —prosiguió.

—Es difícil —dijo Kate.

Qué aportación tan inteligente a esa charla, pensó resignada. Burt sonrió.

—Es cierto. Pero la ocasión la pintan calva. ¿Tendría ganas de ir a cenar conmigo esta noche? ¿A Gianni's?

Kate se quedó atónita. ¿Un hombre quería salir a cenar con ella? ¿Tenía una cita? ¿De repente, en Nochebuena?

—Oh…, será un placer. No tengo ningún otro plan. —Le daba la impresión de estar tartamudeando. Eso solía pasarle cuando hablaba con un hombre de temas que no eran laborales.

Burt asintió complacido.

—¿A las ocho? Voy a reservar una mesa.

Ella asintió.

—De acuerdo. Encantada. Allí estaré.

Algo es algo. Se sentía un poco mareada al subir al coche y dio marcha atrás con cuidado. Apenas veía nada con el árbol. La Navidad no sería tan desoladora. No tendría a nadie con quien desenvolver regalos por la mañana temprano, con quien comer al mediodía y contemplar las velas del árbol, pero tenía a alguien para esa noche y era mucho más de lo que se había imaginado una hora antes. Burt no era el hombre de quien se habría enamorado a primera vista, pero era muy amable, y además tampoco estaban obligados a ir más allá. Se trataba de esa noche. A veces no tenía ningún sentido pensar en el mañana.

Ya casi había llegado a casa cuando sonó el móvil. Su primer impulso fue ignorarlo. No quería hablar con nadie, quería ir a casa, descargar deprisa el árbol, ponerlo en el salón y luego ir al despacho a ver qué pasaba... Pero una mirada a la pantalla le mostró que quien llamaba era su jefa. Respondió a través del manos libres.

—¿Sí? Sargento Linville al habla.

—¿Sargento? —Pamela parecía cambiada. No tan fría como de costumbre. Nerviosa en cierto modo. Como más emocional—. Sargento, ¿podría venir ahora mismo a comisaría?

El corazón de Kate empezó a latir fuertemente. ¿Un avance? ¿Habían arrestado a Logan Awbrey? ¿O había algún hallazgo nuevo?

—¿Qué ha pasado?

—Han encontrado a Sophia Lewis —anunció Pamela.

Se precipitó al despacho, con el maletero no del todo cerrado porque asomaba la punta del abeto, pero le daba igual. El corazón y el pulso le iban a toda pastilla.

Habían encontrado a Sophia Lewis.

El caso del último verano. Una joven que había sido víctima de un psicópata, convirtiéndose en el blanco de su turbia venganza. Había atentado contra la vida de esa mujer, que había quedado gravemente herida y condenada a una existencia en silla de ruedas, pero, como si eso no bastase, la había secuestrado del hospital y se la había llevado. Kate y Caleb habían intentado rescatarla en una arriesgada maniobra después de que el secuestrador la amenazara con enterrarla viva. No habían conseguido salvarla, el criminal había muerto por una herida de bala antes de poder revelar el escondite de su víctima. Hasta ese día, Kate estaba convencida de que, fuera como fuese, nunca habría hablado, pero, por supuesto, en el aire flotaba la pregunta de si no se podría haber conseguido que cooperase si Kate y Caleb no hubiesen actuado por su cuenta y creado así una situación en la que Kate tuvo que disparar en defensa propia. Esa historia había constituido para Caleb el motivo definitivo por el que había abandonado su profesión de policía. Kate había pasado semanas luchando, era consciente de haberse convertido en el blanco de las miradas de sus compañeros en los pasillos de la comisaría y ya podía olvidarse de hacerse grandes ilusiones con respecto a su carrera. Eso había dejado entrever el comisario jefe. O mejor dicho: se lo había comunicado con toda claridad.

Cientos de policías habían estado durante semanas buscando a Sophia Lewis y el supuesto escondite bajo tierra. Fue una carrera desesperada contrarreloj, porque cada vez estaba más claro lo limitadas que eran las probabilidades de que Sophia viviera bajo tierra. Pasó el verano y empezó el otoño, pero nunca encontraron el escondite. La búsqueda se suspendió porque en un momento dado todo el mundo tomó conciencia de que ya no había esperanzas.

Y ahora la habían encontrado. Seguro que sin vida. Pero por fin podría darse por cerrado el caso. Kate sabía demasiado bien que a veces eso era todo: había que dejar de tener esperanzas. De buscar. De esperar. Había un final por muy horroroso que pareciera.

En la comisaría reinaba mucha menos actividad que de costumbre. Algunos se habían despedido en los días navideños porque se habían marchado a casa de parientes o iban de tienda en tienda buscando los regalos de última hora. De una habitación salían unos villancicos. En la entrada parpadeaban las luces de colores de un árbol de Navidad.

Pamela estaba en su despacho cuando Kate irrumpió en él sin llamar. Levantó la vista indignada.

—Qué bien que haya venido. En realidad, la esperaba esta mañana.

—He estado con Eleonore Walters —explicó Kate—. El caso Mila Henderson me parece más complicado de lo que pensaba...

—No mencionó la compra del árbol de Navidad. De hecho, no debería haberla hecho durante las horas de servicio.

—Ah, eso. —Por lo visto, el caso Walters no interesaba lo más mínimo a Pamela—. Siéntese, sargento. Se trata de Sophia Lewis.

Kate se sentó. No se había desprendido ni del abrigo ni de la bufanda.

—¿La han encontrado?

—Sí. Muerta, por supuesto.

Por supuesto. Lo sabía. Sin embargo, sintió una punzada de dolor. Siempre había conservado una pizca de esperanza. Una pizca diminuta e irreal.

—¿Dónde? —preguntó.

Pamela miró sus documentos.

—El lugar se llama Sleaford. Apenas es un pueblo. En Lincolnshire.

—Al que se llega desde...

—Nottingham. Sí. A no más de una hora en coche.

Por aquel entonces, Ian Slade había partido de Nottingham con su víctima. Estudiando el desarrollo de los acontecimientos se había podido calcular hasta dónde a lo sumo había podido llegar con Sophia. Era evidente que Sleaford estaba en ese radio.

—La ha encontrado esta mañana una mujer mayor —prosiguió Pamela—. Fue a pasear justo a la orilla del río Slea. Por un camino sin pavimentar, del que se advierte ya hace tiempo que es mejor no utilizar. Al parecer, unos animales silvestres habían removido la tierra en un lugar. La mujer se acercó y descubrió que se trataba del cadáver de una persona.

Kate empezó a sentir unos zumbidos en los oídos. La había enterrado. Había cumplido su amenaza.

—Y... ¿es seguro...? —preguntó. Su voz sonaba como desde la distancia.

—Es Sophia Lewis —asintió Pamela—. Se ha encontrado un zapato y una parte del vestido que llevaba. Basándose en las imágenes que se recrearon en su época con motivo de la búsqueda, está claro que se trata de pedazos de su ropa. El análisis de ADN todavía no está listo pero parto de la base de que el resultado será la confirmación definitiva.

Era como si se rompiera un sueño que ella había estado guardando cuidadosamente bajo llave y por unos segundos tuvo la sensación de que el mundo oscilaba bajo sus pies.

Habían encontrado a Sophia Lewis. Pero él lo había hecho. Ian Slade. La había enterrado.

Kate oyó su propia voz como en la distancia.

—La caja de madera... Quería una caja de madera para enterrarla viva.

Pamela negó con la cabeza.

—No había caja.

—¿No?

—No. Y la tranquilizará oír lo que voy a decirle, sargento: la mató de un disparo. No cabe duda. No la enterró viva. Seguramente la mató allí, a la orilla del río, y luego la enterró.

Por un momento reinó un silencio total en la sala, como si ambas mujeres hubiesen cesado incluso de respirar. La melodía navideña que salía de otra habitación sonaba ahora estridente y molesta. Kate se percató con el rabillo del ojo de que fuera había empezado a llover; no era nieve, pero sí una lluvia helada de cristal. Las calles estarían cubiertas de hielo.

Cuando recuperó la respiración, dijo:

—Esto… significa…

No se atrevía a pronunciarlo. Desconfiaba de sus propios pensamientos, quería protegerse de la decepción.

Sin embargo, Pamela sabía a qué se refería.

—Sí. Supongo que la noticia le quita un peso de encima, aunque eso no cambia que actuó usted en contra de todas las normas. Cuando usted y el comisario Hale intentaron engañar a Ian Slade y lo siguieron hasta el escondite de Sophia Lewis, ella ya estaba muerta. En este sentido daba igual lo que ustedes hicieran, no habrían podido salvarla.

«En este sentido daba igual lo que ustedes hicieran, no habrían podido salvarla».

Kate no solía sufrir problemas de circulación, pero en ese momento de repente se mareó.

—Oh, Dios mío —dijo—. Dios mío.

—Tal vez debería irse ahora a casa —indicó Pamela—. Seguro que todo esto es muy difícil de asimilar. De todos modos, hoy aquí no sucederá nada más. La tendré al corriente sobre los resultados del ADN.

—Sí. Muchas gracias. Gracias. —Se levantó y cogió el bolso que había dejado caer a su lado en el suelo.

—Feliz Navidad —dijo Pamela, sonriendo.

Tras un momento de sorpresa, Kate le devolvió la sonrisa tímidamente.

—Feliz Navidad —contestó.

5

Había empezado a caer una lluvia helada, el viento soplaba con más fuerza y los dos seguían sentados en la solitaria casita, en la sala de estar con la ventana rota. Sam parecía hallarse en estado de shock, sobre todo porque Anna le suplicaba que no avisase de ninguna de las maneras a la policía. Y hacerlo era lo primero que había pensado, pero Anna casi estaba llorando de nuevo.

—No lo hagas, Sam, por favor. ¡No avises a la policía!

Él la miró atónito.

—¿En tu casa hay un hombre muerto al que se busca como sospechoso de asesinato y no quieres llamar a la policía?

—Entra. Ven. ¡Te lo explicaré todo!

Sam tuvo que hacer acrobacias para pasar junto al cadáver porque Logan casi ocupaba a lo largo y lo ancho todo el pasillo.

—¿Estás segura de que está muerto?

—Está totalmente rígido. Y debajo de él hay un charco de sangre.

—¿Sangre?

—Creo que le han clavado un cuchillo.

—¿Aquí en tu casa?

—Sí. Eso parece, ¿no?

En la sala de estar, Sam descubrió la ventana rota y tapada de forma provisional.

—Ajá —dijo—, ha entrado haciendo ese agujero. Sospecho que se quería esconder aquí. ¿Pero quién lo ha matado?

—Está aquí desde el sábado —murmuró Anna—. El domingo por la noche, cuando vine, ya estaba aquí.

—¿Cuando te dejé? ¿Estaba dentro de la casa?

—Sí.

Sam empalideció del susto.

—Sabía que tendría que haber entrado contigo. La próxima vez no te libras de mí, Anna. Esta casa está demasiado aislada. Es un peligro.

—Sam, Logan no representaba ningún peligro para mí. Nos

conocíamos desde hace mucho tiempo. Solo vino aquí porque necesitaba ayuda.

La sorpresa de Sam iba en aumento con cada minuto que pasaba.

—¿Erais viejos amigos? ¿Tú y ese... asesino?

—Me juró que él no había matado a Diane.

Sam se sentó en el sofá y miró a Anna como si se hubiese vuelto loca.

—¿Lo juró? Sí, yo también lo haría si estuviera huyendo de la policía y buscase un refugio... —Reflexionó unos instantes y añadió—: En este drama, los conoces a los dos. Al asesino y a la víctima.

—Sí. Pero a Diane solo desde principios de noviembre. Y no bien. A Logan lo conocía desde que éramos adolescentes.

—¿Y cuándo lo habías visto por última vez?

—Hace... ocho o nueve años tal vez.

Se levantó, demasiado nervioso para quedarse sentado.

—En ese tiempo, a lo mejor se fue por el mal camino. ¿Cómo sabes qué dirección había tomado su vida desde entonces?

—A lo mejor. Pero también puede ser inocente.

—Eso lo averiguará la policía. En cualquier caso, ahora está muerto. Y por lo visto no se trata de una muerte natural. Anna, tenemos que llamar a la policía. ¿Qué otra cosa quieres hacer si no?

—No sé.

—Lo que no entiendo —dijo Sam—, lo que realmente no entiendo es por qué no me has dicho nada. Hace días que sabes que el presunto asesino al que están buscando es tu viejo amigo. Su retrato está por todos sitios y también su nombre. Te lo encuentras en casa, un hombre que está bajo sospecha y tras el cual hay una orden de detención. Le proporcionas alojamiento. ¿Y de todo esto no me dices ni una sola palabra?

—Porque habrías avisado inmediatamente a la policía —dijo

Anna y empezó de nuevo a llorar. Todo eso era una auténtica pesadilla. A través de la puerta se veía el brazo extendido de Logan y un trozo de su cabeza. Sus cabellos, de un negro tizón, resaltaban sobre la alfombra amarilla.

—Claro que habría avisado al instante a la policía —replicó Sam—. Y es lo que voy a hacer ahora. Por favor, Anna. Sé razonable.

—Me reprocharán que le haya alojado en mi casa.

—Era un viejo amigo tuyo. Te sentiste superada.

—¿Y si insisten en que lo he matado yo?

—Pero, por favor, ¿por qué ibas a hacerlo? Además es un gigante. No lo habrías logrado.

—Por favor, Sam, nada de policía. ¡Te lo pido!

Se acercó a ella y la cogió por los hombros.

—¿Qué pasa, Anna? ¿Por qué tienes tanto miedo?

Ella movió la cabeza.

—Por favor, Sam. No llames a la policía.

Él la soltó y retrocedió. Parecía agotado y —Anna lo percibió sobresaltada— enfadado. Poco a poco iba montando en cólera. La situación era grotesca y también lo superaba a él; en realidad ya hacía tiempo que la habría dejado en manos de profesionales. Anna sospechaba que no la entendía y que se sentía herido. Ella no lo había puesto al corriente. Y también ahora le escondía algo.

—¿Qué pasa, Anna? ¿Qué más hay aquí? ¿Qué sucede con este Logan... y contigo?

Ella se dio media vuelta llorosa. Notaba que él la habría sacudido para hacerla responder.

—Joder, Anna, ¿para qué me llamaste entonces? ¿Solo para dejarme en la incertidumbre, pero al mismo tiempo meterme en un lío enorme?

Ella trató de hablar. Lo consiguió al tercer intento.

—Tenemos…, tenemos que sacarlo de aquí.

—¿Qué quieres decir con eso?

—Tenemos que esconderlo en algún lugar.

Sam estaba empezando a desesperarse.

—¿Hemos de cargarlo ahora en el coche y enterrarlo en algún sitio? ¿Te refieres a eso? Por Dios, Anna, ¿qué me estás pidiendo?

Ella lo miró.

—Por favor. Por favor, ayúdame.

—¿De qué tienes miedo?

—Por favor.

Sam se pasó la mano sobre el cabello con un gesto impaciente. Parecía como si hubiese sido arrollado por un ciclón. Anna supuso que también así se sentía él.

—No —dijo—. No, no voy a dejar que me involucres en algo así. Escucha, Anna, lo que te propones hacer, tienes que hacerlo sola. Yo me bajo.

Iba a salir corriendo de la sala de estar, pero se detuvo, porque no podía pasar tan fácilmente junto al cadáver de Logan. Anna lo agarró por el brazo.

—Por favor. No te vayas. No lo conseguiré sola. ¡No lo conseguiré!

—Es que no hay que conseguirlo. Es una locura, simplemente. —Quería seguir, pero ella se colgó de él con todo su peso.

—Por favor, por favor, Sam.

—Dime por qué. Joder, dímelo, Anna. ¿Por qué no quieres saber nada de la policía?

—Te lo explicaré. Lo prometo. De verdad. Pero, por favor, ayúdame. No tenemos tanto tiempo. Si alguien aparece por aquí… Por favor, Sam.

Él se volvió hacia ella.

—Es todo una locura —dijo, pero Anna sintió que su resistencia cedía.

La ayudaría.

Pero después exigiría una explicación.

Sam era contrario a arrojar al mar el cadáver de Logan porque antes o después este lo devolvería a tierra y él no tenía ni idea de cuánto tardarían en relacionarlo con la casa de Anna, y después con la propia Anna, por alguna huella que encontraran. Aunque suponía que el agua lo borraría todo, no estaba seguro.

—Según todo lo que se oye y lee, hoy cuentan con métodos... Más vale que no lo encuentren.

—Si, tienes razón —opinó con voz aguda Anna. Estaba en un rincón, casi ausente, había dejado la responsabilidad de lo que iba a suceder a Sam y estaba totalmente encerrada en sí misma. Sam parecía abrumado, pero tenía la impresión de que uno de los dos debía conservar la capacidad de actuación, porque no podían dejar las cosas tal como estaban.

—A ver, ¿tienes claro lo que estamos haciendo? —quiso confirmar—. Si ahora no avisamos a la policía y en lugar de ello... eliminamos el cadáver, será muy difícil demostrar después que no tenemos nada que ver con su muerte. Por muy bien que lo escondamos, pueden encontrarlo, muy pronto. Y entonces habrá huellas de fibras y de otro tipo. En según qué circunstancias te vincularán con lo ocurrido. ¿Cómo justificarás que no les hayas avisado?

—Ya ahora me considerarán sospechosa.

—No. Además, estabas conmigo. Puedo atestiguarlo.

—Lo podría haber matado el lunes. Antes de ir al curso y a tu casa después.

—Supongo que se puede averiguar a qué hora murió y entonces estábamos juntos.

—¿Y si no pueden saberlo con exactitud? Desde el domingo por la tarde estuve sola aquí con él.

Durante un rato siguió un toma y daca, pero al final Sam cedió, aunque Anna había estado todo el tiempo temiéndose que se retirase. Era pedirle demasiado, lo estaba metiendo en algo... Pero qué podía hacer, se sentía totalmente desamparada y además tenía mucho miedo.

Sam salió y volvió poco después.

—He echado un vistazo a tu coche, Anna. No cabe, es demasiado corto. Tenemos que coger el mío. Pero para eso hemos de sacar el árbol de Navidad. ¿Me ayudas?

Ella asintió y salió con él. Seguía lloviendo, con fuerza, caía un granizo fino y duro. Tiraron del árbol de Navidad y lo sacaron del vehículo de Sam. Realmente, era enorme. Anna se preguntó cómo lo subiría después por las escaleras de su casa. ¿Y no era más alto que el techo de la habitación? Pero a lo mejor no iban a celebrar la Navidad. Con el árbol adornado y toda la parafernalia. Solo la idea le parecía casi absurda.

Sam insistió en que colocasen el árbol detrás de la casa por si alguien pasaba por ahí para desear unas felices fiestas a Anna y se extrañaba de encontrarlo atravesado en la entrada.

—No hemos de llamar la atención. Todo aquí tiene que pasar desapercibido.

Cuando por fin dejaron el monumental abeto detrás de la cabaña, estaban totalmente empapados a causa de la lluvia, pero al mismo tiempo bañados en sudor. Regresaron a la casa y Sam buscó una manta. En algo tenían que envolver a Logan, de lo contrario dejarían un reguero de sangre hasta el coche y también el tapizado de los asientos se mancharía. La alfombra sobre la que estaba tendido era demasiado estrecha y rígida. Anna encontró al final una vieja manta de lana. Intentaron deslizarla debajo de Logan, pero resultó extremadamente difícil porque el cadáver pesaba mucho y apenas lo lograban mover. Cuando la colocaron bajo el vientre del muerto ambos tenían las manos manchadas de sangre.

Sam consiguió por fin poner boca arriba a Logan y descubrieron que tenía todo el tórax empapado de sangre. Sam dio un paso hacia atrás.

—Por el amor de Dios.

Todo estaba embadurnado y pegajoso; sin embargo, se apreciaba que habían matado a Logan propinándole un montón de cuchilladas. Alguien lo había acuchillado como en un arrebato de locura.

—Como a Diane —dijo Anna—. Diane debía de presentar el mismo aspecto.

—Última oportunidad de llamar a la policía —insistió Sam—. No creo que ningún agente te vea capaz de haberlo asesinado. Seguro que Logan se ha defendido. ¿Cómo habrías logrado hacerlo?

Ella se convirtió de nuevo en la encarnación del no.

—No, es imposible. ¡No!

—De acuerdo. Vamos a envolverlo como podamos en esta manta y luego lo arrastramos fuera. Me temo que será demasiado pesado para cargarlo. Intentemos una vez más girarlo.

De un modo u otro, consiguieron envolver a Logan en la manta para conseguir arrastrarlo hasta el exterior. Ya en este proceso, casi se habían quedado sin fuerzas. Anna tenía el rostro empapado de sudor. Pese al gélido frío que llegaba de la puerta de la casa, tenía tanto calor que se habría quitado toda la ropa de encima. De todos modos, tendría que hacerlo, porque al echarse un vistazo vio que estaba totalmente manchada de sangre.

Igual que Sam. También él tenía un aspecto insólito y jadeaba a causa del esfuerzo. Había agarrado a Logan de los brazos, que asomaban por la manta, y avanzaba de espaldas a pasitos cortos. Una y otra vez volvía la cabeza y lanzaba una breve mirada en dirección a la calle. Si alguien entraba en su campo de visión, deberían emprender lo más deprisa posible la marcha atrás hacia la casa, pues una situación como la suya era inexplicable. Pero también se los podía ver bien desde la carretera; cualquiera que pasase por allí y echara un vistazo a un lado podría observarlos. Sam esperaba que quien fuera que los viese creyera que eran dos personas cargando con un objeto grande. No con el cadáver de un hombre muerto.

Cuando por fin metieron a Logan en el coche, ya estaba oscuro. Llovía sin cesar y había resultado ser la cosa más difícil que Anna había hecho en su vida. Logan ocupaba el mismo espacio que había ocupado antes el árbol de Navidad, pero al menos no sobresalía por detrás. La cabeza estaba puesta en el asiento del acompañante y los brazos hacia delante. El resto del cuerpo y las piernas llegaban hasta la puerta del maletero y se extendían sobre dos respaldos abatidos. Lo envolvía la manta, pero se le veían los pies y los brazos.

—Solo espero que no nos encontremos por casualidad con un control policial —dijo Sam—. Lo que estamos haciendo aquí no podemos explicarlo a ningún ser humano normal.

—Debemos cambiarnos de ropa —dijo Anna—. Estamos llenos de sangre. Si nos cruzamos con alguien, tendremos un problema.

—Hagamos lo que hagamos tenemos un problema —musitó Sam, pero cerró el coche y siguió a Anna al interior de la casa. Esa mañana se había marchado de casa temprano, animado con la idea de comprar un árbol, los ingredientes de una buena comida y los últimos regalos. Anna pensaba que debía de sentirse como en una mala película.

Algo tenían que hacer con el pasillo lleno de sangre. Enrollaron la alfombra, que no era muy grande pero sí pesada, y la colocaron detrás de la puerta de la que partían unos escalones de piedra hacia el sótano. Ya se ocuparían de eso más tarde, por el momento a ninguno le quedaba más energía. Las últimas fuerzas que tenían las necesitaban para deshacerse del cadáver de Logan.

Anna cogió un cubo y un cepillo y limpió las últimas salpicaduras de sangre de las baldosas de piedra; después el pasillo volvió a presentar una imagen normal. Fueron al piso superior, se quitaron la ropa manchada de sangre y la metieron en el cubo de la ropa sucia del baño. A los dos les habría gustado ducharse, pero habrían perdido tiempo. En el coche, delante de la explanada de la casa, había un muerto. Debían apresurarse.

Sam también había pasado fines de semana en casa de Anna y tenía por suerte un par de tejanos y un jersey en su armario. Se cambiaron. Ya volvían a ofrecer un aspecto aseado, pero cada uno constataba en el rostro del otro el horror y la tensión de las últimas horas. Los dos parecían trastornados, rendidos y totalmente hechos polvo.

Se sentaron unos segundos en la cama de Anna y se abrazaron.

—¿Dónde está su móvil? —preguntó Anna en voz baja.

—¿Tenía móvil?

—Sí. Intercambiamos nuestros números. Intenté varias veces contactar con él.

—Pues tendremos que encontrarlo —opinó Sam—. Antes de que caiga en manos de alguien o, en el peor de los casos, de la policía.

Buscaron por toda la casa, pero no encontraron el móvil en ningún lugar. Sam maldijo por lo bajo.

—Podría ser que lo llevara encima. Tendremos que comprobarlo después.

—De acuerdo —susurró Anna. Volvían a estar arriba, en el dormitorio, y echaron un último vistazo. Nada.

—Tenemos que irnos —dijo Sam impaciente.

En ese mismo momento, la luz de dos faros se deslizó por el techo de la habitación y luego oyeron el motor de un coche.

Anna se quedó sin respiración.

—Viene alguien —dijo.

6

Kate se había ido a casa por unas calles cada vez más heladas. Por el camino, había tratado de contactar con Caleb Hale dos veces, pero no atendía el móvil. Se detuvo y le escribió un mensaje por WhatsApp: «Por favor, llámeme. ¡Tengo una noticia importante!».

Pero, por el momento, Caleb todavía no había leído el mensaje. Intentó de nuevo telefonearlo. En vano.

«¿Qué estará haciendo?», se preguntó irritada.

Consiguió, no sin esfuerzo, llevar el árbol de Navidad a la sala de estar y lo fijó al soporte. Sacó la caja con los adornos del armario del que antes había sido el dormitorio de sus padres y colgó las bolas y unas figurillas, pero lo hizo de forma mecánica y ensimismada. No dejaba de pensar en Sophia Lewis y en que Caleb tenía que enterarse. Lo antes posible.

Por fin sonó su móvil y ya esperaba que fuera él quien la llamara, pero se trataba de Pamela.

—Mi último acto oficial antes de Navidad —dijo—. Han encontrado el coche de Logan Awbrey. No muy lejos de su casa. En los alrededores de Scalby.

—Lo que significaría que todavía está en los alrededores —repuso Kate—. ¿Cómo lo han encontrado?

—Un vecino ha llamado a la comisaría. El coche estaba bloqueando una parte del acceso a su casa. Todavía podía entrar y salir, pero con mucho esfuerzo. Como seguía ahí durante tanto tiempo, nos ha avisado.

—¿Desde cuándo está? —preguntó Kate.

—El hombre se dio cuenta el sábado por la mañana, cuando salió a comprar. El viernes por la noche todavía no estaba, pues su esposa y él regresaron de una fiesta de Navidad y pudieron entrar sin ningún problema.

—Así pues, estaba en esa zona al menos la noche del viernes al sábado y el sábado por la mañana. Desde entonces tiene que haberse desplazado con transportes públicos, lo que es arriesgado porque su cara ha aparecido en los periódicos. En este sentido, sospecho más bien que está escondido en algún sitio.

—Sí, hay un buen número de casas de vacaciones vacías en esta época del año —convino Pamela—. Ya entró una vez en una. Naturalmente, también podría haber robado un coche, pero por el momento nadie ha dado aviso. Además, tenía vacío el depósito, rodó con las últimas gotas de gasolina a ese lugar donde aparcar. O bien no tiene nada de dinero o no se aventura a ir a una gasolinera.

—Su situación se irá complicando —murmuró Kate.

—No va a aguantar mucho más tiempo —le dio la razón Pamela—. No, si no lo ayudan. Es de esta zona. A lo mejor todavía tiene contactos.

—Lo buscan como sospechoso de asesinato. Para la mayoría de los conocidos, la amistad se acaba ahí —señaló Kate.

—Esperemos que sea así —afirmó Pamela—. La mantendré al corriente. Y ahora, definitivamente: feliz Navidad, sargento. Nos vemos el viernes por la mañana en el despacho. A partir del viernes por la tarde libro. Me voy de viaje el fin de semana.

Era extraño que no se marchase de viaje durante las Navidades. Pero, por supuesto, no le correspondía a Kate plantearle una pregunta al respecto.

—Feliz Navidad —dijo en cambio—. Hasta el viernes. —Concluyeron la conversación y justo después intentó llamar a Caleb. De nuevo nadie respondió.

«Es posible que trabaje hoy —pensó—, y que no oiga la llamada en el pub».

Fuera ya había oscurecido. Las cuatro y media. Todavía tenía tiempo antes de acudir a la cita con Burt Gilligan en Gianni's.

—Tengo que volver a salir —le dijo a Messy—. ¡Hasta luego!

La gata dormitaba tranquilamente en el sofá y la miró brevemente con un ojo. Kate le dejó la luz encendida y se marchó.

Casi se cayó dos veces en el breve trayecto al coche. El suelo estaba realmente resbaladizo y en realidad debería quedarse en casa. Más tarde, el camino al restaurante sería muy difícil. Tendría que conducir con mucho cuidado.

Ya había camiones esparciendo arena y el descenso al puerto fue mejor de lo que había pensado. Delante del Sailor's Inn había aparcados varios coches, pero después de buscar un poco encontró un aparcamiento. Ya desde fuera oyó que había jaleo en el pub. Mucha gente salía el 24 de diciembre y festejaban alegres; el 25 de diciembre sería más sosegado. Kate solía pasar ambos días en casa.

En el pub hacía mucho calor, estaba abarrotado y había mucho ruido. Sonaba música navideña por un altavoz. La mayoría de la gente llevaba sombreros de papel e iba bastante bebida. Reinaba una atmósfera alegre y relajada. Kate se abrió paso entre la multitud en dirección a la barra. Alguien la cogió del brazo y le preguntó si no quería unirse a la fiesta, pero ella se soltó. Solo quería encontrar a Caleb. Retirarse con él a un rincón tranquilo y contarle lo de Sophia Lewis. Ardía en deseos de ver su cara.

Caleb no estaba en la barra, pero, al cabo de un rato, Kate logró que el barman, que casi no podía servir tantos pedidos, le prestara atención.

—¡Caleb Hale! —Tuvo que gritar para hacerse oír por encima del ruido de las voces y la música—. ¿Está por algún lado?

La expresión del joven tras la barra se ensombreció al momento.

—¿Hale? ¿Es usted amiga suya?

—Sí.

—¡Pues le dice que ya puede alegrarse si conserva el trabajo! Estoy más que cabreado con él. ¡Que se entere!

—¿Cómo es eso? ¿Qué es lo que ha pasado?

El barman acercó su rostro al de Kate. Ella podía olerle el aliento. Vainilla. Nada típico en ese lugar.

—Esta noche tengo que hacer yo su puto trabajo, esto es lo que pasa. No ha aparecido y el jefe ha acabado llamándome. Ya ve cómo está esto. Yo hoy libraba, ahora estaría en casa con la mujer y los hijos. Mi esposa está rabiando y a mí me esperan unas Navidades de mierda. Porque Hale…, ni idea. Debe de estar sobando, borracho o se ha tirado al mar. Esto último sería lo mejor.

No cabía duda de que el joven estaba enfadado.

Kate empezaba a preocuparse. Nunca había visto que Caleb Hale se olvidara de sus obligaciones, pese a todos los problemas con los que cargaba.

—¿Sabe por casualidad su nueva dirección? —preguntó.

El barman la miró con desconfianza.

—Pensaba que lo conocía.

—Sí, pero acaba de mudarse. Queen's Parade. Y no sé el número.

—Yo tampoco —dijo el barman, y la dejó plantada.

Encontró la casa en Queen's Parade porque reconoció el coche que estaba delante. El coche de Caleb. Estaba mal aparcado, una de las ruedas de atrás colgaba entre el bordillo y la calle y parecía que no iba a durar mucho más tiempo intacto. Kate se detuvo justo detrás y alzó la vista a la fachada del edificio. En el segundo piso había luz, todas las demás ventanas estaban a oscuras. Esperaba que se tratase del nuevo apartamento de Caleb. Por lo menos, estaría en casa.

Los demás pisos parecían vacíos, al menos Kate distinguió a la luz de las farolas que no había muebles en las habitaciones que daban a las ventanas. Una de estas tenía el cristal con una fea raja. Todo el edificio daba la impresión de estar muy hecho polvo, pero era evidente que Caleb no ganaba demasiado con su trabajo en el bar. No podía permitirse algo mejor que eso.

Bastaba con empujar la puerta del edificio y Kate entró en la escalera. Pulsó el interruptor esperando que la luz no funcionara, pero se llevó una grata sorpresa: por todas partes brillaban lamparitas iluminando la bonita escalera de madera con la barandilla tallada y el estuco en el techo. Kate recordó que los edificios a lo largo de Queen's Parade habían sido en su tiempo muy impresionantes, construidos con esmero y en una hermosa ubicación con maravillosas vistas al mar. Pero la recesión y el aumento del desempleo habían tenido graves consecuencias en el norte de Inglaterra y Scarborough no había salido indemne. No había muchos inquilinos que todavía pudieran pagar y los propietarios de los pisos dejaban de invertir en su conservación. Los edificios, en el pasado tan bonitos, se desmoronaban. Todavía se apreciaba el resplandor de otros tiempos, pero tras tanta sordidez provocaban ahora tristeza, como algo que ha pasado y nunca más volverá.

Kate subió la escalera hasta el segundo piso. Había cuatro puertas en el rellano con un bonito suelo entarimado y Kate suponía que el suyo debía de ser el del extremo de la izquierda. Si las ventanas que había visto iluminadas eran las de Caleb.

Había un timbre, pero ninguna placa con el nombre, así que se aventuró a pulsar el botón. Solo unos pocos segundos después, la puerta se abrió. Delante de ella estaba Caleb.

Se sintió tan aliviada que casi se le anegaron los ojos de lágrimas.

—Ay, gracias a Dios. Por fin lo encuentro. ¿Nunca mira los mensajes del buzón de voz?

Caleb llevaba tejanos, una camiseta que alguna vez había

sido blanca e iba descalzo. Se diría que era una persona que estaba amueblando su nueva casa y se iba moviendo entre cajas y muebles en medio de las habitaciones.

Parecía sobrio.

Kate dio gracias al cielo. No había faltado al trabajo porque estaba tirado en un rincón borracho como una cuba, sino porque se le había olvidado mientras ponía orden en la casa.

—¿El buzón? —preguntó como si tuviera que pensar a qué se refería Kate con esa palabra—. Ah, sí, no he oído el móvil en todo el día. Para serle sincero no sé ni dónde está. Aquí reina el caos. ¿Quiere entrar a pesar de todo?

—Será un placer. Hay novedades. —Kate entró en el minúsculo recibidor en el que se apilaban las cajas hasta el techo. Menos mal que estaba muy delgada, de lo contrario no habría podido pasar entre ellas—. Vaya. Todavía queda mucho por hacer aquí, ¿no?

—Es una catástrofe. Enseguida lo comprobará. Voy delante. —Caleb se abrió camino entre las cajas y Kate lo siguió—. Antes, esto era una sola vivienda grande. En los años ochenta, a algún arrendador listillo se le ocurrió hacer cuatro apartamentos de ella en los cuales uno apenas tiene sitio. Pero, por otra parte, no podía permitirme algo más grande.

Llegaron a la sala de estar. Al menos eso supuso Kate. Estaba totalmente ocupada con la bonita y gran mesa de Caleb, una elegante pieza en la cocina abierta de la casa en lo alto del acantilado. Para ese apartamento era, como mínimo, tres números demasiado grande. Los cuatro lados quedaban tan pegados a la pared que ni siquiera las sillas cabían. Los encargados de la mudanza las habían dejado encima del tablero de la mesa. Así que la habitación consistía en una única mesa.

—Oh —dijo Kate.

Caleb asintió.

—Todo un reto, ¿verdad? Cuando uno se escurre por el lado izquierdo consigue llegar a la puerta de la cocina, pero no es nada fácil. Y por el otro lado de la habitación se llega al balcón. Desde allí se tiene una vista maravillosa, por la cual me decidí por este apartamento. Pero ahora está demasiado oscuro, el mar se intuye más que se ve. Además, resulta difícil acceder a la puerta del balcón.

—No tomó las medidas antes del traslado — adivinó Kate.

Caleb negó con un gesto.

—Es increíblemente tonto, ¿verdad? No sé cómo, pero ni se me ocurrió la idea. En mi antigua casa, la mesa no parecía tan grande, no dudé de que... —Meneó la cabeza—. Tendré que pedir que se la lleven y comprarme algo más pequeño en Ikea. ¿No necesitará por casualidad una mesa?

—Lamentablemente, es demasiado grande para mi pequeño comedor. Intente venderla. Es realmente bonita.

—Ya veremos —dijo Caleb. Se quedó mirando la mesa, ese trozo de su antigua vida que no encajaba en la nueva, y Kate sospechó que Caleb tomaba conciencia de que la ruptura que había llevado a cabo cuando presentó su dimisión había sido más grande y de mayor alcance de lo que él había previsto. Y que conllevaba muchas más consecuencias que las que había supuesto.

—Estuve en el Sailor's Inn —dijo—. Hoy tenía servicio.

Él resopló.

—Oh, mierda... Se me ha ido totalmente de la cabeza.

—El chico que lo sustituye está muy enfadado.

—Se entiende. Pero no me preocupa. El propietario me está eternamente agradecido por haberlo ayudado cuando él y el bar estaban amenazados y extorsionados por una banda de motoristas. Pasó antes de que yo entrase en Homicidios. Tengo buen rollo con él.

—Qué suerte —dijo Kate. Y luego lo soltó—: Han encontrado a Sophia Lewis. He venido por eso.

Estaban sentados cada uno sobre una caja en el abarrotado vestíbulo de entrada, bajo la luz cegadora e inmisericorde de una bombilla que caía del techo y que habría servido como lámpara de una sala de interrogatorios en lo que antes fue el bloque del Este.

Kate le había contado toda la historia y Caleb la había escuchado sin dar crédito y luego había conseguido llegar hasta la cocina y regresar con dos vasos y una botella de whisky. Habían buscado en vano un sitio donde sentarse y al final habían cogido dos cajas llenas de libros de una pila y se habían sentado uno junto al otro bajo la horrorosa lámpara. Caleb llenó los dos vasos hasta el borde y puso uno en la mano de Kate. Ella pensó que todavía tenía que conducir, pero acabó vaciando el vaso de un trago, pues también ella tenía la impresión de necesitar algo para calmar sus nervios.

Después se sintió algo rara.

Daba igual.

Sabía que Caleb se había hundido con el caso de Sophia Lewis. Y eso pese a que ni siquiera estaba bajo su responsabilidad. El destino incierto de Sophia y la cuestión de hasta qué punto Kate y Caleb no habían cometido un error fatal no habían sido las únicas razones de que se retirase de la policía, pero sí la gota que había colmado el vaso. Después, Caleb había perdido el valor y, lo que todavía pesaba más, la confianza en sus propias habilidades. Ya no se sentía capaz de asumir la responsabilidad que exigía su profesión. Los errores que él cometía podían tener fatales consecuencias para otras personas. Caleb atribuía su alcoholismo a la presión laboral.

—No podríamos haberla salvado —concluyó Kate—. Fuera

lo que fuese lo que hubiésemos hecho, lo que hubiésemos decidido. Ya estaba muerta. No la habríamos salvado.

—Me pregunto por qué lo hizo —dijo Caleb. Estaba mirando su vaso de whisky como si pudiera encontrar la respuesta en él—. Ian Slade. ¿Por qué le disparó? ¿Un acto de piedad? ¿Era menos brutal que enterrarla viva?

Kate recordó a Ian Slade. En sus muchos años de servicio como policía, nunca se había encontrado con alguien tan perverso. Ian Slade era sobrecogedor. En sus ojos no había nada más que una frialdad total.

—Creo que quería verla morir —dijo Kate—. Lo necesitaba. Quería causar su muerte de forma activa, determinar el momento en que fallecería. Enterrar a Sophia en algún lugar en el bosque, a merced de su destino, habría significado en su mente perversa una pérdida de poder. Él quería ser su destino hasta el último segundo. Para ello se dejó llevar incluso por un acto de piedad.

—Increíble —murmuró Caleb—. Increíble.

No parecía liberado. Kate tampoco se lo esperaba. Las heridas eran demasiado profundas, no se curaban en el transcurso de unos pocos minutos.

Ambos callaron, llenaron una vez más sus vasos y los vaciaron. Kate apenas había comido ese día. Ya ahora era incapaz de coger el volante.

«Mierda», pensó con la mente difusa.

En el fondo, no había más que decir. Los dos deberían interiorizar durante los siguientes días y semanas que los habían liberado de una culpa, pero la rueda de los acontecimientos no daría marcha atrás: Kate se despediría de cualquier esperanza de que la promocionaran durante los próximos años. Y Caleb no volvería a ejercer su profesión. Había dado un paso irrevocable. Ambos deberían seguir viviendo con las consecuencias de lo que había ocurrido ese verano.

Al final, Kate dijo:

—Debería marcharme ahora. Solo quería comunicarle esta noticia.

Caleb se estremeció.

—No. Pero favor, no se vaya ahora. Creo, creo que... —miró el caos que lo rodeaba—, creo que me volveré loco.

—Debería comer algo —dijo Kate—. ¿Se puede cocinar en la cocina?

—En realidad no. También allí hay cajas por todas partes. Tengo demasiadas cosas para este piso.

—Voy a echar un vistazo —repuso Kate y se levantó. Al instante se sintió mareada. Algo vacilante, se deslizó junto a la mesa hacia la cocina. Era cierto que las cajas se apilaban sobre los hornillos, la nevera y las superficies de trabajo. Pese a ello, pudo abrir la puerta del frigorífico, al menos una rendija. En el interior reinaba un vacío absoluto, salvo por un vaso de yogur. Kate lo sacó y comprobó que ya hacía seis semanas que había caducado. Iba a tirarlo, pero también sobre los cubos de la basura había cajas. Puesto que todo el espacio de la sala de estar se hallaba ocupado por la mesa y no había ni armarios ni estanterías, Caleb tampoco tenía la posibilidad de desempaquetar el contenido de las cajas.

Volvió al recibidor, donde él contemplaba sombrío la botella de whisky.

—Caleb, tiene..., tiene que deshacerse cuanto antes de la mesa. De lo contrario no podrá avanzar aquí.

—Por desgracia estamos en Navidad —musitó Caleb—. Hasta que alguien pueda llevársela, pasará un tiempo.

—¿Hay otra habitación más? Tiene que sacar las cajas de la cocina para poder cocinar. O al menos hacerse un café.

—El dormitorio. Pero... —Se levantó—. Compruébelo usted misma.

Al dormitorio se llegaba por una segunda puerta que salía del recibidor. Kate enseguida retrocedió: la habitación no tenía mejor aspecto que la sala contigua. Pero en lugar de estar completamente ocupada por una mesa, lo estaba por una cama. No había ningún sitio para nada más. Apoyadas en la pared había un par de estanterías altas y delgadas pintadas de blanco.

—¿El armario para la ropa?

—Sí. Que no puedo montar porque no tengo espacio. —Se encogió resignado de hombros—. Por lo demás, solo queda el baño. Pero también está lleno de cajas.

—Realmente, todo esto está complicado, por el momento —opinó Kate. Le costaba concentrarse. No solía beber mucho alcohol, no estaba acostumbrada—. ¿Quiere venir a mi casa durante esta Navidad?

Él negó con la cabeza.

—No, tengo que apañármelas aquí.

Estaban uno al lado del otro observando la cama sobredimensionada que seguramente había parecido normal y no había llamado la atención en la casa antigua, como la mesa, y que ahora creaba desasosiego en el ocupante del apartamento. Kate sabía que ese terreno siempre había sido problemático en la vida de Caleb. Relaciones sentimentales rápidas, cortas e intensas con muchachas jóvenes. Nada que permaneciera. Nada que lo liberase de su soledad. Para ello tenía el alcohol.

—A…, a lo mejor debería ir al Sailor's Inn —señaló—. Allí estará con gente.

—Eso es justo lo que no quiero —dijo él—. Quiero estar aquí, pero no solo.

—Caleb…

Dejó el vaso y se volvió hacia ella. Algo en su mirada había cambiado.

—¿Te quedas aquí esta noche? —susurró.

7

Era Dalina, quien se detuvo delante de la casa, junto al coche de Sam, y bajó del suyo. Anna y Sam lo vieron desde la ventana de arriba.

—Mierda —musitó Sam—, ¿qué querrá ahora?

Anna sabía que a él no le gustaba Dalina. Se había cruzado con ella un par de veces cuando había ido a recoger a Anna y en una ocasión Dalina los había invitado a cenar a los dos. El tema principal de esa noche había sido la propia Dalina. Había hablado tanto de sí misma y de sus éxitos que no se había dado cuenta de que ni Anna ni Sam habían pronunciado palabra y habían acabado comiendo en silencio. Sam no había parado de consultar discretamente el reloj para poder marcharse cuando lo permitiera la buena educación. Más tarde había dicho que había sido la peor velada de su vida y que ahora entendía por qué Anna iba tan a disgusto a la agencia.

—¿Y eres amiga de esa mujer desde la adolescencia? —había preguntado incrédulo.

Anna había asentido con tristeza.

—Sí. Era tan... fuerte. Junto a ella me sentía segura. Se experimentaban cosas estupendas. No dejaba que nadie le dijera lo que tenía que hacer. Era, sencillamente, como... yo siempre habría deseado ser.

—Es una egocéntrica insoportable —había contestado Sam—. Una narcisista de la cabeza a los pies. Lo que tú consideras su fortaleza es en realidad la expresión de un trastorno. Y a medida que se haga mayor irá empeorando, seguro.

A ella le habría gustado creer que Sam exageraba, pero por desgracia decía lo que Anna pensaba. Y esto la hacía sentirse todavía más como una pobre desgraciada. Solo una persona débil era amiga de alguien como Dalina. Y solo una persona que no tuviera ninguna otra posibilidad trabajaría con ella.

—Tampoco sé lo que quiere —dijo—. Pero me temo que tenemos que abrir. Nuestros coches están en la explanada.

—Y más vale que no mire en el interior del mío —murmuró Sam. Estaba aún más estresado que antes. Seguro que se arrepentía en ese instante de casi todos los momentos del día.

Dalina golpeó con fuerza la puerta y Anna corrió escaleras abajo para abrir. Echó un rápido vistazo más al pasillo: todo en orden. Lo había limpiado minuciosamente.

En cuanto Anna abrió, Dalina se deslizó al interior.

—Dios mío, qué frío hace fuera. Qué húmedo y desagradable está el día. ¡Las carreteras están cubiertas de hielo! —Se sacudió y luego constató—: Pero aquí dentro no se está mucho mejor. ¿No has encendido la estufa? ¿Por qué hace tanto frío aquí? ¿Dónde está Sam? He visto su coche fuera.

Típico de Dalina. Disparaba una pregunta tras otra sin dejar que el otro hablase.

Cuando se calló, Anna dijo:

—Se ha roto una ventana de la sala de estar. No tiene ningún sentido encender la estufa. Y Sam está arriba.

Sam bajaba en ese momento por la escalera.

—Hola, Dalina —saludó.

—Ah, hola, Sam. Acabo de pasar por tu casa porque pensaba que estaríais allí. Pero no había nadie, así que he venido aquí. ¿Vais a pasar aquí las Navidades con este frío?

—Volvemos a mi casa —respondió Sam—. Anna había olvidado una cosa.

—Ah, vale, entiendo. Quería darle un regalo a Anna y desearos a los dos una feliz Navidad. —Dalina rebuscó en el bolso que llevaba al hombro y sacó un paquetito algo arrugado que tendió a Anna—. Toma. Una tontería. Para ti.

Anna cogió el regalo y sonrió apurada.

—Oh, muchas gracias. Qué pena, mi regalo para ti está en casa de Sam.

—Ya me lo darás más tarde. O ¿qué tal si vamos todos a casa de Sam y nos tomamos una copa de vino juntos? —Incluso para la forma de ser de Dalina, invitarse en casa de otra persona el 24 de diciembre por la noche era una insolencia. Anna sospechó que esa había sido su intención desde un principio. De ahí el regalo. Dalina estaba sola. Y al parecer solo había pensado en recurrir a Anna y Sam.

Pero lamentablemente ellos no iban directos a casa. Todavía tenían que quitarse el muerto de encima.

—No te lo tomes a mal, Dalina, pero no puedo beber una copa de vino con nadie —dijo Anna—. Me duele la cabeza y tengo la sensación de que me he resfriado. Me gustaría meterme en la cama.

Dalina la miró suspicaz.

—¡Pues no tienes pinta de estar enferma!

—Me siento enferma.

—Pues nada, era solo una idea. —Dalina parecía molesta, pero entendió que no iba a conseguir nada—. Bien, entonces, ¡que tengáis una feliz Navidad!

—Feliz Navidad —dijo Sam. Abrió la puerta de la casa—. Te acompaño fuera.

Anna vio que iba con Dalina hasta su coche, desplazándose siempre entre la visitante y su propio vehículo. Consiguió, en efecto, mantener a distancia a Dalina.

Cuando ella hubo subido al vehículo y se hubo marchado, se metió corriendo en casa. Todavía seguía lloviendo y tenía el rostro mojado.

—Deberíamos darnos prisa. Antes de que aparezca más gente por aquí. No quiero que ese Logan esté más tiempo en mi coche.

Recorrieron los altos pantanos a la luz crepuscular por las carreteras rurales más estrechas y apartadas que pudieron encontrar y, cuando pasó una hora sin que se cruzaran con ningún coche, se atrevieron a detenerse. Resbalaron un par de veces y se quedaron sin respiración: un accidente era justo lo que ahora no debía sucederles. Anna, que estaba acurrucada en un rincón del asiento trasero, había estado controlando su móvil y había comprobado que había tramos en que no tenían cobertura. Si les sucedía algo, no tendrían solo un problema con el cadáver en el coche, sino que tampoco podrían pedir ayuda para sí mismos por teléfono. Una noche en coche, a temperaturas bajo cero y en compañía del cadáver de Logan: Anna no hubiera podido imaginarse algo más horroroso.

—Por otra parte, esto nos da algo de seguridad —opinó Sam—. Salvo nosotros, no hay nadie tan loco como para andar por aquí.

El lugar en el que se habían detenido parecía el indicado. La carretera se ensanchaba un poco para que los vehículos que circulaban en sentido contrario dispusieran de sitio para pasar. A derecha e izquierda se extendían unos prados, pero, ahí donde Sam estaba aparcado, había una profunda pendiente hacia abajo.

—¿Y si lo dejamos caer rodando por aquí? —preguntó Sam.

—No sé —contestó Anna indecisa.

Sam bajó, dio la vuelta al coche y alumbró con la linterna la pendiente.

—Matorrales —dijo—. Ahí abajo hay muchos matorrales. No creo que nadie lo encuentre.

También Anna se bajó del coche. Tiritaba a causa del frío y la humedad. De la oscuridad y el silencio. Del espanto que se había apoderado de su vida.

Observó la pendiente iluminada por la luz de la linterna. Vio la maleza baja, revuelta por el viento, que se apelotonaba en una concavidad.

—Es bastante plano —opinó—. Ahí no acabará de desaparecer del todo, ¿no?

—Yo creo que sí. ¿Y quién va a verlo? En esta época del año no hay quien aguante por aquí. La pendiente es demasiado escarpada para bajar por ella. Y hasta que llegue el verano... —Se calló. Anna intuyó lo que había querido decir: para cuando llegara el verano quizá ya no quedara demasiado de Logan.

—Todo esto es una locura —dijo Anna.

Sam volvió la cara hacia ella. Ella distinguió sus ojos. Estaba iracundo.

—Sí —dijo indignado—, por supuesto que es una locura. Lo único razonable habría sido avisar a la policía. Pero tú casi pierdes la cabeza solo de pensarlo.

—Lo sé. Yo...

—Y, ahora —dijo Sam—, acabemos con este asunto. Cualquier otra cosa plantearía preguntas que no podemos responder. Hemos ido demasiado lejos, Anna. Es imposible dar marcha atrás.

Ella asintió. Sam tenía razón. Ahora sería peor que si hubiesen dicho algo enseguida. Y entonces ya habría sido bastante malo.

—Ayúdame —dijo Sam, volviendo al coche.

Sacar del vehículo el cadáver envuelto en una manta consumió sus últimas fuerzas. O bien Logan pesaba cada vez más o ellos estaban cada vez más débiles. Era casi como si Logan se resistiera a que lo sacaran al aire libre y se deshicieran de él en unos matorrales de los pantanos de Yorkshire.

«Tampoco te lo mereces —pensó Anna—, algo así no debería estar pasando».

Cuando por fin lo sacaron del vehículo, lo empujaron rodando al borde de la pendiente. Lo desenvolvieron de la manta porque Sam tenía miedo de que esta llamara la atención.

—Es grande y de un color claro —señaló—. A lo mejor despierta la curiosidad de alguien.

Logan iba vestido con unos vaqueros oscuros y un jersey negro. Sam opinaba que se confundiría con el entorno.

Hicieron una breve búsqueda del móvil, pero no lo encontraron.

«¿Lo habrá cogido el asesino?», se preguntó Anna angustiada. Ahí estaban registradas sus llamadas. Le resultaba desagradable pensar que de ese modo quedaba registrado el vínculo entre los dos.

Empujaron a Logan por encima del borde. Bajó rodando por la pendiente y desapareció de su vista. Sam iluminó con la linterna.

—Ha quedado atrapado en los matorrales. Se ha quedado arriba.

Por qué ese hombre tan grande y pesado no había rodado a través de las matas y quedado oculto por sus ramas era un enigma, pero era cierto que yacía a la vista.

—¡Mierda! —Sam le dio la linterna a Anna—. Ilumíname el camino. Voy a bajar.

—Pero es demasiado peligroso, tú…

—¿Tienes una idea mejor? —le berreó.

Ella no se atrevió a decir nada más. Sam estaba iracundo. Y ella lo entendía.

Bajar era demasiado decir, Sam resbalaba sin dominar el descenso. Entre los restos de nieve, la hierba mojada y la tierra empapada, sus pies no encontraban apoyo. En muy poco tiempo estuvo abajo y allí tiró de Logan por todas partes. Las ramas de los matorrales planos resultaban sorprendentemente resistentes, reteniendo el cadáver de Logan con la misma firmeza que una hamaca bien tejida. Anna sostenía todo el tiempo la linterna, pese a que tenía las manos tan congeladas que casi no las sentía. Se había olvidado de los guantes. Y de una bufanda. De una gorra. Una lluvia gélida caía sobre ella sin compasión.

«Resiste —se susurraba—, tienes que resistir».

Sam por fin logró arrastrar a Logan tan abajo entre los matorrales que desde arriba no se lo veía. Al menos no se reconocía que lo que había allí abajo era un ser humano. Anna ignoraba si sucedería lo mismo a la luz del día. Solo cabía esperar que no encontraran a Logan. Y, si lo encontraban, que nadie encontrara una pista que seguir.

Sam se preparó para el ascenso, lo que se convirtió en algo sumamente difícil. Una y otra vez perdía el sostén en el suelo enfangado y volvía a resbalar y retroceder un buen trozo. Para subir, intentaba agarrarse a hierbas, zarcillos o rocas, pero solían ceder o se le escurrían entre los dedos. Anna lo oía jadear. Debía de estar al límite de sus fuerzas. Además de miedo, frío y horror sentía un intenso sentimiento de culpabilidad: no tendría que haberlo involucrado nunca en esa historia.

Cuando por fin llegó arriba, cayó al suelo y se quedó unos segundos sobre la tierra fría. Respiraba con dificultad. Trató de levantarse dos veces, pero volvió a caer. Cuando por fin se puso en pie, solo dijo:

—Vámonos de aquí.

Anna conducía porque Sam estaba demasiado débil. Se sentía un poco más liberada porque ya no había ningún muerto en el coche. Sin embargo, era consciente de que no habían acabado con esa historia. Sam querría saber por qué tenía tanto miedo de la policía. Exigiría una explicación por todo lo ocurrido. ¿Y qué iba a contarle ella?

Después de tirar detrás de un seto la manta empapada de sangre que había envuelto a Logan, se fueron directos al apartamento de Sam. Por acuerdo tácito, habían decidido dejar el árbol de Navidad detrás de la casa de Anna, ya que ninguno de los dos tenía fuerzas para hacer nada y menos aún transportar un abeto enorme. Llegados al apartamento, Sam se metió de inmediato en el baño y se dio una ducha caliente. Cuando salió, Anna descubrió los arañazos en las mejillas y los profundos y ensangrentados rasguños en manos y brazos que había causado su batalla con las ramas llenas de espinas de los arbustos. Estaba muerto de cansancio.

—Dos personas asesinadas —dijo—. Diane y ese Logan. Hay un vínculo, tú lo conoces y te da miedo. Anna, ahora estoy sin fuerzas, pero mañana temprano quiero saberlo todo. ¿Entendido? Era lo pactado y quiero que me lo expliques.

Ella asintió.

Miércoles, 25 de diciembre

1

Se despertó y por un momento no supo dónde estaba ni qué había ocurrido, pero ese piadoso estupor solo duró un par de segundos. Luego lo acontecido se desplegó con toda claridad ante sus ojos, se sentó de golpe y tomó aire.

Estaba en la cama de Caleb.

Al otro lado de la ventana reinaba una profunda oscuridad y pensó que todavía era de noche, pero encontró su móvil en el suelo casi debajo de la cama y la pantalla le indicó que ya hacía tiempo que había empezado el nuevo día. Eran las seis y media. De la mañana de Navidad.

Percibió una respiración regular a su lado. Sus ojos se habían acostumbrado tanto a la penumbra que logró distinguir a Caleb. Estaba boca arriba, con los brazos detrás de la cabeza, en un gesto de rendición y de total confianza. Dormía profundamente.

Kate sentía un ligero dolor de cabeza y recordó haber tomado el whisky demasiado deprisa y además con el estómago casi vacío. No era como si no pudiese acordarse de todo lo sucedido por la noche, pero le resultaba un poco difuso. Solo de ese modo podía haber pasado…

Habían dormido juntos. Ella y Caleb.

Si a algo en su vida ella habría atribuido el concepto de «en vano» habría sido a esto: esperar que Caleb viera algún día en ella algo más que una compañera de trabajo cualificada, una persona que significaba algo para él, que le importaba.

La esperanza de que podía llegar a ser para él una mujer a quien desear.

Y eso había sucedido. Si le preguntaran a Kate cómo se había sentido, ella habría contestado: «Han sido las mejores horas de mi vida». Pero, al mismo tiempo, estaba demasiado asustada, simplemente. De sí misma y de Caleb. Porque ambos habían cedido a un estado de ánimo momentáneo y antes habían bebido mucho y porque ella sabía perfectamente que Caleb lo lamentaría y que el arrepentimiento sería el más suave de sus sentimientos. Él temería, sobre todo, que Kate lo malinterpretase, que esperase más, que supusiera que había un sentimiento auténtico en donde por su parte había soledad, miedo al futuro y dudas sobre sí mismo. Había utilizado a una persona la noche anterior. Kate no se hacía ilusiones: él habría intentado llevarse a la cama a cualquier mujer que, por la razón que fuera, se hubiese asomado al espantoso nuevo apartamento. Y, en casi todos los casos imaginables, Caleb habría salido victorioso.

Tenía que marcharse. Lo antes posible y sobre todo antes de que él despertase. No quería ver en sus ojos cómo brotaba el miedo, no quería oír el balbuceo con el que él trataría de explicarle que esa noche no habían sentado las bases de una relación seria. Ella lo sabía, pero no quería oírselo decir. No del modo en que él se lo diría. Porque ella le caía bien. Porque seguro que no quería hacerle daño.

Sería una situación insoportable.

Haciendo el menor ruido posible tanteó el suelo, junto a la cama, donde había encontrado el móvil, y consiguió recoger algunas prendas que esperaba que fueran suyas. Con ellas corrió al baño. Renunció a ducharse. Por una parte, para no hacer ruido, y, por la otra, porque habría tenido que sacar del cuarto de baño varias cajas. Al menos había recuperado toda su ropa y se vistió en un abrir y cerrar de ojos. Se miró el rostro en el espejo: se la veía aturdida, pero no tan cansada ni hinchada como solía estarlo por la mañana temprano. En cierto modo... estaba fresca y despierta.

—Diosmíodiosmíodiosmío —musitó y no pudo evitar sonreír. Sentía el cuerpo como si se fundiera y el corazón también, y precisamente allí estaba el peligro.

«Déjate de tonterías», se ordenó.

No encontró ni peine ni cepillo, así que se desenredó el cabello más mal que bien con los dedos. Luego salió del baño. Con la linterna del móvil alumbró el camino a través del laberinto de cajas apiladas hasta llegar a la puerta del piso. Inspiró hondo cuando salió.

Al parecer, Caleb no se había dado cuenta de nada.

El parabrisas del coche estaba helado, perdió unos preciosos diez minutos rascando el hielo. Era una mañana perfectamente tranquila. Salvo por las gaviotas en un cielo que empezaba a desprenderse con lentitud de la oscuridad. Y salvo por el leve suspiro con que las olas del mar resbalaban por la arena. No brillaba ninguna lámpara en las casas de alrededor. Una mañana de Navidad que todavía no había empezado.

Recorrió las calles desiertas y reflexionó sobre lo que sentía. Una mezcla de incredulidad y sorpresa. Alegría también, en cierto modo. Al menos, no se sentía desdichada.

—No sé, simplemente —confesó a la imagen del espejo retrovisor.

Justo en el momento en que tomaba el camino de acceso para llegar a su casa, se acordó de repente de Burt Gilligan.

Mierda, se había olvidado completamente de él. Había llegado a las ocho a Gianni's y seguro que la había esperado una eternidad. Blanco de las miradas compasivas de los camareros. Kate, que había experimentado varias veces en su propia carne que le dieran un plantón, sabía lo horrible que era. Le parecía imposible no presentarse a una cita sin excusarse, y siempre se había asegurado de no cometer ese error con nadie. Y ahora le había ocurrido. Así de simple.

«Tú estás mal de la cabeza», se dijo.

No conocía el número de teléfono de Burt ni él tenía el suyo, lo que no facilitaba las cosas. Tampoco sabía dónde vivía. Como participante del curso en el que había estado Diane, sus datos personales seguro que se hallaban en la comisaría.

«Más tarde —pensó—, más tarde me ocuparé de eso».

Abrió la puerta. Messy se acercó a ella con unos sonoros maullidos. Kate se arrodilló y la acarició.

—Feliz Navidad, Messy —dijo—, y perdona. Mi vida está hecha un lío.

En la sala de estar encendió las velas del árbol de Navidad y aumentó la temperatura de la calefacción. Fue a la cocina y llenó los cuencos de Messy y se hizo un café. Con la taza se dirigió al baño, se desnudó, se miró el cuerpo en el espejo y volvió a sonreír.

«Por el amor de Dios —se dijo—, no te enamores».

Tomó una ducha larga y caliente, luego se puso ropa limpia. Con el cabello todavía húmedo volvió al piso inferior. La casa estaba cálida y acogedora. Por lo general solía percibirla como el rincón de su soledad, pero esa mañana esa sensación había desaparecido por completo.

Y encima no sentía esa habitual frustración navideña.

De hecho, todas las señales de alarma se encendieron.

Tenía que hacer algo útil y no pensar, a ser posible, ni en la noche pasada ni en Caleb. Tenía que ponerse cuanto antes en contacto con Burt y disculparse. Naturalmente, no podía contarle la verdad. ¿No se le había puesto en marcha el coche? ¿Había tenido una avería con la helada? Entonces, podría al menos haber llamado al restaurante e informar al respecto.

Le resultaba simplemente lamentable y terrible, pero esperaba que en el momento decisivo se le ocurriera una idea. Sin embargo, ya podía olvidarse de entablar amistad con Burt. Seguro que no iba a quedar una segunda vez con ella.

Pensó en ir a la comisaría y hurgar en las direcciones, pero luego se arrepintió.

Tendría que conversar con el personal de servicios mínimos y temía que le preguntaran por qué no se quedaba la mañana de Navidad en casa con su familia (¿qué familia?), sino que iba, por lo visto, a trabajar…, y ella no tenía ganas de dar explicaciones. Y mucho menos de decir la verdad.

Al final, decidió ir a casa de Anna. Recordaba que Pamela le había contado que la profesora vivía en Harwood Dale, en el mismo pueblo que Diane Bristow. «Justo en la primera casa cuando se llega a Harwood Dale Road desde Scalby», había dicho Pamela. No debía de ser difícil de encontrar. Lo bueno era que por el momento Anna solo la conocía como participante del curso, no como agente de policía. Le podría contar la mala fortuna que había tenido con Burt —sin mencionar la historia con Caleb— y a lo mejor la invitaba a tomar un té y se enteraba de algo más. Acerca de Diane y su enigmático novio.

Por supuesto, la mañana del día de Navidad no era el mejor momento para una visita sorpresa, pero, si no era oportuna, Anna podría darle rápidamente la dirección de Burt sin invitarla a entrar.

Volvió a ponerse las botas y el abrigo y corrió al coche. Entretanto había clareado un poco. En algunas casas se habían encendido las luces. Por toda la ciudad, los niños esperaban impacientes sus regalos. Más tarde habría una gran comilona y hasta la noche nadie podría moverse. Kate no tenía ni idea de qué iba a comer ese día, no tenía hambre y no estaba triste.

Ese día flotaba. Sí, exactamente así era como se sentía. Como si flotase.

El coche de Anna estaba aparcado delante de la casa, así que seguramente la encontraría allí. Cuando Kate bajó y se plantó justo delante de la construcción destartalada —a la que apenas se podía calificar de casa— pensó que allí todo tenía un aspecto decrépito, provisional, en cierto sentido casi falto de cariño. El barro helado en la explanada, unas cuantas coníferas alrededor. Ni unas macetas con flores plantadas en verano, nada que pudiera uno imaginar como una terraza con un par de muebles de jardín. En el tejado faltaban unas tejas, la pintura de la puerta de la casa estaba desconchada. Las ventanas parecían dejar pasar el viento por todas las ranuras. Alrededor los pájaros gritaban y el paisaje desierto, invernal y oscuro parecía extenderse hasta el infinito. Quizá en verano era más atractivo. Pero seguro que la impresión de que eso era más un refugio que un hogar sería constante.

Anna no parecía estar realmente implicada en esa casa.

«Pero quizá estoy interpretando demasiado», pensó Kate.

Llamó a la puerta, pero nada se movió. Volvió a golpear, esta vez con más fuerza. La puerta se abrió.

Sin embargo, nadie la había abierto. No la habían cerrado con llave y la cerradura estaba tan floja que había saltado con los golpes.

Asomó la cabeza hacia el interior. Hacía un frío de muerte, estaba oscuro y la casa estaba sumida en silencio.

—¿Anna?

No hubo respuesta. Se diría que la casa estaba vacía. El abandono se extendía entre las paredes.

¿Dónde estaba Anna? Burt Gilligan había mencionado que tenía novio. Era posible que estuviese pasando la Navidad con él.

Pero ¿por qué no estaba cerrada la puerta de la casa?

Kate frunció el ceño. Sabía que alguna gente del campo nunca cerraba cuando se marchaba, pero eran más bien personas mayores con una fe en Dios inquebrantable y, que, sorprendentemente, no tenían una mala experiencia.

Pero ¿Anna? No pensaba que ella fuera así.

Kate se retiró de nuevo, cerró la puerta. Rodeó la casa. Atrás había un gran abeto.

Eso era muy extraño, ya que no se trataba de un árbol reseco y sin agujas del que se pudiera considerar que Anna se había librado después de la fiesta de Navidad el pasado año y que se había quedado allí, olvidado. Era un abeto bonito y joven. Tenían que haberlo comprado para ese año. ¿Por qué estaba detrás de la casa? Como si lo hubiesen tirado deprisa y corriendo, como si ya no fuese necesario. ¿Por qué se compraba un árbol tan grande, y seguramente caro, y luego se tiraba de cualquier modo en el jardín?

Kate inspeccionó a su alrededor; su mirada se detuvo en la ventana de la planta baja. Era una ventana con travesaños y en uno de ellos faltaba uno de los pequeños cristales cuadrados. En su lugar se veía un paño o una manta arrugada para impedir que entrara del todo el frío.

Sintió un cosquilleo en todo su cuerpo, una reacción que le resultaba familiar siempre que presentía que algo no andaba bien.

Intentó serenarse: seguro que había muchas razones inocuas. Una de ellas sería que la ventana se había roto por un accidente —no era extraño dado el estado general de esa ruina—, y después Anna y su novio habían decidido ir a celebrar la fiesta a la casa de él. No habían tenido ganas de volver a cargar con el enorme árbol... o a lo mejor el novio ya tenía uno, de todos modos... Y, con las prisas, era de suponer que Anna se había dejado la puerta abierta.

No obstante, Kate decidió entrar en la casa. No estaba autorizada para hacerlo como policía, pero, aunque solo hubiera sido una participante del curso de Anna, lo que era oficialmente, podía echar un vistazo por pura amistad.

Volvió a dar la vuelta a la casa y abrió la puerta.

—¿Anna?

Silencio. Vio un pasillo estrecho junto a cuya pared se alineaban unos zapatos. A la derecha había una cocina. Estaba limpia y bien ordenada, aunque nadie había sacado la basura. Del cubo abierto sobresalían unas latas de conservas y un desagradable olor se extendía por el aire.

Kate llegó al final del pasillo y entró en la sala de estar, una habitación pequeña con un sofá, una mesa con dos sillas y una librería. En uno de los estantes descansaba la fotografía enmarcada de un hombre muy apuesto que sonreía afectuoso a la cámara. Probablemente, era el atractivo novio del que Burt Gilligan se preguntaba cómo era capaz de aguantar a la neurótica Anna.

Kate abrió la puerta de la estufa de hierro fundido del rincón: ceniza fría. Hacía tiempo que nadie la había encendido.

Luego observó el cristal roto, pero no pudo averiguar por qué se había roto. Todavía estaban los bordes dentados, lo que indicaba que se había lanzado algo contra el vidrio, una piedra, una pelota. Algo insólito en ese entorno donde no jugaban niños y tampoco estaba claro por qué iba a deambular alguien lanzando piedras por los campos tan inhóspitos de la parte posterior de la casa.

Sintió de nuevo ese cosquilleo subiéndole por la espalda, los hombros y la nuca. Alguien podía haber roto el cristal con la intención de abrir la ventana. No es que por su aspecto esa casa fuera un imán para ladrones, pero Kate era consciente de que había gente que irrumpía en cualquier sitio para robar diez libras o incluso menos. Algunos hasta asesinaban por una cantidad así. Y Anna vivía muy apartada en ese lugar.

Kate subió la escalera. Arriba había un dormitorio y un baño, los dos diminutos y bajo un techo muy abuhardillado. El dormitorio se veía ordenado a medias, al igual que el baño. Sin embargo, el cesto de la ropa sucia estaba a rebosar, al igual que el cubo de la basura.

Pero el hecho de que no fuera tan pulcra con el cubo de la basura y con la ropa sucia no era un indicio de que algo no funcionara.

¿La ventana rota? ¿La puerta de la casa abierta? ¿El árbol?

Volvió a bajar y abrió la puerta camuflada por el papel pintado de debajo de la escalera. Unos escalones conducían al sótano, pero no se podía bajar porque una alfombra enrollada que se había colocado detrás de la puerta obstaculizaba el paso. Kate pulsó un interruptor. La luz deslumbrante mostraba que la escalera acababa en una habitación cuadrada que en apariencia representaba todo el sótano; en cualquier caso, Kate no descubrió por ningún sitio otra puerta que diera a otro cuarto. Vio una estantería de madera con un par de conservas. Salvo por eso, no había nada que llamara la atención. Olía a moho, nada sorprendente en un sótano sin ventanas.

Kate cerró la puerta y pensó en cómo actuar, entonces sonó su móvil. Esperaba que fuera Caleb y los latidos de su corazón se aceleraron; pero entonces vio en la pantalla que quien llamaba era Pamela. Qué raro, la mañana del 25 de diciembre.

Respondió.

—Sargento Linville. Departamento de investigación criminal, ¿qué sucede?

Pamela parecía estresada.

—Siento llamarla en Navidad, sargento. Espero no haberla sacado de la cama.

En tal caso la habría sacado de la cama de Caleb Hale, lo que Kate habría encontrado realmente divertido al llamarla su jefa. En lugar de ello, se hallaba en la casa de Anna Carter y le iba recorriendo un escalofrío tras otro.

—No, en absoluto. Ya hace tiempo que estoy despierta. —Eso era cierto.

—Sargento, tengo una llamada de los colegas de Yorkshire del Sur. Se ha producido un asesinato en Sheffield. Un anciano en su apartamento. Normalmente, eso no tendría nada que ver con nosotros, pero la víctima se apellidaba Henderson. Como la joven desaparecida, Mila Henderson. Podría tratarse de una coincidencia, pero los vecinos han visto estos últimos días a una muchacha que, al parecer, ha estado viviendo con el fallecido durante una breve temporada. La descripción coincide con Mila Henderson.

—Oh... —exclamó lentamente Kate. Su mal presentimiento en relación con el caso Mila Henderson parecía confirmarse.

—Los colegas de Sheffield están intentando aclarar si el difunto James Henderson es un pariente de Mila —prosiguió Pamela—. Si se confirma, podríamos suponer sin temor a equivocarnos que ha pasado los últimos días con él. Que lo hayan asesinado hace que el caso sea muy delicado. Resulta más que dudoso que estemos buscando a una mujer que se ha limitado simplemente a no cumplir con sus obligaciones y que ahora no se atreve a volver a casa.

—Eso me temo yo también —convino Kate. «Ya hace tiempo que me temo que aquí hay algo más», pensó, pero no lo dijo.

—Me gustaría ver yo misma el escenario del crimen —dijo Pamela—. ¿Tendría tiempo de acompañarme a Sheffield?

Puesto que no parecía que Caleb tuviera intención de abrumarla con sus llamadas y pedirle que pasara el día de Navidad con él, podía ir a trabajar sin el menor problema. Tal vez fuera lo mejor.

—Sí, claro —respondió.

2

Habían ahogado a James Henderson en una palangana de plástico, una muerte horrible de la cual el anciano e inválido hombre no había podido escapar. La palangana, todavía medio llena de agua, estaba en la cocina y el cadáver al lado. Los agentes de la policía de Yorkshire del Sur no habían cambiado nada en el escenario del crimen, pero el médico forense ya había estudiado el cuerpo sin vida cuando Pamela y Kate llegaron. Kate había recogido a su jefa en su coche. Pamela aguardaba muerta de frío en la calle, en el centro de Scarborough, delante de un antiguo edificio multifamiliar. Si estaba triste porque se le había estropeado el día de Navidad, no lo demostró.

Enseguida distinguieron delante del alto edificio de viviendas, en las afueras de Sheffield, muchos coches de policía y las cintas que acordonaban el lugar, así que encontraron sin dificultad el camino para llegar al lugar del crimen. Pese a ser un día festivo, se había reunido un montón de gente delante de la casa y también en la escalera. Era más emocionante estar allí que desenvolviendo regalos y preparando un pavo. Un asesinato en su entorno. Se sentían como si hubiesen aterrizado de repente en medio de una serie de detectives de la televisión.

Pamela y Kate se abrieron paso hacia el apartamento. El ascensor estaba cerrado, así que tuvieron que subir por la escalera. Al llegar al quinto piso, las recibió un policía que se presentó como inspector Brian Burden, de la jefatura de Yorkshire del Sur.

—Vengan —las invitó—, el cadáver está en la cocina. No es agradable de ver. Pero por desgracia esto forma parte de nuestra profesión.

El apartamento en general estaba envejecido y dejado, y se diría que el tiempo se había detenido en la cocina. Un viejo hornillo, una panera antiquísima, una mesa de plástico de los años cincuenta del siglo pasado, dos sillas de cuyo asiento forrado de plástico sobresalía el relleno. Un calentador de líquidos ante cuya visión uno pensaba automáticamente en un incendio doméstico. Una cafetera de esmalte.

Y entre todo eso se hallaba tendido James Henderson sobre un suelo claro de PVC cubierto de unos grandes charcos de agua, un hombre anciano y delgado con unos pantalones de algodón demasiado anchos y un bonito jersey nuevo, acurrucado como un embrión. En el pie derecho llevaba una gastada zapatilla de fieltro, la otra estaba debajo de la mesita. Tenía el escaso cabello revuelto. Más bien parecía alguien que se había caído y yacía indefenso en el suelo, y no una persona que ya no estaba viva.

Junto a él había una palangana de plástico con agua. En una esquina, un andador.

A Kate se le encogió el corazón, tragó saliva. Por un momento se sintió mareada y se apoyó en la pared para conservar el equilibrio. Hacía casi seis años que habían asesinado a su padre, por la noche, en la cocina de su casa. La misma en la que ahora vivía Kate. Lo había encontrado la vecina. Ella no había visto el lugar del suceso, tampoco en fotografía, lo había evitado Caleb Hale, que dirigía las investigaciones, y hasta ese día le estaba agradecida por ello. También su padre había sido un hombre anciano e indefenso.

Tragó convulsa el ácido estomacal que le subió por el esófago. Por fortuna, todavía no había comido nada ese día, de lo contrario posiblemente habría vomitado. Pamela le dirigió una mirada penetrante.

—¿Sargento? ¿Todo en orden?

Se enderezó, apartó violentamente la imagen de su padre que quería imponerse en su mente por encima de la escena real. Estaba ahí para trabajar. En ese momento, a su propia historia no se le había perdido nada por allí.

—Todo bien —respondió. Supuso que estaba muy pálida, pero, por suerte, Pamela no insistió.

—Nuestro forense ha confirmado la muerte por ahogamiento —anunció Burden—. Se supone que mantuvieron la cabeza de Henderson largo tiempo metida en el agua. Por lo visto, eso ocurrió varias veces, solo al final le empujaron la cabeza tanto rato que murió.

—Para eso se necesita tener mucha fuerza —opinó Pamela.

Burden asintió.

—Sí, en efecto. Aunque Henderson era mayor y frágil, seguro que se defendió con tesón. Queda a la vista que la cocina está toda mojada. Fue una dura batalla.

—¿Cree que fueron varios los autores? —preguntó Pamela.

Burden inclinó pensativo la cabeza.

—O bien varios o alguien muy fuerte.

—¿Quién lo ha encontrado?

—El encargado que le ha traído hoy temprano la comida —explicó Burden—. Normalmente vienen ya entrada la mañana, pero hoy, como es Navidad... Henderson no abría. Al principio, el empleado pensó que se habría marchado por estas fiestas, pero Henderson nunca se había ido de viaje, además no había anulado el pedido de la comida. Llamó al timbre de los vecinos. La joven pareja avisó al portero. Este abrió la puerta y... en fin.

—¿Cuánto tiempo cree el forense que lleva muerto? —preguntó Kate.

—En cualquier caso, desde ayer —respondió Burden—. Hacia el mediodía. A las diez y media de la mañana todavía estaba vivo. Le entregaron entonces la comida y todo estaba en orden. Ocurrió muy poco después.

—¿Y considera usted que la desaparecida Mila Henderson podría haberse hospedado aquí? —El apellido Henderson era muy común. Kate sabía que podía tratarse de una simple coincidencia de nombres. Pese a ello, tenía la fuerte sensación de que había un vínculo.

Burden asintió.

—Dos personas del edificio han informado de que una joven ha estado viviendo últimamente con Henderson. Se han cruzado un par de veces con ella en la escalera. La descripción encaja con la de la muchacha que están buscando.

—Me gustaría enseñarles a esas personas un retrato de Mila Henderson —dijo Pamela.

Burden hizo una señal a un agente de uniforme que estaba apoyado en la puerta del piso.

—Costing, acompañe a la inspectora Graybourne a ver a los dos testigos. Se trata de comprobar una foto.

Pamela y el joven salieron del apartamento.

Kate siguió observando la escena. Esa naturaleza muerta que contaba la historia de una agonía horripilante.

—¿Qué sucede con las huellas dactilares? —preguntó.

—Todavía estamos en ello —contestó Burden—. Hay algunas que no son de Henderson. Suponemos que pertenecen a asistentes sociales, pero tenemos que cotejarlas. Y también de la joven visitante de Henderson, se trate de quien se trate. En la palangana solo hay huellas de Henderson. Se agarró a las asas, es posible que en un intento desesperado por liberarse. No hemos encontrado ninguna otra. Estoy convencido de que el autor del crimen llevaba guantes.

—Si no se limitaron a ahogar a Henderson, sino que fueron metiéndole y sacándole la cabeza, ¿podría tratarse de una especie de tortura?

—Es muy posible.

—Bien para hacerle daño. Bien para obtener información.

Burden se encogió de hombros.

—No sabemos prácticamente nada.

—¿Han dicho los vecinos algo sobre cuántos días se instaló aquí la joven?

—Los dos están seguros de haberla visto a comienzos de la semana pasada. Naturalmente, esto no excluye que ya estuviera antes aquí. Mis hombres todavía están interrogando a los inquilinos del edificio.

Kate asintió pensativa.

—Se va de Scarborough. Sin ningún aviso previo. No regresa. Si se trata de una pariente de James Henderson, podía estar, efectivamente, alojada aquí. ¿Por qué?

—Por lo que he leído —opinó Burden—, la anciana a la que cuidaba sufrió una caída grave y murió, porque Mila no estaba en la casa. ¿Suponen que no regresa por eso? ¿Porque le espera un proceso?

—Podría ser. Pero queda la cuestión de por qué se fue. ¿La ahuyentó algo o alguien?

—¿Se refiere a que se estaba escapando?

—Supuestamente estaba aquí. Ahora se ha ido. Su anfitrión yace muerto en la cocina. A estas alturas yo no lo veo como si estuviéramos buscando a una joven negligente con sus deberes y que después no se atiene a las consecuencias de sus actos —explicó Kate.

Pamela regresó, llevando consigo a una joven con leggins y un jersey, los cabellos teñidos de lila y un piercing en la nariz. Tenía los ojos tan perfilados con kohl que daba la impresión de no poder ver nada entremedias. Llevaba en brazos a un niño pequeño que miraba con total indiferencia.

—Sargento, esta es Bonnie Wallister —dijo Pamela—. Ha identificado sin la menor vacilación a Mila Henderson como la mujer que ha estado viviendo aquí como mínimo una semana.

Bonnie asintió con vehemencia. Se le notaba que esa mañana de Navidad era de su agrado.

—Era la mujer de la foto. Me la encontré varias veces en la escalera.

—¿Habló también con ella?

Bonnie negó apesadumbrada con la cabeza.

—Nos saludamos. Nada más. Siempre pensé que era muy rara.

—¿En qué sentido? —inquirió Kate al momento.

La muchacha emitió un sonido despectivo.

—Era un poco cortada. No te miraba a los ojos. Siempre con la cabeza gacha, pasaba de largo a toda prisa, susurraba un hola, intentando no detenerse… Era rara. No tenía contacto con nadie.

—¿Qué impresión le causó?

Bonnie se quedó mirando a Kate.

—¿Cómo?

—Bueno, ¿qué pensó usted? ¿Que era simplemente tímida? ¿O que era muy reservada? ¿Que tenía algo que esconder…? Normalmente uno interpreta estos comportamientos, ¿no?

Bonnie parecía pensar profundamente. Sin duda quería dar la respuesta correcta.

—Para ser sincera, a mí siempre me pareció una mema —dijo al final—. Pero así a posteriori…

Todos la miraron con atención.

—Tenía miedo —afirmó Bonnie—. Creo que le habría gustado ser invisible. Se habría acurrucado en algún lugar donde no hubiera otra persona más que ella. Sí —asintió ratificando sus palabras—. Estaba muerta de miedo.

Kate y Pamela estaban sentadas en el coche de la primera, estacionado delante de los edificios altos. Querían dejar espacio libre a la policía científica, que todavía trabajaba en toda la casa. Habían acordado que se mantendrían en contacto con Burden.

—Una repetición peculiar —opinó Pamela—. Siempre que esa Mila Henderson desaparece de un lugar, aparece detrás un anciano muerto.

—Pero a pesar de todo no hay más coincidencias —objetó Kate—. Patricia Walters se cayó porque estaba caminando sola por la casa. Incluso su hija lo ve así. James Henderson, por el contrario, fue torturado hasta la muerte.

—Al principio, parecía evidente por qué había fallecido Patricia Walters —apuntó Pamela pensativa—. Pero ¿cómo sabemos que no la empujaron escaleras abajo?

—No lo sabemos —convino Kate—. Sin embargo, el médico que expidió el certificado de defunción...

Pamela la interrumpió.

—Ya sé. Él tenía claro que fue mala suerte. Porque era muy lógico. Patricia Walters tenía un alto grado de discapacidad. En realidad, no podía utilizar la escalera sin ayuda. Su cuidadora la había dejado sola, tenía hambre y sed. Así que se aventuró y, naturalmente, le salió mal. Con un final trágico. Nadie cuestionó lo sucedido, tampoco nosotras.

—A nosotras nadie nos hubiera dicho nada de no ser por la hija, que querría ver a toda costa a la cuidadora detenida y ante un tribunal.

—La policía científica nunca estuvo en la casa —dijo Pamela.

—Y ahora tampoco parece tener sentido. Para empezar, la hija vive allí y mueve objetos de un lado a otro, poniendo orden. No vamos a encontrar ningún indicio claro.

—Si consideramos que la muerte de Patricia Walters no fue un accidente —dijo Pamela—, hay dos posibilidades. Una es que había un desconocido, lo que plantea la pregunta de cómo entró en la vivienda. Deberíamos, pues, volver a enviar a agentes para que busquen indicios de que forzaron una entrada. Puede que a la hija se le haya escapado algo así. Por cierto: ¿cómo entró el desconocido en el apartamento de Henderson?

—Llamó al timbre —dijo Kate—. Henderson debió de abrir sin temer nada. Como supone Burden, poco después de que llegara el servicio con la comida. A lo mejor pensó que se habían olvidado de algo.

—De acuerdo. Y ahora la otra posibilidad: Mila es la asesina.

—¿Mila empujó primero a Patricia Walters escaleras abajo y luego ahogó brutalmente a su tío abuelo tras pasar una tranquila semana con él? —preguntó dubitativa Kate—. ¿Por qué? ¿Y tanta fuerza tenía?

—Puede que alguien la ayudara.

—¿Cómo encaja esto con sus temores? Ese miedo del que ha hablado con tanto convencimiento la vecina.

—En cualquier caso, resulta extraño, ¿no? Una anciana muerta. Un anciano muerto. Mila siempre estuvo allí antes y luego desaparece sin dejar rastro. Pues a este piso seguro que no vuelve nunca más. No han encontrado nada de ella... Se ha esfumado. Como en Scarborough.

—¿Porque huye? —propuso Kate—. ¿Y su perseguidor le está pisando los talones?

—O porque es la asesina —dijo Pamela.

Las dos mujeres se miraron.

—O bien estamos buscando a una peligrosa asesina... —dijo Pamela—, o...

—O a una mujer cuya vida está en peligro —acabó Kate la frase—. Tenemos que estudiar el entorno de Mila Henderson. Familiares, amigos. ¿A quién puede pedir alojamiento después? En según qué circunstancias también esa persona corre un gran peligro.

Pamela asintió.

—Volvamos. Aquí, por el momento, no tenemos nada más que hacer.

Kate encendió el motor.

—Por cierto, necesito un número de teléfono —dijo como de paso—. De un participante en el curso de cocina. Burt Gilligan.

—¿Y eso?

—Quiero aclarar una idea. Es probable que no nos conduzca a ninguna parte.

Pamela sacó el cuaderno de apuntes del bolso.

—Tengo todas las direcciones y números de teléfono aquí. Se lo envío por mail.

—Gracias. ¿Tiene también el número de teléfono de Anna Carter?

—Sí.

—También lo necesito. Y la dirección de su novio.

Pamela la escudriñó con la mirada.

—Me mantendrá al corriente, ¿verdad, sargento?

—Por descontado —la tranquilizó Kate.

Ese día imperaba el silencio. En casi todas las casas brillaban luces de Navidad, pero, si en la oscuridad tenían un aspecto festivo y bonito, a la triste luz del día, que en realidad no era ni clara ni oscura, tenían un aire melancólico. Kate pensó en la noche que la esperaba. Pensó en la noche anterior y sintió la añoranza como un sutil dolor. No había querido sufrir, pero era posible que eso escapara de su control.

Después de dejar a Pamela, se quedó un rato más parada junto al bordillo y echó un vistazo al móvil. El mensaje de su jefa había llegado, con el número de teléfono de Burt y el de Anna, así como con la dirección de un tal Samuel Harris de Scarborough. Además, tenía dos mensajes de trabajo poco importantes. También uno de WhatsApp de Colin deseándole unas felices Navidades con un selfi de su novia Xenia y de sí mismo delante de un abeto con unos llamativos adornos.

Salvo eso, nada más.

Se lo esperaba: Caleb Hale no la había llamado.

Tras lo ocurrido con la cadena de oro, Mila me evitaba siempre que podía. Ya no íbamos juntos a la escuela porque le habían regalado una bicicleta por su cumpleaños y pasaba veloz a mi lado cuando yo la esperaba en la esquina habitual. Y tampoco tenía posibilidades de alcanzarla al final de las clases. Habría necesitado una bicicleta, pero ni pensar en practicar ese deporte con mi peso y no quiero ni imaginar el aspecto que habría tenido sobre tal aparato. Estaba tan frustrado que comía más que nunca y volví a ganar diez kilos. El médico de familia me habló seriamente para que tomara conciencia de la gravedad del asunto, pero, exceptuando que le cogí una manía inmensa, no sirvió de nada. ¿Qué se pensaba? ¿Que sus advertencias me aportaban algo nuevo? ¿Que sin él yo no habría sabido lo mala que era la adiposis para todo mi sistema? ¿Para los órganos, las articulaciones, la circulación? ¿Se creía que después de su sermón iba a marcharme a casa y decir: «Ay, qué raro, no lo sabía, la verdad es que mi forma de vida no es muy sana. Ay, Dios, ¡ojalá me lo hubieran dicho antes! Pero ahora voy a cambiar. Nada de golosinas. A partir de hoy, ¡voy a adelgazar!».

Joder, si hubiera podido, si hubiera podido hacerlo de algún modo, lo habría probado todo para convertirme en un apuesto príncipe tras el cual corrieran las chicas en grupo y de quien todo el mundo estuviera encantado de ser amigo.

Pero no funcionaba. Hice intentos no muy entusiastas de empezar dietas, lo probé con la sopa de col, con unos batidos de la farmacia que tenían un sabor asqueroso, con proteínas, sin hidratos de carbono, sin grasa..., al cabo de poco tiempo siempre acababa fracasando, aunque mi madre me apoyaba. Me compraba cualquier cosa rara que prometiera una delgadez eterna y no se cansaba de cocinarme los insípidos platos que yo podía comer. Siempre recuperaba la confianza en mí y yo siempre volvía a decepcionarla. Mi padre lo presenciaba todo en silencio. No creía ni por un segundo que su hijo fuera a conseguirlo. Por desgracia, estaba en lo cierto.

Logré un par de veces sorprender a Mila en un rincón del patio de la escuela y plantarme ante ella de modo que no pudiera escapar.

—No debería haberte besado —dije—. Te asusté. Fui demasiado impetuoso.

—No me asustaste —respondió—. Pero es que no quiero. No quiero estar contigo. No quiero ser amiga tuya ni tener ningún tipo de relación contigo.

Cada palabra era una bofetada.

—Pero si me he disculpado —dije.

—Sí. Vale. Pero aun así no quiero. Y no quise nunca.

—Ah, ¿conque nunca quisiste? —Estaba empezando a enfadarme—. Pues siempre ibas conmigo a la escuela. Y de vuelta. Cada mañana te reunías conmigo. Me hiciste creer que yo te interesaba.

—Lo manipulas todo —dijo—. Simplemente fui amable. Por desgracia me educaron así. Está claro que no siempre es una ventaja.

Quiso marcharse, pero yo, desesperado, la agarré del brazo.

—¿Y si adelgazo? —pregunté—. De verdad, lo haría por ti. Por ti lo lograría.

Intentó soltarse, pero no lo consiguió. La tenía bien sujeta.

—Me da igual que adelgaces o no —dijo—. No te quiero, eso es todo. Por favor, respétalo de una vez. ¡Y suéltame el brazo!

Un par de personas ya nos estaban mirando desde lejos. La solté a regañadientes.

—Te quedarás sola —profeticé—. Toda tu vida. Das esperanzas a los demás y luego los abandonas. De este modo se gana mucha antipatía. Una persona así no gusta.

—¡Yo nunca te he dado esperanzas! —replicó.

El hecho de que se defendiera con tanta vehemencia me demostraba que tenía mala conciencia.

—Todo esto va a tener consecuencias muy negativas para ti —predije.

Se marchó. Percibí unas miradas compasivas y maliciosas de un grupo de alumnos que estaba cerca.

—Fatty se cree en serio que una chica pueda interesarse por él —dijo uno de ellos—. No hay mujer que tenga tan mal gusto.

Risas burlonas. Hice como si no hubiera oído nada, pero la cara me ardía. Ya no sabía a quién odiaba más: si a Mila, a mis despiadados compañeros, a la vida en sí o a mí. Era probable que a todos por igual. En mí bullía una mezcla de desesperación, dolor y odio, una mezcla explosiva y abrumadora. Percibía que lo que más intensamente sentía era el odio, el odio era el catalizador de todo el resto de emociones.

Empecé a acumularlo para sofocar el dolor.

Tras un largo y caluroso verano, en el transcurso del cual cumplí quince años, un día que, como era costumbre, celebré con mis padres y un gran pastel de nata acerca del cual mi padre hizo unas ofensivas observaciones, volví a la escuela. Más gordo que nunca y más cargado de odio que nunca.

Mila ya no estaba.

Primero pensé que estaba enferma, pero cuando al cuarto día tampoco apareció pregunté a nuestra profesora.

—¿Qué le pasa a Mila? ¿Está enferma?

Madame du Lavandou —también la teníamos en francés, yo la

encontraba atroz, pero tampoco los demás la apreciaban demasiado— me miró fríamente. Le costaba mucho esconder la repugnancia que sentía hacía mí.

—No, Mila no está enferma. Ella y su madre se han marchado de aquí.

—¿Qué? —Estaba horrorizado. ¡Mila se había ido? ¿Como si nada, sin comunicármelo? No podía ser verdad—. Ni hablar —dije.

Madame du Lavandou no me dirigió ni un asomo de sonrisa.

—Te lo puedes creer o no. Lo cierto es que no volverá.

—Me habría dicho algo —insistí yo.

—No le dijo nada a nadie de la clase —replicó madame du Lavandou.

—¿Por qué no?

—Es posible que tú mismo puedas imaginártelo.

No entendía a qué se refería.

—¿Pero se sabe a dónde ha ido?

—Me pidieron que no mencionara el tema.

—¿Por qué? No comprendo… ¿Cómo es que se han ido?

—Una buena oferta de trabajo para su madre —dijo madame du Lavandou, y, para indicarme que nuestra conversación había concluido, se puso a hojear un cuaderno sobre el escritorio.

—Pero…, madame…, ¿no podría?

Negó con la cabeza.

—No. No puedo. La señora Henderson, la madre de Mila, estuvo hablando largo tiempo conmigo. Desde que está aquí, Mila se siente agobiada y perseguida. Te dio a entender que no quería ser amiga tuya y aún menos entablar una relación más profunda contigo. Tú siempre lo ignoraste y no dejaste de acosarla. Está contenta de haber tenido la oportunidad de marcharse de aquí y ha indicado expresamente que no se le diga a nadie dónde vive.

La sangre se me agolpaba en los oídos.

—Yo no la acosé.

Madame du Lavandou me miró inmisericorde y sin la menor comprensión.

—Claro que sí lo hiciste. Doy toda la credibilidad a Mila y su madre. Te cuesta encontrar amigos; para ser más exactos: te resulta imposible. Mila es una chica amable, tímida y muy cortés. Tú te percataste de que tenía estos atributos y te aprovechaste. Mila estaba demasiado bien educada para rechazarte con determinación al momento y tú estabas decidido a no responder a las indirectas que ella te lanzaba. Es posible que te convencieras en algún momento de que ella sentía algo por ti, pero hazme caso: no es así.

—Eso…, eso usted no puede saberlo…

—Te conozco. Y conozco a otros como tú. Tipos que no soportan el rechazo. Por desgracia, a ti, precisamente, siempre te rechazan. Te imaginaste durante un tiempo que con Mila sería distinto, aunque solo porque siempre obviaste las prudentes señales que ella te enviaba. Ahora te sientes confuso porque tienes claro que es cierto que no te quiere. Y puedes darlo por seguro: no voy a revelar su paradero. No excluiría… —Se calló.

—¿Sí? —pregunté. Aturdido. Consternado.

—No excluiría la idea de que representas un peligro para Mila —concluyó madame du Lavandou.

La miré estupefacto. ¿Qué estaba diciendo esa mujer?

Pero, de hecho, había puesto el dedo en la llaga, y no tardé mucho en comprenderlo: yo representaba un peligro para Mila.

Ese fue el momento en que empecé a perseguirla.

SEGUNDA PARTE

Jueves, 26 de diciembre

1

Sue Raymond estaba rabiando, pero intentaba controlarse para no montar en cólera. Sabía que tendía a hacerlo incluso tratándose de Wayne, a quien en realidad amaba.

Justo tratándose de Wayne.

El 24 de diciembre habían salido a comer con los padres de él y habían pasado el 25 en familia, ella, Wayne y la pequeña Ruby, que el día de Navidad cumplía medio año. Se habían sentado alrededor del árbol y desenvuelto los regalos, Sue y Wayne ya habían bebido por la mañana una copa de champán y comido además un montadito de salmón, al mediodía había pavo y patatas salteadas y de nuevo champán y por la tarde habían visto el discurso de la reina por televisión y comido además el pudin típico de la fiesta, aunque ya se sentían empachados de tanto comer. Las velas eléctricas del árbol estuvieron encendidas todo el día y Ruby balbuceaba complacida, pero más tarde, a partir del discurso, Wayne apenas podía disimular su mal humor. Que ya asomaba desde la mañana. No le gustaba especialmente la Navidad y cuando la vida familiar era demasiado intensiva empezaba a ponerse nervioso. De algún modo había conseguido superar las celebraciones, pero ese día había comunicado de madrugada que se iba con los chicos a la cabaña, lo que, según sospechaba Sue, no era una decisión espontánea, sino planeada con mucha antelación.

—Un par de días, solo nosotros, los hombres —había dicho con la apariencia de alguien dispuesto a salir corriendo un segundo después.

Al hablar de los chicos se refería a tres amigos de la época escolar a los que apoyaba contra viento y marea y que, sin excepción, a ella le caían fatal porque cuando Wayne estaba en su compañía bebía demasiado, conducía demasiado deprisa e iba a clubes nocturnos de mala fama. Muy cerca de donde se practicaba la prostitución. Sue odiaba que fuera allí. No obstante, esta vez hablaba de la cabaña. Una casita en los Yorkshire Dales que pertenecía al padre de uno de sus amigos. Sue no se hacía ilusiones: Wayne también se emborracharía allí con sus colegas hasta perder el sentido, pero al menos no había cerca ninguna taberna ni club. Jugarían a las cartas, beberían y dormirían. Y se sentirían de ese modo como salvajes que hacían frente a los peligros de la naturaleza, a pesar del hecho de que una estancia en una cabaña confortablemente equipada, con una bodega bien repleta de vino, una gran chimenea y unas camas blandas no podía compararse a un entrenamiento de supervivencia en la selva. Pero ellos así lo describían.

«Cómo puede uno mismo meterse en la cabeza tanta tontería —pensaba iracunda—, y encima creérsela».

Sue había intentado que Wayne aplazara al menos un día la «aventura».

—Todavía no han terminado las Navidades —había dicho y notado con horror que ya le ardían las lágrimas en los ojos—. ¡Todavía hay que hacer más vida familiar!

—Hoy es Boxing Day —contestó Wayne—. No directamente Navidad.

—¡Forma parte de la fiesta!

—Joder, Sue, no me des la paliza. He estado dos días de celebraciones, ya no resisto más. El árbol de Navidad, la música, todo este teatro… ¡En algún momento hay que poner punto final!

Luego había preparado su bolsa de viaje, había lanzado al aire a Ruby, que chilló de alegría, y dado un beso furtivo a Sue.

—Chao, guapas. ¡Vuelvo el domingo! —Y ya estaba fuera. Sue le oyó poner en marcha el motor del SUV. Wayne se había autorregalado ese coche para fardar el día de su cumpleaños, en septiembre. Pasaría los siguientes años pagando el crédito a plazos.

Sue cogió a Ruby en brazos y la balanceó de un lado a otro, mientras intentaba reprimir las lágrimas y sofocar su rabia. Cuando Wayne se entregaba inaccesible —no tenía cobertura— a una especie de vida de soltero en los Dales y ella entretanto bullía de rabia, quien lo pasaba mal era ella, no él. Él no se enteraba y ella se consumía. Al final, acababa deshecha, sin que eso cambiase la situación o valiese para algo. Romper de una vez la relación; que, cuando llegara, ella y Ruby se hubiesen ido… ¡Eso era lo que había de hacer! ¿Pero a dónde iba a ir? ¿Y realmente quería poner fin al matrimonio? Wayne era su amor de juventud y con frecuencia le gustaba estar con él. Y también su estatus, una mujer casada con una niña y una casa propia. De acuerdo, todavía tenían que acabar de pagar la casa, les faltaba más tiempo que para pagar el SUV, aproximadamente hasta que se murieran, pero era su casa, su jardín. Su vida.

No quería ser una fracasada, una divorciada, una madre que tuviera que criar sola a su hija en un apartamento de un edificio de viviendas.

Acostó a Ruby en su cama, donde, por suerte, la pequeña se durmió al instante y ella se fue a ordenar la sala de estar y la cocina. Recogió los papeles de los regalos, trozos de cajas de cartón, separó el plástico y lo distribuyó todo fuera, en los cubos que había junto al garaje. Colocó los cubiertos en el lavavajillas, limpió las superficies de trabajo, metió los manteles y las servilletas en la lavadora. Encendió el fuego en la chimenea. Era un día frío y oscuro, pero ella se encargaría de que fuera acogedor para ella y para Ruby, y al infierno con Wayne.

Todavía quedaban restos de verdura del día anterior, pero no tenían un aspecto muy apetitoso, así que los juntó en un cesto para echarlos en la basura orgánica. Camino del garaje tiritaba de frío. La niebla matutina caía pesada sobre las casas y se notaba húmeda y fría. Sue iba a volver corriendo al interior cuando vio una figura en el jardín. Simplemente estaba allí, mirando la casa. Sue entrecerró los ojos. Una mujer.

—¿Quería algo? —preguntó. En el Boxing Day era tradicional repartir pequeños donativos, a lo mejor esa mujer los recogía para algún buen fin.

—¿Sue? —preguntó a su vez la extraña. Tenía la voz ronca y débil.

Sue se acercó a ella, con los brazos cruzados para protegerse del frío. Le resultaba familiar pero no sabía de qué.

—¿Nos conocemos? —inquirió.

—Soy yo —dijo la mujer. Sue distinguió que tenía unas sombras oscuras bajo los ojos. Parecía como si no hubiese dormido en muchas noches. Hasta se adivinaba lo delgada que estaba pese al grueso abrigo—. Mila Henderson. Nos conocemos de la escuela.

—¿Mila? —preguntó Sue sin dar crédito. Habían pasado quince años desde la última vez que se habían visto. Entonces eran las dos adolescentes y habían ido juntas a la escuela y a la clase. Hasta que Mila se mudó de repente y nadie supo nada más de ella.

Mila temblaba. Sue se dio cuenta de que estaba tiritando pese al abrigo.

—¿Quieres entrar en casa? —preguntó.

Mila había bebido una gran taza de té y contado la razón por la que estaba allí, entonces Sue le había preparado la cama en la habitación de invitados y Mila se había acostado. Al cabo de unos segundos ya dormía.

Sue regresó a la sala de estar y miró pensativa a través de la ventana. ¿Era correcto haber dejado entrar a una mujer que ahora le resultaba desconocida y que estaba durmiendo en su habitación para invitados? Pero se hallaba en un estado lamentable y medio congelada. Había sido incapaz de decirle que se fuera. Y menos aún en Navidades.

Sue había sido amiga de Mila, aunque no íntima. Esta era algo solitaria, además solo había pasado medio año en la clase antes de marcharse con su madre. Pero se habían encontrado un par de tardes y habían ido a comer un helado o de compras. Se habían entendido bien, pero Mila se marchó de golpe y porrazo después de las vacaciones de verano y nunca más se había puesto en contacto con ella. Si tenía que ser sincera, a esas alturas Sue casi se había olvidado de su existencia.

Y, de forma inesperada, Mila se había presentado, después de todos esos años, hambrienta y muerta de frío, y le había contado una historia algo novelesca: había estado trabajando de cuidadora de una anciana en Scarborough, pero se había peleado con la hija de esta, que la había puesto de patitas en la calle de un día para otro. No tenía dinero en la cuenta y solo lo indispensable en una bolsa de viaje.

—¿Me puedo quedar un par de días en tu casa? —le había preguntado con los ojos abiertos de par en par—. Es que no sé a dónde ir. He estado viviendo con mi tío durante una semana, pero no podía alojarme más tiempo con él.

¿Por qué no?, estuvo a punto de preguntarle Sue, pero se contuvo. No era una pregunta demasiado amable.

—Claro que puedes quedarte —le había dicho, como si fuera

más sencillo de lo que en realidad pensaba. La historia que Mila le había contado le parecía peculiar: ¿se podía despedir a alguien con tanta facilidad? ¿Romper un contrato laboral de un día para otro sin tener que pagar al menos el salario de un mes?

Algo ahí no funcionaba, pensó Sue, mientras estaba junto a la ventana mirando al exterior, era todo muy extraño.

Por otra parte, era evidente que Mila estaba mal. Se la veía extenuada y desaseada.

—He pasado tres noches en la intemperie —contó—, durmiendo en los bancos de la estación de autobuses. Ha sido horrible, hacía mucho frío y he pasado miedo.

Sue podía entenderlo. Parecía horrible.

—¿Cómo me has encontrado? —preguntó.

—Por Facebook. Por eso sabía que vives en Richmond. Has colgado con frecuencia tu casa y un par de veces se veía la placa con el nombre de la calle. No ha sido difícil.

Sue pensó que Wayne, el eterno protestón, a veces estaba en lo cierto. Siempre le había dicho que revelaba y colgaba muchas cosas, fotos de ella, de Wayne, del bebé, la casa, el coche, la calle, el jardín. ¡Mirad qué bien vivo! ¡Mirad a qué nivel he llegado! Había sido tan importante decírselo a todo el mundo que, en realidad, había cometido una imprudencia. En cualquier caso, una antigua conocida la había podido encontrar sin el menor problema.

Fuera como fuese, ahora estaba bien que Wayne se hubiera ausentado. Habría montado todo un espectáculo, como hacía siempre que los invitados no eran amigos suyos. Se habría quejado, puesto de mal humor, no dejaría de preguntar cuándo se marchaba Mila y trataría a esta pobre chica de una forma antipática y hostil. En este sentido, Mila podría quedarse como mucho hasta el domingo. Luego tendría que marcharse antes de que Wayne regresara.

Sue recordó que, ya cuando iban a la escuela, Mila no tenía padre, pero al menos sí tenía madre.

—¿Por qué no puedes ir a su casa? —le había preguntado, pero Mila había movido la cabeza en un gesto de negación.

—Vive en Estados Unidos. En California. Se ha vuelto a casar. —Y luego había añadido—: Con un tipo asqueroso.

—Pero ¿qué vas a hacer? Me refiero a que, por supuesto, puedes quedarte unos días aquí, pero... no es una solución permanente...

—Ya se me ocurrirá algo —afirmó Mila. Sue no podía ni imaginar qué sería, pero, a fin de cuentas, no era su problema.

En cierto modo no lograba desprenderse de una sensación desagradable. Volvió a pensar en Wayne, que siempre decía que algo se podía averiguar de casi todas las personas cuando se las buscaba en Google. Y también cuando se seguía su pista por sus entradas de Facebook, Instagram o LinkedIn. En su opinión, casi no había nadie que no apareciera en alguna red.

Era una buena oportunidad porque Mila dormía y Ruby tampoco la tenía ocupada. Sue se deslizó a un rincón del sofá, donde estaba su portátil, lo abrió y lo inició. Introdujo el nombre de Mila Henderson y al instante se estremeció de sorpresa: Mila la miraba desde varias entradas y fotos. De hecho, se trataba siempre de la misma imagen. No cabía duda de que era Mila.

Sue abrió la primera entrada.

Tragó saliva. Lo había sospechado, allí había gato encerrado.

La policía estaba buscando a Mila.

2

Desde que se habían deshecho del cuerpo de Logan la relación entre ellos había cambiado. Tan solo en unos matices, pero Anna percibía claramente que Sam estaba más distante. Seguía siendo afable, pero de otra forma. La noche en que habían llevado a Logan a los pantanos lo había superado, estaba totalmente destrozado, física y anímicamente. Mientras Anna había pasado toda la noche dando vueltas sin dormir y perseguida por terroríficas imágenes, él se había acostado y se había quedado dormido en la fracción de un segundo.

¿Quién le había hecho eso a Logan?

¿Había sido la decisión correcta no avisar a la policía?

Pero lo que realmente estaba mal era que ella no le había explicado por qué y de qué tenía tanto miedo. Aunque se lo había prometido antes de que la ayudara a desprenderse de Logan en los pantanos. La mañana de Navidad, él se había sentado frente a ella para desayunar, con una taza de café en la mano, y la había mirado muy serio.

—¿Y?

Ella había roto en llanto.

—No puedo, Sam. Es así, no puedo hablar de ello.

—¡Me lo prometiste, Anna!

—Lo sé —gimió.

—Anna, esto no funciona. Me metes en una historia increíble y luego no me das ninguna explicación. ¿Tienes claro que uno no se comporta así? ¿Con nadie?

—Lo sé. —Ella evitó su mirada.

Sam había pasado todo el día de Navidad en su estudio, —repasando facturas, dijo— y era obvio que estaba muy enfadado. Como era usual no lo mostraba abiertamente —Sam nunca gritaba ni alborotaba—, pero se encerraba en sí mismo, era como si corriese un telón entre él y Anna. Ella se deslizaba a hurtadillas por el apartamento, sintiéndose fatal, envuelta en una manta porque durante todo el día no había conseguido animarse a vestirse. Acabó en la sala de estar, zapeando en la televisión sin encontrar nada que la enganchase un poco. En la estancia reinaba la desolación, sin regalos, sin árbol. El árbol, ese monstruo enorme que Sam había escogido con tanto entusiasmo, estaba tirado detrás de su casa en Harwood Dale y allí se pudriría. En cien años, ¿o cuánto necesitaría un árbol para ello?

Anna no pudo evitar echarse a llorar de nuevo al pensar en el árbol que había sido tan bonito y que ahora yacía allí tirado.

Como Logan. El atractivo Logan. Tendido en unos matorrales de los pantanos altos. De forma tan poco digna. Como una bolsa de basura.

Pese a todo, Sam preparó por la noche una cena y abrió una botella de vino, y Anna encendió un par de velas. Ambos comieron sin apetito y después Sam volvió a encerrarse en su habitación y Anna se fue a la cama, tomó una pastilla y por fin concilió el sueño.

A la mañana siguiente, Sam se marchó a visitar a su padre a Londres. Por primera vez se abstuvo de preguntar a Anna al despedirse si no querría acompañarlo. Apenas ocultó el alivio de poder dejar por dos días la atmósfera cargada de tensión del apartamento y a una trastornada Anna.

—Ponte cómoda—dijo—. Al menos lo que permitan las circunstancias. Creo que es mejor que te quedes aquí. Tu casa es invisible mientras no cambiemos el cristal de la ventana.

—¿Cuándo vuelves?

—En uno o dos días —respondió él vagamente.

Después de que Sam se marchara, ella lloró. De repente se sentía muy sola. Por muy tristes que hubieran sido las fiestas de Navidad, al menos habían estado los dos. Y también habían estado juntos al hacer lo que habían hecho. Ahora tenía la sensación de que Sam se bajaba del tren. La había ayudado en un momento crucial, pero, en el fondo, Logan no era asunto suyo. Todo eso que sucedía de repente en su vida, el asesinato de una mujer; un amigo buscado como sospechoso del crimen al que luego mataban y de cuyo cadáver se deshacían..., todo eso no era asunto de Sam. Y él tampoco quería involucrarse. No lo había expresado, pero Anna lo sentía. Fuera lo que fuese lo que sucediera en los próximos días, tendría que afrontarlo ella sola.

Consiguió ducharse y vestirse. Miró su rostro pálido en el espejo del baño. Estaba horrible. Tal como se sentía.

Desde que había encontrado a Logan en el pasillo de su casa, casi no había comido nada y reconoció que no debía debilitarse aún más. Se preparó un té en la cocina y comió desganada un par de galletas de Navidad que encontró en el armario. No era una auténtica comida, pero mejor eso que nada. Mientras reflexionaba cómo iba a pasar el día, llamaron a la puerta.

Casi se le cayó el té del susto. En un primer momento pensó que solo podía tratarse de la policía. Habían encontrado a Logan. Habían podido seguir su pista. La consideraban la principal sospechosa. Y ahora llegaban a detenerla.

¿O los habría visto alguien a ella y Sam? ¿Y los había denunciado?

Pero se relajó un poco. Si alguien los hubiera visto, la policía habría aparecido mucho antes.

Y, si hubieran descubierto a Logan, ¿quién iba a encontrar su pista tan pronto y de allí el domicilio de Sam?

Consideró la posibilidad de no abrir, pero luego pensó que no podía enterrarse ahí dentro hasta que Sam volviese. Fue a la puerta del apartamento, accionó el portero automático y oyó que abrían la puerta de entrada. Reconoció a la mujer que subía la escalera: se llamaba Kate. No recordaba ahora el apellido. Estaba en el curso de cocina para solteros y el lunes había ocupado el lugar de Diane.

Kate sonrió con cierta timidez.

—Disculpe, Anna. Ya sé que estamos en Navidad. Pero he salido a su encuentro porque estaba preocupada.

—¿Preocupada? —preguntó asustada Anna. Se le aceleró al instante el corazón, pese a que se decía que era totalmente irracional. ¿Cómo podía saber esa mujer algo de Logan?

—Sí. —Kate había llegado al rellano y se detuvo. Tenía las mejillas rojas del frío—. Es que ayer…, ayer estuve en su casa.

Anna dio un paso atrás.

—Entre. —No todo el mundo tenía que oír lo que Kate estaba buscando y quizá había encontrado en su casa.

A ningún hombre muerto, se tranquilizó, ayer ya no estaba allí.

Condujo a Kate a la cocina y le ofreció un té, aunque habría preferido librarse enseguida de ella. Pero tenía que saber por qué se había presentado.

—¿Por qué no me ha llamado? ¿Y cómo sabía dónde vivo? ¿Cómo sabía que tengo novio y que vive aquí?

Kate, que se calentaba agradecida las manos en la taza, se encogió de hombros.

—Alguien del curso mencionó a su novio y que vivía aquí. También me dio su dirección. Creo que fue Burt Gilligan. Llamar… Quería asegurarme personalmente de que estaba usted bien.

—¿Por qué no iba a estarlo?

—Como ya le he dicho, ayer fui a su casa. Necesitaba el número de teléfono de uno de los participantes del curso, pero usted no estaba.

—No. Estoy pasando las Navidades en casa de mi novio.

—Sí, claro. Me quedé algo desconcertada… Detrás de su casa había un árbol de Navidad nuevo. Y habían roto de un golpe el cristal de una ventana.

Anna se la quedó mirando.

«¿Cómo es que andas husmeando en mi casa? ¿Qué buscabas por la parte de atrás?».

No estaba en situación de permitirse preguntas airadas. ¿Quién sabía todo lo que esa Kate había observado y lo que se escondía tras su amable sonrisa?

Así que Anna esbozó también una sonrisa forzada.

—Ah, eso. Sí, en un principio, queríamos celebrar la Navidad en mi casa. Por eso teníamos allí el árbol. Pero luego se rompió el cristal. Las ventanas son antiquísimas, ¿sabe? Un golpe de viento y se rompen. Es probable que ya hubiese una grieta muy fina.

«Hablas demasiado y demasiado excitada», se regañó.

—Y, claro, en estas fechas es difícil conseguir que te cambien el cristal —concluyó—. Por eso nos vinimos aquí. Y estábamos demasiado agotados para transportar el árbol de un sitio a otro. —Soltó una risa chillona y poco natural—. Mi novio compró un árbol demasiado grande. Nos vimos superados.

—Qué bien —dijo Kate—, entonces todo está en orden. Por cierto, la puerta de la casa no estaba cerrada. Se abrió cuando la golpeé para llamar.

—¿Qué?

—Sí. Un descuido, probablemente.

—Claro. Un descuido. —Habían metido a Logan en el coche. Se habían cambiado. Habían estado buscando el móvil de Logan y no lo habían encontrado. Se habían quitado de encima a Dalina. Se habían marchado, los dos totalmente hechos polvo, tensos y casi invadidos por el pánico. No recordaba haber cerrado la puerta, en efecto. Joder, ¿habría estado chafardeando esa Kate?

La miró con atención, pero su expresión era totalmente neutral. Recordó la alfombra manchada de sangre que había dejado junto a las escaleras del sótano y la ropa ensangrentada que había metido en el cesto de la ropa sucia del baño.

Pero ¿tendría un rostro tan sereno esa mujer si lo hubiese encontrado todo?

—¿Entró en la casa? —preguntó así, como de paso.

Kate negó con la cabeza.

—Me pareció que era mejor que usted lo supiera. Y me preocupé un poco, eso es todo.

«No deberías meter las narices en los asuntos de los demás, eso es todo», pensó con agresividad Anna. Pero en realidad estaba agradecida. Todo el mundo podía meterse en su casa y encontrar material incriminatorio de todo tipo. Tenía que ir de inmediato allí.

—¿Le importaría llevarme a Harwood Dale? —preguntó—. No tengo aquí mi coche y mi novio se ha ido hoy a Londres a visitar a su padre, que está en una residencia de ancianos.

—Sin problema —contestó solícita Kate, dejando su taza.

Las dos mujeres salieron del apartamento. Hablaron poco durante el recorrido, pero Anna tenía la sensación de que Kate no dejaba de pensar. En cierto modo, se le antojaba que esa mujer no era tan inofensiva como parecía. Siempre con esa expresión despreocupada, pero al mismo tiempo había en su mirada una insistencia que a Anna le resultaba inquietante. No confiaba en ella, pero no encontraba ninguna razón lógica. Era solo una sensación... A lo mejor estaba totalmente equivocada.

Cuando llegaron delante de la casa de campo, Kate se ofreció a acompañarla por si Anna tenía miedo de entrar sola en la casa, que ya llevaba dos días abierta, pero Anna enseguida rehusó.

—No, no, de ninguna de las maneras. Ya ha perdido usted suficiente tiempo. Muchas gracias por haberme acompañado. A partir de ahora ya me las apañaré yo sola.

—¿Seguro?

—Seguro. —Anna se mantuvo firme. Solo le faltaba eso, meter ahora a esa persona en su casa.

Siguió con la mirada el coche de Kate hasta que desapareció por la carretera, y entonces empujó la puerta. Joder, se había olvidado realmente de cerrarla con llave.

Como era de esperar, la casa estaba helada y sumamente desapacible. Anna se preguntó durante un rato si volvería a conseguir desarrollar un ambiente hogareño allí. Logan había yacido muerto en ese pasillo. Nunca se desprendería de esa imagen.

Al final, se recompuso y se dirigió hacia el baño, en el piso superior. Sacó del cesto la ropa manchada de sangre y la bajó a la cocina, donde estaba la lavadora. Llenó el depósito de una cantidad enorme de jabón. También eso había sido un error, como dejar la puerta abierta. Tendría que haber lavado las prendas al instante. Ya de por sí, la sangre era difícil de limpiar y ahora ya llevaba dos días seca... Estuvo un rato mirando la ropa por la ventanilla de la lavadora, cómo giraba y desaparecía en una densa y blanca espuma. Si no quedaba limpia, se desharía de ella. Sería demasiado peligroso conservarla en casa.

El paso siguiente consistía en desembarazarse de la alfombra. No podía lavarla y se temía que incluso con un limpiador dejaría unas marcas de un marrón rojizo. Por todo lo que había leído en las novelas de misterio, la policía disponía en la actualidad de métodos con los que hasta la más pequeña partícula de un resto de sangre salía a la luz. No le quedaba otro remedio que meter la alfombra en el coche. Se liberaría de ella en algún lugar por los pantanos. Como habían hecho con Logan.

Acompañada por la sensación de que su vida se convertía cada vez más en una extraña pesadilla, arrastró la alfombra desde los primeros escalones de la escalera del sótano hasta el pasillo. Era un trabajo duro. Ya siendo dos habían acabado rendidos y ahora Anna estaba completamente sola. La alfombra estaba medio enrollada, pero al ponerla en el pasillo se desenrolló. Las manchas de sangre abundaban por todas partes. Cualquier duda que hubiese abrigado se habría disipado en ese momento: tenía que deshacerse de ella.

La volvió a enrollar jadeando y aunando todas sus fuerzas, pues solo de ese modo podría meterla en el coche, e intentó dos veces atarla con un cordón, lo que siempre le salió mal. Al tercer intento consiguió hacer un nudo antes de que la alfombra volviera a desenrollarse. Bañada en sudor, permaneció unos minutos sentada en el suelo.

A continuación, se puso en pie. Ahora tendría que arrastrar la alfombra paso a paso a lo largo del pasillo y llevarla hasta el coche por la explanada, y de algún lugar tendría que sacar las fuerzas para hacerlo. Y entonces la alfombra ya no existiría, la ropa estaría limpia y, en cualquier caso, Logan ya había desaparecido..., y entonces se olvidaría de todo, el tiempo transcurriría y al final el recuerdo se desvanecería. Era lo que siempre hacía. En algún momento, asumía los contornos borrosos de la irrealidad.

Tiró jadeando de la alfombra por el pasillo y la sacó al suelo lodoso; daba igual que se ensuciase más y tampoco le importaba que se manchase el coche.

Se detuvo un momento y se secó el sudor de la frente, entonces una voz la sobresaltó.

—¡Anna! No se asuste. Soy yo, que he vuelto.

Se giró. Delante de ella se encontraba Kate Linville. El coche estaba aparcado detrás del suyo en el camino de acceso. Había dado media vuelta y había regresado, y Anna estaba tan ocupada que no la había oído.

Soltó la alfombra del susto. El cordón se desgarró, los extremos de la alfombra se separaron. La alfombra se abrió en la explanada. Con sus manchas inconfundibles de sangre.

Kate y Anna levantaron la vista, de pronto la última gritó:

—¿Por qué ha vuelto? ¿Por qué me está espiando?

—He notado que estaba usted en un problema —respondió

Kate—. Y me he preocupado. La ventana rota. Usted aquí fuera, completamente sola…

—Puedo cuidar muy bien de mí misma —replicó Anna con un bufido.

Kate señaló la alfombra.

—Esto es sangre. En una cantidad considerable. ¿De dónde ha salido? ¿Y a dónde quería llevar la alfombra?

—A lavar.

—¿En Boxing Day?

Las dos se quedaron mirando. Al final Anna se echó a llorar. Se quedó quieta, dejó colgando los dos brazos y las lágrimas fueron resbalando por su rostro. No parecía sentir ni el frío cortante ni el suelo fangoso que se derretía bajo sus pies y le empapaba las botas. Simplemente estaba allí y lloraba con un aspecto descarnado y apesadumbrado de pura fatiga.

—¿Qué sucede, Anna? —preguntó Kate—. ¿Quiere contármelo?

Anna no dejaba de llorar.

Kate le acarició suavemente el brazo. Entonces sacó su placa y la sostuvo en lo alto.

—Soy policía, Anna. Sargento Linville, de la policía de Yorkshire del Norte. Debería decirme qué ha sucedido con esta alfombra. Con la sangre. Anna, ¿qué está pasando aquí?

Anna observó la documentación. No pareció afectarla que la cuidadora de ancianos Kate Linville fuese en verdad una agente de la policía criminal. Ya no parecía afectarla nada más. Era como si careciese de la energía para sorprenderse o inquietarse, para indignarse o para asustarse. Había agotado todas sus reservas. No ese día batallando con la alfombra. Ya hacía tiempo que estaba al límite de sus fuerzas. Pero en ese momento se rindió.

—Será más fácil si se sincera conmigo —dijo Kate—. Hágame caso. Y la ayudaré a encontrar una salida.

Anna asintió.

3

Que fuera Boxing Day no impidió que Pamela Graybourne trabajase. Pese a los escasos agentes que estaban de servicio, los colegas de la policía de Yorkshire del Sur habían averiguado algo. El inspector Burden compartió solícito todos sus hallazgos con ella. Encontraba sumamente insólito el caso de James Henderson, muerto por ahogamiento, y la joven desaparecida que antes había vivido con él, y agradecía el interés y la implicación de los compañeros del norte.

Llamó a Pamela, que había ido por la mañana al despacho. Ese día apenas había agentes en la comisaría, solo unos pocos habían tenido la mala suerte de que les tocara el turno ese día.

Burden abordó el asunto sin rodeos.

—Encargué la investigación a una agente y ha averiguado algo, lo que no fue nada fácil porque en Navidades casi no hay nadie que pueda informar. Pero una cosa está confirmada: Mila Henderson es la sobrina nieta de James Henderson. Este era el tío de su difunto padre.

Pamela apuntó un par de notas en la hoja de papel que tenía delante.

—Así pues —prosiguió Burden—, como ya he dicho, el padre de Mila Henderson ya no vive. La madre se marchó de Inglaterra hace cuatro años y se mudó a Estados Unidos con su nuevo marido, un estadounidense. Vive ahora en California. Mila se formó como cuidadora de ancianos...

—¿Dónde? —le interrumpió Pamela.

—En Londres. Antes vivía en Liverpool con su madre, allí fue también donde terminó la escuela. Previamente estuvieron en Leeds, aunque ni medio año. Y antes aún en Sheffield.

La agente de Burden debe de ser ciertamente fenomenal, pensó Pamela, para haber obtenido todos estos datos en dos días cuando el país entero está inmerso en el delirio de la Navidad y cuando en cualquier parte solo se encuentra, si se encuentra, el servicio mínimo.

—Estos son los datos de referencia —dijo Burden —. Por desgracia no sabemos dónde estuvo trabajando después de terminar su formación. En algún momento aterrizó en la casa de la anciana de Scarborough que ahora ya no vive.

—Sí... —contestó Pamela lentamente—. Que ahora ya no vive... —Y añadió —: ¿Cómo ha averiguado su agente la historia escolar?

Burden dudó un instante.

—Que quede entre nosotros —dijo—, esta agente está estupendamente relacionada con gente que dispone de todo tipo de accesos, ya sabe usted, oficinas de empadronamiento y similares, y con la que puede contar también en vacaciones. Es un tipo de investigación que no siempre se sitúa en el marco de lo permitido, pero a veces el fin justifica los medios, ¿no es cierto? Luego estuvo rastreando por internet artículos sobre las fiestas de fin de estudios de las diferentes escuelas y encontró a Mila. Esto es todo.

Pamela pensó que seguramente la agente se había pasado toda la noche sentada delante del ordenador. Fantástica. Burden era envidiable.

—Como ya he mencionado, Mila Henderson vivió por un breve periodo de tiempo en Leeds antes de terminar la escuela en Liverpool —prosiguió Burden—, y pudimos incluso enterarnos de qué escuela era. No obstante, a partir de ahí no disponemos de más resultados definitivos.

—Ya son muchos. En serio.

—Una cosa más... —dijo indeciso Burden—, pero por supuesto no está nada claro que tenga algo que ver con nuestro caso.

—¿Sí?

—Cuando oí el nombre de la escuela a la que Mila Henderson había asistido en Leeds me acordé de un suceso. Hace dos años y medio se cometió un crimen horroroso en el que la víctima fue una profesora.

—Debió de corresponder al área de mi administración. Pero yo no estaba todavía aquí.

—Una francesa. Isabelle du Lavandou. Enseñaba en la Grammar School de Leeds, aunque no sé si fue profesora de Mila Henderson. En 2017, el fin de semana del Spring Bank Holiday, fue a pasear por los pantanos. Sola. Lo hacía a menudo y desde hacía años. La mayoría de las veces durante fines de semana largos. Pernoctaba en refugios. En esa ocasión, sin embargo, no regresó a su casa. Su marido avisó a la policía. Se peinó la zona a la que ella había ido.

Pamela empezaba a recordar vagamente. El caso había aparecido en la prensa.

—Al final dieron con ella —dijo Burden—. En un refugio de montaña que se encontraba totalmente apartado de la ruta que había planificado. La habían matado acuchillándola repetidamente. Tenía señales en el cuerpo de haber sufrido una horrible tortura. El asesino debía de haberla tenido en su poder al menos dos días y dos noches, atormentándola.

—¿Un delito sexual?

—No había indicios de violación. Lo que no excluye que la tortura tuviese un componente sexual.

—No debe de estar relacionado con Mila Henderson —concluyó Pamela.

—Cierto —dijo Burden —. Pero se trata de un suceso que tiene que ver al menos con la escuela a la que ella asistió. Simplemente quería comunicárselo. Es posible que no valga la pena investigarlo. Para mí, el interés radica sobre todo en que de este modo conocemos el nombre de una profesora que seguramente daba clases cuando Mila estaba allí. Y cuyo marido es posible que todavía siga vivo. En vista de que hoy no averiguaremos nada más...

—Se lo agradezco, inspector —dijo Pamela —. Sé a qué se refiere. Pensaré en qué hago con esta información.

Al mediodía decidió ir a Leeds y visitar allí al marido de Isabelle du Lavandou. Al mismo tiempo, Kate apareció en la comisaría acompañada de una Anna Carter pálida como un espectro. Pamela, que se cruzó con ambas por el pasillo, arqueó inquisitiva las cejas, pero Kate le comunicó por señas que no era el momento para informarle. Más tarde le contaría lo que ocurría.

Encontró la dirección de los Lavandou en el listín de teléfonos, por internet. El nombre solo aparecía una vez. Jean-Michel du Lavandou. Tenía que ser él.

Dudó unos instantes. Presentarse sin previo aviso en Navidades en casa del viudo, que seguramente todavía estaba en duelo, no era especialmente delicado y por su parte solo se trataba de entrar en acción. Tenían muy poco entre manos y además las fiestas lo paralizaban todo y de algún modo había que ir avanzando. Lavandou podía cerrarle la puerta en las narices si se sentía demasiado abrumado.

Desconectó el teléfono. En realidad, tenía ese día libre. Hacía el viaje en privado.

En Leeds reinaba la calma de un día de vacaciones, había poco tráfico. Gracias al GPS encontró muy pronto la dirección. Una casita de un piso en las afueras. Justo volvía a llover cuando Pamela bajó del coche. Se cubrió la cabeza con la capucha del anorak y se echó a correr.

Monsieur du Lavandou no había puesto luces navideñas en

ningún lugar, o al menos no se veían desde el exterior. A lo mejor no tenía humor después de la inesperada catástrofe que había acaecido en su vida hacía dos años y medio. La casa tenía un aspecto oscuro y abandonado, y Pamela empezó a hacerse a la idea de que Lavandou no estaría accesible. Pero después de pulsar el timbre oyó unos pasos detrás de la puerta y ante ella apareció un hombre alto, de cabellos oscuros y muy atractivo.

—¿Sí? ¿Qué quería? —preguntó. No parecía hostil. Hablaba un inglés matizado por un fuerte acento francés.

Pamela le mostró la placa.

—Inspectora Pamela Graybourne, policía de Yorkshire del Norte. ¿Es usted Jean-Michel du Lavandou?

—Sí, soy yo. ¿Es acerca de mi esposa?

La aparición de la policía siempre alimentaba un asomo de esperanza en las personas en cuyo ámbito se había producido un delito sin aclarar, Pamela lo sabía. En ese momento, ella solo daba golpes de ciego y era probable que de ahí no saliera nada, ni vinculado al caso Mila Henderson ni vinculado al de Isabelle du Lavandou, lo que lamentaba por ese hombre. Pese a ello, tenía que aferrarse a lo poco con que contaba.

—Es acerca de una muchacha que estamos buscando y que quizá fue alumna de su esposa.

Jean-Michel pareció desinflarse un poco.

—Entonces ¿no ha avanzado usted en la investigación del asesinato de mi esposa?

—No conozco en qué estado se encuentra la investigación de los compañeros de Leeds —dijo Pamela—. Soy del departamento de policía criminal de Scarborough.

—No sé si podré ayudarla —dijo Jean-Michel.

—¿Puedo entrar? Sé que es un día festivo y que es una fecha muy complicada, pero...

Lavandou dio un paso atrás.

—No. Discúlpeme. Entre. Para mí, este no es ningún día especial. —Añadió—: Ya no lo es.

La sala de estar presentaba tan poca decoración como el jardín o la ventana. Un espacio acogedor, muy sobriamente amueblado, con dos sofás y una mesita baja y estanterías en las paredes. Los Lavandou debían de ser gente muy instruida. Los libros constituían una parte fundamental del sentido de su vida.

—Tome asiento, por favor —la invitó Jean-Michel—. ¿Puedo ofrecerle un café?

—Encantada, muchas gracias.

Mientras él trajinaba en la cocina, Pamela observó el entorno con mayor atención y descubrió la foto enmarcada de una mujer en la estantería. Posiblemente Isabelle du Lavandou. Se levantó y se acercó a ella. Isabelle tenía un aspecto muy inteligente, sagaz, frío. Una mujer que decía lo que pensaba, que no se andaba con chiquitas. ¿Se habría ganado enemigos? ¿O habría sido la víctima casual de un tipo enfermo que vagaba por los Dales y esperaba toparse con una senderista solitaria?

—Es Isabelle —dijo una voz a sus espaldas. Jean-Michel estaba junto a la puerta, sosteniendo una pequeña bandeja con tazas de café—. La imagen se tomó unas pocas semanas antes de su muerte.

—¿La apreciaban sus alumnos? —preguntó Pamela.

—Es lo mismo que me preguntaron sus colegas. Qué puedo decir..., creo que no era la profesora preferida de la escuela, seguro que no. Isabelle podía ser muy directa, decía a todo el mundo lo que opinaba, incluso si no resultaba agradable para los demás. Seguro que había alumnos que temían sus afilados comentarios. Y compañeros de trabajo a quienes les ocurría lo mismo. Pero lo que le hicieron... fue totalmente desmedido. Eso no se hace solo porque alguien expresa con demasiada rudeza su opinión. Me resulta inimaginable.

—¿Qué conclusiones sacaron los agentes que investigaban el caso?

—Buscaron en la zona, pero en realidad creían que se trató de un encuentro casual. Un psicópata que quizá ya había realizado varias agresiones. Isabelle estuvo en el momento equivocado en el lugar equivocado... Yo le había dicho a menudo que era demasiado peligroso irse a caminar tan sola por esos parajes solitarios, pero... —Se encogió de hombros—. Isabelle no era una mujer que hiciera caso de lo que los demás le decían.

—¿Hubo incidentes similares por esta área?

—No. Pero el inspector dijo que, pese a ello, podía tratarse de un reincidente. Que quizá había estado activo en otras partes del país.

—Torturaron a su esposa, no la violaron.

—Sí. Pero aun así podía tratarse de un delito sexual. Al menos eso opinaba el inspector.

Pamela se figuraba lo que los agentes habían supuesto: un chiflado que atacaba a mujeres cuando las encontraba en lugares solitarios. Que no actuaba siempre siguiendo el mismo patrón y que por eso era aún más difícil de atrapar. En principio, el caso Isabelle du Lavandou no estaba archivado, sino dejado de lado. Se esperaba que apareciera de forma inesperada una pista caliente. Si no surgía, el caso nunca se aclararía... Como muchos de ese estilo.

—¿Mencionó su esposa en algún momento el nombre de Mila Henderson? —preguntó.

Jean-Michel colocó las tazas sobre la mesa, pero se notaba que reflexionaba intensamente al mismo tiempo.

—Creo que no. Al menos yo no me acuerdo.

—¿Le importa que le pregunte cuál es su profesión?

—Soy profesor en la Universidad de York. De francés e historia.

—Entiendo. Usted y su esposa no tenían un entorno laboral común.

—No. Y mi esposa tampoco me contaba demasiado. Por mi culpa. No me interesaban especialmente los temas escolares. —La miró inquieto—. ¿Tiene esa Mila Henderson algo que ver con el asesinato de mi esposa? ¿Una alumna?

—En principio no —respondió Pamela.

—Arriba, en la habitación de mi esposa —dijo Jean-Michel—, hay unos anuarios. De todos los cursos en los que dio clase. Puede echarles un vistazo si lo desea.

—Estupendo —contestó agradecida Pamela.

Jean-Michel le bajó un montón de anuarios y Pamela pasó la hora siguiente examinándolos con detenimiento. Un sinnúmero de historias, perfiles, asignaturas favoritas, profesores preferidos, sueños para el futuro, amistades, experiencias escolares... En un momento dado, la cabeza empezó a zumbarle. Jean-Michel se había retirado y había vuelto con una jarra de café y un plato con pastelitos de Navidad. Pamela confirmó que Isabelle no contaba entre los profesores preferidos. Solo se la citaba como profesora favorita en dos ocasiones y esto gracias a dos chicas que, por su apellido, también debían de ser francesas. Esta circunstancia quizá había motivado cierta proximidad entre ellas.

A los tres cuartos de hora, Pamela encontró algo.

Una foto de Mila Henderson.

No cabía duda de que se trataba de esa Mila. Se la veía mucho más joven que en la foto actual, pero, a pesar de todo, era ella..., inconfundible. Una niña tímida, que no llamaba la atención, afable. Un rostro dulce. Para nada el prototipo de una asesina, pero Pamela sabía que eso podía engañar. Precisamente los sujetos con una aparente dulzura, que con demasiada frecuencia se integraban, aguantaban, se adaptaban..., precisamente esos enloquecían totalmente. Aunque parecía difícil de imaginar que algo así le ocurriera a Mila. Tal vez tenía problemas de autoafirmación, pero parecía estable y en paz consigo misma. No daba la imagen de una persona con graves problemas psicológicos.

Isabelle du Lavandou había sido profesora de Mila.

Tampoco Mila la mencionaba como su profesora favorita. Citaba como sus músicos predilectos a un grupo pop que Pamela no conocía y como libro preferido uno cuyo título tampoco le decía nada a la inspectora. Quería ser enfermera y vivir en Londres. Aunque siendo cuidadora de ancianos se había alejado algo de ese objetivo, como profesional seguía estando en el mismo ámbito de atención a los demás. Scarborough en lugar de Londres: la vida seguía sus propias reglas del juego.

No había nada que llamara la atención.

Lo que sabían hasta ahora era que Mila Henderson, a la edad de catorce años, había tenido en la Grammar School de Leeds a una profesora a la que alguien había asesinado años después en los desolados Yorkshire Dales. Mila, por su parte, había huido y había dejado en los lugares donde había residido un muerto a su paso, en total dos. Si en el primer caso podía tratarse de un desgraciado accidente, en el segundo estaba confirmado que habían asesinado a un hombre.

¿Podían sacarse conclusiones de todo ello?

Pamela suspiró. Nada que la satisficiera. Cierto exceso de fallecidos en el entorno de Mila Henderson. Pero sin que se apreciaran vínculos entre ellos.

Mila mencionaba a Sue Haggan como su mejor amiga. Pamela la encontró un poco más abajo. Una cara redonda y amable, cabello rubio. Una chica más bien sencilla. Afable. Seguro que no era una intelectual superdotada.

Por el momento, era el único nombre con que contaba. Fuera cual fuese el círculo de amistades de Mila Henderson, ella no conocía a nadie. Era muy probable que hubiera amistades más actuales, de los cursos finales de Mila en Liverpool y de los años de formación. Pero por el momento no avanzaba, así que debía apañarse con lo que tenía.

Sue Haggan.

Estaba claro que Mila había huido y que necesitaba donde alojarse. Familiares, amigos. Salvo el anciano tío abuelo de Sheffield no parecía tener otros parientes en Inglaterra, la madre estaba muy lejos, en California, y a Mila la estaban buscando, no podía subirse a un avión y marcharse del país. Tenía que apañárselas en la isla.

—Amiga —dijo en voz alta Pamela—. Sue Haggan.

Llamaría al inspector Burden y le pediría que pusiera tras la pista de Sue Haggan a su genial agente. Era posible que se hubiese casado y que ahora llevase otro apellido. No obstante, debía ser posible averiguar su paradero.

Un diminuto hilo en un ovillo grueso y enredado, pensó Pamela.

Se levantó y salió de la sala de estar con el anuario bajo el brazo. Lavandou la había oído y salió de la cocina.

—¿Algún avance? —preguntó.

Ella asintió.

—Sí. Es posible. ¿Puedo llevarme este anuario? Le garantizo que se lo devolveré.

El hombre hizo un gesto sosegador con las manos.

—Pues claro, lléveselo. —Vaciló un momento y añadió—: Inspectora, ¿existe la posibilidad de que el asesinato de mi esposa todavía pueda aclararse? ¿Que se responsabilice al autor del crimen?

Lo miró, casi se palpaba su tristeza, sentía que su vida carecía de alegría.

—Lo tengo en cuenta —respondió—. Se lo prometo.

Anna solo había podido describir vagamente el lugar donde se habían desprendido del cadáver de Logan, pero, a primera hora de la tarde y pese a la oscuridad, la patrulla de búsqueda que Kate había puesto en movimiento había encontrado el cuerpo. Les llamó la atención un recodo en el que estacionar, al borde de un sendero dentro del área que Anna había descrito, sobre todo por las huellas de neumático que distinguieron. Iluminaron la zona con unos fuertes focos y al final uno de los agentes gritó:

—¡Creo que ahí abajo hay algo!

Kate, que estaba en el despacho con Anna, se enteró por una llamada.

—Está claro —dijo, dejando el auricular y volviéndose hacia Anna—. Ya lo tienen. Se realizará una investigación a fondo. Supongo que no es necesario que le señale que nos lo han puesto más difícil al trasladarlo a un lugar al aire libre y haciendo una limpieza a fondo del escenario del crimen, en su casa.

Anna asintió. Estaba sentada como un mísero saco en una silla, frente al escritorio de Kate, totalmente hundida. Se había negado a desprenderse del abrigo y se arrebujaba en la tela de lana como si fuera el último asidero con que contaba en la tierra. Se la veía exhausta.

Al final lo había contado todo. La noche en que había visto que un desconocido se metía en el coche de una mujer que circulaba delante de ella. Que después se había enterado de que esa mujer era Diane y que el hombre era Logan, un amigo de juventud. Habló del asesinato de Diane. De su inmensa vergüenza porque había pasado de largo a pesar de haber tenido un mal presentimiento. De que se había encontrado a Logan en su casa. Un Logan trastornado y desesperado, que le prometió que no tenía nada que ver con la muerte de Diane. Que le había dado cobijo. Y que el día antes de Navidad había vuelto a Harwood Dale porque no podía contactar con él por teléfono y se lo había encontrado muerto en el pasillo de su casa.

—Y ahí yacía él. Muerto. A cuchilladas. Era muy impactante. Yo estaba horrorizada. Llamé enseguida a Sam, que se encontraba en la ciudad comprando el árbol de Navidad. Vino. Por eso el árbol está ahí fuera...

—Y a su novio, Samuel Harris, ¿no se le ocurrió la idea de que lo mejor sería avisar cuanto antes a la policía? —preguntó Kate.

Anna asintió.

—Sí. Por supuesto. Pero yo no se lo permití.

—¿Por qué, Anna, por qué?

Anna bajó la vista.

—Tenía miedo. De que sospecharan de mí.

—¿De haber matado a ese hombre de dos metros de altura en el pasillo de su casa? Por favor, Anna...

Anna calló.

—No lo entiendo —admitió Kate—. Todo su comportamiento me resulta incomprensible. Encontramos el cuerpo de una mujer, muerta a cuchilladas, en su coche, en el borde de un camino de tierra. Usted fue testigo la noche anterior de algo relevante, piensa en ese momento haber visto al asesino, del que todavía no sabía que quizá se trataba de Logan Awbrey. ¿Y no advierte a la policía? Ni siquiera dice nada cuando se investiga en el entorno del curso de cocina para solteros y le preguntan directamente al respecto. ¿Por qué?

—Me daba mucha vergüenza. Porque pasé de largo por la noche.

—Comprendo que no se sintiera como una heroína. Pero eso no es ningún delito. Nadie le hubiese reprochado nada. Se habría entendido que tuviera miedo.

—Podría haber llamado a Sam y haberle pedido que me acompañara en el coche al lugar.

—Sí, podría haberlo hecho. También habría podido llamar directamente a la policía y explicar que había sido testigo de un comportamiento extraño. Pero a veces no reaccionamos de forma correcta en los momentos decisivos. Se siente inseguridad, no se quiere crear una alerta innecesaria, presentarse como un histérico. Se tiene miedo. Lo que sea. Es humano. No es nada especial y no es algo malo.

Anna no contestó.

—Pero en algún momento tuvo que ser usted consciente de que su silencio ya no era justificable. Entretanto ya se había averiguado el nombre del hombre con quien Diane Bristow tenía una relación sentimental. Logan Awbrey. Usted conoce a ese hombre. Es un amigo suyo de juventud. ¿Y todavía no dice nada?

Anna callaba. ¿Qué respuesta dar?

—Se ha metido usted en un buen lío. Lo sabe, ¿verdad? —dijo Kate.

Anna asintió. Sin levantar la vista, murmuró:

—Por eso no podía dar vuelta atrás. ¿Qué explicación podría haber dado de que Logan estuviera en mi casa? ¿De por qué lo había alojado? De repente lo estaban buscando, su nombre salía en los periódicos. Y yo no había informado de que lo conocía.

—Entonces prefiere llevar su cadáver en medio de la noche a los pantanos y esconderlo entre matorrales. Además, ¿sabía Samuel Harris que conocía usted a Logan?

—No, al principio, no. No le dije nada. Tampoco le había contado que había aparecido en mi casa y que había dejado que se instalara allí. Sam se enteró de todo cuando lo llamé porque Logan estaba muerto.

—¿Le contó lo que había visto aquella primera noche?

—Sí. Ya entonces me aconsejó que fuera a la policía. Pero yo no quería.

—Me sorprende que Harris la haya ayudado a desprenderse a escondidas de un hombre asesinado —dijo Kate.

Anna se encogió de hombros.

—Le dije que tenía miedo de que sospecharan de mí. Precisamente por todo lo que había callado. Me puse a llorar y me temo que estaba bastante histérica. Me ayudó por eso. Porque me quiere. —Calló unos segundos y añadió temerosa—: ¿Va a tener problemas?

Kate asintió.

—Sí.

Anna se desmoronó.

Kate estaba enfadada; la mujer que tenía delante no solo había mentido e intentado esconderlo todo, había retenido información importante, ocultado en su casa a un presunto asesino huido y había dejado que se buscara a un sujeto del que ya hacía tiempo sabía que estaba tendido entre los arbustos de los pantanos. Habían asesinado a ese individuo en su propia casa, lo que también a ella la ponía en peligro.

Intentó seguir siendo amable con ella. La había animado a sincerarse, no quería que ahora se arrepintiera amargamente de haber dado ese paso. Pero le costaba esconder su creciente irritación. Todo habría ido más deprisa si Anna no hubiese ocultado nada. Y, aparte de eso, se habían generado unas nuevas condiciones que deberían haber conocido antes: el presunto asesino se había convertido en víctima. Este hecho señalaba que no a la fuerza, pero sí probablemente, no era el autor del crimen, sino que todo había adquirido otra dimensión. Logan y Diane, la pareja de enamorados, habían muerto del mismo modo.

«Volvemos a empezar de cero», pensó abatida Kate.

—Anna, ha dicho que Logan Awbrey era un amigo suyo de juventud. También es amiga desde hace mucho tiempo de Dalina Jennings, su jefa actual. ¿Puedo suponer que también la señora Jennings conocía a Logan Awbrey?

Anna asintió apenada. Ahora también desacreditaba a la persona que le daba trabajo.

—Sí —susurró. Carraspeó y repitió—: Sí. Todos nos conocemos desde que éramos jóvenes.

—Pero tampoco la señora Jennings consideró necesario informarnos de ello cuando se difundió el nombre de Logan Awbrey.

—No podría haber proporcionado ningún dato en concreto —defendió Anna a su jefa—. Solo habría podido decir que lo conocía. Pero ella tampoco lo había visto desde hacía años y no tenía ni idea de que había regresado a Scarborough. Lo único que no quería era que su agencia se viera involucrada en este suceso. Su declaración no habría aportado nada, seguro.

—Déjeme, por favor, que sea yo quien lo evalúe —indicó Kate. Reflexionó—. ¿Tampoco usted había visto a Awbrey desde hacía años? —preguntó—. ¿Ni establecido contacto con él?

Anna negó con la cabeza.

—Sabía por Facebook que vivía en Bath. Pero no me puse en contacto con él. Desconocía que había regresado.

—¿Así que no lo reconoció cuando esa noche se subió al coche de Diane Bristow?

—No. Estaba oscuro y una capucha le cubría la mayor parte de la cara. A lo mejor tendría que haberme llamado la atención su estatura, pero a pesar de todo no pensé en él. Como le he dicho, no sabía que estaba por esta zona.

—¿Le explicó por qué había regresado?

Anna se encogió de hombros.

—No había una razón determinada. No le iba bien en Bath. Así que volvió.

—¿Y por qué no las llamó ni a usted ni a Dalina Jennings? Las dos eran viejas amigas suyas.

—En realidad ya no éramos tan amigos. No sabíamos nada de él. Ni siquiera nos llamábamos en Navidad. O para felicitarnos el cumpleaños.

—¿Por qué?

—¿Cómo... por qué?

—En fin, es raro. Eran ustedes amigos. Durante años. ¿Luego uno se va a Bath y se rompe del todo el contacto? Nada más fácil que conservar los contactos hoy en día. Por correo electrónico, WhatsApp, hay de todo. ¿Por qué esa ruptura radical?

—Fue así, simplemente —respondió Anna.

Kate estaba convencida de que no decía la verdad. Había algo más. Pero al parecer no quería hablar de ello.

—Ha dicho que Logan conoció a Diane Bristow un día que estaba esperando a Dalina Jennings a la salida de su agencia. Entonces ¿quería contactar con ella?

—Sí. Supongo.

Kate se apoyó en los dos brazos sobre la mesa y se inclinó hacia delante. Miró a Anna muy seria.

—Anna, aquí hay algo que no funciona. Logan Awbrey vuelve después de estar años fuera. Se pone en contacto con sus amigas de juventud, pero no directamente, en lugar de ello da vueltas por el lugar en el que las dos trabajan. Quiere verlas, pero no está decidido del todo. Vacila. No acaba de atreverse. ¿Acaso sucedió algo? ¿Entre ustedes tres?

—Simplemente llevábamos mucho tiempo sin vernos —murmuró Anna.

—No me basta como explicación.

Anna calló. Kate no tenía la impresión de que ese día pudiera obtener más información. Llamaría a Pamela ahora y le pondría al corriente de las últimas novedades. Al día siguiente continuarían con el interrogatorio.

—Bien, mañana seguimos —dijo—. También la señora Jennings tendrá que declarar. Ahora la llevo al apartamento de su novio. La policía científica ha precintado su casa.

—De acuerdo —repuso Anna.

—¿Ha llamado a su novio? ¿Cuándo vuelve de Londres?

—Le he enviado un SMS, pero todavía no ha contestado. Volverá mañana o pasado mañana.

—Bien. Tendrá que darme un par de buenas explicaciones.

Anna respiró con dificultad. Kate sospechó lo que seguiría: había metido a su novio en un enorme embrollo que él había previsto y al cual se había opuesto. La evolución de los hechos seguro que no le haría ningún bien a la relación. Si es que no se rompía.

Kate se levantó decidida. Estaba cansada, pero al mismo tiempo en guardia; rendida, pero en tensión. Deprimida pero estimulada.

No le iba a resultar fácil conciliar el sueño esa noche.

—Vámonos —dijo.

5

Vio el coche de Caleb delante de su casa y, pese a que todo el tiempo había temido que nunca más volvería a llamarla, en ese momento su aparición no la satisfizo en absoluto. Era consciente de que estaba hecha polvo, tenía mal aspecto, hambre, frío y no se sentía preparada para enfrentarse justo ahora a un nuevo problema. Había informado a Pamela de los avances. Ahora lo único que quería era comer y echarse a dormir.

Entró en el camino de acceso a la casa, se detuvo y bajó del coche. Caleb estaba delante de la puerta.

—Por fin. ¡Llevo una eternidad esperando!

—¿Por qué no esperas dentro del coche?

—También hace frío. Y es demasiado aburrido. Por eso me he vuelto a colocar, insensatamente, delante de la puerta de la casa.

—También él parecía muy agotado, como comprobó Kate al aproximarse. Y congelado—. ¿Dónde estabas?

—Trabajando.

—¡Es Navidad!

—Lo sé. —Pasó por su lado y abrió la puerta de la casa. Messy salió a su encuentro y saltó literalmente a los brazos de Caleb. Lo adoraba, algo que a Kate la frustraba un poco. A fin de cuentas, era su gata.

En el interior se estaba caliente y de la sala de estar surgía el resplandor de las velas del árbol de Navidad. La sensación podría haber sido serena y acogedora para dos personas que llegan a casa y están dispuestas a pasar juntas una agradable velada. Pero el ambiente era tenso, tirante. No era la noche apropiada, no era el momento apropiado.

Kate se detuvo en el pasillo.

—¿Qué quieres? —preguntó.

Él la miró sorprendido.

—¿Qué quiero?

—Sí. ¿Por qué estás aquí?

—Pensaba... —No concluyó la frase, en cambio preguntó de repente—: ¿Por qué te marchaste sin decir nada?

—¿Cuándo? —preguntó Kate, aunque, naturalmente, sabía a qué se refería.

—Ayer. Ayer por la mañana. Te fuiste.

Kate se desprendió del abrigo y las botas.

—¿Tengo que explicarlo?

—Después de todo lo que sucedió... creo que sí.

—¿Qué sucedió?

Sus réplicas lo desconcertaban.

—¿Y tú me lo preguntas?

—Sí. Lo pregunto. ¿Qué pasó? Otro de tus polvos de una noche. Por todo lo que se dice, tu pasatiempo favorito. En esta ocasión yo he sido el objeto. Por casualidad. Pasé por ahí. No hay nada más. No habrá nada más.

—Kate...

—No tengo nada más que decir —respondió.

Su muro de protección hecho de hostilidad y rudeza lo dejaba a él desarmado.

—¿He hecho algo mal? —preguntó.

—No. Fue una situación inapropiada. Caleb, anteayer por la noche los dos bebimos demasiado. Es todo. Dejémoslo estar.

—Yo no estaba borracho.

—Pero yo sí.

Permanecieron mirándose en silencio.

—¿Me marcho? —preguntó Caleb.

De repente, Kate tuvo la sensación de que el corazón se le rompería si él desaparecía en la oscuridad, ahí fuera. Al igual que se le rompería si en ese momento se permitía sentir algo. Lo había hecho una vez, entonces, con David: se había abierto sin reservas, se había entregado al amor... y nunca en su vida la habían decepcionado tan profundamente. Era probable que Caleb todavía fuera más peligroso que David. No porque fuera una mala persona, sino porque era incapaz de mantener una relación. Cualquier pareja potencial fracasaba con él y Kate ya no quería sufrir más. No si podía evitarlo de algún modo.

—Ahora lo que más me urge es comer —contestó—, estoy desde el desayuno sin llevarme nada a la boca. Como no puedes cocinar en tu casa ni tampoco sentarte a la mesa, puedes quedarte a comer aquí.

—En fin, siempre es mejor que pedir una pizza para mí solo —admitió Caleb resignado. Siguió a Kate a la cocina, donde ella empezó a hurgar en todos los armarios. Era legendaria la escasez de sus reservas, pero encontró un paquete de espaguetis y una lata de tomate, así que puso a hervir agua.

—¿Te parece bien? —preguntó.

—Perfecto —dijo Caleb.

Cenaron en el pequeño comedor contiguo a la cocina. Kate puso una vela sobre la mesa y abrió una botella de vino tinto. El ambiente se relajó.

Al fin y al cabo, era Caleb quien estaba sentado frente a ella. Hacía años que eran amigos. Todo iba bien. Simplemente habían sido unos irresponsables, pero estaban recuperando la forma habitual de su relación.

Durante la cena le contó los últimos acontecimientos. Él la escuchó concentrado; aunque el caso le resultaba especialmente desagradable, Kate estaba contenta de haber encontrado un tema neutral.

—Eso cambia muchas cosas, ¿no es cierto? —preguntó Caleb—. El presunto asesino se convierte en víctima. Lo matan del mismo modo que a su supuesta víctima. Logan y Diane.

—Una pareja que, si son ciertos los datos que tengo, se conocieron hace unas seis semanas —señaló Kate—. Es imposible que tengan unos largos y dramáticos antecedentes.

—¿Logan se la quitó a un novio anterior?

—¿Al que se le fue la cabeza y los asesinó con ensañamiento, primero a ella y luego a él? En la vida de Diane no había nadie. En eso están todos de acuerdo. Vivía sola y apartada y trabajaba en el Crown Spa. No le gustaba como profesión, pero era cumplidora. Uno no puede imaginar una vida más poco llamativa que la suya.

—O una en la que se escondan mejor los sucesos ocurridos. Tampoco nadie sabía que Logan Awbrey existía en su vida.

—Una cosa es esconder que hace seis semanas que de vez en cuando sales con un hombre. Pero que alguien la mate porque ella lo ha abandonado... Ahí hay algo más. Es un asunto más importante. ¿Podía ella ocultarlo tan perfectamente?

Caleb se encogió de hombros.

—Se puede pensar, claro. Pero resulta difícil de imaginar. Y además participaba en una actividad para encontrar pareja. ¿Lo habría hecho si existiera alguien?

—A lo mejor había alguien. Del que ella quería separarse a toda costa, pero que no lo admitía.

—Tienes que desarmar la vida de Diane —indicó Caleb—. En algún lugar hay un punto de referencia. Tiene que haberlo en algún sitio.

—O la vida de Logan Awbrey —apuntó Kate—. El hombre cuyas huellas dactilares estaban en el escenario del crimen de Alvin Malory. En cierto modo, creo que la clave es Logan. O al menos es el punto que quizá me permita avanzar un poco.

—¿No se puede concluir nada de la declaración de Anna Carter?

—Por desgracia no, porque esconde la verdad. O al menos se guarda algo fundamental. Caleb, noto que hay algo que no funciona. Esos amigos tan raros que, en cierto modo, han dejado de serlo sin que expliquen la razón. ¿Por qué regresó Logan Awbrey a Scarborough? ¿Por qué no contactó directamente con sus dos amigas de juventud? Se paseaba alrededor de la agencia, conoció a otra mujer y poco después ella muere y él también. Las dos amigas encubren algo grande... ¿Cómo se relaciona todo esto?

—Una selva —dijo Caleb—, cuántas veces me ocurrió. Esa sensación de estar ante una selva totalmente impenetrable.

—Sí, y sin embargo hay un claro en algún lugar, en medio de la espesura —repuso Kate—. A lo mejor una historia sencilla. El primer cabo. ¡Si pudiera encontrar el primer cabo!

Recogieron la mesa, se hicieron cada uno un café y se lo llevaron a la sala de estar, donde resplandecía el árbol de Navidad. Kate miraba a través del abeto, como si no lo viera.

—¿Quién atacó a Alvin Malory y casi lo mató? ¿Y por qué? ¿Qué función desempeña Logan Awbrey en eso?

—Es posible que ninguna.

—Estuvo allí. Definitivamente. Pero nadie de la familia lo conocía.

—Los padres no lo conocían —señaló Caleb—. Puede que Alvin, sí. Pero no se lo podemos preguntar.

—Se examinó todo. Todos los contactos. Toda la vida de la familia Malory.

—Ya conoces las interminables listas de nombres. Las actas de los interrogatorios. El ámbito de la familia se analizó con todo detalle, realmente todo. Los padres también colaboraron generosamente. Me mencionaron a todas las personas que se les ocurría. Tanto del área privada como de la laboral. Las interrogamos a todas. Pusimos la escuela de Alvin patas arriba. No creo que se nos escapara nadie.

—Ahora que conocemos la relación entre Anna Carter y Dalina Jennings con Logan, deberíamos comprobar si las dos conocían a Alvin de la escuela.

—No pueden haber ido al mismo curso —indicó Caleb—. Son unos años mayores que él.

—¿Llegaste entonces a la conclusión de que se trataba de un delito casual? —preguntó Kate.

Caleb asintió.

—Sí. Porque no había otra aclaración posible. Alvin Malory toda la vida fue víctima del abuso escolar, pero no lo odiaban, no lo perseguían de un modo que pudiera acercarse a la brutal agresión que sufrió al final. Estaba muy gordo y padeció burlas y humillaciones. Por desgracia. Pero nunca, realmente nunca, tropezamos con alguien que sintiera auténtico odio hacia él. A la mayoría de las personas que lo rodeaban les resultaba totalmente indiferente. Y eso ya es bastante malo en sí. Y luego había quienes lo fastidiaban. Simplemente porque él invitaba a que lo hicieran. Pero ahí acababa todo.

—Y entonces pasa alguien por ahí, se cuela en la casa o llama a la puerta y lo deja entrar... ¿y tortura al chico gordo que encuentra ahí casi hasta matarlo? ¿Es lógico?

—No —admitió Caleb—. Pero no dimos con nada más lógico.

—Una historia muy sencilla. —Kate retomó la idea que acababa de formular—. Es probable que sea una historia sencilla, banal. Envuelta en un inmenso e irrelevante follón. Como siempre.

Se levantó.

—Imprimí la lista de nombres. Voy a buscarla.

—Si es Navidad —dijo Caleb, pero Kate ya había salido de la habitación. Cuando regresó llevaba un grueso montón de papeles.

—Nombres, direcciones, números de teléfono de personas que de una forma u otra estaban relacionadas con la familia Malory.

—Sí, y las interrogamos a todas, Kate, realmente nos dedicamos de pleno al caso Alvin Malory. Todo el equipo. Todos nos sentimos muy afectados por la historia. Hicimos un montón de horas extras. Queríamos coger al tipo que había cometido el crimen. Pero toda pista acababa en un callejón sin salida.

Kate contempló las listas.

—Ya la primera vez que revisé esto —dijo—, tuve la sensación de que faltaba algo. Alguna cosa. Pero no encuentro el qué...

Caleb asintió.

—Sí. Lo dijiste. Pero no falta nada.

Kate no parecía oírlo. Seguía mirando el papel, pero su mirada se dirigía hacia el interior. Caleb reconocía en ella esa mirada de total concentración, ese evadirse del mundo exterior, ese profundizar en su propia intuición. Su capacidad intuitiva era su mayor capital, pero el modo de encontrarla, de obtenerla, de hacerla emerger del subconsciente no siempre era sencillo. A menudo, Kate parecía más cansada que otras personas y Caleb pensaba a veces que estaba relacionado con eso: con esa marcada vida interior que debía manejar y ordenar como el mundo exterior y con la que siempre tenía que intentar de nuevo mantener un difícil contacto.

Ella levantó la vista y tomó conciencia de su presencia.

—¿Qué has dicho? ¿Que era mejor comer conmigo que pedirte una pizza?

—Sí —respondió Caleb, ni siquiera demasiado sorprendido. Conocía su forma de razonar, difícil de comprender, pero que al final siempre demostraba ser una reflexión lógica.

—Ahí está —dijo Kate—. Es lo que falta aquí. Entre todos los contactos y listas de teléfonos, ¡no hay ningún servicio de entregas de pizzas!

Caleb asintió.

—Yo también me di cuenta. Algo inusual hoy en día. Pero la señora Malory me explicó que siempre habían prescindido por completo de ese tipo de comida. Para no hacerle la vida más difícil a Alvin. La señora Malory preparaba unos platos sumamente saludables, solo ingredientes frescos y demás. Su marido mismo no permitía que fuera de otro modo.

—¿Y cómo es que Alvin no adelgazaba?

—Porque cuando iba a la escuela o a la ciudad se atiborraba de dulces. Los guardaba en su habitación, algunos debajo del colchón. O en el armario de la ropa, por todos lados. El padre lo explicó iracundo, pese a todo lo que había sucedido. A veces registraba la habitación de su hijo cuando este se había ido y los descubría. Entonces lo tiraba todo a la basura, pero, naturalmente, Alvin no paraba de conseguir avituallamiento. No podía evitarlo.

—Caleb —dijo Kate—, cuando no estaba en la escuela, Alvin siempre estaba solo en casa. Los padres tenían mucho trabajo en el taller de coches. Al mediodía comía en el comedor de la escuela, es probable que no mucho para que no se burlaran todavía más de él. En las vacaciones, su madre le preparaba algo, es posible que algo sano. ¿Y luego se conformaba con unas tabletas de chocolate y unos caramelos hasta la noche, cuando comía algo razonable supervisado por sus padres? ¡Ni hablar!

—Analizamos los contactos de todos los móviles de la familia. También el teléfono fijo. No encontramos nada.

Kate apoyó la cabeza en las manos.

—Estoy segura de que se pedía pizzas. Hamburguesas. Pasta. En cantidades ingentes. Es posible que a diario. Ciento sesenta y ocho kilos no se ganan por un par de dulces que se esconden bajo el colchón.

—Incluso si aceptamos que sea así —dijo Caleb—, el servicio o los servicios de reparto no deben de haber tenido nada que ver con la agresión.

—Claro que no. Pero sería el indicio de un contacto que ha permanecido hasta ahora sin descubrir. Podría tratarse de un contacto muy periódico del que nadie sabía nada. Alguien a quien Alvin veía casi a diario o al menos un par de veces a la semana. Y que sabía que solía estar solo en casa.

—Hummm —musitó Caleb.

—¿Y si tenía otro móvil? —preguntó Kate.

—¿Alvin?

—Sí. Uno de prepago. Nadie debía enterarse de su actividad.

—Lo habríamos encontrado. En la casa lo miramos todo. Puesto que Alvin no podía sospechar que se iba a despertar en estado vegetativo, no es probable que lo escondiera (si es que existe) en un lugar ilocalizable.

—Él seguro que no —convino Kate—. ¿Pero quizá su madre?

—¿Su madre?

—A lo mejor estaba al corriente. Alguien tenía que desprenderse de los cartones y de las bandejas de poliestireno y sacarlos fuera de la casa y del jardín. Además, Alvin debía de gastar mucho dinero en su hobby, que seguro que le salía caro. Más de lo que le suele corresponder a un estudiante que no procede de una familia rica. De hecho, eso no puede haber funcionado sin ayuda.

—¿Su madre contribuía activamente a su desgracia?

—Porque no se podía hacer nada más. Él era adicto a la comida. Como un drogodependiente. Puede que darle dinero no fuera bueno para él, pero dejarlo en la estacada tal vez habría sido peor. Hay madres que han dado dinero a sus hijos para drogas duras o alcohol porque no tenían otro remedio.

—Pero ¿por qué no se lo dice a la policía? Ella, que no hay nada que anhele más que encontrar al culpable.

—Es posible que lo calle sobre todo delante de su marido. Él siempre se metía con Alvin, siempre refunfuñaba, lo criticaba, echaba pestes. Incluso en esa situación la señora Malory tal vez no quiera que su marido se entere de cuál era la magnitud del trastorno alimentario de Alvin. Que se atracaba de comida, y además cada día. No quiere que el padre de Alvin todavía piense peor de su hijo de lo que ya lo hace. No dice nada sobre el servicio de reparto y hace desaparecer el móvil.

—Una teoría no del todo improbable —tuvo que admitir Caleb.

—Se convence a sí misma de que las probabilidades de que se encuentre en él al asesino son limitadas y que ella no oculta nada realmente explosivo. Al menos prefiere eso que desvelar el secreto de Alvin al hombre que toda su vida lo ha tratado con desprecio y humillándolo: su padre.

—Buen razonamiento, Kate —dijo Caleb—. Supongo que mañana irás a ver a la señora Malory, ¿no?

—Sí.

Dejó la taza de café sobre la mesa del sofá y se levantó.

—Me voy ahora a casa. Gracias por la comida, Kate. Gracias por la velada.

Ella también se puso en pie y lo acompañó a la puerta. Allí él se volvió hacia ella.

—Tú no fuiste un polvo de una noche, Kate. No en lo que a mí respecta.

—Buenas noches, Caleb —contestó ella.

Lo siguió con la mirada mientras se dirigía al coche a través de la noche oscura y brumosa. Los faros se encendieron cuando pulsó el mando a distancia del vehículo. De golpe, deseó que él se volviera otra vez hacia ella, pero Caleb no giró la vista atrás.

Cuando cerró la puerta, Kate se acordó de que todavía no había llamado a Burt Gilligan.

6

Sam por fin contactó a última hora de la tarde, después de que ella le hubiese dejado unos ocho mensajes urgentes en el buzón de voz. Parecía cansado.

—¿Qué sucede? ¿Has llamado varias veces?

Estaba tan nerviosa que se puso a llorar.

—¿Dónde estabas? ¿Cómo es que no atendías al teléfono?

—Estaba con mi padre. He apagado el móvil, Anna. Excepcionalmente no quería estar accesible para dedicarme por entero un par de horas a mi padre, al que, por cierto, le va bastante mal. ¿Qué es lo que ocurre?

—Lo saben, Sam. La policía. Que Logan está muerto y que lo escondimos.

—¿Cómo dices?

Anna lloraba más.

—Kate vino a casa. La nueva del curso. Ocupa el puesto de Diane. Es policía, Sam. Yo no lo sabía.

—Joder —dijo Sam—, ¿una topo o qué?

—Vino a mi casa. Vio que la ventana estaba rota y que el árbol de Navidad estaba allí tirado. Me olvidé de cerrar la puerta de la casa. Eso también le llamó la atención.

—¿Y cómo es que estaba fisgando por ahí?

—Porque es de la policía.

—Bueno, pero aun así. Cómo es que…, bah, da igual. ¿Y tú se lo has contado todo? —Por su voz se diría que de golpe le dolía muchísimo la cabeza, lo que Anna no podía recriminarle.

—De repente estaba detrás de mí. Cuando intentaba meter la alfombra manchada de sangre en el coche.

Oyó que él exhalaba un tenue suspiro.

—¿Por qué no esperaste a que volviera?

—Porque tenía miedo. Caí en la cuenta de lo imprudentes que fuimos. Dejamos la alfombra en casa, la ropa manchada de sangre… Y además la puerta estaba abierta. Cualquiera habría podido encontrárselos.

—De acuerdo. ¿Y qué le has contado?

—Lo que pasó. Simplemente lo que pasó.

—Por Dios, Anna, ahora sí que estamos metidos en un buen follón —dijo Sam aturdido—. Nos pueden acusar de haber cometido un delito.

—Lo siento, Sam. De verdad. Pero no hemos hecho nada realmente malo, ¿no? No hemos matado a Logan. Solo reaccionamos mal cuando lo encontramos.

—Y justo eso le parecerá muy raro a la policía. Si es cierto que somos tan ingenuos e inocentes, ¿por qué no les llamamos? Por todos los cielos, Anna, nos has puesto en una situación tremenda.

Estaba iracundo. Seguro que consigo mismo. Porque se había

dejado convencer para emprender esa delirante misión nocturna en los pantanos altos, en contra de su instinto, su buen juicio, su percepción de que nada bueno podía salir de allí.

—¿Puedes volver antes mañana? —preguntó ella con un hililo de voz.

Percibía a través del auricular las pocas ganas que tenía de verla y esa era una sensación totalmente nueva. Ella siempre había sido la que escapaba: la que insistía en que viviesen separados, la que guardaba distancia, la que hablaba de espacios libres y ámbitos particulares. Ahora, por primera vez desde que lo conocía, algo estaba cambiando. Ya no era el Sam que, a pesar de todas sus manías y neurosis, era cariñoso y quería pasar el resto de su vida con ella. Estaba cansado, irritado. Y en cierto modo no parecía tratarse de un estado anímico pasajero, aunque Anna no pudiera decir cómo lo sabía. Simplemente lo notaba. Había ido demasiado lejos. Con toda esa historia, había cruzado los límites.

Sam ya no parecía seguro de quererla. Había empezado a distanciarse cuando había visto el cadáver de Logan en el pasillo y había continuado cuando había tenido que bajar una pendiente en plena oscuridad para esconder el cadáver entre matorrales. Y había tocado fondo cuando ella se había negado a contarle toda la historia, a ser franca con él. Ahora todavía había dado un paso más allá y había informado a la policía de ese asunto. Todo iba tomando mayores dimensiones y cada vez era menos controlable, y Sam seguramente estaba pensando si de verdad quería unirse a una persona que no llevaba las riendas de su propia vida y que, encima, hundía inmisericorde a los otros con ella.

Lloró todavía más porque no se había tomado en serio una cosa: que pudiera llegar a perderlo.

—A ver, esta noche seguro que no voy —respondió Sam—. Estoy muerto de cansancio. Ahora lo único que quiero es irme al hotel y meterme en la cama. —Volvió a suspirar, profunda e intensamente—. Lo cierto es que me había propuesto regresar el sábado.

—La policía sabe que estás en Londres y que volverás mañana o pasado mañana. Tendrás que ponerte en contacto con ellos.

—Sí. Estupendo. Al menos tengo algo de tiempo para reflexionar qué digo y por qué me he metido en este embrollo.

—Sam, lo siento mucho.

—Yo también lo siento —dijo Sam y colgó.

Anna se quedó sentada en medio de la sala de estar, llorando hasta no poder más, luego se levantó con esfuerzo, se deslizó al baño y contempló a la mujer en el espejo. Una mujer con los ojos hinchados y rojos que estaba en la crisis más profunda de su vida.

Los interrogatorios continuarían al día siguiente. La frágil y fina Kate Linville era una persona tenaz, Anna ya lo había entendido. No se dejaría despistar. No se creía todas las razones que Anna le había dado para explicarle por qué se había deshecho de Logan en lugar de llamar a la policía. Kate presentía que había algo más importante ahí detrás y no cejaría hasta averiguarlo. Probablemente habría otros agentes. La pondrían contra las cuerdas...

«No lo soporto. No lo soporto. No lo soporto».

Diría cosas que en ningún caso debía decir. Porque sus nervios no resistirían ni media hora de conversación con la policía.

Lo mejor sería no estar allí por la mañana.

Pero ¿a dónde ir? La policía en cierto modo había confiscado su casa. Además, el frío y el vacío en ella la acabarían de deprimir del todo. La casa había dejado de ser un refugio. Se había convertido en el lugar de los horrores.

Si pudiera ir con Sam. El único asidero de su vida. A lo mejor no podría salvarla, pero tendría con él la sensación de no estar abandonada del todo. De que había alguien que estaba a su lado y que la sujetaría si se desplomaba.

Sam quería regresar el sábado, pero a la vista de las circunstancias tal vez volvía mañana; incluso para entonces ya era tarde. A lo mejor ella no estaría accesible, sino en la sala de interrogatorios de la comisaría. Desde hacía horas. Deshecha desde hacía mucho. También ordenarían a Sam que se presentase. Era muy improbable que se les brindara la oportunidad de conversar antes a solas.

Tenía que ir a Londres. Tenía que verlo y hablar con él.

Ignoraba en qué hotel se alojaba e intuía que no tenía ningún sentido llamarlo. En ese momento no estaba interesado en reunirse con ella.

Ni siquiera sabía cuál era la residencia en que vivía el padre de Sam —oh, Dios, cuántas veces le había pedido que lo acompañara—, pero recordó que una vez había mencionado que estaba en el centro de Londres, no lejos de Shepherd's Bush Green. ¿Bastaba con eso? ¿Cuántas residencias y asilos de ancianos debía de haber en esa zona?

Ya se vería. Lo importante era irse. Necesitaba distancia. Calma. Tenía que reflexionar. Ahí en la casa, que sin Sam resultaba dolorosamente vacía, no podía quedarse. No resistiría esa noche. Se marchaba, rumbo a Londres, luego ya vería.

Una voz interior le decía que ese no era en absoluto un buen plan y que su situación no mejoraría si a la mañana siguiente Kate Linville estaba delante de su puerta y ella había desaparecido. No obstante, se puso el abrigo, cogió el bolso, marcó el número del servicio de taxis y pidió que le enviaran enseguida un coche. Dejó la casa, corrió escaleras abajo y salió a la calle en la noche. Temió por un instante que tal vez hubiera allí apostado un agente, pero la calle estaba vacía y tranquila, no se veía ni un alma. El frío y la humedad la hicieron estremecerse.

¿Qué había hecho con su vida? ¿Cómo había podido llegar hasta ese punto? Estaba a altas horas de la noche en la calle esperando un taxi que la llevaría a su casa, que la policía había acordonado, para recoger su coche, que también estaba confiscado, y marcharse a Londres para buscar ayuda en un hombre que le debía a ella la situación más comprometida de su vida.

De nuevo sintió que las lágrimas asomaban a sus ojos, pero logró contenerlas haciendo un esfuerzo. Tenía un largo viaje por delante y, ya normalmente, no veía bien en la oscuridad. No tenía que llorar más de lo que había llorado esa noche.

El taxi llegó. El conductor, un indio parco en palabras, no comentó nada cuando le pidió que la noche de Boxing Day la llevara a un lugar totalmente desierto; ella lo agradeció. No habría soportado a un conductor parlanchín, que planteara preguntas. Tampoco habría sabido qué contestarle.

Le indicó que se detuviera en la carretera y que no la llevara hasta la casa, pues no sabía si la policía había acordonado toda la zona, lo que habría sorprendido al conductor. Pagó y anduvo por el camino enlodado. Se veía todo tipo de huellas de neumático... Al parecer, la policía había estado allí por la tarde con varios vehículos de emergencia. La casa había sido escenario de un asesinato, del asesinato de Logan Awbrey. Una idea que todavía resultaba rara, una locura total. ¿Quién mató a Logan?

¿Y por qué?

Seguía siendo algo confuso, un enigma.

La casa se veía oscura y hostil, exactamente como ella la percibía. El coche estaba allí donde lo había dejado. Cuando ya se encaminaba hacia el coche y el taxi se había marchado, cayó en la cuenta de que la policía también se lo podría haber llevado. Entonces no habría podido marcharse. Pero allí estaba, aunque con las cerraduras selladas. También habían sellado la puerta de la casa.

Sacó del bolso la llave del coche, atravesó el sello y abrió la puerta del conductor. Era muy probable que también la imputaran por eso.

Pero... qué importaba en realidad.

Mi madre siempre hablaba de una operación de estómago y yo la odiaba por eso. Se trataba de una banda gástrica. Había visto un reportaje en televisión sobre este tema y desde entonces le parecía la solución a todos mis problemas. Para decirlo llanamente, una parte del estómago se ata y se deja, para que se entienda, inservible, y, naturalmente, la parte que queda admite mucha menos cantidad de alimentos. Se llega muy pronto a la sensación de saciedad y así se come menos y se adelgaza. Esa es la teoría. Nadie podía garantizar que en la práctica funcionara de forma tan sencilla. La operación encerraba algunos riesgos, pero también vivir con una parte del estómago ligada podía generar complicaciones inesperadas. Se trataba de una agresión importante al conjunto del sistema. Había médicos que estaban rotundamente en contra. Otros lo veían como una salvación y argumentaban que a la larga la obesidad extrema conllevaba riesgos todavía mayores.

Como era habitual, mi padre no intervino en la discusión. Lo único que comentó fue que no entendía cómo era posible que no pudiera adelgazar con la fuerza de mi voluntad, por qué necesitaba hacer una absurda intervención en mi cuerpo. Por supuesto, me daba a entender así lo poco que me tenía en consideración.

Mi madre, por el contrario, no dejaba de insistir en el tema de la operación. Y yo la odiaba por eso: aunque presentaba una solución, me ponía ante una disyuntiva, porque sería yo quien, en última instancia, tendría que tomar una decisión. ¿Acaso no podía aceptarme tal como era? Su búsqueda de soluciones también era una crítica en mi contra, en realidad ella no era mejor que mi padre. Solo que mi padre era directo y franco y ella se escondía detrás de sus cuidados y atenciones. De hecho, la forma de actuar de mi padre me encolerizaba menos que las argucias de mi madre.

¿Dónde estaba en realidad su comprensión? ¿Por qué no intentaba encontrar la causa de mi voracidad? A ella lo único que le importaba era luchar contra los síntomas. No pensaba en absoluto en mí. ¿Cuál era la causa de que yo constantemente buscara satisfacción en la comida?

En nuestro baño había un armario en el que mi madre guardaba los medicamentos. Aspirinas y cosas por el estilo, pero también fármacos más fuertes, de temporadas en las que uno de nosotros había estado enfermo de verdad. Puesto que nunca tiraba nada, contábamos siempre con una colección impresionante de píldoras. Distintos antibióticos de un tiempo en que mi madre luchaba con una bronquitis persistente. Unas cápsulas enormes de las que yo ignoraba para qué servían o qué combatían. Espráis contra resfriados. Algo contra la gastritis. Etcétera, etcétera, etcétera. La de cosas que tomamos en el transcurso de los años.

Por fortuna nadie se daba cuenta de si faltaba alguna que otra. El armario estaba demasiado desordenado y había demasiado caos.

Empecé a divertirme mezclando a escondidas los medicamentos con la comida de mi madre, cuando mi padre no estaba y comíamos ella y yo solos. Pulverizaba pastillas o sacaba los pequeños gránulos de las grandes cápsulas. También cogía algo del espray nasal líquido. La mayoría de las veces conseguía echar sin problemas cierta cantidad en su plato porque ella no dejaba de levantarse mientras comíamos para ir a buscar algo en la cocina. A mi madre le encantaba adoptar el papel de víctima explotada en la familia. Corría, recogía, traía y se pasaba la mano por la frente… Y entretanto suspiraba profundamente.

Nadie suspiraba tan teatralmente como mi madre.

Para satisfacer de algún modo mi agresividad, le administraba siempre que se brindaba la oportunidad un bonito cóctel de medicamentos. Me alegraba en secreto cuando observaba cómo se zampaba sin el mayor reparo la comida. Al principio no mostró ninguna reacción, pero luego sí empezó a quejarse de un malestar general.

—Últimamente no sé qué me pasa. Siempre estoy mareada y no acabo de encontrarme bien.

—Deberías ir al médico —dije comprensivo.

—No tengo tiempo —contestó como era de esperar.

—Pero es que no tienes buen aspecto —señalé. Lo que era cierto. Tenía una capa de sudor en la frente, aunque el ambiente era fresco.

—No me lo puedo explicar —musitó.

En un momento dado acudió al médico, quien no pudo diagnosticar nada. Tenía que tomar vitaminas y reconstituyentes, aunque no sirvió de gran cosa. Solía quejarse de dolores de estómago. Durante un par de semanas el blanco del ojo adquirió un extraño tono amarillento. Era probable que el hígado estuviera a tope. Con todo ese esfuerzo de desintoxicación…

El sufrimiento de mi madre compensaba un poco mi propia miseria, pero estaba claro que eso no me iba a catapultar a otra situación. Yo seguía marginado, continuaban despreciándome y, en el mejor de los casos, me tenían pena. Nadie quería relacionarse conmigo. Yo era Fatty. O bien me daban la espalda o bien se burlaban de mí con palabras o con miradas.

Para mí, no existía nada más.

Echaba de menos a Mila. Se había comportado conmigo de una forma pérfida y abominable, pero, en cierto modo, formaba parte de mi cotidianeidad. Yo me había dejado llevar por unos sueños en los que se plasmaba un maravilloso futuro juntos y había llegado a creerme que algún día se harían realidad. Simplemente porque estábamos hechos el uno para el otro y porque Mila llegaría a comprenderlo en algún momento. Jamás se me había ocurrido la posibilidad de que Mila desapareciera. De que se desvaneciera literalmente en el aire.

Un día llegué a hablar con su amiga Sue porque pensaba que ella sabría seguro a dónde se había ido con su madre.

—No lo sé —contestó sin embargo Sue. Por unos instantes pareció decepcionada, por lo que di por cierto que me decía la verdad. Mila no le había contado nada. Para no correr ningún riesgo, incluso había sacrificado esa amistad. Me quedé sin aire: así que había querido evitar a toda costa que yo le siguiera la pista.

Por un par de segundos, casi me sentí unido a Sue por una suerte de complicidad. Los dos abandonados por la misma mujer. Era una agradable sensación: afinidad, duelo, dos seres a los que justo en el mismo momento se les había asestado una puñalada. Pero tal sentimiento no apesadumbró a Sue ni medio minuto. De repente ya no parecía frustrada, sino iracunda.

—¡Se marchó por tu culpa! —exclamó asqueada—. Ya no lo soportaba más. Que la persiguieras, que la acosaras. ¡Tenía miedo de ti!

—¿Miedo? —pregunté, realmente sorprendido. ¿Cómo iba a tener miedo del hombre que la amaba?

—Me contó muchas veces que te tenía miedo. Que no estás del todo bien de la cabeza. Que hay algo en ti que no funciona en absoluto. Se sentía fatal a tu lado. Una vez dijo… —Sue se interrumpió.

—¿Sí? —pregunté, aunque estaba tan horrorizado que casi no podía respirar. Por todos los cielos, ¿qué estaba contando Sue? Tonterías, nada más que tonterías. Seguramente tenía envidia. Porque un hombre amaba a Mila. Mientras que, por lo que yo sabía, nadie estaba interesado en Sue.

—Una vez dijo que creía que iba a suceder algo malo —prosiguió Sue—. Que le ibas a hacer algo. Pensaba que la mirabas de una forma rara. Como alguien que hace una maldad cuando se lo rechaza.

—Eso no es cierto —susurré. Quería hablar en voz alta, pero mi voz se había convertido en un órgano blando, afónico—. Ella nunca te dijo algo así.

—No poco —replicó Sue con frialdad—. ¿Y sabes qué? Tenía razón. Entiendo que se haya ido y creo que es lo mejor que podía hacer. Ponerse a buen resguardo.

—Basta —chillé.

Ella sonrió con ironía. No quedaba nada de nuestra afinidad, era probable que ella nunca la hubiese percibido.

—Eres gordo y feo, Fatty, que pudieras creerte que una chica como Mila iba a interesarse por ti es un chiste. Pero, ¿sabes?, tu aspecto no sería lo peor si a cambio tuvieras un carácter estupendo y fueras un chico realmente amable. Mila tenía toda la razón: hay algo en ti que no funciona. Te falta un tornillo y las mujeres darán un rodeo para no pasar por tu lado durante toda tu vida. Porque se te nota. Se te nota al mirarte a los ojos.

Sus palabras me habían dejado estupefacto. ¿Cómo se atrevía a hablarme así? ¿Cómo se atrevía a lanzarme esas insolencias a la cara? Del fondo de mi estómago empezó a extenderse ese hormigueo, esa sensación de ardor con la que emergía siempre el odio, la rabia, esa rabia asesina. No sé qué habría pasado si Sue y yo hubiésemos estado solos. Pero estábamos en la escuela, en un rincón de un largo pasillo, rodeados de gente. Desgraciadamente, no podía golpear su estúpido rostro. Desgraciadamente, no podía hacerle las cosas que me habría gustado hacerle.

Así que me limité a decir:

—En la vida, las personas siempre se ven dos veces, Sue. No te pienses que voy a olvidarme de esta escena. Te lamentarás de lo que has dicho.

Me dirigió una mueca insolente y con la cabeza bien alta se marchó. Había sufrido otra derrota y seguía sin saber dónde estaba Mila.

Madame du Lavandou lo sabía, tal vez alguien más del profesorado, pero ninguno me lo diría. Por lo que estaba tan iracundo con madame du Lavandou como con Sue. También ella me había tratado con insolencia. No se lo perdonaría. Esperaba que el destino me diera la oportunidad de hacérselo pagar bien caro.

Pasé mucho tiempo consultando internet, fui de ciudad en ciudad, de escuela en escuela, entré en listas de nombres y de actividades, busqué a Mila y a su madre como alternativa. Sabía que tenía ese tío abuelo en Sheffield, por lo que dirigí la atención a esa zona, pero la región era grande y estaba rodeada de numerosos suburbios. Y ellas podían estar por todas partes por todo el país. Incluso podían haberse marchado de Gran Bretaña, una idea que siempre me provocaba malestar y que yo intentaba apartar de mi mente. Mi destino no me jugaría tal mala pasada. Pero incluso así, yo seguía aferrado a mi búsqueda. No obtuve nada ni en registros de inscripciones ni en listines telefónicos. Mila y su madre habían bloqueado cualquier información. ¿Qué razón habrían dado para hacerlo? ¿Tal vez que las seguía un peligroso psicópata?

Yo tenía claro que necesitaba calma, paciencia y tiempo, pero que un día encontraría a Mila. No hay nadie que pueda esconderse para siempre, todo el mundo deja huellas y más sin duda en los tiempos de internet. Y utilizaría el tiempo que iba a necesitar de una forma útil: adelgazaría.

Ahora parece extraño, como si el deseo de adelgazar hubiese nacido por vez primera en relación con Mila y su búsqueda. Por supuesto no era cierto. El anhelo de tener un cuerpo delgado y bonito, de adquirir movilidad, de todo lo que de ese modo cambiaría en mi existencia, había sido el tema primordial de mi vida desde que era niño. No había nada que me hiciera sufrir más que mi cuerpo. Me había atormentado con dietas, buscado médicos, pasado las vacaciones de verano en clínicas especializadas en lugar de en la playa y en el agua como los demás. Y, a pesar de todo, esta vez era distinto. Me cuesta describirlo. Cuando pensaba en buscar a Mila, en encontrarla y en ponerme frente a ella delgado, sentía que me recorría de repente una fuerza que nunca antes había percibido. Siempre que había emprendido nuevos proyectos para bajar de peso, había sentido al mismo tiempo desaliento, estrés, tristeza, y me había visto ante una montaña infranqueable que nunca lograría vencer. De algún modo, siempre había tenido claro en lo más profundo de mi interior que fracasaría y que, en realidad, me podía ahorrar el comienzo. Y eso había cambiado en esa ocasión. Estaba lleno de determinación. De fuerza. La imagen visionaria de mí, delgado y fuerte, acercándome a Mila, y de cómo ella me miraba atónita, llena de sorpresa y alegría, me provocaba un chute de energía, de determinación y de confianza.

Lo conseguiría.

Por supuesto. No iba a necesitar ninguna operación, ninguna banda gástrica, ninguna clínica más, ningún psicólogo. Lo sabía. Nunca había estado tan seguro.

Iba a cambiar de vida.

Viernes, 27 de diciembre

1

Kate sabía que no era la hora apropiada para una visita inesperada, pero tenía tantas cosas que hacer ese día que no podía perder la mitad de la mañana antes de dedicarse al tema más importante. Suponía que Louise Malory estaba despierta. Cuidar de su hijo seguro que la obligaba a levantarse muy temprano cada mañana.

Mientras atravesaba la ciudad en el coche, realizó dos llamadas telefónicas. Una a Anna para decirle que a las diez estaría en su casa. Le respondió, sin embargo, el contestador automático y solo pudo dejar un mensaje. A lo mejor Anna todavía dormía. El día anterior debía de haberle resultado sumamente agotador.

Después, marcó por fin el número de Burt Gilligan. Antes de llamarlo estaba horrorizada. Se había comportado fatal, había dejado que transcurriera mucho tiempo antes de dar señales de vida. Era probable que le colgara de inmediato el auricular y ella no se lo podría echar en cara.

Gilligan contestó al segundo timbrazo.

—¿Hola?

—Hola. Soy Kate. Kate Linville.

Siguió un segundo de silencio.

—Buenos días —dijo entonces Burt. Parecía muy reservado.

Kate inspiró hondo.

—Burt, lo siento mucho. Esa noche me surgió algo inesperado, pero, por supuesto, habría tenido que llamar a Gianni's. Por favor, discúlpeme.

—No pasa nada —dijo Burt. Parecía muy ofendido.

—Nos olvidamos de intercambiar los números de teléfono —continuó Kate—. Ha sido algo difícil averiguar su número. Por eso no he llamado hasta ahora.

—De verdad que no pasa nada —repitió Burt.

—Me gustaría repararlo —dijo Kate—. ¿Le daría una oportunidad a otro encuentro en Gianni's? ¿Esta noche? Y esta vez soy yo quien invita.

Él dudó.

—Kate...

—Por favor. Es importante para mí.

—De acuerdo —dijo Burt—. Un nuevo intento. ¿A las ocho?

—Yo reservo mesa. Me alegro. Gracias, Burt. —Concluyó la conversación. Lejos de lo que tenía por costumbre, se había comportado de forma muy activa, había organizado un encuentro con un hombre. Aunque con él pretendiera una reparación. No consideraba que de ahí fuera a salir algo más.

En la casa de la familia Malory, la luz estaba encendida, por eso se atrevió a llamar. Louise abrió casi al instante. Llevaba en la mano el envoltorio de un medicamento y pese a la temprana hora del día parecía tan agotada como otras personas después de un día duro.

—Ah, sargento —dijo—. ¿Alguna novedad?

—Ha surgido una cuestión importante —respondió Kate—. ¿Puedo entrar?

—Sí, por favor. —Louise dio un paso atrás y Kate entró en la casa. Como ya había sucedido en su primera visita, en el interior olía mal, el ambiente era sofocante, hacía demasiado calor, no estaba aireado, olía a enfermedad. Humedad. Kate supuso que en la casa había moho. Louise no se ocupaba prácticamente más que de su hijo y, si la casa se pudría estando ella dentro, no se daría cuenta.

Alvin yacía en su cama exactamente en la misma posición que la vez anterior. Solo llevaba un chándal de otro color. Miraba al vacío. Como siempre desde hacía nueve años.

En un rincón había un pequeño árbol de Navidad con bolas de colores y velas eléctricas. Louise siguió la mirada de Kate.

—No sé qué es lo que él percibe —dijo—. A lo mejor es consciente de que es Navidad. A lo mejor se alegra de que haya este árbol.

—Seguro que está bien ocuparse de que haya vida en su entorno —repuso Kate con suavidad—. Porque, de hecho, es posible que sucedan muchas más cosas en su interior que las que nadie puede sospechar.

Louise asintió agradecida.

—¿Quiere un café? —preguntó.

—Me vendría muy bien.

Louise se marchó a la cocina. Kate se acercó más a la cama de Alvin. Contempló al joven cuya vida había terminado a la edad de dieciséis años. En ese momento tenía veinticinco y pasaba su existencia en esa línea extrañamente irreal entre la vida y la muerte.

—¿Qué piensas? —preguntó Kate—. ¿Qué te sucede? ¿Puedes oírnos? Si es así, entonces sabes que estoy buscando a quien te ha hecho esto. ¿Conoces su nombre?

La mirada fija, la respiración pausada. La mirada fija, la respiración pausada.

—Logan Awbrey —dijo Kate.

Ninguna reacción.

Louise llegó con las tazas de café y las dos mujeres se sentaron en el sofá frente al lugar que ocupaba la cama.

—Señora Malory, he estado dándole vueltas al caso —dijo Kate—. Y estoy casi segura de que no se le entregaron al inspector Hale todos los datos de los contactos de su familia.

Un pequeño destello en los ojos de Louise.

—¿A qué se refiere? Claro que le dimos todos los contactos. ¡No hubo ni hay nada más importante para mí y mi marido que atrapar al que ha hecho tanto daño a nuestro hijo!

—Hay algo que me extraña mucho —prosiguió Kate. Miraba fijamente a los ojos de Louise—. En sus listas no hay ninguna compañía de repartos. De comidas. Pizza, fideos, hamburguesas. Comida india. China. No sé.

—¿Compañía de repartos? —repitió. Parecía como si no tuviera claro qué hacer con eso.

—Es raro que una familia nunca solicite este tipo de servicios.

—Mi marido no quería. Por Alvin. Se lo dije al inspector Hale.

—Louise, su hijo pesaba en aquel entonces casi ciento setenta kilos. Y eso a pesar de que usted lo hacía todo para cocinar de una forma sensata y equilibrada. En algún sitio tiene que haber comido aparte.

—Sí, almacenaba dulces. Se los compraba camino de la escuela. Chocolate, bombones, gominolas con azúcar. Cantidades enormes. Lo escondía todo debajo del colchón.

—No es suficiente —dijo Kate—. No para un peso tan excesivo.

Louise apartó la vista a un lado.

Kate le tocó el brazo.

—Louise, supongo que quiere proteger a su hijo. Pero es posible que así proteja al agresor.

Louise no la miró.

—Mi marido le hizo la vida muy difícil. No tenía que enterarse. Bastante malo era que siempre encontrase todas esas golosinas en sus búsquedas al azar. Entonces se volvía mordaz, ofensivo, hiriente, cínico. Hizo llorar en más de una ocasión a Alvin. Si hubiese sabido todo lo que su hijo se pedía por su cuenta... se habría quedado impresionado.

—¿Le daba usted dinero a Alvin?

—Sí. En efectivo. Sacaba pequeñas cantidades de nuestra cuenta. Para que mi marido no se percatara. Nuestro vecino, el señor Fagan, estaba al corriente, le pedí que no dijera nada.

—Supongo que hay un segundo móvil además del particular de su hijo.

Louise asintió.

—¿Lo hizo desaparecer entonces?

—Quería proteger a Alvin. Naturalmente, él no se habría enterado de las críticas de su padre. Pero yo..., yo simplemente no quería traicionarlo. No quería que su padre pensara todavía peor de él. ¿Lo entiende?

—Sí —dijo Kate—. Lo entiendo. Pero, a pesar de ello, no fue algo muy inteligente por su parte.

Louise por fin levantó de nuevo la vista.

—¿Cree de verdad que ahí puede encontrar una pista?

—No lo sé. Pero no creo que el ataque que sufrió su hijo fuera por azar. Creo que había alguien que lo conocía. Que también sabía cuál era la situación de su familia. Por ejemplo, que Alvin solía pasar el día en casa completamente solo. Que se movía con dificultad. Que casi no podía defenderse, porque su naturaleza no se lo permitía. Un repartidor de comida regular podía obtener fácilmente toda esta información.

—Pero ¿por qué? —preguntó Louise—. ¿Por qué iba a hacer alguien algo así?

—Louise, lo que le hicieron a su hijo es incomprensible. Solo hay dos posibilidades: o bien Alvin se ganó mucho odio de alguna forma. O bien alguien buscaba una víctima. Y él se ofreció como tal.

Los ojos de Louise se llenaron de lágrimas. Apoyó el rostro en las dos manos y empezó a llorar silenciosamente.

—¿Me puede dar el móvil? —preguntó Kate.

Louise se levantó y salió de la habitación. Al cabo de un rato, regresó. Ya no lloraba; pero todavía tenía el rostro húmedo a causa de las lágrimas. Llevaba un móvil y un cargador.

—Es este. La batería está vacía, pero puede cargarlo. Los números están guardados. Debajo de los nombres de las compañías de reparto que él utilizaba. Eran cinco. No sé si todavía existen todas. Han pasado nueve años desde entonces.

Kate se puso en pie y cogió el móvil y el cable.

—Gracias, Louise. Lo estudiaré. Puede que la pista no conduzca a ningún lugar y entonces nadie, salvo nosotras dos, se enterará de nada.

—Gracias —susurró Louise.

Kate dudó unos segundos, luego dijo con cautela:

—Louise, antes mencioné que tal vez Alvin se ganara la animadversión de otras personas por algo que hubiera hecho. Si he entendido bien, Alvin siempre fue considerado víctima en el contexto de la investigación. Víctima del acto criminal, por supuesto; pero también víctima durante toda su vida. Víctima de burlas, víctima de la marginación, víctima de miradas de desprecio, de observaciones ofensivas, víctima de la soledad. En realidad, víctima en todos los niveles de la vida. Nunca se tomó en consideración que también él podía ser el autor de un delito.

—¿Autor? —preguntó Louise frunciendo el ceño.

—Su papel de víctima podría haber sido el detonante. Pero ¿sería concebible que él le hubiese hecho algo malo a otra persona? Una traición, una denuncia, algo. Ser el causante de que alguien perdiera una oportunidad o una relación, qué sé yo. Para defenderse, para devolver el golpe por una vez en la vida. A lo mejor desbarató unos planes muy prometedores a otra persona, le echó por tierra el modo en que había planificado su vida. Su actuación adquirió una dimensión que tal vez excedía incluso lo que Alvin esperaba alcanzar.

—¿Qué quiere decir? —musitó Louise—. ¿Que Alvin fuera el autor de una fechoría? —Parecía totalmente estupefacta.

—Puede que se defendiera. Y que el asunto adquiriese una dinámica propia que perjudicara a la otra persona más de lo que Alvin había previsto.

Louise se levantó cuan alta era. La preocupación la había empequeñecido, la había convertido en una mujer que estaba encorvada hacia sí misma. Kate pudo entrever por un momento a la mujer alta, delgada y atractiva que Louise había sido.

—Jamás en la vida —dijo—. Jamás en la vida hizo Alvin daño a nadie. Es impensable. Alvin es una persona buena, dulce y bienintencionada. Pese a todo el mal que le hicieron, nunca criticó a nadie. No era capaz de matar ni a una mosca. No abrigaba pensamientos llenos de odio o sedientos de venganza. Eso le resultaba totalmente ajeno. No, sargento Linville, se equivoca usted. Alvin es la víctima. No tergiverse los hechos. No es el autor.

Las dos mujeres se miraron en silencio durante un par de minutos.

—Tengo que reflexionar en todas las direcciones posibles —dijo Kate.

Louise negó con la cabeza.

—En esa dirección, pierde usted su tiempo.

—Hasta la vista —se despidió Kate—. La tendré al corriente de los avances.

Louise la acompañó a la puerta. Kate salió al frío del exterior. Era un día nublado y húmedo, pero, después de la atmósfera cerrada de la sala de estar, le pareció paradisiaco. Fresco y amplio y lleno de posibilidades. Era probable que Louise no apartara la vista de su hijo. Era probable que ya no supiera lo que se siente dando un paseo a la orilla del mar, el contacto de las gotas de lluvia en la piel y la brisa de verano en el cabello. No estaba muy lejos del estado comatoso de Alvin.

Kate subió al coche y puso a cargar el móvil que Louise Malory le había dado. En ese momento sonó su propio aparato. Era Pamela.

—Esta mañana temprano nos han llegado más resultados de la autopsia —informó sin preámbulos, sin ni siquiera dar los buenos días. Parecía tener prisa—. En primer lugar, Sophia Lewis. La comparación de los ADN ha dado la última confirmación: la mujer que se ha encontrado en Sleaford es Sophia Lewis. Murió a causa de dos disparos, uno en el corazón y el otro en el pulmón. Falleció en el acto.

—Un débil consuelo —dijo Kate—. Pero a pesar de todo, consuelo.

—En segundo lugar —prosiguió Pamela—, los resultados de Logan Awbrey. Le clavaron doce cuchilladas en el tórax. Dos de ellas fueron sin lugar a dudas mortales. La acción se desarrolló con una enorme violencia. Y, ahora, la noticia: el arma del crimen fue la misma que se empleó en el caso Diane Bristow.

—Bingo —dijo Kate—. El mismo autor.

—Es muy probable. Sí.

—Entonces, es posible que Logan le dijera la verdad a Anna. Diane todavía vivía cuando él se bajó del coche.

—Poco después debió de aparecer otra persona —dijo Pamela—. Ya de noche, en ese lugar dejado de la mano de Dios. Todo parece tan inaudito. Si el mismo Awbrey no se hubiese convertido en víctima, nunca me hubieran convencido de que existiera esta variante.

—Alguien pasa por azar. Ve un coche parado. Se detiene, puede que en un principio para ayudar. Luego la situación se agrava.

—Apuñala a la mujer que encuentra en el coche y unos pocos días después a su novio. O exnovio. No parece tratarse de alguien que pasara por azar. Sino de alguien que conocía a Diane y Logan.

—Anna Carter —dijo Kate—. Los conocía a los dos. Durante su juventud estuvo perdidamente enamorada de Logan Awbrey. Así lo afirmó ayer en su declaración. Pero él siempre la consideró una buena amiga.

—Anna Carter vuelve y mata a Diane porque, pese a lo que afirma, sabía que Logan Awbrey estaba en la zona y que Diane mantenía una relación con él —dijo Pamela, pero en su voz resonaban unas claras dudas—. Y luego mata a Logan porque se niega a emprender algo con ella. Suena bastante rebuscado.

—Sobre todo en lo que se refiere a Logan Awbrey —opinó Kate—. Ese hombre de dos metros de altura junto a la frágil Anna. No lo acuchillaron mientras dormía, sino en el pasillo de la casa, justo detrás de la puerta. Es posible que estuviera de pie y en plena posesión de sus no poco significativas fuerzas físicas. ¿Y, llena de agresividad, Anna consigue asestarle doce puñaladas? Él apenas debe de haberse defendido, al menos no se ven huellas ni en el rostro ni en las manos de Anna que indiquen que él se peleó para protegerse.

—Resulta inimaginable.

—¿Se sabe más sobre la hora del fallecimiento?

—Lunes por la tarde. Entre las diecisiete y las veintiuna horas.

—A esa hora Anna estaba en el curso de cocina. Y luego con su novio.

—¿A las diecisiete ya estaba en clase?

—Para hacer los preparativos. Pero no hay testigos.

—¿Qué pasa con el novio? —preguntó Pamela—. Samuel Harris. Al fin y al cabo, la ayudó a desprenderse del cadáver en los pantanos. ¿Podría haberla ayudado a cometer el crimen?

—¿Por qué iba a hacerlo?

—Porque Awbrey era su rival.

—¿Y Diane? Además, ¿por qué esperaron doce horas para deshacerse del cuerpo? ¿O la autopsia ha dado otros límites de tiempo?

—No. Es seguro que el cuerpo no estuvo antes del lunes en el exterior.

—Ambos asesinan a un hombre y lo dejan una noche y casi un día en el pasillo de la casa y luego se lo llevan?

—Estaban bajo los efectos del shock. No fue algo planeado.

—Pero tenían un cuchillo y con él habían matado antes a Diane Bristow. En conjunto suena demasiado frío en dos personas que de repente se encuentran paralizadas por el shock. No, pero creo que Anna Carter oculta algo decisivo y que, a pesar de todo, el desarrollo de esta historia es tal como ella lo describe. Encontró a Logan Awbrey a última hora de la mañana del 24 de diciembre y luego llamó a su novio. Hasta ahí es sincera.

—Usted interrogó a Anna Carter —dijo Pamela—. Seguro que tiene más olfato. A propósito: ¿dónde está ahora? ¿Camino de casa de Carter?

En ese momento todavía no quería comunicar nada de sus nuevas reflexiones acerca de Alvin Malory.

—Sí —se limitó a responder—. Pero es posible que vuelva a llevármela a la comisaría.

—De acuerdo. Confío en su intuición para plantear las preguntas correctas. Ahora voy con un grupo de la policía científica a casa de Patricia Walters. Hay que confirmar si se produjo un robo.

—Mucha suerte —le deseó Kate—. Con la hija. Es de las que ponen las cosas difíciles.

—Resistiré —dijo Pamela antes de colgar.

2

Todavía no eran las nueve cuando Kate llegó delante de la casa de Sam Harris y pulsó el timbre. No hubo respuesta. Volvió a llamar dos, tres veces, pero todo permanecía en silencio.

Por lo visto, Anna Carter no estaba.

Debía de haber salido temprano a comprar o a dar un paseo junto al mar, pero, en cierto modo, Kate no acababa de creérselo. El día anterior Anna había estado tan aturdida, tan agitada y tan profundamente indecisa que no se la podía imaginar ni paseando por la playa ni comprando comida. Era más probable que se hubiese olvidado de comer y beber y que, ovillada en el sofá, se hubiese entregado a sus penas.

Kate sacó el móvil para intentar dar con ella por teléfono, pero en ese mismo momento la llamaron. La pantalla indicaba que se trataba de la sargento Helen Bennett.

—¿Sargento Bennett?

—Sargento Linville, ha llamado Samuel Harris. Sabe que Anna Carter ha confesado que se deshicieron del cadáver de Logan Awbrey. Ahora todavía está con su padre en Londres, pero regresará mañana y se pondrá en contacto con nosotros.

—De acuerdo. ¿Algo más?

Helen suspiró.

—La directora del equipo que está recogiendo las huellas en Harwood Dale, en casa de Anna Carter, también ha llamado. Nos ha comunicado que el coche de Anna Carter ha desaparecido.

—¿Cómo? —exclamó Kate.

—Sí. Ayer todavía estaba ahí, naturalmente lo habían asegurado, pero esta mañana temprano ha desaparecido.

—¿Asegurado?

—Habían sellado las cerraduras. Es un modelo muy viejo, sin apertura automática.

—¿Y no han pensado en un cepo?

—No. A nadie se le ocurrió que...

—Entiendo. De acuerdo. Gracias por la información. —Kate estaba colérica, pero más hacia sí misma que hacia los demás. Debería haber insistido en que bloquearan el coche, había visto cómo estaba Anna. Se encontraba en un estado desastroso, lejos además de su novio. Kate debería haber reconocido que existía la posibilidad de que huyera. No debería haberla dejado sin vigilancia. Pero ¿qué tendría que haber hecho? No había razones suficientes para detenerla temporalmente. Como mucho, bajo sospecha de haber asesinado a Logan Awbrey, lo que a Kate le parecía tan absurdo que ni siquiera lo había considerado.

—¡Joder! —dijo en voz alta, pero como estaba totalmente sola en Victoria Road, nadie la oyó. Volvió a marcar el número del móvil de Anna, pero tal como esperaba respondió al cabo de un rato el contestador automático. Anna se había ido y no quería que dieran con ella. Cabían muchas posibilidades de que intentara reunirse con su novio. Kate esperaba que Samuel Harris fuera lo suficientemente sensato para convencer a Anna de que diera marcha atrás. Al menos había dado señales de vida por su cuenta. Parecía haber entendido que tenía que enfrentarse a los problemas que había causado.

Volvió a meterse en el coche y partió en dirección a la comisaría. Contactaría ahora con los distintos servicios de reparto que estaban guardados en el móvil de Alvin...

En los despachos no había gran actividad. Muchos agentes aprovechaban la semana de Navidad para permitirse unas cortas vacaciones y se habían tomado el viernes libre. En el vestíbulo de entrada todavía relucía el árbol de Navidad. Como cada año,

Kate pensó que todos esos adornos, los abetos y las luces ya estaban fuera de lugar al día siguiente y causaban tristeza.

Se asomó un momento al despacho de Pamela pero también estaba vacío. Tenía el propósito de ir a casa de Eleonore Walters. Era probable que empezara su fin de semana directamente desde allí.

Kate subió la temperatura de la calefacción de su despacho, fue a buscar un café en la máquina del pasillo y comprobó luego los nombres y los números de teléfono de las compañías de repartos que había encontrado. Louise había dicho que Alvin utilizaba cinco. Kate supuso que como era ella quien había pagado sabría si había habido más.

Según Google, dos de las compañías ya no existían. Si era necesario habría que encontrar a los propietarios, pero podía ser un proceso laborioso. Las demás todavía funcionaban. En una de ellas, un restaurante indio, Kate también solía pedir de vez en cuando la cena.

Como no tenía mucho sentido llamar a la línea directa de pedidos, y menos a esa hora del día, Kate indicó a Helen que buscara los nombres, direcciones y números de teléfono de los propietarios. En uno de los casos se trataba de una cadena que funcionaba en todo el país, lo que sería más lento, pero Helen enseguida obtuvo los otros dos datos, que pertenecían a restaurantes. Kate marcó los números y contactó con dos hombres, a uno de los cuales parecía haber arrancado de la cama y de un profundo sueño.

—Sargento Kate Linville al aparato —se presentó—, policía de Yorkshire del Norte. Necesito urgentemente información.

Mencionar a la policía sirvió al menos para que los dos hombres, que en un principio habían reaccionado malhumorados y con desgana, se volvieran claramente más accesibles.

—Se trata de los repartidores de sus artículos —anunció Kate—. En los años 2009 y 2010.

Ambos individuos suspiraron horrorizados en ese momento.

—¡De eso hace una eternidad! —exclamó uno, mientras el otro explicaba que no conservaba documentos de ese periodo.

—¿Y cómo voy a saber yo quién trabajaba para mí en esa época?

—Como empresario debe usted conservar los documentos correspondientes durante diez años —respondió amablemente Kate—. Seguro que está usted al corriente.

Al final ambos se mostraron dispuestos, como mínimo, a buscarlos. Se percibía con toda nitidez que Kate les había fastidiado el día por completo.

—Dentro de dos horas pasaré a verle —dijo Kate—. Para identificarme y para echar un vistazo a su lista de empleados. ¿Debo pasar por su casa o por su oficina?

Uno quería recibirla en casa y el otro, en el despacho. Kate esperaba que no tuvieran demasiados trabajadores ilegales. Tendría entonces las de perder.

Helen apareció con el tercer nombre y una dirección. Aunque en realidad trabajaba como psicóloga policial era increíblemente eficiente cumpliendo las diferentes tareas que, a causa de la falta de personal, le encomendaban a ella. Trabajaba deprisa y con eficacia. Kate la admiraba sobre todo por la serenidad con que sin cesar ocupaba puestos para los que, de hecho, estaba sobrecualificada. Habría podido quejarse más de una vez, pero no lo hacía. Era una compañera de equipo estupenda y nunca se creía demasiado buena para hacer algo. Kate encontraba que Pamela, al igual que el anterior jefe, Robert Stewart, daban por supuesto que actuara así.

—Phil Sullivan. Es el responsable del servicio de repartos de Biggestpizza en Scarborough y hasta Whitby. Afortunadamente, su oficina se encuentra aquí, en Scarborough, en la zona peatonal.

Kate cogió la hoja de papel con el nombre y la dirección.

—A ver si está hoy ahí...

Helen asintió.

—He llamado. Está.

—Helen, es usted maravillosa —dijo Kate mientras se levantaba y cogía su bolso—. De verdad. Impagable.

Helen se ruborizó.

—Solo hago mi trabajo.

—Hace usted más que eso. Me voy a ver al señor Sullivan. Después visitaré a los otros dos. Todavía no sé qué haremos con los que ya han cerrado. Espero encontrar algo antes.

—¿Qué es lo que busca exactamente? —preguntó Helen.

Kate se encogió de hombros.

—En realidad no puedo decírselo. Un nombre. Un nombre que me ayude a avanzar.

Por el camino, intentó otra vez contactar con Anna Carter, pero de nuevo saltaba el contestador automático. Kate telefoneaba ocultando su identidad, así que Anna ignoraba que era la policía quien la estaba llamando. Pero lo supondría y era posible que por eso mismo no atendiera a las llamadas.

Se subió al coche y, en cuanto lo hubo puesto en marcha, sonó el móvil. Por un instante esperó que fuera una razonable Anna Carter, pero era Pamela quien volvía a llamarla.

—Estoy en casa de la difunta señora Walters —informó—. La policía científica ha encontrado en el sótano una ventana rota. Daba a un cuarto trasero en el que la hija aún no había entrado desde que está aquí, por eso no se había dado cuenta. Por supuesto podría tratarse de una ventana que estaba rota hacía tiempo.

—No creo —opinó Kate. Reflexionó—. Si alguien se coló en la vivienda y causó la muerte de la anciana señora Walters, Mila Henderson queda exculpada. Vivía en la casa. No tenía que romper una ventana para entrar.

—Es cierto —admitió Pamela de mala gana. Se había decantado por la idea de una Mila que se había dado a la fuga dejando un reguero de sangre a su paso; pero en realidad las piezas no encajaban—. Hemos actuado precipitadamente en este asunto —prosiguió Pamela—. Para ser más exactos, no hemos actuado. Hemos aceptado a ciegas las sospechas de la hija y no hemos pensado en un delito.

—No era evidente. Pero deberíamos haber estado abiertas a otras posibilidades —admitió Kate. Cuando Eleonore Walters había informado a la policía de la muerte de su madre y del incumplimiento de sus tareas de Mila, Pamela todavía no había llegado. Kate se había dejado llevar por una pista falsa y no la había cuestionado. Encontraba muy honesto que Pamela no lo señalase.

—Los de la científica están ahora registrando toda la casa —dijo Pamela—, pero, naturalmente, nos enfrentamos a un escenario del crimen contaminado por completo. Es improbable que encuentren algo que sea de utilidad, pero tenemos que intentarlo.

Kate suspiró. La situación relacionada con el caso Walters no podía ser peor.

—Me despido y me voy de fin de semana —anunció Pamela—. A partir de ahora lleva usted las riendas, Kate. Es posible que yo esté inaccesible. ¿Se las arreglará?

—Sí.

—Estupendo. Nos vemos el lunes. —Pamela colgó con su usual brusquedad y Kate se sintió agradecida por no haber tenido que hablar de Anna Carter. Podría haber preguntado por el estado del interrogatorio y Kate habría tenido que informar a su jefa de que Anna había desaparecido. Porque Kate no la había arrestado... Junto con el asunto de Mila, Pamela podría haber llegado a la conclusión de que Kate no actuaba con demasiada prudencia.

Golpeó el volante con el puño.

—¡Mierda, mierda, mierda! —exclamó.

No había estado lo suficientemente atenta. En las últimas semanas había pensado más en cómo sobrevivir a la Navidad que en el trabajo. Eso no estaba bien, estaba incluso fatal. El año próximo no podía pasarle. No era probable que su vida hubiese cambiado para entonces. Aunque... Caleb había ido a verla. Ofendido porque ella se había marchado sin decirle nada. Había insistido en que no se trataba de un polvo de una noche...

Pero ella lo notaba. Simplemente, lo sabía. Que él pensara lo que quisiera, se propusiera lo que quisiera: no podía mantener una relación. Era una carencia de su vida, de su carácter. Probablemente desearía que fuese diferente, pero no era capaz de conseguirlo. Si fuesen pareja, al cabo de poquísimo tiempo se encontrarían ante unos problemas enormes. Él se sentiría atrapado y ella percibiría sus ansias de partir. Llegaría un momento en que ambos estarían desesperados.

Se contuvo. Otra vez volvía a pensar en su vida sentimental. Ahora no tenía espacio para eso.

Aparcó juntó a Nicholas Cliff y se dirigió a la zona peatonal. Todavía no había mucho movimiento, la mayor parte de las tiendas no había abierto. El tiempo no invitaba a pasear. Se veía más bien a personas que tenían que trabajar ese día y que se dirigían apresuradas a sus despachos. Un par de gaviotas se peleaban por un trozo de pan que alguien había tirado. Desde el mar resonaba melancólica a través de la niebla la sirena de un carguero.

El despacho de Phil Sullivan se encontraba encima de una tienda de ropa cuyos escaparates estaban adornados con temas navideños. Kate pulsó el botón junto a un letrero donde estaba escrito «P.S.» y la puerta se abrió enseguida con un zumbido. Kate se internó en un estrecho pasillo del que partía una empinada escalera.

—¡Suba! —gritó alguien desde lo alto. Kate subió por la escalera. Arriba la esperaba un hombre de unos cincuenta años que le tendía la mano—. Soy Phil Sullivan —se presentó, conduciendo a Kate a su despacho. Todo al mismo tiempo. Emanaba un inmenso nerviosismo. Era el prototipo de adicto al trabajo que no se detenía en ningún momento.

—Sargento Kate Linville —dijo Kate, mostrando su placa.

Phil Sullivan solo lanzó una mirada fugaz.

—Sí, su compañera anunció su visita. Es acerca de las personas que realizaban los repartos de Biggestpizza. En 2009 y 2010. ¿Correcto?

—Sí —confirmó Kate.

Era evidente que Phil no perdía el tiempo. Desapareció detrás de la pantalla de un ordenador que estaba sobre su escritorio y dijo:

—Siéntese. Ya he buscado los datos que son de su interés.

Kate tomó asiento en uno de los sillones de piel marrón. La sala era grande y amueblada de un modo exclusivamente funcional. Estanterías y armarios a lo largo de las paredes. El escritorio. Un televisor en un rincón. Una butaca para las visitas y una silla plegada debajo de la ventana por si se recibían más visitas. Ni una planta, ni un cuadro. Tampoco adornos de Navidad, lo que Kate encontró muy agradable. A Phil Sullivan seguramente le habría parecido una pérdida de tiempo total colgarlos para un par de días al año.

Desde la ventana se veía la cubierta de la casa de enfrente. Sobre la chimenea se apretujaban unas gaviotas muertas de frío.

La impresora que había debajo del escritorio empezó a trabajar.

—Le imprimo la lista de nombres —indicó Sullivan—. Casi ninguna de esas personas trabaja hoy para nosotros. Hay muchas entradas y salidas.

—¿Le dice algo el nombre de Alvin Malory? —preguntó Kate.

Sullivan frunció el ceño.

—No. ¿Trabajó con nosotros?

—No. Era un cliente. Un escolar. Lo agredieron hace nueve años en casa de sus padres y lo torturaron hasta el punto de que se encuentra desde entonces en estado vegetativo.

Sullivan asintió.

—Ahora me acuerdo. Ese caso fue durante semanas tema de conversación aquí en Scarborough. Los periódicos informaban constantemente al respecto. Todo fue muy horrible. ¿Y la víctima era cliente nuestro?

—De diferentes servicios de reparto, pero también del suyo, sí. Sufría una grave adiposis, casi cada día pedía comida. Estamos comprobando quiénes eran los que se la suministraban.

—¿Nueve años más tarde?

—Por desgracia, se han producido ahora unos hallazgos que hacen necesario ese paso —respondió Kate con una evasiva.

—¿Se refiere a que el autor del crimen podría ser un repartidor de pizzas? —preguntó Sullivan en un tono incrédulo.

—Todavía no nos referimos a nada, señor Sullivan. Estamos sondeando una posibilidad entre muchas.

Él le tendió un fajo de papeles.

—Tenga. Nuestros empleados de ese periodo. No me puedo imaginar a ninguno de ellos haciendo algo así.

—Tampoco tiene que ser el caso en absoluto —respondió Kate, levantándose y cogiendo la lista—. Muchas gracias por su rapidez y disponibilidad. Algo más: si nos llama la atención un nombre, ¿será posible averiguar si esa persona entregó un pedido a Alvin Malory y en qué días?

A Sullivan no se lo veía nada entusiasmado.

—En cierto modo me temía que planteara esta cuestión… Sí, sería posible. Pero muy laborioso y requeriría mucho tiempo.

—Gracias, señor Sullivan. Espero ahorrarle ese trabajo. —No era nada sincera. Naturalmente, Kate esperaba encontrar algo. Y casi a la fuerza eso llevaría a dar el siguiente paso.

Sullivan la acompañó a la puerta y tras una escueta despedida corrió estresado, según suponía Kate, al despacho. Ella bajó por las escaleras y regresó a través de la zona peatonal, todavía tranquila, al coche. Se sentó tras el volante y se concentró en los papeles. Lo mismo le daba hacerlo ahí que en la oficina.

Era una lista interminable de nombres. Muchos de ellos desvelaban el origen indio o paquistaní del repartidor. También se encontraban nombres árabes y otros que podía ser chinos o japoneses. Para muchas personas que acababan de llegar al país, los servicios de reparto representaban la solución temporal clásica antes de establecerse y encontrar un trabajo adecuado. Naturalmente, también había algunos que eran ingleses, pese a ser los menos. Detrás de cada nombre había un número de teléfono y después la fecha de la contratación. Además, en la mayoría estaba la fecha de salida de Biggestpizza. Precisamente entre los nombres ingleses, el periodo de contratación solía durar un par de semanas, y después, al cabo de un intervalo, los empleados volvían por unas semanas más. Kate suponía que eran estudiantes de los cursos superiores. Si comparase sus jornadas laborables con las vacaciones en la escuela, probablemente coincidirían. Escolares y estudiantes que querían ganar algo de dinero.

Lo frustrante al echar una ojeada a todos esos nombres era que Kate no sabía si el que estaba buscando se encontraría en una compañía de servicios de reparto. Además, sostenía en las manos los papeles de solo una de las cinco empresas. Dos de ellas ya no existían y, con respecto a ellas, seguramente no se podría volver a construir una lista de nombres. Y, sobre todo, incluso si el autor del crimen se escondía entre los nombres que ella llegara a obtener,

¿cómo lo reconocería? ¿Qué posibilidades había de que lo reconociera?

—Es buscar una aguja en un pajar —dijo en voz alta rompiendo el silencio del coche—. Phil Sullivan lo describiría como una auténtica pérdida de tiempo, y me temo que tendría razón.

Miró deprimida hacia fuera, hacia una fila de coches aparcados en el lado opuesto. Había estado tan eufórica con su plan... Pero ahora se daba cuenta de lo improbable que era conseguir avanzar de ese modo.

De acuerdo. No había más remedio. Adelante. Repasaría estas listas y cualquier otra que apareciera y, si no obtenía nada, al menos tendría la sensación de haber agotado todas las posibilidades.

Bajó la vista a los papeles. Y de repente se quedó sin aliento.

—¡No es posible! —exclamó.

3

Anna se preguntó cómo había podido imaginarse que todo sería tan fácil. Viajar a Londres y encontrar una residencia de ancianos cuyo nombre desconocía y de la que solo sabía que se encontraba en Shepherd's Bush, cerca de Shepherd's Bush Green. ¿Cómo iba a hacerlo?

Había estado seis horas al volante, más tiempo de lo que normalmente se necesitaba para cubrir el trayecto de Scarborough a Londres, pero la oscuridad y el espesor que adquiría a veces la niebla la habían obligado a conducir despacio y con mucha cautela. A eso de las cinco había llegado a las afueras de Londres y había alcanzado el nivel más bajo de sus fuerzas. En una pequeña localidad, en la que todavía no se movía nada ni nadie, se había dirigido a un gran y vacío aparcamiento de un polígono industrial, se había detenido allí y se había ovillado en el asiento trasero de su coche para dormir una o dos horas. Le ardían los ojos de cansancio y estaba agotada. Y al mismo tiempo llena de inquietud.

De hecho, consiguió conciliar el sueño media hora, pero luego se despertó a causa del frío y de lo incómodo de la postura. Durante un rato el coche había almacenado el calor de la calefacción, pero el frío, húmedo y desagradable, se había deslizado veloz en el interior. El coche era pequeño y el asiento trasero corto. Para estar acostada, Anna tenía que encoger mucho las piernas, que casi le llegaban justo delante de la boca. Cuando se levantó soltó un leve gemido de dolor: tenía las extremidades totalmente entumecidas, todos los huesos le dolían. Ni pensar en haberse recuperado. Se sentía peor que antes de esa breve cabezada.

Salvo por la luz blanquecina de algunas farolas, a su alrededor todavía reinaba una oscuridad densa. Vio en el móvil que eran las seis menos cuarto.

Salió del coche y se acuclilló detrás de uno de los edificios para orinar sobre una estrecha franja de hierba. Pocas veces se había sentido tan abandonada. Regresó cojeando al vehículo, se sentó detrás del volante y se apoyó en el respaldo. Fuera amanecía lentamente.

Por todos los santos, ¿qué estaba haciendo allí?

Se había escapado. Como siempre. Como llevaba años haciendo. Ella corría, corría y corría y esperaba encontrar en algún lugar la calma frente a sus propios pensamientos, las imágenes, los recuerdos. Pero ese lugar no existía. Ni siquiera lo había podido encontrar junto a Sam. Él le había ofrecido calidez y seguridad, pero ella había sido incapaz de aceptarlas. Había dejado que él la acompañase, la apoyase, la consolase, la sosegase, pero ella no lo había aceptado de verdad. No podía porque eso habría significado detenerse y ella tenía miedo de hacerlo.

Y, si ahora daba con Sam en la residencia de ancianos en la

que intentaba ocuparse de su anciano padre, ¿qué sacaría de ello? Abrumaría a Sam y ella misma no ganaría nada.

Hundió el rostro entre las manos.

Nadie había podido ayudarla. Ni los psicólogos ni los medicamentos. Todo había servido para dejarla aturdida a corto plazo. Luego las imágenes habían vuelto, estridentes y afiladas. ¿Y qué había alcanzado huyendo siempre para sofocar los recuerdos? Había dañado de modo tan persistente la relación con un hombre al que amaba que tal vez ya no podría restablecerse. Trabajaba para Dalina, a quien en el fondo de su corazón no soportaba. Odiaba también su trabajo. Vivía en una casa que era vieja, estaba hecha una ruina y daba la impresión de irse a desmoronar con la próxima tempestad. Nunca se había sentido allí en un hogar.

No podía seguir huyendo más.

Qué gran conclusión, pensó, después de haberse escapado de un interrogatorio policial, haber llegado casi a Londres y haberse metido en un tremendo lío.

El frío iba penetrando en ella de tal modo que encendió el motor y subió la calefacción al máximo. Luego se puso en marcha, echó un vistazo en el pueblucho cuyo nombre seguía sin conocer y buscó una cafetería. Por fin encontró un pequeño McDonald's abierto, bajó del coche y compró una taza grande de café solo y un muffin de chocolate. El hombre que estaba tras la barra la miró con desconfianza. Posiblemente tenía un aspecto horrible, con el cabello revuelto y sin peinar, el abrigo arrugado y los ojos todavía hinchados de tanto llorar. Le daba igual. Que pensara lo que le diera la gana sobre ella.

Cuando volvió a subir al coche, sonó el móvil. Por un momento esperó que fuera Sam, pero la persona que llamaba no estaba identificada. Debía de ser Kate Linville, la mujer del curso de cocina que había resultado ser sargento de policía. Anna dudó. Lo mejor habría sido contestar, reconocer que había huido a Londres en una especie de acto irreflexivo. Pero que iba a regresar y contarlo todo.

¿Era eso lo que iba a hacer?

El sonido del móvil enmudeció.

En la calle empezaba a haber vida. Un par de coches. Un par de viandantes. Apenas pasada la Navidad, a punto de celebrar la Nochevieja. Ese día eran pocos los que trabajaban. Una plomiza pesadez parecía yacer encima de todo, pero a lo mejor se debía al mal tiempo. Por lo que ya se sabía, ese día no iba a clarear. A lo mejor se debía a la cantidad excesiva de días festivos. Demasiado tiempo, demasiada comida, demasiados regalos. Demasiado inmovilismo.

Se preguntó si tendría valor de dar el paso que sabía que era el único correcto.

4

Dalina tenía un aspecto hinchado y trasnochado cuando abrió la puerta de su pequeña vivienda adosada encima de la bahía norte. Desde allí tenía una vista tan preciosa como la de Caleb desde su nueva casa, pero el entorno estaba más cuidado, los edificios eran bonitos y estaban bien conservados. En verano, las rosas florecían en unos jardines delanteros pequeños y pintorescos. Ahora correteaban por allí renos iluminados y san Nicolás. Aunque no en casa de Dalina. Su jardín anterior estaba vacío. Ni un ápice de atmósfera navideña.

—Buenos días, señora Jennings —dijo Kate. Le mostró su placa—. Sargento Kate Linville. Policía de Yorkshire del Norte.

Era evidente que Dalina todavía estaba medio dormida, aunque ya eran las diez. Primero, se quedó mirando la identificación y luego a Kate. Lentamente se fue dando cuenta de que conocía a la mujer que estaba en el camino enlosado.

—¿Señora Linville? ¿No es usted...?

—Me matriculé en el curso de cocina de enero. Y ocupé la vacante de Diane Bristow a principios de semana.

Dalina intentaba concentrarse.

—Sí, pero... ¿No dijo que trabajaba de cuidadora de ancianos?

—Sí.

—Oh, pero... —Ahora los ojos de Dalina se entrecerraron. Estaba claro que empezaba a espabilarse—. Ah, eso. O sea que estaba, por decirlo de algún modo, actuando como una agente infiltrada. Ingresó en mi compañía como cuidadora, pero en realidad estaba espiando como policía. ¿Eso está permitido?

—Cuando me matriculé en el curso de enero, todavía no se había producido el caso Diane Bristow —contestó Kate—. Y, naturalmente, solo es asunto mío qué datos de mi persona revelo y cuáles no.

Justo después se enfadó. ¿Por qué se justificaba delante de esa somnolienta alcahueta? Era obvio que Dalina era de otro calibre que su amiga Anna. Agresiva y vejatoria.

—¿Qué quiere? —preguntó Dalina fríamente, ajustándose el cinturón del albornoz que la cubría.

—¿Puedo entrar? Tengo un par de preguntas.

—¿Preguntas acerca de qué?

—Acerca del caso Alvin Malory —respondió Kate, mirando con atención a la mujer. Le pareció ver un cierto estremecimiento en los párpados; salvo por ello, Dalina mantenía el control. A lo mejor no tenía nada que ocultar.

—De acuerdo —dijo de mala gana Dalina—. Pase. Pero hay mucho desorden en el piso.

—No me molesta nada —aseguró Kate entrando en la casa.

Dalina la condujo a la sala de estar, donde no había ni árbol de Navidad ni velas, sino botellas de vino vacías sobre la mesa y algunas copas con huellas de carmín en el borde que estaban repartidas por toda la sala. Olía a humo de cigarrillo frío y a sudor, mezclado con el aroma de un fuerte perfume.

—Oh, tenía usted visita —dijo Kate.

—No —respondió Dalina.

Unas Navidades totalmente sola delante del televisor con mucho alcohol y cigarrillos.

«Es una enfermedad muy extendida —pensó Kate—, esta terrible soledad».

—Tome asiento —señaló Dalina. Kate se sentó en el sofá. Dalina se quedó de pie.

Kate sacó del bolso una de las hojas de las numerosas listas de Biggestpizza.

—He reconocido su número —dijo—. En los años 2009 y 2010 trabajó usted de repartidora para la pizzería Biggestpizza.

Dalina se encogió de hombros.

—Sí. ¿Y?

—¿Tenía entonces dieciocho, diecinueve años?

—Sí. En 2010 acabé la escuela. Antes trabajaba durante las vacaciones en Biggestpizza. ¿Está eso prohibido?

—No. ¿Dejó luego Biggestpizza?

—Me mudé a Manchester. Estudié allí.

—¿El qué?

—Ciencias empresariales. Pero no terminé la carrera.

—¿Cuándo interrumpió usted sus estudios?

—En 2012. Me ofrecieron un empleo en una agencia matrimonial. Estuve dos años antes de volver a Scarborough y hacerme autónoma. —Dalina miró acechante—. ¿De qué va esto? ¿Por qué me pregunta por una época que hace una eternidad que pasó?

—Puede que haga una eternidad que pasó, como dice usted,

pero hay personas a quienes los sucesos de entonces las siguen afectando ahora. ¿Le dice algo el nombre de Alvin Malory?

Dalina era una persona con un gran autocontrol, pero por un segundo no pudo dominar los rasgos de su rostro. Sus párpados volvieron a estremecerse. Apretó unos segundos los labios. Luego volvió a adquirir su aspecto impasible.

—No. ¿Debería?

—Según mi lista entregaba usted regularmente la comida a Alvin Malory, que entonces tenía quince y luego dieciséis años. Era cliente de Biggestpizza. —Kate se arriesgaba diciendo esto. Si bien sabía que Dalina trabajaba como repartidora de la pizzería, no aparecía en la lista que hubiese entregado pedidos a Alvin. Kate había llamado a Phil Sullivan y le había pedido que lo averiguase y él había prometido que se ocuparía de ello. Por el momento, Kate carecía de la información, pero estaba casi segura de que Dalina y Alvin habían estado en contacto.

—No puedo acordarme de todos los clientes que tuve entonces —dijo Dalina—. Eran numerosos, la verdad. Los repartos se hacían hasta en los alrededores de Scarborough. Y hace mucho de eso.

Kate notó que estaba un poco nerviosa.

—De todos modos, sería sorprendente que no se acordase de Alvin Malory —señaló Kate—. El nombre salió durante meses en todos los periódicos. Por todo el país. La unidad especial de investigación más grande de todos los tiempos estuvo instalada aquí, en Scarborough, por su causa. En julio de 2010 asaltaron a ese chico en la casa de sus padres y lo maltrataron a conciencia. Los delincuentes le administraron desatascador. Es un milagro que Alvin sobreviviera. Desde entonces se halla en estado vegetativo.

—Lo recuerdo —admitió Dalina de mala gana. Sabía que no tenía el menor sentido afirmar que nunca había oído hablar de ese tema—. Horrible. Sí.

—¿Recuerda el caso? ¿O haber repartido su pedido a Alvin Malory?

—Si, ahora me acuerdo. De vez en cuando le hice yo la entrega. Pedía grandes cantidades.

—Era muy obeso.

—Sí. Es cierto. —Creyendo que Kate ya contaba con las pruebas, Dalina cambió de estrategia y se volvió más servicial—. Pobre chico. A veces hasta pedía dos menús XXL a la vez. Yo pensaba que eso empeoraba todavía más su situación. Pero no era mi tarea evitar que la gente pidiera o animarla a que dejara de comer. Al contrario. Así que me limitaba a hacer el reparto.

—Claro. —Kate cambió de repente de tema—. ¿Conoce usted a un tal Logan Awbrey?

Dalina pareció reflexionar brevemente sobre cuánto sabía Kate y si tenía algún sentido negarlo, pero al final se decidió por decir la verdad.

—Sí. De antes.

—¿De su adolescencia?

—Sí.

—¿Iban juntos a la escuela?

Dalina negó con la cabeza.

—No. Es un par de años mayor que yo. Lo conocí en un club nocturno y a partir de entonces se me pegó. Sí, hay ese tipo de hombres de los que no te puedes deshacer cuando has flirteado un poco con ellos. Ya sabe...

Kate no lo sabía, a ella no se le había pegado ningún hombre, aunque ella tampoco iba a clubes nocturnos ni flirteaba. No era de ese tipo.

—¿Qué edad tenía cuando lo conoció?

Dalina dudó.

—Catorce —respondió entonces.

—¿Ya iba a los clubes nocturnos con catorce años?

—Conocía al portero. A veces hacía la vista gorda.

—Entiendo. ¿Y Logan Awbrey y usted se hicieron novios?

—Estaba totalmente enamorado de mí. Pero yo no de él. En realidad no se puede hablar ni de amistad.

—A través de él conoció a su amiga Anna Carter. Anna califica su relación con Awbrey de amistad.

Dalina volvió a entrecerrar los ojos. Seguía pareciendo un animal al acecho. Kate consideró que esa mujer podía ser peligrosa si uno se acercaba demasiado a ella.

—¿Ha hablado usted con Anna?

—Largamente. Logan Awbrey, que era sospechoso de haber matado a Diane Bristow, se alojó en su casa. ¿Lo sabía?

Dalina pareció sorprenderse.

—¡No! ¿Anna lo escondió en su casa?

—Sí. Desgraciadamente también lo mataron allí cuando ella estaba ausente.

—¿Cómo? —Dalina se quedó atónita, pero Kate sabía que podía estar fingiendo. Algunas personas se convertían en estupendos actores cuando se trataba de aparentar una total ignorancia. No cabía duda de que Dalina tenía unos nervios fuertes y disponía de suficiente autocontrol.

—Sí. Alguien asesinó a Logan Awbrey del mismo modo que a su novia Diane. Asestándole un buen número de puñaladas. El arma del crimen es idéntica.

—Oh, Dios mío —dijo Dalina—. ¿Logan está muerto?

—Sí. Supongo que en algún momento supo usted que él era el hombre que buscábamos tras el asesinato de Bristow, ¿no es verdad? Su imagen apareció en toda la prensa.

Dalina se sentó en la butaca más próxima.

—Lo sabía. O al menos lo sospechaba. Sí. Y más tarde también apareció su nombre.

—Mi compañera, la inspectora Graybourne, le tomó declaración y le pidió que se pusiera en contacto si tenía algo que comunicarle. ¿Por qué no nos llamó cuando supo que conocía a la persona que buscábamos?

Dalina se encogió de hombros sin saber qué responder.

—¿De qué hubiera servido? Hacía siglos que no lo veía. No nos habíamos puesto en contacto desde hacía años. No habría podido decir nada que hubiese ayudado a la policía.

—Aun así, era su obligación. Lo que hubiéramos hecho nosotros ya era asunto nuestro. Pero tampoco su amiga Anna dijo nada. Lo encuentro muy extraño.

—Por lo que yo sé, Anna tampoco tenía ningún contacto con él.

—A pesar de ello. Asesinan a una mujer que participa en un curso de cocina para solteros en su agencia. Usted conoce a esa mujer. Anna Carter es incluso la profesora del curso y todavía la conoce mejor. El hombre al que se está buscando en este contexto les recuerda a ambas, por su descripción, a su amigo de juventud Logan Awbrey. Poco después incluso se lo busca por su nombre. Y ninguna de ustedes dice ni una sola palabra. ¿Por qué, señora Jennings? ¿Por qué las dos guardaron silencio con tanta obstinación?

—Ya se lo he dicho. No había nada que contar.

—Había que contar que usted conocía a un presunto asesino. Que sabía cosas sobre él. Todo eso nos habría ayudado a avanzar. Guardar silencio en un caso así, señora Jennings, es muy extraño. A no ser...

—¿Sí? —preguntó Dalina. Totalmente despierta y alerta. En tensión. A Kate volvió a recordarle un felino al acecho.

—A no ser que se oculte algo más grave —respondió Kate.

—¿Qué quiere decir?

—Las huellas dactilares de Logan Awbrey se encontraron en la casa de la familia Malory. Cometido ya el crimen. No se pudieron asignar a nadie. Solo a través de las huellas dactilares que Logan Awbrey dejó en el coche de Diane Bristow, que comparamos después con las de la habitación que había alquilado en Scarborough, tuvimos claro a quién pertenecían. La confirmación en el cadáver de Logan Awbrey nos brindó la última certeza. No cabe duda de que estuvo en la casa de Malory.

—Sí. ¿Y? ¿Qué tengo que ver yo con eso?

—No parece que todo eso sea pura coincidencia.

—Yo reparto pizzas y se las suministro también a Alvin Malory. Y Logan Awbrey, que no era mi amigo, sino un admirador plasta durante un tiempo, estuvo un día en la casa. ¡No entiendo qué quiere usted de mí!

—Logan Awbrey no trabajaba para Biggestpizza. Pero quizá para otro servicio de reparto. Ya lo averiguaré, pero si me dice qué sabe me ahorrará una pérdida de tiempo. ¿Es posible que Logan Awbrey también hiciera repartos para la familia Malory?

Dalina se encogió de hombros.

—Ni idea. Claro que es posible. Pero yo nunca tuve tanta relación con Logan. Él me idolatraba y a mí me ponía de los nervios. No pasamos demasiado tiempo juntos.

—¿Cuál era la relación de Logan con Anna?

—Ni idea.

—Pero los tres eran amigos. ¿Y usted no tiene ni idea de nada?

—No éramos tan íntimos. No sé quién le ha hablado a usted de amistad. Pero tampoco estuvimos juntos con tanta frecuencia.

—¿Tampoco usted y Anna?

—No. No es directamente amiga mía.

—Pero a pesar de todo le ha dado usted empleo.

—Porque soy buena persona. Porque estaba ahí llorando. Había perdido su trabajo y había estado tres meses en una clínica psiquiátrica. Y no sabía qué iba a ser de ella. Así que le dije,

de acuerdo, puedes trabajar para mí. Aunque no está especialmente preparada para esta actividad: con sus eternas depresiones
y esa cara de pena con que siempre anda. Al menos cocina bastante bien, algo práctico para los cursos de cocina, que gozan,
por lo demás, de gran popularidad. Lo que no es gracias a Anna.
Sino porque cocinar está de moda.

—¿Anna Carter estuvo en una clínica psiquiátrica? —preguntó Kate.

Dalina asintió.

—Dos veces incluso. Una, después de la muerte de sus padres.
Y luego otra vez cuando tuvo dificultades en su puesto de trabajo. Trabajaba en una agencia inmobiliaria y, si quiere saber mi
opinión, todavía está menos capacitada para eso que para una
agencia matrimonial.

—¿Cuándo murieron sus padres?

—En la mitad de su carrera. Estudiaba filología inglesa y
románica. No sé qué quería hacer después con eso. Fuera como
fuese, sus padres emprendieron una gran gira por Estados Unidos. Durante semanas. Una de las actividades del programa era
una excursión en helicóptero por el Gran Cañón, en California.
El helicóptero cayó. No hubo supervivientes.

—Muy impactante.

—Sí. Eso desequilibró totalmente a Anna. Para siempre,
considero yo, desde entonces está hecha una piltrafa. Dejó de
estudiar, no hacía nada, se autolesionaba y esas cosas... Al final, los compañeros la convencieron de que hiciera un trata-
miento porque corría el riesgo de suicidarse. Así acabó en la
clínica.

—¿Estaban ustedes entonces en contacto?

—Irregularmente. Como le he dicho, yo estudiaba en Manchester. Ella estaba en el sur, en Southampton. Pero después de lo
sucedido me llamó. Así que yo estaba al corriente.

—¿Y luego...?

—Nunca volvió a reemprender sus estudios. Iba trabajando ahora aquí, ahora allá. Hasta que aterrizó en una agencia inmobiliaria de Norwich. No consiguió salir adelante, no podía aguantar el estrés. Así que ingresó de nuevo en la clínica, esta vez por un grave *burnout*. Cuando volvió a salir, se descolgó en mi casa.

—Entiendo. ¿Cuándo y dónde conoció a su novio? ¿Samuel Harris?

Dalina puso una mueca de desprecio.

—Lo peor de Anna es que siempre se está lamentando. Y que es desagradecida. Sam es coach. Especializado en orientación profesional. Ella lo fue a ver porque conmigo, en este trabajo, volvía a ser infeliz. Tampoco encajaba con ella. Quería que le aconsejaran qué salidas podía tener. Pero por lo visto no le sirvió de nada, pues aquí sigue. En fin, a cambio pilló a un hombre atractivo. Ignoro cómo la aguanta, pero, bueno..., eso es asunto suyo.

Kate echó un vistazo a la lista que sostenía en la mano y cambió de golpe de tema.

—Poco después del ataque a Alvin Malory, usted dejó de trabajar en Biggestpizza. Para siempre.

—Sí. Empecé mis estudios en Manchester. Ya se lo he dicho —contestó con impaciencia Dalina.

—Dejó Biggestpizza tres días después de la agresión. Es decir, el 29 de julio de 2010. Las universidades siempre empiezan a principios de octubre.

—Madre mía, no recuerdo ahora las fechas. ¡Todo eso pasó hace un montón de tiempo!

—Habría podido trabajar durante muchas semanas más —señaló Kate.

—A lo mejor me fui de viaje. Incluso es muy probable. Es

bastante normal después de finalizar los estudios, ¿no? —Los ojos de Dalina centelleaban coléricos—. ¿De qué pretende usted culparme?

—¿Conocía bien a Alvin Malory?

—Tan bien como se conoce a alguien a quien se le suministra con frecuencia un pedido. No más. Pero lo conocía.

—¿Estuvo alguna vez con él dentro de la casa? ¿O le entregó siempre los pedidos en la puerta?

Kate veía literalmente cómo trabajaba la mente de Dalina. Estaba claro que sopesaba a toda pastilla el significado de sus respuestas y qué consecuencias podían tener.

—Entré un par de veces en la casa —acabó diciendo.

—¿Por qué? No es habitual, ¿verdad?

Dalina se encogió de hombros.

—Durante un tiempo, Alvin se movía con andador. Le pasaba algo en las articulaciones. Le llevaba las bolsas y las bandejas a la cocina. Nada más.

—¿Sostuvieron conversaciones privadas?

—Nunca. Yo siempre tenía prisa.

—Aunque Alvin Malory solía hacer los pedidos por la tarde. Supongo que bien entrada la tarde. ¿A partir de qué hora se realizaban las entregas en Biggestpizza?

Dalina mostraba una expresión muy crispada.

—A partir de las cuatro.

—Y esa seguramente era la hora de Alvin.

—Sí.

—¿Y ya a esa hora tenía usted prisa? ¿Tan grande era la cantidad de pedidos?

—A partir de las seis era realmente importante. Yo tenía que volver. Además, no tenía nada de que hablar con Alvin Malory. Un chico gordo y triste. Me daba pena, pero, por el amor de Dios, ¿tenía por eso que quedarme a charlar con él?

—¿Sabe si tenía enemigos? ¿Si había personas con las que hubiese roto?

—No. No sé ni sabía nada sobre él.

Kate asintió.

—Señora Jennings, ¿puede acompañarme a la comisaría? Necesitamos sus huellas dactilares.

—¿Y eso?

—Pura rutina.

Dalina parecía reflexionar sobre si negarse rotundamente a esa solicitud, pero era posible que viera con claridad que tenía pocas oportunidades de salir bien parada y que eso no mejoraría su situación.

—¿Puedo vestirme? —preguntó irónica—. ¿O quiere usted meterme en albornoz en la primera celda que encuentre?

—Nadie ha dicho nada de celdas —replicó amablemente Kate—. Y por supuesto puede usted cambiarse.

Dalina salió de la sala de estar, refunfuñando algo de lo que Kate solo entendió las palabras «estado policial» y «arbitrariedad». Echó un vistazo a la desoladora habitación después de que la inquilina se hubiera ido, pero no había nada a lo que aferrarse. Todo indicaba, en un principio, que Dalina bebía demasiado alcohol. Una mujer con éxito, pero que era infeliz y no encontraba el lugar que buscaba en su vida.

Pero ¿tenía por eso algo que ver con el horroroso crimen ocurrido nueve años atrás?

«¡No puede ser casualidad —volvió a pensar Kate—, no puede ser casualidad!». Las huellas dactilares de Logan Awbrey en la casa de Alvin. Su amiga, o en cualquier caso la mujer por la que él suspiraba, entregaba regularmente la comida allí. Años después, asesinan a Awbrey. ¡Tenía que haber una relación!

De todos modos, no debía confiar demasiado en ello. Al final, casi todo podía ser pura coincidencia. Kate era consciente.

Y esa Dalina tenía unos nervios de hierro. Si había algo, sería difícil y casi imposible que soltara la información. Resistiría horas de interrogatorio. Se hallaba en el extremo opuesto de Anna, que ya a los cinco minutos estaba hecha un manojo de nervios. Anna no era un hueso duro de roer.

Pero se había desvanecido y por el momento nadie conocía su paradero.

Debería haber sabido antes que había estado varias veces en una clínica psiquiátrica, pensó Kate. Depresiva en extremo e inestable. No habría tenido que quitarle el ojo de encima ni una noche más.

Unos pasos en la escalera. Dalina asomó la cabeza por la puerta. Se había cepillado el cabello, pero iba sin maquillar. El jersey que llevaba estaba apelmazado.

—¿Nos vamos? Hoy todavía tengo un par de cosas que hacer.

—Encantada —respondió Kate. Volvió a guardar en el bolso la lista de los empleados de Sullivan y cogió la llave del coche—. Vámonos.

5

El móvil de Pamela sonó cuando se encontraba a la altura de Thornaby. Ya había dejado la costa y se dirigía hacia el interior. Acababa de empezar a nevar, pero los copos eran poco densos y la nieve casi no se conservaba. La carretera se extendía ante ella como una brillante cinta negra y mojada. A través de las nubes bajas no se colaba ni un rayo de sol. En el horizonte, los árboles recordaban siluetas oscuras recortadas. Era un día cargado de melancolía.

Pamela estaba tensa. Había puesto su CD favorito y escuchaba a Lewis Capaldi. *Grace*. Cantaba con él y de vez en cuando miraba el espejo retrovisor, contemplaba su rostro y comprobaba si se le notaba que, como siempre, no sentía solo alegría anticipada, sino también miedo.

—*I'm not ready to be just another of your mistakes* —estaba cantando cuando sonó el móvil.

Con una mirada de reojo comprobó que quien llamaba era el inspector Burden, el colega de la policía de Yorkshire del Sur. Caso James Henderson.

Por un instante se vio tentada a ignorarlo. Al fin y al cabo, tenía el día libre. Pero venció su sentido del deber. Bajó el volumen de la música y contestó.

—¿Inspector Burden? Inspectora Graybourne al habla.

—Sí, buenas, inspectora Graybourne, he pensado en llamarla cuanto antes. —Por lo visto Burden la consideraba su compañera de trabajo en el caso Henderson—. Ayer pregunté por Sue Haggan, la amiga de escuela de Mila Henderson.

—Sí. Correcto. Pensé que Mila Henderson tal vez se alojaría en su casa. ¿Ha averiguado alguna cosa?

—Sí. Con bastante facilidad, incluso. Por Facebook. Está casada, ahora se llama Sue Raymond y vive en Richmond. Hasta tengo su dirección exacta.

—¿Richmond? Tengo que pasar por ahí cerca. Justo estoy yendo a Carlisle.

Si Burden se extrañó de que alguien viajara a una pequeña ciudad justo al lado de la frontera escocesa, no lo demostró.

—¿Tendría tiempo de ir a echar un vistazo?

Pamela se detuvo en un área de aparcamiento.

¿Tenía tiempo? En realidad, no. Por otra parte, a lo mejor tampoco estaba tan mal presentarse por una vez con retraso. Si no, siempre era Leo quien llegaba tarde y ella la que permanecía horas esperando en la pequeña habitación del hotel, bebiendo un café tras otro y horrorizada ante la idea de que él pudiera anular la cita en el último segundo. Lo que ya había ocurrido, haciéndola sentir que se moría.

—Me apunto la dirección —le dijo al inspector Burden—, y miro a ver si puedo ir.

Burden le dictó la dirección, le deseó un feliz fin de semana y se despidió.

«Sí, ya me ha pasado la pelota», pensó Pamela; pero tenía que reconocer que Mila Henderson era su caso y que Burden había demostrado hasta el momento ser extremadamente servicial.

Registró la dirección de Sue Raymond en el GPS. El rodeo le llevaría mucho tiempo. En Middleton tendría que girar en dirección sur, en lugar de hacia los Peninos, y necesitaría cuarenta minutos largos para llegar a Richmond. Esperaba que el encuentro con Sue fuese breve. Le quedarían cuarenta minutos para desandar el camino y llegar a la ruta antigua.

Al menos hora y media.

Ella había llegado a esperar a Leo hasta cuatro horas.

Aunque..., si era cierto que Mila Henderson estaba alojada en la casa de su amiga de la escuela, el asunto no se resolvería tan fácilmente. Tendría que telefonear a los colegas del trabajo, detendrían provisionalmente a Mila y le tomarían declaración...

—¡Buf, qué palo! —exclamó en voz alta.

Todavía faltaba un rato para llegar al cruce de Middleton y tener que decidir, pero cuando estuvo allí giró de mala gana y enfadada en dirección a Richmond. Tenía el día libre, pero era la jefa y era ansiosa... Pasaría por allí a la espera de lo mejor. Según las normas, debería informar al departamento de esa salida: nadie tenía que ir como profesional a ningún lugar para realizar un control o un interrogatorio sin que los colegas supieran dónde y cuándo se encontraba esa persona. Era imprescindible desde el punto de vista de la seguridad. Pese a ello, Pamela renunció a hacerlo. No quería explicarle a nadie por qué se hallaba precisamente en esa zona, no quería volver a contactar después y presentar el informe. Lo único que pretendía era hablar un momento con Sue Raymond, comprobar que por suerte no había nada que destacar y marcharse lo antes posible.

Llegó a Richmond apenas cuarenta minutos más tarde y el navegador la condujo a través de la ciudad para llegar a la urbanización en las afueras de la ciudad donde vivían los Raymond. Todas las casas y los jardines delanteros ofrecían el mismo aspecto. Eran las típicas viviendas unifamiliares para parejas jóvenes. En la mayoría de los jardines había columpios y estructuras de juego. Seguro que en verano había montones de niños jugando en esa zona de tráfico reducido, corriendo a toda velocidad en bicicleta y dibujando rayuelas en el asfalto. Entretanto, los padres se encargaban de la barbacoa y las madres preparaban la ensalada... Pamela no pudo evitar sonreír al sorprenderse con esas imágenes tan tópicas. Eran además pensamientos que despertaban cierta nostalgia. Una urbanización así, niños jugando, padres en la barbacoa y ella misma en la cocina, ocupándose de todos..., eso nunca ocurriría en su vida. De joven habría descartado una idea así. Y tampoco ahora estaba segura de si era eso lo que de verdad quería. Y, sin embargo, había allí cierto dolor, una tristeza de la que no era tan fácil desprenderse. No podía quejarse de cómo era su vida. Había llegado lejos profesionalmente y sabía que todavía podía ascender más. Estaba orgullosa de ello y de ahí sacaba sus fuerzas y su confianza en sí misma. Sin embargo, había algo..., una carencia en su vida. Todo estaba bien, pero faltaba algo, y a veces esa falta pesaba más que todas las cosas positivas.

«Deja ya de pensar en eso», se ordenó.

La casa de Sue Raymond era la última de una calle sin salida en el extremo superior de la plaza para girar y por ello algo más separada de los otros edificios de lo que era usual en la urbanización. En el jardín había un reno que tiraba de un trineo, pero las luces no estaban encendidas. Tampoco en la casa se veían luces, al menos en las habitaciones que daban a la calle. En el camino de entrada no había ningún coche, aunque eso no indicaba nada porque había un garaje y la puerta estaba cerrada.

Pamela dejó el coche en la plaza y recorrió el camino del jardín hasta la puerta. Pulsó el timbre y esperó. Nada.

¿Porque no había nadie en casa? ¿O porque Mila estaba ahí y por eso fingía que no había nadie?

Pamela llamó una segunda y una tercera vez. Cuando estaba a punto de dar media vuelta y marcharse, oyó unos pasos al otro lado de la puerta. Esta se abrió entonces.

En el umbral había una mujer. Se quedó mirando a Pamela. Estaba blanca como una muerta, los cabellos revueltos y los ojos enrojecidos.

—¿Sí, dígame? —preguntó con un hilillo de voz.

—¿Señora Raymond? —preguntó Pamela, sacando al mismo tiempo su placa—. Inspectora Graybourne de la policía de Yorkshire del Norte.

—¿Sí?

—¿Es usted la señora Raymond?

—Sí.

—¿Conoce usted a Mila Henderson? ¿De cuando iba a la escuela?

—Sí —respondió con voz aguda Sue. Hasta el momento no había dicho nada más que esta palabra.

—Señora Raymond, en realidad solo tengo una pregunta. ¿Se ha puesto en contacto con usted últimamente Mila Henderson o ha estado quizá en su casa? La policía tiene algunas cuestiones urgentes que plantearle.

Sue iba a decir algo, pero solo consiguió emitir una especie de sonido ronco y carraspeó.

—No. No sé nada de ella.

—¿Y tampoco ha estado aquí?

—No. —Sue estaba como una estatua en la puerta. No se la veía dispuesta a invitar a Pamela a que entrara. De hecho, ya estaba todo aclarado.

De hecho.

En cierto modo, Pamela tenía una extraña sensación. Esa Sue parecía totalmente desorientada, muy cansada y actuaba como un robot a las órdenes de un mando a distancia. No hacía más que restregarse las manos. Pamela apreció en la blanca frente una capa de sudor.

—Señora Raymond, ¿se encuentra bien?

—Sí —respondió Sue—. Sí. —No se diría que fuera cierto.

—Parece usted enferma. ¿De verdad está todo en orden?

—¡Sí! —dijo y le lanzó una mirada suplicante.

—¿Está su marido en casa?

—No. Se..., se ha marchado el fin de semana con amigos. Volverá el domingo.

—¿Está usted sola?

—Mi hija... —contestó—. Está mi hija. Tiene seis meses.

Una mujer y un bebé. Y la mujer estaba hecha un manojo de nervios y además al límite de sus fuerzas.

—Parece usted muy inquieta —dijo Pamela—. No me importaría entrar y beber un té con usted, así tal vez me cuenta algo sobre Mila Henderson.

Una catástrofe para su horario, pero algo no iba bien con esa mujer.

—¡No! —exclamó Sue. Un chillido estridente—. Mi bebé... por fin se ha dormido... Si se despierta... Lleva toda la noche despierta...

Quizá por eso estaba exhausta.

Un bebé llorando sin cesar, noches en vela. El marido que le había endosado a ella el problema y que se lo estaba pasando en grande por su cuenta.

—Entiendo —respondió Pamela sosegadora. Sacó una tarjeta del bolsillo y se la tendió a Sue—. Por favor, llámeme si Mila Henderson se pone en contacto con usted. Déjela que se instale en su casa. Sea prudente, simplemente, y avíseme. ¿De acuerdo?

—De acuerdo —musitó Sue, cogiendo la tarjeta. Le temblaba la mano.

—Hasta la vista —dijo Pamela.

Sue no respondió, sino que cerró la puerta.

Pamela meneó la cabeza, volvió al coche y encendió el motor. Dejó la calle y la urbanización y no tardó en encontrarse de nuevo en el centro de Richmond. Delante de un Coffeshop había un aparcamiento libre, así que se detuvo, bajó, cogió un gran cappuccino y volvió a sentarse con él en el coche. Observó a la gente apresurada. Ocupada en las compras del fin de semana y en cambiar sus regalos de Navidad. La nevada, que se había interrumpido temporalmente, volvió a comenzar. Los copos eran ahora más densos. En la ciudad se derretían, pero los prados y los bosques estarían cubiertos de blancura hasta la noche. Pensó en el hotelito que la esperaba. La acogedora habitación. La cena a la luz de las velas. Pero siempre se interponía la imagen de Sue Raymond.

Tan increíblemente pálida. Consternada. Temblorosa.

¿Simplemente una madre joven y con falta de reposo?

Pamela tomó un gran trago de café, se quemó la boca y soltó un improperio.

—¡Mierda!

No solo estaba iracunda por haberse quemado, sino por haberse metido ella sola en esa situación. Llevaba meses esperando ansiosa ese fin de semana. Y ahora lo estaba echando todo a perder porque el caso en el que estaba trabajando se había de revisar con una urgencia inesperada precisamente esa tarde de viernes. ¿O eran imaginaciones suyas?

No se podía quitar de la cabeza a esa Sue. La mujer estaba fuera de sí, como en una película. Pamela tenía una sensación de la que no podía deshacerse: Sue irradiaba miedo. Un miedo enorme. Y, luego, daba la impresión de que actuaba cumpliendo órdenes externas.

«Como un robot», pensó Pamela.

¿Y si Mila sí estaba en la casa? ¿Si la había amenazado? ¿Si Sue estaba bajo presión?

Sue tenía un bebé de seis meses. Mila debía de estar al lado de la cuna, con un arma en la mano, posiblemente un cuchillo. Sue haría cualquier cosa con tal de no permitir la entrada a visitas indeseadas y echarlas, en cambio, rápidamente. Y, por supuesto, afirmaría que todo estaba en orden. En realidad estaría invadida por el pánico y la desesperación, tal como Pamela ya intuía.

Si Mila Henderson era la asesina de Patricia Walters y James Henderson, se trataba de una persona sumamente violenta y Sue Raymond y su bebé estaban en peligro de muerte.

Pamela sabía que, como policía, no podría disfrutar imperturbable de un romántico fin de semana en una situación como esa.

Terminó el café y envió un mensaje por WhatsApp a Leo: «A lo mejor me retraso un poco... Tengo muchas ganas de verte. Pam». Detrás colocó un corazón. Luego encendió el motor y arrancó.

Diez minutos más tarde volvía a estar en la plaza de la pequeña urbanización. Bajó del coche. Tenía el cabello y el abrigo cubiertos de nieve cuando llegó a la puerta de la casa. Pulsó el timbre. Seguía sin haber avisado a nadie. De hecho, en este segundo intento ni siquiera había pensado en hacerlo. Cayó en la cuenta de que no solo estaba actuando contra las normas, sino que además estaba poniéndose en una situación realmente crítica. Mientras todavía buscaba el móvil en el bolso para llamar al despacho, la puerta se abrió. En el umbral estaba Sue. Tan destrozada como antes.

—Inspectora... —dijo. Tenía la voz ronca.

—Señora Raymond, sí, aquí estoy de nuevo —repuso Pamela, abandonando la búsqueda de su móvil. Ahora solo podía confiar en sí misma—. He estado pensando que me gustaría intercambiar un par de palabras con usted sobre Mila Henderson. ¿Me permite entrar unos minutos?

Sue se apartó a un lado.

—Sí. Por favor.

Pamela había contado con una mayor resistencia. Dudó un instante.

—Hablaré bajo para no despertar a su bebé.

—Sí —dijo Sue. Tenía el rostro petrificado y la tez del color de la cera.

Pamela entró en el estrecho pasillo. Percibió un olor desagradable, pero no supo precisar a qué olía. ¿Comida podrida? ¿Orina? ¿Excrementos? Esto último era lo que más encajaba. ¿Unos pañales sin tirar desde hacía tiempo?

O bien esa mujer estaba tan agotada y superada que su casa se venía abajo lentamente.

O bien ahí estaba pasando algo.

—Por favor —dijo Sue. Su voz tenía un tono exento de emoción—. Por aquí, a la sala de estar.

Pamela vio un árbol de Navidad, un grupo de asientos de un tono claro, juguetes en un rincón, una mesa en la que había un plato con dulces de Navidad. Delante de la ventana se balanceaba un móvil con figuras de ángeles y bolas de árbol de Navidad.

Todo se veía ordenado, cuidado, decorado con cariño. No como si Sue Raymond sufriera en su vida de un tremendo estrés. La sala de estar no encajaba con el olor de la casa.

Pamela entró. Se volvió a medias hacia Sue y le dijo:

—Sabe, Mila Henderson es...

No pudo decir nada más. Percibió con el rabillo del ojo la sombra que aguardaba pegada a la pared, detrás de la puerta, pero ya no pudo reaccionar. La golpearon en la frente y por su cabeza se extendió un dolor intensísimo que bajó por la columna vertebral y penetró a través de todo su cuerpo en la fracción de un segundo.

«Me muero. Ahora», pensó.

Luego todo a su alrededor oscureció y cayó inconsciente.

6

Volvió en sí despacio y al principio no recordaba nada de lo sucedido. Le dolía todo el cuerpo, cada uno de sus huesos, cada uno de sus músculos, pero, sobre todo, la cabeza. Era como si le estuvieran martilleando las sienes, un dolor fuerte y rítmico que, inmisericorde, recorría como una ola de dolor su cerebro. Hacía frío y estaba oscuro. Había un olor raro, no realmente repulsivo, pero extraño, que no podía definir.

¿Dónde se encontraba?

¿Y qué había ocurrido?

Algo húmedo y pegajoso le mojaba el rostro y quiso levantar la mano para tocarse las mejillas, la nariz y la boca, quería limpiarse eso tan desagradable, pero no podía mover las manos ni los brazos. Se percató poco a poco de que las tenía atadas detrás de la espalda. Tal vez le costaba tanto concentrarse debido a ese horrible dolor de cabeza. Como si su razón estuviera tan ocupada con el dolor que no pudiera pensar o al menos hacerlo sin demasiado esfuerzo.

Hacía un frío tremendo y estaba tendida sobre algo muy duro.

Pamela parpadeó, notaba los ojos hinchados. En la habitación distinguió una delgada ranura luminosa, justo debajo de la cubierta, a través de la cual se colaba ese atisbo de luz. Aunque era exagerado hablar de luz, ya que se trataba simplemente de una delgada cinta de un crepúsculo difuso. Solo alcanzaba a ver indefinidamente los objetos: estanterías que llegaban hasta el techo y en las que había cosas que ella no distinguía. Debía de estar tendida en el suelo. Baldosas lisas, gélidas, sin aislamiento contra el frío del invierno. Recordó de repente que había nevado. Fuera hacía mucho frío. Ahora se encontraba en un interior, pero no estaba caldeado.

—¡Oh, Dios! —murmuró en voz baja. Tenía la boca seca, como llena de algodón o de serrín.

Intentó enderezarse, pero solo consiguió alzarse unos milímetros porque la cabeza le dolía mucho. Le dolía todo, pero la cabeza especialmente. Seguro que había sufrido una conmoción cerebral. ¿Una fractura de cráneo? De repente recordó una sombra contra una pared…, era lo último que había visto. Luego todo había oscurecido a su alrededor.

Pero antes había sido el dolor, un dolor… horrible… Cerró los ojos, vio una barra acercarse a su rostro. Una barra de metal o hierro… Alguien esperaba contra una pared y la había golpeado en la frente con una barra de hierro.

Su capacidad de pensar ganó velocidad. Richmond, estaba en Richmond. Buscaba a esa mujer…, ¿cómo era que se llamaba? Sue. Sue Raymond. La mujer con el bebé. La amiga de Mila Henderson durante su época escolar.

Cuando se acordó del nombre de Mila Henderson, todos los demás recuerdos se abalanzaron sobre ella, como una inundación, como si se hubiese roto el dique que los contenía hasta ese momento. El viaje de ese fin de semana tan ansiado. Leo. La llamada del inspector Burden. Su buena disposición para dar un rodeo hasta Richmond y comprobar si Sue Raymond daba cobijo a Mila Henderson. El extraño comportamiento de Sue, el miedo que irradiaba... Ella había regresado para echar otro vistazo más. Había entrado en la casa. En la primera visita, Sue había evitado que entrase. En la segunda se lo había permitido enseguida. Una trampa, sin duda. Mila estaba en la casa. Ella tenía el control. Cuando había aparecido por segunda vez, Mila había sabido que no iba a rendirse. Que en cierto modo estaba alerta, que iba a telefonear a sus colegas.

Había que eliminarla.

Y Sue había colaborado. A pesar suyo. Estaba medio loca de angustia por su bebé. Estaba dispuesta a cualquier cosa con tal de que Mila dejase al bebé en paz.

Y ella, Pamela, había infringido todas las normas. No le había comunicado a nadie lo que iba a hacer. Su más estrecha colaboradora, la sargento Linville, no tenía ni idea de lo que ocurría. Ni nadie de su departamento. Antes del lunes por la mañana nadie se daría cuenta de que había desaparecido.

El inspector Burden de la policía de Yorkshire del Sur era el único que tenía información. Pero no estaba en contacto con los demás. Tardaría mucho en darse cuenta de que algo no funcionaba. A no ser que intentara averiguar cómo le había ido con Sue. Pero era posible que, si ella no lo llamaba, sacara la conclusión de que la pista no había conducido a ningún sitio.

En cualquier caso, era probable que tampoco contactara con ella antes del lunes. Si es que lo hacía.

Leo. Naturalmente, Leo se daría cuenta de que ella no iba.

¿Y luego? Jamás en la vida se dirigiría a los compañeros de Pamela. No se dirigiría a nadie, tal como estaba, aterrorizado ante la posibilidad de que se destapara la relación.

¿Qué supondría? En su último mensaje ella le había comunicado que se retrasaría. Había colocado un corazón detrás. Él no creería que ella había cambiado de idea y que ahora no quería seguir con la relación. ¿O sí? A finales de noviembre se habían peleado por teléfono. Ella se había enterado de que iba a pasar sola todo el tiempo antes de Navidad y la Navidad misma, sin reunirse con él, y esa idea la había hecho romper en llanto un lluvioso fin de semana. De ese modo se había ganado el fin de semana justo después de Navidad. Había sido una conversación crispada, y ella había sentido lo mucho que a él le enervaba que ella llorase. A Leo le habría gustado colgar y evitar así esa situación. Únicamente su buena educación se lo había impedido. Pero a lo mejor solo pensaba que ella estaba harta. De estar sola y esperar. Tener una relación y no tener pareja. Noches en solitario, fines de semana interminables, pero al mismo tiempo bloqueada para encontrar a alguien que le diera más.

¿La vería él capaz de hacerlo? ¿De limitarse a no aparecer y darle así a entender sin palabras que habían roto? Ella no era ese tipo de mujer. Nunca tomaba el camino cómodo, cobarde. Tenía valor suficiente para presentarse ante él y, con toda claridad, despedirse.

Pero era posible que él ni siquiera le diera demasiadas vueltas. Al final se alegraría. De que hubieran roto. De no tener ya más sentimientos de culpa frente a su esposa y de no seguir discutiendo con su amante. Se alegraría de que ella hubiera puesto punto final. Pues él nunca habría dado ese paso. Huía de las situaciones conflictivas como de la peste.

Fuera como fuese, tampoco podía confiar en Leo y eso volvía su situación sumamente comprometida.

Mientras tanto, había conseguido sentarse entre sordos gemidos. Sus ojos se habituaban cada vez más a la oscuridad, aunque también sentía en ellos dolorosas pulsaciones. Se fijó en que en las estanterías había comestibles. Paquetes de cereales, botellas con zumo de naranja, tarritos con comida para bebé. Por lo visto estaba en la despensa. Era posible que en el sótano, con una entrada de luz delante.

Estaba sedienta, pero conseguir una botella de zumo de naranja con las manos atadas a la espalda y abrirla representaría una ardua tarea. Antes de morirse de sed, lo intentaría, pero por el momento quería ahorrar energía. Sería absurdo morir de hambre y sed en una despensa bien surtida. Por el momento, el frío le resultaba su mayor enemigo. Tenía un frío horrible. Miró a su alrededor para encontrar algo con lo que calentarse, una manta, un par de cojines, pero no había nada. Recordó también que le habían quitado el abrigo que todavía llevaba al entrar en la sala de estar. Vestía unos vaqueros y un jersey negro de cuello cisne de una lana mullida, pero nada conseguía protegerla contra esa gélida temperatura. Al menos le habían dejado las botas.

Se preguntó si estaría sola en la casa. Mila no podía saber que Pamela no había informado a nadie. Debía contar con que aparecieran otros agentes. Al final habría puesto distancia de por medio. ¿Con Sue y el bebé? ¿En el coche de Pamela?

Vio su bolso a solo unos pasos de donde estaba y por un momento abrigó la esperanza de que el móvil todavía estuviera dentro. Luego se dijo que Mila no sería tan tonta. Pese a ello se arrastró hasta él. No podía utilizar las manos, pero se cerraba con un imán y consiguió abrirlo con ayuda de la barbilla. Aunque apenas podía ver el contenido, se dio cuenta de que habían registrado a fondo el bolso. Sacó con los dientes el anuario que Lavandou le había dado. Por lo visto, a Mila no le había interesado. Lo dejó a su lado sobre el suelo. Luego se dio media vuelta, tenía el bolso a su espalda. Con las manos atadas tanteó como pudo el interior y palpó los distintos objetos. Todavía estaba allí su billetero, el paquetito con los pañuelos de papel, el frasquito con los glóbulos para cuando se anunciaba un resfriado. Algunos documentos, la funda con las gafas de leer, un par de monedas sueltas rodando por allí. Pero, tal como había sospechado, no estaba el móvil. Ni tampoco las llaves del coche.

Deseó poder limpiarse la cara pegajosa con un pañuelo, pero mientras no liberase las manos no tenía la menor posibilidad. Entretanto ya había llegado a la conclusión de que esa masa pegajosa en sus mejillas, la frente, las comisuras de los ojos y los labios era sangre. Seguro que tenía un aspecto de lo más aguerrido. El golpe en la cabeza debía haberle producido una gran herida abierta. Pero al menos tenía la impresión de que ya no sangraba.

Pamela ignoraba con qué la habían atado, pero esperaba que no fuera con bridas. Si tal era el caso, no tendría ninguna posibilidad de liberarse. No obstante, el material que sentía en la piel era áspero, como si se tratase de una cuerda o un cordel grueso. Se alejó a rastras del bolso, que no necesitaba, y se acercó de espaldas a uno de los laterales de madera de la estantería. Levantó ligeramente las manos y empezó a frotar hacia arriba y hacia abajo la atadura. A lo mejor tenía suerte. A lo mejor podía liberar al menos las manos. Eso no la sacaba de su cárcel, pero podría comer y beber y no estaría totalmente desprotegida si Mila aparecía de repente.

Era consciente de que se había comportado como una maldita principiante, todavía peor, de hecho. La mayoría de los principiantes cumplían minuciosamente las reglas, eran más bien los veteranos quienes a veces se las saltaban porque tenían años de experiencia, lo que con frecuencia era mucho más importante que lo que se aprendía en los libros.

El error que ella había cometido no lo hacía nadie nunca, fuera cual fuese el grado que tuviera. Ella sabía que era posible que Mila Henderson se refugiara en esa casa. Sabía que Mila era sospechosa de haber matado a sangre fría a dos personas. Incluso daba más validez a esa teoría que la sargento Linville, quien siempre se había declarado en contra. Ni el cristal roto en casa de Patricia Walters había convencido a Pamela. Estaba claro que Mila no tenía por qué romperlo. Pero ¿se sabía si eso tenía algo que ver con ella? Podía tratarse de cualquier otra posibilidad, de una prueba de valor de algún tontorrón, de un balón de fútbol que hubiese salido volando por donde no tocaba. Pero justo porque estaba convencida de la peligrosidad de Mila Henderson no habría tenido que meterse ahí sin avisar.

Nunca.

Se detuvo unos minutos en su intento de desembarazarse de las ligaduras y encontrar una posición algo más cómoda en el suelo de piedra dura, lo que resultó en vano. Tampoco podía eludir ese frío fulminante. Sufriría una cistitis grave, pero seguramente ese sería el menor de todos sus problemas.

Levantó suspirando las muñecas y siguió frotando la cuerda contra el lateral de la estantería. De repente oyó un grito espantoso. Un grito estridente y desgarrado, similar al de un animal agonizante. Y luego alguien chilló:

—¡No! ¡No! ¡No! ¡Por favor, no! ¡No lo hagas! ¡Por favor! ¡No!

Pamela se quedó inmóvil.

Era Sue la que gritaba. Sue todavía estaba en casa. Su adversaria también. Y Sue estaba en una situación extrema.

Mientras en el sótano había una policía que no podía intervenir.

Tiró con violencia de sus ataduras. Ella misma casi se hubiese echado a gritar también. No podía hacer nada. Joder, no podía hacer nada.

Sue volvió a gritar. Un grito desesperado y ronco.

Mila no huiría con sus rehenes. Mila los ejecutaría.

Y por lo visto, acababa de empezar.

Cuando Anna llegó a Scarborough eran las seis de la tarde y ya estaba oscuro como boca de lobo. Se había detenido algunas horas en las afueras de Londres, en un lugar cuyo nombre desconocía, pero eso no tenía importancia. Se había quedado sentada en el coche y había ido a buscar dos cafés, se había quedado ensimismada y repasando una y otra vez su vida y el resultado de sus reflexiones siempre había sido lúgubre, negro, destructivo. Ya entrada la mañana había partido de nuevo en dirección norte, pero había hecho dos largas pausas en áreas de descanso. En una ocasión, incluso había conseguido dormir.

Al marcharse había empezado a llover. A medio camino, la lluvia se había convertido en nieve. Anocheció temprano. Anna conducía muy despacio. Había mala visibilidad.

El móvil no dejaba de sonar. Un par de veces con el número oculto. Seguro que era la sargento Linville. Pero también Dalina había intentado en varias ocasiones dar con ella y le había enviado varios mensajes por WhatsApp.

Anna pasó la señal indicadora de Scarborough bajo una fuerte nevada. Fue entonces cuando empezó a pensar a dónde ir. ¿A Harwood Dale, en la fría casa que la policía había acordonado?

¿Al apartamento de Sam? A esas alturas ya habría llegado. Estaría enfadado y estresado.

Recorrió el arcén y se detuvo. En cuanto el limpiaparabrisas se paró, el cristal se cubrió de una espesa capa de nieve. Sacó el móvil, acudió a la página con la lista de direcciones de los miembros de la clase de cocina. Kate no se encontraba en el curso que acababa de terminar, pues había ingresado en el último momento, pero Anna la encontró en la lista del grupo que tenía que empezar en enero. Kate Linville. Vivía en Scalby, una población en las afueras de Scarborough. Anna consultó el reloj. La seis y unos minutos, viernes por la tarde. Kate ya no estaría en la comisaría. Y Anna no quería en absoluto ir allí. Meterse en esa amenazadora atmósfera policial... Iría a ver a Kate a su casa. Se lo contaría todo.

Iba a dejar el móvil en el asiento del acompañante cuando se oyó el aviso de la entrada de un mensaje. Era de Dalina. El quinto o el sexto.

«Joder, Anna, esto va en serio. ¿Dónde te has metido? ¿Por qué no contestas? Tenemos que hablar urgentemente. ¡URGENTEMENTE! Por favor, llámame o, aún mejor, dime dónde estás. Iré enseguida. Es importante. ¡Mucho!».

Dalina vería que Anna había abierto el mensaje y lo había leído y se pondría a rabiar porque no había recibido contestación. Ni en sueños iría a visitar precisamente a Dalina en esa situación. Sabía justo lo que quería de ella. Y no iba a exponerse. Introdujo en Google la dirección de Kate y encendió el GPS. Oyó que entraban, uno tras otro, varios mensajes más. No los miró, pero habría apostado que eran de Dalina, que se había dado cuenta de que había leído el último mensaje, pero no lo contestaba. Que estallara en el otro extremo de la línea. Le daba igual que la amenazara, que la despidiera o que la insultara. Había dejado de llorar. De todos modos, ya no le quedaban lágrimas. Una extraña serenidad se adueñó de ella mientras atravesaba el oscuro y nevado Scarborough. El mundo se sumergía en la nieve.

Anna ya no tenía nada que perder.

Nunca habría pensado que saberlo fuera a hacerle tanto bien.

Pasó por el edificio de Sam y levantó la vista hacia su ventana. Todo estaba oscuro. Tampoco vio su coche en la calle. No estaba en casa. O bien se quedaba en Londres hasta el sábado como había planeado o ya estaba en la comisaría. Lo que significaría, por otro lado, que Kate no estaba en su casa.

No tardaría en averiguarlo.

Cuando llegó a la vivienda de la agente, vio la ventana iluminada y un coche cubierto de nieve en el camino de entrada. Aparcó justo al lado de la valla del jardín y descendió del vehículo. Sus botas se hundieron en la nieve. Miró hacia arriba, un fascinante remolino de millares de copos ante un oscuro cielo nocturno.

Enderezó la espalda y se encaminó hacia la puerta de la casa.

Kate estaba en el dormitorio, pensando qué ponerse para acudir a la cita con Burt. El problema era que tenía tan pocas citas particulares, casi ninguna, que carecía de ropa para tales eventos. En realidad, solo tenía un vestido azul que había comprado mientras tenía su desdichada relación con David Chapman, el hombre al que había amado con todo su corazón, pero que se había aprovechado sin reparos de ella y la había engañado. No había vuelto a ponerse el vestido porque estaba unido a recuerdos demasiado dolorosos. En ese momento, lo sacó del armario.

¿Por qué no?

Se lo puso. Era muy corto y muy ceñido, pero lo cierto era que le quedaba muy bien. Algo inusual. Unas medias y unas botas negras y llevaría la indumentaria apropiada.

Cada vez más impaciente, revolvía un cajón, buscando unas medias sin carreras, cuando sonó el timbre de la puerta.

¿Sería Burt? ¿Que iba a buscarla y a causa del tiempo no quería que condujera sola? Kate puso enervada los ojos en blanco. No estaba acostumbrada a que los hombres cuidaran de ella y, en cierto modo, tampoco era algo que le gustara. Le estaba desmontando su propia hoja de ruta. Ahora, por ejemplo, todavía no estaba lista.

Corrió descalza al baño, cuya ventana daba directa a la puerta de la casa. La abrió y se inclinó hacia fuera. Unos gruesos copos de nieve descendieron al instante sobre su rostro.

—¡Todavía no he terminado! —gritó.

Una figura se separó de la puerta y retrocedió un paso sobre el camino enlosado.

—Kate... ¿Sargento Linville? ¡Soy yo!

Kate reconoció la voz de inmediato.

—¿Anna?

—Sí.

—Un momento. Bajo enseguida. —Cerró la ventana de un portazo y corrió descalza y sin medias escaleras abajo, con ese vestido ridículamente corto que se iba subiendo con cada paso que daba. No iba a dejar que Anna esperase ni un segundo. Con esa mujer nunca se sabía si iba a cambiar de opinión de golpe y marcharse.

Abrió la puerta de la casa. Anna estaba frente a ella.

—Entre —dijo Kate—, he estado llamándola por teléfono todo el día.

—Lo sé —repuso Anna. Entró en el pasillo. La nieve le goteaba por el cabello. Kate le cogió el abrigo y la condujo a la sala de estar, donde estaba encendida una estufa eléctrica y resplandecían las velas del árbol de Navidad.

—Siéntese. ¿Le apetecería un té?

—Sí, por favor —contestó Anna. Parecía sorprendentemente calmada. Ya no tan enervada, llorosa e inquieta como la había visto Kate un día antes. Se diría que se había replegado hacia su propio interior y, con ello, se había tranquilizado. Lejos del mundo y de sus catástrofes.

Anna se sentó en el sofá y acarició a Messy, que estaba a su lado y enseguida empezó a ronronear. Kate se fue a la cocina y puso a hervir el agua para el té. En la puerta de la terraza estaban los zuecos que calzaba a veces en verano para trabajar en el jardín.

Se los puso en ese momento, y su imagen resultó aún más deliran-te. Daba igual. Ahora se trataba de Anna.

Colocó dos bolsitas de té en dos tazas, vertió agua encima y, junto con una jarra de leche y azúcar, lo puso todo en una ban-deja y fue hacia la sala de estar. Messy se había subido entretan-to al regazo de Anna. El gato irradiaba satisfacción, calidez y paz. Ya hacía tiempo que Kate estaba convencida de que tendrían que admitir animales en los interrogatorios. Era evidente que mucha gente se relajaba en presencia de animales. Estos contri-buían a soltar bloqueos, a romper diques. Era como pisar la tie-rra descalzo, abrazar un árbol o sentir los copos de nieve en el rostro. Pero todavía mucho mejor. Era la unión con el origen. Con lo que contaba.

—Anna, me alegro de que haya encontrado la forma de venir aquí —dijo Kate. Sabía que en realidad habría tenido que ir con ella a la comisaría en lugar de sostener esa conversación en su sala de estar junto al árbol de Navidad. Sin embargo, su instinto le decía que, si ahora se vestía, metía a Anna en su coche y ponía rumbo a la comisaría, el hilo se rompería. Ella acabaría sentada en una habitación fría y sin personalidad, que habría que calen-tar esa tarde de viernes para poder tomar declaración en condi-ciones correctas.

Así que se quedarían ahí. Con el té, la estufa y una gata.

—¿Dónde ha estado hoy? —preguntó en un tono neutro.

—En Londres. Al menos en las cercanías.

—¿Cerca de Londres? Supongo que quería ir a ver al señor Harris.

—Sí. Pero no sé dónde está la residencia en la que vive su padre. Y además…

—¿Sí?

—No cuadraba. Antes tenía que arreglar un asunto.

—¿Conmigo?

—Sí.

—De acuerdo.

Anna contempló sus manos, que sostenían la taza de té.

—¿Ha llamado Sam?

—Sí. Viene mañana.

—Entiendo —dijo Anna. Sam no estaba fuera de este mundo, claro que no. Solo que no la había llamado a ella.

—Hoy he hablado con Dalina Jennings —cambió Kate de tema—. Sé que trabajaba para un servicio de repartos que suministraba pizza a Alvin Malory. El joven que fue agredido y desde entonces se encuentra en estado vegetativo.

Anna asintió.

—Lo sé.

—Todavía no hemos podido comprobarlo todo y la señora Jennings tampoco ha cooperado demasiado. ¿Sabe si Logan Awbrey también trabajaba como repartidor en una pizzería?

Anna negó con la cabeza.

—No. Yo tampoco. Solo Dalina.

—Entiendo. Entonces todavía es más extraño. Se encontraron las huellas dactilares de Logan Awbrey en la casa de los Malory. Justo después del crimen. Solo tras el asesinato de Diane Bristow se pudo comprobar que eran de él. Anna, Logan tuvo que estar en casa de los Malory. Dentro.

—Sí —dijo Anna. Tenía la mano derecha sobre el cuerpo de Messy. Parecía estar literalmente sosteniéndose en la gata—. Sí. Estuvo en la casa. Dalina también. Y yo también.

Kate se inclinó hacia delante. Contuvo el aliento.

—El 26 de julio de 2010.

—Es el día en que...

—Sí.

—Anna, debo advertirle que tiene derecho a solicitar un abogado. —Esto casi desgarró a Kate. Estaba a unos segundos de una confesión. Si Anna pedía ahora un abogado, se perdería la oportunidad. La agresión a Alvin Malory no podía comprobarse, una confesión era la única oportunidad y eso enseguida lo tendría claro un abogado. Él lo haría todo para que su clienta no declarase.

Pero Anna negó con la cabeza.

—No quiero ningún abogado. Quiero contarle lo que sucedió.

—De acuerdo —dijo Kate. Por mucho que temiera perjudicar por medio de formalidades la disposición de Anna para hablar, sería absurdo ahora tropezar con una confesión sin los preparativos adecuados. Ese asunto tenía que presentarse ante un tribunal.

Suavemente advirtió:

—Voy a colocar mi móvil aquí sobre la mesa, ¿de acuerdo? Encenderé la grabadora. Grabaré la conversación. ¿Le parece bien?

—Sí.

Anna parecía lista para aprobarlo todo si por fin podía hablar.

Kate dejó el smartphone sobre la mesita de centro y encendió la grabadora. Mencionó el lugar, la fecha y la hora, así como su nombre y su grado al igual que el nombre de Anna. Enumeró sus derechos a Anna y le volvió a preguntar si quería un abogado. Anna confirmó que no quería ninguno.

—La señora Carter renuncia expresamente a un asesor jurídico —repitió Kate. Luego prosiguió—. Señora Carter, ha dicho usted que la señora Dalina Jennings, el señor Logan Awbrey y usted misma habían estado el 26 de julio de 2010 en la casa de la familia Malory en Scarborough. ¿Podría usted describir que les llevó a ese lugar? ¿Y qué ocurrió?

—Sí —respondió Anna.

Lunes, 26 de julio de 2010

1

Hacía un calor horroroso. Más de treinta grados a la sombra, y aunque estábamos al borde del mar no corría ni un soplo de aire. Ya en el informativo matinal de la televisión habían anunciado que volvería a presentarse la ola de calor que determinaba desde hacía días el tiempo de las islas británicas. Se aconsejaba a la gente que permaneciera a la sombra cuando fuese posible y que si tenían que exponerse al sol se aplicasen una buena crema con un alto factor de protección solar. La mayoría de los ingleses tienen la tez muy clara y se pasan toda la vida atormentados por el deseo de adquirir por una vez una maravillosa piel lisa y tostada como la de los franceses del sur. Eso los mueve a tomar unos radicales baños de sol cuando de repente el verano británico sube a temperaturas propias del Mediterráneo. De ese modo nunca se ponen morenos, sino rojos como un tomate. Y, además, su número de pecas aumenta.

Estábamos sin hacer nada en la playa de la bahía sur, por debajo del Scarborough Spa. Había marea baja y estábamos sentados en unas rocas pequeñas y planas que al principio el mar había mojado y dejado brillantes y que ahora ya se habían secado. Alrededor nuestro, el agua que quedaba se filtraba por pequeños hoyos de arena. Entremedias, algas, conchas y cangrejos diminutos. Estábamos a pleno sol porque Dalina quería ponerse morena, lo que iba con su naturaleza. Yo, por el contrario, intentaba protegerme todo lo que podía con mi camiseta de manga larga, un sombrero de paja y untándome sin parar con crema. Habría preferido estar a la sombra, pero, si Dalina decidía que íbamos a sentarnos al sol, no había réplica posible. En la playa no había tantos turistas como era habitual. La mayoría había buscado la sombra o estaba bañándose lejos, en el mar, que había retrocedido ampliamente.

—Por Dios, qué vacío está esto —exclamó Dalina—, me pregunto por qué no tengo unos padres con mucho dinero. A ver, hemos acabado los estudios, ¿no merecería eso un viaje? A Saint-Tropez o a Montecarlo. ¡Lo daría todo por estar ahora allí!

—Aquí al menos hace el mismo calor —señaló Logan. Estaba sentado justo al lado de Dalina, adorándola. Lo que a mí me hacía mucho daño, pero yo intentaba que no me afectara demasiado. Sabía que él suspiraba por ella, pero también que a Dalina no le interesaba. Jugaba con él y luego no le hacía caso durante semanas, lo ignoraba totalmente. Entonces Logan venía conmigo. Yo lo escuchaba durante horas y lo consolaba. Era el hombre sobre el que él lloraba. En total, pasaba más tiempo conmigo que con Dalina y eso siempre me levantaba los ánimos.

Era mayor que nosotras, ya hacía tiempo que había terminado la escuela y se las apañaba con trabajos temporales. Solo por eso, Dalina ya no se lo habría tomado en serio. Para ella, un hombre tenía que «representar» algo y sobre todo ganar mucho dinero. Cuando Logan no estaba lo llamaba «el perdedor».

Dalina y yo habíamos terminado los estudios a comienzos de verano. Ese tórrido verano, con la escuela superada y la ilusión de empezar la universidad en otoño, no podía ser más bonito para mí, pero Dalina no hacía más que quejarse. Decía que ahí no pasaba nada. Todo el rato hablaba de Saint-Tropez. De las playas, los bares, los clubes, los barcos de los ricos que estaban ahí anclados. Volvía a trabajar en Biggestpizza, repartiendo pizzas. Decía que con el dinero quería viajar al sur de Francia el año próximo. Tenía esa tarde libre. Lo que todavía la ponía de peor humor.

No había nada que le sentara peor a Dalina que el aburrimiento. Se habría sentido mejor estando muy enferma o sufriendo un accidente, pero no ante la monotonía. No era capaz de estar consigo misma, de encontrar en sí algo que la llenara. Yo, por el contrario, podía pasarme horas paseando por el camino de ronda y soñando o sumergida en mis pensamientos, me sentía feliz corriendo por la arena mojada. Me gustaba leer, pensar o simplemente mirar el mar. Para ser más exactos, nunca me aburría. Tampoco sentía esa ansiedad, esa necesidad de buscar sin cesar a otras personas y después de que me distrajeran. Creo que Dalina no tiene vida interior. Vive exclusivamente hacia fuera. Y, si no pasa nada, está perdida. Entonces no sabe qué hacer consigo misma.

Lo malo es que entonces se pone agresiva. Primero, inquieta e impaciente, luego cada vez más violenta. Nosotros dos, Logan y yo, teníamos en esos momentos miedo de ella. Logan, porque estaba loco por ella y sufría cuando lo trataba peor de lo que era habitual. Yo, porque soy muy sensible. Dalina sabía muy bien dónde disparar. Conocía mis puntos débiles, mis inseguridades y complejos. Apuntaba hacia ellos cuando no se le ocurría nada mejor. Y, por desgracia, yo admitía todos los reproches que los demás me lanzaban. Estaba tan insegura de mí misma que en lo más profundo de mi ser daba la razón a todos los que ponían el dedo en una de mis numerosas llagas.

Logan había llevado una nevera portátil con cerveza. Ya se

había bebido dos latas, una locura con ese calor. Su rostro había adquirido un insano color rojo y brillaba de sudor. Tenía los ojos algo vidriosos.

—¿Te gusta la cerveza, Dalina? —repitió por enésima vez. Para Logan el alcohol era un remedio infalible contra el aburrimiento.

Hasta el momento, ella había rechazado sensatamente la invitación, pero en ese momento dio un profundo y enervado suspiro.

—De acuerdo. Dame una. ¡Esto es tan desesperante que me voy a morir!

Los dos no tardaron en estar bien borrachos, y además el sol potenciaba los efectos del alcohol. Por desgracia, debo decir que Logan cada vez se parecía más a un perro gimiendo frente a una perra, sin apenas poder dominarse. Dalina, por el contrario, se estaba animando, o al menos empezaba a pensar en qué hacer ese día en lugar de pasarlo lamentándose.

—Vamos a sacudirle a alguien —propuso, si bien no quedó claro a qué se refería con eso de sacudir.

—Vamos a correr por la playa —dije yo, pero Dalina soltó una carcajada y Logan, diligente, se unió a ella.

—Hazlo tú. ¡Es propio de los tranquilos como tú!

El concepto «tranquilo» en boca de Dalina sonaba a insulto y, como era costumbre, yo enseguida agaché la cabeza y me sentí en cierto modo inferior.

—¿Queréis que os enseñe al hombre más gordo del mundo? —preguntó tras un rato de reflexión y otra media lata de cerveza.

—¿El hombre más gordo del mundo? —preguntó Logan admirado. Siempre hacía como si las propuestas de Dalina le causaran una enorme impresión. Se esforzaba un montón por gustarle. Yo, como observadora, tenía claro que de ese modo la aburría y que eso era lo peor que podía hacer.

Dalina se levantó de un salto. Todavía se sostenía sorprendentemente bien sobre sus piernas.

—¡Sí! Venid conmigo. ¡Os parecerá increíble!

Logan se levantó. Se tambaleó, pero consiguió recuperar el equilibrio.

—¡Qué fuerte! ¡Me apunto!

Yo también me levanté. Era la única que estaba sobria. Encontraba la propuesta de Dalina totalmente idiota. ¿Ir a ver a una persona gorda? ¿Cómo se sentiría ella? Y, además, ¿qué placer podía obtenerse de hacer una cosa tan estúpida?

Hoy desearía con todas mis fuerzas haberme ido en ese momento. Les habría dejado marcharse a los dos y habría emprendido mi camino. ¿Por qué los seguí, si ya preveía que no saldría nada bueno de ahí? Yo estaba enamorada de Logan, pero no tenía ninguna posibilidad de éxito. Sin embargo, también quería pertenecer. Ser parte del pequeño grupo y quedarme.

Y así el desastre siguió su curso.

Los Malory vivían en la bahía norte, muy cerca del hospital Cross Lane. En una urbanización en la que todas las casas eran iguales. Todo muy cuidado y mono. Casas bonitas, jardincitos bonitos. El de los Malory se veía un poco asilvestrado. La hierba demasiado alta y los arbustos crecían a su aire en todas direcciones. A través de la valla del jardín asomaban a la calle unos gruesos manojos de hojas de diente de león. Pese a ello, no daba la impresión de abandono. Solo se diferenciaba algo de los otros jardines en los que los demás vecinos parecían cortar la hierba a lo largo de los parterres de flores con tijeras para las uñas.

La urbanización descansaba silenciosa y adormecida en ese caluroso día. Eran las primeras horas de la tarde y hacía tanto calor que costaba respirar.

—¿Se llaman Malory? —preguntó Logan cuando estábamos delante de la casa. Seguía llevando la nevera portátil con la cerveza. Dalina acababa de darnos el nombre del chico más gordo del mundo: Alvin Malory—. Creo que no lo conozco.

—No puedes conocer a todo el mundo —replicó Dalina.

En el autobús para llegar hasta ahí nos había contado que le suministraba comida regularmente. Solía pedir dos menús XXL compuestos de hamburguesas, patatas fritas y enormes vasos de Coca-Cola. Además de una pizza familiar más grande de lo normal.

—Se lo zampa todo. En una sola tarde.

Dalina había soltado una risita.

—Siempre le da vergüenza. Entonces hace como si sus padres estuvieran allí y él hubiese pedido para todos. Pero yo sé que no están. Tienen un taller de coches, cerca del Lidl de la A64. Pasan ahí todo el día. Lo sé porque da la casualidad de que también les llevo a veces algo. Aunque porciones normales.

Cuando estábamos delante de la discreta casa con la puerta verde, sentí que esa era mi última oportunidad de bajarme del tren. De decir que yo no tenía ganas de ir a ver a alguien a quien no conocía, que tenía demasiado calor o que había prometido a mi madre ir de compras con ella. Lo que fuese. Intuía que era mejor marcharse. A lo mejor a los otros dos les hubiera dado igual. De todos modos, Logan solo tenía ojos para Dalina. Y Dalina emanaba su agresividad como un desagradable olor. La agresividad de quien se aburre. Yo la había soportado con suficiente frecuencia. Pero esta vez no se dirigía a mí. Tenía a ese chico gordo en el punto de mira. Podría haberme levantado y marchado sin llamar especialmente su atención.

Pero no tuve el valor. El miedo a que me dejaran de lado para siempre era demasiado grande.

Dalina pulsó el timbre.

Transcurrió bastante tiempo y yo ya abrigaba la esperanza de que no hubiese nadie en casa, pero la puerta se abrió. El chico que estaba ante nosotros era, en efecto, muy obeso. Un rostro hinchado, un vientre grande sobre el que se tensaba una camiseta con un texto gastado de tantos lavados e ilegible. Tenía las piernas embutidas en unos pantalones de chándal de color lila, cuyo tejido, seguro que sintético, me hacía estremecer solo con mirarlo. ¿Cómo lo soportaba con el calor que hacía?

—Hola, Alvin —lo saludó Dalina.

El chico parecía inseguro.

—No he pedido nada. Bueno, hoy he pedido en otro sitio.

—No te preocupes —respondió Dalina—. Simplemente tenía ganas de visitarte. Siempre estás en casa y he pensado que a lo mejor necesitabas un cambio. —Le sonrió como un tiburón girando alrededor de su víctima.

Alvin no parecía nada entusiasmado, pero suponía que debía ser educado. Creo que notaba que no podía esperar nada bueno de Dalina.

Ella lo apartó a un lado con determinación y se metió en la casa.

—¿No vas a ofrecernos nada? ¿Con este calor? Por cierto, estos son mis amigos. Logan y Anna.

—Hola —dijo Logan. Tenía un aspecto horrible. El calor y el alcohol le sentaban fatal. No quedaba nada de su atractivo.

—Hola —dijo Alvin. Estaba claro que no nos quería en su casa, pero que no sabía cómo evitarlo—. Mis padres no están —advirtió en voz baja.

Dalina se echó a reír.

—Pero tú ya eres mayor, ¿no? Puedes recibir amigos cuando mamá y papá no están, ¿o qué?

Naturalmente, no éramos amigos suyos. Dalina le había llevado comida un par de veces. Y a Logan y a mí no nos conocía en absoluto.

Dalina echó un vistazo a la cocina. Sobre la mesa había un trozo de papel.

—Oh, ¿la nota de la entrega de la comida de hoy? Así que ya te han repartido el pedido. Vamos a ver… Hummm. Indio. Una buena cantidad. ¿Para ti solo?

Alvin no dijo nada. En ese momento también Logan entró en la casa. Yo lo seguí. A ninguno nos habían invitado a hacerlo. Pero Dalina sabía que tenía vía libre. Los padres de Alvin estaban trabajando y ella sabía que el repartidor ya había hecho la entrega. Durante un tiempo, Alvin estaría a solas con nosotros.

Dalina se deslizó por el estrecho pasillo hacia la sala de estar. Alvin la siguió. Tenía esa extraña forma de caminar de la gente muy gorda cuyos muslos parecen dislocados porque se rozan demasiado uno contra el otro.

En la sala estar, en la que llamaba la atención la cantidad de jarrones con ramos de flores, Dalina se sentó en un sofá y miró a su alrededor.

—Es bonito esto. Algo oscuro. Y anticuado, ¿no? ¿Tus padres no pueden comprarse muebles nuevos?

—No tenemos tanto dinero —murmuró Alvin.

Logan se metió también en la sala de estar.

—¡Genial! —dijo, y no se entendió a qué se refería. Es posible que ni siquiera él mismo lo supiera.

—¡Allí hay un minibar! —gritó Dalina.

En un carrito había varias botellas. Ginebra, oporto, whisky y un par de aguardientes de fruta. Justo lo que Logan y Dalina no deberían beber.

—¿No preferís agua? —preguntó Alvin. Me dirigió una mirada suplicante. Yo estaba detrás de él, todavía en el pasillo. Se había dado cuenta de que no estaba borracha. Evité su mirada. ¿Qué iba a hacer?

Sí, esta es la pregunta que hasta hoy en día me planteo. ¿Qué debería haber hecho? ¿Qué podría haber hecho cuando la situación fue agravándose más y más? ¿Salir corriendo? ¿Ir a buscar a la policía? ¿Pedir a Dalina y Logan, que a partir de un momento dado dejaron de ser dueños de sí mismos, que parasen?

¿Me habrían hecho caso?

¿Qué decir de lo que sucedió después? Las imágenes se han quedado grabadas en mi memoria y pese a ello son borrosas. Tal vez porque me opongo a ellas siempre que aparecen en mi mente. No quiero verlas, tampoco quiero recordarlas. Pero se han convertido en parte de mi vida y emergen constantemente, por las noches en mis sueños, pero también de día, de repente, cuando no me lo espero.

Dalina bebiendo ginebra y whisky de las botellas como si fuese agua.

Logan, que la imita, aunque ya está tan borracho que pierde el equilibrio.

Dalina, que enciende un cigarrillo y tira despreocupadamente la ceniza al suelo.

Logan, que también fuma, pero aplasta los cigarrillos en la tapicería del sofá.

Alvin, entretanto, protestando impotente.

—¡No podéis hacer esto! ¡Parad, por favor!

Logan, en un sillón, con los zapatos de la calle apoyados en otro asiento, derramando toda una botella de licor de frambuesa en el suelo con las palabras:

—¿Qué mierda de matarratas es este? ¡Voy a vomitar!

Logan que viene cargado de botellas de cerveza que ha cogido de la nevera y que bebe a medias para luego verter el resto por la habitación y romper los cuellos de las botellas golpeándolos contra la mesa.

Dalina riendo con unas carcajadas estridentes.

Alvin reprimiendo el llanto.

Y que, llegado un momento, pregunta:

—Por favor, ¿qué queréis?

Lo que Dalina al instante imita convirtiéndolo en una exagerada cantinela:

—¿Qué queréis? ¿Qué queréis? ¿Qué queréis?

—Por favor —dice Alvin—, ¡marchaos ahora mismo! —Intenta que el tono de su voz sea firme, autoritario. Por supuesto, no lo logra. Parece un niño desesperado que suplica que no le hagan daño. Encarna a una víctima.

Esto excita a los otros dos. Se percibe. Cuanto más ruega y suplica Alvin, cuanto más se humedecen sus ojos de lágrimas, más violentos se vuelven sus torturadores.

—Por favor, por favor —canturrea Dalina—, ¡por favor, por favor, marchaos ahora mismo!

—Por favor, por favor —balbucea Logan.

—Haz que diga otra vez «por favor» —pide Dalina.

Logan se levanta de su sillón y se queda tambaleando. Los ojos se le nublan. Pero comprende lo que Dalina dice y puede tenerse en pie. Se planta delante de Alvin. Logan es muy alto, mide casi dos metros. Alvin es mucho más bajo. Además de considerablemente más gordo.

—Di «por favor, por favor» —ordena Logan—, venga, pedazo de grasa, ¡dilo!

Un resto de dignidad obliga a Alvin a no cumplir este deseo. Aprieta los labios uno contra otro. Calla. Pero ahora no puede dejar de llorar.

—Tienes que decir «por favor, por favor» —repite Logan—. ¿No has entendido?

Alvin llora. No dice nada.

—¿Cómo se lo permites, Logan? —pregunta Dalina. También ha bebido un montón, pero no se percibe en su forma de hablar. Tampoco se le nota. Parece que mantiene la mente clara.

—No lo permito —responde Logan. Toma impulso y propina varios fuertes puñetazos a Alvin en el vientre. Alvin se dobla en dos y cae al suelo de rodillas. Vomita en la alfombra.

—¡Mierda! —grita Logan—. ¡El pedazo de grasa vomita!

Lleno de rabia le da patadas por donde pilla. Por el vientre, la espalda, las costillas, la cabeza. Alvin intenta ovillarse y proteger de algún modo su cuerpo. Es demasiado voluminoso para conseguirlo. Da vueltas en su propio vómito, acorralado por las patadas salvajes y coléricas de su agresor, que ya no sabe qué está haciendo. Que lo va a matar si nadie se interpone. Logan da patadas como un poseso, con toda la terrible fuerza de un joven de casi dos metros de alto.

—¡Para! —grito.

No es el Logan que yo conozco. Nunca lo había visto así de violento. Todo su ser, su atractivo, nunca lo ha dejado intuir. Debe de ser el alcohol. En unión con las hormonas. Se le disparan en presencia de Dalina. Está loco de remate por ella. Mataría si ella se lo pidiera.

—Basta, Logan —dice al final Dalina. Suena como la orden que se da a un perro. *Sitz! Platz! Komm her!*

Logan se separa al instante de Alvin, que está inmóvil en el suelo.

—Todos necesitamos un vaso de agua —opina Dalina.

Yo, en realidad, no. Pero los sigo a ella y a Logan a la cocina, totalmente conmocionada. Vuelvo un momento la vista atrás. Es horroroso. Colillas y ceniza por todas partes. Agujeros negros en las tapicerías del sofá y los sillones. Botellas medio vacías, en parte rotas, por el suelo, con el contenido vertiéndose lentamente. El marco de cristal de una foto se ha roto y las astillas se extienden sobre la alfombra. Flores en el suelo, jarrones volcados. Los cojines del sofá están por todas partes. ¿Cuánto tiempo hemos estado haciendo estragos, hemos bebido, fumado, destrozándolo todo? En ese momento he perdido el sentido del tiempo. Después reconstruyo que todo ha durado una hora. Una hora de un tórrido día en el que tres jóvenes no sabían qué hacer con su tiempo libre. Pues sí, yo formo parte de ellos. Incluso si solo estuve presente. Es igual de malo.

Quizá incluso peor.

2

En la cocina, Dalina bebió agua directamente del grifo y le dijo a Logan que hiciera lo mismo. Naturalmente, Logan obedeció sus órdenes. Cada vez que quería detenerse, ella le insistía para que siguiera. Antes, en la sala de estar, había bebido, gritado, chillado y cantado, pero, como yo ya había notado, se la veía sorprendentemente sobria. Y ahora, tras beber unos tragos de agua, estaba especialmente serena. Sabía exactamente que acababa de meternos a todos en un inmenso problema.

Yo notaba que estaba pensando intensamente.

Después de beber un litro de agua, Logan parecía un poco más humano. Todavía tenía la cara enrojecida de una forma no natural pero su mirada parecía más nítida.

—Por Dios, qué mal me encuentro —dijo. Su forma de hablar también había mejorado. Ya no arrastraba tanto las palabras y las pronunciaba con más claridad. Aun así, daba la impresión de que tenía ganas de vomitar.

—Ten cuidado de no vomitar —dijo Dalina cortante—. ¡No podemos dejar el ADN!

Logan no la entendió.

—¿El ADN?

—Hemos bebido de las botellas y tocado todo lo que se podía tocar.

—Es cierto —dijo Logan.

—Pero —señaló Dalina— ninguno de nosotros está fichado, ¿no? ¿A ninguno nos ha detenido la policía? ¿A ninguno nos han tomado las huellas dactilares ni todas esas mandangas?

Logan y yo negamos con la cabeza.

—Eso está bien —sentenció Dalina—. Nuestras huellas dactilares les sirven para algo solo si nos tienen en el sistema. Y aquí encontrarán infinitas huellas. Ayer fue el cumpleaños de la madre de Alvin y vino mucha gente. —Señaló todos los vasos que había diseminados por la cocina. Bandejas y platos pulcros, sin restos, cestas con cubiertos. En efecto. Hasta ese momento no me había dado cuenta. Parecía como el día después de una gran fiesta. Ahora entendía por qué había tantas flores en la sala de estar.

—¿Cómo sabes que fue el cumpleaños de la madre? —preguntó Logan.

—Alvin me lo contó la semana pasada. Cuando le hice una entrega.

Miró a Logan, como si esperase que encontrara el error. O el problema. Pero él la miraba maravillado y luchando con su malestar.

Yo, por el contrario, tenía claro cuál era la pega.

—Alvin te conoce —dije—. Y ha visto nuestras caras y sabe al menos nuestros nombres de pila.

—Joder, mierda —exclamó Logan.

—Sí, qué palo —dijo Dalina. Yo sabía que le resultaba difícil admitir que había perdido el control. Ella tendía a correr riesgos, pero nunca perdía de vista el posible desenlace de su acción. Incluso cuando creías que se divertía sin tener nada en consideración, ella calculaba los peligros y sopesaba hasta dónde podía llegar. Esta vez había perdido de vista los riesgos. Había querido divertirse un poco a costa del gordo de Alvin, pero no había planeado que todos acabáramos en la policía. Se había producido una escalada de horror. Tal vez habríamos salido de esa situación algo maltrechos si todo hubiese quedado en las botellas bebidas o vaciadas en el suelo, los jarrones rotos, las alfombras manchadas y las tapicerías con quemaduras de cigarrillos, aunque yo ya me imaginaba muy bien lo entusiasmados que se sentirían nuestros padres cuando les llegaran las facturas por los desperfectos ocasionados. Logan ya se había independizado, pero como crónicamente iba corto de dinero se veía en apuros a la hora de tener que pagar por la que había armado. Pero el asunto había cambiado desde que había golpeado a Alvin y lo había pateado dejándose llevar totalmente. Ya no se trataba de una estúpida gamberrada de un par de jóvenes borrachos. Ahora era cuestión de lesiones físicas.

—¿Vamos a ver cómo se encuentra Alvin? —preguntó Logan. Estaba blanco como la nieve.

—Sí, de acuerdo —contestó Dalina.

Volvimos a la sala de estar. Alvin ya no estaba en el lugar donde lo habíamos dejado. Se había arrastrado hasta la puerta de cristal que daba a la terraza. Sin embargo, las fuerzas lo habían abandonado allí, pues yacía sobre la alfombra sin moverse, una masa humana que, no obstante, todavía respiraba. Regularmente. Con dificultad.

Toda la sala emanaba un olor repugnante. Al vómito de Alvin, a alcohol y a cigarrillos.

—Vive —observó Logan aliviado.

Con cara de asco, Dalina se acercó más a Alvin.

—Eh, Alvin —dijo con un tono alegre—. Venga, levántate. Solo era una broma. Lo siento. Nos hemos pasado un poco de la raya. ¿Te encuentras bien?

Alvin levantó trabajosamente la cabeza. Estaba claro que no se encontraba bien. Debía de haber recibido varias patadas en la cara porque tenía el labio superior abierto y le sangraba, se le estaba hinchando el ojo derecho y del oído también derecho salía un delgado hilillo de sangre. De repente puso los ojos en blanco, pero luego volvieron a su posición normal. Yo emití un leve gemido de horror. Era muy posible que Alvin hubiese sufrido una herida grave en la cabeza.

También Dalina se había dado cuenta.

—¿Te encuentras bien? —volvió a preguntar.

Alvin intentó dos veces decir algo. A la tercera por fin pudo pronunciar un par de palabras comprensibles.

—Aire. —Y—: No respiro…

—Pues claro que respiras —contestó animosa Dalina. Pero su expresión era de terror.

—Tenemos que llamar a un médico de urgencias —dije. Alvin estaba gravemente herido, era obvio. Yo no podía juzgar hasta qué punto, pero no pintaba nada bien.

—¿Estás loca? —preguntó Dalina.

La cabeza de Alvin había vuelto a caer al suelo.

—Podemos ir a la cárcel —advirtió Logan. De hecho, daba la impresión de haber recuperado de golpe la sobriedad.

Si las lesiones corporales eran graves, iríamos sin duda a la cárcel. Al menos Logan. Por eso era él quien tenía más miedo. Él era quien había golpeado y dado patadas a Alvin. Pero Dalina era la artífice de todo ese asunto. A ella la podían castigar como instigadora. Yo solo había correteado detrás de los demás y había mirado. ¿Qué era eso? ¿Omisión de socorro?

Dalina y Logan se miraron largo rato. A mí ni me tenían en cuenta.

—Yo no pienso ir a la cárcel por nada del mundo —afirmó Dalina.

—Yo tampoco —convino Logan.

«Os lo podríais haber pensado antes», grité para mis adentros. Pero no pronuncié palabra.

—¿Le damos media vuelta? —preguntó Logan.

—Vale —contestó Dalina.

Uniendo fuerzas, pusieron a Alvin boca arriba. Él gemía de dolor. Una vez en esa posición, vimos que tenía todo el tórax impregnado de vómito. Le seguía saliendo sangre del oído. Le faltaba aire.

—Es posible que tenga un par de costillas rotas —opinó Logan.

—La sangre del oído no me gusta —dijo Dalina.

—Por favor —supliqué yo—, tenemos que llamar a un médico de urgencias.

—¡No! —exclamó Dalina cortante—. Estamos todos involucrados. Tú también, por cierto. ¡Tú has estado aquí junto a nosotros!

—Pero no podemos dejarlo morir —protesté aterrada.

Dalina no contestó. Pero vi que pensaba: esa sería la solución a todos nuestros males.

Se volvió hacia Logan.

—¡Busca algo!

Logan no entendía.

—¿Qué tengo que buscar?

—¡No sean tan corto de entendederas! —le gritó Dalina.

A Logan se le encendió una bombilla. En su cara se dibujó un auténtico horror.

—No…, no podemos hacer eso.

—¿Pues tú qué propones? ¿La trena?

Logan calló.

—No tenemos otra opción —insistió Dalina.

Logan echó un vistazo a la habitación. Señaló con la barbilla la chimenea.

—Una de las herramientas de la chimenea…

—Sería una posibilidad —respondió Dalina, pero no parecía segura. Estaba claro que la idea de golpear ahora a Alvin con el atizador de hierro o la pala la superaba. Antes, Logan y ella habían estado como en trance, Logan en especial. Si Dalina no lo hubiese parado, Logan seguramente habría matado a Alvin a patadas. Era probable que ella se arrepintiera en ese momento de haber intervenido. Pues ahora los dos estaban sobrios y con la mente clara y se veían en una situación comprometida para salvarse de la cual solo había una solución, al menos desde su punto de vista y si querían salir indemnes.

—A lo mejor tengo una idea —dijo Logan, dejando la sala.

Dalina y yo nos quedamos con Alvin, que no se movía y yacía en el suelo como una ballena varada.

—Por favor, Dalina —dije desesperada—. No empeores más las cosas. ¡Por favor, deja que llame a urgencias!

—Eso destrozará nuestra vida —repuso Dalina—. Toda nuestra vida.

—Lo que ahora os proponéis también la destroza —repliqué. Ella negó con la cabeza.

—Lo principal es que no vayamos a la cárcel. Y un día, de todos modos, nos olvidaremos de esto.

—¿Pero por qué? —pregunté—. ¿Por qué lo habéis hecho? Se encogió de hombros.

—Era un día aburrido, un día de mierda.

Mientras yo me la quedaba mirando atónita, Logan volvió a la sala de estar. Llevaba una botella verde en la mano. En un primer momento pensé que era de cerveza, y que por razones incomprensibles quería seguir emborrachándose. Pero entonces distinguí una calavera y la palabra «¡peligro!».

—¿Qué es eso, por el amor de Dios?

—Desatascador —contestó Logan.

—De acuerdo —dijo Dalina.

Me puse mala.

—¡No podéis hacer algo así!

—Es menos sangriento que con la pala —señaló Logan.

Él y Dalina se pusieron de rodillas en el suelo junto a Alvin, como un equipo bien compenetrado que realiza una acción que les resulta familiar.

—Yo le sujeto la boca abierta —dijo Dalina. Estaba totalmente decidida. Sabía que en ese momento tenía un pie en la cárcel y solo había una única persona en el mundo cuyos intereses defendiera: ella misma. Para eso caminaría sobre cadáveres. Al pie de la letra, en esa ocasión.

La botella tenía un cierre de seguridad para los niños y a Logan le llevó un rato abrirla. Por fin lo consiguió. Dalina agarró la boca de Alvin y separó las mandíbulas. Miró dentro con asco, pero no dudó ni un solo segundo para hacer lo que, según su opinión, debía hacerse.

Logan vertió ese brebaje extremadamente venenoso en la boca de Alvin. Este intentó defenderse instintivamente. Apartó la cabeza a un lado y tosió con fuerza, movió brazos y piernas. Una parte de desatascador cayó en la alfombra.

—Sujétalo bien —vociferó Logan.

—Es lo que intento —contestó Dalina. Me miró—. Anna, cógele las piernas.

Yo enseguida di un paso atrás.

—No puedo. De ninguna de las maneras.

Me miró con desprecio, pero decidió que tardaría demasiado tiempo en convencerme. Se dirigió de nuevo a Alvin.

—Date prisa, Logan. Métele toda la botella. Date prisa. Hay alguien ahí enfrente.

—¿Qué? —preguntó horrorizado Logan.

—Un viejo. Está trabajando en el jardín. No mires hacia allí. Pero tenemos que marcharnos antes de que nos vea.

Yo me puse de espaldas cuando Dalina volvió a abrirle la boca a Alvin y Logan, con determinación en ese momento, vertió en el interior el contenido del líquido venenoso. Alvin emitía como un borboteo, resoplaba y tosía y volvía a defenderse.

—Este todavía está vivo —jadeó Logan.

Lo último que vi fue que Logan le cerraba la boca a Alvin y al mismo tiempo se ponía encima de él cargándole con su propio peso. Alvin parecía estar ahogándose, no podía hacer otra cosa que tragar y esa cosa le abrasaba la mucosa bucal, el esófago, las vías respiratorias, el estómago. Moriría de un modo horroroso, lleno de angustia y dolor.

Me tapé la cara con las manos. Era como si hubiese caído en medio del infierno.

—Ya no se mueve —dijo Logan.

—¿Está muerto? —preguntó Dalina.

Logan tardó un momento en decir:

—Todavía respira. Débilmente.

—Vale. Tenemos que irnos —decidió Dalina—. No sobrevivirá. Intentemos borrar algunas huellas dentro de lo posible.

Ella y Logan arrancaron unos trozos de papel de cocina, los mojaron y empezaron a limpiar todas las botellas, manillas de las puertas, superficies de trabajo de la cocina. El grifo del agua. La botella de desatascador vacía.

—Bien, con esto será suficiente —dijo Dalina. Miró hacia el jardín—. El viejo sigue trajinando por ahí.

—Seguro que aquí todavía quedan huellas nuestras —observó Logan.

—Ya te lo he explicado —respondió impaciente Dalina—. No pueden saber de quién son. Aquí hay cientos de huellas.

Nos quedamos un rato en silencio. Mi mirada se deslizó tímidamente por el cuerpo inmóvil de Alvin. Al menos no parecía que estuviese librando una terrible batalla con la muerte. O estaba inconsciente o estaba ya muerto.

Logan cogió su nevera. Salvo eso, no habíamos llevado nada

más. Salimos de la casa. La calle estaba tan desierta como antes, cuando habíamos llegado. Naturalmente, no sabíamos quién podía estar mirando detrás de las cortinas. Salimos con la cabeza gacha y esperando que nadie nos viera abandonar la casa de los Malory. Y que nadie nos hubiese visto entrar. Éramos tres jóvenes que deambulaban por una calle. Aparentemente tranquilos, despacio, tal como tocaba en un día tan caluroso.

—Moveos con toda normalidad —nos había susurrado Dalina—. Con calma. No llaméis la atención.

Una única vez me di media vuelta. La casa permanecía tranquila a la luz del sol, bajo cuyos rayos resplandecían los cristales de las ventanas. Nada permitía sospechar el horror que habíamos sembrado en su interior.

Nada indicaría a los padres de Alvin lo que les aguardaba a su regreso.

En contra de lo que había dicho Dalina, yo sabía que ninguno de nosotros nos olvidaríamos de ese día. Tampoco ella.

A partir de ese momento marcaría la vida de todos nosotros. Nada podría volver a ser normal. O bonito. O sereno.

Nada nos liberaría de lo que habíamos hecho.

Sábado, 28 de diciembre

1

Todavía no eran las siete de esa mañana de sábado cuando Kate, en compañía de dos agentes de uniforme, estaba delante de la vivienda de Dalina Jennings esperando que atendieran a la llamada del timbre. Todo estaba silencioso en la casa. No había ninguna luz encendida en el interior, lo que en ese día de la semana y a esa hora no resultaba inusual. Lo raro era que las persianas no estuvieran bajadas o las contraventanas cerradas. En cierto modo, no se tenía la impresión de que los inquilinos se hubiesen acostado la noche anterior y ahora dormitaran todavía tranquilamente en sus camas.

Kate intentó ver algo a través de la ventana que daba al salón y que se encontraba justo junto a la puerta de la casa. En esa habitación reinaba la oscuridad, pero la farola de la calle arrojaba algo de luz en el interior. Kate logró distinguir vagamente los muebles, la mesa, las sillas, el sofá. Un cuadro en la pared. Las botellas todavía estaban diseminadas por todas partes, en el mismo lugar donde se encontraban cuando Kate había visitado a Dalina, al igual que los vasos, los ceniceros. Nada había cambiado.

—¿Qué hacemos, sargento? —preguntó uno de los agentes. Tenía aspecto de no haber dormido y estar muerto de frío. Era evidente que no le gustaba estar parado delante de esa silenciosa casa en medio de la oscuridad y de un frío gélido.

Kate pensó. No tenía orden de arresto, entre la confesión de Anna el día anterior y las primeras horas de la mañana de ese día no había podido conseguir ninguna. Quería realizar un arresto temporal, pero no las tenía todas consigo. Lo justificaría con el peligro de huida, pero en las próximas horas necesitaba urgentemente un juez de instrucción que colaborase con ella y que emitiera una orden de arresto. Dalina exigiría un abogado y lo negaría todo.

Pero Kate estaba profundamente convencida de que Anna había dicho la verdad.

—No podemos entrar en la casa —señaló el otro agente—. Sin orden de detención ni de registro.

—No tenemos nada —concluyó el otro dirigiendo una mirada de reproche a Kate.

Ella volvió a pulsar el timbre.

No hubo respuesta.

La puerta de entrada de la casa de al lado se abrió y una mujer mayor con una descolorida bata de flores se asomó.

—¿Han venido a ver a la señora Jennings?

Kate mostró su placa.

—Sí. Sargento Linville, de la policía de Yorkshire del Norte. ¿Sabe si la señora Jennings está en casa?

La anciana contempló con todo respeto la identificación policial.

—Oh…, la policía… Soy la señora Mitchell.

—Buenos días, señora Mitchell. Lamentamos molestarla tan temprano. Tenemos que hablar urgentemente con la señora Jennings.

—Se marchó ayer a primera hora de la tarde. Y me parece que no ha vuelto. —La señora Mitchell hizo una mueca de desaprobación—. La oigo siempre que está aquí, sabe. Hace mucho ruido, por desgracia. Pone la televisión a todo volumen y, además, música. Hasta tarde por la noche. Salvo cuando está en su agencia. Entonces tengo tranquilidad.

—¿Y ayer por la noche no se oía nada?

—Silencio absoluto. Pero en la agencia supongo que no ha estado, ¿verdad? En estas fiestas no hay actividades allí.

—Hummm. —Kate levantó la vista a la fachada de la casa de Dalina—. ¿Suele la señora Jennings cerrar los postigos? ¿Por la noche?

—En invierno, sí. Es muy ahorradora. Cerrar los postigos influye notablemente en los costes de la calefacción.

La casa parecía abandonada. Kate lo sabía: Dalina Jennings se había marchado a toda prisa. El día anterior había dejado sus huellas dactilares y un policía la había llevado a casa. Anna había contado que no había cesado de intentar ponerse en contacto con ella por teléfono.

Y ahora no estaba ahí.

—¿Por qué no miran en el garaje? —preguntó la señora Mitchell—. Nunca está cerrado.

Kate levantó la puerta y observó el interior. Estaba vacío.

—Ya sabía que no estaba —confirmó la señora Mitchell.

Kate asintió. Dalina se había marchado. El día anterior no había habido ningún motivo para arrestarla.

—¿Y ahora? —preguntó uno de los agentes soplando aliento en las manos frías. Se había olvidado de coger los guantes.

—Vamos a la sede de Trouvemoi. Para no omitir nada, pero estoy segura de que no estará allí. Es demasiado lista para eso.

—¿Qué es lo que está pasando en realidad? —preguntó la señora Mitchell—. ¿Por qué la están buscando?

—Un control rutinario —contestó Kate con vaguedad.

De todos modos, no tenía por qué satisfacer la curiosidad de la vecina.

Una cosa era la confesión de Anna. Que fuera suficiente para acusar a Dalina de haber sido la instigadora de las graves lesiones físicas que sufrió Alvin Malory era aún una incógnita.

Pero ese no era el problema fundamental que había sacado tan pronto de la cama a Kate. Creía saber ahora quién había asesinado a Diane Bristow y Logan Awbrey.

Y era consciente de que había otras personas que corrían peligro de muerte si no conseguía encontrar a Dalina.

Lo más rápido posible.

2

Pamela no lo hubiera considerado posible, pero, de hecho, el sueño la venció. Después de todas esas horas en las que había intentado liberarse de sus ataduras, estaba agotada. Se encontraba sentada en esa pequeña y gélida habitación, apoyada al lateral de la estantería, que se le clavaba dolorosamente en el omóplato, y nunca hubiese creído que podría dormirse en esa posición. En un momento dado, reinó la oscuridad total porque dejó de entrar luz a través de la minúscula ventana. El anterior crepúsculo invernal se había transformado en noche. Y Pamela siguió luchando con sus ligaduras.

Cuando se despertó, volvía a haber luz. Había empezado el nuevo día, pero a pesar de ello seguía haciendo muchísimo frío. Pamela movió con cuidado la cabeza. Soltó un gemido de dolor. A causa de lo incómodo de la posición y del frío, tenía contracturas en la espalda y el cuello. Y también le dolían todos los músculos del cuerpo. Urgía que se pusiera en pie y se moviera, aunque tenía la sensación de estar toda ella congelada. Se fue irguiendo despacio, apoyando la espalda al lateral de la estantería. Se oyó un sonido seco y sus manos quedaron libres.

Pamela movió con prudencia los brazos hacia delante, lo que le produjo unos dolorosos pinchazos en los hombros, y se miró las manos, sorprendida. Alrededor de las dos muñecas todavía colgaba la cuerda con que la habían atado. La noche anterior, la atadura debía de haber estado a punto de desgarrarse. Y justo antes se había dormido.

Qué rabia. Pero daba igual, al menos se había desatado.

Se levantó ignorando el dolor que se extendía por su cuerpo y se dirigió cojeando a la ventana. No era lo suficientemente alta para ver a través de ella, pero había una caja con patatas; le dio la vuelta y se subió en ella. Fuera todavía no era del todo de día, pero distinguió nieve, árboles y una cerca. Dos cosas le quedaron claras: una, que se hallaba en una especie de sótano. Seguramente el de la casa, pero esta debía de encontrarse en un terreno ligeramente en pendiente de modo que la parte posterior del sótano casi estaba a ras del suelo. Porque eso era sin lugar a dudas el jardín. En el extremo parecía comenzar un bosque, pero a derecha e izquierda debía de haber otros jardines y casas. Y personas. Lamentablemente en esa época del año salían como mucho a dar algún paseo, pero no cortaban el césped ni hacían barbacoas en el exterior.

Pamela intentó abrir la ventana. Había un tirador, pero era probable que llevara años sin utilizarse, pues se lo veía muy oxidado. Pamela lo intentó con determinación, pero al final se rindió. Temporalmente. Comprendió que después de haber estado tanto tiempo con las manos atadas estas se encontraban entumecidas y además le dolía todo el cuerpo. Tenía hambre, estaba agotada y congelada. Comería y bebería algo, se haría un buen masaje en las muñecas y volvería a intentar abrir la ventana.

Descubrió un interruptor junto a la puerta y lo encendió. Una bombilla que colgaba del techo emitió una luz cegadora. Pamela cerró deslumbrada los ojos. Entonces sacudió la puerta unos segundos, pero, por supuesto, estaba cerrada. Prestó atención a los sonidos de la casa. Después del horroroso grito de Sue, la noche anterior, no había vuelto a oír ningún ruido. El grito había sido horrible, pero había enmudecido tan de repente como había surgido. Desde entonces, nada se había movido.

—¿Sue? —llamó Pamela—. ¿Mila?

Ninguna respuesta, naturalmente.

Al menos había comida suficiente en la despensa. Pamela abrió una botella de zumo de naranja y casi se la bebió toda. Encontró un paquete de rebanadas de pan y cogió una. Luego se sintió mejor. Notó que debería ir al baño, pero vio un cubo debajo de una estantería. Lo utilizaría.

Recordó el olor repugnante que había en la casa, arriba. ¿Había tenido que utilizar un cubo Sue también? ¿La había atado durante un tiempo? Eso explicaría por qué Pamela había tenido la impresión de que olía a excrementos.

Debía salir de allí. Era imprescindible que actuase. Si Sue todavía vivía, estaba en extremo peligro. Y a saber quién sería el próximo a quien Mila tenía en su punto de mira.

Con fuerzas renovadas, Pamela se ocupó de abrir la ventana. Se rindió dos veces agotada y lo intentó una tercera vez. Al final, el tirador se movió crujiendo y chirriando. Abrió la ventana. Enseguida penetró en el interior un aire frío, húmedo, de nieve. Quedaba descartado que Pamela consiguiera salir de allí trepando, ni siquiera le pasaba la cabeza por la estrecha rendija. Pero gritó todo lo fuerte que pudo.

—¿Hola? ¿Hay alguien que pueda oírme? ¡Necesito ayuda! ¡Por favor, ayúdenme!

Escuchó con atención. Salvo un pájaro que dio un chillido

estridente, todo permaneció en silencio. Reinaba una calma casi irreal tras la fuerte nevada, cuando la nieve todo lo cubría, todo lo amortiguaba. Pamela no oía nada en absoluto, y sin embargo la ciudad no estaba tan lejos. No alcanzaba a oír ni coches ni pasos ni voces. Cierto que se encontraban en una urbanización más bien en las afueras. Pero en ella vivían personas.

Volvió a gritar. Otra vez más.

Nada.

Para no enfriar todavía más la habitación, cerró la ventana y saltó de la caja. Tenía tanto frío que podría haberse puesto a chillar. Iría abriendo la ventana para pedir ayuda. Si Mila todavía estaba en casa, seguro que la oiría. Sabría que Pamela había logrado desatarse. ¿Aparecería? Sería una oportunidad. Pero era probable que no corriera el riesgo. Sabía que Pamela no podía salir. Sin embargo, sí podía gritar a diestro y siniestro.

Aun así, Pamela suponía que Mila ya no estaba allí. O bien había huido con Sue y el bebé, o bien las había dejado a las dos. Pamela no se atrevía a pensar en qué estado se encontraba Sue. Por lo visto, no en uno que le hubiese permitido salir en busca de ayuda.

Trató varias veces más de llamar la atención con sus gritos, pero no obtuvo respuesta. Al final se vio forzada a hacer sus necesidades en el cubo, que cubrió con una caja de frutas. Había comido y bebido suficiente, en ese momento lo peor era el frío.

Y la incertidumbre.

Como tenía luz, rebuscó a fondo en su bolso, pero no había nada que pudiera serle útil. Encontró un bolígrafo e intentó un par de veces abrir la cerradura de la puerta con él, en vano. Por lo visto, tendría que esperar a que el marido de Sue volviera el domingo.

—¡Mierda! —exclamó.

Se sentó en el suelo, dobló las piernas y las rodeó con los

brazos ciñéndolas contra su cuerpo. Le castañeaban los dientes de frío.

Cómo podía haber sido tan tonta, tan insensata.

Tal vez eso era lo peor de todo: que ella sola se hubiese metido en ese jaleo.

3

Caleb había solucionado el problema pegando un lateral de su enorme mesa a la pared. De ese modo cabían tres sillas en fila en el otro lado. Los comensales no podían sentarse unos enfrente de los otros y no había sitio para un sillón o un sofá. A cambio, se podía llegar a la cocina casi sin tener que saltar ningún obstáculo. Ahí todavía se apilaban en un rincón, formando una torre, las cajas de la mudanza, pero debían de haberse vaciado otras, pues no había nada sobre los hornillos, había aparecido un trocito de superficie de trabajo y sobre la nevera se veía la cafetera cromada. Caleb podía prepararse un café y cocinarse un plato. Kate encontró que ya era un tranquilizador paso adelante, incluso si la vivienda seguía resultando sumamente inhóspita. La calefacción borboteaba y gruñía, pero calentaba poco. De ahí que Caleb llevara un grueso jersey de lana y una bufanda que le daba dos vueltas al cuello. A Kate no le extrañó que pareciera muerto de frío y deprimido. Lo único bonito de la casa era el balcón con la barandilla de ladrillo cubierta de nieve. Y las vistas al mar. Ese día tenía un color antracita, como plomo oscuro, el cielo en lo alto tenía el mismo tono y las gaviotas pasaban chillando bajo unas pesadas nubes bajas. Ese sombrío día de invierno tenía su propio encanto, pero no animaba a Caleb. No iba a mejorar su estado de ánimo, visiblemente abatido.

Kate había llamado a las diez de la mañana, por suerte Caleb estaba despierto. La invitó a entrar en la sala de estar y luego fue a la cocina y volvió con dos tazas de café.

—Al menos hoy puedo ofrecer algo más que un whisky —dijo colocando las tazas sobre la mesa—. Siéntate. ¿Alguna novedad?

Ella asintió.

—A lo mejor después necesitamos algo más fuerte. Agárrate: tengo una confesión en el caso Alvin Malory.

Caleb se la quedó mirando atónito.

—¿Qué?

Ella volvió a asentir y se sentó a la enorme mesa. Sus dedos se cerraron en torno a la pequeña taza de café. Al menos era una fuente de calor.

Entonces le informó de lo que Anna le había contado por la noche.

—Increíble —dijo Caleb cuando ella hubo terminado—, increíble. Has solucionado el caso. Casi en un abrir y cerrar de ojos. Un caso en el que nosotros nos estuvimos rompiendo la cabeza sin llegar a nada.

Kate negó con un gesto.

—Sin la confesión no lo hubiese resuelto. Era irresoluble. Tuve la suerte de que Anna Carter no tuvo temple suficiente para soportar el interrogatorio. Con Dalina, por el contrario, nunca habría llegado tan lejos.

—¿Pudisteis identificar sus huellas dactilares?

—Sí. Se tomaron entonces, en la escena del crimen. Pero como solía entregar comida de forma regular, al menos según sus propias declaraciones, y a veces incluso la llevaba dentro de la casa, eso no habría bastado como medio de convicción.

—Fue muy inteligente ahondar en los servicios de reparto —dijo Caleb—. Yo me dejé engatusar. Cuando la madre de Alvin me dijo que nunca hacían pedidos no lo cuestioné. Tú, por el contrario, te empeñaste en profundizar sobre este punto. Y tenías razón.

—Si las huellas dactilares de Logan Awbrey no hubiesen estado en la escena del crimen, no habría llegado a ninguna parte. Y si no hubiesen aparecido al investigar la muerte de Diane Bristow. Entonces, el nombre de Dalina habría sido uno entre otros cientos, nada más. Yo tenía pistas nuevas, de las que tú carecías entonces.

—No seas tan modesta —dijo Caleb—, lo has hecho estupendamente. Poco importan las pistas nuevas.

Ella sonrió.

Él la miró. Había en ese momento tantas cosas sin pronunciar que ambos contuvieron unos segundos el aliento.

Entonces Kate carraspeó.

—Hay un problema: Dalina Jennings ha desaparecido.

—¿Después de que le tomaran las huellas dactilares?

—Sí. Naturalmente, después pudo volver a irse. Tras la confesión de Anna Carter de ayer por la noche, esta mañana temprano hemos ido a casa de Dalina para detenerla provisionalmente. No nos ha abierto. Tampoco estaba el coche y la vecina la vio salir ayer por la tarde. En la agencia no había nadie.

—A lo mejor ha ido de visita. A ver a sus padres, a amigos…

—Le dije que estuviera a nuestra disposición, aunque no es del tipo de personas que obedezca este tipo de instrucciones. Además, había un sinnúmero de mensajes de ella en el móvil de Anna. No hay duda de que Dalina tenía miedo, miedo de que Anna pudiera hablar, y quería reunirse con ella a toda costa.

—¿Crees que ha huido?

Kate se encogió de hombros.

—Desde ayer por la noche estoy dándole vueltas al asesinato de Logan Awbrey. Cabría suponer un acto de venganza de la víctima; pero Alvin Malory se encuentra desde hace años en estado vegetativo. Ni siquiera puede darse media vuelta por sí solo, así que aún menos asesinar a dos personas. ¿Su madre? Por supuesto ella también tendría motivos, pero ¿cómo iba a conocer a los delincuentes? ¿Y por qué matar a Diane que no tiene nada que ver? Lo mismo se puede aplicar al padre. Además, no los veo capaces a ninguno de los dos, en serio.

—Yo tampoco —le dio la razón Caleb. Sabía a qué conclusiones quería llegar ella—. Y ahora piensas…

—Ahora pienso que el motivo quizá no sea la venganza.

—¿Sino el miedo?

—A estas alturas, todavía no sabemos por qué Logan Awbrey volvió a aparecer de repente en Scarborough. A lo mejor tenía remordimientos. A lo mejor tenía pesadillas… No sé. ¿Y sabes lo que puede haber pasado? Que le contara toda la historia a Diane Bristow.

—¡No lo haría!

—¿Por qué no? En un momento de debilidad. El alcohol, se pone sentimental, la mala conciencia le hace la vida imposible desde hace años… Y confiesa. Eso cuadraría con lo que han contado los observadores sobre el hecho de que, desde que salía con Logan, Diane cada vez parecía más abatida. No tenía el aspecto de una mujer enamorada y resplandeciente, sino replegada en sí misma y pensativa. Lo que se explica en el momento en que admitimos que su novio le ha contado lo que ocurrió entonces.

—Con ello Diane se había convertido en un gran peligro para Dalina. Pero ¿cómo pudo enterarse?

Kate hizo un gesto de negación.

—No lo sé. Pero, al fin y al cabo, Diane era clienta de Trouvemoi. Algo debió de mencionar.

—¿Frente a la principal autora del delito?

—¿O a lo mejor Logan dijo algo? Solo sabemos lo que Dalina

contó sobre que no habían tenido ningún contacto desde entonces. Puede haber sido totalmente distinto.

—Acto seguido...

—Dalina solo ve una solución: primero tienen que aniquilar a Diane. Ya que parece tan afectada que es posible que se lo haya confesado a otra persona.

—La sigue esa noche y ve que Logan Awbrey se sube a su coche.

—Quien, como dijo Anna, quería reanudar la relación que se había roto. Naturalmente, eso no era lo que había planeado Dalina, pero ella siguió en sus trece.

—Y entonces es cierto lo que Logan juró solemnemente a Anna Carter, que Diane Bristow estaba sana y salva cuando la dejó en ese aparcamiento y él regresó a su coche. Que la atacaron cuando estaba sola. —Caleb asintió pensativo—. Y entonces apareció Dalina —prosiguió—. A quien Diane dejó ingenuamente entrar en su coche.

—Anna habló de que aquella noche vio a lo lejos unos faros después de dejar atrás la zona de aparcamiento. Pudo haber sido Dalina.

—¿La ves capaz de hacer algo así?

Kate asintió.

—Sí.

—Y luego Logan...

—Por supuesto, él también estaba en peligro. Ya solo por el hecho de ser sospechoso de haber asesinado a Diane y haber huido. En algún momento lo confesaría todo para librarse al menos del asunto de Diane. Dalina no podía dejarlo con vida.

—Matar a cuchilladas a ese hombre tan enorme no es ninguna tontería.

—No. Pero él no sospechaba de ella. En los dos casos, Dalina se aprovechó del factor sorpresa. Las dos víctimas debieron de quedarse atónitas cuando de repente ella sacó el cuchillo.

—¿Dónde está Anna Carter ahora? —preguntó alarmado Caleb.

Kate asintió. Eso también la preocupaba.

—Dalina no sabe que Anna ya ha confesado, por lo que esta última corre un gran peligro. Ayer Dalina hizo todo lo posible para reunirse con ella. El viaje a Londres podría haber salvado la vida a Anna. Y ahora está en prisión provisional. No es agradable, pero sí seguro. Y hay una orden de búsqueda y captura contra Dalina.

—Gracias a Dios —dijo Caleb.

—Hay un agente apostado delante de la casa de los Malory. En sentido estricto, Alvin representa un peligro enorme para Dalina y los otros desde hace años. Si despierta, están jodidos. Hasta ahora es evidente que Dalina ha esperado que eso no pase nunca, pero podría ser que ahora ya no estuviera dispuesta a dejar nada al azar. Alvin necesita protección policial hasta que la capturemos.

—Sí. Tienes razón, hay que ser prudente.

—No obstante, estoy muy contenta de que se haya resuelto el caso Alvin Malory —dijo Kate—. De que tal vez los padres recuperen cierta tranquilidad después de tanto tiempo. Aunque les afectará de nuevo. Esta... banalidad que subyace en el crimen.

—Ya lo dije en una ocasión —señaló Caleb—. Que tal vez se trate de un asunto totalmente banal. Nada complicado, nada enrevesado. Ni venganza ni represalia, tampoco celos, ni siquiera codicia o robo. Algo muy poco espectacular. Tres jóvenes que se aburrían. Un caluroso día de verano en Scarborough. No hay ninguna razón más profunda. Tan solo hastío.

Se miraron, pensaron en Alvin Malory, tendido en la sala de estar de sus padres, inmóvil en su lecho de enfermo, incapaz de hablar, de moverse, de comunicarse. Tal vez capaz de pensar, de sentir, de soñar; pero cómo saberlo. Pensaron en su madre, esa apesadumbrada mujer cuya existencia solo giraba en torno a su hijo, que ya no tenía una vida propia o que tal vez ni siquiera la quería tener. La casa, que se iba desmoronando ante sus ojos. En el padre, que se había marchado al otro extremo del país porque no asimilaba lo que le había ocurrido a su familia.

Tres personas cuyas vidas habían sido destruidas.

Porque tres jóvenes se aburrían.

—De acuerdo —dijo Caleb—. ¿Cómo lo ves? ¿Te das un paseo por la playa conmigo? Aunque se me ocurre hacer algo mejor en este día húmedo y frío, supongo que no se me está permitido ni insinuarlo.

Durante unos minutos Kate pensó en lo bonito que sería que ella fuera más despreocupada y libre de mente, que no tuviera sus reservas y que no pensara en lo que ocurriría después, que pudiera irse a la cama con Caleb, perderse entre sus brazos, en la calidez de dos cuerpos, de dos corazones latiendo uno contra el otro, en el entreverado de brazos, piernas y almas.

Lo que la paralizaba era el miedo. No conseguía quitárselo de encima. Llevaba años deseando a Caleb sin que él le hubiera devuelto algo más que amistad. Y justo cuando los dos estaban borrachos y él además totalmente desesperado, la descubre de repente como mujer y no solo como una policía muy inteligente y una buena compañera de trabajo. Pero ella no consideraba que eso fuera real. Él no fingía, estaba segura, pero Caleb no se daba cuenta de que estaba en una situación excepcional. Había dejado su puesto en la policía y se había mudado a ese horrible apartamento. Se aferraba a Kate como antes se había aferrado al whisky, un problema que, por lo que Kate podía estimar, parecía tener en cierta medida bajo control por el momento. Pero esa época cambiaría. Él se acostumbraría a su nueva casa y al trabajo en el bar. Volverían a atraerle las chicas jóvenes y guapas, con largas cabelleras rubias, como siempre había sucedido. Todavía podía conseguir a la que quisiera. Kate lo miró y comprobó resignada lo apuesto que era, sin afeitar, con la bufanda alrededor del cuello y esa expresión triste en los ojos.

Era el hombre al que cualquier mujer quería salvar.

Se levantó.

—Lo siento. Ni siquiera puedo ir a dar un paseo. Tengo que encontrar a un juez de instrucción para conseguir la orden de detención de Dalina. Y de Anna. De lo contrario, no podré retenerla por más tiempo y ya sabes el peligro que corre. Hoy es sábado y además fin de año, no va a ser fácil.

También Caleb se levantó.

—Kate...

—Y tenemos que encontrar a Dalina Jennings. Lo antes posible.

—Llevas días prácticamente sin parar. Incluso en Navidad. Concédeme una hora. O dos. —La cogió de la mano, pero ella se soltó.

—Caleb...

—¿Por qué no, Kate? ¿Qué tienes contra mí?

—Nada.

—Pero...

—Tengo que trabajar. No tengo tiempo, eso es todo.

Él dibujó una amarga sonrisa.

—Como si fueras a quedarte si lo tuvieras —dijo.

4

Pamela no había dejado de acudir cada diez minutos a la ventana para pedir ayuda. Puesto que en la casa no se oía ningún ruido ni nadie intentaba evitar que gritase, supuso que la habían dejado sola.

Ya sería mediodía. Había dejado de nevar, pero había nubes bajas y seguro que caería otra nevada. Volvió a abrir la ventana, ignoró el frío y gritó con la esperanza de que alguien la oyera.

—¿Hay alguien ahí? ¿Hola? ¿Me oye alguien?

Ya iba a arrojar la toalla y retirarse cuando oyó un crujido. ¿Pasos? Parecía como si alguien se acercase por la nieve.

—¿Hola? —repitió—. Estoy aquí. ¡Junto a la ventana del sótano!

Los pasos enmudecieron, luego volvieron a sonar. Pamela vio un par de botas pequeñas y unos tejanos. Luego alguien se inclinó y vio una cara. Una niña. Debía de tener unos diez años.

—Hola —dijo la pequeña.

Pamela tenía tan pocas esperanzas de ver a una persona que por un momento se quedó sin habla mirando a la niña. Al final se recobró.

—Hola. ¿De dónde vienes?

La niña señaló detrás de ella.

—Vivo dos casas más allá. Iba a hacer un muñeco de nieve en el jardín y he oído los gritos. He saltado por encima de la valla.

—¡Eres estupenda! —dijo Pamela desde lo más profundo de su corazón.

—Me llamo Ivy —se presentó la niña.

—Es un nombre muy bonito. Yo me llamo Pamela.

—¿No puedes salir del sótano?

—Estoy aquí encerrada. Ivy, ¿están tus padres en casa?

Ivy negó con la cabeza.

—Han ido a la ciudad a comprar. Comerán allí al mediodía. No quería ir con ellos. Lo encuentro aburrido.

—Lo entiendo. Ivy, ¿tienes por casualidad un móvil? —Pamela no contaba con que una niña, de diez años como mucho, lo tuviera, pero para su sorpresa Ivy asintió.

—Me regalaron uno en Navidad.

—Ivy, tengo que hacer una llamada urgente. ¿Crees que podrías traerme tu teléfono? Es uno de verdad, ¿no? —se aseguró Pamela.

—Claro —contestó Ivy—. También tengo WhatsApp. Puedo enviar mensajes y fotos a mis amigas.

—De acuerdo. Estupendo. ¿Podrías traerme el móvil?

—¡Claro! —respondió Ivy.

—Ten cuidado, Ivy, ahora es difícil de explicar, pero tienes que ir con mucho cuidado. No pases por delante de la casa, ¿entiendes? Sino otra vez por el jardín. Cerca de los muros de los edificios, no atravieses los jardines. ¿Crees que lo conseguirás?

—Claro —volvió a decir Ivy. Se dio media vuelta y se marchó.

Pamela encontraba horrible poner en peligro precisamente a una niña, pero no tenía otra elección. Lo más probable era que Mila hubiese vuelto a desaparecer hacía tiempo, pero no podía estar cien por cien segura, por eso había de ser prudente.

Apenas diez minutos más tarde, Ivy volvió. Había corrido y resoplaba. Se puso de rodillas delante de la ventana y le tendió a Pamela un móvil de color rosa a través de la ventana.

—Toma. Ya lo he desbloqueado.

—Ivy, eres lo más. Mira, ahora voy a llamar a la policía. Quiero que te vayas a casa y que te quedes ahí dentro. ¿De acuerdo?

—Yo quería hacer un muñeco de nieve.

—Lo harás. Pero más tarde. Ahora lo más importante es que te quedes en casa y cierres todas las puertas.

—¿Y qué pasa con mi móvil?

—Te lo devolveré. Enseguida. Te lo prometo.

Ivy vaciló unos segundos, pero acabó obedeciendo. Se puso en pie y se marchó.

Pamela inspiró hondo. Esperó un momento más. Pasara lo que pasase, Ivy tenía que estar fuera de la línea de fuego.

Luego tecleó el número del móvil de Kate. Por suerte tenía buena memoria para los números y lo recordaba.

«Contesta, por favor», pensó.

Apenas cuarenta minutos más tarde, Pamela estaba libre y la casa se estaba registrando. Pamela no se había limitado a llamar a la comisaría más cercana, sino a Kate, quien sabía de qué caso se trataba y se encargó de organizar una operación policial.

—Es posible que haya una criminal con dos rehenes en la casa. Una mujer joven y un bebé de seis meses.

Con ello estaba claro que se había de actuar con extrema prudencia. No podían descolgarse por allí los primeros policías de Richmond que encontrasen. Necesitaban un grupo especial de operaciones.

—Una mujer muerta arriba —informó el jefe del grupo a Pamela, cuando esta subió la escalera del sótano acompañada de un agente—. Ni rastro de un bebé.

—Mierda —dijo Pamela. Tenía tanto frío que le parecía como si los huesos crujieran como el hielo con cada paso que daba. Todavía sostenía en una mano el móvil rosa de Ivy. En la otra, su bolso. El piso superior estaba lleno de policías. El olor a excrementos humanos era repugnante.

—¿Dónde está el cadáver? —preguntó Pamela.

El agente la condujo a la sala de estar. La acogedora y ordenada sala de estar, con el árbol de Navidad, el móvil, las tarjetas de Navidad sobre la repisa de la chimenea y la bandeja con las galletas sobre la mesa. Todo eso había perdido para siempre su serenidad, su orden algo provinciano, su confortabilidad. A causa de la mujer muerta, que se apoyaba erguida en la mesa de centro. Sue. Con las manos a la espalda atadas a una de las patas de la mesa. El tórax inclinado hacia delante, la cabeza totalmente caída. Y sangre por todas partes. Por el cuerpo, por la alfombra, por la mesa. Incluso había salpicaduras de sangre en las paredes. Y en la bandeja con las galletas de Navidad.

—La han... —empezó a decir Pamela.

—Acuchillado —concluyó la frase el jefe de operaciones—. Tiene el cuerpo lleno de puñaladas. Al final le han cortado la garganta.

—¿Las otras cuchilladas no eran mortales?

—Eso tendrá que certificarlo el médico forense.

Pensó en los gritos de Sue, en su súplica.

—¿Y ni huella del bebé?

—Nada. Se ha registrado hasta el último rincón de la casa. También el garaje. No hay ninguna persona más. Ningún bebé.

Pamela miró a través de la ventana la calle donde había aparcado el coche. Había desaparecido.

—Ha huido en mi coche. Y, por lo visto, se ha llevado al bebé.

—¿Mila Henderson?

—En efecto.

—Por favor, deme la matrícula del coche. Gestionaré la búsqueda.

Pamela le dio el número de la matrícula.

—Pero máxima prudencia. Viaja con una niña de seis meses.

La pequeña complicaba todavía más el caso. Lo hacía de alta peligrosidad.

—Por cierto, la sargento Linville viene hacia aquí —informó el jefe de operaciones—. En cualquier momento aparecerá también la policía científica.

—Está bien. —Tenía un dolor de cabeza terrible, necesitaba urgentemente un té caliente, ansiaba darse un baño de espuma, algo que alejara de sus huesos ese frío húmedo; pero no era el momento. Tenía que hacer lo que pudiera por la difunta Sue. Por su hija pequeña, que corría peligro de muerte. Y todo el tiempo había una vocecilla que le decía: la has cagado. Deberías haber venido la segunda vez acompañada de la policía. Entonces no habrías caído en la trampa como una principiante. Sue todavía estaría viva. Habrían arrestado a Mila. La niña no se encontraría en manos de una peligrosa demente.

Emitió un leve gemido.

—¿Inspectora? —preguntó preocupado el jefe de operaciones.

—Todo bien. —Enderezó la espalda. Ya tendría tiempo de hacerse reproches más tarde. Debía devolver a la pequeña Ivy su móvil. Llamar a Leo. Olvidarse definitivamente del fin de semana. Miró a Sue, muerta. Ya había visto muchas víctimas de asesinatos.

Esta vez, casi se le saltaron las lágrimas.

Otros cuarenta minutos más y Kate llegó; Pamela nunca se había sentido tan aliviada al ver a una compañera. Estaba tan agotada que tenía la impresión de no poder hacer frente a esa situación sola, algo que nunca había experimentado. Las veinticuatro horas en el sótano la habían extenuado y, en cierto modo, también desmoralizado. Esperaba que el calor y el sueño la ayudaran a recuperarse.

Estaba en ese momento al lado del jefe de operaciones, observando el lugar donde al parecer habían retenido a Sue. Su agresora la había llevado a la sala de estar para asesinarla ferozmente; antes, por lo visto, la había atado en el comedor, junto a la cocina. La pesada mesa de madera de roble no había permitido que Sue pudiera moverse. Junto a las patas de la mesa había unas cuerdas. Diseminados sobre la alfombra, se veían restos de comida. Cortezas de pan, una manzana, sopa derramada. En dos rincones de la habitación donde las gruesas cortinas de flores estaban corridas, la alfombra estaba empapada de orina y excrementos.

—Se diría que la soltaron para que hiciera sus necesidades —apuntó el jefe de operaciones—, pero no le dieron ningún cubo, nada. Me pregunto cuánto tiempo estuvieron retenidos los rehenes.

—Me contó que su marido había salido el fin de semana con unos amigos —dijo Pamela—. Supongo que en Navidades todavía estaba aquí con su familia. Todo esto debió de comenzar ayer. A lo sumo, el 26. No más.

—Hummm —musitó el jefe de operaciones.

Pamela lo miró inquisitiva.

—¿Sí?

—A lo mejor suena algo macabro, inspectora, pero si quiere saber mi opinión: demasiados excrementos para uno o dos días.

—Bueno... —empezó a decir Pamela, pero entonces resonó la voz de Kate a sus espaldas.

—¿Inspectora? ¿Todo bien?

Pamela se dio media vuelta y tuvo que reprimirse para no dar un abrazo a Kate.

—Estoy bien, gracias. Qué bien que haya llegado. Nos encontramos en una situación realmente difícil.

—¿Qué está haciendo en realidad usted aquí? —preguntó Kate—. ¿No iba a disfrutar de un fin de semana particular?

—Sí. Y también habría preferido que fuese así. — Pamela informó brevemente de la llamada del inspector Burden y de que justo entonces se encontraba en las inmediaciones de Richmond.

—Había descubierto una foto de Sue Raymond en un anuario de la época escolar de Mila. Por lo visto, las dos eran amigas. Por eso pensé que Mila podía alojarse en casa de Sue. Burden encontró la dirección. Pensé en echar un rápido vistazo para verificar si estaba aquí.

—Entiendo —repuso Kate. Pamela era su jefa, por eso no dijo nada de lo que pensaba, aunque ella ya lo sabía.

—En efecto. Debería haber informado a alguien. Fue un error imperdonable. Me lo reprocho enormemente.

—¿Cómo consiguió usted un anuario de Mila Henderson? —preguntó Kate.

—Sí, todavía no había informado de ello. De algún modo todo se precipitó en los últimos días. —Pamela habló del asesinato de la profesora francesa Isabelle du Lavandou y de que había ido a ver a su esposo.

—Era muy raro, tantos muertos, asesinados, en el entorno de Mila Henderson, ¿verdad? La profesora francesa, Patricia Walters, James Henderson. Y ahora Sue Raymond, la que había sido su amiga.

—Lo que me falta —dijo Kate— es el hilo conductor.

—A lo mejor está enferma, nada más. No hay un hilo conductor. Convive con unas personas a las que al cabo de un tiempo mata y ella sigue su camino.

—Pero no tiene usted la certeza de que Mila estuviese aquí, ¿o sí?

Pamela parecía perpleja.

—¿Duda usted de ello? ¿Después de la pista de sangre que Mila ha dejado tras de sí?

—Solo digo que no estamos seguros del todo.

—Entonces, según su opinión, ¿qué es lo que ha sucedido aquí?

Kate alzó sosegadora las dos manos porque Pamela había subido tanto el tono de voz que la gente del grupo de operaciones especiales volvió la vista hacia ellas.

—No cabe duda de que aquí ha ocurrido algo horrible. Y es de suponer que la autora sea Mila Henderson. Pero por el momento no lo sabemos con exactitud. No debemos precipitarnos.

—Estoy totalmente segura de que se van a encontrar aquí sus huellas —dijo Pamela.

La policía científica ya había llegado y estaba trabajando. Fuera, frente a la casa, se apiñaban pese al frío los vecinos en la calle. Dos agentes los mantenían a distancia. La prensa no tardaría en aparecer.

—Van a hacer mucho ruido cuando se enteren de que han raptado a un bebé de seis meses —dijo Pamela— mientras una oficial de la brigada de homicidios estaba en el sótano de la casa.

—Ya no parecía excitada, sino abatida. No sucedería enseguida, pero seguro que algún periodista averiguaría que había infringido las normas y actuado de forma insensata. Si al bebé le pasaba algo, se la comerían viva. No se atrevía ni a pensar en su superior. Había muy pocas posibilidades de que le permitieran mantener su puesto.

—También tenemos una buena noticia —anunció Kate, que sabía cómo se sentía Pamela—. Hemos averiguado cómo se ejecutó el ataque a Alvin Malory.

—¿Qué?

Le resumió la confesión de Anna Carter.

—Está bajo arresto temporal. Por regla general ahora yo estaría con el juez de instrucción. He enviado a la sargento Helen Bennett.

—Increíble —dijo Pamela sorprendida—. El trío. Logan, Dalina y Anna. Y sin motivo.

—Aburrimiento y una situación en la que perdieron el control. Así de simple y horroroso —dijo Kate.

—En estas circunstancias, el asesinato de Logan Awbrey dejaría de ser un misterio —señaló Pamela—. Represalia. Si la víctima no estuviera en coma.

—Hemos puesto en marcha una orden de búsqueda de Dalina Jennings.

—¿Jennings?

—Sospecho que está detrás del asesinato de Diane Bristow y Logan Awbrey. Creo que Awbrey se sinceró con Diane. Esta tenía mala conciencia y Dalina Jennings temía que fuera a la policía.

Lo mismo Logan Awbrey. Ni él ni Anna tenían tan pocos escrúpulos como Dalina. Logan había perpetrado el crimen, Anna se había quedado mirando, pero a fin de cuentas era Dalina quien lo había dirigido todo. También era ella quien debía tener menos remordimientos de conciencia. Pero no estaba claro qué iban a hacer los otros dos, sobre todo cuando, de repente, una cuarta persona, Diane Bristow, entró a formar parte de los iniciados. Para Jennings era sumamente peligroso.

—Pero, por el momento, esto no es más que una suposición —dijo Pamela.

—Todo encaja —contestó Kate—. También que Dalina Jennings haya desaparecido ayer sin dejar rastro.

Pamela asintió meditabunda.

—Sí. Encaja. De todos modos, Jennings debe de haber sabido que Diane o Logan o ambos querían ir a la policía. O al menos que Diane estaba al corriente.

—Logan estuvo días dando vueltas delante de la agencia. A lo mejor se encontró con Dalina. Ella nunca lo hubiese admitido en nuestra presencia. Pero vio el peligro. Y pasó a la acción.

Pamela suspiró.

—Y pensar que estamos en el periodo más tranquilo del año... —Tenía un aspecto horrible, estaba muerta de frío y parecía como si le costase mantenerse en pie. Kate le cogió con suavidad por el brazo.

—Inspectora, si permite que lo mencione, está usted fatal. No es extraño. Tiene una herida con costra en la frente y ha pasado veinticuatro horas en un sótano. Ahora deberá ir a un médico, comer y beber algo y acostarse.

—Pero...

—Yo me encargo. Se ha emitido la orden de búsqueda de su coche, en el que es posible que se esté realizando la huida. Yo espero aquí los resultados de la policía científica y la autopsia, voy a intentar dar con el paradero del marido de Sue Raymond y contactar con él. Deje que un agente la acompañe a casa y reúna nuevas fuerzas. A nadie le servirá que sufra usted un colapso.

Solo con oír estas palabras, le flaquearon a Pamela las rodillas. Deseaba con toda su alma acostarse. Le dolía mucho la cabeza. Era como si un martillo estuviera dando golpes detrás de sus sienes.

—Gracias, sargento. En un par de horas volveré a estar en forma. ¿Me podría prestar un momento su móvil? Él mío no ha aparecido en la casa, supongo que se lo habrá llevado Mila Henderson. Tengo que cancelar una cita de este fin de semana.

—¡Claro! —Kate le tendió el móvil. De repente dio un fuerte suspiro—. ¡Oh, no! ¡Otra vez!

—¿Qué ocurre? —preguntó Pamela mientras marcaba el número de Leo y se alejaba discretamente un par de metros. En el otro extremo respondió el contestador automático. Pamela colgó. Leo no quería que dejara ningún mensaje en el buzón de voz.

—Nada —contestó Kate. En una situación como esa no había, por descontado, nada que fuera más importante. Pero justo acababa de recordar que, debido a la llegada de Anna y a su confesión, había vuelto a olvidarse la noche anterior de su cita con Burt Gilligan.

Seguramente había estado esperándola en Gianni's.

Por la noche, de vuelta a Scarborough, Kate intentó telefonearlo, pero él colgó cuando ella le dio su nombre. No podía echarle en cara que estuviese resentido.

Se moría de cansancio, pero al mismo tiempo se le agolpaban las ideas en la cabeza. La primera autopsia, todavía en el escenario del crimen, había dado como resultado que se había torturado y herido a Sue Raymond con cuchilladas, pero que no la había matado ningún corte. La habían torturado, le habían hecho daño para, en un momento dado, asesinarla cortándole el cuello. Kate no pudo evitar pensar en James Henderson, cuyo rostro habían sumergido una y otra vez en el agua. No se trataba de una muerte rápida. Los dos modos de conducta mostraban sadismo, placer en hacer sufrir. Sin embargo, ese elemento faltaba en el caso de Patricia Walters, si es que realmente la habían asesinado. Por lo visto, nadie se había desfogado con ella.

«Dónde está el hilo conductor —pensó Kate—, ¿se puede saber dónde está el condenado hilo conductor?».

El único vínculo que podía apreciarse de verdad y que Pamela siempre subrayaba consistía en que todas las víctimas estaban relacionadas con Mila Henderson. Patricia Walters le había dado trabajo; James Henderson era su tío abuelo; Sue Raymond, su amiga de la escuela. Pero mientras que estaba claro que, en el caso de Walters y Henderson, Mila había estado con ellos justo antes de su muerte, no había ninguna prueba de la presencia de Mila en casa de los Raymond. Habían interrogado a los vecinos, también les habían enseñado el retrato de Mila, pero nadie había visto a ningún visitante, ya fuera hombre o mujer, como tampoco se habían enterado del drama que se producía justo a su lado.

No obstante, un vecino sí se había dado cuenta de que Wayne Raymond se marchó de su casa la mañana del 26 de diciembre.

—Siempre estaba de viaje —había comunicado con una mueca de desaprobación—. Tiene amigos muy raros, ¿sabe? Al parecer prefiere su compañía a la de su esposa y su hijita. Sue sufría mucho por ello.

—¿Qué tipo de amigos? —preguntó Kate.

—Niñatos de padres ricos. Con cochazos, mucho dinero y que no saben cómo pasar el rato. En realidad, Wayne no podía seguir su ritmo porque tiene mucho menos dinero. Para pertenecer al grupo se compró un coche enorme pidiendo un préstamo. También esto era una carga para Sue. Ella siempre fingía cara al exterior que formaban una familia perfecta, que todo era estupendo y armonioso, pero una vez las cosas les iban tan mal que se sinceró con mi esposa. Lloró porque tenían problemas de dinero y porque él siempre se iba de viaje sin ella.

Eso hacía sospechar que el matrimonio no era feliz, pero no que Wayne o sus amigos tuvieran alguna relación con la muerte de Sue.

—¿Mencionó Sue alguna vez el nombre de Mila? —había preguntado Kate.

El vecino se lo pensó, pero negó con un gesto.

—No. Creo que no.

Kate averiguó al menos que el bebé se llamaba Ruby y dónde estaba la cabaña de cazadores en la que se suponía que se encontraban Wayne y sus amigos. Este se lo había mencionado a otro vecino. No obstante, enseguida quedó demostrado que allí no había cobertura telefónica.

—No podrá llamarlo por teléfono. Hay que ir hasta allí.

Entretanto, dos agentes habían partido con la esperanza de descubrir, a pesar de la gran nevada que estaba cayendo y de la oscuridad, una cabaña en el fondo del bosque en la que un grupo de hombres pasaban tres días poniéndose ciegos de alcohol. Si los policías hallaban allí a Wayne Raymond y sus amigos, al menos podrían descartarlos definitivamente de la lista de sospechosos. Con el estado del tiempo habría sido imposible ir y venir de un lugar a otro. De todos modos, para Kate resultaba muy improbable que Wayne fuera el culpable del crimen.

En el transcurso de la tarde se produjo cierto movimiento porque se encontró el coche de Pamela a tres calles de distancia. Estaba en una pequeña calle vecinal y la llave de contacto seguía puesta. La policía había recibido el aviso de un hombre cuya ventana de la cocina daba prácticamente delante de donde el coche estaba aparcado y a quien le habían llegado noticias de la tragedia que había ocurrido en las cercanías (el suceso se había propagado como un reguero de pólvora por Richmond). En efecto, se trataba del coche de Pamela, pero del autor o autora del crimen y de la pequeña Ruby no había ni rastro.

«Qué inteligente —pensó Kate—. El asesino aparca un poco alejado, dándonos al principio una pista falsa. Todo el mundo está buscando el coche de Pamela, que no está involucrado. Así aumenta la ventaja».

Sin embargo, eso indicaba que el criminal disponía de un vehículo.

Mila, no. Lo que no significaba que entretanto no hubiese conseguido uno.

El pequeño coche de Sue seguía intacto en el garaje. Wayne estaba de viaje en el SUV. Nadie había visto un vehículo desconocido delante de la casa que no fuese el de Pamela. Pero eso no quería decir nada. El autor del crimen podría haber aparcado un poco más lejos en la calle principal. Su coche no habría llamado la atención allí.

Los agentes de la científica buscaban metódicamente huellas en el coche de Pamela y, por supuesto, en toda la casa de los Raymond. Todavía no se habían obtenido resultados. Habían llevado a Sue al departamento de medicina forense. Kate había dado por terminada la jornada y había vuelto a casa. Esa tarde había tenido que delegar en Helen todo lo que ella misma había querido solucionar: la conversación con el juez instructor y el encuentro con los padres de Alvin. Se había resuelto un caso; otro había adquirido una dinámica insospechada.

Se estremeció cuando sonó su teléfono. Había esperado pasar una tarde tranquila.

Era Helen.

—Hola, sargento. ¿Está conduciendo?

—Vuelvo de Richmond hacia casa. La carretera está en muy mal estado. ¿Alguna novedad en la búsqueda de Dalina Jennings?

—Por desgracia, no. Ha desaparecido sin dejar huella. Aun así, Alvin Malory está todo el día bajo supervisión. El juez instructor nos ha dado cita para mañana por la tarde, aunque es domingo, de ese modo nos movemos dentro del plazo de cuarenta y ocho horas en que podemos retener a Anna Carter. Así que de momento está segura. Por lo demás, nada nuevo.

—Gracias, sargento. Por hoy, ya ha terminado. Yo enseguida estaré en casa.

—Buenas noches, sargento.

—Buenas noches. —Kate dio por concluida la conversación.

Aunque estaba agotada, dudaba de poder conciliar el sueño esa noche.

Domingo, 29 de diciembre

1

Cuando Pamela abrió los ojos ya había luz en el exterior. Tanta luz como era posible que hubiese a finales de diciembre. Vio unas espesas nubes y unos copos revoloteando. Volvía a nevar. La hijita de Sue enseguida apareció en su mente. ¿Dónde se encontraba ahora? ¿En un coche? ¿En una cabaña? ¿En un sótano? ¿La cuidarían, le darían de comer? ¿Pasaría frío?

Hundió con un gemido la cabeza en la almohada. Seguía sufriendo un fuerte dolor detrás de la frente y en las sienes. Esperaba que el golpe no hubiese causado daños graves.

Al menos había dormido. Había estado tan cansada que se había dado una ducha rápida y se había metido en la cama. Ni siquiera había conseguido prepararse un té. Solo había logrado llamar a Leo.

—No tienes que llamar —le había susurrado—. Habíamos acordado que solo nos comunicaríamos con SMS.

«Lo acordaste tú solo —había pensado ella—, eres tú quien dictas las reglas del juego. Según ellas yo debo ser tu gran secreto. Y yo siempre he agachado la cabeza, me he hecho invisible y no he emitido el menor ruido».

—Ya no tengo móvil. Por eso no te he enviado ningún SMS.

—¿Cómo es que no tienes móvil?

—Es una larga historia. En realidad, solo quería decirte que lamento no haber podido ir.

—¡He estado horas esperándote! —exclamó Leo. Seguía hablando en voz baja—. Al menos podrías haberme avisado. A fin de cuentas, estoy corriendo un gran riesgo.

En todos esos años nunca se había cansado de repetir lo mucho que arriesgaba por Pamela. De repente, tuvo la sensación de que estaba harta de oírlo.

—Fue imposible —dijo. Había pensado explicarle lo ocurrido, pero estaba demasiado cansada. Y él con demasiadas prisas y estresado.

—Ya —contestó él. Parecía ofendido.

—Tengo que dormir. He pasado dos días horrorosos.

—Llama cuando vuelvas a tener móvil —respondió él, y colgó.

Se había tendido en la cama, esperaba estar preocupada, dolida por que Leo se hubiera mostrado tan negativo y falto de interés, pero el dolor no llegó, simplemente estaba demasiado cansada. Mientras se adormecía pensó en que se sentiría tristísima si hubiese pasado el fin de semana tal como tenía proyectado. Pues, de todos modos, estaría ahora en su cama y afligida porque el segundo día, el sábado, no habría sido bonito de verdad. Habrían salido a pasear y Leo no habría dejado de mirar con disimulo el reloj. Habrían comido en algún lugar y la conversación habría derivado en unos fatigosos monosílabos, con Pamela poniendo todo su empeño y Leo cada vez más parco en palabras porque, de hecho, tenía ganas de marcharse. Al final, él habría pagado —siempre pagaba la comida del sábado y ella la cena del viernes—, habrían vuelto al hotel y recogido su escaso equipaje. Él deprisa porque quería volver a casa, ella despacio porque no quería volver a casa. Él le habría dicho que la llamaría y que había sido bonito. Luego se habría subido al coche y se habría marchado, e incluso el coche habría resplandecido con cada metro que se distanciaba. Es probable que ella hubiese dado una vuelta para no marcharse tan emocionada, pero al final habría tenido que emprender el regreso. De vuelta a su vida sin él.

Esa mañana de domingo, sin embargo, tampoco se sentía tan mal. Aunque le dolía mucho la cabeza, se hacía reproches y estaba muy preocupada, no era a causa de la relación —si es que se la podía llamar así—, sino del caso Mila Henderson, que era, a pesar de todo, un tema en cierto modo neutral.

Se levantó y fue al baño para tomar un vaso de agua con una pastilla contra el dolor de cabeza. Del piso inferior subían las voces de unos niños. En el edificio se oía todo, pero a Pamela le gustaba. No soportaba el silencio.

Cuando estaba en la cocina poniendo una cucharada de café en el filtro, sonó el teléfono. Leyó en la pantalla que se trataba de la sargento Linville.

Pamela descolgó.

—¿Sargento?

—Buenos días, inspectora. Espero no estar llamándola demasiado temprano.

Pamela consultó el reloj. Las nueve y media. Por todos los cielos, nunca había dormido tanto tiempo.

—En absoluto. ¿Hay novedades?

—Algunas. Tengo noticias de la policía científica. Tenía usted razón: se han encontrado huellas dactilares de Mila Henderson en la casa de Sue Raymond, al menos huellas que también habíamos encontrado en la vivienda de James Henderson y de Patricia Walters y que adjudicamos a Mila. Aún no está oficialmente en nuestro sistema.

¡Por fin! Después de haber metido tanto la pata, ¡por fin tenía al menos razón en este punto! Pamela inspiró hondo.

—Creo que podemos partir de la suposición de que Mila Henderson es la asesina —dijo.

Kate suspiró.

—Y ahora viene lo desconcertante: el cuchillo con que mataron a Sue Raymond es el mismo que se empleó en el asesinato de Diane Bristow y Logan Awbrey.

Pamela calló un segundo.

—¿Cómo dice? —preguntó.

—Yo también estoy muy desconcertada —confesó Kate.

—¿Qué tiene que ver Mila Henderson con el asesinato de Diane Bristow y Logan Awbrey?

—¿Qué tiene que ver Dalina Jennings con Sue Raymond y Mila Henderson? —inquirió a su vez Kate—. Inspectora, yo estoy casi segura de que Dalina mató a Diane y Logan. Tiene un motivo y ha desaparecido sin dejar rastro. Pero el arma del crimen crea un desconcierto total.

—Dalina Jennings también puede haber desaparecido por la agresión a Alvin Malory —indicó Pamela—. Estuvo usted en su casa. Planteó preguntas. Sabe que entregaba regularmente los pedidos de pizza. El asunto se estaba poniendo feo.

—Empecemos de nuevo por el principio —dijo Kate, inquieta—. Voy a volver a hablar con Anna Carter. Le preguntaré si le dicen algo los nombres de Sue Raymond y de Mila Henderson. Mila podría haber sido clienta de Trouvemoi, está soltera. Lo que necesitaría es una orden de registro para los locales de la agencia. También otra para confiscar el ordenador.

—Va a ser difícil, sargento —dijo Pamela—. Pero lo intentaremos.

—Sigue haciéndose una gran operación de búsqueda para dar con el paradero de Mila Henderson y la pequeña Ruby Raymond —informó Kate—. Y de Dalina Jennings. Por otra parte, se ha encontrado al marido de Sue Raymond. Ya está en casa. No conoce a Mila, nunca la ha visto. En cualquier caso, ella no estaba cuando el jueves empezó su largo fin de semana con sus amigos. Tampoco recuerda que Sue mencionara ese nombre. En los últimos años esa amistad ya no debía de existir.

—Está bajo los efectos del shock, ¿no? Quiero decir que a lo mejor se le ocurre algo que pueda ayudar cuando se calme.

—Está totalmente bajo los efectos del shock —admitió Kate—. Se marcha de fin de semana para emborracharse y aparece la policía para informarle de que han asesinado a su esposa y raptado a su hija de seis meses. Supuestamente, una mujer cuyo nombre él nunca ha oído. La agente que se está ocupando de él dice que está como petrificado. Helado.

Las dos callaron afligidas. La pena de los familiares de las víctimas de delitos… No era posible acostumbrarse a ello. No había manera de que no te afectase.

—¿Está usted en la oficina? —preguntó Pamela.

—Sí.

—De acuerdo. Bebo un café rápidamente y voy para allá.

Nada de domingo tranquilo. No era el momento.

Cogió la taza de café y se la llevó a la sala de estar; se sentó a la mesa, contemplando cómo caía la nieve. ¿Qué era lo que movía a Mila Henderson? Mataba a la anciana para quien trabajaba. Luego a Diane Bristow, una camarera de habitaciones del Crown Spa Hotel. A Logan Awbrey, que cargaba con una horrorosa culpa de la que en el fondo ella no sabía nada. A su tío James, un hombre ya mayor que llevaba una vida tranquila y serena. A su amiga de la escuela, Sue.

¿A la que había sido su profesora en el instituto, Isabelle du Lavandou?

Kate tenía razón: ¿dónde estaba el hilo conductor?

Y a la inversa, ¿qué era lo que movía a Dalina Jennings, si era ella la asesina? Con respecto a Diane Bristow y Logan Awbrey tenía un motivo, siempre que fuera cierto lo que Kate suponía, que los dos estaban en peligro porque no tenían intención de seguir callados.

Pero ¿por qué a la anciana señora Walters? ¿Por qué a James Henderson? ¿Por qué a Sue Raymond?

Era absurdo.

¿O no? ¿Había una relación, una relación clara y convincente que hasta el momento habían pasado por alto?

Pamela no hizo caso del dolor de cabeza, que aumentaba pese a la pastilla, y cogió el bolso que la noche anterior había arrojado despreocupadamente en una butaca. El grueso anuario rojo de la escuela que le había entregado monsieur du Lavandou estaba dentro. Lo sacó, abrió la página con la entrada de Mila. Contempló la cara redonda, con ojos afables y una sonrisa algo tímida. A derecha e izquierda, por encima de la frente, unos pasadores mantenían el cabello tirante y con raya en medio en orden.

¿Era esa muchacha una asesina en serie?

Pero Pamela sabía lo mucho que podía engañar el aspecto, la apariencia. Había conocido asesinos sádicos que tenían la cara tan dulce como la de un niño de un coro infantil.

Observó el retrato de Sue. Algo ingenuo, cándido. En el momento en que se tomó la foto, no tenía ni la más remota idea de que un día, apenas cumplidos los treinta años, iba a sufrir una muerte horrible y violenta.

—¿Por qué? —murmuró Pamela—. ¿Por qué?

Pero también sabía que a veces los porqués no existían. Había asesinos que asesinaban por asesinar. Sin componente sexual, sin motivos de venganza. Aparentemente sin razón alguna. Al final de todo, la mayoría de las veces el acto estaba vinculado con el poder.

Siguió pasando páginas. Siempre se trataba de la misma clase. Deslizó la mirada por los retratos y de repente se detuvo. Se quedó en la foto de un joven. Un chico increíblemente gordo. Solo se lo veía hasta el pecho, pero se apreciaba el comienzo de un cuerpo inmenso. Sobre los enormes hombros y brazos, un cuello grueso y corto pasaba directamente a un rostro mofletudo. El chico sonreía, pero era una sonrisa falsa, forzada. En sus ojos, la mirada era fija. Vacía.

Sin embargo, la razón de que Pamela observase perpleja el retrato era otra: era el nombre que se leía debajo.

—Esto sí que es raro —dijo.

2

Seguro que el jefe de la policía científica se había imaginado un fin de semana totalmente distinto. Kate lo notaba por el tono de su voz en el teléfono. Cansino y algo irritado.

—No hay duda —dijo—. Los excrementos del comedor son de dos personas distintas.

—¿Quiere decir que se retuvo a dos personas en esa habitación?

—O quizá la autora del crimen también la utilizó como cuarto de baño, lo que yo encontraría bastante raro. Por regla general, yo hablaría de dos personas cautivas.

—¿Todavía no contamos con un análisis de ADN?

—Por desgracia, no. Tardará un poco. Y el fin de semana no facilita las cosas. Además, pasado mañana es Nochevieja.

—Dos personas cautivas… —musitó Kate. Pensó. ¿Y si Dalina fuera la autora del ataque? Entonces, Mila y Sue serían las cautivas y sería cierto lo que los agentes de la científica afirmaban: dos personas habían sido retenidas allí. Dalina habría matado a Sue y estaría ahora viajando con Mila y el bebé.

¿Por qué, por qué, por qué?

—Se lo agradezco —dijo al oficial de la científica—. Me mantendrá al corriente, ¿verdad? El caso tiene prioridad. Está en juego la vida de una niña pequeña.

—Por supuesto.

Se despidieron. Kate reflexionó febrilmente.

Tenía que construir un cronograma, una sucesión exacta de los acontecimientos. ¿Cuándo exactamente había salido Dalina de la comisaría después de que le tomaran las huellas dactilares? ¿Y cuándo fue la primera vez que Pamela llamó a la puerta de la casa de Richmond? ¿Había entretanto tenido tiempo Dalina de desplazarse de Scarborough a Richmond y secuestrar a dos personas? Como mucho, a un ritmo casi improbable.

—¿Qué es lo que no veo? —murmuró Kate.

Pamela entró con abrigo y bufanda en la habitación caldeada; la acompañaba el olor a nieve y a frío. Llevaba una tirita en la frente y alrededor un notable hematoma. Pese a haber descansado por la noche, su aspecto era todavía peor que el del día anterior. Parecía sufrir dolores y al mismo tiempo estar muy alterada. Sostenía en la mano un grueso cuaderno rojo. Lo dejó abierto delante de Kate, sobre el escritorio.

—¡Échele un vistazo!

Kate miró los retratos en blanco y negro de esas caras tan jóvenes y que en un primer momento no le decían nada.

—¿Qué es esto?

—Un anuario escolar. Mire. —Pamela señaló uno de los retratos—. Esta es Mila Henderson. Con catorce años.

—En efecto.

—Y esta es Sue Raymond. Entonces, Sue Haggan.

Kate leyó lo que había escrito bajo el retrato de Mila.

—Mejor amiga: Sue Haggan. Entiendo. De ahí saca usted el vínculo.

—Y, ahora —Pamela pasó la hoja—, ¡ahora mire esto!

Kate vio el rostro de un adolescente obeso. Sorprendida, dijo:

—¿Este es Alvin Malory? —¿El compañero de clase de Mila? ¿En Leeds?

—¡Lea! —dijo Pamela.

Y Kate leyó lo que había debajo de la imagen y de lo que no se había percatado en su primera sorpresa.

—Samuel Harris. —Miró a su jefa sin entender—. ¿Qué?

—El novio de Anna Carter. Yo tampoco me lo podía creer. Por desgracia acabo de descubrirlo ahora. Si hubiera seguido hojeando... Samuel Harris y Mila Henderson eran compañeros de clase en Leeds. Antes de que ella se mudara.

—¿Casualidad? —preguntó Kate.

Pamela se encogió de hombros.

Kate reflexionó.

—Desde la muerte de Patricia Walters hay en internet varias notas sobre la búsqueda de Mila Henderson. También se la ha mencionado en algunos periódicos. ¿No habría tenido Samuel Harris que acordarse de ella y contactar con nosotras?

—Al principio no debió de leer nada. Solo desde el asesinato de James Henderson se la está buscando a lo grande.

Kate reflexionaba intensamente.

—Samuel Harris va a la misma clase de una mujer que todo el país está buscando. Está relacionado sentimentalmente con otra mujer que hace nueve años estuvo implicada en un delito horrible. —Repitió la pregunta—. ¿Casualidad?

—Por el momento, no podemos sacar conclusiones —sentenció Pamela.

Kate volvió a mirar la foto.

—Increíble. He visto en casa de Anna una foto de él. Estoy bastante segura al menos de que se trata de él. Un hombre muy atractivo y delgado, también me lo describieron así por otra parte. Debe de pesar cien kilos menos que el chico del retrato.

—¿En serio? ¿Está ahora delgado? Bueno, cuando la gente adelgaza cambia muchísimo —opinó Pamela—. Toda su fisionomía, todo. Tiene un aspecto totalmente distinto.

Kate se concentró en la imagen.

—¡Por Dios, qué fuerza de voluntad hay entre este chico y el hombre de hoy!

Leyó lo que había debajo del retrato.

—Mejor amigo: ninguno. Profesor/a preferido: ninguno. Asignatura preferida: ninguna.

»Hobby: ninguno. —Levantó la vista—. Suena algo enfermizo.

—Suena bastante triste —puntualizó Pamela.

—Suena a una infancia y una juventud como las de Alvin. Marginado. Ridiculizado. —Meneó la cabeza—. Pero hoy ya no. Es realmente guapo. Seguro que lo tiene fácil con las mujeres. Con la gente en general. —Se puso en pie—. Pero ¿dónde está? Quería pasar ayer por la comisaría. Después de regresar de Londres.

—¿La sargento Bennett no ha mencionado nada al respecto?

—No. Pero lo hubiera hecho si él se hubiese presentado. Por lo visto no ha aparecido. —Kate meneó la cabeza indignada—. No me he dado cuenta. Ayer sucedieron tantas cosas…

—He tenido que venir en taxi. Los de la policía científica tiene todavía mi coche —dijo Pamela—. Pero mientras venía he pasado por la casa de Harris. He llamado. O bien no abre o bien no está en casa.

—¿Cree que todavía estará en Londres?

—Por supuesto, es posible. Pero es extraño que no lo haya comunicado. En su situación. Tendría que querer estar en buenos términos con nosotras.

—Su padre —dijo Kate—. A lo mejor se ha encontrado mal. A lo mejor Harris no podía marcharse y se ha olvidado de llamarnos.

—Podría ser —contestó Pamela. Cada vez estaba más pálida.

Kate la miró con atención.

—¿Está usted bien, inspectora?

Pamela dibujó una sonrisa algo forzada.

—Tengo un dolor de cabeza muy fuerte. Ya me he tomado dos pastillas pero no han hecho nada.

—¿Fue a ver al médico? ¿Después de lo sucedido?

—No. A ninguno. Estaba demasiado cansada.

Kate observó el rostro de su jefa.

—Ahora mismo la llevo a urgencias del Hospital General. Tienen que hacerle una revisión. Recibió un golpe muy fuerte, puede ser una conmoción cerebral. Hay que aclararlo.

—De acuerdo —musitó Pamela.

No hacía mucho que Kate conocía a su jefa, pero consideraba que era una persona nada quejumbrosa y que no cuidaba de sí misma. Que ahora no opusiera resistencia y estuviera dispuesta a que ese domingo por la mañana la llevase a urgencias al hospital central demostraba que realmente se encontraba fatal.

Buscó en el ordenador el número de móvil de Harris y luego dejaron la oficina.

Cuando estaban sentadas en el coche, circulando mientras nevaba, Pamela dijo:

—¿Podría ser que también Harris estuviera en peligro?

—¿Porque conoce a Mila de la escuela?

—Bueno, eso ha sido la perdición de Sue Raymond.

—En cualquier caso, vale la pena que lo encontremos —dijo Kate. Notó cierta tensión en el tono de su voz—. No es bueno que haya desaparecido. —Prosiguió sin preámbulos—: Por cierto, los excrementos en el comedor, en Richmond, pertenecían a dos personas distintas. Me lo ha comunicado antes el jefe de la científica.

Pamela la miró desconcertada.

—¿Qué significa eso?

—Cabe la posibilidad de que fuesen dos rehenes los que estuvieron atados a la mesa. Todavía no ha terminado el estudio de los ADN de todos los trozos de cuerda que estaban diseminados por la habitación. Es posible que nos depare una sorpresa.

—¿Dos rehenes? Sue... ¿y Mila?

—Esto apoyaría la tesis de que Dalina es la asesina.

—Pero ¿en el momento en que yo llegué no estaba ella todavía en Scarborough?

—Tal vez se desplazase en el ínterin hasta Richmond. Tendremos que elaborar un cronograma exacto. Pero después de que haya ido usted al médico.

Habían llegado al hospital. Kate se detuvo. Pamela bajó del coche. A esas alturas estaba totalmente lívida. No era, en efecto, una buena señal que abandonase la investigación en ese punto. Debía de estar hecha polvo.

—No entiendo —murmuró—, ni siquiera cuando estaba en el sótano me encontraba tan mal.

—La adrenalina —dijo Kate—. Tenía el cuerpo cargado de adrenalina. Uno se desmorona cuando baja.

Pamela dibujó una sonrisa torcida.

—Llamaré cuando esté lista. Tenga cuidado, Kate. No cometa errores tan tontos como los míos.

—De acuerdo. —Kate se quedó mirando cómo se abría camino por la nieve hasta la entrada. Luego se puso en movimiento.

Aparcó delante de la casa en que vivía Samuel Harris. Esa mañana, ni siquiera pasaba gran cosa en la usualmente tan transitada Victoria Road. Nevaba demasiado. La gente no salía de casa.

Kate intentó dos veces contactar con Sam Harris por el móvil, pero siempre le respondía el contestador automático. Bajó del coche y deslizó la mirada por la fachada lisa del discreto edificio de viviendas. El apartamento de Harris estaba en el tercer piso, como ya sabía tras haber visitado a Anna. Detrás de la ventana estaba oscuro y no se percibía ningún movimiento.

Domingo por la mañana, casi las once. ¿Estaría en casa, tal vez durmiendo todavía?

Pulsó el timbre junto a la placa de Harris Coaching, pero nadie contestó. El altavoz permaneció mudo.

Kate marcó el número de la sargento Helen Bennett. Esta contestó al tercer pitido y, por suerte, no parecía que Kate la hubiese arrancado de un sueño profundo.

—Sargento, lo siento, pero la necesito. Y sí, ya sé que es domingo.

—No pasa nada —le aseguró Helen.

—¿Podría encontrar la residencia de ancianos en que se aloja el padre de Samuel Harris en Londres? El único punto de referencia es que está en Shepherd's Bush, cerca de Shepherd's Bush Green. Lamentablemente no sé más.

—De acuerdo. ¿Qué ha ocurrido?

—Harris no apareció ayer por la comisaría, aunque era lo acordado. Tengo que hablar urgentemente con él. Pienso que tal vez...

Helen entendió.

—Ha tenido que quedarse por alguna razón con su padre. La informaré.

Concluyeron la conversación.

Kate volvió a su coche y se sentó. Mientras no se congelase, se quedaría ahí esperando. A lo mejor la noche anterior Harris había llegado tarde a casa y ahora estaba desayunando o tomando un tentempié en la ciudad. O llegaba de Londres en las próximas una o dos horas.

Hacía mucho frío y Kate tenía que ir poniendo en marcha el limpiaparabrisas para retirar la nieve del cristal del parabrisas. De vez en cuando dejaba la calefacción encendida un par de minutos, pero no quería gastar la batería. Quedarse sin ella precisamente ahora, en esa situación, ese domingo por la mañana, sería un desastre monumental. Se arrebujó en su abrigo y se calentó las manos con el aliento.

Cuando ya estaba a punto de marcharse, un transeúnte apareció por fin en la calle. La primera persona en más de una hora. Un hombre. Por unos segundos, Kate pensó que se trataba de Samuel, pero se dio cuenta de que era mucho mayor. Cojeaba un poco. A pesar de todo, se detuvo delante del edificio donde vivía Harris y empezó a rebuscar las llaves en el bolsillo del abrigo.

Sin pensárselo dos veces, Kate salió del coche y se acercó a él. Le mostró su placa.

—Sargento Linville. Policía de Yorkshire del Norte. Tengo que ver al señor Samuel Harris.

El anciano la miró con desconfianza.

—¿Policía?

—Sí.

—¿El señor Harris no está?

—En cualquier caso, no abre la puerta. Pero es importante.

—Kate no tenía ningún permiso para entrar en la casa. Si ese hombre no la dejaba, no podía hacer nada. Por fortuna, él no debía de saberlo.

—Bueno, si es usted de la policía… —Había dado por fin con la llave y abrió la puerta—. Entonces puede usted entrar. ¡Pase, por favor! —Le sostuvo la puerta abierta.

Kate le dio las gracias y entró en el edificio. El anciano se afanó en quitarse la nieve de los zapatos, de modo que ella, sin tener que darle más información, pudo alejarse sencillamente escalera arriba.

Ya estaba dentro. Pero todavía no en el apartamento.

Volvió a pulsar el timbre una vez arriba, pero tal como era de esperar nadie respondió. Apoyó la oreja en la puerta, pero no se oía nada, ni pasos ni el crujido de las tablas en el suelo.

Se sentó en la escalera que llevaba al piso superior. Era domingo, así que Samuel no estaría en ese momento comprando grandes cantidades. Tal vez había ido a una gasolinera para adquirir lo indispensable, pero tampoco podía tardar tanto. Fuera todavía nevaba más. ¿Sería alguien capaz de ir a dar un paseo a la orilla de mar con esa nevada? No quedaba excluido. Harris tenía mucho en que reflexionar, su vida atravesaba una crisis aguda. A lo mejor no soportaba el silencio de su casa.

Después de estar media hora sentada en la incómoda escalera y pensar en si no sería mejor volver a marcharse, sonó su móvil. Era Helen.

—Sargento, he telefoneado a todas las residencias de ancianos del barrio de Shepherd's Bush. Y he encontrado lo que buscábamos. En lo referente al padre de Samuel Harris.

—¿Y está Harris con él?

Helen suspiró.

—Este asunto se está poniendo feo. El padre de Samuel Harris, Patrick Harris, ya no vive en la residencia. No vive. Murió hace cinco años.

3

La niebla iba disipándose muy lentamente, pero llegó un momento en que tuvo la sensación de que podía volver a pensar con claridad. Algo debía de haber en esa horrorosa bebida que había tenido que tomar antes de emprender el viaje. Un líquido lechoso que al principio se había negado a tomar.

—No tengo sed. No me apetece beber nada.

Él le había acercado el borde del vaso a los labios con tanta violencia que ella no había podido reprimir un grito de dolor.

—¡Bebe! —le ordenó.

Cada vez se estaba poniendo más nervioso. ¿Era un signo bueno o malo?

Bebió. Había oído el grito de Sue. Sospechaba de qué era él capaz. Siempre lo había sospechado.

Hacía horas que no oía ningún sonido procedente de Sue. No era una buena señal.

Había tenido que beberse toda la taza, una pócima asquerosa, y ya con tres tragos le habían entrado ganas de vomitar. Pese a ello había tenido que seguir bebiendo hasta acabarla.

Poco después, todo a su alrededor se había difuminado de un modo extraño. Como si cuanto la envolvía perdiera su contorno. Todos los bordes confluían entre sí. Todos los sonidos desaparecían en la lejanía. Sintió las piernas débiles y ligeras.

¿Qué es lo que había echado ahí dentro?, se preguntó, y ese fue el último pensamiento más o menos nítido que recordaba. Estaba atada a la pata de la mesa del comedor y se habría caído de lado de no estar sujeta por una cuerda. Hacía horas que él se había llevado a Sue. Esta había gritado que no la matase... Pero tampoco eso preocupaba ya a Mila. El recuerdo de los gritos se desvaneció como todo lo demás.

Evocando ahora lo sucedido, él la había sacado de la casa en una especie de estado de trance y la había llevado a un coche. Allí, en el asiento trasero, ella se había dormido enseguida. Luego se acordaba vagamente de que la había sacado del vehículo. Hacía mucho frío. Nevaba. Sí, los copos de nieve caían sobre su rostro. Y algo más..., se había fijado en algo más. ¿Qué había sido? Se esforzó por recordar, pero la sombra del recuerdo volvía a desdibujarse una y otra vez. Por alguna razón estaba convencida de que era muy importante que se acordase de todos los detalles, aunque no sabía por qué. Le habría gustado llorar porque le fallaba la memoria.

Se obligó a contener las lágrimas. Llorar no servía ahora de nada. Posiblemente solo la debilitaría más.

Todavía se encontraba bastante mal, pero poco a poco se iba espabilando. No tenía nada de hambre, aunque hacía mucho que había comido por última vez. Debía de ser a causa de ese brebaje asqueroso que había tenido que ingerir. Se le había quitado el apetito por el momento.

Movió con precaución las manos, los brazos y las piernas. De hecho, no estaba atada, una sorpresa y un alivio tras las muchas horas que había pasado ligada a la pata de la mesa. Pero eso significaba que probablemente se hallaba en una habitación de la que no podía salir.

Estaba totalmente a oscuras, reinaba tal negrura a su alrededor que no podía distinguir absolutamente nada. Pero quizá los ojos se acostumbraran un poco a esa oscuridad total. Entonces tal vez podría al menos intentar reconocer algo.

Se levantó y estiró su cuerpo entumecido. Le dolían los huesos. Sacudió brazos y piernas. La sangre debía volver a circular correctamente.

Avanzó un paso y se dio un doloroso golpe en la cadera con un borde duro. Palpó con las manos el objeto que se había cruzado en su camino. Podía ser una mesa.

Luego se golpeó la cabeza con algo que colgaba del techo, se diría que era una lámpara. Debía de encontrarse en algún lugar entre un maldito sofá y unas butacas. ¿Un apartamento? ¿Un cobertizo?

¿Dónde estaba?

Tenía miedo. Al debilitarse el efecto del narcótico, el miedo había vuelto a despertar e iba aumentando lentamente. Mila intentó con todas sus fuerzas contenerlo. El miedo servía tan poco como las lágrimas. Su madre siempre lo había dicho: «No tengas miedo y no llores. El miedo y el llanto te debilitan».

Pero seguro que ni en sus sueños más osados habría imaginado su madre que su hija iba a pasar por una situación como esa.

«Sea donde sea que esté —pensó Mila—, tiene que haber una puerta. De algún modo he entrado. Así que de algún modo podré también salir».

Seguía sin lograr ver nada. No tenía ni idea de si era de día o de noche. Ninguna noche era tan oscura como esa habitación, lo que significaba que no había ventanas o que estaban herméticamente cerradas. Fue palpando con cuidado el entorno. A lo mejor había una vela…, cerillas…, algo…

Chocó contra un objeto que cayó con un tintineo y se rompió. Sintió que se le humedecían los dedos. Qué absurdo. Le había dejado un vaso de agua. Lo acababa de volcar.

De repente sintió su miedo crecer una enormidad. Ya no tenía agua. ¿Y si él no volvía? ¿O si lo hacía al cabo de muchas semanas? ¿Y si había previsto torturarla matándola de hambre y sed?

Se esforzó por respirar calmadamente. Para que ese plan funcionara debían involucrarse dos personas. Él, que era quien lo trazaba. Y ella, que se sometía de forma pasiva. Y eso no lo iba a hacer. Iba a conseguir salir de ahí. Lo conseguiría porque había una solución. Siempre.

Parecía una de esas frases de autoayuda, ella misma se daba cuenta. Pero por el momento no tenía nada más que frases de autoayuda.

Avanzó un poco más, golpeándose contra todos los objetos posibles que ella no podía identificar, y de pronto oyó un ruido: un gemido extraño y tenue. No procedía de fuera.

Venía de dentro. De la misma habitación en que ella se encontraba. Estaba muy cerca.

Mila se quedó quieta.

Volvió a tantear el terreno, tropezó, se enderezó. Algo al menos sí reconoció: la habitación en la que se encontraba era muy pequeña, y estaba llena de objetos distintos. Y: no estaba sola.

De nuevo, un gemido.

Tal vez todavía estaba bajo los efectos del mejunje, de lo contrario su mente sería más ágil. Y entonces lo supo: era Ruby. El bebé de Sue. Él se había llevado al bebé.

Se precipitó, ahora todavía con menos cautela, entre los objetos, en dirección al tenue gemido. Lo que la asustaba era que fuese tan débil. El primer día con Sue el bebé había gritado alto y con fuerza. Ahora se lo oía debilitado. ¿Cuándo habría comido por última vez?

Las manos, que tanteaban en la oscuridad, se toparon con algo que parecía cartón. ¿Una caja de cartón? ¿El borde de una caja de cartón?

Tendió con cuidado las manos hacia delante un poco más. Sintió algo suave. ¿Lana? Luego piel. Calor humano. El calor de un cuerpo. El cuerpo gimió.

El bebé.

Con todo el cuidado de que fue capaz, cogió el hatillo entre los brazos. Ruby emitió un leve sonido.

Se había llevado realmente a la pequeña. Había asesinado con fiereza a la madre y raptado a la niña. ¿Qué pensaba hacer con ese ser inocente?

¿Lo utilizaría como rehén? ¿Como escudo protector vivo en caso de que la policía descubriese el escondrijo?

Era un psicópata. Ella siempre lo había sabido. En el fondo, desde el primer momento. No en vano había insistido a su madre para que se marchasen de Leeds. Para mudarse muy lejos. Empezar desde cero. Una nueva escuela para ella, un nuevo trabajo para su madre. Debían hacer un gran esfuerzo a causa del chico obeso de su clase que se había enamorado de ella. Si es que se podía hablar de amor. Había sido más bien una obsesión, enfermiza total, propia de un demente. Una persona que no podía aceptar un no. Que no podía asimilar el rechazo, tal vez porque única y constantemente había sido rechazado. A lo mejor su capacidad de aceptación se había agotado.

Nunca habría tenido que refugiarse en casa de Sue. Tendría que haber muerto ella. Aunque no lo había entendido bien: ¿qué le había hecho?

Pero a lo mejor todos le habían hecho algo. Toda la clase. Los profesores. El entorno. Todos los seres humanos. Tal vez se habían burlado y reído demasiadas veces de él. Nadie había deseado su proximidad. Siempre se había levantado un muro. Inmisericorde. Fatty. Con Fatty no se jugaba. Con Fatty no se salía. Con Fatty no se fumaba a escondidas un par de cigarrillos detrás de la escuela. Nadie invitaba a Fatty a las fiestas de cumpleaños, con Fatty no se quedaba para ir a nadar, nadie se sentaba con Fatty junto a una hoguera y con Fatty no se iba de compras ni se hablaba sobre los vaqueros que estaban de moda mientras te tomabas un café. Nadie sentía ni siquiera compasión por Fatty porque se tenía miedo de quedar también al margen del grupo.

La cuestión era: ¿se había convertido Fatty en un psicópata porque siempre lo habían marginado?

¿O acaso su exclusión, el rechazo, también había tenido algo que ver con que él ya era un psicópata?

¿Dónde había comenzado esa funesta espiral?

Acarició al bebé que yacía entre sus brazos ligero como una pluma, demasiado ligero. ¿Habría leche en algún lugar? ¿Y cómo encontrarla?

Estaba tan inmersa en sus pensamientos que no se percató del crujido de la nieve bajo los pasos hasta que estos ya estaban muy cerca. Entonces la puerta se abrió y un rayo de luz resplandeció con tal intensidad que Mila cerró los ojos. Oyó que alguien se quitaba la nieve de los zapatos. Parpadeó. Vio a Fatty.

En su mente todavía se llamaba así, aunque el nombre no encajaba en absoluto con él. Estaba delgado. No algo rollizo o regordete, sino realmente delgado. Un cuerpo musculoso, de deportista, ni un gramo de más. Nada de vientre. Los hombros anchos, los brazos fuertes. Las piernas largas. Un cuerpo perfecto.

Entró envuelto en un aire muy frío y con un suave olor a hojas de abeto. De repente, Mila supo lo que había notado antes, al bajar del coche medio adormecida, el olor a bosque. Era lo que había estado buscando en su memoria. Se encontraba en algún lugar de un bosque.

De todos modos, ese hallazgo no le servía de gran cosa por el momento. Más bien, no le servía de nada.

—Hola, Mila —dijo Fatty. Llevaba un pack plastificado de seis botellas de agua mineral.

La luz, que procedía de una linterna de bolsillo muy potente, ya no caía directamente sobre ella, así que por fin veía con normalidad. Intentó averiguar a toda prisa dónde se encontraba. Una habitación minúscula y abarrotada. Una cocina empotrada. Un rincón con sillas y una mesa. Un nicho separado con una cama doble. Anaqueles cubriendo las paredes hasta el techo.

¿Una caravana? ¿Un coche caravana? Parecía algo de ese tipo.

—Hola —respondió ella con la voz afónica.

Recordó de nuevo los gritos de Sue.

Miedo. Tenía un miedo horroroso.

Cerró la puerta tras de sí. Mila se percató del frío que hacía en el interior. Y del olor a moho.

La linterna estaba ahora sobre una estantería. Había bajado la intensidad y dibujaba un reflejo redondo y claro en el techo, bañando el resto de la pequeña habitación de una luz difusa.

Carraspeó. Había leído en algún lugar que no era bueno que los psicópatas se dieran cuenta de que les tenían miedo. Eso los animaba, agudizaba su satisfacción, los hacía actuar de forma más sádica. Sin embargo, temía que su miedo pudiera literalmente olerse. Apenas conseguiría ocultarlo.

—El bebé —dijo— necesita urgentemente comer algo.

Él miró a Ruby como si fuese un paquete o una piedra o un objeto cualquiera sin vida que Mila sostenía en sus brazos.

—¿Qué come un niño así? —preguntó.

—Leche. Papilla. Comida para bebés. Se puede comprar en tarros.

—Hoy no puedo comprar nada fuera.

—Se morirá. Ha perdido mucho peso y parece muy débil.

Él se encogió de hombros.

—No puedo hacer nada.

Mila miró a su alrededor.

—¿Hay algo de comida?

—No. Quería ir mañana al supermercado.

—No sé si aguantará hasta mañana.

—Ya he salido una vez y he comprado agua —dijo—. En una gasolinera.

Mila miró las botellas que él colocaba ahora en el aparador de la cocina.

—Mejor eso que nada. Lo mejor sería que la hirviésemos.

—Chorradas. Son botellas. Bien cerradas. Están bien. —Sacó una botella del paquete, la abrió y se la tendió a Mila. Ella colocó a Ruby de nuevo en la caja de cartón, se puso algo de agua en la palma de la mano, inclinó los dedos y mojó los labios del bebé. Ruby no reaccionó. Mantenía los ojos cerrados. Bajo la piel blanca se dibujaba una fina red de venillas azules. Respiraba con debilidad.

—Creo que necesita un médico —dijo Mila.

—Chorradas. Mañana compraremos algo de comer y todo irá bien.

—¿Dónde estamos? —preguntó Mila.

Él dibujó una sonrisa perversa.

—No necesitas saberlo.

A esas alturas estaba segura de que se encontraban en una caravana. La ventana estaba herméticamente cerrada con una contraventana. No había calefacción ni corriente. Era probable que se encontrase en una zona aislada. Estaba ahí sola con un psicópata y un bebé agonizante.

Contuvo las lágrimas.

—¿Por qué Sue? —preguntó—. ¿Por qué tenía ella que morir?

—Me ofendió —contestó él con indiferencia—. Poco después de que tú te largaras. Ya decidí entonces que tenía que morir. Igual que Lavandou, ¡la muy puta! —Escupió la palabra.

—¿Madame du Lavandou? ¿La de la escuela?

—También me ofendió. Pero ahora está muerta.

Estaba totalmente enfermo. Loco de remate.

—No puedes…, no puedes matar a todos los que no te caen bien.

—¿Y por qué no?

Una pregunta justificada desde su punto de vista. Él podía y lo hacía.

—Este bebé…, Ruby…, no te ha hecho nada.

—¿Y? ¿Lo he matado?

—Pero aquí no podemos ocuparnos bien de él.

La miró mal. Mila notó que lo estaba poniendo nervioso.

—Deja de una vez de quejarte —dijo—. Un niño tan pequeño es resistente. Ya verás. Se quedará con nosotros. Con él formaremos una familia como es debido.

El concepto de familia en relación con Fatty y esa caravana fría, desordenada y oscura casi la enfermó, pero se dijo que él no la tendría encerrada mucho tiempo. En algún momento tendría la oportunidad de escapar. La pregunta era si sería en el momento adecuado para Ruby.

¿O él ya estaba lo suficientemente enfermo para conseguir su objetivo? ¿Tenerla toda la vida cautiva?

Se puso a sudar pese al ambiente frío y mohoso que la rodeaba.

—No tengo ni idea de qué hora es —dijo. Cuando había entrado por la puerta había visto detrás de él que era de día.

—Es domingo, media mañana —respondió él—. Estoy rendido. Deberíamos dormir.

Ella lo miró atónita.

Fatty señaló la cama.

—Aquí tenemos todo lo que necesitamos.

Ella tragó saliva. Sentía como si tuviera en el cuello un grumo caliente y duro.

—No puedo... —Volvió a tragar saliva—. No voy a dormir contigo en la misma cama, Fa... —Se interrumpió a tiempo. Él sonrió. Era la misma sonrisa que ella había visto a veces en él, antes. En cierto modo, pérfida.

—Fatty —dijo él—. Sí, sigo siendo el mismo para ti, ¿no es cierto? No vuelvas a llamarme así nunca, ¿has entendido? ¡Nunca más!

Ella asintió.

—Y, por supuesto —prosiguió—, vas a dormir conmigo en esa cama.

Sonrió. Con suavidad. Eso todavía era peor que su sonrisa dura.

—A fin de cuentas, llevo muchos años esperando este momento.

4

Kate permaneció unos segundos en silencio. El padre de Samuel Harris había muerto hacía cinco años.

—¿Qué? —preguntó.

—Sí. Una afirmación inequívoca de la directora de la residencia.

—Pero... —Kate se levantó de un salto. Se esforzó por no hablar demasiado alto. El edificio seguramente estaba lleno de inquilinos—. ¿Está usted segura de que se trata del Harris que buscamos? Es un apellido muy frecuente y...

—Estoy segura. Conocían también al hijo. Samuel Harris. Siempre iba a ver a su padre.

—No doy crédito. ¿Por qué miente? Miente a su novia y miente a la policía. En un momento en que ya está metido en un buen lío.

—La variante inofensiva sería que Sam Harris no es la pareja fiel que aparenta ser ante Anna Carter. Es posible que lleve dos vidas. A lo mejor tiene una relación. Y ahora lo intenta todo para evitar que las cosas se vayan a pique.

—La variante menos inofensiva sería...

—Que esconde algo grave —completó Helen la frase.

—Tengo que entrar en el apartamento —dijo Kate.

—Ahora no tenemos ninguna orden para hacerlo —replicó Helen—. Nuestras suposiciones carecen por el momento de bases suficientes.

—Lo sé.

—¿Qué opina la inspectora Graybourne?

—La he llevado al hospital. Hay que averiguar la razón de que le duela tanto la cabeza. Desde la agresión de Richmond no ha ido ni una vez al médico.

—Es sensato —opinó Helen—, pero...

—Pero tengo que tomar las decisiones yo sola.

—Cuente conmigo.

—Gracias, sargento. —Dio por terminada la conversación. Kate se quedó mirando la puerta blanca del apartamento. Tenía que entrar a toda costa en él, pero no era posible hacerlo de una forma legal. Seguro que Anna tenía una llave, pero estaba en la cárcel. Las cosas que se había llevado estaban confiscadas. Kate no habría podido presentar ninguna razón para pedir una llave y habría creado innecesariamente cierto recelo.

Sin pensárselo dos veces llamó a la puerta vecina. Una joven la abrió al cabo de un rato. Parecía cansada y abatida.

—¿Sí?

—Buenos días. Disculpe la molestia. Soy una clienta del señor Harris, de la casa de al lado. Me dejé el monedero en la última reunión y necesitaría entrar en el apartamento.

—¿Y cómo puedo ayudarla? ¿No hay nadie allí?

—No. —Kate intentó esbozar una sonrisa acongojada y que despertara confianza—. Un vecino muy amable me ha dejado entrar. Llevo mucho rato esperando delante de la puerta. Creía que el señor Harris habría salido a pasear. Pero no viene.

La joven dudó.

—Y se me ha ocurrido que a lo mejor usted, por ser su vecina, tenía una llave —se apresuró a añadir Kate—. Para regar las plantas o algo así...

—Sam no tiene flores —dijo la mujer—, pero a veces le dejo el correo. Y por si hubiese una urgencia..., que se quedara fuera y se le cerrara la puerta...

Tenía una llave.

—Es realmente importante —insistió Kate—. Tengo ahí el dinero, las tarjetas de crédito. El permiso de conducir. Todo.

La mujer la miró con desconfianza.

—¿Cuándo estuvo usted con Sam? Hace días que no hay nadie en el apartamento.

—El señor Harris vino ayer de Londres —afirmó Kate. La mujer debería estar diciéndose a sí misma que no se había enterado—. Estuve una hora con él. Ayer, muy entrada la tarde. Era una urgencia.

—Pues no me di cuenta —dijo la vecina.

Kate temblaba. ¡Dame la llave de una vez!

—No sé si puedo dejarle entrar así, como si nada —dijo indecisa la mujer. Desde el interior del apartamento resonó la voz de un hombre.

—¿Qué sucede? ¿Vienes?

—Estamos desayunando —le comunicó la mujer.

«Mejor —pensó Kate—, así no tendrás tiempo de venir detrás de mí a ver lo que hago».

—Solo tengo que entrar un momento para recoger el monedero. Si me da la llave... se la devuelvo enseguida.

La mujer cogió un cuenco que estaba sobre una mesita al lado de la puerta.

—Está bien. Me la devolverá seguro, ¿no? No me va bien acompañarla porque mi novio...

Su novio se estaba impacientando y enervando, se le notaba en la voz. Kate se dijo que tenía mucha suerte, pero poco tiempo. Cogió la lleve.

—Muchas gracias. Me daré prisa.

—Vuelva a llamar —indicó la joven, cerrando la puerta.

«Cinco minutos —pensó Kate—, no tengo más tiempo».

Entró en el apartamento y cerró la puerta. Así la vecina no podría sorprenderla in fraganti. Podría poner como pretexto que la puerta se había cerrado sola.

Hacía frío en el apartamento y no olía especialmente bien. Kate vio que sobre la mesa de la cocina había restos de comida que no se habían recogido. Era probable que Anna fuese la última en haber comido ahí antes de marcharse a Londres.

Echó un vistazo a la sala de estar. No había árbol de Navidad, estaba detrás de la casa de Anna en Harwood Dale. Un par de velas consumidas sobre la mesa. Sobre la alfombra flotaba una pelusilla.

Tenía que ir al despacho de Samuel. Ahí era donde habría más posibilidades de encontrar alguna información. Corrió al otro extremo del pasillo, miró a través de una puerta abierta el dormitorio con la cama sin hacer. La siguiente habitación era el baño. Enfrente se encontraba un gran cuarto que daba a la parte trasera del edificio, a un patio cubierto de nieve, rodeado de paredes de ladrillo, tras el cual se alzaba el siguiente edificio de viviendas. En la habitación había varios asientos y una mesa, en la pared un gran cuadro de distintos tonos de azul. Era evidente que se trataba de la sala de consultas. Justo al lado estaba el despacho. La ventana también daba al patio. Era un espacio pequeño y sobrecargado. Estanterías llenas de archivos, libros y pilas de papeles. Un pequeño escritorio cubierto de folios y cuadernos. Periódicos en el suelo. Incluso sobre el alféizar de la ventana había un montón de papeles que impedía que esta se abriese.

No había ordenador. Era posible que Sam utilizara un portátil que ahora llevaba consigo.

Cinco minutos. ¿En cinco minutos tenía que encontrar en medio de ese caos algún dato que la hiciera avanzar? Además, ni siquiera sabía qué estaba buscando.

Se acercó al escritorio, revisó por encima lo que se amontonaba por allí. Facturas, recibos, comprobantes, extractos de cuentas. Parecía como si Samuel hubiese empezado en Navidades a hacer el balance del año. Muy normal. Nada que llamase la atención.

Una fotografía enmarcada. Anna con un hombre apuesto que le rodeaba los hombros con un brazo. El mismo hombre de la foto de la casa de ella. Samuel Harris. Él sonreía. Ella parecía deprimida.

La mirada de Kate se deslizó por los documentos que había en el alféizar. De nuevo facturas y extractos de cuentas. Cogió de forma arbitraria un par de hojas de papel para examinarlas con mayor atención. Un comprobante de la compra de una silla de escritorio ergonómica, otro por una colección de nuevos archivadores y por una agenda para el año próximo. Nada en absoluto que fuera especial.

«De acuerdo, sigamos». Le debían de quedar todavía tres minutos.

Se volvió hacia las estanterías. Libros. Muchos de psicología. Por lo que Kate pudo apreciar, manuales en gran parte de divulgación.

Vive tus sueños. Los diez misterios de los hombres fuertes. Cómo ser más grande, más inteligente y más fuerte.

Sin duda los libros tenían un aspecto profesional, pero Kate tuvo la sensación de que Samuel Harris estaba muy centrado en el perfeccionamiento de uno mismo. Al menos no encontró a primera vista ningún manual de dietas. El tema estaba resuelto. La tarea más grande y más difícil en la vida de Samuel. Adelgazar, transformarse totalmente. ¿Cuándo lo había conseguido? ¿Cuánta determinación, cuánta falta de piedad para consigo mismo se escondía en ese hombre? ¿Cuánta falta de piedad para con los demás?

Tal vez fuese intrascendente que hubiese mentido con respecto a la muerte de su padre. A lo mejor solo era en realidad un hombre infiel. Pero quizá se escondía algo más. ¿El qué?

Se colocó frente a la siguiente estantería. Estaba llena de archivos de distintos colores.

Se sobresaltó cuando llamaron a la puerta del apartamento. La voz de la vecina sonó ahogada.

—¿Hola? ¿Todavía está aquí?

—¡Un momento! —gritó Kate.

Ojeó a toda prisa las etiquetas en los lomos de los archivadores. Nombres.

Flynn, Myer, Goldsmith, Baldwin, Scott, Fletcher, Bristow, Burton, Cain...

Golpearon la puerta con más fuerza.

—¡Abra inmediatamente la puerta!

Se detuvo. Deslizó la vista hacia atrás.

¿Bristow?

Sacó el archivador y lo abrió.

«Bristow, Diane», rezaba la primera página archivada. Detrás la fecha de nacimiento, la dirección y el número de teléfono.

Inspiró. Conocía a Diane. Samuel Harris conocía a una de las víctimas de asesinato.

En ese momento resonó una voz masculina. Era evidente que la vecina había pedido ayuda a su novio.

—¡Si no abre de inmediato la puerta llamaremos a la policía!

Sacó el monedero y metió el archivador en el bolso. Sobresalía un poco. Esperaba que nadie se diese cuenta. Corrió a la puerta del apartamento y abrió. La mujer apesadumbrada y su novio, con un aspecto sumamente desagradable, estaban ahí delante.

Kate agitó el monedero.

—¡Ya lo tengo!

—¿Cómo es que ha cerrado la puerta? —preguntó la mujer.

—Debe de haberse cerrado sola —respondió Kate.

—¿Es este realmente su monedero? —inquirió el novio desconfiado.

—Pues claro —contestó indignada Kate. Le tendió la llave a la vecina—. Muchas gracias. Me ha sido usted de gran ayuda.

Pasó de largo y corrió escaleras abajo lo más rápido que pudo por si a uno de los dos se le ocurría la idea de ver el contenido de su bolso. En el coche resistió la tentación de leer enseguida el expediente, se puso en marcha y volvió a detenerse a un par de calles de distancia. Sacó el archivador y lo abrió. De hecho, no contenía más información. Solo una portada con el nombre, la fecha de nacimiento, la dirección y el número de teléfono. Detrás, nada más.

Kate reflexionó. Volvió a marcar el número de Helen.

—Helen, soy yo otra vez. ¿Podría averiguar si en el apartamento de Diane Bristow había facturas o transferencias de o a Harris Coaching? Sospecho que nos las habrían dado, pero me gustaría comprobarlo para estar segura.

—De acuerdo —dijo Helen.

Kate se quedó sentada en el coche. El cristal del parabrisas volvía a estar cubierto por una capa de nieve. Se le agolpaban las ideas. Recordó la respuesta de Anna cuando le preguntó cómo se habían conocido ella y Sam. «Soy muy infeliz en mi trabajo. Por eso busqué un coach que me asesorara profesionalmente. Sam Harris».

Y recordó lo que Carmen, la amiga y compañera de Diane, había declarado ante la policía. «Diane era muy infeliz en su trabajo en el hotel».

Diane Bristow había sido clienta de Sam Harris. Él la había asesorado, había sondeado otras posibilidades, con qué otras salidas profesionales contaba. Sam no había mencionado este hecho a nadie. Como coach no formaba parte de la lista de grupos profesionales, médicos, sacerdotes o psicólogos, sujetos al deber de confidencialidad. Sin embargo, él se movía en cierta zona gris, pues se veía confrontado a declaraciones de sus clientes que no iban dirigidas a terceros. Era probable que garantizase discreción. Sin embargo, dado que no había ninguna ley que lo obligase a guardar silencio y en la situación especial en que una clienta suya había sido víctima de una agresión, habría tenido que hablar. Había, en interés de la ponderación de principios, la posibilidad de suspender el deber de confidencialidad.

Samuel Harris se había mantenido callado como una tumba. No había comunicado nada a nadie. Kate tenía la profunda sospecha de que Anna tampoco sabía nada.

¿Por qué?

Puesto que estaba relativamente segura de que entre los documentos de Diane Bristow no se había encontrado nada que la relacionase con Samuel Harris y en vista del archivo vacío correspondiente a su persona, supuso que Harris la había tratado de forma no oficial. A lo mejor era algo que hacía con algunos de sus clientes y había tenido la mala suerte de que uno de ellos fuese víctima de un asesinato. Había abaratado el precio del coaching a Diane, lo que encajaba con el hecho de que ella ganaba muy poco y vivía de forma muy modesta. Ella pagaba como mucho dos tercios del precio normal, de ahí que fuera una cuestión no oficial. Quizá Harris era un gran defraudador fiscal, pero solo eso. Si le hubiese dicho a la policía que trataba a Diane, el fraude se habría desvelado.

¿Un defraudador de impuestos?

A ello se añadía el asunto de su padre. El anciano al que visitaba regularmente en Londres. Pero que en realidad había muerto hacía años. Era como la historia de Diane Bristow: en el mejor de los casos, Sam era un hombre que tenía una relación secreta con otra mujer. Así que en cualquier caso no era el tipo abierto, simpático y sincero que parecía en un principio.

Pero tal vez escondía algo peor. Mucho peor.

El arma del crimen de Richmond era idéntica al arma del crimen de Harwood Dale, lo que unía el caso Mila Henderson con los casos Diane Bristow y Logan Awbrey. Y ahora, mientras estaba reflexionando, Kate descubrió que había un hilo conductor.

El hilo conductor era Samuel Harris.

Estaba relacionado con todas las víctimas, fuera directa o indirectamente a través de sus conocidos.

Conocía a Diane Bristow porque había sido su cliente.

Se suponía que conocía a Logan Awbrey porque había sido novio de Diane.

Conocía de la escuela a Mila Henderson. Por el momento, ella no había sido una víctima, pero había trabajado para Patricia Walters, la primera fallecida. Sam habría conocido a Patricia a través de Mila.

Del mismo modo había contactado con James Henderson, el tío abuelo de Mila. Sam podría haberlo conocido a través de Mila.

Conocía a Sue Raymond, con la que también había ido a clase.

Y aunque tampoco había ningún indicio de que la muerte de la francesa Isabelle du Lavandou estuviera relacionada con los otros asesinatos, no cabía duda de que Samuel Harris también había tenido vínculos con ella.

—Todo esto —dijo Kate en voz alta— no es pura coincidencia.

El problema residía en que Harris había desaparecido. Kate estaba segura de que su vecina tenía razón cuando decía que llevaba días sin pasar por su casa.

Entonces ¿dónde se había metido?

¿Y dónde estaban Mila y el bebé?

5

Se incorporó con cuidado y miró a Sam, que dormía tendido junto a ella. Respiraba profunda y regularmente, relajado. Así dormido parecía inofensivo, inocente. El enfermo que había en él se hacía presente en sus ojos. Cuando los cerraba parecía una persona normal. Tenía unas pestañas largas y sedosas. Mila se sorprendió de poder apreciarlo.

Apartó la manta a un lado y sacó las piernas de la cama. Un frío gélido ascendió al instante por ellas y todo su cuerpo empezó a temblar. Volvió a percibir el ambiente mohoso, cerrado, casi sintió arcadas. Se había dormido, en efecto, y durante un rato se había evadido de la realidad, pero ahora esta la asaltaba con más fuerza a través del frío y el hedor. ¿Cómo había logrado conciliar el sueño? Después de que él hubiese intentado...

Sintió todavía más ganas de vomitar al pensar en cómo la había abrazado y en su deseo cada vez más intenso de tener una relación íntima con ella, lo que, por suerte, no había conseguido. Sin embargo, ella había temblado; detestaba su olor, su aliento, sus movimientos. Y, por supuesto, él estaba iracundo.

—¡Es por tu culpa! —le había increpado él—. Si no, siempre puedo. ¡Siempre!

En ese momento ella lo odiaba profundamente, pero temía que se pusiera violento, así que se había esforzado por tranquilizarlo.

—Claro. Es el estrés. Has cargado con mucho.

Has asaltado a una familia, has matado a una mujer a cuchilladas. Has golpeado a una policía. Me has secuestrado a mí. Y a un bebé que es posible que muera. La cuestión es si «estrés» es la palabra correcta.

Él se había calmado un poco.

—Sí, ha sido demasiado. Aunque eso normalmente no me influye.

—Te creo.

—Vamos a dormir. Tenemos años y décadas para acostumbrarnos el uno al otro.

Él había dormido mucho, mientras ella estaba allí tendida, con los ojos abiertos de par en par. Años y décadas... ¡Sigue soñando! Ya encontraría la oportunidad de escaparse. Él no era Dios, por mucho que se lo creyera.

Ahora, un par de horas después de que él hubiese llegado a la caravana, Mila se sentía todavía más desanimada que antes. Al menos podía ver algo, pues la linterna había permanecido encendida todo el rato. Todavía estaba el foco de luz claro en el techo y todo el espacio vagamente iluminado.

445

Se levantó tan despacio y silenciosamente como pudo. La cama emitió un tenue crujido. Ella contuvo la respiración.

Nada. Sam no se había despertado. No se movía.

Mila se acercó a tientas a la caja donde estaba Ruby. La había tapado con su propia ropa porque ahí dentro hacía un frío tremendo. Deslizó temerosa la mano bajo la lana y para su alivio confirmó que ahí debajo se estaba en cierta medida caliente. Ruby respiraba, pero parecía casi transparente, tan frágil como el cristal. No gritaba, no había gritado nada en todo ese tiempo, aunque seguro que tenía hambre. Era una mala señal.

Debían salir de allí.

Mila miró a su alrededor. Sabía que ahora tenía una oportunidad. La puerta estaba cerrada y Sam había puesto la llave debajo de su almohada, de allí no podía salir, pero mientras estuviera dormido era inofensivo. Ignoraba solo si tendría el temple y la fuerza para hacerlo. Sacaba los escarabajos y las lombrices que en caminos y calles corrían el riesgo de ser aplastados y sacaba las arañas de casa antes de que fueran presa del aspirador. No estaba segura de ser capaz de golpear a un hombre en la cama.

Tampoco se le ocurría nada con que hacerlo. Esa caravana tenía un mobiliario minimalista. Mesa, banco rinconera y un aparador con cajones debajo. Armarios empotrados. Hornillo. Una nevera que no funcionaba. La cama. Al lado el armario ropero. Ahí no había nada con lo que golpear a una persona en la cabeza.

Abrió la nevera y tosió cuando la alcanzó una oleada de pestilencia. El último que la había tenido encendida se había olvidado de sacar la comida del interior al apagarla. Distinguió una botella de leche abierta en la que crecía un moho verde y varios táperes abiertos que contenían una masa indefinida en proceso de descomposición.

Cerró la puerta. Empezó a sudar. Se sentía fatal. Nadie podía vivir en esas condiciones.

Advirtió que le urgía ir al baño. Desde que habían partido de Richmond y había bebido ese líquido horrible con el narcótico, no había tomado nada más. Sin embargo, tenía que evacuar urgentemente. ¿Qué solución habría encontrado él para este problema? Ahí dentro no había baño. ¿Le daría un cubo? ¿O lo haría en la nieve?

Pero ¿dónde se encontraban?

Abrió uno de los cajones que había junto a la nevera. Los cubiertos se guardaban ahí. Cogió un cuchillo. ¿Podría matar a un hombre con él? El mango era de plástico, la hoja bastante blanda. Descartado.

Abrió el siguiente cajón. Dentro vio cuchillos más grandes y más afilados, para cortar el pan o la carne. Sacó uno.

—Ni te lo pienses —oyó una voz a sus espaldas.

Se dio media vuelta. Sam se había acercado silenciosamente a ella. Le cogió el cuchillo de la mano.

—No eres de ese tipo —dijo con suavidad.

Ella se percató de que temblaba de frío y miedo.

—Yo... —dijo, y no pudo seguir hablando. No sabía qué decir.

—Ven a la cama. Allí se está caliente.

Mila no se movió.

—Tengo que ir al baño.

La miró confuso, como si le hubiese dicho algo muy raro.

—¿Al baño?

—Sí. Y tengo sed. Necesito beber algo. Ruby necesita urgentemente comer. Está muy débil.

—¿Te has dado cuenta de que solo me vienes con exigencias? —preguntó irritado Sam.

Qué tenían de exigencia comer, beber y mear, habría gritado Mila, pero contuvo la réplica.

—En realidad quería fundar una familia con Anna —dijo Sam sin preámbulos—, pero era difícil. Muy difícil.

Mila ignoraba quién era Anna. Por lo visto una mujer que había tenido la suerte de que Sam no la acosara como a ella.

—Tampoco era lo mismo que contigo —prosiguió él—. Una solución de emergencia. Una solución de emergencia desagradable y fatigosa. Anna es débil. Y no podía mantener la boca cerrada. Ante la policía. Por Logan. Así que me echó a la poli encima.

Mila no sabía qué decir. No tenía la menor idea de lo que estaba hablando.

Él sonrió. Una sonrisa casi triste.

—Siempre somos víctimas. Al final. Las personas como yo. Porque somos gordos.

—Tú ya no estás gordo —dijo Mila.

Su sonrisa se deformó un poco. Sam se señaló la cabeza.

—Aquí dentro —dijo—. Aquí dentro todavía lo estoy. Nunca cambiará. Hace años que lo espero. Pero siempre sigo siendo Fatty. ¡No me desprendo de Fatty!

Ella carraspeó.

—Sam...

Notaba la garganta seca.

—Tengo que ir urgentemente al baño, Sam.

—De acuerdo. —Pareció comprender que era un problema inevitable—. Te dejo salir. Pero no intentes engañarme, ¿oyes? Puedo ser muy desagradable.

Ella no tenía duda de ello. Asintió.

Él volvió a la cama, cogió la llave de debajo de la almohada. Mila pensó con resignación que una fuga quedaba descartada. No había posibilidades de coger la llave de debajo de su cabeza sin que él se diera cuenta.

Sam abrió la puerta que daba al exterior. Claridad. Un frío gélido. Aire fresco. Mila inspiró hondo.

—Venga, sal, date prisa.

Ella solo llevaba las bragas y una camiseta. Había tapado a Ruby con sus pantalones y el jersey. Se calzó corriendo las botas y se puso el abrigo. La cara casi le dolió de frío cuando asomó la cabeza. La nieve la deslumbró. Hacía mucho rato que estaba en la penumbra, alumbrada solo por el tenue rayo de luz de la linterna.

—Espabila —dijo Sam detrás de ella.

Mila miró a su alrededor.

Nieve. En el cielo unas nubes bajas que prometían más nevadas. Abetos espesos. Las ramas con una capa de nieve. Arbustos desgreñados.

¿A qué lugar totalmente abandonado a su soledad había ido a parar?

Bajó con prudencia los peldaños de la caravana. Era una escalera plegable de acero, bastante oxidada y nada estable. Luego hundió los pies en la alta y blanda nieve. Dio gracias al cielo por llevar unas botas forradas.

Distinguió ahora que algo más lejos había otras caravanas entre los árboles. A primera vista tres, pero era probable que hubiera más. El corazón le dio un vuelco. ¿Un parque de caravanas? ¿Más gente?

Se dirigió hacia una maleza espesa y espinosa que la protegía un poco de la vista. Era muy consciente de que Sam estaba en la puerta y la observaba con atención.

Se acuclilló detrás del arbusto en la nieve. Mientras estaba allí, miró ansiosa alrededor intentando averiguar todo lo posible sobre el lugar donde se hallaba. Mucho bosque. Las demás caravanas parecían oscuras y cerradas, dos de ellas se encontraban en tan mal estado que no podía imaginar que alguien todavía las utilizase. Quizá era un parque abandonado que ya hacía tiempo que había cerrado. Todas sus esperanzas se desvanecieron. Había parques de caravanas por todas partes, en las últimas décadas habían crecido como setas. Muchos, junto al mar, con acceso a la playa, toboganes acuáticos y una enorme oferta de diversiones. También había un buen número en el interior, la mayoría muy cuidados y bien conservados. Ese parecía totalmente desmoronado. Mila supuso que debía de encontrarse bastante alejado de la costa. Faltaba el olor a mar que conocía de Scarborough así como los constantes chillidos de las gaviotas. La cuestión era: ¿se encontraban todavía en Yorkshire? ¿Cerca de Richmond? ¿O en cualquier otro sitio?

¿Y era eso importante?

Cuando hubo acabado, se ajustó la ropa interior. Casi se mareó ante la idea de tener que regresar a la caravana con su loco secuestrador. Reflexionó. Estaba a unos cincuenta pasos de la caravana, si echaba a correr no tendría apenas ventaja. La nieve le impediría correr, pero también a Sam. Él iba descalzo, solo llevaba los calzoncillos, ni siquiera una camiseta. Tenía una oportunidad. Muy pequeña, claro. Él hacía más deporte que ella, se apreciaba en su cuerpo. Se notaba que iba regularmente al gimnasio, lo que Mila no podía en absoluto decir de sí misma. Nunca hubiera pensado que fuera a encontrarse en una situación como esa: que iba a tener miedo de no superar en velocidad y resistencia a Fatty. Fatty, que avanzaba despacio por la calle sobre sus flácidas piernas. Que continuamente tenía que descansar y recuperar el aliento. Para quien la clase de gimnasia representaba una catástrofe y para quien ya era un problema subir las escaleras para llegar al aula. Era un enigma cómo había podido convertirse en ese hombre delgado y atlético. La fuerza de voluntad que había detrás habría causado respeto y admiración en cualquier persona. En Fatty aumentaba el horror. Porque su fuerza de voluntad estaba movida por su demencia, porque había extraído esa increíble fuerza de la obsesión con que la había elegido a ella, Mila, como mujer de su vida. Su radical transformación física no decía en un principio nada sobre su ambición y su disciplina, sino sobre el grado de su locura.

Apartó sus pensamientos a un lado. No podía permanecer allí eternamente. Tenía que tomar una decisión.

—¿Te falta mucho? —resonó la voz de Sam. Recelosa. Determinante.

—¡Enseguida acabo! —gritó ella. Por muy horrible que fuera estar ahí con las piernas desnudas embutidas en las botas, de pie detrás de un matorral, en tierra de nadie y con ese frío tremendo, aplazaba el momento de volver. Cualquier cosa, cualquier cosa era mejor que esa caravana horrible, apestosa y oscura con ese loco en su interior.

O ahora apretaba a correr o regresaba. No se admitía más demora.

«Corre —decía una voz en su interior—, aprovecha esta oportunidad. Es de día. La próxima vez que te deje salir seguramente será de noche. ¡Sal corriendo!».

—Deberías volver —dijo Sam. Su voz cortó afilada y nítida el silencio invernal—. Ya sé qué oscuros pensamientos vagan por tu mente. Pero sería una tontería. Una inmensa tontería. —Hizo una pausa. Ella contuvo el aliento—. Piensa en Ruby —prosiguió él. El tono de su voz era neutro. Carente de emoción—. Ella pagaría por tu huida. No sé si eso es realmente lo que quieres.

Tuvo que reprimir desesperada el sollozo que pugnaba por salir de su garganta. Él la tenía en su poder. No podía correr el riesgo porque no arriesgaba solo su propia vida, sino la de una niña de seis meses. No dudó ni un segundo de que él fuera a cumplir su amenaza, porque estaba convencida de su total falta de conciencia. O bien haría algo al bebé o bien no se ocuparía de él. Moriría. Y ahora la pequeña estaba muy mal. Si Mila no se quedaba e intentaba cuidarla, estaría perdida.

Salió de detrás del matorral y se acercó por la nieve a la caravana. Un vehículo viejo y tan deslucido por fuera como por dentro. Y en la puerta, el hombre sonriente.

—Sabía que tomarías la decisión correcta —dijo.

6

Kate salió de Askham Grange, la cárcel de mujeres próxima a York. Anna estaba temporalmente instalada allí. Por la tarde la llevarían ante el juez instructor. Kate rezaba para que éste ordenase la prisión preventiva. Creía que la cárcel era por el momento el único paradero realmente seguro para Anna.

Regresó por la calle nevada a donde había dejado aparcado el coche. Por su aspecto, se diría que Anna no había dormido apenas, pero parecía más tranquila que nunca. Había contado todo lo que la abrumaba. Había confesado su horroroso delito. Se notaba que se había sacado de encima una pesada carga.

Kate la había puesto al corriente de la fuga de Dalina y la desaparición de Samuel.

—¿Qué significa eso? —había preguntado Anna.

Kate se lo había planteado con cautela.

—Todavía no lo sé con exactitud. Debo admitir con franqueza que sospechaba que Dalina Jennings era la responsable del asesinato de Diane Bristow y de Logan Awbrey. Todavía no estoy segura de si puedo excluirla ya como sospechosa.

—¿Dalina?

—Habría tenido sus motivos. Logan podría haber contado a Diane el delito que cometió en el pasado y esta posiblemente querría comunicárselo a la policía. Dalina tenía que actuar.

—Qué horrible —dijo Anna, pero no parecía que considerase lo que estaba oyendo algo totalmente descabellado.

—Horrible pero no ilógico. Sin embargo, se ha descubierto ahora que se utilizó el arma del crimen en otro asesinato, un caso que, por el momento, no relacionábamos en absoluto con los asesinatos de Awbrey y Bristow.

—Ah...

Observó a Anna con atención.

—¿Le dice algo el nombre de Mila Henderson?

—¿Mila Henderson?

—¿Podría haber sido cliente de Trouvemoi?

Anna reflexionó.

—No. Al menos no participó en ninguno de mis talleres. Lo sabría porque tengo buena memoria para los nombres. Pero también se celebraban otros eventos de los que se encargaba solo Dalina.

—¿Mencionó su novio alguna vez ese nombre?

—¿Sam? No. ¿Qué pasa con él? ¿Dice que ha desaparecido?

—Quería presentarse ayer en la comisaría. No apareció. Y de nuestras indagaciones ha resultado... —Se detuvo.

Anna abrió más los ojos.

—¿Sí?

—Señora Carter, según la información de la residencia de ancianos, en la que últimamente vivía el padre de Samuel Harris, Patrick Harris, este murió hace cinco años.

—¿Qué?

A Kate le dio pena su sobresalto.

—Sí. Me temo que así es.

—Pero... ¡Sam lo visitaba periódicamente!

Kate calló.

—Oh... —dijo Anna pensativa—. Usted piensa...

—Yo intento no pensar nada, sino estar abierta a cualquier otra opción.

—¿Tenía una relación sentimental?

—¿Tiene usted indicios de ello?

—No. —Anna negó confusa y aturdida con la cabeza—. No. En absoluto. Me refiero a que… insistía en que me fuera a vivir con él. Una y otra vez. Hablaba de que nos casáramos. De tener hijos. Eso le habría complicado mucho más las cosas, ¿no? Quiero decir, si hubiera tenido otra relación al mismo tiempo.

—Es posible.

—Y me preguntó muchas veces si no quería acompañarlo y conocer a su padre. Pero yo no tenía ganas. Llegó un momento en que dejó de preguntármelo, claro. Pero ¿qué habría hecho si yo le hubiese dicho que sí?

—Seguramente sabía que usted no iba a hacerlo —respondió Kate—. Y si hubiese sido el caso… habría surgido algo. Que el padre estuviera demasiado enfermo para recibir dos visitas, algo así.

Anna seguía estando desconcertada.

—Pero… No cuadra. No cuadra que tuviera una relación todo este tiempo. No cuadra con su comportamiento conmigo.

Kate se inclinó un poco hacia ella.

—Sabemos que Diane Bristow era clienta suya.

—¿Qué?

—¿No lo sabía?

—No. Claro que no. —Anna estaba desconcertada, como preguntándose qué otras revelaciones iban a producirse—. Qué…, ¿qué significa todo esto?

—De forma directa o indirecta conocía a todas las víctimas de asesinato —señaló Kate con calma.

Llegó a su coche. A la pregunta de si había algún lugar en el que pudiera imaginar que Sam se hubiese instalado, Anna había respondido una y otra vez con una negación.

—¿Una cabaña? ¿Una segunda residencia? ¿Un garaje? ¿Algo?
No. No. No.

No había nada. O al menos nada de cuya existencia Anna tuviera noticia.

Kate se subió al coche. Apenas se había puesto en marcha cuando sonó su móvil. Se detuvo.

—¿Hola? ¿Christy?

Christy McMarrow era una antigua compañera de Scotland Yard. Kate y ella habían trabajado juntas con frecuencia, pero nunca se habían hecho amigas. Eran tan distintas como la noche y el día y no tenían nada en común salvo el hecho de que ninguna tenía pareja y ambas vivían con un gato. Esa mañana, Kate la había telefoneado antes de marcharse a York. Puesto que era domingo, Christy todavía dormía y no se había sentido especialmente entusiasmada cuando Kate le pidió un favor. Pero al oír que una niña de seis meses corría peligro de muerte, había saltado de la cama. «De acuerdo. Lo haré», había dicho.

Ahora respondía a su llamada. Y se notaba que estaba mucho más despierta que dos horas antes.

—Bien, he estado en la residencia para ancianos de Shepherd's Bush. He podido hablar con la directora del establecimiento y con dos asistentes.

—¿Y? ¿Algún dato que pueda ayudarnos a avanzar?

—No sé... Pero al menos es un punto de referencia... A ver, antes de sufrir una demencia total, el anciano Patrick Harris hablaba de su barco.

—¿De su barco?

—Sí, tenía un barco de vela en el que pasaba los fines de semana en el canal. Así que era lo bastante grande para vivir en él. El barco estaba en el puerto de Grimsby.

—Grimsby..., es decir, a algo así como hora y media de aquí en coche. ¿Sabes lo que pasó con el barco cuando murió?

—Por desgracia, no. Tampoco ellas lo sabían. En cualquier caso, el único heredero era su hijo, Samuel. No me pudieron decir si se quedó con el barco o lo vendió enseguida.

—Hum. —Kate reflexionó. Un pequeño y débil punto de referencia, pero, en efecto, el único de que disponían. Si Sam le hubiese mencionado el barco a Anna, ella se habría acordado; y era evidente que tampoco había estado allí con él. Pese a todo, tal vez hubiese conservado el barco como refugio. En algún lugar tenía que estar cuando decía a Anna que visitaba a su padre.

—¿Sabes cómo se llama el barco?

—Camelot.

—Camelot en Grimsby... Valdría la pena intentarlo.

—Es posible que ese tipo al que andas buscando —dijo Christy— se haya desprendido del barco hace tiempo. O que lo haya llevado a otro puerto.

—Lo sé. Haré que comprueben además los nombres de los propietarios de los barcos registrados. Pero hoy es domingo y pasado mañana Nochevieja... No sé si podremos avanzar tan deprisa con este tema.

—Entiendo. Entonces ve a Grimsby. Kate... —Christy hizo una pausa.

—¿Sí?

—Salva a esa pequeña —dijo Christy, y colgó el auricular.

Kate se enderezó y contempló su rostro en el espejo retrovisor. Había tanta nieve fuera que el día era especialmente incoloro, la luz difusa y fea. Tenía la cara pálida, cansada. Demasiado chupada.

Reflexionó. En realidad, debería advertir que se iba a Grimsby. El problema residía en que eso plantearía inevitablemente cuestiones sobre por qué ella abrigaba sospechas contra Samuel Harris. Había obtenido el principal indicio —que Harris conocía a la primera víctima de asesinato, Diane Bristow— de una forma que violaba todas las reglas y normativas: jamás debería haber entrado en la casa de Harris y revisado sus documentos sin una autorización. Si estuviera trabajando con Caleb, se lo habría explicado porque sabía que él cerraba uno o los dos ojos si la transgresión de las normas se compensaba con posibles beneficios. Pero Pamela ya le había advertido en su primer encuentro que no tenía la más mínima comprensión cuando se infringían las normas. Le había hecho una clara advertencia en ese sentido, como bien recordaba Kate. Si al final Harris terminaba siendo (en comparación) inocente —infiel defraudador fiscal en lugar de asesino y secuestrador—, nunca tendría que mencionar que había entrado en su vivienda.

Además, Pamela seguía sin llamarla. A lo mejor la habían retenido en el hospital. Al final se encontraba muy indispuesta. Lo que todavía la haría menos comprensiva ante una transgresión de la normativa.

No obstante, pensar en Caleb le dio una idea.

Marcó el número de su móvil y esperó que él contestase. En realidad, antes siempre estaba accesible, incluso después de que lo suspendieran de sus funciones y de que él dimitiera por propia iniciativa. Desde que se había mudado a su nueva casa, parecía, sin embargo, que se le escapara algo de su vida anterior.

No obstante, dio con él. Caleb tenía la voz ronca.

—¿Sí?

—¿Caleb? Lo siento. ¿Todavía dormías?

—Sí. Pero no pasa nada. Estuve trabajando en el pub hasta medianoche.

Al menos volvía a trabajar. Kate tomó nota aliviada. Casi tenía hacia él la actitud de una madre que se cuida con recelo de que su hijo acuda regularmente a la escuela.

—Caleb, tengo que ir a Grimsby. Han aparecido nuevas pistas. Tengo que ir al puerto y buscar un barco. Se llama Camelot. El propietario es Samuel Harris.

Kate le había estado informando lo suficiente sobre el caso para que Caleb pudiera identificar los nombres.

—¿Harris no es...?

—Sí, el novio de Anna Carter.

—¿Está relacionado con lo ocurrido? ¿Exceptuando que haya ayudado a desembarazarse del cadáver de Logan Awbrey?

—Es posible que esté más involucrado de lo que pensábamos. Pero tengo que confirmarlo. A lo mejor resulta ser del todo inocente.

—De acuerdo. ¿Qué pasa con Dalina Jennings? Tu principal sospechosa.

No era el momento de contarle todos los sucesos y complicaciones.

—Todavía la están buscando. Pero entretanto los acontecimientos se han precipitado. Ya te lo contaré todo luego.

—De acuerdo.

—Caleb, no informo en mi departamento de que me voy a Grimsby. He llegado a ciertos datos sobre Harris de forma algo peculiar y si todo esto no me lleva a ninguna parte preferiría que esta secuencia quedase en un cajón.

Lo oyó reír por lo bajo.

—Como siempre. Nunca te has llevado bien con las normas.

—Estoy aquí, delante de Askham Grange en York, y me pongo ahora en marcha. Falta poco para las dos. Con este tiempo es posible que necesite hora y media para llegar a Grimsby. Luego tengo que arreglármelas en el puerto... Si a las seis de la tarde no sabes nada de mí, pon al corriente a la sargento Helen Bennett. Que envíe agentes al puerto.

—De acuerdo. No corras ningún riesgo grande, Kate.

Pensó unos segundos si no debía preguntarle si la acompañaba. Pero él ya no estaba de servicio y entonces infringiría las normas de forma todavía más radical de lo que lo había hecho hasta ahora. Además, él podría haberse ofrecido. Pero no lo hizo. A lo mejor porque lo había arrancado de un sueño profundo y todo lo que ella le había comunicado precipitadamente le cogía desprevenido.

—Ahora tengo que irme —dijo.

—Cuídate —contestó él.

7

Durante todo el tiempo que Sam estuvo fuera, Mila intentó encontrar una manera para salir con Ruby de la caravana. Trató de romper la cerradura con distintos cuchillos, con todas sus fuerzas propinó patadas a las paredes, se dejó las uñas en la bisagra de las contraventanas. Nada. No se movía nada. Y sin embargo había visto ese cacharro desde fuera y le había parecido que iba a desmoronarse de un momento a otro. ¿Cómo podía ser tan sólido a pesar de todo?

Las contraventanas estaban aseguradas con un candado novísimo, pero las bisagras laterales debían de ser prehistóricas. ¿Aguantaban?

—¡Mierda! —exclamó enervada.

Ruby emitió un leve gemido.

Mila se volvió hacia ella. La había cubierto con su abrigo porque se había puesto los tejanos y el jersey gordo. De otro modo no podría salir de ahí. En realidad, también habría necesitado el abrigo, pero Ruby debía mantenerse caliente. La colcha era demasiado grande para dejarla envuelta en ella dentro de la caja de cartón.

Sam se había ido para conseguir algo comestible, sobre todo para el bebé, aunque también para sí mismo y para Mila. No era una empresa fácil un domingo por la tarde, por eso había planeado hacerlo al día siguiente. Pero ella había insistido, sobre todo por la niña. Ruby necesitaba urgentemente algo que comer. Aun así, Mila esperaba que Sam estuviera un buen rato ocupado en encontrar comestibles. Por lo solitario que parecía ese lugar, tendría que recorrer un buen trayecto en coche por una carretera en pésimas condiciones.

Mila retiró un poco el abrigo y contempló la carita de Ruby. Se consumía, cada vez era más pequeña y gris. Ya no era redonda y sonrosada, sino que parecía envejecer como en cámara rápida.

—¡Eh, Ruby! —Le acarició las mejillas. Las largas pestañas temblaron ligeramente—. Aguanta. Saldremos de aquí.

Volvió a trabajar en la cerradura de la puerta. Ahí no había ningún candado nuevo, era una cerradura vieja. ¿Por qué resistía tan obstinadamente todos sus esfuerzos por romperla?

Golpeó con la palma de la mano la puerta.

—Me voy a volver loca —gritó.

Oyó un ruido en el exterior. Pasos en la nieve dura.

¿Sam ya estaba de vuelta?

Guardó el cuchillo en el cajón. Que él no viera cómo había pasado el tiempo en su ausencia, de lo contrario la ataría antes de salir.

—¿Hola? —susurró alguien al otro lado de la puerta. No parecía Sam.

Mila dio con cautela un paso adelante.

—¿Hola? —preguntó a su vez.

Silencio.

—¿Hay alguien ahí? —preguntó Mila.

—¿Quién está aquí? —inquirió el otro.

—Estamos encerradas. ¿Podría intentar sacarnos de aquí? —preguntó Mila.

—¿Encerradas?

—Sí. Un bebé y yo.

Silencio.

—¿Hola?

Silencio.

—Por favor, no se vaya —suplicó Mila—. No tenemos nada que comer y hace mucho frío. El bebé está muy enfermo, se podría morir. ¿No puede sacarnos de aquí?

Silencio.

Se preguntó si no sería Sam quien estaba fuera y se permitía gastarle una broma. O si tenía la mala intención de ponerla a prueba. Pero no era su voz. ¿Tan bien sabía él fingir?

—¿Hola? —lo intentó de nuevo—. De verdad que necesitamos ayuda. Tenemos que salir de aquí. Nos han encerrado.

—¿Encerradas?

La misma pregunta de antes. ¿Era ese hombre lento de mente, un poco corto o estaba borracho?

—Sí. Encerradas. Estoy aquí con un bebé. Tenemos que salir o se morirá de hambre.

Silencio. Luego el sonido de pasos alejándose sobre la nieve. Mila golpeó desesperada la puerta con los dos puños.

—¡No se vaya! ¡Por favor! Ayúdenos. ¡Sáquenos de aquí o llame a la policía!

Los pasos enmudecieron. Mila rompió en llanto. Se encontraban en un maldito desierto y era un milagro que una persona hubiese pasado por allí. Pero por lo visto no estaba bien de la cabeza y no había servido de nada. Sam no tardaría en llegar y no se presentaría otra oportunidad como esa tan pronto. Solo de pensar en pasar la próxima noche con él, entre las apestosas y húmedas sábanas, expuesta a sus intentos de acercamiento y su cólera, corría el peligro de volverse loca de desesperación. Tenía que salir de ahí.

Se dio media vuelta y probó de nuevo con las contraventanas, pero, salvo clavarse una astilla de madera debajo de la uña de un dedo, no consiguió nada. Gritó de dolor. Era absurdo. No saldría de ahí por sí misma.

Mientras buscaba un trozo de tela o de papel para vendarse el dedo ensangrentado, oyó de nuevo unos pasos fuera. Se detuvo. Posiblemente esa vez era Sam.

Pero entonces oyó que alguien trabajaba en la puerta con un objeto más grande, y no parecía que estuviera abriendo la cerradura con una llave. Algo que sí podía hacer Sam. Más bien sonaba a una palanca de hierro.

Mila permaneció en completo silencio. Fuera quien fuese no quería molestarlo, confundirlo o atemorizarlo.

«Por favor —rogó en silencio—, ¡abra esa puerta!».

Los ruidos sonaban cada vez más fuertes, más violentos y amenazadores. A kilómetros de distancia debían de oír que ahí había alguien destruyendo algo. Esperaba ardientemente que Sam todavía estuviera lo bastante lejos. Si llegaba demasiado pronto, todo estaría perdido. Después de las experiencias que había vivido con él, no dudaba ni un segundo en que mataría al desconocido y lo enterraría en algún lugar bajo la nieve. El otro no tenía ni idea del peligro que lo amenazaba, pero si ella se lo advertía seguramente se marcharía.

—Date prisa —musitó—, date prisa.

La puerta tembló en los goznes, la madera reventó, toda la puerta cayó hacia el interior con un crujido, dividida en dos partes. Mila dio un salto a un lado para ponerse a salvo. El frío gélido la alcanzó como un puñetazo. Vislumbró la última luz del día, la nieve, el cielo, los árboles. Y un rostro.

Un hombre le sonreía.

La piel roja y con cicatrices. La nariz hinchada propia de un borracho. Envuelto de la cabeza a los pies en una ropa raída y tiesa de tan sucia.

Su sonrisa tenía algo de desagradable.

De golpe, Mila pensó si no estaba yendo de mal en peor.

Y estaba completamente sola.

8

Ya eran casi las cuatro y media cuando Kate llegó a Grimsby. Había necesitado más tiempo del que había pensado. El estado de la carretera era catastrófico. Si bien había dejado de nevar, el servicio para retirar la nieve todavía no había llegado y al bajar la temperatura de nuevo se había helado todo. No había demasiados vehículos circulando, pero se movían extremadamente despacio. Lo que era sensato. Si Kate hubiese estado completamente sola en la carretera, tampoco habría podido conducir más deprisa.

Estaba nerviosa e inquieta, siempre consciente de que todos se encontraban en una carrera contrarreloj en la búsqueda de la pequeña Ruby Raymond. Ignoraba si se hallaba en ese momento sobre la pista correcta —para ser más exactos, consideraba que había muy pocas posibilidades de que así fuera—, y sin embargo creía percibir que cada minuto que alargara el viaje podía ser un obstáculo. Como si estuviera, por poco fundamento que hubiera para ello, más cerca de la meta de lo que sabía y, aun así, demasiado alejada para poder permitirse cualquier retraso. Por otra parte, practicar adelantamientos en las carreteras heladas era absurdo. Si tenía un accidente ahora, no llegaría a tiempo a ningún sitio.

Pese a la tensión, Kate se dio cuenta del maravilloso panorama que aparecía en la lejanía al cruzar el río Humber, poco antes de llegar a Grimsby. La desembocadura parecía enorme y el color gris del agua se fundía de forma peculiar con el gris del cielo y de la nieve a lo largo de la orilla. Era un paisaje infinito y dramáticamente hermoso en su melancolía. El crepúsculo volvía a descender tragándose casas y árboles y transmitiendo la impresión de perfecta quietud. A Kate le habría gustado detenerse y hacer una foto. Pero no era el momento.

Al llegar a la zona portuaria estaba oscureciendo. Advirtió abatida lo grande que era esa área y lo abandonada que estaba en esa tarde de domingo. En jornadas laborables y en verano seguro que ahí reinaba una gran actividad, pero ese día no parecía haber nadie, salvo Kate. Estacionó el coche junto a un almacén y bajó. Calles largas flanqueadas por almacenes, cobertizos, contenedores. Grúas abandonadas. Camiones aparcados. Farolas negras cuya luz blanca ya resplandecía haciendo brillar la nieve. Sin la nieve, habría sido una imagen de increíble tristeza y abandono. Olía a aceite de máquina y a algas. Las gaviotas gritaban. Sus gritos parecían ser el único signo de vida en el desierto. Por encima de todo se erigía la alta y esbelta Dock Tower, el monumento característico del puerto.

Kate se dirigió hacia el agua. Le dolían las mejillas del frío. Se preguntaba si con esa temperatura alguien podía vivir en un barco.

Llegó al muelle. Había hileras interminables de embarcaciones, no todas estaban ocupadas, pero, no obstante, había muchos barcos, lanchas de motor y botes pequeños. Se sintió abrumada. Era como buscar una aguja en un pajar.

Aun así, empezó a recorrer las hileras. El nombre de algunas embarcaciones se leía con facilidad, para leer el de otras había que acercarse mucho y doblarse para distinguirlo. Por fortuna, también ahí había farolas iluminadas, solo el final del muelle estaba en penumbra y tuvo que utilizar su linterna de bolsillo.

—Camelot —murmuraba—, Camelot, ¿dónde estás?

No encontró ningún barco con ese nombre. Tenía que ser un velero, así que por fortuna podía saltarse las lanchas de motor, pero, como todos estaban atados transversalmente, tenía que recorrer cada una de las hileras. Iluminaba y leía, iluminaba y leía… Ningún maldito Camelot.

A esas alturas ya casi no sentía los dedos de los pies ni de las manos. Para colmo se había olvidado de los guantes. Notaba como si ya se le hubiese congelado la nariz. Estaba oscuro. Hacía un frío horrible. Y pocas veces había tenido tantas ganas de estar en su cálida sala de estar.

La siguiente embarcación. De madera. De vela. Pintada de azul, como apreció al iluminarla. «Mila» estaba escrito en unas letras rojas y sinuosas.

Se detuvo de golpe.

¿Mila?

No significaba mucho. A lo mejor no había ningún vínculo entre ese barco y Samuel Harris y Mila Henderson. Sin embargo, era la primera pequeña señal de esa tarde. Un velero llamado Mila que estaba en un puerto en el que el padre de Sam Harris había tenido un barco.

Trató de alumbrar el camarote, pero estaba totalmente cubierto con tablas. No tenía aspecto de que alguien estuviera instalado en ese barco tan pequeño, pero ella ya estaba allí y no iba a dar marcha atrás. Tenía que saltar dando un gran paso. Lo único que no debía hacer era resbalar o aterrizaría en las negras y gélidas aguas del puerto. Metió la linterna en el bolsillo del abrigo, dejó el bolso sobre el embarcadero —de todos modos, no pasaba nadie por ahí— y se atrevió a saltar sobre el abismo. Llegó a la proa, pero resbaló en el fondo helado y se golpeó con los tablones. Un dolor punzante le recorrió la pierna derecha. Se sentó con cuidado, movió los dedos de las manos y los de los pies. Se había dado en la rodilla, pero por fortuna no se había roto nada.

Subió con cuidado por encima del camarote. Contaba con que la entrada estaría cerrada, pero deslizó sin el menor problema la tabla hacia un lado. A través del hueco contempló una oscuridad total.

Sacó la linterna y alumbró el espacio que tenía delante. Una habitación pequeña, que llenaban dos bancos forrados de tela a la derecha y a la izquierda, armarios empotrados de madera, compartimentos laterales repletos de todos los objetos posibles. Una cosa estaba clara: ahí no vivía ninguna persona. Y tampoco tenía aspecto de que hubiese habido alguien hacía poco.

Pero debía intentar averiguar quién era el propietario. Se deslizó a través de la abertura y saltó abajo. El barco se meció. Oyó el leve batir de las olas contra las paredes exteriores.

Fue iluminando cada uno de los compartimentos. Sobre todo se habían llevado ahí abajo accesorios para navegar, remos sueltos, lonas, un flotador hinchable, chalecos salvavidas. Guantes como los que se utilizan también en jardinería.

En realidad, ninguna señal de a quién pertenecía todo eso.

Levantó los bancos tapizados y encontró dentro unas prendas de vestir, dos botellas de aceite solar, unas gafas de bucear, aletas. Un traje de baño que sin duda alguna pertenecía a un hombre.

Acto seguido les tocó el turno a los armarios empotrados. Vajilla de plástico para camping. Algunos paquetes de pasta, un par de latas de conservas.

—¿Es que no hay ningún jodido nombre por aquí? —preguntó en voz alta.

Su mirada se detuvo en una caja de cartón en un extremo del cuarto, en el suelo. Más bien una especie de caja de zapatos. Levantó la tapa.

Documentos.

Cogió la primera hoja de papel. Una factura por trabajos de mantenimiento del barco emitida el mes de abril del año 2002. Dirigida a Patrick Harris. El nombre del barco era Camelot.

—¡Sí! —dijo.

Era su barco. El barco de Patrick Harris. Tras cuyo fallecimiento había pasado a manos de su hijo. Quien le había dado un nuevo nombre.

Mila.

En la mente de Kate empezó a formarse una idea, la idea de un suceso, un desarrollo todavía borroso e inacabado, pero era una vaga sospecha sobre en torno a qué giraba todo aquello. Si era tal como se lo imaginaba, Mila Henderson no era ninguna asesina. Sino una víctima. Y desde hacía mucho tiempo.

Una cosa, sin embargo, era incuestionable: Mila no estaba ahí y Harris tampoco.

Salió del camarote y cerró el agujero tras de sí. Ante la idea de tener que volver a saltar al embarcadero se puso a sudar. La rodilla ya le dolía lo bastante y no podía volver a hacerse daño. Se arrodilló junto a la borda y tiró del cabo con el que estaba amarrado el barco para acercarlo al muelle. El paso que tenía que dar ahora era mucho más pequeño. Por fortuna no se cayó. Suspiró aliviada.

De vuelta al coche. Y luego a reflexionar qué hacer a continuación.

Ignorando en la medida de lo posible el dolor en la rodilla regresó al lugar en que había aparcado atravesando la enorme zona portuaria.

Pasó junto a la capitanía y advirtió un rayo de luz detrás de los cristales. O bien había siempre alguien en el despacho o bien estaba, simplemente, de suerte. Se detuvo y golpeó con fuerza la puerta. En el tercer intento oyó unos pasos y se abrió la puerta. Un hombre mayor y con el cabello revuelto estaba frente a ella.

—¿Sí? —preguntó malhumorado.

Kate mostró su placa.

—Sargento Linville. Policía de Yorkshire del Norte. Necesito información.

—¿Ahora?

—Sí. ¿Puedo entrar?

La dejó pasar de mala gana.

—Normalmente, ya debería haberme ido —dijo—. Todo ese papeleo de fin de año está acabando conmigo. Por eso estoy aquí en lugar de pasar el domingo con mi esposa. Estaba a punto de irme.

—No lo retendré mucho tiempo —le aseguró Kate—. Solo tengo un par de preguntas breves.

—Eso espero. —No se esforzaba nada por ocultar la molestia que ella le causaba en ese momento.

En el pequeño despacho, caldeado en exceso y cuyo escritorio rebosaba de papeles y archivadores abiertos, le ofreció asiento en una silla de camping y él mismo se sentó en un pequeño taburete. Olía a café, como comprobó ansiosa Kate, pero a él no se le ocurrió preguntarle si quería uno. Sin embargo, al menos volvía a sentir un cálido hormigueo en las manos y los pies. Solo esto ya la hizo feliz por unos instantes.

—¿Es usted el capitán del puerto?

—Sí.

—¿Señor...?

—Hibbert. Peter Hibbert.

—Se trata de un barco, señor Hibbert —dijo Kate—. Y de su propietario. De Samuel Harris. Y el Mila.

El hombre asintió.

—Sí. ¿Y?

—¿Conoce usted cada una de las embarcaciones que están aquí? ¿Y a sus propietarios?

—Es mi trabajo.

—Samuel Harris heredó el barco de su padre, ¿es esto cierto?

—Sí. De Patrick. Un tipo muy majo. A menudo íbamos al pub

del puerto y hablábamos de asuntos profesionales. Era muy agradable estar con él.

—¿Con el hijo no?

El anciano vaciló.

—Con este no me siento tan bien —confesó—. En cierto modo, él tampoco pretende establecer contacto. Paga regularmente el importe del amarradero y nunca hay problemas, pero...

—¿Sí?

—No me cae del todo bien.

—¿Por qué no?

—No puedo dar una razón en concreto. Nunca ha cometido ningún error. Es educado. No deja trastos tirados por ahí, hay otra gente que me estresa mucho más. Pero..., no sé...

Kate esperó. Peter Hibbert se encogió de hombros.

—No lo puedo explicar. Hay algo en su mirada.

—¿En su mirada?

—Es muy rara. ¿Sabe? Tiene una frialdad... Incluso cuando te sonríe. Cuando te saluda amablemente. Cuando te ayuda a desenrollar un cabo. Uno tiene la impresión de que es fachada. Que detrás se esconde una persona totalmente distinta.

—¿Qué tipo de persona?

—Alguien que odia el mundo entero —dijo Peter Hibbert—. Que lo odia de un modo frío.

Ella se lo quedó mirando pensativa. Hibbert no le parecía alguien que dramatizara. Era más bien un tipo de persona seca, parca en palabras. Viniendo de él, una declaración de ese tipo tenía su peso.

—El barco se llamaba antes de otro modo —dijo ella, cambiando de tema.

Hibbert asintió.

—Camelot. Pero, en cuanto Patrick murió, Sam lo bautizó de nuevo. De repente se llamó Mila.

—¿Dio alguna explicación del porqué?

—Por supuesto le pregunté. Contestó que Mila era el nombre de la mujer de su corazón.

—¿La mujer de su corazón? ¿Lo formuló de ese modo?

—Sí. Exactamente así.

—¿Explicó algo más sobre ella? ¿O tuvo usted oportunidad de conocerla?

—No. No volvió a mencionarla nunca más. Y nunca la trajo aquí. Llegué a pensar que a lo mejor ni existía. O que era alguien inalcanzable. Una actriz o algo por el estilo.

—¿Trajo alguna vez a alguna mujer?

—Nunca. Siempre venía solo. Y pocas veces.

Kate reflexionó. A lo mejor Sam se presentaba allí cuando le decía a Anna que iba a ver a su padre. ¿Era simplemente un hombre que necesitaba su espacio libre? ¿Que buscaba distanciarse de su difícil compañera, una mujer seriamente traumatizada, que luchaba constantemente contra la depresión? ¿A la que había que ser capaz de aguantar y era posible que no siempre lo lograse?

Pero ahí estaba el barco Mila. La declaración de que se trataba del amor de su vida. La que había sido su compañera de clase. Kate pensó en la foto de la bonita y tímida niña con los pasadores en el cabello. Y en la foto del chico con sobrepeso.

Recordó cosas que la madre de Alvin había contado sobre su hijo. Siempre excluido. Siempre al margen. Ridiculizado con frecuencia. Objeto de comentarios burlones. Sin amigos. Sin relacionarse con ninguna chica.

Samuel Harris tenía que haberse sentido igual. ¿Qué había escrito bajo su retrato en el anuario? Ningún amigo. Ningún profesor favorito. Ningún hobby.

Uno que odia el mundo entero, había dicho de él Peter Hibbert.

El odio lo había convertido en un hombre atractivo. Uno que

era delgado, atlético, fuerte. Alguien que había adelgazado más de cien kilos.

Si el odio había sido la fuerza motriz, el odio tenía que ser inconmensurablemente grande.

—Señor Hibbert, me urge encontrar a Samuel Harris —advirtió—. Había esperado que estuviera en el barco, pero no hay nadie allí, parece inhabitado por completo. ¿Se le ocurre algún lugar en el que pueda encontrarse?

—¿Qué barbaridad ha cometido? —preguntó Peter Hibbert.

—Es posible que nada en absoluto. Pero tenemos que comprobar algo.

Hibbert reflexionó.

—Apenas lo conozco...

—Pero conocía a su padre. ¿Había algún otro sitio en el que le hubiera gustado instalarse? ¿O del que hablara? ¿De antes? ¿En donde la familia pasaba las vacaciones? ¿Una casa de veraneo? ¿Una cabaña? ¿Algo por el estilo?

Era evidente que Hibbert le estaba dando vueltas a la cabeza.

—Contaba muchas cosas. ¿Dónde pasaban las vacaciones? Venía con su esposa al barco con frecuencia. Ella murió temprano.

—¿De qué murió?

—Era una especie de misterio. Tenía síntomas de intoxicación. En un momento dado los valores en el hígado y en los riñones resultaron alarmantes. Fue a todos los médicos habidos y por haber, pero ninguno averiguó qué le pasaba. Al final murió de un fallo renal grave.

—¿Y cómo había conseguido Patrick el barco? ¿Lo había comprado?

—No. Lo había heredado de su madre.

—¿Heredó algo más de ella? ¿Una casa?

—Sí. La casa en que ella vivía. Pero la vendieron. Aunque... —su rostro se iluminó—, ahora me acuerdo de algo que mencionó. Antes hacía camping con la familia. Sí, eso es. Lo dijo en una ocasión.

Kate se inclinó hacia delante, reprimiendo un grito de dolor. De repente estaba como electrificada.

—¿Camping? ¿Tenían por casualidad una caravana?

9

Avanzó con dificultad por la nieve detrás de su liberador, estrechando con determinación a la pequeña Ruby contra su pecho. Se había puesto el abrigo y envuelto al bebé lo mejor posible en uno de los cojines que había sobre la cama. Pensaba que sería mejor marcharse, pero estaba oscureciendo y se hallaban en un lugar totalmente solitario. Las temperaturas debían de estar por debajo de cero. Si se escapaba y no encontraba a nadie ni ningún lugar en que alojarse, Ruby y ella no podrían sobrevivir a esa noche.

El tipo apestaba a alcohol y sudor y parecía impredecible, pero al menos la había sacado de la caravana y salvado de Sam. En realidad, lo habría abrazado por ello. Si no hubiese tenido algo de repugnante.

Se detuvo de repente y se volvió hacia ella.

—¿Cómo te llamas? —preguntó.

—Mila. ¿Y tú?

—Olm.

—¿Olm?

—¿Es tu bebé?

—No. Asesinaron a su madre. El hombre que nos tenía encerradas. Es muy peligroso. Tenemos que marcharnos de aquí. Cuanto más deprisa, mejor.

Mila notó que le temblaba la voz. Sam ya llevaba tiempo

fuera, regresaría en cualquier momento. No sabía hacia qué dirección se movían, si oirían el coche y verían los faros. El problema era que descubriría las huellas en la nieve, alejándose de la caravana, y que solo tenía que seguirlas.

—Es realmente peligroso —repitió—. Está loco. Mata sin el menor escrúpulo.

No era seguro que Olm entendiera el alcance de sus palabras.

—¡Adelante! —dijo él en un rudo tono autoritario.

Ella dudó.

—Si por aquí hay un aparcamiento o una salida a la carretera tenemos que ser prudentes. De lo contrario caeremos en brazos de Sam.

—¿Sam?

—El hombre que nos ha encerrado. El que ha matado a la madre de Ruby. Con un cuchillo.

Olm sonrió.

—¡Ya puede venir, ya!

Mila dudaba de que Olm pudiera desembarazarse de Sam. Con lo borracho que estaba… Al contrario que Sam, bien entrenado y musculoso, y que además tenía un cuchillo.

Siguieron abriéndose camino por la nieve. De vez en cuando pasaban por ventisqueros entre los árboles en los que Mila se hundía hasta las rodillas. Pese al frío, estaba bañada en sudor y al límite de sus fuerzas. Pero tenía que seguir, tenía que resistir.

En alguna ocasión veía caravanas, la mayoría se encontraba en estado de lenta decadencia. Se trataba, en efecto, de un parque de caravanas, de uno que hacía tiempo se había abandonado. Era probable que no se encontrase en ningún registro. Pero ¿había alguien que la estuviera buscando?

Sabía que una agente de policía había llamado a la puerta de Sue, que Sam la había golpeado y encerrado. ¿La habían encontrado? ¿Sabían sus compañeros dónde estaba?

Y el marido de Sue, también él debería regresar en algún momento. Mila no podía ni imaginar la horrible escena que lo aguardaba. Pero ¿habría alguien que interpretara correctamente las relaciones? Lo que estaba claro era que el bebé había desaparecido. Nadie sabía nada de su presencia en la casa, pero la policía había aparecido por su causa. Sue se lo había comunicado entre susurros.

Así pues, había la esperanza de que alguien encajara las piezas del puzle. Pero ¿quién?

¿Quién iba a encontrar ese lugar dejado de la mano de Dios del que ni la misma Mila sabía dónde se encontraba?

Un edificio se dibujó en el crepúsculo. A Mila le dio un vuelco el corazón. ¿Gente?

Pero al aproximarse un poco más distinguió que el edificio estaba medio en ruinas y que no parecía habitado. No había luz en ninguna parte, ninguna chimenea de la que ascendiera un humo acogedor, que prometiera calor y vida.

Olm se volvió de nuevo hacia ella.

—¡Mi casa!

Si Sam seguía sus huellas, esa casa se convertiría en una encerrona, pero Mila sentía que necesitaba una pausa para reponer fuerzas y para pensar. Así que cruzó tras Olm la puerta que colgaba torcida de los goznes y se internó en el congelado edificio en ruinas. Al parecer, era el espacio destinado a duchas y baños del que años atrás había sido el camping. Las paredes estaban revestidas de azulejos, aunque algunos se habían caído. Contempló un espacio lleno de compartimentos cutres donde ducharse. De la mayor parte de los tabiques de separación solo quedaban fragmentos. Grifos oxidados, espejos hechos añicos, lavamanos cubiertos con una gruesa capa de cal. Mila no quería ni pensar en cómo estarían los váteres. Ni tampoco en el peligro en que se hallaban. Fuera se acercaba a grandes pasos la noche. Pero ella dudaba de que eso entorpeciera la persecución de Sam.

Llegaron a una habitación al fondo en la que Olm había montado su campamento. Mila apenas pudo distinguir el mobiliario mínimo. Un par de mantas, un saco de dormir, un póster en la pared con las esquinas rasgadas en el que se plasmaba una puesta de sol en el mar. Botellas de aguardiente vacías a lo largo de las paredes. En el rincón, una pequeña cocina de gas con una olla llena de pringue. Al lado, había un plato con unos extraños restos de comida pegados. Pese a lo repugnante que era esa visión, Mila sintió de repente hambre. Pero todavía era más importante que Ruby comiera algo. El bebé dormía profundamente en sus brazos y respiraba de forma muy tenue.

Olm encendió una linterna de bolsillo. Mila se atrevió a mirar recelosa por la pequeña ventana: ¿percibiría Sam el rayo de luz? Pero no podían ocuparse de Ruby en la oscuridad.

Se dirigió a Olm.

—El bebé necesita urgentemente algo que comer. De lo contrario morirá. ¿Tienes algo que podamos darle?

Al principio el hombre no pareció entender nada, pero luego se fue a la habitación vecina y regresó con una lata de conservas empezada. Según la etiqueta, albóndigas con salsa de tomate.

—¿Tienes una lata que no esté empezada? —preguntó; pero Olm le puso la lata en la mano.

—¡Coge esta!

No era comida apropiada para un bebé, pero mejor eso que nada.

—¿La podemos calentar?

Olm asintió, vertió el contenido de la lata en la olla en cuyas paredes estaban pegados los restos de cientos de comidas y encendió el hornillo de gas. Luego se sentó en su saco de dormir y se tomó un buen lingotazo de una botella de aguardiente.

475

Mila removió la comida con el dedo. Cuando ya estaba caliente, puso un poco de salsa de tomate en los labios de Ruby. La pequeña no reaccionó. Parecía transparente.

—Venga —susurró Mila—. Por favor, come algo.

Al final los párpados de Ruby empezaron a temblar. Aunque no abrió los ojos, movió los labios. En efecto, comió algo de salsa. Mila habría gritado de alegría. Le dio otro poco con el dedo. Ruby lo lamió con ansia.

Olm lo observaba todo con ojos cada vez más nublados. Bebía el aguardiente como si fuera agua, lo que podría haber sido preocupante, pero la expresión de su rostro mostraba que el alcohol lo adormecía. No parecía que fuera a hacerle agresivo, pero, en cualquier caso, no serviría de ayuda. Mila tenía que pensar algo. Y no tenía ni idea de cómo salir de ahí.

Ruby había ingerido el equivalente a dos cucharaditas de té llenas y ahora dormía agotada.

—Espero con toda mi alma poder salvarte —musitó Mila.

La cuestión consistía en qué hacer en ese momento. En condiciones normales, lo mejor sería pasar la noche en ese alojamiento más o menos protegido. Hacía mucho frío, pero iba bien abrigada y con ayuda del quemador de gas podía obtener una pizca de calor. A la mañana siguiente, temprano, cuando hubiese clareado, intentaría llegar a la carretera más cercana con la esperanza de que pasara algún coche.

En condiciones normales...

Sin contar con que esa situación no tenía en absoluto nada de normal, una voz interior le decía con creciente urgencia que no tenía doce o catorce horas para estar ahí sentada y esperar. Que en realidad no tenía nada de tiempo. Su pulso se aceleraba y el corazón le latía muy deprisa. El instinto le aconsejaba que se marchase de ahí cuanto antes. Si es que era el instinto. También podía tratarse del miedo.

476

—Olm —susurró—. ¡Olm!

Él dejó la botella a un lado.

—¿Sí?

—Olm, aquí no estamos seguros. El tipo que me persigue... es muy muy peligroso. Está mal de la cabeza.

El hombre hizo un amplio movimiento con la mano que abarcaba la habitación y el edificio.

—¡Esta es mi casa!

—Sí, pero él puede entrar. Seguro que ya ha vuelto y se ha dado cuenta de que nos hemos escapado. Solo tiene que seguir las huellas de nuestras pisadas y ya estará aquí.

Olm sonrió en lugar de responder.

Mila no sabía qué pensar de él. A veces parecía entender a la perfección lo que le decía, pero luego tenía la expresión de no lograrlo. Seguro que el alcohol ya había destruido parte de su cerebro. Además, era posible que llevara años viviendo en medio de la naturaleza, totalmente aislado, sin nadie con quien hablar. Mila estaba segura de que al cabo de un año a más tardar ella se habría vuelto loca.

Pero...

—¿De dónde sacas la comida? —preguntó—. ¿Y las botellas? Ahí fuera no hay nada.

Olm volvió a sonreír, en cierto modo orgulloso porque tenía las riendas de su vida.

—En el pueblo. La gente me da dinero. Y el hombre de la tienda. Cosas que no vende.

—Entiendo. —Olm andaría mendigando por el pueblo vecino y era posible que fuera una figura conocida en el lugar a la que, en cierto modo, mantenían un par de personas compasivas.

—¿Está muy lejos el pueblo? —preguntó.

Olm pensó.

—Dos horas. A pie, dos horas para ir y dos para volver.

Debía de ser un tiempo aproximado, pues Olm no llevaba reloj.

—¿Así que es un trayecto largo?

En el rostro enfermizo del hombre apareció una expresión luminosa.

—Está demasiado lejos —dijo con determinación—. Demasiado lejos para esta noche. Hace demasiado frío. No lo conseguiremos.

—¿Y mañana?

—Mañana nos vamos.

Será demasiado tarde, decía la voz interior, demasiado tarde. Corréis un peligro inminente. Tenéis que iros ahora y tú también lo sabes.

—Olm, ¿hay alguna otra posibilidad de escondernos? ¿Lejos del parque de caravanas?

Él negó con la cabeza.

—No. Solo está el bosque. Nos congelaríamos.

—Nos encontrará aquí, estamos como en una trampa.

—Yo cuidaré de ti y del bebé —dijo Olm.

No entendía lo peligroso que era Sam. Y lo decidido y carente de escrúpulos.

—Olm, por favor, no puedes protegernos. Va armado. Tiene un cuchillo. Ha asesinado a una mujer. Es un demente.

—Yo soy fuerte —afirmó él.

—Es peligroso —insistió Mila, pero notó que Olm desconectaba. Estaba en su casa. Pensaba que ahí estaba seguro.

Prestó atención al exterior. No se oía nada. Reinaba un silencio de muerte en la noche, más allá de la ventana, más allá de la ruina en que se habían refugiado. ¿Oiría llegar a Sam? Delante de la caravana, la nieve había crujido bajo los pasos de Olm. Pero allí estaba más cerca. Aquí se encontraba en la parte posterior del edificio, separado de la puerta de entrada por varias habitaciones y pasillos. Solo se daría cuenta de la presencia de Sam cuando estuviera delante de ella.

Se levantó inquieta. Olm enseguida se despertó.

—¡Siéntate! —le ordenó en un tono tajante.

—Olm, nosotros…

—¡Siéntate! —repitió él.

Ella se acuclilló de nuevo en el suelo. El corazón le iba a cien. Era un animal que olfatea el peligro.

—Está aquí —susurró—. Lo noto.

—Aquí no hay nadie —dijo Olm.

—Está fuera. Delante de la casa.

Olm inclinó la cabeza para escuchar.

—No oigo nada.

—Lo noto. Hazme caso. Tenemos que irnos. Es urgente. —Levantó la vista hacia la pequeña ventana—. Tenemos que irnos inmediatamente.

—Voy a ver —dijo Olm, levantándose.

—Ten cuidado. No vayas. Tiene un cuchillo.

Pero Olm ya había salido. Sus pesados pasos resonaban en las baldosas.

Mila volvió a ponerse en pie, apretó a Ruby contra ella y percibió que todo su cuerpo empezaba a temblar. No había pensado que su corazón pudiese latir aún con mayor fuerza, pero ahora todavía era peor. Otra vez comenzó a sudar, como antes durante su huida por la nieve. Le parecía como si cualquiera pudiese oír desde fuera su corazón. Como si retumbase en el silencio.

Silencio.

En efecto, todo estaba silencioso. Ya no se oían los pasos de Olm. No se oía nada. Solo los veloces latidos de su corazón.

¿Por qué no volvía Olm? ¿Cuánto tiempo había transcurrido?

Se atrevió a dar un par de prudentes pasos hacia la puerta de la habitación.

Escuchó. Nada. Solo el murmullo de su propia sangre en los oídos.

No se atrevía a llamar a Olm. La sensación de estar en peligro iba creciendo. Qué raro que estuviera tanto tiempo fuera, ¿no? ¿Qué hacía? ¿Estaría dando una vuelta alrededor de todo el edificio?

Contuvo el aliento. Si pudiera oír algo.

Pasos. No estaba segura. ¿Pasos cerca de la entrada?

Se acercó un poco más a la puerta. Una oscuridad absoluta se extendió ante ella, el rayo de la linterna de la habitación no llegaba a los pasillos más distantes. Por otra parte, cualquiera que se aproximase al edificio se enteraría con toda facilidad de en dónde estaban. Retrocedió corriendo y apagó la linterna.

Oscuridad total en todo el lugar. Más allá de la ventana se dibujaba un rectángulo de color antracita, algo más claro que la oscuridad del edificio. Los árboles estaban muy cerca los unos de los otros, el cielo nublado. No se veían ni la luna ni las estrellas.

Pese a ello, Mila sabía que sin luz no estaba en absoluto protegida. Sam iría de habitación en habitación. Era probable que llevase una linterna. Por supuesto, la descubriría.

¿Pero estaba realmente cerca? ¿O se lo hacía creer su supuesto instinto que, justo ahora, estaba invadido por auténtico pánico?

—¿Olm? —musitó. Él apenas podría oírla, pero ella no se atrevía a llamarlo más fuerte. De nuevo creyó oír unos pasos. Contuvo la respiración, maldijo su corazón martilleante y el zumbido de sus oídos.

Sí. Eran unos pasos. En la entrada. Se movían, se detenían. Se movían. Se detenían.

Los pasos de Olm sonaban de otro modo. Más fuerte. Más torpe. Tan prudentemente, con tanto dominio, no podía andar, siendo tan patoso y bebiendo tanto como bebía.

El que se aproximaba solo podía ser uno. Y en cuestión de unos pocos minutos llegaría a esa habitación.

No tenía tiempo para pensar, no tenía tiempo para dudar.

Fue a abrir la ventana, deprisa pero tan silenciosamente como pudo. Por un segundo no se movió y pensó horrorizada que estaba cerrada con llave o corroída por falta de uso. Pero luego se abrió de par en par, sorprendentemente casi sin hacer ruido.

Subió al alféizar con Ruby bien cogida y contenta en ese momento de que el bebé estuviera demasiado débil para gritar. No estaba a una altura peligrosa. Mila saltó y aterrizó en la blanda nieve. Miró enseguida inquieta a su alrededor: ¿y si se había equivocado con los pasos? ¿Y si él la estaba esperando allí?

Pero todo permanecía en silencio. No se movía ni una sombra. No resonaba ninguna voz. Nadie cogió a Mila del brazo.

Ahí abajo no había nadie.

¿Qué habría pasado con Olm?

No tenía tiempo para pensar en ello.

Mila y Ruby desaparecieron entre los árboles.

10

Peter Hibbert había dicho que de Grimsby a Wragby había unos tres cuartos de hora en coche, pero al anochecer la capa de hielo sobre la carretera todavía se había endurecido más. Kate tenía que conducir tan despacio que necesitó más de una hora para llegar a la pequeña localidad en medio de prados y bosques. Antes de salir había vuelto a intentar llamar a Caleb para informarle de cómo se estaba desarrollando el asunto, pero él no había contestado. Según habían acordado, él enviaría refuerzos al puerto de Grimsby si ella no se ponía en contacto con él. Kate solo pudo dejarle un mensaje en el buzón de voz: «Hola, Caleb, soy yo. Tal como habíamos quedado, te llamo para decirte que estoy bien. Así que, por favor, no envíes a ningún grupo de agentes. He encontrado en Grimsby el barco de los Harris, pero allí no hay nada. Ahora voy camino de Chambers Farm Wood, una reserva nacional con un gran y poblado bosque, en Lincolnshire. El lugar más cercano es Wragby. En el bosque tiene que haber un parque de caravanas cerrado en el que la familia Harris tenía antes una. Quiero echar un vistazo por ahí. Volveré a llamarte».

Peter Hibbert le había proporcionado esta información cuando ella le preguntó por la caravana y de repente un recuerdo acudió a su mente.

—¡Exacto! Patrick me habló de ello. A veces pasaban las vacaciones en una caravana.

—¿Sam Harris se convirtió también en el propietario de esa caravana?

—Eso no lo sé. No tengo ni idea.

—¿Sabe dónde la dejaba?

Hibbert se había roto la cabeza pensando.

—Creo que mencionó el lugar —dijo al final—. Lincolnshire. Creció en Grimsby. Le tenía cariño a ese lugar.

Lincolnshire era grande y estaba lleno de campings. Kate había visto disiparse en la distancia la esperanza de encontrar rápidamente la caravana cuando Hibbert añadió entusiasta:

—Era en Chambers Farm Wood. Sí, estoy totalmente seguro. Lo dijo. Que ahí estaba la caravana. —Meneó la cabeza—. Me acuerdo de que pensé que teníamos gustos muy distintos. Nunca en mi vida pasaría yo unos días en esos oscuros bosques. Pero a él le interesaban la flora y la fauna del lugar. Chambers es famoso por sus peculiares plantas y animales.

—¿Hay todavía un parque de caravanas allí?

Peter Hibbert había buscado Chambers Farm Wood en el ordenador y después campings en Google, pero no encontró nada.

—En cualquier caso, no está registrado. Así que ya no lo habrá. En lo que va de tiempo se ha convertido todo en una reserva natural. Supongo que ya no está permitido acampar allí. La familia Harris debía de pasar las vacaciones en ese lugar hace unos veinte años.

—Pero puede que la caravana todavía esté allí.

—Si no lo han limpiado todo… Yo diría que no hay muchas posibilidades.

Al tiempo que iba avanzando a través de la oscuridad, Kate pensaba que las probabilidades de hacer algún hallazgo eran minúsculas, pero no tenía ningún otro punto de referencia. Su razón le decía que tenía que reducir al máximo posible sus expectativas; sin embargo, había en ella algo electrizado, una sensación, una intuición. Había encontrado el velero. Se había enterado de la existencia de la caravana. Tenía la sensación de estar sobre la pista de Harris, pero nadie le habría hecho caso. Salvo Caleb. Él siempre se había tomado en serio su instinto, desde el principio.

Excepto Kate, esa noche no circulaba casi nadie; quien era inteligente se quedaba en casa evitando cualquier accidente de coche o fractura de hueso en las carreteras con hielo. También en Wragby estaban las calles vacías y silenciosas. En la plaza del mercado se levantaba un gran abeto adornado con cientos de velas eléctricas. También se veían las luces encendidas detrás de las ventanas de las casas.

Kate se detuvo y bajó del coche. Junto al abeto vio una pizarra en la que estaban dibujados los senderos de los alrededores. Enseguida encontró Chambers Farm Wood, al que se elogiaba como un paraíso de la naturaleza donde dar fantásticos paseos. No se señalaba que hubiera ningún lugar donde acampar. No obstante, en la entrada de la zona del bosque parecía haber un conjunto de edificios y un Butterfly Park que era gestionado evidentemente por seres humanos. A lo mejor podía preguntar allí por el camping.

Subió al coche y siguió avanzando por la superficie resbaladiza. En condiciones normales, seguramente habría tardado un cuarto de hora, pero ya pasaba de los treinta minutos. La carretera se extendía entre amplios y desnudos prados sobre los cuales soplaba un viento helado. Estaba cubierta de hielo en su totalidad. Kate estuvo a punto de resbalar en las zanjas laterales más de una vez. Rezaba por no quedarse tirada en aquel lugar y por no haber corrido en vano el riesgo del viaje.

De hecho, al comienzo de la gran área boscosa se encontró con un conjunto de casas. Solo había una alumbrada y constituía la única luz en toda esa oscuridad. Alrededor solo había campos aparentemente interminables cubiertos de nieve. Y, detrás, el bosque oscuro y nevado. Kate no estaba segura de si habría definido ese lugar como idílico. A lo mejor en verano. A lo mejor en otra situación.

Se detuvo y llamó a la casa iluminada. Abrió una mujer.

—¿Qué desea? —preguntó.

Kate le mostró su placa.

—Sargento Linville. Policía de Yorkshire del Norte. Solo tengo una breve pregunta.

—Tiene usted suerte de que esté hoy aquí. En invierno esto está vacío. ¿Qué sucede?

—Estoy buscando un camping. Es posible que ya no esté funcionando. Debe de hallarse en algún lugar de Chambers Farm Wood.

—Sí, en el otro extremo. Es un viejo parque de caravanas. Ya hace mucho que no se utiliza. Pero todavía queda un par de caravanas totalmente en ruinas. Estoy esperando a que por fin suceda algo. A que saquen esa chatarra. Pero es evidente que nadie se responsabiliza. —Miró a Kate—. ¿O viene usted justo para eso?

No un domingo por la tarde con la carretera con una capa de hielo como no se había visto en mucho tiempo, pensó Kate; pero dijo en voz alta:

—No directamente, pero lo transmitiré. ¿Puede decirme cómo llegar hasta allí?

—Siempre por esta carretera. No hay otra. Cada vez se interna más en el bosque. Al cabo de un rato, gira con una curva cerrada hacia el este. Y en un momento dado termina. Lejos del camping. Luego solo hay caminos de tierra. Antes los vehículos podían transitar por ellos, pero ahora ha crecido la hierba. Y, por supuesto, en este momento están cubiertos por una espesa capa de nieve.

—Bien. Muchas gracias. —Kate se dio media vuelta para marcharse. Lo que le faltaba, senderos con nieve. Sin embargo, había llegado demasiado lejos y ahora no iba a tirar la toalla. Un camping abandonado, una caravana cutre. Un bosque nevado. No había mejor escondite.

Examinó brevemente el móvil en el coche. No podía averiguar si Caleb había escuchado su mensaje, pero no había contestado. Reprimió un sentimiento de inquietud: Caleb era fiable.

La carretera transcurría tal como la mujer había descrito: recta durante un largo tramo, luego describía una curva cerrada y proseguía de nuevo recta. A derecha e izquierda había árboles de metros de altura cubiertos de una gruesa capa de nieve. La carretera no se había limpiado, pero había unas huellas de neumático de las que Kate podía sacar partido. El corazón se le aceleró. ¿Quién había estado circulando por ahí? Puesto que había estado nevando hasta el mediodía, no debía de hacer mucho tiempo que el conductor había pasado. Claro que podía tratarse de un guarda forestal que daba de comer a los animales del bosque. O que inspeccionaba los daños causados por el peso de la nieve en los árboles. ¿Trabajaban los guardas forestales en domingo? Lo ignoraba. Naturalmente, también podía tratarse de un excursionista. En cualquier caso, las roderas que había dejado facilitaban a Kate la conducción. Era como si resbalara por un túnel... cada vez más al fondo, más al fondo. Cada vez más lejos del resto de los seres humanos.

Al final, la carretera pavimentada terminaba desembocando en un angosto camino. Las proporciones no cambiaban, pero los árboles estaban de repente tan apiñados que debía de tratarse del lugar a partir del cual solo había senderos y nada más.

Kate se detuvo. Hasta ahí los neumáticos habían pisado suelo firme pese a la nieve. A partir de entonces ya no lo habría. Había sido muy afortunada, pero ahora corría el serio peligro de quedarse atascada. Comprobó que el otro conductor no se había preocupado al respecto, pues sus huellas seguían el estrecho camino y desaparecían en la oscuridad. Tal vez conducía un vehículo todoterreno. A lo mejor era más despreocupado que ella. Seguro que conocía mejor la zona.

Echó un vistazo al móvil y comprobó que la pantalla tenía una última y temblorosa barra, así que todavía había una pizca de cobertura. Llamó a Caleb y de nuevo le respondió el contestador automático.

«Hola, Caleb. Espero de corazón que estés escuchando periódicamente el buzón de voz. Me encuentro ahora en medio del bosque. —Describió el camino que la había llevado hasta ese lugar—. A partir de ahora voy a pie. Mi coche no puede circular por aquí con esta cantidad de nieve. Pero hay alguien que ha pasado antes que yo y que se encuentra en algún lugar delante de mí. Puede ser inofensivo, aunque no tiene por qué serlo. Son ahora la siete y media. A las ocho y media envíame un equipo o que lo envíe Helen. Si no te he dicho nada a esa hora, es que necesito ayuda».

No obstante, eso también significaba que al cabo de una hora tenía que estar en el coche, pues suponía que, con la poca cobertura que había allí, cuando diera unos pasos más hacia el interior del bosque no habría ninguna en absoluto.

Por descontado, iba todavía sin guantes, lo que era un infortunio que no podía enmendarse. Guardó el móvil en el bolsillo del abrigo y cogió la linterna con la mano derecha. Podía ir cambiándola de mano y dejar la otra en el bolsillo. Se tapó la cabeza con la capucha del abrigo y se envolvió hasta la barbilla con la bufanda. La pernera derecha se le pegaba a la rodilla. Le ardía la herida. Por fortuna llevaba unas botas con forro e hidrófugas.

Se puso en marcha. Penetrando en la oscuridad.

Llegó a uno o dos cruces y eligió siempre seguir la pista de los neumáticos. Tal vez se equivocase, pero de otro modo habría tenido que echar suertes con una moneda, lo que todavía habría sido más cuestionable. La mayor parte del tiempo, mantenía bajado el rayo luminoso de la linterna, solo de vez en cuando iluminaba a su alrededor. No quería anunciar su llegada. Si Sam Harris era el hombre del coche, si tenía cautivas allí a Mila Henderson y a la pequeña Ruby, no se amilanaría a la hora de cometer un crimen sangriento frente a sus posibles perseguidores. Había visto lo que había hecho con Sue Raymond y con James Henderson. Había visto el cadáver de Diane y escuchado cómo había tratado a Logan Awbrey. Si Sam Harris era el asesino, era cruel y falto de escrúpulos. También mataría a una policía sin pestañear.

Ya pensaba que andaría eternamente, que esos bosques no se acababan nunca y que el camping no aparecería jamás, cuando de repente descubrió a la luz de la linterna, que deslizaba en ese momento a su alrededor, una caravana. Estaba muy inclinada hacia un lado, como si le faltaran allí las ruedas. Carecía de cristales en las ventanas, como comprobó al acercarse. En realidad, era una ruina: vacía, abollada y sin que nadie la hubiese utilizado desde hacía mucho tiempo.

¿La caravana de Harris? Pero ahí seguro que había más vehículos de ese tipo abandonados, era poco probable que se hubiese topado con el correcto. Aun así, parecía haber llegado al parque de caravanas o al menos a la periferia. Solo tenía que actuar con sumo cuidado.

Controló el móvil, pero, tal como se había temido, allí no había cobertura. No había posibilidad de pedir ayuda en caso de emergencia. No tenía a nadie en quien apoyarse. Solo a Caleb.

Kate se aproximó con cautela a la caravana. Había apagado la linterna. Gracias a la nieve, no era una noche totalmente negra pese a los altos y apiñados árboles. Kate podía, en cierta medida, orientarse. No esperaba encontrar a nadie dentro, pues nadie podía resistir esa temperatura. En efecto, todo parecía vacío. Distinguió vagamente unos muebles que se hallaban en estado de decadencia y desintegración, y unos residuos indefinidos que cubrían el suelo.

Ahí no había nadie.

Estaba a punto de marcharse cuando oyó un ruido. Tan tenue que enseguida pensó que se había equivocado. Como el maullido de un gato.

Se detuvo y prestó atención.

Volvió a oírlo.

¿Un gato? ¿Ahí fuera?

El ruido no procedía de la caravana, pero tampoco de mucho más lejos. Kate deseó poder encender la linterna, pero era demasiado arriesgado. Dio con cautela un par de pasos hacia el lugar de donde había salido el ruido. Ahora ya no se oía nada más, salvo el breve chillido de una lechuza. Después volvió a reinar un silencio sepulcral.

Fue avanzando y notó que la nieve bajo sus pies crujía demasiado fuerte. Antes no se había dado cuenta, pero entonces estaba en un camino y siguiendo las huellas del vehículo. Ahora se movía a través de la maleza, la nieve estaba dura y crujía al menor contacto. Fuera quien fuese quien estaba ahí, ya fuera humano o animal, tenía que oír que alguien se aproximaba. Ella solo podía esperar que no fuera Sam Harris el que percibiese sus pasos en la noche.

Vislumbró un objeto que apareció de golpe ante ella en la oscuridad, algo grande y deforme. ¿Otra caravana? Demasiado pequeño para ello. Al acercarse algo más reconoció que se trataba de un comedero para animales salvajes, un pesebre cubierto con un techo y con heno en abundancia.

¿Habría estado siguiendo al guarda forestal?

Junto al comedero, a media altura, se movía algo. ¿Un animal? Se habría ido al acercarse ella.

Pero, si fuera Harris, ya la habría atacado.

—¿Quién está ahí? —susurró.

Otro movimiento. Entonces se levantó la figura que había estado acuclillada.

—¿Hola? —contestó alguien de forma casi inaudible.

Kate seguía reprimiendo la tentación de encender la linterna.

—Policía —dijo—. Sargento Linville. Policía de Yorkshire del Norte.

Un breve sollozo siguió a sus palabras.

—¡Gracias a Dios! ¡Gracias a Dios! —En cualquier caso, era la voz de una mujer.

—¿Mila Henderson? —preguntó Kate.

—Sí. Sí, soy yo. Oh, Dios mío, menos mal… Tengo a Ruby. El bebé.

Kate distinguió el hatillo informe que Mila llevaba en brazos.

—¿Está todavía viva?

—Apenas. Pero al menos acaba de llorar muy bajito ahora.

Era el ruido que Kate había oído. De lo contrario habría seguido su camino.

—¿Dónde están los demás? —preguntó Mila, mirando más allá de Kate, como si esperase ver coches de policía, agentes y perros.

—Estoy sola —susurró Kate—. Pero no se preocupe. Saldremos de aquí.

—¿Sola? —preguntó Mila inquieta—. ¿Está usted sola?

—Mis compañeros saben dónde estoy —la tranquilizó Kate, aunque no era cierto. Todo dependía de Caleb en caso de que no lo consiguieran—. ¿La ha traído Samuel Harris aquí?

—Sí. Ha matado a mi amiga, Sue. Está completamente desquiciado. Y es muy peligroso.

Por lo visto no sabía nada de la muerte de su tío James. Ni nada sobre los demás.

—Creo que ha matado a Patricia —susurró Mila—. La mujer con la que yo estaba trabajando. He leído que había muerto. Me quería a mí. Por eso entró en la casa. Seguro que ella lo sorprendió.

—¿Lo conoce de la escuela?

—Sí. Estaba obsesionado conmigo. No me dejaba tranquila. Por eso nos mudamos mi madre y yo. —Tragó saliva. Kate vio brillar sus ojos enormes y febriles en la oscuridad—. Estaba totalmente perturbado. Ya entonces.

—De acuerdo. Mila, vamos a salir de aquí. ¿Tiene idea de dónde puede estar escondido Sam?

—No lo sé. Hace poco estaba en el edificio de los baños y duchas. Una ruina. A nosotras nos llevó allí un vagabundo. Nos sacó de la caravana en que estábamos encerradas.

—¿Un vagabundo que vive por aquí, en esta zona?

—Sí.

—¿Dónde está ahora? —Kate sabía que el tiempo corría mientras ellas estaban agachadas junto al comedero y conversaban entre susurros, pero tenía que intentar en la medida de lo posible hacerse una idea general de la situación. Por lo visto había en ese momento dos hombres en el lugar. Uno era peligroso. El otro podía ser peligroso si lo encontraban en el momento equivocado.

—Creo que está muerto —murmuró Mila.

—Pero ¿no lo sabe?

—Estábamos en ese edificio de las duchas. Fue a ver si Sam nos había seguido. Y no volvió. En cambio oí pasos. No eran los pasos del vagabundo. Entonces salté con Ruby por una de las ventanas traseras.

Todo eso tenía muy mala pinta. Kate se paró a reflexionar. Si era cierto lo que Mila suponía, Harris había estado muy cerca de ella, pero en el intervalo le había perdido la pista. De lo contrario, ya hacía tiempo que habría atacado. La cuestión era qué planeaba ahora. Pensó un instante si sería una opción encontrar el coche de Harris, que debía de estar por ahí cerca, e intentar huir en él, pero eso conllevaba muchos riesgos. Por una parte, seguramente estaría cerrado; por otra, si al final se quedaban atascadas en la nieve con el motor rugiendo, estarían atrapadas y él sabría exactamente dónde se encontraban.

No quedaba otro remedio: tenían que volver al coche de Kate.

Se estremeció solo de pensar en lo largo que era el trayecto hasta allí. Y en las muchas oportunidades que él tendría de descubrirlas. No podían alejarse demasiado del camino, el peligro de extraviarse entre los árboles de noche era demasiado grande.

—¿No puede pedir ayuda por teléfono? —preguntó Mila. Le castañeaban los dientes. Ya llevaba un tiempo agachada detrás del comedero. Empezaba a mostrar signos de hipotermia.

—No tengo cobertura. Hasta que no lleguemos a mi coche. Tenemos que ir allí ahora. Hay que andar un poco. ¿Lo conseguirá?

Era una pregunta retórica. Como si Mila tuviera otra elección.

—Él estará allí —se lamentó en voz baja—, nos estará esperando.

—No sabe que he llegado. Es posible que la busque en las caravanas. No se preocupe.

—Es astuto. No tiene escrúpulos. Y sí un cuchillo.

—A pesar de todo, lo conseguiremos. —Miró la esfera luminosa de su reloj—. Ya hay otros agentes en camino. Así que no tenga miedo, para cuando lleguemos al coche seguro que ya habrán venido los refuerzos.

Mila tenía que dominar sus nervios a toda costa. Kate no estaba nada segura, solo fingía estarlo. Eran las ocho y cuarto, Caleb daría la alarma en quince minutos. Contaba con datos lo suficientemente exactos sobre dónde se encontraba Kate. Pero ella tenía cada vez más dudas. Le había dejado dos mensajes y no había recibido respuesta. Ninguna confirmación, ni con una llamada ni con un SMS. Era probable que Caleb estuviera detrás de la barra en el pub y que no oyese el móvil.

Mila pareció tranquilizarse. Respiraba de forma más regular.

—Bien —susurró Kate—, vamos a intentar llegar a mi coche. Está al final de la carretera pavimentada y saldremos de allí fácilmente a pesar de la nieve.

Otra exageración sosegadora. Ir o venir por esa carretera no era nada fácil con esa nieve. Tampoco la maniobra para girar el coche en un espacio tan estrecho.

—He llegado hasta aquí por un camino del bosque, pero tenemos que evitarlo. Solo nos mantendremos al lado para no extraviarnos. Sígame de cerca, ¿de acuerdo? ¿Todavía puede llevar al bebé? Así yo tengo las dos manos para separar las ramas.

—Sí, todavía puedo. —Mila se veía débil pero decidida—. ¿Lleva alguna arma?

—No.

Mila no respondió. Apretó los labios con firmeza.

El camino de regreso fue más difícil de lo que Kate había supuesto. Consiguieron conservar la orientación, pero la lucha con los matorrales y la maleza, mientras se hundían hasta la rodilla en la nieve, resultó una empresa extenuante y que exigía mucho tiempo. Además, hacían mucho ruido. Las ramas crujían, los arbustos susurraban. En el silencio del bosque esto provocaba un ruido que a Kate le resultaba atronador. Sam Harris ya lo debía de haber oído, pero seguramente no le era posible situarlas. Todo dependía de que llegasen al coche antes de que él las alcanzara.

El trayecto duró el doble, o al menos eso le pareció a Kate. Evitó durante todo ese tiempo encender la linterna; sus ojos se habían acostumbrado a la oscuridad, levemente alumbrada por la nieve. Encontró el camino. Paralelo al sendero. Apartó ramas y arbustos a un lado para que Mila pasara fácilmente con el bebé en los brazos. Por fortuna, Ruby se mantenía en silencio. Si bien para las dos mujeres esa era una mala señal.

Tras un tiempo que le pareció interminable, Kate vio el coche a lo lejos. Se detuvo.

—Ahí delante está mi coche —susurró, volviéndose a Mila.

Esta enseguida miró intranquila a su alrededor.

—¿Dónde están los demás policías?

Eso mismo le habría gustado saber a Kate. Ya deberían haberse puesto en marcha al menos dos agentes de Wragby, si Caleb había recibido todos sus mensajes. Pero no se veía a nadie por ninguna parte.

—A lo mejor ya tengo cobertura —dijo Kate—. Entonces podría hacerlos venir.

Pero el móvil seguía muerto.

—En cualquier momento la recuperaré. Antes en el coche tenía un poco.

—Desearía estar ya en el coche y que nos marcháramos de una vez —murmuró Mila. Ruby colgaba como una flácida muñeca de trapo de sus brazos. Kate esperaba que todavía estuviera viva.

—Tenemos que seguir siendo prudentes —susurró—. A lo mejor todavía está por aquí.

Mila la miró horrorizada.

—¿Por aquí?

No había ningún indicio de ello, pero Kate tenía una desagradable sensación y durante sus muchos años de servicio había aprendido que tenía que confiar ciegamente en sus sensaciones. Hasta entonces todo había salido bien. Pese a que no se habían movido en silencio, antes al contrario. Sam era un depredador que había pensado tener una presa segura y que por nada en el mundo permitiría que se la quitaran. También a él se le podía haber ocurrido la idea de que Mila llegara de algún modo a la carretera y encontrara así la manera de salir del bosque. Y tenía que haber oído algo. Era impensable que no fuera así. Se habían abierto camino entre los matorrales y habían hecho ruido. Sin embargo, no parecía haberlas seguido. Era improbable que no las hubiese podido alcanzar. Eran dos, habían estado luchando con la maleza, Mila, ya de por sí debilitada, había cargado con el bebé.

Él debía de haber sido más rápido. Tenía todas las ventajas de su parte.

¿Dónde estaba?

—Nos acercaremos al coche haciendo una curva —susurró Kate a Mila—. Por si acaso anda por aquí, que nos descubra lo más tarde posible. Hemos de subir al coche corriendo y cerrarlo todo con el seguro.

—Entonces ¿cree usted que está por aquí? —preguntó Mila nerviosa.

—No lo creo —dijo Kate. Mila no tenía que perder los nervios ahora—. Pero tenemos que ser prudentes.

En lugar de ir a la carretera, se quedaron en el bosque, avanzando lentamente. Kate se movía todavía con mayor cautela que antes para evitar hacer ruido.

«A lo mejor me estoy agobiando innecesariamente —pensó—, a lo mejor nos está buscando en el otro extremo del bosque».

Ya estaban casi a la altura del coche. Lo tenían al lado. No había nada que se moviera alrededor. Y, sin embargo, a Kate se le erizó el vello de la nuca. El coche...

—¿No podemos subir a toda prisa? —susurró Mila.

El capó. Apenas se distinguía en la oscuridad, pero una fina ranura indicaba que el capó estaba abierto.

Kate no recordaba haberlo dejado así. Y además solo se podía abrir desde dentro. Alguien había forzado la puerta y abierto el capó. Alguien había manipulado el motor. Seguramente se había propuesto impedir que el coche arrancase.

Era probable que alguien estuviera todavía en el coche.

Alguien esperaba que subieran.

«Mierda», pensó.

Se volvió hacia Mila.

—Está dentro —musitó, sin apenas emitir un sonido—. Está en el coche.

Mila se quedó de piedra. Parecía que quería decir algo, pero guardó silencio.

—Todavía no nos ha visto. Tenemos que internarnos más en el bosque.

—No puedo más.

—Sí. Sí puede. —Kate la miró con urgencia—. Vamos a salir de aquí. Se lo prometo.

Mila empezó a temblar.

—No puedo. No puedo.

—Sí puede. Tenemos que marcharnos. Por favor, Mila. No se rinda ahora.

Mila temblaba con más fuerza.

«Dios mío, haz que no se desplome aquí», pensó Kate.

En ese momento, sonó su móvil. Resonó estridente en medio

de la noche. Volvían a estar en un área con cobertura. Kate lo sacó del bolsillo, tuvo tiempo de ver el nombre de «Burt Gilligan» en la pantalla, el hombre que de rabia no había querido hablar más con ella pero que al parecer había cambiado de opinión. En el peor momento que podía haber elegido. Ella detuvo la llamada, apagó el móvil, pero era demasiado tarde.

Samuel Harris salió del coche y se encaminó hacia ellas.

11

Pamela decidió dejar la clínica por la tarde. La habían hospitalizado porque le habían diagnosticado una seria conmoción cerebral y querían hacerle más revisiones el lunes siguiente para comprobar que no surgiesen posibles complicaciones. Pamela lo consideró innecesario. Todo el mundo andaba buscando febrilmente a un bebé secuestrado, cuya madre había sido brutalmente asesinada con un cuchillo en su propia sala de estar y ella estaba en la cama esperando unas pruebas que, al final, no aportarían nada nuevo. Se las estaban viendo con un asesino demente. Pamela todavía era de la opinión de que se trataba de Mila Henderson, pero esa teoría era precisamente lo que había que aclarar y, sobre todo, debían encontrar a la pequeña Ruby Raymond. En las últimas horas, había intentado contactar varias veces con Kate desde el teléfono que tenía junto a la cama, pero siempre respondía el contestador automático. ¿Qué estaba sucediendo? Kate quería visitar a Samuel Harris. Era improbable que después se hubiese ido de fin de semana y hubiese apagado el móvil.

Llamó a Helen Bennett, quien al menos le pudo dar una nueva noticia.

—Hemos averiguado que el padre de Samuel Harris murió hace cinco años —le informó—. Así que, cuando Harris sostenía que iba a verlo, no decía la verdad. Esta vez tampoco. Nadie sabe a qué otro lugar iba.

—¿Coincidió la sargento Linville con él en su casa?

Helen vaciló.

—No lo sé. La última vez que llamó, lo estaba esperando delante de su casa. Por lo visto no estaba allí. Pero si apareció después… no lo sé. No volvió a llamarme.

—Hummm. —A oídos de Pamela eso no era una buena noticia. Harris había sido compañero de clase de Mila Henderson. Había mentido en lo relacionado con que su padre estaba en una residencia de ancianos en Londres. Kate Linville había ido a verlo y hacía horas que nadie sabía nada de ella. Pamela se preguntaba si de hecho había sido tan tonta como ella y estaba corriendo un peligro imponderable sin poner a nadie al corriente. Después de todo lo sucedido era incapaz de imaginárselo.

En cualquier caso y en tales circunstancias no iba a seguir allí acostada.

Se levantó y se vistió. Todavía le dolía la cabeza, pero no era un dolor insoportable como antes. Le habían administrado unos buenos analgésicos. Esperaba que su efecto durase todavía un buen rato.

La enfermera con quien se cruzó en el pasillo protestó, pero Pamela no hizo caso de sus reparos.

—Me encuentro bien. Casi no me duele.

—Mañana tienen que hacerle una tomografía computarizada pase lo que pase. No hay que bromear con la cabeza. De hecho, yo no debo dejarla marchar.

Pamela se limitó a seguir su camino, mientras la enfermera le gritaba algo enfadada, pero ella no se dio por aludida.

Pidió un taxi abajo y se dirigió a la comisaría de policía. El guardia de servicio se sobresaltó al verla llegar cuando él se estaba limpiando los zapatos.

—¿Inspectora?

—Agente, tengo un problema. Necesito un móvil y un coche. ¿Me podría prestar los dos?

La idea no pareció entusiasmarlo.

—Bueno, yo...

—Se lo devolveré todo lo antes posible. Tampoco estoy interesada en el contenido de su móvil, solo tengo que llamar mientras me desplazo.

El agente suspiró. Era joven, acababa de empezar en Scarborough y Pamela ocupaba un rango con el cual él solo podía por el momento soñar. En el fondo, no tenía elección.

Le tendió la llave.

—Un Mini al final del patio. Y aquí está mi smartphone. Se desbloquea con la fecha de mi nacimiento.

—¿Cuándo nació?

Parecía haberse resignado.

—25.10.95.

—Lo recordaré. Gracias. Le debo una. —Se dirigió al aparcamiento y descubrió enseguida el Rover Mini. Probablemente, no era una buena ocurrencia la de conducir un coche con una conmoción cerebral y posibles daños sin detectar, pero eso no debía preocuparla ahora.

Tenía que hablar con Kate.

Se marchó a casa de su subalterna, pero allí todo estaba a oscuras y silencioso. Pamela llamó varias veces, nadie respondió. El coche de la sargento no estaba en el camino de acceso.

¿Dónde se habría metido esa mujer? Con lo grave que era la situación actual no habría aprovechado que era domingo para ir a ver a familiares o para hacer una excursión.

Volvió a subir al coche y enfiló hacia la vivienda de Sam Harris. También llamó al timbre de su apartamento. En vano.

—¿Es que no hay nadie en casa? —preguntó indignada.

Llamó a sus vecinos y por fin tuvo suerte. La voz de una mujer resonó en el interfono.

—¿Sí, diga? —No parecía precisamente amable.

—Inspectora Graybourne. Policía de Yorkshire del Norte. Tengo que hablar un momento con usted.

El portero automático dio un zumbido y Pamela entró. Arriba la recibió una mujer joven y con mala cara.

—¿Qué ocurre? Estamos justo mirando una película.

Pamela le mostró su placa.

—Se trata de uno de los inquilinos. Samuel Harris.

—¿También usted ha perdido el monedero en su casa? —replicó irónica la mujer.

—¿Mi monedero? —preguntó Pamela extrañada.

—Hoy ha venido otra mujer. Por Sam. Una paciente, supuestamente. Ayer se olvidó el monedero en su casa. Y eso que él no estuvo ayer aquí. Lleva días fuera.

—Esa mujer… ¿no era de la policía?

—No. Pero para ser sincera después estuvimos pensando en llamar a la comisaría. Fue todo muy raro. La dejé entrar en el piso porque tengo llave… Y entonces cerró la puerta tras ella y se quedó ahí dentro una eternidad. Mi novio le gritó que llamaríamos a la policía si no salía inmediatamente. Entonces apareció con el monedero y se marchó. Mi novio pensó que había algo raro en todo aquello.

—Eso parece —admitió Pamela. Habría apostado que la olvidadiza paciente no era otra que Kate, que había conseguido de ese modo entrar en el apartamento. Sin tener autorización había estado revolviendo las cosas de Harris. Y algo había encontrado, algo tras lo cual iba ahora. No se lo había dicho a nadie porque se había saltado las normas a lo grande. Si la pista acababa siendo irrelevante, podría esconder ese detalle.

—¿No me dejarían entrar en la casa? —preguntó Pamela. Sin

embargo, la joven se negó con un enérgico movimiento de la cabeza.

—Solo con una orden de registro. No voy a cometer dos veces la misma tontería.

Era prácticamente inútil intentar obtener esa tarde y deprisa una orden para registrar la casa de Harris. Pamela soltó una maldición para sus adentros, volvió a bajar y se metió en el coche. El número de la sargento Bennett estaba registrado en el móvil del joven agente. La llamó.

—Sargento, Kate Linville estuvo en la casa de Harris. Por su propia cuenta…, por eso ninguno de nosotros sabía nada al respecto. Supongo que descubrió algo y por eso llevamos horas sin poder contactar con ella. ¿Seguro que no sabe usted nada?

—Seguro que no. —Helen tenía un tono abatido—. Estoy preocupada.

—Yo también. Supongo que no se ha producido ningún cambio en la búsqueda de Mila Henderson y Ruby Raymond.

—No. No tenemos ninguna pista.

—Por favor, averigüe la matrícula del coche de Harris. Daremos una orden de búsqueda del coche. Es posible que esté más involucrado en este asunto de lo que suponíamos hasta ahora.

—Vale. ¿Qué hacemos con respecto a la sargento Linville? Pamela reflexionó.

—No puedo imaginarme que se haya puesto en marcha sin ninguna red de seguridad. Después de todo lo que me ha ocurrido a mí. Debe de haber dejado un mensaje en algún sitio.

—No a ninguno de los compañeros —opinó Helen—. Si… no ha actuado de una forma del todo correcta…

—No del todo correcta es una forma suave de expresarlo —opinó Pamela—. Su comportamiento podría costarle una sanción.

—La única persona que puedo imaginarme… —dijo con cautela Helen.

—¿Sí?

—Es Caleb Hale. Los dos son muy amigos. Y él es de la profesión.

—¿Hale? Lleva medio año fuera de servicio. ¡A él no le puede contar nada!

—Es solo una idea —respondió Helen con timidez.

Pamela se lo pensó un instante.

—¿Tiene su dirección?

—Hace poco que se ha mudado. Pero espere. En algún lugar he de tenerla.

Pamela la oyó revolver y rebuscar, luego Helen dijo:

—Queen's Parade. Está en la bahía norte.

—Sé dónde está. ¿Tiene el número?

Helen le dio el número. Pamela encendió el motor y arrancó el coche.

El edificio parecía estar en su mayor parte vacío. Salvo un apartamento en la planta baja y otro en el segundo piso donde había luz, todo el resto estaba oscuro. Pero no era la oscuridad que se extiende cuando los inquilinos han salido o duermen, era la oscuridad de lo inhabitado. A la luz de la farola de la calle, Pamela vio el vacío tras los cristales. Ningún mueble, ninguna cortina. Papeles pintados desconchados. Ahí no vivía nadie que pudiera permitirse algo mejor.

La puerta del edificio apenas opuso resistencia. Pamela accedió a una escalera que tiempo atrás había sido noble.

Lo intentó primero en el apartamento de la planta baja. Abrió una anciana que ni la tercera vez que Pamela le pidió precipitadamente disculpas a media voz se enteró de lo que decía y que gritó tras ella, cuando Pamela ya estaba en el siguiente rellano, un «¿Cómo dice?».

«Esperemos que Hale esté en el otro apartamento —pensó Pamela—, y esperemos que sepa algo».

Durante un largo tiempo no hubo respuesta a su llamada. Debía de ser el piso con la ventana iluminada, pues Pamela también vio luz por la ranura inferior de la puerta del apartamento. Volvió a pulsar el timbre una segunda, una tercera, una cuarta vez. Dio unos golpes en la puerta.

La golpeó repetidamente.

«Ven de una vez —pensó irritada—. Se trata de Kate».

Por fin oyó que alguien se acercaba arrastrando los pies.

«Este no puede ser Hale —pensó—, así solo camina un hombre muy anciano».

Lo había conocido años atrás en un curso de perfeccionamiento de una semana en Brighton. Conocía sus aptitudes como policía. Pero incluso entre los participantes del seminario, que llegaban de todos los rincones de Gran Bretaña, era también conocido su problema con el alcohol.

«Podría ser genial —había dicho un comisario de Edimburgo—, pero un día se malogró con su adicción. Con sus rollos con mujeres. Y con todo ese estilo de vida. Su esposa ya se ha largado».

Claro que también había envidia. Precisamente porque Caleb Hale era, sin lugar a dudas, un muy buen investigador. Porque era muy apuesto. Porque atraía tanto a las mujeres. A los hombres no les gustaba Caleb Hale. Estaban encantados empecinándose en su problema con el alcohol. Pamela sabía que quien al final había provocado su fracaso profesional había sido un hombre, su más estrecho colaborador, el sargento Robert Stewart. Este había muerto en verano, cuando un psicópata lo había matado a tiros. Antes se había cuidado de que suspendieran de sus tareas a Hale. Pamela estaba segura de que, en otro caso, Hale no se habría despedido y abandonado su profesión para siempre. La traición del sargento Stewart había sido el principio del fin.

La puerta se abrió. Ante ella estaba Hale.

Casi no lo habría reconocido. Tenía un aspecto espantoso.

Llevaba unos bóxers y una camiseta. Ambos, bóxers y camiseta, tenían lamparones y estaban sucios. Tenía el cabello erizado y revuelto. Por lo visto salía directamente de la cama. Olía tanto a alcohol que Pamela dio involuntariamente un paso atrás. La miró desde unos ojos oscuros y ensombrecidos.

—¿Sí? —preguntó algo confuso.

Pamela supuso que no la recordaba del curso, al menos no en su estado actual. Sacó su identificación policial.

—Inspectora Pamela Graybourne. Departamento de investigación criminal de Scarborough.

Estaba borracho, pero no del todo en las nubes.

—Lo sé.

—¿Puedo entrar?

—Por favor. Acabo de mudarme aquí. Esto es un... caos...

Pamela se deslizó entre las cajas que llenaban el vestíbulo para dirigirse a la sala de estar, cuya superficie estaba totalmente ocupada por una mesa. Sobre la mesa había libros, archivadores, papeles y también utensilios de cocina, toallas, chándales, álbumes de fotos y una caja de herramientas. Entremedias había botellas y vasos. Pamela no se hacía ilusiones con respecto a cuál había sido el contenido de las botellas antes de que se vaciaran. Toda la casa olía a alcohol.

Caleb la había seguido y se apoyaba en la puerta. Pamela supuso que necesitaba el marco para mantener el equilibrio.

—Acabo de...

—Sí, ya lo ha mencionado. —Pamela se preguntaba dónde acabaría colocando todo lo que había en las cajas. No había nada más que esa mesa enorme. Echó un vistazo a la cocina. Un par de armarios altos. Era posible que ya estuvieran a rebosar—. Con una mudanza acaba uno hecho polvo.

Poco a poco Caleb iba despertando.

—Lo siento. No había pensado…, no sabía… que recibiría visitas. —Para el nivel de ebriedad, no articulaba del todo mal.

«Muchos años de entrenamiento», pensó Pamela. Sabía que, pese a las circunstancias, en el trabajo había funcionado muy bien.

—Señor Hale, estoy buscando a la sargento Linville. Es muy importante.

Él dibujó una mueca irónica.

—No está aquí.

—Lo sé. Podría encontrarse en dificultades, podría estar en peligro. Tiene que ver con el caso en el que estamos ahora trabajando.

—¿En peligro?

—Es posible que esté tras la pista de un hombre…, por desgracia no sé nada preciso. Hasta hace una hora he estado en el hospital, a causa de una conmoción cerebral.

—Lo siento.

—En cualquier caso, sé que Linville estuvo en casa de ese hombre. Sin autorización. Se inventó una excusa para introducirse en ella.

—Típico de Kate.

—Y tal vez ha encontrado algo que la ha llevado a ir tras él por su cuenta. No ha comunicado a nadie sus planes, quizá por el modo en que ha dado con la información. Y ahora no conseguimos contactar con ella.

La mirada de Caleb se volvió nítida de repente. Asustada.

—Mierda —dijo—. ¡Mierda! Yo…

—¿Le ha llamado a usted?

—Sí. Desde…, mierda, ¿dónde era? Da igual. Yo tenía que enviar agentes… a…, a un sitio… —Se notaba el esfuerzo desesperado que hacía por concentrarse. Por recuperar esos retazos de recuerdo que flotaban en su cerebro nublado—. Dios mío. Ha llamado. Sí.

—¿Cuándo?

—No sé. Yo todavía dormía... —No intentaba explicar que lo más probable era que no durmiese a una hora normal, es decir, por la noche. Sino durante el día y que no tenía ni idea de las horas.

—Su móvil —dijo Pamela—. ¿Dónde está su móvil?

—No sé... ¿Por qué?

—Porque tal vez ha vuelto a llamar. ¡Joder, Hale, es muy importante!

—Lo sé. Lo sé. Me he levantado. He..., he bebido un poco.

—¿Dónde está su móvil? —Sacó del bolsillo el móvil que le habían prestado—. ¿Es usted capaz de dictarme su número? ¡Lo llamaré ahora!

Caleb consiguió darle el número. El móvil sonó en el baño. Pamela lo encontró sobre la tapa del váter. Se lo tendió a Caleb.

—¡Haga el favor de llamar a su buzón de voz!

Caleb lo consiguió al segundo intento.

La voz de Kate resonó en la habitación. Informó de que estaba en Grimsy y que había encontrado el barco. No había nadie dentro. Pero sabía de un parque de caravanas cerrado en el bosque de Chambers Farm Wood. Wragby. Lincolnshire. Se dirigía allí. Volvería a ponerse en contacto.

Caleb gimió.

Segundo mensaje.

«Hola, Caleb. Espero de corazón que estés escuchando periódicamente el buzón de voz».

Estaba en el bosque... Ahora seguía a pie... Había alguien cerca... En algún lugar delante de ella... Eran las siete y media.

«A las ocho y media envíame un equipo. —El tono de voz era tenso—. Si no te he dicho nada a esa hora, es que necesito ayuda».

Pamela miró el reloj. Las nueve y unos minutos.

—Joder —dijo Caleb—. Joder. —Se dio media vuelta y corrió al baño. Pamela lo oyó vomitar.

Ya estaba dando indicaciones en el móvil del joven agente.

—Sí. Chambers Farm Wood... Ni idea... En algún lugar de Lincolnshire. La población más próxima se llama Wragby. Cuidado, podrían estar en juego rehenes. Entre ellos un bebé de seis meses... Sí. Yo también voy.

Se encaminó entre las cajas hacia la puerta del piso. Caleb salió del baño dando tumbos. Parecía un espectro. A Pamela le dio pena, pero, por todos los demonios, ¿cómo se le ocurría a Kate hacer de un alcohólico exoficial de policía su persona de contacto?

—No le dé más vueltas, Caleb —dijo—. Todo esto... Kate tampoco se lo ha montado especialmente bien.

Él abrió la boca como si fuera a decir algo. La volvió a cerrar sin haber pronunciado palabra. Parecía hallarse bajo los efectos de un shock.

—Un consejo, Caleb —dijo Pamela—, cómprese una mesa más pequeña. ¡Tal como está no se puede vivir en esta casa!

En realidad, le habría gustado decirle: olvídese de su antigua vida. De lo contrario no podrá empezar una nueva.

Pero no era el momento de profundizar en ello.

Pamela corrió escaleras abajo y salió a la noche.

12

Cuando Sam se acercó a ella con paso decidido, Mila gritó:

—¡No! ¡No! ¡No!

—Corra —le susurró Kate—. Pero permanezca en el borde de la carretera para no perderse. ¡Coja bien a Ruby y corra!

—No. No. —Por muy espantoso que fuera el miedo que Mila le tuviera a Sam, parecía sentir el mismo miedo de separarse de Kate y de avanzar a solas por ese bosque oscuro. Estaba como paralizada y solo repetía—: No. No. No.

Kate le dio un empujón.

—Venga. Corra. Llegará a unas casas. Una de ellas está hoy habitada. Llame desde allí a la policía.

—Yo...

—Es nuestra única alternativa. ¡Corra!

De algún modo, Mila tomó conciencia entonces de que no tenía otro remedio. Salió corriendo.

Sam percibió el movimiento, se detuvo un momento y encendió la linterna. Vio que Mila se alejaba con Ruby, pero también vio a Kate y había oído sonar el móvil. Puesto que Mila no tenía, solo podía tratarse del teléfono de Kate. Estaba claro que allí había cobertura y que inmediatamente informaría a la policía si él salía tras Mila.

Decidió concentrarse primero en Kate.

Se acercó. Kate sostuvo su placa ante el foco de la linterna.

—Sargento Kate Linville, policía de Yorkshire del Norte. Queda usted detenido, Samuel Harris.

Él sonrió.

—Ah... —dijo.

—Dese por vencido, Harris. Ya es culpable de demasiados delitos. Mis compañeros están avisados. Lo arrestarán. El asesinato de una oficial de policía no mejorará su situación.

Él volvió a sonreír.

—Si sus compañeros supieran algo, sargento Linville —pronunció el cargo con un tono burlón—, estarían aquí. Usted no estaría dando vueltas por el bosque más sola que la una con Mila y la niña. Nadie sabe nada, sargento. Nadie. Debería preocuparse más por su situación que por la mía.

—Sabemos que mató usted a Diane Bristow y a Logan Awbrey, señor Harris. A James Henderson. A Sue Raymond. Y sospechamos que también a Patricia Walters.

—Se olvida de Isabelle du Lavandou —apuntó con placer Harris—. ¿Sabe cuánto duró su agonía? Casi dos días. Al final me suplicaba que terminara. Era una persona fría como el hielo, pero llegó un momento en que ya no soportaba los dolores. Se lo merecía. En el pasado, me había tratado como un trapo sucio.

Confesaba sonriendo un último crimen. Kate tenía claro que no planeaba dejarla con vida.

¿Por qué no llegaba ninguna ayuda? ¿Qué hacía Caleb, qué había salido mal? Siempre había confiado ciegamente en él.

Sam miró hacia donde había salido corriendo Mila. Ya no se la veía, pero se oía el crujido de las ramas y los arbustos.

—La volveré a alcanzar enseguida —dijo con calma—. Y si no es así... volveré a encontrarla. En cualquier lugar del mundo. No importa donde esté, yo la encontraré.

—Acabará en la cárcel.

—Seguro que no.

—Señor Harris, ríndase. Deje en paz a Mila. Ya ha hecho mucho. He visto su foto de antes. Es usted hoy otro hombre completamente distinto, un hombre atractivo, que no tiene ningún problema en atraer a una mujer. Puedo imaginarme que su juventud...

Él la interrumpió con brusquedad.

—No, no puede. Mi juventud fue horrible y usted no sabe nada de eso, aunque no me parece que haya sido la niña más querida de la escuela. Usted era una cenicienta, ¿cierto? Invisible.

Ella no respondió. Como muchos psicópatas que no sentían ninguna empatía por sus semejantes, pero en cambio sí tenían una visión más analítica de ellos, Sam estaba en lo cierto, por supuesto. Kate era un personaje gris. Siempre lo había sido y siempre lo sería.

—Lo malo era —dijo Sam— que yo no era invisible. Todo lo contrario. ¿Sabe cuánto pesaba a los dieciséis años? —No esperó a que ella le respondiera—. Ciento ochenta y dos kilos. ¿Se lo imagina?

—Absolutamente —dijo Kate.

—La mirada de los demás. Las burlas. Los cotilleos. Fuera a donde fuese. En la escuela. En las tiendas. En las calles. Por todos sitios. Y por eso su juventud no fue ni la mitad de mala que la mía. Nadie se reía de usted detrás de sus espaldas. Simplemente no la veían.

Lo que Kate no habría calificado de opción mucho más agradable, pero ahora no se trataba de competir con Sam sobre cuál de los dos había tenido una juventud más infeliz. No obstante, era bueno que hablase. Eso daba tiempo a Mila para alcanzar las casas de la entrada del bosque. Aunque Kate abrigaba pocas esperanzas: era un camino muy largo a pie. Mila estaba muy cansada. Y además corría el peligro de extraviarse.

¿Dónde se habían metido los policías que Caleb había enviado?

—Yo siempre tenía frío —dijo Sam—. Toda mi infancia y juventud. Continuamente. Parece extraño, ¿verdad? Los gordos siempre sudan. Con cada movimiento que hacen, porque tienen que cargar con una cantidad tremenda de grasa. Yo también sudaba mucho. La mayoría de las veces. Tenía una cara roja por la que corría a chorros el sudor.

Se quedó mirando a Kate. Ella le devolvió serena la mirada.

—Pero, por dentro —dijo—, por dentro me helaba. Me helaban el frío y el desprecio de mi padre. La falta de corazón de mi abuela. La distancia de mis compañeros de escuela. El rechazo de todo el mundo. De Mila. Sobre todo me helaba Mila. Su incapacidad para amarme. Yo estaba solo. Continuamente. Y era de noche. Siempre.

—Lo entiendo —dijo Kate. Palpó discretamente el móvil.

A lo mejor conseguía llamar a emergencias... Pero él advirtió ese gesto casi imperceptible.

—Tira esa cosa. A la nieve. ¡A mis pies!

Hizo lo que él le pedía. Comprendió que no podía infravalorarlo ni un solo segundo.

Él bajó la linterna un poco. Kate vio que en la otra mano sostenía un cuchillo.

Probablemente, el arma del crimen en los casos Bristow, Awbrey y Raymond.

—Señor Harris —le pidió—, hablemos. Cuénteme lo que le ha impulsado a actuar así. A lo mejor puedo conseguir en el tribunal circunstancias atenuantes. —En cuanto lo hubo dicho, supo lo poco que podría convencerlo con una observación así. No había circunstancias atenuantes, ni siquiera para el adolescente gordo que siempre se moría de frío. Eso no justificaba ni un solo asesinato. Y menos aún seis.

Sam era demasiado astuto para no saberlo.

—No me vengas con mierdas —contestó—. Menuda chorrada... Estarán deseando verme en prisión permanente. Por el resto de mi vida.

Ella calló. No tenía ningún sentido contradecirle.

—Voy a atarte a un árbol —anunció Sam— y luego tendrás un par de desagradables encuentros con mi cuchillo. Por desgracia no podré dedicarte tanto tiempo como a Lavandou. Tengo que atrapar a Mila. Al final te cortaré la garganta. Me temo que no mostrarás una bonita imagen cuando alguien consiga encontrarte un día. Hasta entonces algún animal del bosque calmará su hambre contigo.

Kate se humedeció los labios secos con la lengua. No quería mostrarse atemorizada. Pero, mierda, sentía un miedo enorme. Había pensado a menudo que su profesión significaba tener que acabar un día en una situación sin salida y peligrosa. Desde que en verano su superior, el inspector Stewart, había muerto a tiros justo a su lado, había pensado con frecuencia en ello. No siempre le tocaba al otro, le podía tocar en cualquier momento a ella misma.

¿Había llegado ahora su turno?

—Quítate el abrigo —ordenó Harris.

—¿Con este frío? Me congelaré. —Un reproche ingenuo. Pero se trataba de ganar tiempo. Poco importaba de qué modo.

Él volvió a sonreír. Esa mueca desagradable y llena de odio. La sonrisa mórbida de un hombre que se siente injustamente maltratado por la vida. Y que hace responsable de ello a todos, absolutamente a todos, menos a sí mismo.

—Acabaré contigo antes de que te congeles —dijo—. Te lo prometo.

Ella dudó. Era posible que tuviera una cuerda en el bolsillo. Un par de minutos más y la ataría a un árbol. Entonces todo habría terminado. Entonces estaría indefensa. Y no venía la ayuda. Y, si lo hacía, sería demasiado tarde.

—Quítate el abrigo —repitió Sam tajante—. Y, luego, lo que llevas debajo. Te quiero ver en bragas, sargento.

Si algo no estaba dispuesta a hacer, era desvestirse obedientemente y dejarse atar por él. Sopesó en un abrir y cerrar de ojos todas las opciones. Cabría la posibilidad de llegar al coche, pero, si él había estado manipulándolo, lo que indicaba el capó ligeramente abierto, no podría ponerlo en marcha, no funcionaría nada, ni siquiera el cierre centralizado. Sin contar con que debería tener mucha suerte para librarse de él. No tenía la menor duda de que estaba bien entrenado y era atlético y rápido.

—Ya no espero más —dijo él.

Ella se apartó a un lado de repente y salió corriendo. Dejó el bosque y enfiló por la carretera. Los arbustos, las ramas y matorrales la frenaban demasiado. Corría como alma que lleva el diablo.

511

El diablo estaba detrás de ella.

Ganó algo de ventaja porque había cogido a Sam por sorpresa y este necesitó un momento para decidir de qué objeto que sostenía en las manos, cuchillo o linterna, tenía que desprenderse. Se decantó por la linterna, pues de repente oscureció. Era de esperar. Todavía necesitaba el cuchillo.

Entonces ella oyó los pasos a sus espaldas y el jadeo. Sam lo estaba dando todo. Kate notaba que se acercaba. Que se acercaba demasiado deprisa. Que su ventaja se desvanecía.

Le dolía la rodilla. Sentía punzadas en el costado. Hacía tiempo que no corría, demasiado trabajo, demasiado mal tiempo. Lo estaba pagando ahora. No estaba en buena forma.

Totalmente al contrario que Sam Harris. Él corría como una máquina. Impulsado por su odio. Mientras a Kate la empujaba el miedo. Tal vez su odio era mayor. El odio del muchacho gordo, con frío, rechazado.

Sintió su aliento caliente detrás de la oreja, entonces la tiró al suelo. Podía escuchar su voz jadeante.

—Pero ¿tú qué te has pensado? ¿Creías que te me ibas a escapar? ¿De verdad te lo imaginabas?

Ella no respondió. Tenía el rostro aplastado contra la nieve. No podía respirar. Estaba esperando que en algún momento él le levantara la cabeza y le cortara la garganta con el gélido filo del cuchillo. Estaba totalmente indefensa. Sam cargaba todo su peso en ella. Hizo un par de movimientos. Era dudoso que él los hubiese percibido siquiera.

—¿Por qué tuviste que entrometerte? —susurró—. ¿Por qué?

Porque es mi trabajo, podría haber contestado, pero tenía la boca llena de nieve. Seguía sin poder inspirar. La nieve le entraba por la nariz cuando lo intentaba. Emitió un sonido de una arcada.

Notó que Sam le tiraba de la bufanda. Le costaba porque los extremos estaban enterrados debajo de ella. Pero luego se percató de que no intentaba quitársela. La estaba retorciendo. Cada vez más y más. Había cambiado su plan. No iba a matarla a cuchilladas. La estrangularía.

Intentó en vano liberar sus brazos para poner una mano entre la bufanda y el cuello, pero no surgió la oportunidad. Tenía los brazos debajo del cuerpo, como fijados con cemento bajo su peso y el de Sam Harris. La bufanda se ceñía cada vez más alrededor de su cuello. Cada vez tenía menos aire. Necesitaba respirar; abrió la boca y la nieve de inmediato penetró en ella provocándole arcadas.

Algo así debía pasar en un alud. Así se debía morir.

Eso era morir.

Ante sus ojos todo se oscureció y la nieve, que iba empapando su ropa, dejó de estar fría. Percibió un susurro en sus oídos y el calor inundó su cuerpo. Por fin calor. Era primavera. La negrura que tenía ante sus ojos se desvaneció, la invadió la luz. Luz y calor.

¿Cuánto tiempo pasó envuelta en luz y calor?

¿Una eternidad? ¿O solo segundos? No sabía, nunca lo sabría.

Luego todo volvió: oscuridad y frío. La nieve en la boca. El dolor en el cuello. El jadeo del hombre que estaba sobre ella. El zumbido en los oídos, que empezaba de repente a extinguirse.

Levantó el rostro. Escupió la nieve, inspiró con ansiedad, oyó un ruido estridente, como un silbido, procedente de su garganta.

Aire, aire, aire. Bebió el aire como un sediento bebe el agua de una fuente en el desierto.

Consiguió darse media vuelta. Liberar sus manos. Harris todavía estaba sobre ella. Con el torso erguido. Como petrificado en un gesto absurdo. Intentó apartarlo, pero era demasiado peso y ella estaba demasiado débil. Aún necesitaba más aire.

Inesperadamente, él bajó la cabeza y de su boca salió un chorro de sangre. Se vertió en el rostro de Kate aunque ella tuvo el aplomo de girarlo a un lado. Luego él se derrumbó sobre ella.

Haciendo acopio de sus últimas fuerzas, Kate consiguió salir de debajo de Sam. Este yacía boca abajo, con el rostro enterrado en la nieve. Entre sus omóplatos sobresalía el mango del cuchillo.

Detrás de él, Mila. Todo su cuerpo temblaba.

—Mila —dijo con voz ronca Kate. Le dolía muchísimo el cuello—. Por Dios, Mila...

Mila intentó tres veces responder. Lo consiguió a la cuarta.

—Perdió el cuchillo. Cuando se lanzó sobre usted.

Por eso intentó estrangularla con la bufanda.

—¿Y usted estaba aquí?

—Me había quedado algo más atrás que ustedes. Los dos me pasaron de largo. Me detuve. Tenía que ver si Ruby todavía respiraba.

—¿Y?

—Muy débilmente, está en las últimas.

Kate intentó ponerse en pie. Tenía las piernas como de mantequilla. Mila la miraba sobrecogida y Kate se pasó la mano por la cara. Toda cubierta de sangre. De sangre de Harris.

—Me..., me ha salvado usted la vida, Mila —dijo haciendo un esfuerzo. Nunca hubiese creído que esa mujer tan menuda, frágil y tímida fuera capaz de algo así. Que con un bebé en la mano, cogiera un cuchillo y lo clavara lo más hondo posible en la espalda de un hombre.

Parecía como si Mila fuese dándose cuenta poco a poco de lo que había hecho, pues sus temblores crecieron. Era evidente que se encontraba bajo los efectos del shock. Había actuado impulsada por su propio miedo a la muerte y por su rabia. Hacia el hombre que durante años había amargado su vida, que la había echado de la ciudad y del que siempre había tenido miedo.

—¿Está muerto? —preguntó y parecía como si fuese a desmayarse en cualquier momento.

Kate se inclinó sobre Harris y le tomó el pulso.

—No.

Luego se levantó.

—Quédese aquí, Mila. Voy a buscar el coche. Mi móvil debe de andar por ahí. Llamaré a mis compañeros. Y miraré si puedo poner el coche en marcha. ¿De acuerdo?

Mila asintió débilmente con la cabeza. Enderezó al bebé que sostenía en los brazos.

—Sí. —Y de repente gritó—: ¡Sargento! ¡Kate! ¡Mire! ¡Mire! Luces. Coches. Venían por la carretera. Luces azules.

Kate cogió a Mila por el brazo. No sabía si la estaba sujetando o si se apoyaba en ella.

—Por fin —musitó—. La policía. Por fin.

En realidad, pensé que estaba muerto, pero de hecho estoy vivo. Estoy en un hospital tendido boca arriba en una cama. Mis brazos, piernas y cabeza con cables. He estado un tiempo ausente, pero he emergido de las profundidades de la enajenación. O bien estaba inconsciente o bien me han administrado narcóticos.

Junto a mí silban los aparatos. Supervisan todo: presión sanguínea, frecuencia cardiaca, ondas cerebrales, respiración.

Sobre todo, respiración.

Mi mente se va aclarando. Me duele el cuello y apenas puedo tragar, creo que he estado entubado. Por lo visto me han quitado el tubo. Por lo que puedo apreciar, respiro por mí mismo. Algo es algo.

Salvo por ello, no puedo moverme. Me gustaría menear los dedos de los pies o cerrar una mano en un puño, pero no lo consigo. Espero que esto no signifique nada. A fin de cuentas, me han clavado un cuchillo entre los dos hombros. ¿Puede haber perjudicado la columna vertebral? Me ha dañado el pulmón, me lo ha dicho antes un médico. Pero no sabía si yo lo entendía. Tampoco le contesté. Algo me lo impedía.

En cualquier caso, se perforó un lóbulo pulmonar y por eso escupí sangre, y también había una gran cantidad de sangre en el pecho, y entonces el lóbulo sufrió un colapso. Estuve a punto de palmarla. Si no hubiera sido por la ambulancia que se presentó enseguida porque acababa de llegar la policía.

—Ha tenido mucha suerte, señor Harris —dijo el médico.

¿En serio? No estoy seguro.

Estoy aquí tendido, esperando recuperarme, que pueda moverme, que pueda tragar, que me quiten todos estos cables. ¿Y luego?

Me meterán en la cárcel. No me engaño. Me tienen. Del numerito con la oficial de policía no me salvo. Tampoco del asunto con Mila. En la caravana. Luego está ese vagabundo. Que se quedó tirado en las duchas. Lo dejé frito. Salió, miró como quien va sobrado a su alrededor y a mí me bastó con clavarle el cuchillo en el cuello para acabar con él. Pero al mismo tiempo maldije lo tonto que había sido. La caravana era mi retiro y también el barco. Sabía que había un sin techo haraganeando por el terreno del camping. Nunca me ha molestado. Pero tendría que haber sabido que podía encontrarse con Mila. El domingo, ese día en que estuve dando vueltas sin parar en el coche buscando la jodida comida de la cría para que Mila acabase de una puta vez de dar el coñazo… Estuve mucho tiempo fuera. Ella debió de gritar. Y el tipo la dejó salir. Qué tonto soy. Debería haberlo eliminado antes.

He de reflexionar acerca de todas las pruebas que pueden presentar en mi contra. Lo jodido es que tienen el cuchillo. El arma del crimen en casi todos los casos. Y hasta confesé lo de la Lavandou.

Sabía que volvería a encontrar a Mila. Lo sabía porque estamos hechos el uno para el otro. Y un día estoy yendo por la zona peatonal de Scarborough y ella viene hacia mí. Con un par de bolsas de la compra en la mano. Así de simple. A plena luz del día. Quince años después de la última vez que estuvimos juntos. Pero inconfundible. Ese rostro dulce, bonito y tímido. El cabello suave y liso. Los ojos grandes. Era ella y venía hacía mí, y entonces supe que Dios existe.

Pensé que no me reconocería, pues me he convertido en un fuerte y esbelto Adonis, a años luz de la bola de grasa que ella conocía, temía y trató con una frialdad inimitable. De hecho, al principio pareció totalmente indiferente. Pero, cuando estaba justo a mi altura, volvió la cabeza hacia mí y de repente vi en sus ojos auténtico espanto. Desconcierto. Horror.

Pero no dijo nada. Siguió caminando. Más deprisa que antes. Cada vez más deprisa. Yo tenía la impresión de que estaba conteniéndose para no echar a correr.

La seguí. A una distancia razonable. En un abrir y cerrar de ojos supe en qué casa vivía.

La vi un par de veces salir de ella y volver con las compras. Siempre miraba con cautela a su alrededor. Parecía totalmente trastornada. Y de repente desapareció. Ya no la volví a ver pese a que estaba prácticamente siempre al lado de la gran casa. Después de dos noches, ya no aguanté más. Me metí por el sótano. Por desgracia desperté a una anciana que también vivía allí. Se acercó protestando a mí y me amenazó con llamar a la policía. Un fuerte empujón por la escalera acabó con sus gritos. Nadie podrá culparme por ello. No hay arma del crimen.

Pero ni una huella de Mila en toda la casa. Ni siquiera un cepillo de dientes o algo parecido. Ropa interior. Una goma del pelo. Qué sé yo. Había huido.

¿Puede alguien imaginar mi desesperación? Después de todos esos años, había estado tan cerca de mí… Al alcance de mi mano. Decidí no seguir esperando. Emprendí su búsqueda. Su persecución.

¿Qué preguntará la policía? ¿O el fiscal? Dirán que tenía una novia. Anna. ¿Por qué entonces ir tras Mila?

Naturalmente, solo quien no tenga ni idea de lo que es la auténtica pasión y el amor no lo entenderá. Anna se parece un poco a Mila. Para ser precisos, no realmente. Es solo de un tipo similar. Lo que irradia, esa timidez, la voz suave y amable, esa mirada tímida. Cuando la conocí —pidió una sesión de coaching conmigo—, pensé que podía ser una solución de emergencia. Una sustituta.

Por supuesto, no lo fue. El amor de verdad es insustituible. A Anna no la he amado ni un solo segundo. Estaba allí, y yo tenía a alguien a mi lado, pero no me importaba. Está loca de remate, es depresiva, neurótica y qué sé yo. Ya no podía aguantarla más. Por suerte, ella a mí tampoco. Creo que lo atribuía a su enfermedad, a su depresión. Al fin y al cabo, ha estado dos veces ingresada en una clínica por eso. Aunque yo no creo que esa fuese la razón. Solo soportaba mi cercanía de forma limitada porque en su interior percibía que yo no la amaba. Percibía mi total frialdad hacia ella. Era fácil convencer a una persona como ella de que todo se debía a su trastorno. Podía seguir preguntándole sin el menor riesgo si quería vivir conmigo. Casarse conmigo. Conocer a mi padre en Londres. No había el menor riesgo de que dijera que sí. Encontraba un millón de pretextos. Y por eso Anna tenía unos remordimientos de mierda. No hay nada más fácil de manipular que una mujer con remordimientos.

Las supuestas visitas a mi padre muerto me servían de descanso. Y para buscar a Mila.

Pero…, por dónde iba… ¿Qué pruebas tienen contra mí?

La oficial de policía mencionó a Diane Bristow y Logan Awbrey. Por desgracia, ahí vuelve a estar en juego el arma del crimen. Bristow también apareció para un coaching. Odiaba su trabajo en Crown Spa y quería asesoramiento. Apenas tenía dinero. Le hice un buen precio y a cambio no aparecía en los papeles. A veces lo hago con pacientes que de lo contrario no podrían disfrutar de una terapia de este tipo. Por supuesto eso no tenía que destaparse. En el caso Bristow fue una suerte.

Un día apareció tan alterada que le pregunté qué le ocurría. Dijo que se trataba de su nuevo novio. Ignoraba que tuviera un novio, pero sí, desde hacía muy poco. Le dije que era algo bonito y entonces se puso a llorar. No dejaba de llorar. Aunque solo soy un coach, especializado además en asesoramiento laboral, también tengo en esa función algo de psicólogo. Fuera como fuese, me contó lo que le había confiado su nuevo novio, Logan Awbrey. Un suceso increíble ocurrido nueve años atrás. Cometido por tres jóvenes. Logan Awbrey y dos mujeres, cuya identidad no mencionó. Un caluroso día de verano. Un día en que se morían de aburrimiento.

Conozco el caso. En todos los periódicos del país apareció extensamente documentado.

—¿Qué debo hacer ahora? —me preguntó llorando a lágrima viva—. Es asunto de la policía. Los padres deberían saber qué pasó. ¡Ese chico todavía está en coma!

—Por el momento no haga nada —le aconsejé—. Déjeme que lo piense.

Lo pensé y mi rabia iba creciendo con cada segundo que transcurría. Como he dicho, había leído acerca del caso y lo busqué otra vez en Google. La víctima, Alvin Malory, era como había sido yo. Ciento sesenta y ocho kilos de peso. No deportista. Nada atractivo. Un discriminado. Sin amigos. Por supuesto, nada de chicas. En la escuela se mofaban de él. Siempre al margen. Yo sabía cómo había sufrido. Sabía lo que había movido a Logan Awbrey y sus compañeras a escogerlo como víctima. Era, simplemente, la víctima personificada. Siempre. Era divertido torturarlo.

Siempre es divertido torturar a los indefensos. A los diferentes.

Podría haber sido yo. Podrían haber hecho lo mismo conmigo. No se trataba de nuestro nombre, de nuestra personalidad, de nuestro carácter. Se trataba de ser gordo.

De Fatty.

En la siguiente sesión, pregunté a Diane dónde vivía su amigo y le pedí que me enseñara una foto.

—Si está usted de acuerdo, puedo hablar con él —me ofrecí—. Quiero hacerme una idea. Luego ya veremos. ¿Le serviría esto de ayuda?

Ella asintió agradecida. Estaba totalmente superada por la situación. Estaba contenta de tenerme de su parte.

Lamentablemente, de ese modo sellaba su propia sentencia de muerte. Pues yo proyectaba castigar a Awbrey. Matarlo. Sin embargo, a través de Diane Bristow enseguida me habrían descubierto a mí. Tenía que cerrarle la boca a ella.

Así que primero eliminé a Diane Bristow. La seguí cuando se dirigía a su casa después de ese estúpido curso para solteros que da Anna. Mi plan consistía en sorprenderla delante de la puerta de su casa. Pero entonces la vi en el estacionamiento. Me chocó, pero eso era aún mejor. Se asustó cuando me vio aparecer y subir al coche por la puerta del acompañante. Luego se relajó de nuevo, me conocía. Harris, el amable coach, surgido de repente en la oscuridad, ya de noche, al borde de un prado. Aunque sí que parecía algo desconcertada. Entonces vio el cuchillo. Arrancó el coche de la forma más absurda y, muerta de miedo, tomó la dirección equivocada. Un instante después se quedó atascada en el barro sin poder salir. Lloraba.

No me supuso el menor problema acabar con ella. Solo tenía que hacer desaparecer su móvil. Por prudencia.

Con Logan Awbrey fue más difícil. Emprendió la huida. No se escapaba de mí, sino de la policía. Más tarde me enteré por Anna de que esa tarde había estado en el coche de Diane. Estaba lleno de sus huellas dactilares. Para la policía era el principal sospechoso.

Lo descubrí en casa de Anna. La había acompañado allí y me había ido, pero di media vuelta. Para estar seguro de que no había otro hombre en su vida. No es que me importara mucho. Pero tampoco quería que me tomase por un gilipollas.

La vi con Logan en la sala de estar. Había entre ellos mucha familiaridad. No en un sentido amoroso. En el sentido de que eran viejos amigos. Se conocían desde hacía mucho tiempo. Y a mí Anna no me había contado nada. Aunque Logan aparecía en todos los periódicos. No me había dicho ni una sola palabra.

En fin, el lunes, cuando ella se fue de nuevo a dar la clase de cocina, salí y me cargué a Awbrey. Era un gigante, me sacaba más de una cabeza, pero yo ya estaba preparado. Tenía un cuchillo. Él no tenía nada.

Probablemente no me habría abierto, se escondía de la policía, pero le dije a través de la puerta que era amigo de Anna, que venía de su parte y que podía confiar en mí. Al final abrió unos centímetros la puerta. Y yo me colé en un santiamén. Le clavé el cuchillo en el vientre y él cayó de rodillas gimiendo. Creo que realmente estaba demasiado sorprendido para defenderse. Además, llevaba días huyendo, parecía un espectro, estaba al borde de un ataque de nervios. Supongo que siempre ha sido un calzonazos. A esos tipos les tengo echado el ojo. Siempre atacan a los más débiles. Nunca a sus iguales.

Le expliqué por qué iba a matarlo y me miró horrorizado. Creía que nadie sabía nada sobre lo de Malory. El muy idiota, él mismo se lo había contado a Diane. Pensé para mis adentros que no solo era un calzonazos. Era también un memo. Cuando alguien comete un acto como él y tiene la suerte de salir sin esquilar, mantiene la boca cerrada toda su vida. Uno no se sincera con nadie, con nadie. Nunca. Pero también para eso se necesita, por supuesto, cierta fuerza interior. Él no disponía ni siquiera de eso.

Tenía que estar en casa puntual, antes de que Anna llegase del curso de cocina, así que dejé a Logan y solo me llevé su móvil. Si, en contra de lo esperado, alguien lo encontraba, no debía salir a la luz que conocía a Anna, y yo suponía que debía de tener registrado su número además de posibles conversaciones por WhatsApp. Arrojé el móvil al mar y me marché a mi apartamento. Anna quería quedarse conmigo en Navidades y yo había planeado ir a su casa en algún momento y sacar el cadáver del pasillo.

Pero todo tuvo que cambiar porque ella lo encontró. Y, claro está, perdió la cabeza. Yo creo que interpreté muy bien mi papel. Fingí desconcierto y quise llamar enseguida a la policía. Entonces ella todavía enloqueció más. Eso despertó en mí una sospecha… Sobre todo cuando me dijo el tiempo que hacía que era amiga de Logan.

Cuando me prometió entre lágrimas contármelo todo, en especial la causa de por qué no debíamos ir a la policía pasara lo que pasase, lo supe. Las dos mujeres que habían agredido a Alvin Malory con Logan Awbrey. Yo hubiese puesto la mano en el fuego por que una de ellas era Anna. Por eso tenía tanto miedo. Temía que hubiesen matado a Logan por lo que había hecho, y si la policía empezaba a remover el fuego a lo mejor salía algo a la luz del día de lo que no debía saberse nada de ninguna de las maneras. Aunque me costaba imaginar a Anna como cómplice de un asalto, era fácil notar que había estado muy enamorada de Logan. Tal vez simplemente lo hubiese acompañado, lloriqueando y temblando de miedo, pero había sido demasiado cobarde y demasiado dependiente para plantarse y rebelarse.

Por lo demás, todavía hoy estoy dándole vueltas a quién era la otra mujer. Apostaría a que fue Dalina. Otra especie de amiga de Anna, aunque la relación más bien es de dueña y esclava. Dalina es una egocéntrica total y una mujer fría. No me extrañaría que hubiese sido ella la instigadora. Logan debía de comer de su mano. Es el tipo de mujer que maneja así a los hombres. Y él era el tipo de hombre que se deja tratar de esa forma.

Si ahora no estuviera enchufado, les habría enseñado a Anna y Dalina que no hay que comportarse con los gordos como lo hicieron ellas con Alvin Malory.

Pero supongo que no tendré la oportunidad.

Así pues, eliminamos a Logan. Durante todo ese tiempo no dejé de intentar encontrar a Mila. Se me ocurrió probarlo en casa de su tío, el viejo James Henderson, en Sheffield. Alguna vez me había hablado de él. Lo llamé esperando que a lo mejor ella se pusiera al aparato. Pero solo contacté con él. Así que fui a verlo. Confesó que ella había estado allí. Supuestamente, no tenía ni idea de a dónde había ido. Intenté que soltara lo que sabía… Era cierto que no sabía nada.

Al final se murió.

Pero ni huella del arma del crimen. Ahí no pueden presentar ninguna prueba contra mí. Da igual.

Aunque entonces tuve una idea genial. Sue Haggan. La amiga de la escuela. La que me había tratado con desprecio. No fue muy difícil dar con ella, saber cómo se llamaba ahora y dónde vivía. Dije que iba a ver a mi padre. En lugar de ello me marché a Richmond.

¡Bingo! Pude cumplir la promesa que le hice a Sue de que, en la vida, las personas siempre se ven dos veces. El arma del crimen presente. Me pueden imputar la muerte de Sue.

Fue un error encerrar en el sótano a la oficial de policía que apareció inesperadamente en lugar de eliminarla. No conozco con exactitud cómo han ido las cosas. Pero todo habría cambiado si no hubiese podido hablar.

Pero no sé por qué apareció de repente la otra en Chambers Farm Wood. ¿Cómo descubrió nuestra vieja caravana? ¿El camping abandonado? Nunca le había hablado de eso a Anna, no se lo puede haber dicho ella. Es un enigma para mí. A lo mejor me entero durante el juicio. Esa oficial seguro que ha de declarar. ¿Cómo era que se llamaba? Linville. Sargento Linville. Una persona totalmente insignificante. ¿Cómo ha podido desbaratármelo todo esa nulidad?

¿De cuántas muertes pueden inculparme? Ahora ya lo he repasado todo pero la mente se me vuelve a nublar. Es posible que me estén metiendo analgésicos a manta. Son varias. Varias muertes.

Pero no se enterarán de lo de la abuela. Ni tampoco de lo de mamá.

¿Cuál es la condena por asesinato? ¿Por varios asesinatos? Seguro que cadena perpetua. Pero en la actualidad la cadena perpetua ya no es perpetua. Sales pasados veinticinco años. Por buen comportamiento, buen pronóstico. Lo conseguiré. Tengo buen aspecto y sé comportarme. Soy educado y afable. Doy buena impresión en todas partes. También sé qué decir a los psicólogos para que piensen que todo vuelve a estar en orden. Tengo mi formación de coaching, he asistido a seminarios y cursos de perfeccionamiento. Un coach no es tan diferente de un psicólogo, ya lo he mencionado. Puedo hacer lo que se me antoje con un psicólogo. Pero una psicóloga todavía sería mejor, claro.

Lo único que tengo que hacer es salir de aquí. Desprenderme de todas estas máquinas. Luego necesito un abogado. Más tarde el proceso. Una cosa después de otra.

Un día volveré a estar fuera.

Y entonces buscaré a Mila.

Martes, 31 de diciembre

Kate recogió a Pamela en el hospital y la llevó a casa. En un coche alquilado, ya que el suyo todavía estaba en el taller. En esta ocasión, Pamela había salido conforme a las prescripciones. Se mantuvo el primer diagnóstico: conmoción cerebral. Hubiesen preferido que se quedase algo más de tiempo hospitalizada, pero cedieron ante su insistencia. Provista de analgésicos, dejó que la acompañaran a su vivienda.

Oscurecía. Una gruesa capa de nieve cubría la ciudad. Pese a que el año nuevo estaba a la vuelta de la esquina, reinaba una calma sorprendente.

—Gracias, Kate —dijo Pamela—. Es muy amable por su parte que haya venido a recogerme.

—Claro. Por supuesto, inspectora. Estoy en deuda con usted. Me encontró en Chambers Farm Wood. Es increíble que lo consiguiera.

—Increíble el modo en que llegó a Harris. Y a ese parque de caravanas. —Pamela sonrió—. Conozco el peculiar modo con que procedió para entrar en el apartamento de Harris. Fue...

—Contrario a las normas. Lo sé.

—Como su superior, no debería decírselo —dijo Pamela—. Y siempre negaré haberlo dicho. Pero ¿sabe una cosa? Al final se salvó la vida de una niña de seis meses. Lo hizo fabulosamente, Kate, y, en este caso, ¡al diablo con las normas!

Se miraron. Algo entre ellas había cambiado. Se habían demostrado la una a la otra sus conocimientos, su competencia, su determinación. Y eso permanecería.

—Creo que podemos formar un buen equipo —dijo Pamela.

—Creo que ya lo somos —respondió Kate.

Pamela carraspeó.

—Sea como fuere, Harris está arrestado. Hoy he hablado por teléfono con el médico que lo atiende en Hull. Lo superará. Irá a juicio. Debe responder ante el tribunal. Irá a la cárcel.

—¿Y Ruby también saldrá de esta?

—En su caso casi llegamos demasiado tarde, pero sobrevivirá. Su padre está con ella.

—Y Anna Carter tiene que responder ante un tribunal por la agresión a Alvin Malory. La más inocente del grupo. Pero estaba allí. Miró y calló. Es posible que la imputen como cómplice.

—¿Y Dalina Jennings? ¿Sigue desaparecida?

Kate asintió.

—Sí. Pero estamos sobre la pista. Sacó dinero en un cajero automático de Swansea. Los compañeros galeses la están buscando. Estoy totalmente convencida de que la pillaremos.

—Yo también lo creo —dijo Pamela—. ¿Y Mila Henderson? ¿Dónde está? ¿Qué hace?

—Ayer mismo voló rumbo a Estados Unidos. Ha ido a visitar a su madre. La madre le ha pagado el billete. Mila está aquí en la últimas. Sin nada. El último familiar vivo que tenía en Inglaterra, su tío James, está muerto. Así como la persona que le daba trabajo. Así que no tiene aquí un hogar. Quería ir a toda costa con su madre, incluso si su nuevo marido no le gusta especialmente. Necesita un lugar en el que descansar y lamerse las heridas. Harris le ha jugado una mala pasada.

—Pero ¿volverá? Es una testigo importante.

—Dentro de cuatro semanas a más tardar —la tranquilizó Kate—. Me lo ha prometido.

Siguieron circulando en silencio durante un rato. Las luces de las casas estaban encendidas. Las Navidades habían pasado, pero el aspecto de la ciudad evocaba un cuento de Navidad.

—¿Algún plan para la medianoche? —preguntó Pamela.

Kate se encogió de hombros.

—No. Dormir, posiblemente.

Pamela asintió.

—Igual que yo. De todos modos, tal como tengo la cabeza, las fiestas a lo grande me están prohibidas. Aunque tampoco hubiera tenido compañía. —No miraba a Kate—. Desde hace más de cuatro años tengo una relación. Él es comisario en la policía de Cumbria. Un pez gordo. Nos conocimos en la revisión de un caso que abarcaba su zona. Desde entonces…, bueno.

—Entiendo —dijo Kate. Le resultaba lamentable. ¿De verdad quería saber estas cosas de su jefa?

—Está casado —prosiguió Pamela—. Tiene tres hijos. El divorcio no entra en consideración. Creo que quiere a su familia. Aunque a veces no acaba de apañárselas con el problema de la adolescencia. Ni tampoco con que su esposa se queje porque ella tiene que hacerse cargo de todo. Eso es lo que lo empuja siempre hacia mí. Esporádicamente. Muy esporádicamente.

Kate se detuvo. Estaban delante de la casa de Pamela. Esta la miró ahora.

—Iba camino de reunirme con él. A Carlisle. Un fin de semana los dos solos. Por eso estaba cerca de Richmond cuando me llamó Burden, de la policía de Yorkshire del Sur, y me dio la dirección de Sue Raymond. Pensé en dar un rodeo. Echar simplemente un vistazo. Por si Mila Henderson estaba allí. Y eso fue el detonante de todo lo que sucedió después.

—Entiendo —dijo Kate.

—Pero cuando estaba en ese jodido sótano —prosiguió Pamela—, decidí cortar con el tema de Cumbria. Sabe, en relaciones así, solo te queda esperar, anhelar, sufrir. Y casi siempre estás sola.

—Es una buena decisión —convino Kate—. Me refiero a la de cortar la relación.

Nunca habría pensado que la arrogante, fuerte y segura de sí misma Pamela pudiera acceder a llevar la miserable existencia de la amante secreta de un hombre casado. Pero, al final, tal vez eso no tenía nada que ver con la arrogancia, la seguridad en sí misma y ese tipo de cosas. Tenía que ver con el grado de soledad. Con la añoranza. Y, naturalmente, con el amor.

No siempre se enamora uno de quien vale la pena. Quién lo sabía mejor que Kate.

Pamela abrió la puerta del coche. Oyó que en algún lugar ascendía el primer cohete por el cielo.

—Buenas noches, Kate. Que tenga una buena entrada de año. Ha trabajado muy bien. ¡Ya puede estar orgullosa de sí misma!

—Gracias. Usted también, comisaria.

Pamela la saludó de nuevo con la mano y se alejó por el acceso del jardín.

Kate se retiró.

Se acurrucó en su casa como en una manta suave y caliente. La persecución había sido tan agotadora, tan estresante, la muerte había estado tan cerca de ella que ni siquiera pensó si tal vez se sentía infeliz al pasar sola, como de costumbre, la Nochevieja. De hecho, no se sentía sola. Solo agotada. Aliviada. Muerta de cansancio. Le faltaban fuerzas para sentirse sola.

Ya se habían ocupado de su rodilla, pero todavía le dolía mucho el cuello. Alrededor de él se distinguían claramente unas marcas de estrangulación rojas que lentamente se convertían en violetas. Harris casi la había matado. Recordaba el calor que había sentido, la luz que había visto.

Le había faltado un tris.

Encendió la estufa eléctrica de la sala de estar y las velas del árbol de Navidad. Colocó delante de Messy una comida de fiesta y la acarició, la gata ronroneó y se lanzó sobre el festín. Kate descorchó una botella de vino y pensó en qué podía cocinar. Encendió el televisor para oír voces. Vio a gentes vestidas de blanco, embozadas como astronautas que se movían por una ciudad oscura, como si fuesen espectros. El locutor informaba de que había surgido una nueva enfermedad pulmonar muy contagiosa en China, en Wuhan, la capital de la provincia de Hubei. Se había cerrado la ciudad y no se podía ni entrar ni salir de ella. Sus habitantes morían. No podían respirar.

Kate contempló las imágenes con la mirada vacía. Habían sucedido demasiadas cosas y ahora, cuando encontraba la calma esa última noche del año, la energía que le había permitido aguantar desde la noche del domingo la abandonaba. No podía percibir realmente nada. Wuhan estaba muy lejos. En el otro extremo del mundo.

Sonó el móvil. Vio en la pantalla que era Burt Gilligan. Intentó ignorarlo. Pero acabó atendiendo a la llamada.

—¿Hola?

Como siempre, parecía ofendido, nada en absoluto extraño, para Kate.

—Soy yo, Burt. Intenté antes de ayer ponerme en contacto con usted. Pero no me devolvió la llamada.

La llamada en el bosque. La que le había lanzado a Harris al cuello. Pero a Kate le pareció demasiado agotador describirle las circunstancias. Así que solo le dijo:

—Era el peor momento.

—A pesar de todo...

—Además, usted me colgó. El día antes. Cuando iba a disculparme. —Kate se sintió un poco rara. Como una colegiala. ¡Tú has empezado! ¡No, tú! ¡No, tú!

—Estaba muy enfadado —dijo—. Y ofendido. Era la segunda vez que hacía una reserva y me quedaba tirado en Gianni's.

—Lo sé. Y me sabe muy mal.

—En fin. Borrón y cuenta nueva. A lo que íbamos: ¿tiene usted algo planeado para esta noche? Ya sé que es algo precipitado, pero anteayer no pude hablar con usted...

Seguro que a esas alturas ya no la encontraban especialmente estupenda, si es que alguna vez había ocurrido, pero por lo visto no tenía a nadie con quien pasar esa jodida noche. Una noche en la que se tendía a sentir la soledad como un fracaso personal todavía más que en Navidad.

«¿Es que no tienes amigos?».

Pero se dio cuenta de que en realidad él no le gustaba y además estaba hecha polvo. Y de repente pensó que a veces era mejor estar triste sola que estar fingiendo acompañada.

—Para ser sincera, estoy agotada —contestó—. Me acostaré como en una noche normal.

—¿En Nochevieja?

—¿Por qué no? Estamos cambiando de un día al otro. ¿Qué hay de especial en eso?

Él esbozó una sonrisa algo despectiva.

—En fin, Kate, en serio que... ya no me sorprende nada. Me refiero a que no encuentre usted a nadie. Uno también tiene que acercarse a los demás, claro. Moverse entre gente. No cerrarse siempre todas las puertas. —El tono de voz cambió adquiriendo un deje de preocupación—. De esta forma, no se hace usted ningún favor, Kate. Tampoco actuando de ese modo en que queda con alguien y luego no aparece. Opino que necesita usted ayuda.

Idiota, pensó Kate. Clásico: califican al otro de caso difícil y así se sienten ellos mejor.

No respondió a sus palabras. No iba a discutir ahora sobre sus problemas.

—Feliz año nuevo, Burt —dijo.

Burt rio. Una risa que parecía forzada.

—Feliz año nuevo, Kate —dijo. Luego dio por concluida la conversación.

Kate volvió a poner la botella de vino en la nevera y abandonó la idea de pensar en una comida. Estaba demasiado cansada.

Para cocinar, para beber. Para todo.

Se iría a la cama y dormiría, y mañana ya vería.

¿Ya vería el qué? ¿Qué iba a suceder en el año que tenía por delante? ¿Con su vida?

«Ahora no —se dijo—, ahora no pienses».

Pero cuando ya se hubo acostado, con Messy a su lado, se espabiló de golpe y porrazo. Le latía con fuerza el corazón, no podía dejar de mover los pies y sudaba. Se sentó.

¿Cómo se podía estar tan cansada y al mismo tiempo tan despierta?

Miró el reloj junto a la cama. Las nueve y media. Faltaban dos horas y media para el cambio de año.

Se levantó y volvió a vestirse. Tejanos y jersey. Renunció a peinarse o a intentar embellecer su rostro pálido y cansado. Acarició a Messy, que la miraba desconcertada.

—Lo siento. Tengo que volver a salir. Enseguida vuelvo.

En el coche se le pasó por la cabeza que lo que hacía era una locura, pero de algún modo tenía la certeza de que era lo correcto. Lo correcto para ella en ese momento.

Cuando llegó a Queen's Parade, unos cohetes de colores subían por el cielo nocturno por encima de Scarborough. Estallaban en miles de estrellas que caían como lluvia sobre las casas.

También en la playa lanzaban cohetes. Sus luces iluminaban brevemente el agua.

En el piso de Caleb la luz estaba encendida. Ella suspiró aliviada. Había temido que estuviera en el bar, que tuviera que trabajar la noche de Nochevieja. A lo mejor había cambiado el turno con alguien. A lo mejor tampoco se sentía bien después de todo lo que había sucedido.

Subió por la escalera y llamó a la puerta del apartamento. Al principio no se oía nada en el interior y pensó que Caleb no estaría en casa, que había dejado la luz encendida por descuido. Pero luego oyó unos pasos pesados y la puerta se abrió. Ahí estaba Caleb.

Tenía la tez de la cara gris y los ojos enrojecidos. Parecía como si no hubiese dormido en las últimas dos noches. O como si hubiese estado llorando durante horas. Era posible que ambas cosas.

—¡Kate! —exclamó.

—¿Puedo entrar?

—Claro. —Dio un paso atrás. En la entrada todavía había un buen número de cajas y del techo colgaba la bombilla con su deslumbrante luz. Hacía frío en el piso. Kate se encogió temblorosa de hombros.

Caleb se dio cuenta.

—La calefacción no funciona. Espero que mañana el servicio de urgencias se ocupe de ello.

Kate entró en la sala de estar delante de él. Sobre la mesa todavía se amontonaban varias cajas, pero a esas alturas ya se podía acceder al baño más fácilmente. Utilizar la ducha. Sobre una de las cajas había un pequeño televisor. Funcionaba sin volumen. Kate volvió a ver las figuras en los trajes blancos que se movían a través de una ciudad que parecía desierta. China. Wuhan. El estallido de la nueva y extraña enfermedad pulmonar.

Delante del televisor había una botella de whisky.

Kate retrocedió. Caleb había seguido su mirada.

Se miraron el uno al otro. Sabía que Caleb se había percatado de las marcas del cuello. Lo reconoció porque todavía se le puso el rostro más gris, se le hundió más.

Caleb bajó la vista.

—Lo siento mucho, Kate —dijo a media voz—. Lo siento enormemente.

—Pero veo que ya te has recuperado —contestó ella con dureza.

—Kate...

Se sentía perversa. Agresiva. Él tenía muy mal aspecto. Estaba muy arrepentido. Sabía lo cerca que había estado Kate de la calamidad y cómo él había contribuido a eso. Ella percibía que no había nada que Caleb desease más que poder dar marcha atrás. No necesitaba a nadie que le señalase su fracaso. Él mismo era su crítico más duro.

Pero de repente se abatieron sobre ella el shock, el trauma, el horror procedentes del bosque nevado y oscuro.

—Casi me muero, Caleb. Estaba casi muerta. Ese hombre estuvo a punto de matarme. —Apenas se percató de que las lágrimas empezaban a deslizarse por sus mejillas. Se sintió de nuevo en medio de los acontecimientos, se vio tendida en la nieve, el rostro presionado hacia abajo, agua en la nariz, en la boca y en las orejas, el peso de Samuel Harris sobre ella, su respiración jadeante, la fuerza con que él cogía la bufanda, cómo la estrechaba alrededor de su cuello, cómo ella no podía tomar más aire y pateaba y luchaba con desesperación, viendo que no tenía ninguna oportunidad de combatir contra ese loco colmado de odio ni tampoco de salir de su posición.

—Pensaba que me moría. En un momento dado vi una luz. Una luz clara. Sentí calor. Ya no estaba realmente ahí. En el mundo, quiero decir.

Él dio un paso hacia ella.

—Si solo...

Ella retrocedió y se golpeó la cadera contra el borde de la mesa.

—Yo había confiado en ti, Caleb.

—Lo sé. —No había ninguna entonación en su voz. En sus ojos se reflejaba pura desesperación.

Kate sabía que él no podía explicar nada. No podía decir nada que enmendara todo de golpe. Ella comprendió que él tampoco lo intentaría y se preguntó si no la habría encolerizado especialmente que él le hubiese dado explicaciones, que se hubiese remitido a su alcoholismo, a su enfermedad. Pero también su tristísima mirada, su silencio y sobre todo la jodida botella de whisky la hacían montar en cólera.

Antes de que pudiera contenerse, la había cogido de la mesa con un impetuoso gesto de la mano. La lanzó contra la pared. Los fragmentos de vidrio volaron por la habitación, repartiéndose sobre la mesa, el whisky se deslizó por la pared dejando estrías doradas. La habitación olía tan fuerte a alcohol que se podría creer que solo con respirar ahí dentro uno llegaría a emborracharse.

—¿Por qué, Caleb? ¿Por qué? ¿Por qué no puedes dejarlo de una vez?

Él se estremeció. No contestó.

Kate era consciente de lo absurda que era su pregunta. Si los alcohólicos pudiesen dejar de beber tan fácilmente, no habría ningún problema. Caleb ya hacía años que había hecho una cura de desintoxicación. Pero luego no había conseguido mantenerse. Estaba más compungido por ello que cualquier otra persona de su entorno.

Ella se esforzó por tranquilizarse.

—Lo siento.

—No pasa nada.

Fuera estalló un cohete, al otro lado de la ventana resplandecieron estrellas de colores en la oscuridad del cielo.

—¿Te quedas? —preguntó Caleb en voz baja—. Para recibir el año nuevo, quiero decir.

Ella negó con la cabeza.

—No quiero dejar sola a Messy. Le dan miedo los cohetes. Solo he venido… —No siguió hablando.

Él la miró inquisitivo.

—¿Sí?

—No sé. Solo quería volver a verte. Este año.

—¿Para romper con nuestra amistad? Lo entendería.

—No. Claro que no.

Pese a la rabia que nacía sobre todo de su decepción, pensó de repente: jamás. Jamás en la vida. Jamás en la vida perdería la amistad de Caleb. No importaba. No importaba lo que ocurriera.

Con el rostro todavía bañado en lágrimas, repitió:

—Claro que no.

—Lo intentaré —dijo Caleb.

—¿Qué?

—Haré otra cura de desintoxicación. Te lo prometo. Es lo primero que pienso poner en marcha con el nuevo año.

—No por mí —señaló Kate—. Prométetelo a ti mismo. Hazlo por ti. Por tu futuro.

—Simplemente lo haré —dijo él. Ambos lo tenían claro: Caleb tenía de nuevo ante sí una difícil batalla, tal vez más difícil que la primera. Ahora estaba más atemorizado y desanimado, pues había experimentado la derrota.

Permanecieron indecisos uno frente al otro, entonces Kate dijo:

—Ahora me marcho. Tengo que dormir. De algún modo he de volver a encontrarme a mí misma. Que empieces bien el año, Caleb.

—Tú también. —La acompañó a la puerta. Cuando estaban debajo de la cegadora bombilla, él inspiró hondo. Kate pudo ver literalmente que reunía coraje.

—Y… ¿qué tal mañana? ¿Tienes ganas de dar un paseo conmigo? ¿Por la playa?

—Sí, me encantaría.

—De acuerdo. —Él sonrió. Por primera vez en esa tarde. Cansada, abatida, torturada, pero era… una sonrisa—. Entonces, hasta mañana, Kate.

Ella le devolvió la sonrisa.

—Hasta el año que viene, Caleb.

«Para viajar lejos no hay mejor nave que un libro».
EMILY DICKINSON

Gracias por tu lectura de este libro.

En **penguinlibros.club** encontrarás las mejores
recomendaciones de lectura.

Únete a nuestra comunidad y viaja con nosotros.

penguinlibros.club

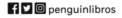 penguinlibros